村魂

乔典运全集

乔典运 著

短篇小说卷

河南文艺出版社
·郑州·

图书在版编目(CIP)数据

村魂 / 乔典运著. -- 郑州:河南文艺出版社,2025.5.
-- (乔典运全集). -- ISBN 978-7-5559-1779-3

Ⅰ. I247.7

中国国家版本馆 CIP 数据核字第 2025570CX9 号

总 策 划　　许华伟
选题策划　　陈　静
责任编辑　　张　娟
责任校对　　樊亚星
装帧设计　　吴　月

出版发行　　河南文艺出版社
社　　址　　郑州市郑东新区祥盛街 27 号 C 座 5 楼
承印单位　　郑州新海岸电脑彩色制印有限公司
经销单位　　新华书店
开　　本　　700 毫米 × 1000 毫米　1/16
印　　张　　30.25
字　　数　　352 000
版　　次　　2025 年 5 月第 1 版
印　　次　　2025 年 5 月第 1 次印刷
总 定 价　　980.00 元(全 7 册)

印厂地址　中国河南省郑州市管城回族区南曹街道金岱工业园鼎尚街 15 号
邮政编码　450000　　电话　18695899928

　　乔典运（1929.3—1997.2），河南省南阳西峡县五里桥乡人。当代著名作家，曾任河南省作家协会副主席，南阳市文联副主席、南阳市作协主席，西峡县文联主席。国家有突出贡献专家，河南省优秀专家。

　　1955年开始发表作品，共计二百余万字。代表作有短篇小说《满票》《村魂》《冷惊》等，中篇小说《黑洞》《小城今天有话说》等，长篇小说《金斗纪事》《命运》，其中《满票》荣获第八届全国优秀短篇小说奖。多篇作品被译成英、德、日、法、阿拉伯文。

进山

在老界岭

在石龙堰

在灌河边

走遍家乡的山山水水

走累了吸支烟

摆弄相机，学习摄影

登山

回到年轻时放牛的地方——小沟

垂钓之乐

自称草木之人的乔典运，一生都在亲近大自然

目　录

2

村魂

●

张家村前边有一条公路,往南通地区,往北通县城,村里人赶集进城、走亲访友都很方便。可惜是条黄土路,大小一阵雨,就变成了泥水路。齐脚踝深的泥浆,又黏又滑,不要说汽车不通了,空手人也难行走。谁家大小没个事,能不出门?生病的要抓药,没盐吃的要去供销社,亲戚家有个红白喜事要去看看,小孩们一天三晌要去上学。人们难死了,愁坏了。没路可走,只好眼巴巴地盼着男人跌跤。根据几千年的传说:女人跌跤,天还要下;男人跌跤,天要放晴。逢到雨天,村里人会眉开眼笑地互相报喜:"天要晴了,张三哥跌跤了!"当然,也会愁眉苦脸地互相报忧:"天还要下啊,李二嫂跌跤了!"至于跌跤的人伤筋动骨了没有,谁也没心打听。只有碰上男女都跌跤了,人们才肯费上一番心思,去调查,去分析,看看谁跌在先,谁跌在后,谁跌得轻,谁跌得重。然后就展开一场争论,争得面红耳赤,也得不出个是晴是雨的结论,到底还得听天由命。

不知男人们跌了几万次、女人们跌了几万次之后,突然传来了好消息:要修沥青路了。开头,人们奔走相告,村里充满了欢乐。几个月过去了，几年过去了，修沥青路的话虽然还不断提说，却一直不见动作。这期间不知又下了多少场雨，把人们的热心早就浇凉了。因为只说不办的好话听多了，耳朵里磨出了茧子，人们没有了希望，倒也没有了失望，对沥青路也不再想了。碰到雨天，大家的唯一希望还是盼着男人们多跌跤。

有一天，大路上突然来了一群拿标杆的人，这里瞄瞄，那里划划，看样子要玩真的了。村里人又来了劲，成群结队围上去看热闹，还主动送茶送水，打听啥时候动工，巴不得立时就走在沥青路上。

又过了几天，公社干部老王来了。老王五十来岁，在农村干了三十年，对老百姓的心思熟透了。熟能生巧，再艰巨的任务到他手里都易如反掌。他来了就匆匆忙忙召开群众大会，扬扬得意地讲道："前些年有句顺口溜，说有四种人最吃得开：听诊器，方向盘，当大官，掌实权。如今咱老王也吃开了，抽到沥青路指挥部专管石头，咋样，是名副其实的'石权'吧！"

大家被逗笑了，笑得脸上都开了花。

老王又连哄带吓地讲下去："反对修沥青路的举手！没有，都赞成，好！不过，光心里赞成不中，嘴里赞成也不中，真赞成假赞成得看行动。行动是啥？男女老少每人砸三百斤石子。啥呀，太多了？你还要良心不要？叫我看还太少了。三百斤，管你们子孙万代走下去，要不是社会主义好，你上哪一国也找不来这个便宜！三百斤，一个月内交齐，一两也不能少，一天也不准拖。砸多大呢？说洋的讲厘米，你们也不懂，咱说土的，一律要指头蛋一般大的。我可知道你们好打折扣，咱丑话先说头里，这一回可是说一是一，说二是二，硬底子硬帮，没有一丝一毫的空，硬碰硬，实打实。谁敢砸得大了，可别怪我老王翻脸不认人，到时候有你们好吃的果子！"

老王讲得比铁还硬比钢还强,大家却听得比风还轻比棉花还软。人们嘻嘻哈哈,全不放在心上,女人们照样做针线,男人们照样耍笑打趣,老年人照样塌下眼皮养神。

只有一个人当真,那就是老党员张老七。张老七年近花甲了。他二十岁那一年秋天,下了七七四十九天连阴雨,下得路上成了糨糊,下得磨不成粮食,打不成柴,家家烧锅断顿,人人叫苦连天。说来也怪,一连下了几十天雨,却没有一个男人跌跤。张老七心地又慈又软,最见不得人们愁眉苦脸,为了给大家解忧排难,就悄悄下了决心,要以自己的疼痛去换取全村的欢乐。他故意走东家串西家,哪里路滑,哪里泥深,他偏去哪里。老天不负苦心人,当他去村头看水时,果然跌了一跤,跌得好重,断了踝骨。他被抬回家里时,听着人们大呼小叫奔走告喜:"好消息!好消息!张老七跌跤了,跌得可狠了,天可要晴了!"他疼得大汗淋漓,泪水涟涟。可是,一听见人们如此高兴,却不由得笑了。从此,他就巴着盼着有一条不分晴雨都能畅通的大路。如今真要修路了,他高兴坏了。他听老王讲话听得入迷了,像庙里的笑脸罗汉一样,纹丝不动,笑脸上张开着笑嘴,笑嘴角往下淌着长道短道涎水。当听到要指头蛋大小时,他伸出粗大的双手,低头看着,人们看着他的傻相呆样,窃窃私语,心里嘲笑他是个二百五,好哄。张老七没有发觉人们在看他的洋相,一直呆呆地听到散会。老王要走了,他才急急地站起来,拖着一条瘸腿,踉踉跄跄追上去,叫道:"老王,等等!"

老王回头站住,问:"啥事?"

"啥事?"张老七盯住他,认真地质问道,"你光说要指头蛋大,一个巴掌五个指头,是大拇指头呀是小拇指头?不说清,将来差劲可大了,用不成了咋办?"

"真是个老古板、死心眼!"老王被问住了,脸上一阵泛红,在肚里骂了一句。迟疑了一阵,摆出行家姿态,说,"你这个意见很好,好得很,要不将来就会误了大事。究竟要砸多大呢?"他环顾左右,板上钉钉地说,"要砸得比大拇指头小点,比小拇指头大点。"

"像中拇指头咋样?"张老七一追到底。

"对,对。"老王连连应付着走了。

"这多好,说清了,大家心里有了准,省得砸得不合格。"张老七像挽救了一场重大事故,对周围的人嘱咐道,"都听见了吧,回去都按这个标准砸,保你们返不了工!"人们看着他这副认真的样子,不屑地哈哈笑着走了。

从这天开始,村里忙开了,家家户户响起了砸石声。张老七有个闺女,在地区干事,是个孝女,几次来信叫他去看看世面,享享清福,让她尽尽孝心。他本来就要去的,现在却坚决不去了,说是修路要紧,要留在家里为子孙造福。他去河里选了最坚硬的石头,让儿子春生拉回家。他家四口人,儿子要下地,媳妇忙家务,孙女在上学,一千二百斤的石子任务他要全包了。他抢起十斤重的大铁锤,把大块石头砸成小块,又坐下去扬起小锤,把小块石头破碎成中拇指头大。十锤,百锤,千锤,万锤,砸着,砸着。每天天不明起来,半夜不睡,除了三顿饭外,就一直坐在那里砸呀砸呀,一天不知砸了几万锤,才砸出三四十斤石子。手指震肿了,手背震得裂开了纵横交错的口子,长道短道流血,血染红了雪白的石子。儿子春生收工回来,看见爹爹的手,心疼地说:"爹,我砸一会儿!"张老七不肯,头也不抬,生怕误了一锤,边砸边说:"冬天风大,你把手震裂了,咋到野地里做活?"

媳妇宛夏刷罢锅,喂了猪,走到厢房,呆呆地看着公公的手,求告道:"爹,你歇歇,我砸!"张老七不肯,连看她一眼都不看,边砸边说:"你要做饭,手震开了口子,咋和面洗碗?"

孙女小侠放学回来,看见爷爷的手忍不住哭了,弯腰夺锤,说:"爷,叫我砸吧!"张老七心疼孙女,推开她,边砸边说:"你皮嫩,手震疼了咋写字?"

张老七一坐一整天,一坐一整天,整整砸了十天,大门没出,面前堆起了一堆石子。每逢身困手乏的时候,他就抓起一把石子自我欣赏地看着,好像面前伸展开了一条晴雨畅通的大道,疲劳马上就消失了。他砸着石子不由想起了往事,便自我嘲笑着。真傻!当年咋会那样迷信,竟然想用自己的跌跤去给大家换取天晴路干,结果落了个终身残疾,泥路还是照旧泥路。他觉着这一回才是正正经经地办好事,就是累断了腰,震烂了皮肉,也是值得的。

这天半夜,儿子和媳妇醒来,听见怒吼的风声中夹着叮叮的锤声。锤声一声紧一声,一声重一声,锤锤都砸在儿子和媳妇的心口上。媳妇好像看见了公公冻得发抖的手,叹道:"咱们在被窝里还冷,爹是不要命了!"

儿子好像看见爹爹干枯的身躯,担心地说:"爹这一阵子瘦多了,我真怕……"

媳妇怜惜地埋怨道:"这两天我挨家挨户看了,人家砸的都是多大,谁像他的心眼这么死劲,上级说个啥就信个啥,一点也不灵醒。"

儿子想想说:"是啊,得想个办法,叫他灵醒灵醒。"

第二天早上,小侠放学回来,爹把她叫到一边咕叽了几句,她高兴得蹦到厢房里,一头扎到爷爷怀里,闹着要吃糖。她是张老七的心尖肉,他忙掏出一角钱,叫她去买。小侠不接,硬要和他一块儿去买。张老七被缠磨不过,只好放下铁锤,和小侠一块儿去张富胜家。

张富胜开了个家庭代销点,一边砸石子,一边卖东西,一举两得。张老七买了糖要走,小侠弯腰抓了一把石子伸到他面前,叫道:"爷,你看看人家砸多大呀,谁像你!"

张老七接过石子看看,都像大枣一样,比上级定的标准大一倍也不止。他不由睁大了眼瞪着张富胜,质问道:"你咋砸这么大?"

张富胜不以为然地说:"大?我还嫌太小了哩!"

张老七不满地批评道:"上级咋说的,你没听见呀?"

"上级说的就没虚头了?"

"你这是啥态度?"

"好态度!"张富胜冷笑一声,满脸流露出不屑和他争论的神气,坐下去砸着石头,愤愤不服地嘟哝道,"哼,还想把我当发面馍捏!有人又是党员又是干部,砸的比我这还大,咋不去管哩!"

张老七追问:"你说谁?"

"想说谁说谁!"

"你别诬赖好人!"

"好人只怕就剩你一个了!"

"你……"张老七噎了一口气,"我去看看,要不是哩,咱们再算账!"

张富胜连看他一眼也不屑看了,也不再回话了,只顾得意地叮叮咣咣砸着。张老七被他这种态度激恼了,可是一个巴掌拍不响,不好再争斗下去,只好憋着一肚子气,拉上小侠就走。小侠不知高低,走着仰着脸看着他,求告道:"爷,你也砸这么大,也省点气力!"张老七平素就看不起张富胜,嫌他为人尖酸,思想落后。现在听小侠说叫向他学习,好像受了极大的侮辱,便愤愤地说:"天下的好人都死完了,向他学?咱们是正经人,和他比丢人!"

张富胜听见这话像被打了一耳光,虎生①站起来,把头伸到门外,对着张老七的背影怒气冲冲地道:"看你多正经! 哼,你恁正经咋叫把队长选掉了! 还不泄威呀!"说了这伤人的话不算,还冲着他吐了一口臭水。

"你——"张老七听了这话,像钢针刺胸,顿觉心里酸疼难忍。他猛回头看了张富胜一眼,脸上憋得血红血红,却有口难言。别人的伤疤在皮肤上,他的伤疤在心上,张富胜偏偏往这伤疤上戳。解放后张老七就当基层干部,时时事事听上级的话,不仅自己没有沾过一根柴火麦秸的光,也不许自己领导的社员有私心杂念,一颗心正直得比木匠打的墨线还直。可是,好心没有好报。那年秋天,先旱后涝,全公社都遭了轻重不等的灾,秋后都怄着不缴公余粮,等着上级减免。这时,老王来催粮食入库。他把心口窝拍得发紫,铁定地吆喝道:"亲为亲,邻为邻,关老爷为的山西人。我在这里包队,打心眼里为着你们。今天悄悄给你们说个实话,你们也别等了,上级不但没批准减免,还怪罪下来了,要抓几个抗粮不缴的开刀是问,人家外队的人灵醒,都超额缴了。我怕你们吃了眼前亏,没空挤空来给你们透个信。别等了,等到底能减免一个粮食籽,打掉我老王一个牙。不怕谁的头难剃,到时候上级恼了,把他的头割下来剃!"

前些年不比如今,那时人们都饿怕了,把粮食看得像生命一样金贵。大家听了老王的话,又胆战心惊又实在舍不得,都眼巴巴看着张老七。他是一队之主,几百口子的当家人,况且他一家大小也有几个肚子在空着哩,都希望他能出头抵挡一阵子,到最后再说。他看着一双双可怜巴巴的眼睛,愣怔了半天,最后竟然狠着心说:

① 虎生:豫西南方言,指猛然、猛地。

"缴！坚决缴！我不是怕把我的头割了剃，我是想，越遭灾国家越困难。上级知道遭了灾又不减免，说明国家的困难不会小了。一家人过日子，娃子大人还要为当家人分点忧，咱们也要为国家分点忧。把国家的大困难分到一家一户身上，就成了小困难，也不过喝稀点，多吃点野菜。"

大家听他如此说，一个个的心凉了，没想到又是一场空。人们看看他，看看老王，都耷拉下了头。每人都窝了一肚苦水。可也都明白这苦水不能往外涌，因为涌上来还得再咽下去，不如就叫它一直窝在肚里。谁也没有说话，只有张富胜撂了一句："说得可好听，嘴一张一合，就叫几百挂肠子饿断！"张富胜这句话像块石头扔进一池死水中，波纹遍及全池。人们唰地都抬起了头，个个心里叫好，又都捏了一把冷汗。大家本来都默认了，现在却又都动摇了。一双双犹豫不安的眼睛看看张老七，又看看老王，如果没有不良反应，马上就会群起呼应。张老七见老王变了脸色，便冲着张富胜批评道："就你的肠子金贵？"

"我比不得别人。"

"为啥？"

"你们有老有小，细肠子多，我家可都是棒劳力，肠子粗！"张富胜拼上了，对答如流。人们也试探着七言八语地喊喳起来，眼看压不住阵脚了。这时，老王却突然哈哈大笑道："张富胜说的是实情，有理，谁也不能不管自己的肠子，放到我老王身上我也要管。我一百个同情，可惜我没有批准的权力。这样吧，我陪着张富胜去公社走一趟，有理走遍天下，叫他去和上级当面谈谈，说不定真会免了。"

大家顿时吓得闭住了气，什么去公社谈谈，还不是去法办！张富胜却冷冷一笑,强装好汉地道:"去就去,法院①不是住人的,能是拴驴的?"

张老七看大势不好,不管张富胜平时如何,总是自己手下的社员,不能看着他跳进坑里,忙摆出老子的架势命令道:"就这样定了,谁也不准再胡说八道了!"张富胜不服,还要再说什么,张老七喝住他,训斥道:"你娃子懂个啥? 光知道顾肠子,就不顾装肠子的家伙。只要我饿不着,你娃子的肠子也有填的!"

"填啥?"张富胜紧追不放。

"这……"张老七憋了半天憋出一句话,"分配时我的给你一百斤!"

张富胜不言语了,大家也不敢再说个"不"字,顺顺当当缴了公余粮。到分配时,张老七竟然真要给张富胜一百斤粮食,张富胜知道张老七家也不宽余,怎能平白无故夺走人家碗里的饭,不肯收下这点粮食。张老七却坚持要给,张富胜死也不收,两个人争得面红耳赤。张老七上了性,指着张富胜追问:"你到底要不要?"

"不要! 不要!"张富胜坚持道。

"好!"张老七一怒之下,担起粮食走到渠边,要往渠水里倒。众人忙上前拦住,好言相劝道:"算了吧,心到了就行了。你也紧巴,就这一点粮食给了别人,你吃风喝沫!"

张老七气壮地说:"没吃的哪怕拉棍要饭,我总还是个人。要是说话不算数,哄大家鸭子过河,我还是个人不是? 连人都不是,还当啥党员,当啥队长!"

大家知道他的脾气,看他是真心实意,也就劝张富胜暂且收下。

---

① 法院:意指监狱,豫西南农民口头上并不严格区分法院和监狱。

张富胜感激不尽，收下了粮食，当众保证以后宽余时如数还上。谁知没过多久，上级批下来了，说已经缴的算缴了，精神可嘉，不再退了，没有缴的全部减免。人们听了这个消息，纷纷埋怨张老七太积极了。后来又一打听，别的队连一两也没缴，这一下爆炸了，大家对张老七又气又恨，说他是上级的队长，不是群众的队长。这时老王也赶来卖乖，批评张老七道："当初我就说张富胜有理，我说我陪着张富胜去找上级说说，你一直打岔。你看看，你看看，你把这事办的！唉，你呀！"张富胜这时也变了心，对那一百斤粮食不但不再感激承情，反而口出恶言，说要不是张老七，他能多吃三百斤哩。不仅扬言这一百斤粮食不还了，还想向张老七再要二百斤。张老七算是卖了全队的人心，没得到一丝一毫好处，还倒贴了一百斤粮食。类似这种带头的事，张老七没有少干。社员们气他太听上级的话，光叫大家吃亏，改选时谁也不投他的票，几十年的干部就这样不明不白地下了台。不过，他也得到了应该得到的东西。那天，当宣布他落选时，全队的人都先先后后到他家里安慰他，有的还流下了眼泪，说他是最好的人，心干净得很，是全村人的榜样。既然说是好人，为啥又不投他的票？他不明白，也不想弄明白，只要大家有这意思，他也就满足了。他还照前如后地做人行事。

张老七没有料到张富胜不要良心到如此程度，竟然把这件事当短处来揭，气得浑身发抖，却又有苦难言。他强按住满肚子怨气，要去找张小亮谈谈。刚才张富胜说有人是党员还是干部砸得更大，就是指的张小亮。张老七叫小侠先回去。小侠巴不得他多看几家，就高兴地回家向爹妈报功去了。张老七一瘸一拐地往张小亮家走去。

张小亮高中毕业，是个"三快"人物：心眼活动快，做活手头快，对人热情爽快。当了几年队长，很得人心。张老七来了，他招呼坐下之后,见张老七一双眼直盯着砸的石子,心里明白了八八九九。不等张老七开口,他就抓起核桃大的石子看看又随手扔了,抢先笑道:"七爷,我正想找你说说哩。大家都忙得很,谁愿砸大一点也行。不是叫一个月完成吗,咱们提前到二十五天头上就去缴。验上了,大家又省工又省力;真验不上了,还有五天工夫,再加工砸小一点也误不了期限。你看行吧?"

张老七被封住了嘴,不便发作,想想也对,又想想不对,不满地责备道:"怪不得社员们不按定的标准砸,说到底是你对老王讲的半信半疑!"

"信不信不是目的,目的是修好公路。"小亮笑得很开心,很随便,根本没有把这当成一个很严肃的事情看待,嘻嘻道,"这就叫知己知彼,心中有数,留有余地,双方满意。"

张老七对他的轻松随便很不是味,严肃地说:"你想过没有?你今天对上级的话打上三分折扣,明天社员们就会对你的话打上七分折扣。"

"正是为了以后叫社员们对我的话不打一点折扣,今天才得多少打点折扣!"小亮朗朗笑道,"这就叫杀猪杀尾巴,各有各的杀法。七爷,你放心吧!"

"你们识得字的就这号样做人对人?你娃子后悔时就晚了!"张老七本想来争取同情和支持的,没想到又碰了个软钉子,便重重地说了一句,气咻咻回家了。

儿子和媳妇白费了心机,只说把爹爹哄出去,让他开开眼界,自己也随着大溜干,谁知他回来后更认真了。砸下的每一块石子都要和指头蛋比比,大的重砸,小的抛开不要,只有不大不小的才放到石子堆上,块块都符合标准。从此,张老七坐下去再也没动,日日夜夜地砸着。只是说话少了,吃饭少了,脾气更坏了。儿子和媳妇愁坏了,生怕他又气又累会窝憋出病,不知怎么办才好。这天半夜,儿子突然蹬醒妻子,不安地说:"你听!"

妻子迷迷糊糊地问:"听啥?"

儿子惊慌地说:"锤声咋不对劲?"

妻子认真听去,确实和往日不同,这一声和下一声的间歇长了许多,也不那么响了。她的心揪紧了,忙说:"快去看看。"

"我去。"儿子忙穿上衣服走出去。

厢房的门虚掩着,儿子轻轻推开了门。只见昏暗的灯光下,爹爹脸色蜡黄,虚汗灌满了纵横交错的纹路沟,大粒大粒往外淌,费力地举起铁锤,却无力地落下。儿子心疼地叫了声:"爹!"

张老七抬头看了一眼,喘着粗气道:"你……干啥? 还不睡,明天咋做活?"

儿子的心碎了,忍不住滚下几滴泪,劝道:"爹,算了吧! 人家咋砸咱也咋砸,何苦自己和自己过不去,为这几个石子能不要命了! 你这是和谁赌气?"

"你……"张老七睁大了熬红的眼睛,瞪瞪儿子,又无力地塌下眼皮,砸着,恨道,"和谁赌气? 和我! 现在的人越来越滑,能这号样对待别人! 这不是把老王的话不当话,这是把人家老王不当个人看呀! 上级说个啥都不相信,往后还咋得了? 别人不信,咱信。我非要叫人们看看不可,到时候咱们验个头等,他们都验不上,人们就知道不相信人家就是作践自己!"

儿子看他虚弱到这个地步还在争刚强,又不忍心反驳,无可奈何地叹着气。媳妇也来了,好不容易劝他睡下。儿子给他掖着被子,媳妇在一边自言自语:"老王说空话说的次数太多了,难怪人们不信他的。"

张老七看她一眼，气喘吁吁地嘟哝道："这能都怨他？就是都怨他，也不能以错对错对待他呀。宁可他哄咱，咱也不能糊弄他呀。你爷临死前还嘱咐我：当个人，死后能落个叫人家哄了一辈子的名声，也比落个哄了别人一辈子的名声好得多！"儿子和媳妇互相看看，双双叹了口气，无言地走了。

转眼到了第二十五天头上，队长张小亮领着人们去缴石子了。各拉各的。张老七腿瘸，打发儿子春生去缴。临走，张老七把儿子春生叫到一边，反复叮嘱道："咱验上了，别人验不上，他们心里明白了就算了，咱可千万不要看人家笑话。"

张老七站在村头，看着人们拉着石子出了村子，心里一阵得意，多天的劳累被心中的春风吹散了，脸上堆起了笑容。他不是高兴自己能验个头等，也不是对别人验不上幸灾乐祸。他是等着人们回来后纷纷围住他，七嘴八舌地说："姜还是老的辣。你算信着了，我们不信别人，到底自己坑了自己！"他断定人们会这样说的。

石子缴在料场，离村子六七里路，人们很快就赶到了。老王正在验收别队的石子。他拿着一柄尖锹，在每辆车上翻腾着，嘻嘻哈哈地和这个取笑，和那个打俏。对个别不合格的人，他踢人家屁股沟，半开玩笑半当真地骂着，揭人家老底，逼着对方答应返工。老百姓们被骂得心里美滋滋的，哈哈大笑着。

轮到验收张家村的石子了，春生看着老实不老实，故意退到后边，当倒数第一。他要等到一个个都被宣判为不合格时，他再打上去，来个唯一合格，在全队人的心中狠狠爆炸一下。这才过瘾，这才痛快，这才不负爹爹的一片苦心，叫全队人知道怎样做人，叫爹爹成为榜样。他把车子放到最后，人却跑到前边，看老王宣判别人的不合格。老王检验得很认真,把每辆车上的石子都上上下下翻腾着。可是,第一辆车验合格了,拉走了,第二辆车又合格了,又拉走了……春生看那一车一车的石子,大的如鸡蛋,小的如核桃,怎么能合格?他在心里骂娘了:这货一定是喝人家酒了,收人家礼了!他寻思着多年来的一股股邪气,没想到验个石子也看面子。他恨,他气,直直地瞪着眼,却迷了心窍,看不见眼前通过的一车一车石子。直到验收队长小亮的石子时,他才醒悟过来。小亮的也顺顺当当验收合格了。老王得意忘形,高高地跷起大拇指伸到小亮的鼻尖上,夸道:"好小子,真有你的!咋知道要这么大的?我还担心你们真会砸得太小哩!"

小亮挖苦地笑道:"老爷,因为我们摸透了你!"

老王笑得眯着眼,考试地问:"摸透了我的啥?"

小亮道:"你的心!你办过的事你心里明白,知道自己的话别人一定要打折扣,就拼命加码,还赌咒发誓说没一点空。"

老王自以为得计,哈哈大笑,又跷起大拇指叫好道:"蛔虫!蛔虫!你小子真变成我肚里的蛔虫了!不行,我得吃点打虫药,把你小子从我肚里打出来才行!"

两个人相对而笑,笑得很响。

春生拉来了石子。他垂头丧气,大失所望。他把车子往老王面前一放,任他去验。既然爆炸不成,也只好和大家一个样了。他心里一阵酸楚,可怜爹爹比别人多费了一倍力两倍劲,竟然和偷工省劲的人一个样,弄到底还是听话的吃亏。回去怎么向爹爹交代?他要知道别人的也验上了,心里该是啥味,能不伤情!相信别人,相信上级,是他做人的魂呀!

老王翻腾了一阵,板着脸子,问:"谁的?"

"我的。"

"拉回去！拉回去！"老王不满地命令道。

春生奇怪地问："咋？"

"不合格！"老王果断地说。

春生万万没有料到，惊恼地叫道："啥呀？你说啥呀？"

老王傲气十足地呵斥道："你叫唤个啥！不合格就是不合格，砸这么小能用得成？"

炸雷轰顶，春生气红了眼，憋炸了胸腔，大叫一声："当初你是咋说的?!"

"当初？"老王摆出料事如神的姿态，冷笑道，"当初我要是说叫砸核桃那么大，缴来的保险比碗还大，用不成你负责？"

春生疯了，抹起袖子冲上去，要和老王拼了，悲愤地叫道："你……害得我爹好苦啊！"小亮忙过来拦住春生，又回头对老王正言正色地说："收下！这一车不论合格不合格，你都得给我收下！"

"哼，不合格还耍横！"老王看春生不但不低头求告，还横眉竖眼，他要叫春生知道知道厉害了。他推开小亮，恼火道："你别管！你只管你的验上了就行啦！"

"我别管？"小亮想起张老七那认真负责的精神，想起这件事的长远后果，不由动了感情，声色俱厉地讲，"你别以为我们取了巧验上了，心里就高兴。实话给你说，我们心里比验不上还难过，还生气！你以为你完成了任务，可以去领赏了。你想过没有，为了这点石子，你付出了多高的代价？你的，你代表的，还有老百姓心里的希望，全叫你一下子给毁了！明人不做暗事，为了我们的石子验个合格，我要告你！"

村里人虽然平日里嘲笑张老七为人死板，可是一见春生的石子验不上,忽然间都觉着不是味,好像被愚弄被侮辱的是他们自己,便一齐对着老王吵起来,要拉他去找上级说理。老王终于悟出了严重性,收下了春生的一车石子。

回村的路上,春生觉着脸上没趣,就拖到后边,远远离开人群,孤孤单单走着。他耷拉着头,心里又恨又气,恨老王说话不算话,气爹爹太死心眼,决心回去数落爹爹一顿。他到村里时,妻子已经从前边回来的人们口中知道了一切,正在村头大树下等他。她问他怎么办。他怒气冲冲地往家走去,气极地说:"叫爹听听,到啥年月了,他还抱着几百辈子的老规矩死不放,看看他好心换的好下场!"

妻子追上去死死拦住他,眼泪丝丝地看着他,求告道:"你气疯了!爹在家里高兴了一个上午,眼巴巴地等着你回来报喜,你实说了,不是杀了他!再大的气,咱们受了算啦!"她哭了。

春生心软了,呆呆地站着。妻子告诉他,说她已经求告了村里人,别把真情告诉爹爹,说小亮还夸爹爹,大家都同情爹爹。春生听了心头一热,长长叹了口气,答应不对爹爹讲实话。

张老七在家里等着好消息,他相信通过这件事能使人们去掉"滑"字,换上"诚"字。见儿子回来就急切地问:"验得咋样?"

"好嘛!"春生回得干干巴巴,冷冷淡淡。

"爹,春生今天可受大表扬了!"媳妇瞪了春生一眼,就兴高采烈地抢着说,"别的人都吃了批评,受了罚,都后悔死了,后悔当初不该不听你的话了。都说还是老实人好,都说你不愧是个老党员,都说往后要向你学习哩,都对你俯伏在地了!"

媳妇的甜言蜜语,张老七听得胡子眉毛一齐笑,眯着眼,自得其乐地说:"这算个啥,还值得表扬?咱是个党员,不信上级还算个啥党员!"

这天中午，媳妇为了表示祝贺，特地炒了几个菜，慰劳公公。张老七心里一高兴，就多喝了几杯，人有点晕乎了，话也格外稠了。他从年轻时故意跌跤说到这次砸石子，反反复复讲着他的人生之道。他说他没有能耐，他笨。他死劲，可是他的心干干净净，活得无愧于己，无愧于人。儿子和媳妇听他说得如此诚恳，心里比喝药还苦。可是，还得陪着他喜，陪着他笑，笑比哭还难受。两个人背过他悄悄商量了一阵，就趁着他高兴的时机，劝他去闺女那里住几天。他们编了个谎话，说省里剧团下地区来了，专演《杨家将》，再有两天就要走了，得快点去，晚了就看不上了。张老七最爱看《杨家将》，百看不烦，说那是忠臣戏，再停千儿八百年也有看头。他听儿子和媳妇这么讲，信以为真，顿时来了劲，说下午就去，儿子和媳妇才放下心。要不，人多嘴杂，没有不透风的墙，要不了三天两天他就会知道底细，气不死也得害场大病。

媳妇忙收拾好他的行装，又包了一大包妹妹爱吃的干莴苣酸菜，让他带去。吃了午饭，儿子和媳妇送他去公路边等车。路经村中时，碰见他的人都神色不安地藏头藏脑。张老七看在眼里，明白个八八九九，心里不由一阵同情。他很想劝劝人们，说上几句安慰话。谁没个三昏两迷，不出个差错，只要改了就好，别灰溜溜地抬不起头。可惜人们脸皮太薄，都推故有事，匆匆走开。他只好空怀同情，摇头叹息一番。他们到了公路边，搭上了过路班车。张老七找个位子坐下，把头伸到车窗外，又再三再四地嘱咐道："大家没验合格，都受了罚，已经觉着脸上无光了，见了咱都羞得躲躲闪闪。他们心里已经够难受了，咱们千万不能再揭人家的短，说风凉话。"儿子和媳妇越听心里越酸疼，眼窝里蓄满了泪水，连连称是，叫他放心。汽车一阵风似的开走了。

春生回头走时,看见妻子淌下眼泪,劝道:"别哭了。"妻子本来还能忍住,听他一劝反倒放声大哭了。

春生的眼睛也红丝丝的,自怨自恨地说:"我们这是干啥呀,像哄孩子一样哄爹!"两个人谁也没再看对方一眼,谁也没有再说一句话,默默地回到了家里。

张老七走了,带着最后胜利的喜悦走了,带着满意的心情走了。他走了,心里干干净净地走了,没有带走一点愤恨,也没有带走一点失望,轻松愉快地走了,把愤恨和失望都留下来了。他走了,村里人好像失去什么,又好像多出了什么,到底是什么谁也说不清,反正人人都像打了败仗,再也提不起精神了。人们的脸上出现了呆相,以前的灵醒劲没影了。笑语纷飞的村子变得沉闷了,人和人很少说话了。春生夫妇见人时总是羞得低下头,人们见春生夫妇时也羞得脸红,好像是他们合伙出卖了张老七。变了,人人都变了,连张富胜也变了。有一天,张富胜突然给春生送去了一百斤粮食,像哑巴一样,一句话没说就回头走了。村子里笼罩着沉闷的气氛,人们在沉默着。

过了很长很长时间,有一天突然公社书记领着老王来了,召开了群众大会。老王在会上作了检讨,为了砸石子的事痛哭流涕,叫人看着怪可怜的。公社书记表扬了队长小亮,说他虽然取了巧,可是没有为一点小便宜迷了心窍,还一直告状,告了一次又一次,告出了共产党员的水平。小亮站起来说:"比起张老七,我是坷垃,他是金子。他是我们的村魂,没有他,否定了他,我们就像掉了魂,六神无主了,说话办事就没有了个准。要表扬应该表扬他才对!"小亮讲了张老七的一生,讲得很动感情。公社书记就请张老七到台上来,要当面表扬他,当面向他赔情道歉。大家听得愣愣怔怔,半天没人回话。当书记又催请张老七上台时，春生的妻子站了起来，流着眼泪说："上级的心我们收下了，只要上级有这个意思就全都有了。不用再请他上台了，晚了，他走了，扬长走了。"会场里响起了一阵抽泣声。公社书记心里突然一震，仔细看去，春生妻子的臂上戴着黑纱袖圈。

这个会开过之后，大家心里失去的什么回来了，多了的什么也消失了，魂又守舍了，人们比从前更精能灵醒了。

这是很久以前的事情了，人们却把它原原本本地传了下来，记在心里。

原载《奔流》1984 年第 8 期

《小说选刊》1984 年第 10 期转载

《作品与争鸣》1985 年第 7 期转载

冷惊

三月是春天,冬天刚过去,夏天还没到,说冷也冷,说热也热,有人穿夹还热,有人穿棉还冷。天是一个天,地是一个地,到底是热是冷,天也说不清,地也说不清,人也说不清。反正是春天,是又冷又热的春天。

春天的某一天,半上午时村里来了个干部,是从乡里来的。来干什么,还不知道。只知道来了个干部,是和李支书一路从乡里来的,两个人走着说着,又说又笑,说得很投机,说着就去李支书家里了。

王老五是在地里锄麦时听说的。他穿着棉袄,试着有点暖和,还出了一身毛毛汗。听说来了个干部,忽然冷了,冷得心里乱蹴,冷得身上出鸡皮疙瘩,接着又冷到了手上,双手抖擞得不听使唤了,锄掉了很多麦苗,锄不成了,就冷着冷着回家了。

五婆正在喂猪,见老五神色慌张地跑回来,就看看天,太阳还没端,离吃午饭还早哩,就问:"咋可回来了?"

老五乱摇头,说:"乡里来干部了!"

"来干部咋? 哪怕他来一百哩,又不吃咱,又不喝咱,和咱啥干系!"五婆松了一口气,说得很淡,淡得稀松冰凉,又去喂猪了。

　　老五急了，急得说不清了："是和李支书一路来的，来了就钻到李支书家里了。"

　　"人家李支书是支书，来个干部不找支书找谁？能去找庶民百姓？"五婆随口反驳。

　　王老五气了，说："你懂个屁！来个干部弄啥？不是来炮治①咱的，别的弄啥？"

　　"你咋知道？人家说了？"五婆有点不信。

　　"这还用人家说？干部咋早不来晚不来，咱们昨天才惹李支书生过气，今天可就来了，不是炮治咱的是弄啥？"王老五说了就蹲了下去，双手抱住了头。

　　"哎呀！"五婆想起了昨天的事也怕了，怕得头皮一麻一麻的。

　　昨天吃过午饭，王老五去菜园浇水，发现韭菜叫谁割了。这是开春后的第一茬韭菜，是鲜物，鲜物稀罕就贵，听说街上卖五毛钱一斤哩。王老五为了这茬韭菜把心都操烂了。干了怕旱，湿了怕浸，就少浇勤浇，附近又没水，是一桶一桶从老远担来的。施肥多了怕烧死，施肥少了怕没劲，就少施一点，多施几次。闲了就来务弄，没有大草就抠小草芽，韭菜棵里连一根草毛也没有。功夫不负有心人，韭菜长得也真叫人喜欢，叶子又宽又厚，绿油油的，嫩得掐一指甲流绿汁。王老五爱见这些韭菜，早晚到菜园里转转，看看自己的韭菜，再看看别人的韭菜，一比心里就美，就有一种说不出来的滋味。不仅是可以卖个好价钱，还因为村里人都眼气，都夸："哎呀，看老五这韭菜种到家了，不是鲜物是仙物了！"王老五是个庄稼人，是个老鳖

_____

① 炮治：豫西南方言，指摆治、整治。

一样的庄稼人，一辈子过得窝窝囊囊，一辈子过得不如人，样样不如人，事事低人一头。只有这韭菜长得好，全村几十家的韭菜都没自己的好，自己终究有一样东西比别人的好，便有一种说不上来的美劲，比卖大价钱还美。本来韭菜早能吃，吃了尝尝鲜物。前天他过六十岁生日，五婆就要割一点包饺子。他不，坚决不，红着脸说："咱吃了算啥话？咱啥不能吃？咱吃了吃瞎了，吃可惜了，多好的韭菜叫咱这臭嘴吃了吃糟蹋了，叫人家有钱人吃了才是正吃。"五婆说："要不吃就早点割割卖了，趁着是缺物也能卖个好价钱。"王老五也不，坚决不，他犟道："多长一天就能多卖半斤八两。"王老五这话是真的，也是假的。他是不舍得割，长得太好了割了心痛，割了就看不见自己比别人的好了，就看不见别人的不如自己的好了，就把自己比别人高的一头割了，割了又要事事不如人了，等于把美劲割了。不割，晚割一天就多看一天，就多美一天。

多好的韭菜，鲜物，仙物，自己没舍得吃一棵，自己没舍得卖一两，自己心里美的韭菜，如今叫人家割了。要是谁给说一声割了，心痛是心痛还能落个人情，还有人承个情。可是，人家不吭一声就割了，心里美没有了，大价钱没有了，连个空头人情都没有了。王老五气得很，气得头发蒙，气得浑身发抖。乡里人受了气没有别的出气的办法，就会叉着腰骂。王老五一辈子不会骂，也不敢骂，骂人会得罪人，得罪了人不得了，没有好吃的果子。可是，眼下他胆大了，气得昏了头才胆大了，因为骂的是没名没姓的贼，得罪不起有名有姓的人。他才不怕，他才胆大，他才敢骂，骂得还特别特别狠。他骂："我日他妈了，谁爹死了娘嫁了，割我韭菜办酒席哩！"他是个老实人，又是初次骂，没有骂人的经验和才华，攒了很大的劲也只有这一句。翻来覆去就是这一句，这一句一字也不改："我日他妈了，谁爹死了娘嫁了,割我韭菜办酒席哩!"

菜园里有不少人,这些人还没见过王老五骂人,大家都很新鲜,就围过来听他骂看他骂。可惜,王老五老是骂这一句,骂不出新花样,听得老不过瘾,太不够味了,太不开心了。有人就不断启发他,诱导他,叫他有所创新,就问他:"偷家要是没爹没妈哩,你不算白骂了?"

王老五也不是太笨的人,一点就破,果然骂出了新水平:"我叫他谁吃谁死! 我叫他谁吃谁死!"再往下又没词了。

有人又提词了:"男人吃了呢?"

"男人死!"

"婆娘吃了呢?"

"婆娘死!"

"娃子吃了呢?"

"娃子死!"

"闺女吃了呢?"

"闺女死!"

"一家人都吃了呢?"

"一家人死个挖苗断根!"王老五骂得咬牙。

"高,高! 骂得好!"人们高兴了,夸王老五,给王老五伸大拇指头。

王老五好得意,因为解了恨,因为大家夸他。

如今不兴斗争了,天下太平了,太平得急人,因为没有啥奇闻可传播了,可闲话了。王老五骂人便成了头等奇闻,一时三刻传遍了全村。传话的人都很慷慨,都很大方,每人都加了不少油,每人都加了不少酱。说王老五是老实人,老实人气疯了比不老实的人还要凶,还要狠。说王老五知道是谁偷割的,说他赌了咒发了誓,夜里要把偷韭菜的一家人反锁到屋里,再放一把火,烧他们个挖苗断根寸草不留。王老五不过是骂几句出出气罢了,不想被人们说成了要杀人放火的绿林好汉。

天快黑时,王老五坐在院里吸烟,吸着烟生着气,嘟嘟哝哝地还在骂娘:"日他妈,看老子头软好捏,不割别人的专割我的!"

王老五正在生气,忽然李支书来了。李支书小名叫牛娃,没当支书时常来他家串门,来了就帮王老五劈劈柴或干点别的什么,很是亲近。牛娃给王老五叫五爷,王老五给牛娃叫牛娃。自从牛娃上个月当了支书,成了李支书,王老五不由得和牛娃生分了,生分得不认识了,好像牛娃不再是牛娃了,好像原先的牛娃已经死了,现在只有李支书了。李支书却认为自己还是牛娃,还给王老五叫五爷,王老五却不肯应承这个爷了,干笑着求告道:"还爷哩,可别折我阳寿了。"

"怎么?"李支书奇怪了。

"你是支书哩,我可担当不起。"

李支书只当是句玩笑话,不由得笑了。笑了一半看王老五的神色是真的,不由得笑不出来了,心里好不是滋味,从此和王老五隔了层纸。

现在王老五见李支书来了,好像李支书从来没有来过他家,好像是来了贵客,忙站起来迎接,慌慌地让座,慌慌地敬烟,自己也不敢坐了,夯拉着手规规矩矩站立在旁边,看着李支书嘿嘿干笑,不知如何说话了。

"你也坐嘛。"李支书看王老五一副小心侍候的样子,就叫他也坐下。

"你坐，你坐，我站着都行。"王老五不坐，好像自己坐了就是和李支书平起平坐了，和李支书平起平坐就是不知高低了，就是看不起李支书了，就是欺上了。

李支书看看王老五，不由得苦笑一下，问他："听说你的韭菜叫谁割了？"

李支书也知道了，李支书也来关心了，王老五好感动，好过意不去，就说："偷了算了，一把韭菜值几七几八，划得着叫你费心！"

李支书问："你知道是谁割的？"

"贼呗，别的还有谁。"

"你知道贼是谁？"

"不知道。"

"我不信。你能连一点风都不知道？"李支书追问。

"真不知道，我还能哄你！"王老五说得很贴气①。

李支书叹了口气，摇摇头，重重地说："是春花！"

啊，春花！春花是李支书的老婆啊！王老五愣怔了，眨眼又笑了，笑得很尴尬，嗔怪道："李支书，你咋和我开玩笑哩。不是她，可不是她，咋能是她！别开玩笑嘛。"

"是她，没错。上午我们吃的韭菜饺子，刚才我去菜园看看，俺们的韭菜还在长着，不是割你的割谁的？"李支书脸红了，是气红了。

"哎呀，是她！"王老五忽然升起了另一种感情，没有了对贼的气，没有了对贼的恨，亏心地埋怨道："噫，她咋不言一声哩，她要言一声我给她割割送去嘛，我跑几步腿算啥，咋能叫她费事，真是！"真是什么？是自己没尽到心，后悔？是她跑腿累着了，对不起？还是

———————————

① 贴气：豫西南方言，指关系显得贴近而亲切。

别的什么什么？一个"真是"，味全了，全得说不清，只好"真是"了。

王老五的一片真情，使李支书气上加气，愤愤地骂道："日他妈，真气死人了！我才干几天支书，支书的椅子还没暖热哩，我还没有学会咋当支书哩，那一套她可也会了，不学自会了，咋得了呀！"

"别气了，别气了行不行？一把烂韭菜划得着气？种韭菜就是叫人吃的，吃了算了，不是外人吃的。"王老五看李支书不放笑脸还在气，就急坏了，好像是自己调戏了春花李支书不依了，好像是自己不孝顺惹老人家生气了，急得一双手在身上乱搓，苦苦求饶道，"李支书，你别气了行不行？你要再气我就怪了。你这不是把我当成了外人，不该吃我的韭菜了！"

王老五的巴结使李支书心烦，两个人说不到一个心思上，李支书也就忍住心中的气，不再多说别的了，又道了几句错："五爷，这事真对不起你，惹你生气了，千错万错都是我的错，都怪我对她教育不够。"

"哎呀，你咋越说越远了？这算啥错，你们吃了不比我们吃了还强些！"王老五不让李支书再气下去，尽说些宽心话、真心话。

怎么我们吃了比你们吃了强些，这算啥话？李支书一阵反感，真想批评王老五几句，看看他可怜巴巴的样子也就算了，便站起来走了。王老五一边送一边说："李支书，你千万可别再气了，回去了千万别提这事了，别惹春花生气了，行不行？"

李支书没说行也没说不行，到了门外冷不防塞给了王老五一张票子。王老五一看是五块钱，像突然挨了一砖，愣愣地说："你这是干啥？"

"你种得也难都不说了，要是白吃了，惯下她这个毛病，以后咋弄？"李支书说了扭身就走了。

"你——"王老五抢上一步拉住了李支书,要把钱还给李支书。李支书不接,王老五差点急哭了,求情道:"李支书,你咋能这号样?我说了半天算白说了,你还叫我咋着呀!"说着把钱硬塞给李支书了。

"这是应该得的嘛。"李支书苦笑笑,又把钱塞给王老五。王老五躲闪着,票子落到了王老五脚下,李支书趁势跑了。

李支书像使了定身法,把王老五定在原地不会动了,没有了神,没有了魂,不住嘴地喃喃念叨:"真是! 真是!"

五婆薅猪草回来了,见老头子傻了呆了,又见地下扔着五块钱,就问出了什么事。王老五讲着详情,五婆还没听完就气坏了,恨恨地骂道:"看看,看看,日他妈,就说谁变蝎子谁蜇人吧! 春花原先多好的人,才当了几天支书婆娘,可也会蜇人了!"

五婆本来气春花,听王老五讲完,又掺进了对支书的怕,指着王老五埋怨道:"老天爷呀,你真是老糊涂了,喝迷魂汤了,又把支书当成牛娃了,你敢咒人家死个挖苗断根,我看你是活够了,找到老虎头上蹭痒!"

王老五嘟哝道:"我只想着骂的是贼。"

"啊,是贼都敢骂? 也不分分是啥贼,是大贼,是小贼,是头软的贼,是头硬的贼,你就骂开了!"

"我要知道是她割的,我再迷也不会骂。"

"你不知道的好!"五婆拾起地上的五块钱,又气又恨地骂着,"偷了还不叫说,给五块钱这不是搪塞咱的是啥? 你还站在这里等死哩,还不快把钱给人家送去!"

王老五去了,做贼心虚地去了。

李支书刚刚和妻子吵了架。李支书三十多岁,上过学,在大山里也算得年轻有为了,这次整党后才上台。前任刘支书不是人,劣迹很多,自己也曾说过长道过短,只想着自己干上后一定要旧貌换新颜,好好争口气。没想到权力这东西这么可怕,不等自己干好,老婆可由好变坏了,干出了这号丢人事,自己还怎么红口白牙厚着脸皮说别人?李支书越想越气,正在气头上王老五来了,他只得强装笑脸让王老五坐下,问:"五爷,有啥事?"

王老五看李支书气色不对,便急忙赔了一堆不是,骂道:"李支书,说过不叫你气你咋还气哩。这事都怨我老糊涂了,人家说老变小,一点也不假。我也变成三岁小娃了,在菜园里头一昏就骂开了,当着众家八户的面抓你的脸,我真是狗咬吕洞宾分不清人了,真是对不起你。"王老五糟践别人不在行,糟践自己可是轻车熟路,嘴也不拙了,舌也不笨了,很会骂,骂出了新花样新水平。

李支书听不下去了,板着脸子反问:"五爷,你怎么老这样说话?到底是春花偷了你,还是你偷了春花?"

王老五的嘴被塞住了,半天才说:"我说的可都是真心话,要是有一点虚心假意就不是人。"说时掏出五块钱双手递了过去。

李支书不接,冷冷地问:"是不是嫌少?"

"看你说的。"王老五的手还不缩回。

"是不是赔了钱还不行,你想叫咋处理吧?"

"这……"王老五的手抖了,缩回来了。

"五爷,不能惯她,吃白食吃惯了,往后咋弄?"李支书看王老五怕了,才缓和了口气。

李支书又哄又怪才把王老五送走,怕他再反悔来纠缠干脆闩上了门。王老五看看手里的钱,又看看闩上了的门,站了一会儿只好回去了。

夜里,王老五和五婆像着了魔,说来说去就是这件事,说到夜深了还睡不着。一时五婆给王老五壮胆说:"怕啥怕,是她偷了咱,又不是咱偷了她,当支书还能不论理? 怕啥,睡!"

"真哩,有理走遍天下,说到天边咱也没输理,咱怕啥,睡!"

两个人睡了。睡了是睡了,可是睡不着,睡不着是睡不着,可是都不说话了。

一时王老五虎生坐了起来,心虚地说:"嘿,怕就怕在咱有理上,咱要没理没捏住人家的把柄,人家疯了整咱?"

"可是哩,细想想挨整的人有几个没理,理越多受罪越大。"五婆也坐了起来,也怕了。

两个人又对坐了,又对怕了,说个没完没了,越说越怕了。

王老五看看五婆担惊受怕的样子,就说:"或许不会吧,虽说他当支书了,牛娃总还是牛娃吧。"

"也是哩,才当几天支书,不能没一点点牛娃的味了。"五婆也跟着说宽心话。

两个人又睡了,还是睡不着。

五婆又坐了起来,说:"才下台的刘支书没当支书时不比牛娃还好? 可是一当上就变了。牛娃就不变了? 再说,你骂人家骂那么狠。"

王老五也坐了起来,想起刘支书在台上时整人不眨眼的样子,不由得头皮都麻了,就说:"也真是哩,变成了蝎子要不蜇人还算个啥蝎子!"

两人正说说反说说,折腾了一夜没睡成,天明时才统一了思想:等吧,是福不是祸,是祸躲不过,李支书是非炮治他们不可,只看早晚了,只看咋整了。

王老五认定了要挨整,可是没有想到来得这么快,昨天才出事,今天可把乡里干部叫来了。自己的事自己不好出头,叫乡里干部来整,这是老门道了,还能瞒过谁? 王老五从地里回来熬煎坏了,好像大祸马上就要临头了。五婆想起整人的人的凶劲,想到挨整的人的可怜相,浑身筛糠了,早没了主张,急急地问:"你说咋办呀?"

王老五蹲在地下,抬起头看着五婆的脸色说:"不中了,我去找乡里来的干部说说,咱真不是故意骂支书的,给人家低个头认个错。"

五婆也没办法,只好同意,说:"只要低个头没事了就去低个头吧,谁叫咱瞎了眼硬往弯腰树底下钻。"

王老五去了,去了又不敢再进李支书家的门,就蹲在附近墙角里等着。心想这个干部总要出来屙屎撒尿,等他出来了和他拉个背场说说,不能叫他光听一面之词。他至多狠狠整自己一顿,再狠也只有他和自己两个人,丢人总丢得小些,总比拉到人场里丢大人强些。他耐心地等着,肚里打着如意算盘,想着挨顿整就会把韭菜事件一笔勾销了,和还债一样还了钱就两下清白了。等了好长时间那个干部才出来,慌慌地直奔厕所去了。王老五忙跑过去,守在厕所门口,那个干部一出来他就一把拉住人家,求告道:"我给你说个事。"

那个干部四十来岁,喝酒喝得红了脸,看王老五一脸巴结相,神色又如此急切不安,便猜了个八八九九,就认真地说:"大叔,不中了,你说得晚了。"

王老五心里一沉,说:"我等了你半天,你不出来。"

"你怎么不进去说哩?"那个干部埋怨了王老五,又安慰他道,"真是不中了,三万棵红果苗,大家一呼隆就抢完了,下次再从外地进了，一定卖给你一点。"

"啊！"王老五心里一松，说："我不是买红果苗的，我是……"

"说啥？"

王老五犯疑地看着这个干部，这么大的事支书不给你说才怪哩，还假装迷瞪僧哄我哩，就反问道："我不信支书能不给你说我的事？"

"说你啥事？"这个干部真迷瞪了。

王老五把韭菜事件根根弯弯说了一遍，然后又赌了咒："我要是存心咒他就死到五黄六月，叫蛆透了我！"

这个干部大概急着进去猜枚，心就不在，耐着性子才听完王老五的啰唆。"我是树木官，不管别的烂闲事。"慌慌地撂了一句，就又钻进李支书家里了。

王老五没有挨到整，目的没有达到，心里空空落落的不踏实，垂头丧气地回到家里，又如实给老婆汇报了一番，末了心事重重地说："躲了初一，躲不了十五，只看哪一天了。"五婆除了埋怨还是埋怨，再有就是帮着王老五往怕处想了。

从此，王老五就不断头地胆战心惊，一天到晚总觉着要出啥祸事，事事疑神疑鬼，像得了小儿惊风，一惊一乍的。屋里墙上的喇叭响了，他就紧张得不得了，吆喝五婆道："别吭，别吭。"

五婆愣怔地问："咋了？"

王老五指指喇叭，说："听听，听听咋说咱哩。"

村里丈量土地，王老五吓得变脸失色，连连叫苦："咋样，咋样，恶劲使出来了吧？"

"啥恶劲？"五婆也慌了神。

"你没想想，平白无故丈量土地干啥。"

"干啥？"

"干啥？还不是借个缘由把咱的一点好地都换成坏地，叫咱吃风喝沫。"

路上碰见治安员没给他说话，回家后怕得更狠，说："我碰见治安员了。"

"咋了？"

"脸子黑着，不搭理咱，看样子是要整咱了。"

见李支书和谁说话，李支书说完走了，王老五就去问人家："李支书对你咋说我？"

"说你啥？"

"说啥时候收拾我。"

对方感到好笑，就还了他个玩笑，说："李支书说，快了。"

"真哩？"

"是真是假你等着看嘛。"对方故意说得一本正经。

王老五想不信又心不由己地信。恰好又碰上村里开群众大会，吓得脸上成了一张白纸，布满皱纹的卫生纸，慌慌地跑回家对五婆说："这一下可没跑了，开大会弄啥，不是斗咱别的还能弄啥！"说着就找老棉袄穿上。

五婆说："天都热成啥了还穿袄子？"

王老五气得瞪大了眼："你是怕我死得慢了？穿件厚的总多一层护身皮，疼得轻些。"

王老五的猜想次次都没灵验，都白怕了。可是他总认为不是不报，是时辰没到，认定了李支书肯定要报，只看是咋报，只看是啥时候报。村里大小有个风吹草动，他都断定是为了炮治他的。上边又来了几次干部，一次是来传授栽培木耳技术的，一次是来帮助脱贫致富的，一次是来调查地方病的。王老五都认为是来炮治自己的，都主动去找人家坦白，人家忙不想听，他就低三下四跟在人家屁股后头啰唆，坦白得人家讨厌死了，都说他神经了。

时间长了，没有不透风的墙，李支书也知道了，心里好气。就为这个事，错也道了，钱也赔了，怎么还是揪住不放？真想说他几句。可是，再听听传话人说说王老五的怕劲，也只好把生气的话咽了。自己从小就爱去王老五家玩，爱就爱他个胆小怕事。去别家玩，一点不对人家就骂，在王老五家哪怕把他的东西打破了，他也不会吭一声。王老五一辈子小心，树叶掉下来都怕砸烂了头，怕打击报复也是可以理解的。李支书本想去找王老五谈谈，又怕再吓住了他，于是就找到了五婆，向五婆保证绝不报复，叫她劝劝王老五，不要再自己吓唬自己了，吓出了毛病就晚了。

五婆听了李支书的话，也真怕王老五会吓出毛病，就劝王老五道："已经一两个月了，要收拾咱早就收拾了，我看真是没事了，别怕了。"

病已经入了心，王老五一句也听不进去，反而生气地说："你也来哄我！这和欠人家的债一样，晚还一天多背一天利钱，本利不还清人家能轻易饶了你？"

一天，李支书在广播上讲话，讲护林的事，批评一些人在自己承包的山上乱砍滥伐，在别人承包的山上偷摘山果。表扬了王老五，说就他奉公守法，就他没在自己承包的山上非法砍过一棵树，没有到别人承包的山上摘过一片树叶。五婆听得完完全全放心了，笑了。没想到王老五又怕了，又怕得乱抖了。五婆看他这样就气了，说："你这人是咋了？人家表扬你你也怕成了个这！"

王老五哆嗦着批驳道："我看你真是迷了，听话听音，连个这都听不出来。这是要整咱的,怕咱说话,在封咱嘴哩。"

"你咋知道?"

"他这一招,是刘支书吃剩下的饭。说起来该表扬就表扬,该批评就批评,他又整人又落个好名,叫你挨整也说不出来。"王老五深信这一回是挨整挨定了,"还想唬人哩,先哄后杀,见得多了。"

五婆再说也劝不醒他,再加自己心里也犯疑,这种事过去真没少经见过,也就没有深劝他。这天夜里,王老五接着做噩梦,一时呼爹一时叫娘,一时虎生起来下跪,一时虎生起来磕头。第二天当然还没整他,可是他已经病了,说胡话了,眼看真是神经了。

五婆吓坏了,急忙去请医生来给他看病。医生又摸脉又听诊,看不出个究竟,就详细盘问病因,五婆一五一十说了个明白。医生听了不住摇头,想了想一阵苦笑,就给她说了个单方,说:"只要你能办到,包他药到病除。"

五婆为了救王老五,只好按医生的单方办事,硬着头皮去找着了李支书,求告道:"李支书,你去把俺们老东西狠狠炮治一顿吧!"

李支书当是老夫老妻闹家务事,态度挺好,就问:"为啥事吗?"

五婆吞吞吐吐地说:"为了他在菜园里骂你们的事,你去炮治炮治他吧。"

李支书听了勃然变色,愤愤地说:"他骂了该骂,我啥时候说过个不字? 我对谁说过不依他了?"

"我知道,我知道,我知道你不是这号人。"五婆看李支书变脸了,急得哭了,把王老五的心病前前后后说了一遍,又求道,"他这病也只有这个门道能治了,啥时候不炮治他一下,他就放不下心,晚炮治他一天,他的心病就重一天,早点炮治炮治他,也省得他成天提心吊胆了。"

李支书还是气，还是黑着脸，命令五婆快走，发火道："啥话嘛，玩我难看也不是这样玩的。走走走！"

五婆扑通一声跪在李支书面前，放声哭了，苦苦求告道："你只当行行好救他一命，要不他顷刻就疯了！你就再整他一回吧，这是我央你整的，是假的不是真的，我知道好坏呀！"

李支书软了心说："他那么大岁数了，又没干输理事，我凭啥整他？我整不下去。"

"哪怕只当是儿子整老子哩！"五婆长跪不起。

李支书又气又没办法，不由想起了王老五的好处，想起了王老五的可怜相，真要为这事疯了，影响更坏。只好闷闷不乐地违心答应了。

李支书硬着头皮去了，硬着头皮装腔作势把王老五整了一顿，末了说："这一回算了，一巴掌拍消再不提了！"说了就扭头匆匆走了。

王老五被整得出了一身冷汗，然后出了一口长气，人也灵醒了，略带几分自得地对五婆说："看看，看看，就说不会白饶了咱，总要有这一回吧。好了，这一关可总算过去了！"

王老五的病好了。

从此，李支书一看见王老五心里就酸了，就想哭。

原载《奔流》1987 年第 7 期

《小说选刊》1987 年第 9 期转载

《新华文摘》1987 年第 11 期转载

问天

三爷头痛了,痛得很,痛得像锥子扎刀子剜。三爷过去也头痛过,是伤风感冒引起的,痛得没这一次狠,也有方治,熬点姜汤喝喝,或是被子包住头捂出汗,或是上山挖荒累出点汗,只要一出汗就好了。这一次不是伤风感冒引起的,碰上了难题,想不出好办法硬想下去把头想痛了。三爷的头没有用过,就是用过也是小用,没有大用过。一个老百姓用头干啥呢?地咋种啥时种种啥啥时浇水啥时施肥啥时锄啥时收,等等,等等,上级都替你想了,你别说不会想,就是会想,想得再美也是白想,想多了还犯王法。三爷是老实百姓,老实百姓就只听不想。三爷的头娇生惯养年代久了,就不会想了,一想就痛,又是大用大想,就痛得更狠了。不是病痛,是真痛,是伤住脑子了。三爷痛极了,不由想跑了题,怪不得干部们吃香的喝辣的,看起来可得吃可得喝,他们又不是挖山抢镬头,他们得天天想事,要不把头保养得好好的,一想头就痛还咋工作哩?三爷想想过去对干部们吃吃喝喝不满意,就觉着很对不起干部们,就很有点无地自容了。

三爷这一回想的是大事,选村长的

事。上午开村民大会，王支书在大会上说，这一回要搞差额选举，提出了两个候选人，一个张文，一个李武，选谁都行，看谁能为人民多办好事就选谁，只能选一个，选两个作废。又说，这是天下最好的民主，也是天下最大的民主，叫谁当不叫谁当由大家当家做主。人们听了哈哈大笑，说这是一个闺女许给两个男人，叫两个男人去争一个闺女，真新鲜。王支书听了很生气，不叫大家嘻嘻哈哈。说，这一回谁也不准嘻嘻哈哈，这是关系到每家每户每个人的大事，回去了都得好好想想，想好了明天来投票选举。三爷没有嘻嘻哈哈，三爷挺烦年轻人嘻嘻哈哈。三爷听得很认真，三爷听话听惯了，王支书叫好好想想，三爷不等回家就立时好好地想开了。

三爷在村里又香又臭，说到底还是香得流油香极了。年轻人看不起三爷，都拿三爷当玩意儿玩，常常三三两两去找三爷开心，问三爷："三爷，旱了吧？"三爷就反问："王支书说旱了？"年轻人回他："王支书说了。"三爷又问："王支书咋说？"年轻人说："王支书说旱了。"三爷就看看天，很认真地说："可是旱了，好久没下雨了。"年轻人笑了，说："哄你哩，王支书说不旱。"三爷就认真地看看地，用棍子戳戳，说："就是嘛，地下还有墒哩。"一问一答，惹得年轻人笑个痛快。三爷不憨不傻，知道是年轻人来玩他的。三爷不气，还赔着笑。三爷笑是笑在脸上，心里可没笑。玩的？万一要不是玩的呢？我说不旱，王支书叫浇水，你们偏不浇；我说旱了，支书不叫浇，你们偏要浇，抬出我和王支书抗膀子，我可担当不起。谁知道哪一回是玩的，哪一回不是玩的？可得回回当成真的。三爷老了，三爷也从年轻时过过，知道年轻人的毛病，啥都不懂还自以为能得很懂得很多很多。年轻人拿三爷不当回事，上点岁数的人可都服三爷，几十年了，年年都有大风大浪，年年都有个百分之几的挨批挨斗指标，谁没叫风吹过浪打过,有的还不止吹一次打一次,就三爷没有,一次也没有,早早晚晚都站在干岸上,落得一身清清白白。人们都说,跟着三爷走,四季保平安。年轻人看不起三爷当个屁用,他们在外边红口白牙说说行,真要办啥事还得听老子的,老子们听三爷的,拐个弯他们到底还是听三爷的。今天王支书说明天要选村长,人们都不操心选谁不选谁,有三爷哩,三爷选谁跟着选谁准没错。

散会路上,家家户户的老子们前后左右围着三爷走,想听他一句话,问他:"三爷,你说说,选谁?"

三爷摇摇头,摇足摇够了,才稳稳当当地说:"急啥?心急吃不了热豆腐,沉住气不少打粮食,又没叫你现在就选。王支书说叫好好想想,听王支书的话,想想,想想,好好想想。"

三爷到家就开始正式想了,下本钱想了。三爷除了生病卧床不起,从不在家闲坐,闲坐着着急,还浪费工夫。庄稼人指望工夫吃饭,工夫是挺金贵的,三爷从不浪费工夫。这一次不行,为大事浪费点工夫值得。三爷不是不心痛工夫,是做着活不会想。这是大事,大事就得正儿八经地想,得抱着烟袋吸着想,吸一口烟想一下。三爷没想过大事,可是见干部们想过,干部们都是坐着想,吸口烟喝口茶,吸着喝着想着,自己早上喝的红薯糊汤,不渴,茶就免了,烟可得吸,不吸还咋想哩。三爷坐在当间里,坐得端端正正,然后吸着烟就开始专心专意地想了。

选谁?三爷想。选张文吧,这娃子很不赖,眼里有人,穷富人都看得起,高低人都拉得上话,不是狗眼看人低的人。张文常说,烂套子疙瘩还能塞个墙洞堵堵风哩,何况个大活人哩,还能没一点用处?这娃子这样说也真是这样做。就说夏天那次吧,都在村头大树下歇凉,三爷也在。这时县里来了个干部,白胖白胖,一脸奶膘,骑个自行车一直骑到人场里。大家都不认得，就张文认得。张文上去亲亲热热招呼，喊他丁主任，又对大家说："丁主任来帮助咱们搞商品经济哩，丁主任来了大家的福分也来了，从今往后保险斗大的元宝滚进家家户户。"大家都拍手欢迎，三爷也拍了。丁主任被拍得脸上红红的，就掏出纸烟敬大家，盒是带锡纸的，烟是带把的。一人一支，大家接住烟都乱呷嘴看稀罕。三爷坐在最外边，三爷穿得又烂，三爷不是没好衣服，三爷有，三爷平常不穿，三爷说又不逢年过节，又不上街赶集，在家里做活穿那么好干啥，是叫庄稼苗看哩，还是叫坷垃粪草看哩？三爷就穿得很不起眼，丁主任看他不像个人样，给三爷敬烟敬到半截手又缩回来了，三爷接烟的手伸到半截也缩回去了。三爷好恼，脸红成紫的了，三爷心里骂娘：日你个妈，狗咬扒篮的。三爷起身要走，张文立时拉住丁主任走到三爷面前，给丁主任说，这是我们的三爷，养鸡大王，喂几十只哩，是个专业户。丁主任马上另眼相看，笑得脸上没有了眼睛，从口袋里掏出了给大家散烟的那盒烟，要抽烟时又装进口袋里，又从另一个口袋里掏出了一盒高级烟。丁主任没叫三爷，叫的大爷，说大爷你老吸根帝国炮吧。三爷不想接，只是伸手不打笑面人，不接不接就接住了。丁主任说，进口的外国货，一支四五毛钱哩。三爷还有点不相信，大声说好家伙一根烟都够二斤盐哩。丁主任回头说叫大家都向三爷学习，三爷过去拥护土改，现在拥护商品经济，是老模范老先进，还有什么什么的说了一大堆。三爷听不懂，可是三爷感到了很是风光，把刚才敬烟敬了半截的事抹荒牌了，心里说不知者不怪罪，丁主任还是很好的。后来人们问三爷，外国烟啥号味？三爷说其实也没啥格外的味，就是和中国烟不同，外国烟当然是外国的味。说得人们迷迷糊糊，不知道外国烟到底啥味。为这事三爷很是感激张文，要不是张文介绍，别人就会记住这个事，说啥时候啥时候叫丁主任玩个长脸，一辈子都是个短处。张文一介绍，长脸就变成了圆脸。张文为啥要介绍？还不是张文心里有咱。三爷不是忘恩负义的人，大恩小恩都记得清清楚楚。张文心里有咱，咱心里也要有张文。三爷早就想请请张文，报答报答这份情义，想想也没请，张文当民兵连长，啥好的没吃过，稀罕自己这一口粗茶淡饭？到如今张文还没喝过自己一口水。三爷想报恩没报，心里早晚搁着一块病，总像欠了张文什么。这一回可有报答的机会了，选他！他把咱当人敬，咱得把他当神敬，人敬我一尺，我敬人一丈。三爷想定了，选张文，这一票不能便宜了外人。

三爷要下地做活了，想好了不想了再不下地做活就是白浪费工夫。三爷刚出门就看见了李武，李武扛着锨从门口过，对三爷笑笑，说三爷才下地呀！三爷脸红了，像做贼被捉住了，话都说不圆了，只会啊啊了。李武过去了，三爷的心忽然乱了。三爷站住愣了一会儿，心里说不行，还得再想想。三爷就又拐回去了，又坐到当间里，又吸烟又想。

三爷这一回想的是李武，三爷心里总觉着欠着李武点什么，是什么再也想不起来，想不起来就狠劲吸烟狠劲想，想得头痛了，才想起来。不是欠李武的，是欠李武他妈的。三爷想起了吃食堂的事。三爷当时还年轻，年轻人饿得快，顿顿开饭时抢在前边打饭，怕打得晚没有了。三爷吃着吃着就浮肿了，不是吃着了，是涮着了，一天三顿清汤越涮越肿，年轻轻的就拄着棍子走路了。人们都说他快了，快什么大家心里明白。三爷不会忘了，当时李武的妈掌握着勺把子大权，负责给人们打饭。一天夜里，李武的妈偷偷跑到三爷屋里，塞给三爷几个玉米糁掺野菜蒸的菜团团。三爷不要，说你都肿成啥了。李武的妈说，好兄弟，我干这事要不肿，多少人就会变成死鬼呀。三爷才把菜团团接住，想咬几口又不好意思咬，李武的妈还没走呀。李武的妈看着三爷的样子噗噗嗒嗒落泪,说,年轻轻的成了这号样。三爷还记得,李武他妈还按按他身上,说,看看,一捏一个坑。你咋恁老实,不会偷也不会摸,你没看看,不做贼的都饿死了!你咋恁迷,咋回回打饭抢在前边,几个粮饭糁都沉到了下边呀,以后你拖到最后打,嫂子也好照顾照顾你。三爷听话,以后再饿也要拖到最后打饭,李武的妈每次都给多打一勺半勺的。三爷想起了这事,三爷吓坏了,埋怨自己不该不听王支书的话,没有好好想想,差一点把救命大恩都忘了。三爷想,虽说李武的妈没等食堂散伙就浮肿肿死了,她死了她还有儿子呀!有恩不报非君子,自己差一点成个小人了。三爷越想越后怕,这一回要是选张文不选李武,李武的妈在阴间知道了,能不骂我不要良心?三爷想到自己久后也去了那阴间,咋有脸见李武的妈呀,脸能不红心能不跳,当个鬼也当得没一点德行!对,不选张文,选李武,定了,板上钉钉钉死了。三爷这一想就把整个上午想完了,可是三爷不后悔,总算没有白想,总算报了救命大恩,看起来遇事可就得好好想想,怪不得干部们成天在想想呢。

吃午饭时,三爷很高兴。三爷家人口多,有三奶奶,还有两个儿子,儿子们还有媳妇。在外边,干部们替三爷想;在家里,三爷替一家人想。老伴和儿子媳妇是不能随便想的,一切得听三爷的,三爷想东,一家人得往东,三爷想西,一家人得往西。三爷想了一上午,不是为自己一个人想的,是为一家人想的,三爷全心全意为一家人想好了投谁的票。三爷要对一家老小发话了,三爷的话就是命令,发了命令都得服从,打折扣是不行的。不过三爷也很是民主,每次命令之前都要考考大家,看看一家人是不是和自己想到一块儿了。三爷问了,你们说说咱们明天选谁?三奶奶说,选谁都行,反正又不叫咱当。三爷气了,三爷说放屁,不叫咱当是不叫咱当,也得看看谁对咱好。三奶奶不敢说了，大儿子"哼"了一声，说，对咱好当屁，得看看王支书对谁好才行，王支书想叫谁当谁才能当。三爷听了心里咯噔一下，这话对呀，我咋就没想到这一层，可是哩，王支书不叫谁当，你就是选了他也白搭。三爷心里输了，面上可不输，三爷又问，你说说，王支书对谁好？大儿子又说了，王支书对谁好当个屁，王支书对咱也好咋不叫咱当哩？得看看谁对王支书好，谁舔得美谁才能当。三爷这一下可懊恼惨了，日他奶奶，我真是老了，咋越活越笨，连儿子都不如了。儿子这话有理，三爷又问，谁对王支书好？大儿子说，你想一上午都不知道，我又没专门想咋知道？一句话把三爷噎死了。三爷想了一上午算抹荒牌了，本来想发布的命令也不发布了。三爷想想不急，这事学问大着哩，要不是大儿子提个醒，还差一点弄错了。怪不得王支书叫好好想想，是得好好想想，这里面学问深着哩，可不敢选个王支书不待见的人，咋对得起王支书呢？天地良心啊！

三爷对王支书服得五体投地，别看王支书年轻，王支书办事可不年轻，摸着大家的心思办事。三爷原来很穷很穷，三爷不偷不摸不沾集体的一根麦秸，就会死出力死做活，全靠喂几只鸡生蛋换点油盐换点零花钱。三爷忘不了王支书的大恩大德。有一阵子上级发下命令，说是为了捍卫社会主义，一人只准喂一只鸡，喂得多了就会长出资本主义尾巴，是尾巴就要坚决毫不留情地割掉扔到美国去。不光把多的鸡打死拿跑，还得给吃资本主义尾巴的人拿油盐柴钱，还得挂牌游街示众。王支书当时是治安主任，专门负责割尾巴。有一次，就是王主任领着上级来人挨家挨户割尾巴，队伍到了三爷门口，可把三爷吓坏了。三爷家五口人喂了十只鸡，也就是多了五条尾巴。鸡已经撒了一院，逮也逮不住了，藏也藏不及了，只好吓得筛糠一样等着割了。上级来人看看一院子鸡就笑了，说这么多尾巴,割吧！王主任说了,割球不成,他家人口多,十一口人哩,一人还不划一只,社会主义还没长够哩,有球的资本主义尾巴！来人哈哈笑笑走了。三爷吓出了一身冷汗,给一家人说了,王主任真是佛爷转世,菩萨再生。这还是小恩,大恩还在后头。王主任变成了王支书,前几年又找上门,说三爷,我看你喂个鸡还在行,我去城里给你买点优良品种鸡喂喂,你弄个专业户当当,叫咱村里也光荣光荣。三爷只当说着玩的,谁知没几天真把鸡娃送上门了。这鸡真是好种,一年没有几天不生蛋。三爷发了,鸟枪换大炮了,在村里不算首户也算头几户了。吃水不忘打井人,三爷忘不了王支书的恩德,逢人都说,别看王支书年轻,叫我趴到地下给他磕三个响头叫三声爹我都干。三爷想想都后怕,要是选个和王支书不对劲的人,自己还算个人？麦米都有个心,我歪好①还是个人,可得选个王支书称心如意的人,不踩王支书脚后跟的人,烧香要烧到佛爷面前啊！

谁对王支书好？三爷吃了午饭就又开始专门想了,一想就想起了张文,这娃子跟王支书好成一个人了,三天两头请王支书心情心情,心情心情就是喝酒。三爷记得可清了,正月十五那天上午,张文又请王支书心情,可能心情得太狠了,王支书从张文家跟跟跄跄跑出来,一个劲地大喊大叫,一心敬你,三星高照,五星魁首,叫着叫着就跳到门前大渠里了。三爷在门口看见了,三爷吓坏了,三爷心痛坏了,多冷的天啊,会把王支书冻坏的。三爷急坏了,急忙脱袄子脱棉裤要下去拉王支书,越急越脱不下来,还是人家张文忠心报国,啥都没脱就跳进大渠里了,把王支书捞出来又扶到家里,给王支书换干衣服新衣服,上下都是青颜色毛呢的！到如今王支书还穿在身

① 歪好:豫西南方言,意为无论如何、不管怎样。

上。这交情深着哩，王支书常说，张文是煤（枚）科大学毕业的高才生。王支书早晚出门喝酒，都要把张文这个大学毕业生带上。王支书还说，孙悟空敢大闹天宫，我有张文保镖敢大闹酒海。三爷越想越认定张文和王支书好，两个人好得活像一个人和这个人的影子，看起来只有选张文，王支书心里才能美气。三爷这样想是想了，就是想得不专不顺，因为还有个李武在三爷心里活蹦乱跳，一个劲地要把张文从三爷脑子里挤跑。三爷知道，李武和王支书也好，好是好，和张文好得不一路。张文是亲王支书，李武是骂王支书。村里有个溜光蛋叫刘五，有一次请王支书心情心情，王支书没叫张文保镖，王支书说小打小闹不用大将军出阵了。谁知小打小闹也把王支书晕到了云里雾里。刘五趁机进言，说他有个好门路，弄成了一本万利，保叫村里一步登天，家家万元户，户户盖楼房，到时候你王支书出门就要坐朝廷的帽子——皇冠。王支书晕了是晕了还影影绰绰记得，上级叫起用能人的号召，原来能人就在眼前，用！重用！既然刘五给修了金銮殿，王支书巴不得立时三刻就登基坐朝，就说，娃子，只要你真能办到，老子就在村里封你个一字平肩王！说吧，要啥？刘五趁机掏出了早写好的要钱报告，恭恭敬敬呈给了王支书。王支书看了哈哈大笑，才要三千元，就能办这么大的事，批，老子给你批了。王支书用歪歪扭扭的字批了，就歪歪扭扭地回家睡了。刘五拿着圣旨，立时找会计取钱，会计哭笑不得，又不敢抗旨，也不敢得罪刘五，还怕钱飞了，就推故去信用社取钱，先找李武，后找三爷，求他们去给王支书说说，请王支书收回成命。三爷就去了，三爷最恨刘五这号没毛飞的人，成年身不动膀不摇专指望嘴皮子吃喝拉拢招摇撞骗。三爷到了王支书门口，听见屋里拍着桌子大叫大闹，三爷没敢进去，就蹲在窗外悄悄地听。三爷听出是李武的腔调，只听李武破口大骂:喝,喝!把个好好的人喝成了酒鬼醉鬼,把好好个村喝得乌烟瘴气,你这个党员到底入的是啥党,是共产党呀还是酒党?你要不把刘五这个批件要回来,从今往后咱们一刀两断,好稀罕在你手底下干个球副村长……三爷听得头发毛一乶一乶的,三爷怕火上浇油就悄悄溜了。论岁数王支书比李武长一辈,论官职李武是王支书的部下,李武为啥敢像老子训儿子一样训王支书?三爷想不透为啥,想了很久很久才想明白了,王支书一定有啥把柄捏在李武手里。三爷很为王支书愤愤不平,打狗还看主人面哩,王支书这支书是上级叫干的,不怕王支书也不怕上级了?三爷想给王支书解解围,就悄悄问王支书为啥怕李武。王支书哈哈大笑,说,球,李武就是个这号货,有时骂得才凶哩。球,李世民还听老魏骂哩,骂是骂,可是个一心保驾的忠臣。光说好听的中球用,溜的溜的就把国溜亡了。三爷听了就明白了,明白了就更服王支书了,王支书这一手厉害,怪不得王支书坐天下坐这么长不倒。三爷又想,李武这娃子是个忠臣,不选忠臣能选奸臣?不过,张文也不是奸臣啊!

三爷心里犯嘀咕了,两个人和王支书都好,到底该选谁呢?选谁?选谁?脑子里一直是"选谁"这两个字,三爷没想准到底选谁,又想到别的地方了。这个难题都是王支书出的。三爷明白了船在哪里弯着,一定是王支书想叫张文李武都干,上级又只准选一个,选谁维持谁,不选谁得罪谁,王支书既想维持人又怕得罪人,就想这个方叫百姓们替他得罪人。三爷想王支书真能,到时候选住了谁,王支书就说是我提的你的名;谁没选上,王支书又说了,我提你的名老百姓不投你的票我有啥办法?好叫王支书落了,人叫老百姓得罪了。三爷开始埋怨王支书了,谁家当干部的兴这个?三爷刚埋怨个头又出了岔岔,既然两个人中只准选一个,老百姓都不准选两个,你王支书是支书当然也只能选一个了。王支书想叫哪一个干呢？王支书投谁的票呢？只要猜出王支书投谁的票，咱跟着投谁的票就好了，何必再费脑子哩。可是王支书要投谁的票又不知道，三爷就猜就想，地下烟灰磕了一堆，还没猜住想准，还把头想痛了，说痛就痛，痛得针扎刀剜一样。三爷的头一痛就不顾想选谁了，只顾想头痛了。痛这么狠都怨上级，你们想叫谁干就叫谁干，谁又没说三道四，谁又没骂爹骂娘骂你们八辈老祖宗，你们为啥叫老百姓受这号洋罪？你们成天吃香的喝辣的把头养得好好的，你们不替老百姓头痛，还叫老百姓替你们头痛，还说全心全意为人民服务哩。派款派捐派费哪一样我们没出，没啥派了又派头痛，老百姓能痛得起吗？吃药得花钱呀！三爷脾气好，好也会发火，三爷气了，三爷发火了，三爷骂娘了，日他妈，你们吃着皇粮都怕想，能派给老百姓来想，老百姓也日哄日哄去个球，他娘的，不想了，管他谁当村长，谁当咱就跟着谁走。三爷下定决心不想了，说不想就不想了，不想了头就痛得轻了。可是又转念一想，不中，自己选谁不选谁就不说了，还有一家子人呀，这事可不能叫他们乱当家，这个选张三，那个选李四，不成了没王子蜂？还有，家里人要问选谁呢？村里人要问选谁呢？自己要回答不出多丢人！三爷觉着责任重大，不能不想，又怕想想还头痛，脑子一转就有了门道。三爷从口袋里摸出了一个硬币，三爷说，张文占正面，李武占反面，撂上去落下来谁在上面就是选谁。三爷说了就把硬币拎着扔得高高的，三爷的心也跟着硬币飞得高高的，硬币落到地上了，三爷的心也跌到地上了。三爷趴到地上一看，正面朝上，是叫选张文哩，对，就是选张文。李武，你可不能怨我，都怨你的命不好。这最公平了，村里组里分东西分活组干部常用这种抓阄的办法，这办法最得人心了，谁也没有怨言。

三爷想了一天的事一点不费脑子就解决了,三爷埋怨自己当初咋就忘了这么好的办法,脑子白想了一天,头也白痛了一阵子。三爷浑身轻松头更轻松,磕磕烟袋就要下地了。三爷站起来要走时,不知哪根神经出了毛病,总觉着有点对不起李武的妈,还想摆一回不一定准,摆两回吧,再摆一回试试,要还是张文在上面,就证明张文命里该当这个官,就不再三心二意了。三爷又摸出硬币,两个指头夹着放到嘴边吹吹,又放到耳边听见了嗡嗡响,心里还不住祷告:李大嫂,你儿子命里能不能当村长,你在那阴间你最清楚了,你看着办吧。祷告完了又把硬币扔得高高的,硬币落下来了,三爷急急上去一看,啊,反面在上,是李武!三爷惊喜地"啊"了一声。三爷心里隐隐约约向着李武,又为了表示自己公道,就故意不向着李武,强压着那隐隐约约。三爷犯难了,是头一次为准呀,还是这一次为准?是头一次算数吧,觉着亏了李武;是这一次算数吧,又亏了张文。再摆一次吧,又怕,怕什么也说不清。三爷的头又痛了,脑子里像钻了一条蛇,乱咬乱踢乱跳,痛了真不美,三爷不想叫再痛,就想不痛的方。三爷不愧是三爷,活人没叫尿憋死,想方就有了方。为啥不拔倒树枝捉老鸹哩?真笨,想了一天算瞎想了,想的一点也不起作用,去问问王支书不就蹚根了,王支书一句话顶上自己想几天。王支书会说吗?当然会,这又不费他个屁事,又不用花他一分钱,就是一句话嘛,凭着多年的老交情,他瞒天瞒地还能瞒自己?再说,他巴不得哩。

三爷想开了,头就一点也不痛了,就欢天喜地去找王支书了。王支书家里有客,王支书问他有什么事。三爷想这事不能当着众人说,说了就泄露天机了,得拉个背场说才行。三爷说:"你出来一下,我只问你一句话。"

王支书就跟着三爷出来了,三爷把他领到了房后一棵弯腰树下,看看很僻静就站住了。王支书看着三爷很神秘很严肃的样子,就问:"三爷,啥事?"

三爷看看左右前后没人,就嘿嘿笑笑,问:"你说说,你想叫谁干村长?"

王支书迷瞪了一下,反问:"三爷,你问这干啥?"

三爷贴气地说:"你想叫谁干,咱就投谁票嘛。"

王支书笑了,说:"谁干谁不干,我不是说过了,叫大家好好想想选嘛,这事得大家当家做主,村长又不是我家私有的。"

三爷有点气了,都是自己人打的啥官腔,气是气咽口唾沫打下去了,认真地说:"我这可都是为了你好,你给我说实话,你到底想叫谁干?"

王支书笑了,说:"这……我还没想哩。大家选住谁,我就想叫谁干。"

"你别在我面前耍滑头了。"三爷有点恼了,继续表忠心道,"对真人不说假话,你明天投谁的票,你给我透个风,保险叫你满意,别弄得到时候叫你心里不美!"

"三爷!"王支书又好气又好笑,"你管我美不美干啥? 你想选谁你就选谁,这是你的权利嘛!"

三爷急狠了,抓耳挠腮地说:"你咋是个这号人! 怕我走漏风声不是? 三爷不是走话的小人,这里又没外人,只有你知我知,树又不会传话,你说吧,选谁?"说时把耳朵往王支书嘴上贴近,叫他悄悄说,怕说的声音大了叫风吹跑了。

王支书腻歪得连连后退,也着急地说:"三爷,我真没想呀,选住谁就是谁嘛!"

三爷恨呀,真是狗咬吕洞宾——不识好人心,重重地说:"我可是诚心诚意成全你呀!"

王支书烦了,板起了脸子,吓唬他道:"三爷,我给你实话说了吧,这事我不能说,说了就犯政策了。我又没得罪过你,你老不要硬逼着我犯错误行不行?"

"这……"三爷吓了一跳。三爷又不满地冷笑一声,"我不信这也犯政策! 球,都成政策了!"说了气冲冲地扭头走了。

三爷只想着能得到王支书的实话,谁知王支书一字不透。三爷好恼好气,不住骂娘,看起来王支书是不信自己,不和自己过心。只说王支书和自己怪贴心,谁知道自己和他贴,他不和自己贴,三爷感到了委屈,委屈得很,委屈狠了就和王支书不一心了,就下了狠心,球,你当支书的都日哄老百姓,老百姓就不会日哄你了? 你不给老百姓做主,老百姓也不会给你做主,咱们看看谁日哄过谁!

三爷走一路气一路,心想,日他个妈,咱算好心变成驴肝肺了,好心没好报。三爷憋着一肚子气回到了家里,家里人正等着他吃晚饭,看他气色不好,问他怎么了,三爷气鼓鼓地说:"明天一早,娃子老少都上山给鸡打野菜!"

大儿子愣愣地问:"明天不是选村长吗?"

三爷"哼"了一声,气急败坏地说:"不参加! 当官的都怕得罪人,咱们为啥替他们得罪人!"一家人不敢吭了。

第二天一早,三爷领着一家人上山去了。

原载《北京文学》1992 年第 10 期

《文学世界》1993 年第 1 期转载

《新华文摘》1993 年第 3 期转载

《小说月报》1993 年第 3 期转载

漫天大雪,天白,地白,山白,河白,路白,树白,连饿得乱飞的乌鸦也白了。万物皆白,无所不白。世界戴了重孝,使人想起了死去的爹妈,光想哭!

乡醉

木易成了走动着的雪人,从深山里匆匆走来,急急往乡政府走去。看着白茫茫的天和地,想起了受冻受饿的乡亲,他也想哭,更想骂人、揍人。

木易是新来的乡党委书记。早先在县里当一般干部,选拔乡级领导班子时,他的名字也被提了上去,可是,有人说他是个"猴",不宜重用。后来,经过三番五次考核,发觉他是个好"猴",就把他选中了,派到这天高皇帝远的深山里来当"王"了。他没有当过官,不知道官的行为标准,再加上他也真没有把乡党委书记这个官看得多么神圣,还把自己当成一般庶民百姓看待,结果,上任第二天就把自己的名声完全弄坏了,弄得威信扫地。

他来报到时,没带行李,住在乡政府客房里。第二天,他起床后和普通人一样,第一件事是上厕所。上厕所就上厕所吧,也没啥出格的地方,再大的干部也不能不上厕所,何况他只是个乡党委书记。他千不该万不该顺手提上了床底下的尿壶。出门刚走了几步，就碰见王副书记。王副书记见他提着尿壶，大吃一惊，脱口而出地呼叫道："哎呀，你怎么自己提？"说了又急得四面张望，大声吆喝道："通信员哩？小文，小文，干啥吃的！"

"别喊了。"木易看着王副书记大惊小怪的样子，实怕为了自己提尿壶叫小文挨训，忘记自己大小是个领导了，就又犯了猴性，随口戏言道，"我就好提个尿壶。"

"多臊呀，你——"王副书记皱起了眉头，不以为然地瞅着他。

"自己的尿，有多臊？"木易又戏了一句。

通信员小文跑来了，这是个十七八岁的农民孩子，在王副书记炯炯有神的目光照耀下，忙上去夺木易手中的尿壶，像犯了弥天大罪，涨红着脸说："给我，臊得很！"

"我就爱闻个臊味。"木易笑笑又戏了一句，心想：你提就变成香味了？他不肯给小文，硬是自己提进了厕所。

这一下坏了大事。乡政府和乡直单位很快传开了，说是来个"爱提尿壶的书记"，是个"臊书记"。最后，根据这些"罪状"，给他下了个结论："连个官都不知道咋当的，肯定也不会有啥球本事！"于是，大小人物都看不起他。每逢他从乡政府所在的小镇上经过，人们都看着他的背影，嘻嘻笑着乱指："就是他，就是他，就会提个尿壶！"

也是木易官运不利，尿壶事件还没有平息，就纷纷扬扬地下起了大雪。大雪给人间预支了欢乐：麦盖三床被，头枕馍馍睡。大雪也给人间带来了眼前的痛苦：封了山封了路，不知有多少山民在受饿受冻。三中全会以来，平地白馍馍已经吃不完了，这里还不行，山高地少，是历史贫困乡，有一半人在平常日子里都不得温饱。昨天，当大雪盖白了地皮之后，木易就发毛了。他妈的，别刚刚上任就在自己治理的地盘上饿死人冻死人。他想着，就把乡干部们从火盆边叫到会议室，让大家分头下去检查一下群众的生活。谁知，不仅没一个人响应，还个个窃笑不止，用一双双笑眼说话了："放着自在不自在，真是个爱提尿壶的书记！没当过官也没见过官，下个雪也少见多怪！"这话没声，木易却听见了，还震得耳朵痛、心痛。他还看见一双双眼睛望着王副书记，催他说话。这眼光扎木易的眼扎木易的心，木易的自尊心受到了伤害。他妈的，老子这个一把手算白当了，说话还不如放屁哩！好吧，拿老子不当书记看，老子偏要扭个劲，看看谁说的算数。他要下命令了，可是，王副书记抢了先，哈哈笑道："没事，没一点事。我在这里干二十几年了，咱们这个乡啥贵处都没有，就是村干部们都硬棒得很，有啥问题他们会就地解决的。再说，救济物资早发下去了，雪前又做了安排。没事，你放一百条心在家烤火吧！"干部齐声附和，都说："王副书记在这里干了几十年，啥情况都摸透了，谁能吃几碗饭他都有数，王副书记说没事，就是没事。"

"摸透个球！摸了二十多年，摸得一半人还缺吃少穿！"木易在肚里骂了一句，想驳回王副书记的意见。可是，又一想不妥。这里是个深山区，穷得当当响，对县里没有东西可以贡献，县里就把这里看成是腊月三十逮的兔子——有它也过年，没它也过年，很少过问这里的情况，天长日久，这里就日渐落后。再加上王副书记长期在这里占山为王，苦心经营，干部队伍形成铁板一块，历来排外。前几任书记上任不久，就因为和王副书记意见不合，不等脚跟站稳就被挤走了。自己初来乍到，要和他唱对花枪，就等于与众为敌。强龙不压地头蛇，他妈的，先忍了，咱们骑驴念唱本——走着瞧。木易憋了半天，才说："好吧，雪也真是太大，大家先不下去。我爱看个雪景，我明天早上先下去看看。"大家你看看我，我看看你，脸上全是讥笑:"真是八辈子没当过官,烧的!"

木易征求王副书记的意见,去哪个村子为好。王副书记老大不高兴,只管说不必去不必去,偏偏还要下去,这不是硬逼着大家下去?他认为驳了自己的面子,闷了半天,才说:"要去,就去牛顶天。那里是咱们乡里自然条件最差的村子,多亏刘支书是个老模范,领着群众苦斗了这几十年,大家才有碗糊涂饭吃。"

牛顶天!木易愣怔了一下。他没去过牛顶天,可是早就听说过,这是个高入云天的村落,说是有路却无路,立陡立陡的峭壁,就是天晴路干,也得攀着树枝和葛条才能爬上去。木易明明从王副书记的话里听见了弦外音:"妈的,有种就去吧!"他只当没听见,心里狠狠还击道:"娘个脚,好狠的心,想吓住老子。老子也不是孬种,偏要去一下叫你看看,真要上不去,老子这个书记不当了,卷铺盖滚蛋!"木易心里这样想,却笑笑说:"好啊,我早就想去那里看看,咱俩算想到一块儿了。"

王副书记看木易当真,反倒进退两难了。这小子不知天高地厚,现在上牛顶山不是去找着送死吗?万一滚坡了,送了小命,怎么向上级交代?要回话又回不了,只好找个干部陪他去了。干部们谁愿放下福不享去找罪受?王副书记一问谁愿去,马上个个抢先发言:"我很想去,就是腰疼。""我要不是有个寒气腿,我就去。"每个人都"要不是""就是"了一番。木易看这架势气个半死,都说这里欺生排外,一点也不假。可恶极了,连马屁都没人肯拍一下!等着看吧,老子也不是省油的灯。他气是气,还是做出一副笑脸,说:"我三十几的人了,还能叫狼背跑?"王副书记嘱咐道:"实在走不成了,就拐回来,别犟着去。"

第二天一早,木易就独自一个去了。满共二十里路,走了十多里时,面前出现了白茫茫的大山,何处是路? 从哪里上去? 木易正在为难时,通信员小文追来了。他跑得气喘吁吁,满头大汗。木易一喜:"好啊,是王书记叫你来的?"

"我自己来的。"小文低下了头。

小文护着木易上山。一路上,木易问他什么事,他都推说不知道,只是一再责备自己,后悔地说:"都怨我! 那天早上,我只说你不会起那么早,就先去打扫办公室了,没想到你会自己提尿壶……"

木易看他那副难受的样子,心里不是滋味,安慰他道:"这算个啥事,我提就不该了?"

小文差点要哭了,说:"都怨我,坏了你的名声。"

"名声?"木易笑了,笑得很放肆,笑过之后又很心酸,又感到怕人,这竟会坏了名声,这里边有多少学问呀!

快到山顶了,小文往前指了指路,说:"上去就是了。"又看着木易,求情地说:"我回去吧?"

木易看看快到了,说:"行,你回去忙吧。"

小文回头走了几步,又站住,胆怯地说:"你回到乡里,别说我来送你。我请了半晌假,说是回去看我妈。"

"看你妈?"木易忽然动了情,真想上去拉住他说些什么,可是忍住了,只是重重地点点头,"好吧。"

小文恋恋不舍地走了。木易站着没动,看着他消失了,只觉心里一沉,整个人像陷进了迷雾中,产生了一种不祥的感觉。

木易终于到了牛顶天。天下到处都一样,五个指头不一般齐,再穷的地方也有富人,再富的地方也有穷人。木易站在村口四下看去,家家关门闭户,没有人影。他往房子最坏的一家走去。要说,这不是房子,只是两间草棚,墙壁不是土打的,也不是石头垒的,是用木棍夹的。棍与棍之间的缝隙用泥巴糊着,许多地方的泥巴已经脱落了。"屋里进风,怎么住人?"木易想着走到了门口,一股肉香扑鼻而来,味道实在好闻。他又渴又饿,被这香味刺激得满口涎水。他轻轻推开门走进去,屋里光线暗淡,先听见"啊"了一声,才借着火光看见了人影。棚子当中生着一堆柴火,上面架有一口破锅,噗噗噜噜滚着,清香就是从锅里散发出的。火堆旁边坐着一对老人:一个老汉,一个老太婆。他们抬头看他一眼,竟一声不响又低下头烤火,连个招呼也不打,好像进来的不是一个人,只是一阵风。木易怔了一下,还是硬着头皮走到火堆前,叫声:"老大爷!"

老汉对他审视了一眼,指指旁边一块石头让他坐下,冷冷地吐出了一个字:"你?"

"我……"木易被这种冷若冰霜的表现弄得迷瞪了,不知该怎么回答,顿了一下,才说,"过路的。"

"哼!"老汉又嘲弄地从鼻孔里说。

老太婆怀疑地看他一眼,又担心地看看锅,实怕他抢吃锅里的东西,忙拿起旁边的木盖子盖上了。

木易坐了下去,两个老人再也没有看他,再也没有开口。他借着火光四下看去,后墙下是一张木床,上边铺了一领破席,席上扔着一条脏得发黑的薄被。左边山墙下,胡乱摆着盛粮食的破盆烂罐,还有几件农具。右边山墙下是一堆木柴。前墙的门角是一个只有一口锅的灶台,一块不大的案板,几只碗。好可怜的人家!春风何时才上牛顶天?木易叹了口气,再细看这两位老人,穿戴单薄破旧,伸在火上的四只手粗糙得像四块花栎树皮,脸上瘦的骨骼突出,最使木易不安的是他们的四只眼睛,深深陷下去的大眼,放射着怀疑和充满敌意的亮光,像四个黑洞洞的枪口对准了他,随时都会射出仇恨的子弹。木易坐在火边,却觉得比在雪地里还冷——心冷。进来时,他想问问有什么困难,救济物资发了没有,现在都不需再问了。他不想说话,默默地坐着,只有一件事还不明白——锅盖是盖上了,却盖不住香味,热气还是把肉香飘了出来——穷和肉怎么也联系不到一起。奇怪、迷惑,木易目不转睛地盯着煮肉锅,终于忍不住指指锅,问:"这里边……"

"肉,鸡肉,老母鸡肉! 香吧?"老汉一开口就喷射着子弹,嘲弄地说,"有个皇帝说过,没粮食吃了,不会吃肉?!"

老太婆要哭了,诉说道:"大雪天要收穷人了。断顿几天了,就剩下这一只老母鸡,要叫它活着,俺们今天就活不成了……"泪水禁不住淌了下来。

"哭个啥!"老汉火了,训斥道,"有滴热泪咽到肚里还能暖暖心哩!"眼里充满了火光。

木易生气地问:"没给你们发救济粮?"

"这里没有救济粮,只有救私粮。哼!"老汉牢骚了一句。

妈的,这就是所谓的硬棒! 木易看着老汉又问:"村干部也没有看看你们?"

"俺们脸白,皮嫩,好看啊还是好摸?"老汉的话字字都充满了敌意。

木易耐着性子安慰道:"别急,这是新社会,不会不管你们的。"

"啥社会都一球样,都有好人坏人。"老汉脱口而出,这是早就放在嘴边的话,不是临时从心里出的。

木易的心猛地一痛,这话吓得他睁大了眼,怎么能这样看待两个不同的社会?

"你积积德,少说几句不行?"老太婆求告道,"再说能当吃当喝?"

"怕个球!雪只要再下几天还活个球,谁还能挡住不叫咱灭气儿!"老汉挑衅地看了木易一眼,好像在说,"看你能把我怎么样?"

老汉的话一句一根刺,刺得木易心痛,他再也听不下去了,站起来就走。真是冷如路人,老汉连个道别的字也没吐。木易走到门口又回头看了一眼。像他进来时一样,老汉照样坐着烤火,连看他一眼也没有。木易问了一句:"支书家住在哪里?"

"房子和给死人扎的灵屋一样的就是!"老汉连头也没抬。

木易走了出去,身后响起了争吵。

女的:"你疯了? 说话死绝死绝!"

男的:"我还嫌说得轻了。啥球过路的,眼看是个干部,没有好话给他们留!"

木易心里凉了个透。妈的,没想到干群关系会叫他们弄到这个地步,还说没事,还叫放心!

木易四下看看,就往一座瓦房走去。没有比这再好的房子了,这大概就是老汉说的"死人灵屋"吧。这房子并不真好,不高,土墙,样式很旧,却是新盖的。放在城里,属于落后了一个世纪的古迹,在这深山里,已经是现代化的建筑了。房子前边有一个很大的院子,大门闭着。木易站在门楼下边,用指头敲了敲门,没有回声。他又用拳头咚咚地敲了几下,里边才有一个女人问道:"谁?"

"我。"木易回道。

"没人在屋。"里面冷冷地回了一声就灭气了。

木易又敲门,由轻到重,敲,敲。

"给你说没人在屋,没人在屋!"院里的女人骂街了,恶狠狠地吼道,"找! 找! 谁是谁爹谁妈,就该养活大儿大女? 和鬼一样,一天到晚缠住俺们!"

骂完了,又没动静了。

木易的肚子都要气炸了。一个共产党的支部书记,竟敢如此对待群众,太无法无天了!他冒火了,手捶脚踢,气冲冲叫道:"开门!开门!"

院里也发火了,威胁道:"你到底走不走?"

"走?你给我开开!"木易头上火星冒多高,喝道,"我是乡党委书记,木易!"

院里顿时静了,接着一阵慌乱的跑步声。门打开了,一边站着一个年纪大些的胖子,一边站着一个年轻些的瘦子,都尴尬地笑着,齐声叫道:"哎呀,下这么大雪……"

木易没回话,板着脸子跟他们往屋里走。他认得这两个人,胖的是支书,瘦的是村长,他到任的第二天,在见面会上有一面之交。木易走到院当中,扫见一个女人从堂屋里端着盘子,神色慌张地溜进了灶房。妈的,在饮酒作乐哩!木易跟着走进了当间,屋里生着熊熊炭火,他们让他坐下。胖子跑到里间,端出了一小箩筐核桃和柿饼,说道:"吃吃,先吃。"然后冲着灶里吩咐:"赶快做饭,木书记冻坏了!"

瘦子村长一脸媚笑,讨好地夸奖道:"你可真是个神兵天将,大雪把山都封死了,咋飞上来的啊?真是'四化'干部干劲大!从前的书记大晴天都上不来。"话都说不圆,还一个劲地说:"真值得好好发扬,这真是愚公移山的精神,敢把牛顶天踏在脚底下,我们一定号召大家努力学习……"

胖子支书听村长又在说些教育群众的话,心里好恼,便瞪了村长一眼,村长马上合住了嘴。支书为刚才不开门的事打圆场道:"刚才我们正在研究救灾的事,不断有人来说情,开后门,叫给这个一点粮食,叫给那个一件棉衣,没办法了才闩上了门。我们这里山高不成庄稼,收成薄,多富裕的户没有,糊涂饭还都有喝的……"

村长忙附和道:"对,对,我们这里地少天寒,粮食年年靠统销。别的没有,只有点木头,还都是椴木的,做家具是一等一级,王书记家里的家具都是我们这里弄的,木书记啥时候做家具请言一声。"

木易冷冷一笑。妈的,这个蠢材连拍马都不会拍,不分场合,不分时间,不分对象,不论三七二十一,见面就拍,总是平常指望这个指望惯了。他懒得搭理他。四下看去,只见界墙上贴着红红绿绿的奖状,就任他说去,自己站起来去看那些奖状了。

胖支书又瞪村长一眼,暗暗骂道:"有眼无珠的东西,拍马能是这个拍法?"村长不知说错了什么,见支书用眼骂他,不得不又合上了嘴巴。胖支书看木易给他们个脊梁,心里不免有点发毛,就对村长说:"你给木书记汇报汇报咱们村里情况。"

"好,好。"村长忙掏出了笔记本,要念时不由看看木易,只见木易还在看奖状,不知是开始汇报还是等他转过身再说。他拿不定主意地看着胖支书。胖支书瞪瞪木易的脊梁,心里好恼,开门到现在一言不发,一字不吐,摆的啥谱,装的啥相?没吃过死猪肉也该见过活猪走,当个乡党委书记不依靠基层组织靠啥?就凭这个球样你这个书记也当不长。他见村长用眼问他,就没好气地说:"说呀,给木书记汇报呀!"

村长就对着木易的脊梁滔滔地讲开了:"一、基本情况,我们牛顶天大队,不,现在叫牛顶天村,地处伏牛山主峰,共有五个自然村,一百三十八户……"

木易一直不转身,直盯盯看着奖状,任背后废话流下去。妈的,干的好事,还当老子不知道哩,还在装相！他知道,不叫他们看见自己的脸色,不开口吐一个字,比任何脸色都有力,比说任何话都有力。叫他们急吧,气吧,骂吧,就要冷待冷待他们。他从大放卫星的奖状看起,知道支书是吹牛皮起家的,从"斗私批修"的奖状中知道支书从没垮过台,是一红到底的人物。他想,这个货也该换换了,他会搞一切运动,就是不会关心人民。木易又想起草棚中的老汉,从眼光到说话都充满了敌意,为什么会这样？在这里找到了答案,一直奖励这种人,老百姓就是木头雕的,也会从我们身边跑开！他感到一阵气愤,一阵悲哀。

村长还在对着木易的脊梁念着:"三、政治情况,经过历次政治运动的锻炼,全村共有党员……"

胖子支书看木易还不肯转过身子,知道是在故意冷淡他们,心里也在暗暗地骂。老子快干够三十年了,哪一个书记这样对待过我？好吧,愿看就使劲看吧,看看老子的根基,多少大风大浪都过来了,就凭你这个爱提尿壶的书记,谅你也……

木易真想回过头去,抓过村长的本子扔进火里。去你妈的,凭这个老套套就可以应付一切的年代早过去了。可是,那样起啥作用？要狠狠一击又要不露声色,换支书是将来的事,现在得先叫他们下水救人。说道理吗？这些老油条啥道理没听过？啥好听话他们都会讲。他思谋着,妈的,别以为我只会提尿壶,不会当官。

村长继续念着:"四、经济情况,全村共有面积……"

木易突然转过身子,指着墙上的奖状,对胖支书快活地说:"啥奖状都有了,只差一样。"

胖支书不解地睁大眼睛看着木易:"啥？"

"关心人民的奖状！"木易哈哈大笑。

胖支书脸红了,被笑声震得心里打抖。

"这一回救灾搞好了,我给你补上!"木易郑重地说。

胖支书笑了,一颗心放下去了,请道:"坐,坐。"

胖支书没按关机键钮,村长像录音机一样,不管周围有什么变化,还照样滔滔地念着:"粮食增产了百分之七十点四五,林业也实行了承包……"

木易坐了下去,从村长的眼神里看到了一个很蠢的奴才,标标准准是支书操纵的木偶。他心里笑了,忽然对村长挥挥手,不耐烦地说:"算了,算了,别念了。我是来看救灾的。"

"救灾?下边就要讲的。"村长不知趣地把笔记本翻了一页,又念,"关于灾情……"

"别说了,我都知道了。"木易板起脸子,生气地说,"我来时先到我表叔家里看了看,我表叔把啥都对我说了,我也都看见了。"

"啊,这里有你亲戚?"胖支书一惊。

"一个拐弯亲戚。"木易对支书淡淡一笑。

"谁?"胖支书和瘦村长急问。

"问这干啥?我也给我表叔讲了,也叫他不要告诉你们我和他的关系,免得又多一个后门。"木易布下了一个迷魂阵,便拿村长开刀了,不满地批评道,"咋搞的?我表叔家没吃的没穿的,为啥没给他发救济粮救济衣?群众反映,村委会问题不小!"木易撇开村长,侧过头对胖支书和颜悦色地讲:"支部马上下去挨家挨户检查一下,对村委会挪用救济物资的问题写个报告。"他又乜斜村长一眼,冷冷地说:"贪污救济物资,饿坏人冻坏人可是要受法律制裁的!"

村长害怕了,委屈了,看着木易可怜巴巴地申诉道:"这事……"

"别说了,有啥意见和支书说吧。"木易站起来就走,回头又用信任的眼光看着支书,命令道:"明天把报告送到乡党委!"

胖支书要留木易吃饭,木易不肯。瘦村长要分辩什么,被胖支书止住了。

木易下了山,心里又气又好笑。老子也会这一套,对这种人就得这一套,不能叫他们团结起来对付老百姓。妈的,让他们狗咬狼两下防吧,让他们去找我的表叔吧。老天爷保佑,他们要是把每个困难户都当成我的表叔就好了。他又想起别的村子,一定也不会太美妙了。"没事,没一点事""要不是寒气腿""就是腰痛",这些话又在耳朵里响起,肚子里的气就越来越大。妈的,老百姓算白养活你们了,光想吃粮不想当差,吃人民的饭不为人民办一点好事,打着共产党的招牌又专门给共产党脸上抹黑,啥玩意儿呀!上任之前听县委讲的,上任之后亲眼见的,都证明了这个乡的问题不小。再不解决,再和稀泥,老百姓啥时候才能富起来?得捅捅这个马蜂窝,至多蜇自己几口,至多是滚蛋!木易思谋着,得叫他们看看我这个爱提尿壶的书记!

二十里雪路,上山,下山,来回就是四十里,齐脚脖深的雪,每一步都得用劲。木易没走过这样的路,要不是一肚子怒气支撑着,要不是只顾着想心事,早就走不动了。他忘了疲劳,不知不觉回到了乡政府。

木易一走进大门,就听见了笑声,是纵情的笑,放肆的笑,毫无顾忌的笑。木易一听就加了气。多少山民在愁,在哭,在骂,乡政府却在大笑,狂笑,浪笑!出了什么喜事,值得这么高兴?木易朝着笑声走去,笑声发自办公室。他踏上办公室的前檐走廊,隔着玻璃窗看去,一堆人围着一盆熊熊炭火,正在打着扑克。每个人的脸颊上鼻尖上眉头上下巴上都粘着五颜六色的纸条,似妖似神。几个人正往王副书记的脸上粘纸条,王副书记不让粘,笑着,头来回摆着,躲避着。几个人强按住他的头,笑着闹着:"书记输了得带头,不能搞特殊化。粘! 粘!"

经过了一番殊死挣扎和英勇搏斗,终于"群众"胜利了,把纸条粘到了王副书记的两个眼窝下边。两条红纸在王副书记的脸上耷拉下来了。

人们狂欢了,看着王副书记的滑稽样子,笑着喝彩:"好啊,一律平等,这才是不搞特权的榜样!"

王副书记终于和"群众"完全彻底地打成了一片,也高兴得笑了,还鼓起嘴巴一吹一吹,两条红纸便在王副书记脸上迎风飘扬起来。

木易斜了一眼,眼前又突然看见了牛顶天上的草棚,那位老汉充满敌意的眼,冷若冰霜的脸,可怕的话:"啥社会都有好人坏人。"还有,那只老母鸡突然从锅里飞出来了,拔净了羽毛的翅膀爹着直扑他,直啄他的眼睛,声声叫道:"还我命来! 还我命来!"木易眼前一黑,差点栽倒。他定了定神,只觉心绞痛得厉害,是麻木的狂欢蜇痛了他的心。群众在受苦受难。我们的村干部却在饮酒作乐,乡干部却玩得发疯。良心哩,良心哩? 党员的良心跑哪里去了? 木易的肺要爆炸了。他想冲进去狠整一顿,大哭一场,叫大家互相批评批评,马上下去救人。可是,这能行吗? 互相批评好像是久远以前的事了,何况这是个落后乡,大家早抱成了一团。多少问题早该捅破了,可是,上级顾不上捅,同级不愿捅,群众不敢捅,结果,脓越化越多,害得老百姓受苦受难。妈的,不捅开这包脓,我木易算瞎披了这张人皮! 咱们等着看吧,牛大还有捉牛法哩! 木易咽下几口唾沫,把冲到了嗓子眼的气强压了下去,只是"吭咳"一声,把他回来的信号传了进去,就径直回自己的住室了。

办公室里狂欢的人接住了信号,不由往外看了一眼,大家怔了一下,停住了笑,一个个心虚地看着王副书记。王副书记背朝外边坐着,没有接收到信号,正玩到兴头上,忽然见一个个傻了脸,就环顾左右奇怪地问:"咋了?咋了?"

"尿壶回来了!"原来说"要不是寒气腿"的人嘲笑着报警。

"回来了好嘛。"王副书记心在牌上,庆幸地随口答道,"我还怕他出啥事哩。"

"脸子和锅铁一样!"原来说"就是腰疼"的人提醒道。

"没事。"王副书记大包大揽地说,"把这一盘打完去看看。"

于是,"梅花八""黑桃五""主二""小鬼"地又甩了起来,只是吆喝得轻了点,笑声低了点。

战斗总算结束了。不看僧面看佛面,管他尿壶不尿壶,歪好是上级派来的。再说,管他兔子尾巴有多长,哪怕只干一天哩,总算是个一把手。王副书记还是去看木易了。王副书记都去看了,大家自然而然地也跟着去了,礼貌礼貌吧。

木易只住一间房子。通信员小文正在火盆里生火。木易已脱了雨衣,正坐在床沿上换鞋。王副书记他们进来了,木易忙指指火盆旁边的小椅,亲亲热热地说:"坐,坐。"

王副书记坐了下去。屋子太小,又没椅子,后边的一群人只好站着。木易看了这些人一眼,十分对不住地说:"看,也没个地方坐。"又对小文指指桌上的纸烟,"叫大家吸烟。"

小文忙拿起桌上的烟去散时,木易忽然阻止道:"别急,还有盒好烟哩。"说着顺手拉开床头旁边的桌子抽斗,笑道:"我表哥当海员,前些天回来探家,给了我几盒三五牌的。"说着拿出一盒递给了小文。小文忙一一散给众人。大家吸着烟，纷纷咂嘴称好，满面堆笑。

"味道就是好！"

"光说哩，一支一两毛哩！"

王副书记吸着烟，看着木易，怀疑地问："跑到牛顶天了？"

"上去了。"木易脱着鞋回道。

"没啥事吧？"王副书记不在意地问。

"先不说事不事。"木易突然打了个冷战，浑身一哆嗦，苦笑道，"日他妈，冷坏了，魂都冻掉了！"说时弯腰从床底下捞出一瓶白酒，凑着桌沿磕开了瓶盖，"先暖和暖和再说。"他把酒瓶往前伸伸，礼节性地问，"谁喝？"

"你快喝吧，喝两口暖暖。"大家笑笑，谁也不喝。

木易缩回手，笑笑："没人喝？我可是要加加温了。"说完举起瓶对住嘴，咕咕嘟嘟一气喝了半瓶，看样子还要再喝。

人们都吃惊地看着他。王副书记忙劝阻道："算了吧，空肚子，喝多了要醉的。"

"管他哩，头疼先治头，脚疼先治脚，先治住冷再说。"木易一仰头，咕咕嘟嘟把剩下的半瓶灌了下去，又打了个冷战，然后就要往被窝里拱，嘿嘿干笑道，"冷极了，我是要暖和暖和了。"

"好吧，跑了大半天，好好休息休息暖和暖和吧。"王副书记说着站了起来，伸手把木易的被子拉了拉，披了披，看都盖严了才走。跟着王副书记来的人自然也跟着王副书记走了。

"只管说没事没事，偏要去受这个罪。"王副书记怜惜地埋怨了一句。

一脚踏出木易的门，大家就说开了。

"这货,还真中哩!"

"好家伙,一口气一瓶!"

"看样子也是个酒布袋!"

"王书记,这一下只怕你的冠军当不成了。"

"王书记,夜里叫厨房摆一桌,你和他比试比试。"

"不用比,王书记这一下可要真成副的了。"

一说到酒上,人们和木易的距离突然拉近了。大家夸着木易的海量,为多了个酒友感到高兴,笑着散伙了。

人们都回到了自己住室里,烤火喝茶享清福,早把木易上山的事忘了个干净。没隔多久,突然传来了一阵号叫,叫声刺耳扎心,人们愣怔住了,出了什么事? 只见通信员小文惊慌失措地挨门跑着报警:"木书记醉了! 木书记醉了!"

"就说他稀松嘛!"

"看胡子也不是杨延景!"

"还想充好汉哩!"

人们嘲笑着。

"此一番来到战场上,一个一个往前冲!"随着一阵南腔北调的梆子戏声,木易出现了。穿着单衣单裤,挥着一根木棍,在雪地里狂呼乱舞。几个人忙跑出屋拦他,想把他拉回去。他一见来人就迎着冲上去,睁大了冒火的眼睛,对来人瞪了一阵,继而哈哈大笑道:"哈哈,哈哈,你们咋不上战场哩? 藏在屋里修仙?"说着说着变了性,"老百姓受的啥苦,你们钻在屋里烤火! 下去! 下去! 咚咚锵! 老百姓喂个猪也能杀肉吃,喂你们啥球益? 统统都给我爬下去! 说! 下不下? 下不下?"他挥舞着棍子要打下去,人们吓得四散逃走。他弯腰从地上抓起一把又一把雪团,向四面狠狠打去,嘶叫着:"我叫你美！我叫你美！"

"哈哈哈！"木易狂笑着，冲到一间房子门口，用棍子捅着门，喝叫道："你钻到屋要装死哩！穆桂英五十三岁都上阵了，你腰疼，疼个球！十冬腊月你下河逮鱼，你的腰没疼？你的腰在屋里叫老婆搂着暖哩？今天不下去，头打烂麻皮缠也不中！"

屋里早先说腰疼的人吓坏了。

木易又冲到另一间门口，又敲门又踢门，喝道："出来！出来！你给为帅说说，你啥鸡巴寒气腿，你是搂住了粗腿，多粗？哈哈哈，比球毛还细！不下去，为帅非斩你不行！众三军，来人呀，给我推出午门问斩！"

人们躲在每个角落里，偷偷看着事态的发展，再也没人敢去劝阻了。

王副书记远远看着，见木易单衣单裤在冷风大雪中乱窜，实怕他冻坏了，也看他闹得太不像样了，仗着自己的地位，谅他对自己还不敢胡说八道，就上去拉他，说："回去吧。"

木易甩开他，后退一步，瞪着他，哈哈大笑道："来将何人？好一个潘仁美，看枪！你，你，你！哈哈哈，你明铺夜盖嫖亲家母，还问人家要东西做家具，怕大家揭发你，你就拉拢勾结，还护着大家不工作。你该当何罪，一一给我招来！"

"你……你……"王副书记吓得连连后退，怒目圆睁地指着木易，"你……你……你诬赖好人！"

"你好个球！你认为这天下你坐稳了，稳个球！实给你说，这一回我就是奉旨来捉拿你的。这一回只要冻坏一个人，饿坏一个人，就拿你是问，你给我提头来见！"他一蹦多高，用震破天的声音叫喊着。

"你……"王副书记气得嘴脸发青,一扭身怒气冲冲地走了。

平常要拐九十九个弯都不好意思戳破的事,顷刻之间都戳破了。

木易失去了对象,蹲在地上放声大哭,哭得很痛:"老百姓受的啥苦啊!你们只知道自己美!上级发的救济粮救济衣,走到半路都叫狼叼跑了!党的威信都叫你们给糟蹋成啥了!良心都叫狗吃了!"

纷纷扬扬的大雪,下得木易的头发白了,身上白了,通信员小文忍不住了,跑过来哭声哭气地劝道:"回去吧,木书记,别冻坏了。"

小文强拉着,木易挣扎着,终于把他跟跟跄跄地扶进了住室。小文把他强按在床上,盖上了被子。眨眼工夫,只听一声呼噜,木易睡着了。

夜里,木易醒来,睁眼一看,小文还在火盆边守着。木易四下看看,问:"现在啥时候了?"

"夜里十点了。"小文看他醒了,给他倒水。

"啊!"木易虎生坐起,说:"我怎么睡到这时候?"

"你……"小文苦笑道,"你醉了。"

"啊,我醉了?"木易忙下床,"去叫王书记他们来,研究下去救灾的事。"

"统统都下去了。"小文看着木易说。

"都下去罢了?"木易点着头自言自语了一句,又关心地问,"我没说醉话吧?"

"说了。"小文吞吞吐吐地讲了经过。

"噫!"木易往头上砸了一拳,自怨自恨地说:"我怎么这样没材料呀!"又看着小文担心地问:"大家气了吧?都怎么说?"

"有的说你是说的胡话,有的说你是酒后吐真言……"小文怯生生地只说了几条。

"噢,是这样。"木易沉思着。

几天以后,雪停了。救灾工作顺利结束了,总算没有出事,人畜都没有伤亡。干部们从下边回来以后,木易召开了一个全体干部会议。在会上,木易表扬了大家冒雪深入群众的好精神,还着重检讨了自己发酒疯的错误,请求党委给自己以处分,并且立下了军令状,保证以后戒酒。干部们听得低下了头。散会后,木易又跑到每个干部住室里检讨、道歉,骂自己混账,不该说疯话,请大家不要当真。干部们虽然心里当了真,可却笑道:"谁没有个喝醉的时候。"

又隔了几天,通信员小文趁木易下乡,给他打扫房间,从床腿旁边拿出了空酒瓶,准备扔掉,看看还有几滴酒,扔了怪可惜,就把它底朝天喝了下去。啊,是水!小文愣怔了半天,突然双手捂住脸呜呜地哭了。穿着单衣单裤在雪地里待那么长时间,只说肚里的酒着了火,烧得不知道冷,没想到肚里是水,冻死了还和不冷一样,是啥烧的啊?木书记好苦啊!他哭了一阵,擦干了眼泪,心里想:木书记是好人。这事可不能叫人知道了,至死都不对外人说。

原载《奔流》1986 年第 4 期

《小说选刊》1986 年第 6 期转载

刘王村

"咣——嚓——"

"咣——嚓——"

夜深人静,房后王三赖家还在打井。刘老大被这刺耳的响声弄得翻来覆去睡不着,烦躁不安,心里成了一团乱麻。妈的,急着打出水淹死哩!他真想穿穿起来,去把王三赖好好抹刷抹刷!

王三赖算个啥玩意儿呀,都打起井了!老鼠,老鼠,一只老鼠,想起来就恶心!一九六〇年,大家都饿得皮包骨头,风一吹就东倒西歪乱摇晃。只有他这个下三赖红白大胖,成天驴踢马叫地到处乱跑,精精神神,见大家哼呀唉呀,就伸出大拇指,嘻嘻哈哈地夸道:"好!好!食堂好,食堂就是好!谁说不好?空口无凭,有膘为证。看看,看看!"他撕开胸前衣服,啪啪拍着,毛茸茸的胸脯上肌肉乱颤。听了他的话,人们噎死了,气得白瞪眼又不敢反驳,谁敢说食堂一个不字?看了他的膘,人们气死了,真想拿把刀把他杀杀吃了。妈的,人是铁,饭是钢,不吃东西能胖起来?烧啥,谁还不知道谁?旧社会,三天两头卖兵,自己卖自己,卖了没几天就偷跑回来再卖。啥货呀,一个兵痞!你娃子又不是干部,一个油星的光也沾不上,吃这么肥,哪来的东西,能是天上掉下来的? 不是偷的,就是抢的,一定。偷了吃了肥了,故意来气大家,来报平日里批斗你的仇,来泄你的气。不怕他娃子逞能,妈的,蠓虫过去还有个影,不信拿不住你的把柄。捉奸捉双,拿贼拿赃,只要拿到了,看大家不活喝了你龟孙。一天夜里,刘老大领着几个人去捉赃。人们蹑手蹑脚靠近了他的房子,好,窗子里透着红光,在,在家。刘二娃自觉自愿蹲下去当垫石,刘老大踏到他的肩膀上,双手扒住窗台伸头往里看去。屋里生着一堆柴火,王三赖正在火里烧着什么东西。刘老大高兴得不眨眼,直直盯着。妈的,烧的啥? 不是偷扒队里的红薯,就是偷掰队里的玉谷穗,不论是啥,只要是其中的一样,再加上兵痞的身份,不掏钱的房子你娃子算是住定了,看你娃子还卖嘴? 刘老大死死盯着,吓得大气不敢出一口,害怕惊动了这个贼。等到时候了,王三赖把东西从火堆里扒出来了。刘老大一看,顿时身不由己地出溜下来了,二话不说,回头就跑。人们不知出了什么事,尾随着跑去,到了没人处才拉住他,好奇地问:"咋了? 咋了? 看见了啥?"刘老大连连摆手,蹲下去咬紧牙关,求告道:"别问了,别问了,恶心死人了!"说时一开口忍不住哇哇地吐了起来。人们给他捶背,帮着他吐完,越发奇怪地问个没完没了。刘老大吐完了,憋着两眼窝泪水,才说个明白。刘老大看见了,王三赖从火堆里扒出了几个死老鼠,歪着头撕吃着。那老鼠还没烧熟,血糊淋漓,沾得他的嘴唇血红血红。刘老大说着又恶心了,又哇哇地干吐着,摇头摆手道:"妈的,谁家吃这? 不算人,不算人,人里头没有这号货,真是个下三赖!"

老天爷真是不睁眼了。下三赖如今都要当人了,都发财了,都打井了,把正经人往哪里摆呀! 妈的,打吧,打吧,和自己啥相干,自己气的啥? 睡,哪怕他开条河哩,睡!

"咣——嚓——"

"咣——嚓——"

一声连一声,声声响在刘老大心上。睡不着,睡不着,被子包住头也睡不着。刘老大要急疯了,气疯了。刘老大六十八岁了,一家人孝顺,一村人尊敬,保养得好,心情也好,身子骨没病没疾,平日里挨住床就呼噜过去了,今夜贵贱不中了,咋也睡不着,都怨王三赖打井,闹喝得人不能安生。

亏你娃子有钱,票子大把的都白花了,也不买个镜子照照自己的影子,龟形吧。你都要打井,还要在自己院里打井,想的比唱的还美。哼,做梦娶媳妇——想得可美!打井,打井,村里哪个人没打过井,哪块地没打过井,多少大命人都不中,都打不出水,就凭你这个老鼠命?

刘王村是个山尾,缺水。全村三四十户人家,都在村西天子河里吃水。天子河是一条很小很细的山溪。据说,这里本来没有这条河。后来,王莽撵刘秀,刘秀跑到这里时渴了,渴得要命,就用马鞭子在地上画了一道印,水就潺潺流来。刘秀喝足后又跑了。因为跑得太急,顾不上毁了画的小河,才留了下来。可惜,印太细,河太小,水也不旺,人畜吃水还将就着够用,没有多余的水浇地。不知过了多少年,到了高级社。上级为了叫老百姓过上好日子,就发了号召,说,不能再靠老天爷吃饭,要人定胜天,要把旱地都改成水浇地,再修上鱼塘。光吃大米干饭不中,那算啥社会主义,还得喝鱼汤才行。大家听了好高兴,婆娘娃子齐上阵,干劲冲天,在地里到处打井,黑夜白天大战,轰轰烈烈地很是声势了一阵。结果,地上挖了几百个黑窟窿,地下却一滴水也不冒。不久,一阵新风代替了旧风,打井的事一风吹了,再也不提了。井里不出水,大米干饭浇鱼汤也不得吃了。这也没啥关系,过去几千年没吃都活过来了,今后几千年还不吃也能活下去。况且,天子河仍在照样地流,日子还照样将就着能过,有啥话可说? 谁知,紧接着又跑步进入共产主义,先是大办钢铁,烧得满天通红,后又大办食堂,到处冒烟,见树就砍,两年不到,经过群策群力,把天子河上游的众山一律剃成了和尚头。没有多久,天子河就干涸了,除了夏天发大水,一年有十个月断流。水就是命,没了水就没了命。开头,人们急疯了,拼命掏河,挖地三尺,仍不见水。然后,又烧香许愿,还是一场空。人总得活下去,无奈只好去三泉沟担水。三泉沟要说也不远,才五里半路,放到大天大地里看,五里半的距离短极了,短得不值一提。可是,担一担水来回十一里,还得翻座山,天天去担,小口之家一天一担,大口之家一天几担,难劲就别提了,要多难有多难。平静平淡的山村,从此变得十分热闹了。因为水比油贵,订了婚的女方吹了,结了婚的妻子跑了,妻离子散的故事在这里天天有所创造。人们见了面就互相许愿:"唉,谁要能给咱们找着水,哪怕咱们子孙万代把他当爷敬哩!"

"咣——嚓——"

"咣——嚓——"

打井,打井! 现在你来打井了,当初大家没水吃时,你跑哪里去了? 你去干啥了? 你当人家可把你干的好事忘了? 人里头有你这号孬种!

那一年,大家都在学大寨,在山上造大寨田。上级说,学好了,有钱了,也和城里一样修上自来水。你哩? 你娃子推故装病,睡到工地上乱滚,说是肚子痛。装得可像了,脸上出汗,嘴里吐白沫。支书看你可怜,叫你回去歇着,你背过身就一溜小跑,去金羊岭打兔子卖钱,给老婆治病。没有不透风的墙,后来发觉了,大队要开会批斗你。你去大队的路上,看见支书在树林里大便,你竟没廉没耻地凑上去,嘻嘻地说:"支书,你前边那个家伙叫我唰唰吧!"

支书恼了,喝道:"你——"

你做出一副苦相,低声下气地求告道:"我知道,你屁股上的舌头搭成了架,咱不够格也轮不上,就叫我唰唰前边的吧!"说着可弯下了腰,伸长了舌头。

支书吓坏了,没大便完就掂起裤子跑了。支书打了你一石头没有打住你龟孙,算便宜你娃子了。支书气坏了,连斗争会都不开了,说:"开这号人的斗争会,丢人丧德!"

妈的,连斗争都没人斗的家伙,还要打井哩。打吧,打吧,别说你娃子打不出水,就是打出水也是臊的。想想你那个熊劲看一眼你的井就会恶心。打吧,打吧,打不出水,打不出水,肯定打不出水。水能是谁想要谁就有的东西?命,命,全靠命,谅你娃子也没有老子那么大的命!

那天,刘老大去三泉沟担水,回来从柿子园经过,听见里边有动静。"有人偷柿!"他忙放下水桶,猫着腰,拿着钩担,蹑手蹑脚地走去,想冷不防逮个贼,好立个大功,心里激动得乱颤。走到园子深处,抬头一看,吓个半死。原来不是贼,是有人上吊,还没吊死,一双腿还在踢跳。"有人上吊了!"没看看是谁,就惊叫着回头跑了。跑了几步,想想不对,又跑回来,急忙上树解下这人。这人是刘二娃,刘老大的远房侄子。二娃反醒过来,睁眼看见自己躺在刘老大怀里,就哇一声哭了,哭得很痛,哭着说着。刘老大不用听就知道。二娃的丈人来了,妈老了,妻子下地了,他只好自己拿着鸡蛋去烧茶。

家里没水,二娃急得团团转,急中生智,把洗脸盆里的水倒进了锅里,恰好老丈人进来看见了,二话没说,回头就走。妻子下地回来听说了,就哭着去追爹爹。从此,妻子一去没回。二娃哭足哭够了,挣着还要去上吊。刘老大劝不住,一急扇了二娃两个耳光,狠狠骂道:"妈的,为了婆娘就不活了,就不要你妈了!你还算个人不算?"二娃这才清醒,闷闷不乐地回家了。

刘老大又担着水往家走去,一路上心里像虫咬一样难受。二娃想死,龟孙才想活,活着有啥福享?一天到晚为革命种田,一晌不到,革命就不依,累断了筋骨,还得去担水,是个机器也得膏膏油呀!每次到了三泉沟潭边,真想大叫几声一头栽下去算了。村里人因为没有水,都急得变成骡马畜生了。前几天去担水,路过天子河边,见一群青年人浑身上下不挂一条线,并排躺在沙滩上。刘老大又羞又气,故意吭了一声,以为他们会顾顾羞丑跑开。谁知这群人不要脸了,对着刘老大的背影不屑地骂道:"吭个球!把你的婆娘给俺们,俺们也会弄真的!"刘老大听了心惊胆战,吓得一身冷汗,回家就用被子包住头睡了,整整一天不吃不喝。老婆娃子连问他一声也不问。自从天子河断了流,老婆三天两头吵叫搬家,他也想搬,就去找支书。支书把他臭骂了一顿:"搬家,搬家,都搬走了,这块地方送给外国?担几挑水就怕困难了,要叫你去参加二万五千里长征咋办?你就当逃兵了!"不能搬家,老婆熬不住这个苦,就要离婚。他不离,死也不离,一天到晚捧着她,哄着她,把她当神敬,才将就着维持下来。他不吃不喝,正好。她巴不得他死了,省了离婚的麻烦,也好逃出这个火坑,名正言顺地去外地找个对象。到了天黑,八十多岁的老娘坐到了他床头,好话劝了一大堆。他一言不发,心想:老娘要是今天去世了,自己明天就死。老娘抽泣着,自言自语地说个没完没了："咱刘王村的人造了啥孽,老天爷把咱炮治得这么苦,断了咱们的命脉! ……我小时候,听你舅爷说,后沟有个饮马坑,刘秀逃难时在这里饮过马。后来,你老外爷蹚刀客,也在那里饮过马,差一点叫白朗打死。你不能去找找? 万一你是大命人,老天爷开恩了,离村里只有半里路……"

"别说迷话了,人家都烦死了!"刘老大用被子包住了头,翻个面朝墙,不再理会老娘了。

夜深人静时,刘老大忽然想起了"大命人"三个字,忍不住悄悄跑到了后沟,惨淡的月光,嗖嗖的西风,荒草丛中狐兔乱窜,夜猫子声声哀鸣。刘老大不由想到了鬼,出了一身冷汗,头发梢都乍了起来……

"咣——嚓——"

"咣——嚓——"

打井,打井,你娃子要是都能打出水,天下就没有良心这个东西了! 刘王村的人谁像你,谁不感恩,谁不承情? 就你娃子的良心叫狗掏吃了,吃纣王的水还说纣王无道,你当可把你忘了,一辈子都忘不了你,十辈子也忘不了你! 你想想,那一年我找到了水,你娃子说的啥?

也是刘老大福大命大,那天夜里,像一头疯牛,在后沟死刨乱挖,待到天明时,找到了饮马坑,挖出了一汪混浊的水。"水! 水!水!"刘老大狂呼乱叫。村里人发觉了,跑来了,都跑来了,只见一个被乱刺挂得血肉模糊的人,顶细一看是刘老大。人们高兴得齐哭乱喊,疯了,都疯了,爬到坑边喝着比糊汤还稠的泥巴水,然后哭着围住他,问他听谁说这里有水。刘老大满脸泥糊,只露出了一双笑眼,他开口要回答大家了,要说是八十岁老娘讲的,老娘是听舅爷讲的。话都到嘴里了,心里忽然一动,说不得,不能说,不敢说,舅爷是个恶霸,解放后叫枪崩了。多少年来,只要诉苦,自己就哭着控诉舅爷的罪恶,想表白自己,洗刷自己,证明自己和舅爷没一点瓜葛,还是不共戴天的仇人。可是千诉万诉,眼泪哭出了几大缸,也洗不净自己,人家硬是不信,硬说自己社会关系不清白,弄得自己这个贫农比别的贫农低几头,啥光彩事也轮不到自己。自己再积极,还是被人另眼看待。就说奖状吧,只要是正经人家,谁屋里不贴几张,就自己屋里连半张也没有。现在要说是舅爷说的,跳到黄河也洗不清,说不定没有功还有罪哩。说不得,说不得!

刘老大嘿嘿笑着,笑了半天,才抹了一把脸,轻描淡写地说:"谁也没给我说过这里有水,是我想水想疯了,想迷了,白天想,夜里想,走路想,睡觉想,想着只要找到水,就能把咱们刘王村救活,就能把家家户户的哭声变成笑声。昨天夜里睡到床上又想,想着想着就迷糊过去了。迷迷糊糊做了一个梦,有一个人穿着黄蟒袍,一尺多长的胡子,就和戏上的朝廷爷一样,骑着高头大马跑到我的面前,把我一揪就拎到了马上,然后跑到这里把我往下一推,说道:'娃子,这里有水!'那人又独自一个飞马跑了。这时,我也醒了,看看自己真站在这里,手里还拿着镢头,我就迷迷糊糊地挖了起来……"

刘老大讲完了,年轻人听得如痴如呆。老年人可是听明白了,明白透了,连连咂嘴,铁定地说:"啥梦? 啥想迷了? 都不是! 是刘秀显灵了。刘秀到底还是想起咱们了!"看看年轻人都傻着脸,就又解释道:"你们年轻,不知道刘王村的来历,说起来咱们还是刘秀的嫡亲后代哩!"

据说,当年王莽和刘秀争夺天下,刘秀吃了败仗,被王莽撵得到处乱窜，一天，刘秀跑到了伏牛山深处，眼看王莽要追上了。只要追上就会叫逮住，只要叫逮住就会杀头，只要叫杀了头就当不成皇上了。就在这生死关头，刘秀看见了一个打柴的村姑，忙跑过去给村姑作了三个长揖，求她救命。说只要救他大难不死，有朝一日登了龙位，一定封她当娘娘千岁。村姑看他龙眉龙眼，一副帝王之相，就动了善心，把他包到柴火里，绑成柴捆竖在地上。王莽追了过来，看着刘秀跑到这里，怎么眨眼不见了？就逼问村姑把刘秀藏到了哪里。村姑往东一指，说往东跑了。王莽不信，两只贼眼死死盯住了柴捆，眼看着就要动手了，村姑急了怕了，忙用扁担插进柴捆里，担起来轻飘飘地扬长而去。王莽看村姑担得那么轻巧，就去了疑心，忙挥兵往东追去了。刘秀得了救，夜里就和村姑圆了房，播下了龙种。第二天，刘秀撇下村姑又去争夺天下了。村姑怀胎十二个月，生下了一个儿子。后来，刘秀打败了王莽，当了万岁。可能因为国事太忙，也可能是贵人多忘事，他再也没来过这山沟里，也没派兵马来接村姑去当娘娘，耽误得儿子也没当成太子。虽说儿子没当成千岁万岁，可总算是龙的血脉，是个小王。从此，这个山村就叫作刘王村了。

老人们七嘴八舌说了刘王村的光荣来历，又一齐看着刘老大。在一块儿生活了几十年都没注意，这时忽然发觉刘老大与众不同，宽脸盘，大耳朵，眼也大，嘴也大，手也大，脚也大。大家看了便交头接耳窃窃私语了一阵，就敬畏地说："老大是大门，说不定是刘秀的嫡亲后代哩。要不，刘秀为啥不跑到别人梦里？为啥偏偏跑到你的梦里？这里头一定有个讲究！"

刘老大的脸红了，心跳了，自己也闹不清是羞，是怕，是喜。不等他明白过来，王三赖这小子突然嘎天嘎地笑起来，不服地说："编瞎话也编不圆,把刘秀包在柴捆里,一头沉一头轻,咋担?还有,要是竖着担,刘秀能不掉下来?"

"你懂个屁!"讲的人变脸失色,呵斥道,"刘秀是真命天子,不论到哪里,当地的各路神仙都得值班护着。他在柴捆里,神仙在下边托着捧着,能掉得下来?要叫掉下来,各路神仙犯了法还能活得成?"

"哈哈——"王三赖不服,自认为聪明,该露不露心里难受,笑得流眼泪,解释道:"这是神话,迷信,说书人编的故事,就是乡下人说的瞎话。那个村姑有没有不一定,就是真有这个人,也准是找了个野男人,怀了孕没法遮盖了,才拿刘秀来糊弄人哩!"

"就你精,就你能,就你懂得多,怪不得在旧社会你三天两头卖兵!"讲的人只好揭老底了,"哼,也不想想自己是啥人!"

妈的,糟践老子的祖先,你当可给你忘了!老子不是刘秀的嫡亲血脉,村里人都有爹有妈,为啥都不知道有个饮马坑?为啥就我妈知道?这里头总有个啥来头,总有点刘秀的劲!俺们姓刘的不是刘秀的后代,还能是你姓王的?王三赖,王三赖,姓王,没准还是王莽的后代哩!当年王莽没争来天下,贼心不死,又叫后代来和我刘老大作对哩!妈的,还叫你和王莽一样没有好下场!"文化革命"中还没把你斗死,你还真当成是为了你走资本主义道路哩!哼,住在刘王村,想和姓刘的作对,糟践姓刘的老祖先,有你娃子好吃的果子,不信你有多能!妈的,吃死老鼠、嘲支书的家伙,正经人能干出这号丢人丧德的事?只有王莽的后代才能干出这下三烂的事!

"咣——嚓——"

"咣——嚓——"

打井,打井,妈的,饮马坑的水哪一点不好,为啥要打井? 这一二十年,你娃子哪一天不吃我找的水? 我说过二话没有? 要没有饮马坑,你娃子的婆娘早离婚了,你也不知道流窜到哪里了,埋到哪里了,如今还有你这个人毛? 饮马坑救活了你,你现在嫌饮马坑不好了,没良心羔子,真是王莽的后代,心和王莽一样坏! 村里人谁像你? 谁不感恩,谁不承情?

饮马坑离村子只有半里路,来回一里,比起过去的十一里,试着迈迈腿就到了。刘王村有了水,刘王村死而复活了。不但活了,还福不单降。村里天天有喜事,家家有笑声。没结婚的又能找来对象了,离了婚的又复婚了。只要是人,是活人,谁不感激刘老大? 要不是现在不时兴了,要不是怕犯王法,人们真想天天给刘老大趴下去叩三个响头,喊他几声万岁。

找到水那一年,刘老大才四十来岁,转眼可二十多年了。二十多年来,刘老大最爱干的活儿就是担水。年年,月月,天天,都要去担,不叫老婆去担,不叫儿女去担,一定要自己去担。饮马坑早早晚晚都有人,男的担水,女的洗东西。刘老大去了,不慌不忙,总是先坐到坑边一块石头上歇着,吸着烟,跷起二郎腿抖着,眯缝着笑眼看着大家。人们看他来了,先是一阵欢呼,"大哥""大伯""大爷"地叫着,然后就是说不断的感恩话。

"哎呀,都是托了你的福,要不是你,俺们一家人早五零四散了!"

"想想那些年没水的难处,头皮还发麻,要不是你,啥都不提了!"

"我和娃他爹端起碗就念叨,要不是你,俺们咋也成不了一家人!"

"咋报答你呀?"

"这一辈子报不了,下一辈子也要变牛变马报答你!"

"……"

男人们只是说说算了,女人们眼泪多,一说就抽泣着哭开了,哭得两筒鼻涕两行泪。这些话,人们百说不厌,一直说了二十多年。这些话,刘老大也百听不烦,一直听了二十多年。每次都像第一次听,听得骨头酥痒酥痒的。如果来时不高兴,听了后马上就高兴了;如果来时身上有病,听了后马上病就好了。这时,他总是诚心诚意地劝大家:"别说了,别说了,这能是我的功劳? 要不是那个梦领着我,我能跑到这里? 我能找到水?"

人们听他这么一说,更是千恩万谢了。

"别人咋做不出来这个梦?"

"梦? 要不是你,这个梦也肯定附不到别人身上,咱们刘王村早完了,早没人烟了!"

"管他咋说,梦是你做的!"

人们七言八语地强迫刘老大接受自己的情意。刘老大也好像忘了饮马坑的事是他老娘说的,听了这些话身上好像生出一种神奇的力量,像吃下了长生不老药,不仅能去病解忧,还觉着返老还童了,听一次就觉着年轻了许多。如今虽然快七十了,别的活儿早干不动了,拿上十斤八斤重的东西就气短心跳,就脚步不稳,可是只要担水就来了劲,一担水一百多斤不仅能担得起,担起来还像空手走路一样轻快。他自己也常常感到奇怪,这气力不像是自己身上出来的,模模糊糊地想,是不是神仙托着两只桶? 对他来说,担水不再单单是为了用水,而成了一种爱好,一种享受,一种离不了的需求。随着年龄越来越老,每天担水的次数也越来越勤了。常常缸里的水还是满满的,他也要去担,担回来的水又没地方装,只好白白倒在地下。起初,老婆心疼他,埋怨他:"真主贱①,没事了不会坐下歇歇,几十几了,还不知道惜力!"他听了就恼火,骂她多管闲事,骂她想叫他死。后来,老婆发觉了内中的奥秘,当家里有了不顺心的事,或是他有了小病,就悄悄把缸里的水舀倒了,喊他去担水。他去时有气,回来时,气没有了,病没有了,满脸春光,顿时成了一个老小伙。

　　村里人除了口头上恭维他,感激他,还常常孝敬他。谁家做了好吃的,总要先盛一碗给他端去,谁家来了远路亲戚收了稀罕礼物,也要拣件好的送给他。才开头他不收,挺不好意思地坚决谢绝,可是对方不容他不收,急得要哭要下跪,他才勉强收下。收的次数多了,年代多了,也就慢慢习惯了,不收倒不习惯了。偶尔,发觉谁家吃好的没给他端,有好物件没给他送,他心里就不是味得很,像受了歧视,受了侮辱,肚里不由生出一股怨气,憋得难受。想说说又忍住不说,不说又忍不住要说,惹得心烦意乱,焦躁不安。唯一的解救办法就是去担水。去了,当别人又感恩戴德时,他就借机发泄不满,拐弯抹角地说:"哎呀,你们记性真好,还记得这事,有的人早把这事扔到沫子巷了!"他说得很淡,却透露出悲愤、伤情、委屈的味道。于是,村里便像出了不忠不孝、不仁不义的乱臣贼子,就惶惶不安地一家一家查,一户一户找。当发觉谁是"有的人"时,大家就声讨,就埋怨:"真不像话,要不是人家刘老大给梦见了水,别说一碗好饭一个物件了,连人都没了! 啥金贵? 别好了疮疤忘了痛!"在众口一词的责难下,犯了错误的那家赶忙千方百计地补上,刘老大才消了气。然后,再借着别人念诵恩德的机会,又满心喜欢地说:"啥话呀,有人

---

① 主贱:豫西南方言,贱骨头,指有福不会享而甘愿受苦(含戏谑意)。

把这饮马坑的水看成是我身上的血脉,总是忘不了我,吃个蚂蚱也要给我送条大腿,东西好坏多少不说,真有良心!"人们听了心里明镜一样,谁想当没良心的人,谁还敢干没良心的事?

"咣——嚓——"
"咣——嚓——"

打井,打井!妈的,黄鼠狼给鸡拜年,操的啥心别当老子不知道。你撅起尾巴,老子就知道你要拉啥屎。想叫刘王村巴结你这个下三赖,没门。就是你打的井里流的不是水,是金水,是银水,是香油,是肉汤,不是吹的,只要老子不去担,打量别人也不去担。就是担一担再倒贴一块钱,也没人去担。刘王村的人心都姓刘。不信,咱们走着看。兴吧,就凭有个烂汽车,就凭有几个臊钱,可忘记自己是啥人了,可想往人场里站站了,可想咋着咋着了,想得老美!不服教有你娃子挨的苦打,这一回还叫你和上一回一样,叫你把脸还装到裤裆里。

那天,傍晚时节,王三赖拉回来一车化肥,停在村口场里,然后满村子地叫唤:"都来买化肥呀,按原价,不加运费,不要一个小钱的利!"快种秋了,化肥等于粮食,人们听吆喝都跑来了,都围着汽车看,打听着价钱,喜着,想买了。王三赖跳到汽车上,龟孙得意地挤眉弄眼,嘻嘻着露能卖乖:"过去咱不算人,现在咱也是个人了,也给大家办点好事。有钱的给现钱,没钱的先欠着,啥时有了啥时给,真要没钱,咱——不要!"人们高兴坏了,忘了王三赖是个啥东西,嚷叫着,眼看就要抢购了。刘老大站在一边,看了这架势不由得重重吭了一声。人们被这一吭镇住了,再看他的脸子黑得像块锅铁,顿时,一张张笑脸都板住了,鸦雀无声了。刘老大不言不语,围着汽车转了一圈,心里好恼。妈的,事先也不给老子打个招呼,可想来收买人心了,狗日的,你想干啥!王三赖站在汽车上,看看在场的人都僵住了,只觉一股冷气钻心,忙堆出一脸笑,对刘老大叫道:"大叔,你要几袋,我给你送去!"妈的,到这时候才知道我刘老大还活着,晚了!刘老大冷冷地看看王三赖,又冷冷地看看众人,才冷冷地说:"咱不要,几千年没有化肥也活了!咱不要,只要有水吃就死不了!"刘老大说着走了,走一步回头看众人一眼,走一步回头看众人一眼,一步一回头,一步一回头,看着众人一个个不言语地都散了。只有王三赖立在车上,孤零零地,像根棍子插在车上,不会动弹了。妈的,听说,龟孙看着人们都走了,化肥连四两也没送出去,还长道短道流眼泪哩,流着眼泪把车开走了。哭!有你娃子哭的,你别当你有俩钱可烧开了,不中着哩。刘王村姓刘,想叫刘王村姓王,你等吧,除非碌碡发芽驴长角!

妈的,你也不找个尺子量量,看看自己有多高,光想把别人截一节好把自己比高,这算啥本事?你背地里玩的啥鬼,你当老子是个瞎子?

那天刘老大又去担水,还是坐在那块石头上,又在听着人们的谢恩话,还是美得双腿乱抖。这时,一个打扮入时的小青年来了,冲他叫道:"大爷,又在听赞美诗哩!"

这青年叫刘小星,是刘二娃的儿子,在县城上学,是刘王村的第一个高中生,放暑假才回来。小星是当年许多复婚的夫妻中生的第一个孩子,是有了饮马坑才有了他。刘老大把他看成是水的产儿,是自己有功于乡亲的物证,从小就特别喜欢他,常常把别人送的好吃的东西转送给他。刘老大看小星一头长发,就哈哈笑道:"我还当是谁哩,进城上了几天学,咋男娃变成女娃了!"

小星红着脸去汲水,往坑边一站不由得皱起了眉头,牢骚道:"饮马坑真是名不虚传,咱们再吃这水也要变成牛马了!"

人们不解,笑道:"咋啦?"

小星指着坑里贬驳道:"一坑朽草烂叶子都不说了,还饮牛饮羊,尿到里边屙到里边,看一眼都恶心想吐,吃了也不怕生病? 这能是人吃的水? 吃这水还算人?"说时不住摇头晃脑,犹豫了一会儿,竟然担着空桶扬长走了。

"你……你……"刘老大顿时上气不接下气,脸上血色全落,指着小星说不出话了。

人们吓得丧魂落魄,纷纷咒骂小星不是东西,说他"屁股上屎痂还没离,可想上房坡揭瓦了","才出去上几天学,可忘了自己是从哪里生出来的了"。大家骂一声小星,劝一声刘老大,恶话骂尽,好话说绝,才把刘老大送回家里。

刘二娃知道儿子闯了大祸,气得乱蹦乱跳,破口大骂。这话是当着刘老大说得的? 贬低饮马坑还算刘王村的人? 一来背良心,二来犯众怒,只要刘老大黑黑脸,全村的人就会大眼小眼瞪自己,在刘王村还怎么站住脚? 再说,不吃饮马坑的水,还能再去三泉沟担水? 想来想去,夜里就绑住儿子去请罪了。刘老大在睡觉,他把儿子强按到刘老大床前跪下,声声求饶道:"大叔,小星是你从小看大的,大人不见小人怪。他不懂事,惹你老人家生气了,你别和他一般见识,我知道好坏!"刘老大装着睡熟了,一言不发。刘二娃看刘老大不肯开恩,又声声骂儿子道:"你也不想想你是从哪里来的? 要不是你大爷梦见了水,你妈也不知道跑哪里了,咱们这个家早没有了,世上还能有你这个冤家? 有了饮马坑才有了你,饮马坑的水把你喂大了,你不知道好坏,还反过来贬驳饮马坑,你还算人? 实指望你上学上成了,学来本事了,干上大事了,回来报答你大爷的恩情,没想到才上几天学可学坏了,墨水把心染黑了!你还不给你大爷磕个头!"

小星的膝盖早跪痛了,屈辱使他不仅不反悔,还恨死了刘老大。饮马坑的水是天生的,地造的,大自然的产物,人人都有份,你找的就永远归你了?地质学家找到了矿,这矿就归他所有了?哥伦布发现了新大陆,新大陆就归他所有了?承情感恩总有个限度,能永远把你当神敬?因为饮马坑是你找到的,就不许说饮马坑个不字了?饮马坑真不干净嘛,为啥不准说?就因为饮马坑是你找的,人们就得永远吃饮马坑的水,就不许想个办法吃上比饮马坑更好的水了?总有一天——可是,小星这小子不憨,知道越说理就越没理,便忍住怨气,讨好地说:"大爷,我可没有说不承你的情,我是说给大家听的。饮马坑救了大家,大家也太不自觉了,得着水吃开了,也不出点力把饮马坑好好修修,千秋万代保存下去,子孙万代也好永远记住你的恩情!都怪我没有说清楚!"刘老大听得心里甜,坐了起来,对刘二娃训道:"你疯了,为啥叫娃子跪着?起来,起来,快起来!我再老再没材料,也不会认为小星会起外心!"小星起来了,刘老大拉住他的手,规劝道:"大爷不怪你!你娃子还小,往后要有主心骨,别上了外人的当!"

刘王村虚惊了一场,刘老大消气了,又去担水了,又去听人们的恭维了。饮马坑只要还有水,刘王村就跑不出刘老大的手心。哼,刘王村几百人的命是谁给的?也不想想!

"咣——嚓——"

"咣——嚓——"

打井,打井,打到半腰把你娃子塌死才美!妈的,你当我不知道,小星为啥会变心,都是你娃子挑唆的。那天夜里,在月亮底下,在村头大白果树下,你和小星嘀嘀咕咕说了半天,说的啥? 好话不背人,背人没好话,不是挑唆是啥? 你看他是个学生娃,不知道你的底细,分不清好坏人,你给他上上烂药,他就会跟你跑了,想得可真自在! 哼,小星不知道好歹,他爹妈可知道东南西北。咋样,小星咋不跟你走哩?

妈的,吃饮马坑水吃了二十多年,吃美了,吃肥了,现在嫌饮马坑的水不好了,不干净了。咋不好? 咋不干净? 难道你比朝廷爷的马还金贵? 朝廷爷的马在天上大小也是个神哩,神都喝了,人喝着还亏啥材料了? 朝廷爷的马喝过的水总沾个神气灵气,我看这比啥水都好! 还嫌这嫌那,妈的,真是身在福中不知福!

打吧,打吧! 就凭城里来的几个烧包货就能打出水了? 别说打不出水,就是能打出水,刘王村的人也没喝迷魂汤,放着福不享,不吃朝廷爷的马喝过的水,去吃你井里的水? 打吧,打吧! 要是打不出水,我看你娃子咋有脸再去饮马坑担水? 到时候咱们再说。就是打出了水,全村人都不去吃,看你娃子的脸往哪里搁? 啥货嘛,自己也不想想自己,还想装人哩! 我刘老大还没死哩,饮马坑的水还没干哩,可轮到你了?

"咣——嚓——"

"咣——嚓——"

打井声响了一夜,刘老大气了一夜,胡思乱想了一夜,自言自语地啰唆了一夜,天快明时终于迷迷糊糊睡着了。

刘老大醒来时,已是快晌午了。他支棱着耳朵听着,听不见"咣——嚓——"声了,心里不由一紧,神色不安地问:"王三赖的井咋不打了？"

老婆不乐地说："谁知道哩！"

刘老大又追问："是不是打成了？"

"他打成打不成，和咱啥相干，管他哩！"老婆敷衍道。

刘老大瞪着老婆，从她眼里看出了担惊害怕的神色，二话不说，拿起钩担就去担水。老婆破例地拦住他，求告道："缸里的水还满满的，先吃饭吧！"

刘老大推开她，担起水桶出门就走。往日路上人来人往，今天却冷冷清清，没碰见一个担水的人。他不由加快了步子，一步一跺脚，一步一仰头，往饮马坑看去，平日那里人成堆，今日却不见一个人影。刘老大不由心虚了，心跳了，强撑着才走到了饮马坑。在坑边喝水的几只乌鸦扑棱棱地飞起，在天上呱呱地叫个不止，使人想起了报丧。刘老大心里打了个冷战，出了一身鸡皮疙瘩，忙放下水桶，坐到了往日坐的石头上，发呆地看着。饮马坑依旧流着浊水，却看不见往日的笑脸了，听不见往日的奉承话了。一群麻雀在坑边的泡桐树上，欢快地跳来跳去，叽叽喳喳地又说又笑，说着幸灾乐祸的小话。刘老大不由一阵害怕，一阵愤怒，又一阵空虚，脑子里慢慢地成了一盆糨糊，一片空白，像是失去了自己。他想说什么又说不出来，想骂什么又骂不出口，就呆呆地坐着，坐着。妈的，老子哪一点得罪了你们！要不是老子，这个世上还有你们吗？他觉着脸上像有无数条虫子在爬着，摸了摸，原来是泪水在流。妈的，饮马坑的水算是养了一群牛马，连一点人心都没有了！都不吃饮马坑的水了，老子还吃，老子还吃——他挣扎着起来，挣扎着汲了两桶水，又挣扎着担起来走去。可是，担不动了，两桶水沉得像两个地球，压得他东倒西歪，眼一黑倒了下去。

刘老大在老婆的搀扶下回到了家里。他想问问老婆，人们是不是都去王三赖家担水了？可是，他忍住没问，他害怕听到回答。他还不死心。是他救了这个村子，是饮马坑救了这个村子，人心都是肉长的，人们怎能不吭一声就抛弃了他，就抛弃了饮马坑？不会，不会无情到这个地步。人们马上就会川流不息地来看他，来报告消息，来表明心迹。到时候自己也要狠狠说几句，把一肚子委屈都倒出来。于是，他设想着第一句说什么，第二句说什么，第三句说什么……他期待着人们的到来，焦躁地等着，断定下一分钟就会来人了。可是，等了一分钟又一分钟，白等了。等到中午也没一个人来。他失望了，绝望了，想到人们都背叛了他，怨气怒气憋得肚子痛了。他到厕所去，刚刚蹲下，就从后边路上传来了话声笑声。

"也去三赖家担水呀？快去！"

"井深不深？好打吧？"

"深啥，人家修有水塔，安的龙头，桶往下一放，一扭，哗哗几下桶就满了，可省力哩！"

"水咋样？"

"可清哩，比饮马坑强到天上了！"

"叫担吧？"

"不光叫，还招待烟哩，带银纸的，还有把儿哩！"

"好啊，这些年算是叫水把人逼得低一头，天天得说好话。心里再不美，还得装着笑脸给人家唱喜歌，真是受够了！"

刘老大像被砸了暗砖，头一蒙又晕过去了。

刘老大病危的消息迅速传开，全村的人才察觉自己背了良心，做了错事，犯了弥天大罪，都吓得痴愣了。好像刘老大的病是他们下了毒药，刘老大万一死了，他们都应当偿命。整整一天，各家各户惶惶不安,来来往往地商量着怎么抢救刘老大,来赔自己的罪,使自己的良心得到安宁。

后来,人们都来到刘二娃家里,叫他拿个主意。刘二娃是村民组长。他们关上门,神色紧张地商议着。这商议是无声的,你看看我,我看看你,都用眼睛说话,嘴却贴了封条。

"去王三赖家担水,碍住他刘老大啥事了?"

"他也太那个了,饮马坑的情还没承够呀!"

"村里早晚有个好事他都包了。分个招工指标,他闺女去了。分个招兵指标,他娃去了。"

"连救济他都要占头份!"

"……"

人们在说,在吵,在叫,在嘲笑,可惜都是用的眼睛,谁也不肯开口说出来。这些话虽然没有声音,刘二娃的眼睛都看见了、听见了。他除了同意这些话,还想添上一条:王三赖的井就在村里,为啥要舍近求远?人们都看着他,眼巴巴地看着,想叫他说出大家心里的话。他也不是憨子,没有不透风的墙,他才不愿伤害刘老大哩。他苦笑着,催促大家道:"大家心里咋想都说出来嘛,说出来咱们好商量,闷在肚里干啥?"

人们还是不说。小星急了,气了,愤愤地说:"都不说,我说!放着人吃的水不吃,为啥要再去吃饮马的水,当牛当马当惯了?这算啥理,为了满足他无休止的精神欲望,刘王村就不准往好处走半步了?"

刘二娃狠狠瞪了儿子一眼,真想吃了他。妈的,就你聪明,傻蛋!他本想叫人们说出来,只要大家说出来,他就好借住大家的话拿出自己的主意,也好给刘老大交代了。谁知别人都能得很,都不说,儿子却不知高低地说了。刘二娃气得咬牙,又不好当面训斥儿子,事到如今只好反其道了,沉着脸子重重地讲:"人得讲良心!刘老大救了全村几百人的命,几百人就不能救他一命?多少年来,不知多跑了多少腿,再多跑几年腿也断不了。多少年来,都是吃的饮马坑的脏水,再多吃几年还死不了!刘王村是个讲良心的村子,不能为了点水就扔了良心!"

成群结队的人又去饮马坑担水了。大家默默地走着,谁也不开口说话,谁都在心里说着话。只有几个小青年背着大人在窃窃私语:"老天爷,他要是长命百岁,咱们可咋活呀——"

刘老大害怕失去人们的朝拜,现在不用害怕了。老婆得到了消息,扶着他早早地来到了饮马坑,仍旧坐在往日坐的石头上。人们害怕来朝拜,却仍旧来朝拜了。刘老大看着来担水的人们,听着听了二十多年的感恩话,心里的病顿时跑了,脸上的笑又来了,高兴地说:"哎呀,你们,也真是,去王三赖家担水多近嘛!"

人们笑惯了,像印版一样,又毫不费力地印出了一张张笑脸。

"我们能连个好坏人都分不清了?"

"你就拿棍子撵,我们也不去吃王家的水!"

"要不是你做的梦,还有俺们吗?"

"要没有俺们,咋会有下一辈?往后辈辈都要念诵你,辈辈都来这里吃水。"

"人好水也甜,王家的水可没这里的水好吃!"

"……"

刘老大从心底深处感动了,激动地说:"为这个梦,大家——哎呀,咱们刘王村的人可真讲良心!我想着也不会……"

刘老大得胜了,喜在心里,也骂在心里。哼,吃死老鼠、嘲支书的家伙,比狗屎还臭的东西,打个井就糊住大家的心了?刘王村能是好糊的?也不想想刘王村的老祖先是谁,也不想想刘王村是谁的骨血!不中着哩,咋轮也轮不到你哩!就凭老子这个梦,也要管他三百年二百年哩!他笑了!

人们担着水走了。路上,大家不住地来来回回换肩,纷纷惊叫着。

"咋搞的,今天这担水咋试着格外沉?"

"可是哩,比担两桶铁还重!"

"妈的,像鬼在下边拽着一样!"

人们咒骂着走着,不由想起了王三赖的井,路多近,水多清,只是为了良心,才没有把桶里的水洒到地下。刘王村是个讲良心的村子,可惜,这良心归刘老大专有了。不去王三赖家担水,谁也没感到心里不安,谁也没有觉着背良心,好像村里就没有王三赖这个人!

王三赖这时站在院里,院里空荡荡,静悄悄。他看着孤独的水塔,想起昨天人们来担水时的欢乐、热闹,突然感到一阵悲凉,一阵心酸,一阵愤怒。他呆呆地站着,看着。然后,失神地走过去,把水池上一字排开的五个龙头全部扭开,水便哗哗地流着,流着,白白地流在地下,漫得一院子水,先湿透了他的鞋,后淹没了他的脚。他动也不动一下,又拿起放在龙头上边的纸烟,一支一支地抽出来,扔在水里,看着它们漂去,漂去。他默默地流下泪,又默默地笑了。

刘王村啊,刘王村!

原载《北京文学》1986 年第 11 期

无字碑

村前,有条小河,不宽。浅浅的流水,很清,很清,玻璃似的透明。河底五颜六色的石子,水中漂游不定的石子,倒映在水里的山林飞鸟,全看得清清白白。人们下地做活,赶集卖柴,上学念书,夏天光着脚蹚过去,冬天踩着踏石蹦过去,方便,也不方便。多少年都说要修个桥,多少年也没修。因为,几百辈没有桥都活过来了,就证明没有桥也能照样活下去。何必自找麻烦,自找苦吃。自己和自己又没仇,能自在一会儿是一会儿,何必呢?

过了小河,有座土坟,很大,很大,大得像座小山。这坟有多少年了?不知道。坟上有棵银杏树,老辈人说,这树活一千多年了。这话像,树荫都能遮一亩多地哩。坟前,立个石碑,很高,很厚,上边戴着刻有龙的石帽。上千年的风,上千年的雨,模糊了碑上的字。上边写的什么?看不清。没人去看,也没心去看。活人的事都撕摆不清,纠缠不完,自己都顾不住自己,还有心去管死人的死事?况且,看清它有啥益?能当吃当喝当革命?

后来,来了一场革命,先整活人,一群一群地整,全村四十五户,就整了四十二户。越整得多,人们越积极地去整人。昨天挨了整的人,今天为了立功赎罪,就豁上命去整别人。明天将挨整的人,为了明天不挨整,也豁上命去整别人。你整我,我整你,虽说挨整不美,却也苦中有乐。一人挨整,大家坐着看热闹,歇着总比学大寨轻巧。这叫一人痛苦,大家幸福,完全符合革命原则。活人都整够几遍了,没人可整,又得出死力干活了,这多不自在!再说,不继续革命上头也不依。咋办?还整啥?于是,就轮到了那座大土坟。不错!里边准是个大家伙,准不是个好东西,准是个大官,准是个走资派!要是个小家伙,要是个好东西,要是个小百姓,要是个革命派,能埋这么大的坟?上级听说了,传令嘉奖:好!好得很!大方向对得很,该狠整,要整出新水平!

于是,人们嗷嗷上阵——

放倒了大树!

扒开了大坟!

推倒了石碑!

再踏上千万只脚,别看他死了几千年,也不能叫他翻身。于是,把石碑架到了小河上。

革命好!给万年的小河革了条桥。

革命好!小百姓踏在千年前的大官身上!

从此,村里人下地做活,赶集卖柴,读书上学,再也不用光脚蹚水了,再也不用蹦踏石了。人们走在桥上,心里实在得意。试试,看看谁压迫谁?叫你活着时坏,叫你活着时凶,叫你活着时美!有人故意狠狠踩几脚,有人故意用镢头敲敲砸砸,还有人故意在上边撒尿!为啥?为的解恨,为的痛快。解什么恨?痛快什么?谁也没想。也不用想。能把站着的推倒,能踏在上面,能在上面任意跺脚,能在上面任意撒尿,这就是胜利,这就是威风,就解恨,就痛快,就美,就高兴。何必要再问为什么!

人们也不是一点没想,想了,还想得不少。想到了坟里的人一定不学大寨,一定没吃过食堂,一定油盐成缸,一定不吃干红薯叶,一定出门就坐轿,一定有几个小老婆,小老婆一定长得很白,很嫩,和嫩黄瓜一样,掐一指甲就流水,一定……

大家踏上小桥就骂开了。

"我叫你美!"

"我叫你吃香的穿光的!"

"我叫你一个人占几个老婆,也不给我们匀一个!"

"我叫你……"

人们嬉笑怒骂着走过去。

人们嬉笑怒骂着走过来。

石碑天天承受着人们的践踏,天天听着人们的奚落和骂声。它默默地忍着,不言不语,没有丝毫反抗。

谁知,突然有一天早上,小桥变了样,洗得干干净净,上边还有一层淡淡的墨迹。谁? 干啥的? 人们忽然想到了鬼,想到了显灵。头皮麻了,汗毛立起来了,好像马上就要受到报应了,大祸就要临头了。于是,到处都在交头接耳地窃窃私语着。

"坟里的人活着时是个大官,如今在天上也当着大官,把他的坟扒了,他能轻饶咱们?!"

"昨天夜里子时,他派了一群头戴金盔、身披金甲的天兵天将,驾着云彩下来了!"

"是骑着白马下来了,半夜我起来尿尿,看见天上一大群白马,踢踢踏踏地冲下来,把我吓死了!"

村子里紧张得不得了。

不少人家关紧了门，跪到院心给老天爷叩头，表白自己："这真不怨我们，我们和坟里的人无冤无仇，从没想去扒他的坟！这都怨上级伤天害理，逼着我们去扒，我们不干就要斗我们。要不依就去不依上级吧，哪怕天打五雷轰他们哩！"

上级听到了消息，冲冲大怒，马上派人来追查，号召人们检举揭发。揭发有奖，知情不报罪加一等。法力无边，就是孙猴王再世也难逃老佛爷手心。况且，只要有功，自然有人愿立，想立，要立，不立功立啥？于是，人人检举，终于检举出了一个人。

他，一定是他！地主阶级的孝子贤孙，贫下中农的叛徒，革命的死对头。扒坟时，大家欢天喜地抢着扒、争着扒，就他像扒了他亲爹亲妈的坟，推说肚子疼请了假，还哭了，说是肚子疼哭的。大家从小桥上走来走去，谁不眉开眼笑，扬眉吐气？就他还蹚水过河，脚不挨桥，还看着快活的人们唉声叹气。他不从桥上过，也不叫孙子从桥上走，一天三晌背着孙娃子蹚水上学。谁？徐书阁，老教书先生。胡子都白了，还装神弄鬼，老不正经。这货中毒太深了，太重了，没有救药了。儿子被斗死，媳妇改嫁，还死不悔改。他想干啥？他都干啥？抓他来了，叫他先背政策，他背得可熟了，说："坦白从宽，抗拒从严。"可是，他说坦白就是不坦白，嘴上贴了封条，一字不吐。没关系，好办，老的不坦白还有小的。小文抓来了，一把闪闪发光的菜刀架到了他的脖子上，一锯一锯的。好，小反革命到底没有老反革命顽固，他哭了，说了。爷爷把小桥印下来了。印小桥干啥？没安好心，记变天账哩！想死后去向死了的大官请赏，想勾结阴间的大官，来阳间反攻倒算。心多毒啊！多险啊，多悬啊，要不是火眼金睛多，差点叫他的阴谋得逞了！得叫他缴出来！缴！不缴？搜！挖地三尺也要搜出来。翻箱倒柜，老鼠洞里都搜遍了。罐里不见一粒盐,仓里不见一粒米,老东西吃风喝沫,还有心搞这号邪门歪道,还有钱搞这号邪门歪道,真是鬼迷心窍。藏在哪里?审的人舌头问乏了,桌子拍烂了,老东西铁了心,反动到底了,硬是不说!

村子愤怒了,连对天明心的人都愤怒了。妈的,装神弄鬼,把我们的魂灵都吓掉了,白叫我们给老天爷叩了头!不能轻饶他,得叫他尝尝革命的滋味。于是,连开了三天会,三个白天,三个夜晚,车轮战,大战反革命,换班吃饭,换班睡觉,换班战斗。好不热烈,好不热闹。十几年村里没唱过戏,娃子们问戏是啥号样?问戏有多好看?这比戏还戏,比戏还好看,还不用花钱买票,看吧,看个美,看个够。推,撅,捆,打,吊,跪,十八般武艺全用上了,还发明创造了第十九般武艺:拔胡子。一根一根拔,拔一根问一声,不说再拔一根,再拔一根,一根一根拔下去,老头子变成了老太婆,真好看,戏上都没有。老东西硬是不说,不将功折罪,还哈哈地笑,流着眼泪笑。疯了?疯个屁!是装疯卖傻,是抗拒,是想蒙混过关。没有那么便宜。坏?不怕他坏,不怕他顽固,牛大还有捉牛法。给他戴上帽子,管制,专政,派重活,斗死他,累死他,气死他,看看谁恶过谁。革命能是好惹的?能是好欺的?啥时候不死,啥时候有你好吃的果子!

螳螂休想挡住大车,没门。人们照旧在革命的小桥上走着,只是走到桥上时又多了一笑,笑徐书阁是个傻屌,别看他读了一肚子书,是白读了,读成书呆子了,读愚了。拍马屁都不知道往哪里拍,放着活人不去巴结,去巴结个死鬼。坟里的人就是官再大,也早八百年沤成末,又不是现在活着的官,你再心痛他,向着他,护着他,他能赏给你个屁吃吃?连这都不懂,都不明白,墨水算是叫他白喝了!

人们在石碑上一年年走过去,一年年走过来,来来回回地走个没完没了。桥面被来来回回的脚板磨光了,又被来来回回脚上带的泥巴糊住了。石碑不成石碑，成了真正的小桥。人们走的遍数多了，走惯了，走俗了，不新鲜了，便对这小桥的来历不感兴趣了。渐渐地淡忘了，忘了脚下的小桥是块石碑，忘了原先石碑后面的大坟，也忘了徐书阁的胡子，一切的一切都忘了，也都不再笑了。桥就是桥，过来过去方便就行，何必要记住桥是石碑修的，何必要记住石碑后面的大坟，何必要记住徐书阁的胡子？记住这个啥益！没事干了，打个盹也能歇歇心。

多少年过去了，小桥的事早死了，埋了，忘个干净了。

只说过去的过去了，谁知，埋了的死事又扒出来了。

一天，突然来了一辆小汽车，黑漆发亮，长长的，扁扁的，活活像个屎螂牛，屁股还冒烟哩。于是，平静了多年的村子又热闹了，男人不下地了，女人不做饭了，抱着娃子，拉着娃子，互相吆喝着围上去，看稀罕物，看新鲜物，像看三条腿的人，一条腿的牛。里三层外三层，争着往前边挤，挤得骂爹叫娘，谁也不让谁。"屎螂牛"肚里钻出来几个人，有个老头一头白毛，还戴副眼镜，看样子一定是个大官。大官领着护兵先到大坟上，看看被扒的坟，唉声叹气，好像这是他家的祖坟，好像谁坏了他家的风脉。护兵们刨着大坟的土，捡着一块块破罐烂盆，装进了汽车哩。金贵那个样子，像拾了一堆当五分的硬币。要这啥用？古物！哈哈，古物？原来城里人也少见多怪。河里的石头，田里的泥土，村前的小河，村后的大山，哪一样不是自打开天辟地就有了的，哪一样不古？你们要都拉回去，连我们这些古物上的人也拉回去，那才美哩。人们不由得大笑起来，笑得戴眼镜的大官只摇头，摇得像货郎鼓一样，被人们讪笑得脸都红了。

后来，这群官官又跑到小桥上，铲桥上的土，洗桥上的泥，一点一点地铲，一点一点地洗，把石碑刷得干干净净，亮亮堂堂，像给新媳妇洗脸,就差没抹雪花膏。戴眼镜的大官慢慢走到桥上,跪下去,趴下去,用带柄的镜子照来照去,一寸一寸地照,照了老半天,把小桥照遍了,像逮虱一样,什么也没照见,一个虱也没逮住,他就哭了,就掏出手巾擦眼泪。七老八十了,又没打他,又没破财,又没病没灾,哭啥?像死了年轻老婆,哭得怪伤心的,真叫人好笑。城里人,可能生成的眼泪多!

后来,戴眼镜的大官哭够了,叫人们把石碑抬到原来的地方,照着原来的样子竖起来。说得可美,谁吃你喝你了,有那点气力还去拾泡粪壮壮地哩。人们听他一说,轰地跑了,像都会隐身法,眨眨眼没了人影。戴眼镜的大官又摇头,又叹气,拿出了大把票子。人们忽然又轰一声从地底下钻出来,眨眨眼挤成了疙瘩,争着抬,抢着抬,差点打起来。找绳,找杠子,笑着,哎哟着,抬得很来劲,很高兴,像抬花轿一样。走一路喜一路,喜一路说一路。谢天谢地,多亏当年了,当年要不扒坟,要不用碑当桥,咋会有眼下这便宜?可比卖柴强多了,几步路就挣几块钱,能称几十斤盐,够一家人吃半年哩。这种好事打灯笼也找不来,可惜太少了,这种好事要是天天有,多美!才美!

徐书阁哩?没影了。第二天,老东西才露脸,献出了拓印的碑文。戴眼镜的大官把碑文看了又看,看过来,看过去,看着看着喜了,笑了,忘了自己是个大官,给徐书阁作起了揖,弯腰弓脊,头都快挨住地了,连着作了三个揖。如今这世道真乱套了,颠倒了,沟里石头滚上了山,山里猪娃吃老虎了,当大官的给庶民百姓作起了揖,这算啥世道呀!徐书阁哭了。拔他胡子时他还笑哩,现在不疼不痒却哭了。哭得泪流满面,也弯下腰还了三个揖。啥话唒!像拜天地时夫妻对拜,当着大家的面拜来拜去,一点也不脸红。可惜都是男的,可惜都老了,要是一对少男少女对拜才有看头,就差这一点不过瘾!

戴眼镜的大官说徐书阁救了国宝,给了他五百块钱。徐书阁红着脸不要,做作得可像了,死活不接,还说自己没尽到一个中国人的责任,光堂话①说得可美了。读书人就会这,就会说漂亮话。两个人把五百块钱递过来递过去,推推让让大半天,好听话说有两大箩头。徐书阁不接不接到底接住了。不要钱?哼,假装正经!不醉假装醉,这事谁不会。啥是少,啥是只三毛两毛,五百块哩,没喝迷魂汤,真不要才怪哩。

"屎螃牛"的屁股冒着烟走了。

徐书阁突然成了村里的大财主。妈的,咱们来回抬石碑,压得歪三扭四,才得了几块钱,没想到七斗八斗把他斗发了。不行!不行!要不是大家把石碑上的字磨光了,就凭他那张纸值个屁!五百?连五毛也不值,五分也不值,给人家擦屁股人家还嫌脏哩。多亏大家了,你一脚我一脚,才磨出了五百块。咋弄?他得表示表示,他得心情心情。于是,人们围住徐书阁,他在地里,人们跟到地里;他回到家里,人们跟到家里。黑夜白天对着他笑,笑,笑,一双双笑眼盯着他鼓鼓囊囊的口袋。想吃独食呀,想独吞了呀,没门,有福得同享嘛。

"咋弄?明白人好讲话!"

"咋弄?见一面分一半吧!"

"咋弄?不请大家喝几壶?"

"咋弄?……"

"咋弄?……"

---

① 光堂话:豫西南方言,指场面话、好听话。

一个"咋弄"一声笑，笑是假的，恨是真的。徐书阁也笑。像当初拔他胡子时笑的那样笑。别人"咋弄"一回，他笑一回，别人再"咋弄"一回，他也再笑一回。老东西笑是笑，就是一毛不拔，光锯葫芦不开瓢，假装迷瞪僧。不怕你是块榆木疙瘩。只要斧头利，没有破不开的。不公平不行。半夜里，徐书阁的房子上落了石头。清早开门，徐书阁一脚踏到屎上。菜园里，徐书阁的蒜苗拔了满地。一步一个坑。人们又冲着他笑，总该懂了，总该知道人是肉做的了。徐书阁哩，好像啥也不懂，啥也不知道，啥事也没有，也冲着人们笑，笑对笑。笑了几天，徐书阁突然失踪了，三天三夜没露面。老东西准是吓酥了，怕绑他的票，跑了？死了？村里人怕了，人命关天，能是玩的！可别黄鼠狼没打住，惹了一身臊。要是上级不依了，乖乖，不杀头也得下大牢。人们在深潭里捞，山冈里找，树林里搜，连根人毛也没见。老东西活没影，死没尸，一定是谁见财起意把他害了，把尸首割成八大块埋了。真怕人。是谁？满村子里窃窃私语，谁谁摞的石头，谁谁在门前倒的屎，谁谁拔的蒜苗，谁谁……不等上级来不依就咬开了。谁谁买件新衣裳，哪来的钱？谁谁吸带锡纸的香烟，哪来的钱？谁谁割肉吃，哪来的钱？谁谁……越看，越想，越咬。你咬我，我咬他，他咬你，咬得一村子的人都成了杀人凶手。村子里紧张得不得了，不等天黑就都关门闭户，都不来往了。人心隔肚皮，虎心隔毛尾，谁知道谁是杀人凶手，可别粘连住自己了，小心没大差。

没有不透风的墙，屋里说话隔墙有耳，路上说话草里有人。谁说谁是杀人凶手，对方都知道了。妈的，诬赖好人，想送老子的命。老子也不是好惹的，老子的血也是红的，也是热的！互相找上了门，质问，争吵，骂，打，一个个头破血流，谁也不肯罢休。咋死不是死，送到法院也是死，拼了！村子里齐哭乱喊，鸡飞狗跳墙，都说自己冤枉,都要申冤报仇,演了一场比真戏还好看的戏,也不用花钱买票。

隔了几天,徐书阁回来了,还跟了几个匠人。村子才安生了,也更不安生了。人们又到徐书阁屋里,抢着出气,出一肚子的恶气。

"妈的,人家说我把你杀了! 你要真没影子,好汉死到干证手,还不杀我的头!"

"妈的,有人血口喷人,说我把你割成了八大块! ……"

"妈的,我吃回肉,说我是杀了你抢的钱!"

"妈的,老表给了我一盒好烟,差一点吸成了杀人犯!"

"妈的……"

徐书阁笑了。笑过了也不长,也不短,不说谁是,不说谁非,一言不发,领着匠人来到小河边,在小河上修桥。五百块钱花完了,桥也修好了。宽宽的桥,很平,很稳。水泥桥顶替了石碑的班,比石碑桥好走多了。

人们走在真正的小桥上,说起戴眼镜的大官,说起老东西徐书阁,大家又有了共同的语言,便把前嫌前仇都扔一边了。这一对老家伙真是怪物,真好笑。戴眼镜的大官真迷,不坐在屋里享大福,跑这么远,到这深山古洼里来哭,来作揖,来送钱,真是看戏的流泪——替古人担忧。说这是国宝,球! 是耐饥耐寒,还是能挡住外国人的枪子? 害伤寒烧迷了,五百块,能割多少肉呀,香嘴也能香几年,买了张黑乎乎的纸还喜哩,好像沾了多大的光! 徐书阁也不是正经人,正经过日子的人能把钱不当钱? 挨斗挨打拔胡子,好不容易换了五百块钱,分文不留都修桥了,就不能天天去买个白馍吃吃? 露能都不知道咋露的。修个桥,众家八户走,谁还承你个情! 送给谁一百二百,哪怕三十五十哩,哪怕三块五块哩,哪怕给谁一根纸烟哩,谁也说你个好,现在哪个龟孙子才说你一句好! 真是一对疯子,两个二百五,都是读书读愚了,读呆了,读书啥益呀!

人们笑完之后又都后悔,后悔极了。当初,自己要是也偷偷印一张,多好!乖乖,一张黑乎乎的纸就给五百块,抵上卖几头大猪,够说个婆娘哩,多亏!要是印上十张二十张,老天爷,那该多少钱啊,可发大财了,够找十个婆娘,一天轮一个,那可就要美坏了、美伤了!

后悔过了,又恨,恨徐书阁。老东西真不是个好货,明明知道是值钱物,当初要是歪好给大家透个信,叫大家都印几张,也都能弄点花花。亲为亲,邻为邻,关老爷还为山西人哩,老东西一点也不为乡邻。读书人心里都奸,真毒,真狠,要吃独食,拔你胡子活该,一点也不亏。就凭你这毒劲,下一回还拔你的头发哩!

笑,悔,恨,一切的一切,天长日久都淡忘了,消失了,过去了,像刮了一阵大风,风过了,就没影没踪了。

只是,小河上有了座千年不朽的水泥桥。

只是,大坟旧址前的石碑永远没有了字。

从此,每天早晨和黄昏,不论晴雨,不论冬夏,徐书阁都要挂着棍子缓缓地走来,站在石碑前面,迎面读着无字碑,好像碑上还有许许多多锦绣文章。他久久地读着,读得很是认真、很是动情,喃喃地读着,读着读着就泪流满面了。

为了纪念这块原来无字、后来刻了字,千年之后的如今又无了字的石碑,特为记。

原载《上海文学》1986 年第 10 期

笑语满场

何老五没有躲开，到底还是来参加选举大队长的会了。

"啥子选举呀，又来哄娃们玩哩！"何老五在心里嘀咕着。选官，自古以来哪有这号好事？前朝古代的官，都是皇上封的。解放后的大小干部都是上级指派的。别看有时候叫投投票，也是上级选人，百姓举手，这不过是上级走个礼路，赏个脸面罢了。谁也没疯，能给脸不要脸，去和上级作对，另选别人？

这次选大队长，何老五一听就完全明白了。原来大队的头头是于占山，这次上级提名还是于占山。虽说搞什么差额选举，候选人名单上还有个武二林，可他的名字排在于占山的后边，上级的劲使在谁身上，已经明明白白了，武二林不过是个聋子耳朵——摆样子嘛。事已经摆明了，这大队的一统天下还要归人家于占山一手擒拿。到时候，于占山要查出你没投他的票，他不活吃了你才怪哩！何老五想来想去拿定了主意："又来钓鱼哩，看哪个二百五才上你的钩！"

谁知愿意上钩者很不少。这几天，一些人高兴得出了圈，说话也不忌生冷了，到处议论纷纷，把二林夸成了一朵花，把于占山说成了一堆臭狗屎。还诅咒发誓,说这次选举非玩真的不可,打烂头也不选于占山了。何老五听了这些话,头皮都发麻,这不是想犯上作乱吗?他一听别人这样讲,就吓得远远躲开,心里讥笑道:"哼,别不识抬举了,三天不挨打,就要上房揭瓦,找家伙吃!"别人如何胆大包天,事不关己,何老五不必管,也管不了。谁知独生儿子小拴竟然也跟着大家起哄,也说不选于占山,何老五可不能不管了,睁眼不跳崖,当老子的能看着儿子去找死吗?

这几天,何老五不断教训儿子,叫他别看差了秤,还是选于占山为上策。小拴犟嘴道:"你咋恁赞成于占山?我看人家武二林才是个真共产党,公家的光一点也不沾,对社员疼冷疼暖,从不仗势压人,于占山给人家武二林提鞋人家还嫌丢人哩!"何老五呵斥道:"光咱说他好顶个屁用!上级要想叫他干,咋不把他的名字写到前头哩?"小拴要是再回上一句,他就大发脾气,骂小拴不孝顺,想叫他受老来苦。小拴看说不通,就来个软顶,不管老子怎么讲,他总是不言不语一脸嘲笑。何老五看小拴没把他的话放在心上,实怕选举时惹下祸,就打定了主意:三十六计,走为上计,昨天就去向队长请了假,说今天有关紧事,要和小拴一同进山。队长乜斜他一眼,耍笑道:"啥子关紧事呀,是不想参加选举吧!"何老五被人说破了心事,急得面红耳赤,争辩了一会儿,队长才准了假。可是睡了一夜,越想越不对劲。小队长都猜破了自己的心事,于占山还能猜不破?他要是怀疑我何老五是不愿投他的票才推故进山,那还了得!想来想去,还是参加选举为妙。刚才临来开会,何老五又把小拴叫到面前,逼他表态,小拴还是软顶。何老五憋不住发了火,推推搡搡,要把小拴锁到屋里,不让他去参加选举,免得戳祸①。老伴看他父子吵得不可开交,忙过来开导小拴道:"你放孝顺一点行不行? 你爹还不是想叫你待在福窝里! 你扳着指头算算,全大队哪一家没叫于占山炮治过? 就咱们一家太太平平,凭啥哩,还不是凭你爹料事周到! 你只知道晕胆大,就没想想于占山是好惹的? 就凭几个平头百姓,能放倒人家这棵大树了?! 到底还不是打不住黄鼠狼,惹一身臊气!"小拴也精能得很,听了妈的话,就接住话茬吓唬道:"好吧,那就把我锁到屋里吧,只要不怕传出去,让于占山知道我宁死不选他,你们就锁吧!"这话真灵,吓住了何老五,只得放了小拴。但却"约法三章":到会场后,一、要和老子坐一块儿;二、不准乱说乱动;三、投票得叫老子投。如敢违犯,何老五狠狠地说:"回来看我酥了你的骨头!"

"到了会场再说!"小拴嘴里不说心里想,扛起板凳走了。何老五脚跟脚不离寸步,边走边唠叨着:"胳膊能扭过大腿? 你算瞎活了二十多岁,连这都不懂! 上级叫选选,是给个脸,为啥敬酒不吃要吃罚酒?"

小拴听烦了,判定在路上他不敢大吵,就顶了一句:"爹,上级讲了,这一回一定要发扬民主!"

"你懂个屁!"何老五看看前后没人,小声批驳道,"哪一回上级说过不发扬民主,到临了还不是弄个反打锤? 没有远比还没有近比? 隔墙你贾大叔咋打成了'右派'?"

"你别光看老皇历!"小拴又顶一句。

"管它老皇历新皇历,都是过了初一过初二!"何老五叹息道,"我活了六十多岁,啥没看清? 自古以来,都是官向官,民向民,关老

① 戳祸:豫西南方言,指招祸、惹祸。

爷还向着蒲州人哩,上级就向你了?"

小拴不屑地笑笑,不愿再费口舌了。

何老五看儿子一脸不在乎的表情,不由又来了气,"哼"了一声,火道:"你娃子别把老子的话当耳旁风,不听老人言,吃亏在眼前。管他别人咋选,咱不能拿刀往自己脖子上砍!"

说话间到了会场。这是借用小学的球场,西场边临时放了几张桌子,算是主席台。场里已坐满了人,个个眉开眼笑,笑语满场,有人时不时燃个冷炮扔到空中,更增添了会场的欢乐气氛。何老五对人们的乐劲很是瞧不起,心里冷笑道:"哼,别喜得太早了!"

何老五四下看看,见会场南边人少,就领着小拴把凳子放到那里。父子俩刚刚坐定,突然有人从背后打了小拴一拳。小拴回头一看,是邻队的好友,喜得跳了起来,叫道:"小石,来!"说时夺过小石的凳子,放到身边,拉小石坐下,亲亲热热谈了起来。

小石穿一身新,脸喜得像个米花蛋,开口就嘎天嘎地笑道:"小拴,这一回上级叫咱们定乾坤了,咱们也把那块乌云拨开!"这个猴娃,大说大笑还嫌不痛快,竟然点燃一个双响纸炮扔向天空。

"嚓——啪"!炮在头顶上空炸了,脆响脆响,引得人们一齐往这里看,有人还轻声轻气叫好:"小石,再来一个,炸开乌云见青天!"

这里成了众人注视的焦点,何老五吓得变脸失色,狠狠瞪了小拴和小石一眼,想发火又怕得罪了小石,压了压气,站起来对小石说:"你在这里坐,我们要去和你王大叔坐一块儿说个事!"

小拴不动,何老五狠劲推他一巴掌,抽出板凳搬上就走。走了几步,看小拴和小石还在说笑,气哼哼地催道:"小拴,你脚底生根了?"

小拴回头不满地看了爹爹一眼,小声对小石抱歉地说:"坏事就坏到我爹这号人身上,一脑子老封建,旧思想,总是拿老眼光看新事物。这一回,你放心!"说罢追了过去。

何老五等小拴走到面前,黑着脸,小声训斥道:"你咋就不长个心,真是死眼无珠。"

小拴对这没头没脑的斥责不解,奇怪地问:"咋啦?"

何老五气道:"你忘性不小! 于占山和小石有气,要叫于占山看见你和小石在一块儿咕叽,他能不怀疑你俩说他闲话,不给你娃子小鞋穿才怪!"

原来,小石那年参军,到县城穿上了绿军装,快活得按捺不住,想叫爹妈看看新,也高兴高兴,就借个自行车回家一趟。谁知半路上碰见了大队革委会主任于占山,他急着赶路没有下车。于占山恼火了,骂小石还没飞走就看不起人了。回到大队捏个罪名,找人写了张大字报,连夜贴到街上。第二天一早,小石便成了盗窃供销社的嫌疑犯,军装被扒了下来。最后查清了,以"事出有因、查无实据"作罢,可是小石当兵的事吹了。小石为这事恨死了于占山。

小拴听爹爹提起此事,心里来气,反驳道:"啊,于占山整治过谁,就不准咱和谁好了?"

何老五看有人过来,就低声咕叽道:"好,背地好就不行? 硬着往于占山眼里钻,找着倒霉哩!"

说着到了会场东边,何老五找个地方放下板凳,要坐还没坐,小拴见前边有个小孩哭得上气不接下气,就关心地问:"小铁蛋哭啥哩?"

抱小孩的人回过头来,这人叫周大炮。他只不过三十多岁,却被生活折磨得一脸老相,像五十出头的人。周大炮听见问话,回道:"他看见别的孩子吃糖,馋了,叫我打了一巴掌。饭都没得吃,还想吃糖!"周大炮那愤愤的语气,显然是在发牢骚。前年搞揭、批、查的时候,没人敢吭声,周大炮性情刚直,不留情面,放了一通机关炮,说于占山"造反起家",不是双突是单突,坏事干绝了,一条条一宗宗,剥出了于占山丑恶的原形。谁知没说掉于占山一根汗毛,却种下了灾祸的根苗。去年实行联产责任制,于占山硬把屙屎不䜆蛆的薄壳地包给周大炮,产量订得老高,工分压得老低。一年下来,周大炮赔了产,闹得缺吃少喝。周大炮不服,到处告状。谁知不是没人管,就是叫他从大局出发,说是包产嘛,事前又不能用秤称斗量,哪有绝对准确之理。官司没打赢,于占山还给他加了个对新政策不满的罪名,对新政策不满当然就是留恋"四人帮"那一套,三天两头在会上敲打。

周大炮一提缺吃的事,旁边的人就七嘴八舌地吵吵起来。

"哼,于占山真是杀人不见血!"

"说啥也不能叫他再干了!"

何老五一听人们嚷嚷起来,忙搬起板凳,拉上小拴,急忙忙就走。到了场后边,埋怨道:"你这个戳祸妖精今天是疯了!"

小拴不知道又怎么错了,奇怪地问:"我又咋啦?"

何老五呵斥道:"你嘴痒了,你管他哭啥哩!"

小拴反问:"我问坏啥了?"

何老五又气又怕,胡子都抖了,恶狠狠地说:"你问得好嘛!一问,大伙打开了话匣子。听听说那话多皮麻人!要叫于占山知道了,不问你个煽风点火的罪名便宜你哩!"

小拴冷笑一声,回敬道:"为了他,咱们就该装哑巴,啥话也不能说了!"

何老五瞪着小拴,眼都红了,吓唬道:"你娃子是吃几天饱饭撑住了,也想弄得和周大炮一样。"

小拴淡淡回道:"我就不信他是老天爷!"

"在咱们大队,人家就是老天爷,你娃子就是有日天的本事,也逃不出人家的手心!"何老五说着,到处看去,想找个没有是非的地方去坐。

何老五选准了会场北边,那里多是老年人,老年人稳重,不会惹是生非。他叫小拴把板凳搬到那里,安安生生坐下,然后和人们打着招呼:今天天气暖和呀;城里来了新剧团,去看戏了没有呀……净说些淡话。

坐在何老五身边的白胡子老汉刘老七,深知何老五的脾气,一直眯缝着眼打量着他,见他东扯葫芦西扯瓢,冷笑道:"老五,别打岔了,说实话,你这一回想选谁?"

何老五被挤到了墙根,先是一愣,而后打哈哈道:"咱是个草木人,吃饭不知饥饱,睡觉不知颠倒,啥也不懂,上级叫选谁咱就选谁!"

刘老七看他害怕得破了格,就一本正经地解劝:"我看这一回上级可真不是强按牛头喝水,咱们自己要不长主心骨,自己作践自己,上级也没办法。"

"对,对,上级咋能会强按牛头喝水!"何老五胡乱答应着,忽然想起刘老七和于占山也有点过不去。

那一年,于占山要占刘老七哥哥刘老六的宅基地,刘老六寸土不让。于占山没能强占,却在背地里放风:"我看他刘老六就不死了!"大家不明白这话的意思,也就没放在心上。谁知第二年夏天,刘老六当真死了。土地是集体的,死了人埋哪里,得队里说话才行。队里指东,于占山说那里要修大寨田,妨碍机耕。队里指西,于占山说那里要搞水利,妨碍修渠。热得着火的天,刘老六停尸七天没埋,尸体都化了脓生了蛆。

何老五想到这里,暗自叫苦,埋怨今天运气不好,右跑左跑总逃不出是非之地。再抬头一看,只见于占山的丈人舅正盯着他们,他不由脑子嗡嗡作响,眼前忽然出现了刘老六的尸体,又好像那蛆在自己身上乱爬,只觉浑身发麻,便忙站起来推故道:"这里太阳真毒,走,去找个阴凉处!"

何老五搬上板凳,叫上小拴,正要逃走,突然有人说:"来了!"何老五朝大路口看去,果然是于占山陪着公社干部来了。他拉拉小拴,小声急切地说:"你看看,你看看,要听你娃子的话,差点跳到崖里了!"

小拴看去,于占山在大路口,正和公社新来的王书记又说又笑,王书记递给他一支烟,于占山忙掏出打火机打着,给王书记燃火。接着,于占山拉着王书记,往主席台走去。经过会场时,于占山大声说笑着,使得闹哄哄的会场顿时鸦雀无声。

何老五看得傻了眼,更加判定选举结果不出自己所料,连连告诫小拴:"你看见了没有,王书记还给他敬烟哩。"

小拴却不以为然,说:"哎呀,谁给谁一支烟,就算对谁好了?"

何老五两只眼一直盯着于占山的一举一动,没留意,扭头一看,小拴早跑没影了。

何老五骂了儿子一句,只好独自坐下去,闷着头吸烟,谋算着如何才能平平安安渡过这个难关。

发选票了,何老五扑棱一下浑身来了劲,斜着膀子挤进人堆里,对发票员好说歹说,硬把一家三口人的选票夺到手里。他喜眯眯退出人群,又看看手中的三张选票,就像拿到了救命符,半天来一直提在嗓子眼的心才落下肚里。然后,他踮脚张望,他要找到于占山,当着他的面把票填好,表明一家大小对他没有二心,将来就是有人没投他于占山的票,他也不会怀疑自己了。

何老五正要找于占山,小拴跟着王书记过来了。王书记笑嘻嘻地说:"大叔,你怎么把别人的票也拿来了?"

"没有呀!"何老五一愣,郑重地伸手托着票,否认道,"不错呀,你看,俺们就是三个人呀!"

王书记笑了,解释:"这不是发余粮钱,当家人可以把全家的余粮钱一块儿领回去。选举,只能领个人的票!"

"没事!"何老五挺认真地道,"你放心,我能当住这个家,俺保证老伴和小拴不会找你们后账!"

王书记强忍住笑,严肃地说:"你在家里是一家之主,在队里和老伴、儿子一样,都是社员,一个人只有一票的权,想选谁,个人做主,这个家你可不能当呀。"

"哦……"何老五犯难了,看着王书记,迟疑地说,"他们连个高低也不懂得,会选个啥!"

看热闹的人笑了,王书记也忍不住笑了。

何老五被人们笑得红红脸,发急地说:"他们真不会选呀!王书记,你放一百条心,我听上级的话,保险选不错!"

王书记看周围的人越聚越多,就止住笑,趁机多说了几句:"谁想选谁就选谁,根本不会发生错不错的事。上级说了算定案,何苦叫大家来浪费工夫?中央再三强调,要相信群众,充分发扬社会主义民主,让大家选称心如意的人。谁要包办选举,谁敢对投票人打击报复,都是犯法行为,要严肃处理。"

何老五听说犯法,才不敢坚持了。只是要交出选票,却还不放心。他怕票上有暗记,把三张选票的正反两面翻来覆去看个够,才抽出一张,递给小拴。

何老五手里还有两张票。他见老伴眼巴巴盯住他,心一横,把那一张狠狠递过去。老伴接过票来,怜惜道:"没人信你,我信你,我这一张给你画。"

何老五看看王书记,王书记笑笑道:"大娘情愿委托你,你就替她画吧。"

何老五手里攥着三张选票时,心里充满了安全感,现在剩两票了,像护身符被扯碎,魂不守舍了。他越想越怕小拴闯祸,苦没办法解救,只有去找于占山表明心迹这一条路了。

于占山靠在会场后边一棵大树上,品着纸烟。他从人们的欢乐神色中,嗅到了仇视自己的味道。"几条泥鳅也翻不起大浪。"他这样想着,冷冷一笑。根据以往的选举经验,上级只要提名,就等于生米做成了熟饭。他乜斜着人群,看谁笑得最凶,他要记下这笔账。正在这时,何老五走了过来。他虽是来献心送情的,可是还免不了像往常那样,一见于占山就不由得心慌。他迟疑了一下,定定神,然后才走上去,装作很自然的样子,微笑道:"于主任,钢笔叫我用一下吧!"

于占山看他一眼,掏出钢笔给他。何老五拔开笔套,欲要画时,故作为难的样子,指着选票上于占山名字后边的空格,问道:"于主任,你看是不是在这里画个圈?"

于占山低头看了一眼,轻蔑地用鼻子"嗯"了一声。何老五抓住于占山的眼光落在空格上的一瞬间,飞快地把两张选票画好了。谢天谢地,今天总算把自己的心塞到于占山眼里了。何老五合上笔,还给于占山,本来该去投票了,却还觉着意犹未尽,忍不住又嘻嘻表白:"俺们一家早都商量好了,都选你……"

"算了,算了!"于占山了解何老五的习性,从来没把他当回事,又见人来人往,实怕他说出有伤体面的话,就不耐烦地打断他,把噙在嘴里的烟头狠狠吐在何老五脚下,大步走去。

何老五吃了没趣,像当头挨了一棒,蒙了过去,愣愣地站了半天,才跟着人流去投了票。这时,他竟然忘了择地而坐,不知谁拉了他一把,他就胡乱坐到人群当中。他越想越不对,为啥于占山的脸那么黑?眼那么鼓?话那么凶?当他的面画他的票,他为啥还这么恶?天啊,一定是小拴说了什么话,让他知道了。想到这里,突然觉得眼前一片漆黑,模模糊糊出现了一幅幅可怕的影像……

不知过了多大时候,突然响起了雷鸣般的声音,把何老五震醒了。他迷迷糊糊,不知出了什么事。见人们站起来,他也跟着站起来;看人们鼓掌,他也鼓掌;他傻乎乎地问身边的人:"都喜啥哩?"

"咋?"周大炮瞪他一眼,"武二林当选大队长了,你不高兴?"

"那于占山哩?"何老五急切地问。

"你听嘛!"周大炮不耐烦地顶送一句,又回头盯着主席台。

主席台上,继续公布选举结果:"于占山五票!"

轰的一下,会场上爆发了纵情的笑声,那是胜利的笑,欢乐的笑。

老天爷睁眼了,于占山下台了。何老五觉得像在梦中。"噼噼啪啪!"会场上响起了鞭炮声。何老五朝手拉鞭炮的小伙子望去,哟,那不是小拴嘛!"放吧,放吧。今后再不用提心吊胆了。"

一片欢腾中有人在讥讽地议论:

"不错啊,于占山还有五票哩!"

"不知道是谁投的?"

"于占山一家三票,另外还有两票……"

"哎,秦桧还有三个朋友哩!"

"别看少,人家这两个朋友可是赤胆忠心保奸臣啊!"

"哪个龟孙才想叫于占山干哩!"何老五的话冲到了嗓子眼,他想说,他跟所有的人一样反对于占山干。可是,他无法辩解。他忽然觉着人们好像在奚落他,他感到一阵冤屈,又觉着脸上发烧,就装着扣鞋,蹲了下去,然后从人缝里悄悄溜走了。

原载《北京文学》1981 年第 7 期

《新华文摘》1981 年第 9 期转载

小院恩仇

●

一

陈家村有个陈大磨,四十岁的年纪,五十岁的长相。说到他的长相,群众有个形象的比喻:一张纸画个嘴——不要脸。这话不假,他的嘴确实长得很大,很巧,能把雪说成红的。他也确实惜汗不惜脸,常干些下三烂的丢人事。天长日久,人们气他,讨厌他,耍笑他。他见大家不把他当个人看,也就破罐破摔,更把脸面看得分文不值了。

这天,他又出了彩。上午,队里修小水电站,男劳力拉石头备料。这是个包工活,每人两方石头,单独堆放,下午收方,早干完早回,愿多干的多记工。一说包工活,要是往常,陈大磨会牢骚满腹道:"哼,'文化革命'算白革了,社会主义的优越性都去哪儿了!"可今天,他却大不一样。不到中午,大家还干得正欢时,他的任务就完成了。他挑着空担子,歪戴草帽,斜披衣服,哼着小曲,扬扬自得地往家走去。

仇人路窄。大磨正自得其乐地走着唱着,东东担着石头迎面过来了。东东二十五六岁,生得十分精灵,和大磨是紧邻。东东住上屋,大磨住下屋。东东的爹爹是这个队的老队长,因为经常批评大磨,大磨和他记下了仇。"文革"中造反派斗争老队长,大磨虽然没有动手动脚,那张巧嘴却没闲着,也趁机敲敲边鼓,说些没影没踪的瞎话。老队长气死后,东东就把这笔账埋在心里,磨道圈里查驴蹄,早晚瞅着大磨的一举一动,没少玩他的难看。这时,见他这么早收工,就打量着他,怀疑地问道:"大磨叔,你可完成任务了?"

大磨见是这个猴娃,先是一怔,继而哈哈大笑着径自走去,大咧咧地回道:"泰山不是人堆的,火车不是人推的!"

东东看着他的背影,心里一阵犯疑:出力棒子都还差得多哩,这个懒驴怎么不到半天就完成任务了?他忙把石头担到自己那一堆倒下,走到大磨那堆石头跟前看去。这堆石头垒得方方正正,十分整齐,没有任何破绽。他掏出卷尺量了又量,算了又算,不仅不少,还多了一方寸。他找不出把柄,心里很不满足,却又无可奈何,只好悻悻地离去。走了几步,心里忽然一动,忙又拐回来,揭开表面石板一看:哈!原来如此。里面是空的!东东像拾了个宝贝,一颗心高兴得乱蹦乱跳。他想大喊大叫,让人们都来看看大磨的空心计,嘴刚张开,心里忽生一计,忙合上嘴巴,又把石板照原样盖好,扬扬得意地走了。

二

村头,一堵粉白墙上,漆着一块黑板,上边用红漆写着四个大字:最高指示。早先是写语录的,现在不时兴了,黑板就板着黑脸空在那里。

中午收工时，东东用粉笔在"最高指示"下边写了一首打油诗。人们不知写的什么，便一窝蜂似的拥来，在墙前看着念着。这时，妇女们也收工经过这里，大家冲着其中一个中年妇女，齐呼乱叫："大磨婶，快来看，大磨叔可上墙了！"

大磨婶不信，撇嘴笑笑，不屑地道："他要能受表扬，驴都能长角！"

"你别隔门缝看人——把人看扁了！"几个小青年不由分说，上去把大磨婶拉了过来。

一个调皮的小青年指着黑板念道：

光棍收心金不换，

大磨如今干得欢。

运石备料快又好，

一天任务半天完。

下午开个现场会，

都去学习莫迟缓。

大磨婶是个争强好胜的人，偏偏碰上个不争气的丈夫，气得成天阴沉着脸，一年难得笑上一声，这时见真的表扬了丈夫，喜从心中起，满脸堆笑道："瞎猫碰上个死老鼠，不值得上墙费这几个字！"

大家七嘴八舌笑道："如今不许斗争了，时兴表扬了。人家进步了，你也该慰劳慰劳才对！"

大磨婶笑眯眯地走了。

东东看大磨婶和众人信以为真，想着下午一定会有一场精彩的好戏，想笑又怕泄露了天机，便强咬着嘴唇往家跑去。

东东跑回家，见妻子玉妹正在擀面条，就站在她身边，看着她的脸，嘻嘻笑个不停。玉妹长相好看，说话好听，待人心热，办事心慈。

她在娘家时当团支书,和东东结婚不久又被选为生产队长,深得人心。这时她见东东看着自己笑个不住,也抿嘴笑道:"你吃笑药了!"

东东笑道:"告诉你个好消息,下午请你看场好戏!"

玉妹信以为真,忙问:"啥戏?"

东东说:"巧破空心计。"

玉妹奇怪地道:"只听说有个空城计,哪里又出来个空心计?"

东东一本正经地回道:"新编现代戏!"

玉妹追问:"哪里演的?"

东东笑道:"我自编自导的。"

"你——"玉妹发觉是谎她的,就打量着他,怀疑地追问:"又想玩啥门道哩?"

东东纵情地笑着,把前前后后的经过讲了一遍。玉妹听着听着,桃花似的笑容消失了,翻他一眼,说:"你这啥态度?"

东东理直气壮地道:"叫他当众出彩,看他还敢学坏使乖!"

玉妹往锅里下着面条,斜他一眼,批评道:"你看他脸皮还薄,再给他加厚一点?"

"对这种人就不能心软!你光看见初二,不知道初一!"东东又想起宿仇,气愤地说,"当初他对咱爹,啥话不狠不说!"

"他来初一,咱就来初二,碰到机会,他一定又要来个初三,咱就再来个初四,啥时才是尽头?他咬咱爹一口,你还嫌不够,还想叫他将来再咬咱们一口?仇宜解不宜结嘛!"关于公公挨斗的前因后果,玉妹听东东和邻居们讲过,公公工作方法简单粗暴,经常整大磨,大磨才怀恨在心,寻机报复。她看东东瞪了眼,就甜甜一笑,往他眉尖上捣了一指头,撇嘴笑道:"眼瞪得,不是谈恋爱那时候了,眼睫毛都会笑!我哪点说错了?人都是敬怕的,没见过斗怕的。没见斗这一二十年,把几个人斗进步了? 人敬我一尺,我敬人一丈。咱们敬他几回试试,人心都是肉长的,我就不信他的心是铁打铜铸的!"

东东心里不服,可是她笑得好看,说得好听,不好再坚持下去,再加怕她从中打破锣,坏了这场好戏,就做个鬼脸,笑道:"好了,不要再宣传了,小心磨破了嘴唇! 我相信狗也能改了吃屎,可行了吧?"

小两口笑着吃完饭,东东歇晌睡觉了,玉妹给他赶走蚊蝇,放下帐子,喂猪去了。

三

陈大磨家里像过年一样喜气洋洋。大磨坐在当间椅子上,摇着二郎腿,拉着胡琴,摇头晃脑地唱着小曲。大磨婶在门角锅灶上炒着鸡蛋,散发出一阵阵油香。玉妹走了进来,笑道:"呀,改善生活哩!"

"好不容易碰上个闰腊月,可要脸一回!"大磨婶满面春风,瞟了大磨一眼,要给玉妹搬椅子。玉妹不让她动,趁势坐到灶旁帮她烧火,一边端详着大磨。大磨偏着头,胡琴拉得更脆了,摆着一副受之无愧的得意样子。玉妹看着暗自想道:"脸皮可真厚,一点也不发红!"不由叹息一声。

大磨婶也看着大磨,喜不自禁地说:"看看,受一回表扬,可得意得忘了姓啥名谁。往后只要天天这样,心扒出来给你炒炒吃了也情愿!"

大磨嬉皮笑脸道:"就那一颗心,够我积极几回? 咱只要求炒个鸡蛋就行!"

玉妹看大磨连妻子也欺哄，更加同情大磨婶的不幸。她自从和东东结婚，到陈家村半年多了，没见过大磨婶一次笑脸。大磨婶脸皮薄，一见大磨出乖露丑，一听别人挖苦耍笑，就偷偷流泪，一双眼睛经常红红的。她曾几次对玉妹诉苦，说自己倒了血霉，找了个这样的男人，活得没脸没面，不如一头栽到河里淹死，还能落个干净。玉妹总是劝她，把责任都推到"四人帮"身上，断定大磨会慢慢变好。没有想到今天他又干出这号丧德的事。玉妹本心想来批评他，可是，看大磨婶难得喜欢一回，现在要是一语道破，马上就会伤透她的心，不但这顿饭吃不成，她一定又会哭着去寻死觅活。想到大磨婶的可怜，便暗暗下了决心，一定要帮助大磨学好。她看着大磨，微微笑着，激将道："大婶，放心吧，大磨叔这一回可是真开始积极了，往后有你喜的。大磨叔，我没说错吧？"

"错不了！"大磨一点也不害臊，哈哈道，"都把心放到肚里吧！过去咱玩嘴，那是'四人帮'的流毒。往后，你只管把鸡蛋给咱留着，咱也要一个心眼为'四化'了，玩玩真本事，叫你们看看！"

大磨婶撇嘴笑道："说不玩嘴可又玩起来了。反正丑话说到前头，要再做大家捣脊梁骨的事，看我不活吞了你！"

他夫妻两个，一个玩假，一个当真，假的骗住了真的。玉妹看着心里五味俱全，不说穿气得慌，说穿了又不忍心，低头憋了半天没有讲话，便苦笑笑告辞了。

大磨婶送走玉妹，捞了一碗面条，加上鸡蛋，递给大磨。大磨狼吞虎咽地吃着，吃得很响，很香。大磨婶站在一边，眼巴巴看着他，满怀哀怨地求告道："你也是五尺高一条汉子，为啥要混得连猫狗都不如？往后也得积积福，干几样正经事，让人们看看。咱也能光光彩彩站到人前，大声大气说句话，也不枉活人一场！行不行？"

"行！行！"大磨只顾吃饭,随口应付。

吃完饭,大磨歇晌睡了,大磨婶收拾了锅碗,喂了猪,就去井台上担水。

井台上一群妇女在淘菜洗衣服,看见大磨婶来了,就七嘴八舌地说开了。

"他婶,你成年气大磨往你脸上糊屎,看,今天可往你脸上贴金了吧!"

"我老早就说,光棍收心金不换嘛!"

"今天上墙,明天说不定还上报哩。"

大磨婶抿住嘴不笑,叹道:"谁知道能不能久远。"

这时,东东拿着广播筒走过来,一副兴高采烈的样子,对大家挤眉弄眼地叫道:"走啊,快去参观陈大磨大干'四化'的成绩呀,男女老少都要去!"经过井台角时,又对大磨婶嘻嘻一笑,说:"大婶,这一下大磨叔可要名扬四海了!"

大磨婶喜上眉梢,担起水飞快走去。

陈大磨睡得正香,大磨婶搬着他的胳膊,大声叫道:"快起!快起!都要去参观你干的活儿哩!"

大磨虎生坐起来,吃惊道:"啥呀?"

大磨婶喜道:"大家都要去参观你干的活儿哩!"

"啊!"大磨红了脸,"真的?"

大磨婶笑道:"可不!你可得虚心一点,别一受表扬就喷喷炮炮说大话!"

大磨急得火燎一般,埋怨道:"噫,你咋不早说哩!"

大磨婶笑着,说:"晚不了,东东刚喊人。"

大磨慌了神,跳下床,倒穿着鞋就往外跑,气咻咻地骂道:"妈的,这个东东,我扒你老祖先坟了,你成天找老子难看!"

大磨婶一愣,看他慌乱心虚,不由变脸失色地追问:"咋啦,又是假的?"

大磨也不顾回话,出门就跑。大磨婶怔了一阵,也忙追了出去。

四

通往工地的路上,东东兴致勃勃。他是高中毕业生,在学校里演过剧,懂得只有大起大落才能出戏。这时,他正在大起——对树不说也要撞三脚。拉住张三,拦住李四,说人不可貌相,海水不可斗量,添枝加叶,形容大磨今天如何如何积极肯干,如何如何拼命流汗,把大磨说成了搞"四化"的样板人。人们开头将信将疑,后来听他说得有鼻子有眼,也就信以为真,不住连连咂嘴称道。正说着,大磨从后边慌慌张张赶来,想抢到人前先到工地,东东一把拉住他,笑道:"跑那么快干啥?慢慢走,给大家介绍介绍你提前完成任务的宝贵经验。"

大磨看东东挤眉弄眼,一脸能气,更断定大事不好了。这一回要露了馅,队里少不了一场批评,群众又要耍笑他十天半月。更怕的还是妻子。去年冬,他记工时谎报了十分,被查出来后当众公布,大磨婶气得嘴脸发青,浑身乱抖,不等散会就哭着跑了。等大磨吃完批评回家,大磨婶不给他开门。十冬腊月,滴水成冰,风大雪狂,他再求告门也不开,只好去大场,钻到麦秸垛里。谁知半夜东东领着民兵来了,说他想偷东西,把他关到了三间空屋子里,等到天明,差点冻成了一根冰棍。眼前这场祸事要被戳穿,妻子更不会轻饶他。他不怪自己使奸,却恨不得一口吃了东东。他怒气冲冲甩打着要挣脱东东,东东偏偏死不松手。他有苦难言,牢骚满腹道:"你排场是你的,我落后是我的,你看的啥洋戏!"

东东假装迷瞪僧,不理睬他的生气发火,笑得更响亮。他对人们大声道:"看,怪不得大磨叔进步快。听听,多虚心啊,一点也不骄傲!"

说说笑笑到了工地,东东走到大磨那堆石头跟前,高呼大叫:"喂,都来学习啊!"

逢着陈大磨的事,大家格外来劲,人们蜂拥而来,把这堆石头围得严严实实。大家看去,垒得方方正正,没有破绽。东东为了把这场好戏的高潮再推进一步,就掏出卷尺,把这堆石头的高低宽窄量了又量,算了又算,然后扬扬得意地夸奖道:"看,大磨叔不但提前完成了任务,还超额完成了任务,多了一寸。咱们鼓掌祝贺!"说时冲着大磨,带头鼓起了掌。

"好啊!"大家欢叫着,响起了热烈的掌声。

好像临刑前让喝碗酒一样,大磨的脸皮再厚也被憋红了。他瞪着东东,咬牙切齿,恨道:"你——"

"看,大磨叔被表扬羞了!"东东指着大磨笑道。

大磨婶的眉头展开了,轻轻含笑,一脸愉快幸福的神色。东东看她一眼,又点了一把火:"大磨婶,今天夜里你不光要开门迎接大磨叔,还得给大磨叔买瓶大曲酒喝喝!"

人们纵情笑着,转身欲要散去。

东东突然一声大叫:"别急!看人要看心,看石方也要看看心!"

这一声吼叫,喝住了众人,大家回头站住,只见东东的笑容顿失,满面嘲讽的神色,挑战似的瞟着大磨,径直走向石堆,伸手去扒。大磨像被当场抓住的小偷,故作镇静,上去拦住东东,装腔作势地质问道:"有啥好看,里边也没花,扒乱了谁给我垒?"

"我垒!"东东推开他,大声大气地点醒大家,"咋啦,里边是空的,为啥怕看?"

"啊,空的!"大磨婶忽然明白了,玉妹的诚恳劝告,东东的热情表扬,原来全是做的戏,是为了让大磨当众出丑。她恨男人不要脸,也气玉妹和东东故意玩弄人。霎时怒火攻心,眼前一黑,差点晕倒,她急忙靠着另一堆石头站住,早已哭干了泪水的眼睛直瞪着,冲着大磨恨道:"你——"

人们也看出了门道,肯定石方里边有问题,陈大磨一定又犯病了。有人气愤,有人好奇,有人想看洋戏,便七手八脚去扒石方。大磨知道大势已去,反而抹下了脸,铁定了心,想着对策,站在一旁嘻嘻干笑,做出一副不在乎的样子。

大家搬开了上边盖的石板,里边竟是实的。东东不由一愣,仍不死心,叫道:"再往底下看看!"

人们继续往下扒去,一直扒到底,并无一点空隙。大家松了一口气。气愤的人笑了,好奇的人感到不满足,想看洋戏的人失望了,于是,纷纷议论起来。

"嘿,我当真是空的呢!"

"哈,隔年的皇历看不得了!"

"三花脸改唱红脸了!"

"这才出鬼了!"东东变了脸,暗自叫怪。

"莫非出神了!"大磨迷迷糊糊地干笑着。

大磨婶长嘘一口气,脸上又变得红润了,斜了东东一眼,对着大磨叹道:"看你刚才那号样,我真当你又使奸了!"

大磨尴尬地苦笑道:"我试试你,看看你的脸可又马上变成锅铁了!"

大磨婶"哼"了一声,嘲弄道:"你要天天积极,一天到晚试不完,还不把人的魂都摘了!"

说得大家笑个不住,纷纷走散了。东东也一步一回头,迷惑地看看大磨,怏怏而去。

大磨看人们都走了,便去把扒乱的石头重新垒方,搬着想着,是谁来悄悄救了驾?想到东东,他摇摇头。想到妻子,他摇摇头。想到玉妹,他又摇摇头:她不会没听说过斗她公爹的事。他想遍自己没给谁办过好事,是谁来报恩的?他越想越迷糊。突然,他看见一块白色的石头上有鲜红的血迹,不由惊叫一声:"啊,血!谁的?"

他忙走过去,抱起那块石头,看着上面的血迹发呆了。

五

日落西山,人们说说笑笑回村去了,只有陈大磨落在后边,耷拉着头,想着心事。路过一条小河时,看前边的人走远了,就靠着一块巨石坐下去,洗着脚,胡思乱想起来。彩霞照在河里,山的倒影在水中随波晃动。他发愣地看着想着,忽然想起了自己第一次挨整的情景。那是一天等于二十年的时代,他在"超英赶美号"小土炉上拉风箱炼铁。当时他才二十来岁,身体棒得像条犍牛,可是两天两夜没合眼,熬得他迷迷糊糊了。他请假上厕所,一去不见回来。人们找去时,原来他蹲在茅池上睡着了,头还一栽一栽的。人们拉他起来,骂他是懒驴上套屎尿多,说他误了"超英赶美",坏了国家大事,对他展开了大辩论,又推又搡,跌得他头破血流。这是第一次挨整,他又羞又愧,觉得没脸见人。后来,提倡人人练就一双火眼金睛,你瞅我的错,我挑你的刺,越练越红,斗争也越来越凶。人们既觉着最大的痛苦是挨斗,又觉着最大的快乐是斗人。陈大磨也不例外,他除了斗别人,就是别人斗他。听说千千万万大干部经常挨斗,就对自己挨斗不以为耻;听到一些垮台人物挥霍腐化的丑闻,就认为自己沾点小光还合情合理。天长日久,脸皮变得越来越厚。二十年来,撒向人间的全是斗和恨,别人从没爱过他,他也从没爱过别人。今天突然有人如此爱他,不但没把他揪出来批斗耍笑一番,撕他一脸没皮,反而悄悄帮他一把,给了他脸。他猜不着这个人是谁,也不知道这个人为啥要这样干。他越想越纳闷,不由得哼起了小曲:

奇怪奇怪真奇怪,

这事叫人真费猜。

莫非神仙下凡来,

帮我大磨下梯台。

"大磨叔,愁啥哩?"大磨忽听有人叫他,好像心事被人看穿,慌乱地回过头去,见是玉妹扛着锄站在身后。他心里虚了,嘴硬道:"谁发愁了!"

玉妹喜眯眯盯着他,笑道:"不愁,咋愁眉苦脸的? 今天又吃批评了?"

大磨不敢看她,低着头,装着专心洗脚的样子,问她:"下午你没去工地?"

"没有,女的锄地。"玉妹回道。

听说没有,大磨放心了,恢复了常态,又扬扬得意地自吹自擂道:"怪不得你犯了官僚主义,不哄你,今天得了个头名状元!"

"啊!"玉妹心头一凉,大磨话中没一点羞愧之意,使她感到厌恶。她穿着凉鞋跳进水里,摆着脚上的灰尘,一大阵没有回话,半天才正言正色追问道："初一过得不错，初二、初三哩？"

大磨忘了所以，又耍起五马长枪，信口开河道："哎呀，谁也不能把人看死了，十七不能老十七，十八不能老十八。模范也是人当的，这一回不是对你吹的，我要当不了这个模范就不披这张人皮了！"

"好啊，我可要准备奖状了啊！"玉妹心里又热起来，可是知道他说觉悟话比喝凉水还容易，就盯住他，追问道："咱们说句话得像立座碑，可不能像阵风啊！"

"这一回可不比往常，一言既出，驷马难追！"大磨越说越高兴，得意忘形地伸出了巴掌，说："不信？ 敢跟你打手击掌！"

"好！"玉妹高兴得眉开眼笑，真的伸出手和大磨击了掌。

"啊！"就在这击掌的一瞬间，大磨发现她右手上包了一块纱布，纱布还沁着鲜血，脑子一闪，像又看到了那块白石头上的血迹，惊叫一声，脱口而出地问："手咋了？"

"碰伤了！"玉妹随口回他。

"干啥碰的？"大磨追问。

"山里地保——管得宽，这还得向你报告吗？"玉妹开了玩笑，蹚着水过河去了。走到河对岸，又回头对他甜甜一笑，叮嘱道："说到做到，不放空炮！"

大磨突然觉得脸上发烧起火，虎生站起来，想要回话，嘴张得很大，却哑了一般出不来声音。这是他多少年来第一次感到害羞，只好眼看着她越走越远。

大磨在河边又坐了一大阵，心里乱得很。过去可从没这样乱过，那时做了坏事，也心安理得："哼，有些大官干的坏事，要比我这大几万倍哩！"就是挨了整，也毫不介意："哼，人家多大的干部还挨斗哩，我这脸还不如人家的屁股哩！"这次不同了，人家暗暗帮忙，吃苦还不讨好,他搜肠刮肚也找不到自我安慰的理由,多年来形成的荣辱观开始动摇了。一直坐到天大黑,他才回到家里。走到院里,就闻见一阵扑鼻香味,踏进门见妻子正在炒菜。妻子抬起头对他温柔地笑笑,又回头指指桌上。他过去一看,桌上真的买了一瓶大曲酒。多少年来,妻子都是竖眉瞪眼地看他,摔摔打打地待他;他也不爱她,骂她是丑八怪恶婆娘。原来她笑起来也这么好看,待人也会这么亲热!他心里热了,感动了,走到妻子面前,看着她,想跟她说句真心话。他觉得今天的事瞒着她太背良心了。但他刚要张嘴,妻子却先开口了。她情意绵绵地诉说道:"你也会当个人嘛,这多好!你知道不知道,多少年来,我见人就低一头。一听别人整你、耍笑你,我心里就比锥子剜还难过……"说着泪珠滚滚落了下来。

大磨低下了头,张开的嘴又合住了,满肚子的话一个字也不敢出口了。从前可不是这样,每逢妻子吵他不该出乖露丑,他会高声大气骂道:"哼,不见得整我的人多排场、多漂亮。他们会干啥?就会拿着手电筒照别人!哼,自己吃肉,别人啃根骨头也不中!"现在他却忽然失去了说这些话的勇气。他对着妻子干笑一声,回头坐了下去。可是心里还像猫抓一样不安生,忽然又想起了玉妹,从心里升起了一股敬爱之情。她那情真意切的话音,甜甜的笑容,还有那石头上的血迹,好像都在推着他去干点什么。他心一横,走了出去,想找玉妹赔情道歉,表示一番感激,检讨个痛快。

他三五步到了玉妹门口,门关着,听见屋里小两口正在顶嘴,他犹豫了一下又退了出来,站在院里发呆,听着飘来的声音。

屋里,小夫妻坐在小桌旁,面对面吃着饭,互相嬉笑着。

"噫,你还以为你这个大夫怪高明哩!你开错药单了,他这病吃补药不行!"东东反驳道。

"啊,你高明! 就会下老鼠药!"玉妹嘲笑着,从盘里夹起一块鸡蛋放到东东碗里。

"咋啦,就我长个吃鸡蛋的嘴呀?"东东夹起鸡蛋又放到她碗里,接着说,"实给你说吧,他那是癌症!"

"咱们也得按劳取酬,你今天担石头,活儿重!"玉妹夹起鸡蛋,抬起身强塞到东东嘴里,又反驳道,"你也别把人看死了,我看他这病好治!"

东东嘴里塞个鸡蛋,憋得眼瞪多大也说不出话,半天才伸伸脖子咽下去,说:"你真要能治好他的病,我敢和你打赌!"

"赌啥?"

"我要输了,头朝下转三圈。你呢?"

"我?——也是!"玉妹伸出手,挑战地说,"你敢打手击掌?"

"不敢? 羞死了!"东东伸出手,和玉妹"嘌嘌嘌"三声,又狂笑道,"你敢和我击掌,哼,他可不敢和你击掌!"

玉妹笑得更响了:"实话给你说吧,你击的这个掌,陈大磨刚刚才击过哩!"她又紧紧握住他的手,"你试试,热劲还没凉哩!"

"啊!"东东发觉又没跑出她的手心,猛地缩回手,在她那好看的脸上捅了一指头,恨道:"好啊,看我轻饶了你!"

六

第二天,刚刚闪明,陈大磨就坐在工地当中一块石头上,编织着一顶小孩玩的柳条帽子。他看见人们上工来了,忙三下五下编好,迎上去拉住东东,得意地说:"走,去量量,看我今天的任务完成了没有。"

"啥呀,你一夜没睡?"东东一惊,跟着大磨走去,真的端端正正一堆石头。他掏出卷尺量了高低宽窄,算了算,和昨天一般多,便打量着大磨,不免有点醋意地说:"算你够了!"

人们看了听了无不称奇,说他一定吃了什么灵丹妙药,一天之间变成了两个人。大家夸奖着正要散去时,大磨挥动着手里的柳条帽,叫道:"东东,送给你这个!"

东东奇怪地问:"我要它干啥?"

大磨走上去,顺手把柳条帽戴到东东头上,对着他的耳朵悄悄说:"戴上它,省得头朝下转圈时把头垫疼了!"

"爬一边去!"东东狠狠推开大磨,面红耳赤地笑着。

大磨被东东推得踉踉跄跄,也嘻嘻哈哈地大笑了起来。

只有大家没笑,都纳闷地看着他俩,谁也不知道他们葫芦里装的啥药。

原载《小说季刊》1980 年第 4 期

黑与白

大队部里,正副支书们正在开会,研究调整刘庄生产队的干部。

刘庄的队长和会计一直不团结,水火不相容,闹得队里六神不安,看样子留队长就得免会计,留会计就得免队长。谁去谁留,群众纷纷要求选举。会刚开,就有人支持选举的意见。支书老张顿时不高兴,批评道:"支部要是都不能分个好坏,群众就能分清黑白了?啥事都叫群众去定,还要党干什么?"

"班长"定了盘子,都不再多话了。正在这时,突然有两个人拉拉扯扯吵闹着闯了进来。

一个是白脸,淡眉毛下一双小眼,眼里闪着狡黠的笑意。一个是黑脸,浓眉毛下瞪着一双大眼,眼中射着愤怒的火光。他们正是今天上午研究的对象:白脸是刘庄的队长,黑脸是刘庄的会计。支书老张见是他们,不由寒下脸子,没打招呼,也没让座,出马就是枪地斥责道:"又来说理哩!闹!闹!成年闹!心思就不能往生产上用用!——又为了啥事?"

"他……他……他……"进来就蹲在地下的黑脸会计,一冲而起,指着白脸队长,张大了嘴,要把一肚子冤气都喷出来。

可惜他笨嘴拙舌,再加口吃,越气越说不出话。憋了半天,眼憋大了,脖子憋粗了,才憋出了一句赌气的话,"叫……叫……叫他说!"说完又蹲下去,两只憋得凸出的眼珠子瞪着白脸队长。

支书老张转过脸审视着白脸队长,催道:"你说吧!"

白脸队长心平气和,两只小眼笑得眯成了一条缝,轻描淡写道:"一嘴吃二十四个软枣——小事(柿)一宗。昨天夜里下大雨,队里抢场。今早起来,看见有担箩头扔在外边淋了一夜。我就随口批评他一句,说,会计这个管家婆吃干饭哩。就为这,他不依了。"白脸队长说着坐到了支书身边,给大家散烟,神态从容,好像他根本没把这件事看在眼里,还给黑脸会计也敬了一支。

黑脸会计不接,又一冲站起,指着白脸队长质逼道:"箩……箩……箩头,是……谁……谁……谁使的?"

"我使的!"白脸队长爽快地承认,心地坦白地自我批评道,"昨天夜里我忘了往保管室里拿,今天又怪我忘了是自己没拿回去,就稀里糊涂批评了他几句。他不依了,我看他气得是个玩意儿,就老没材料地开他个玩笑,说,我是故意试试你这个会计负责不负责。就为这把我拉来了! 哈哈哈!"白脸队长纵情大笑,轻松自在,看不出一点点恶意。

支书老张看着黑脸会计,问:"是不是这样?"

"可……可……可是的!"黑脸会计用连连点头来辅助语言,又艰难地说,"他当……当……当队长,为了试……试……试我,就叫公……公……公家东西淋着!"

支书老张替黑脸会计着急,觉着他又可怜又可爱,就转身责备白脸队长道:"当队长不带头爱护公物,不对。错了不检查自己,还批评别人,更不对! 唵?"

"我就说这件事一百成就有一百成怨我嘛!"白脸队长截住支书的话,把错误全部包下,那口气那神态都给人一种亲切的感觉,好像是恩爱夫妻开玩笑闹翻后又和好了。

事又小,白脸队长又开诚相见,支书老张不好再批评了,就恳切地解劝双方道:"往后都要姿态高一点,别再为了鸡毛蒜皮的事吵来吵去。回去吧!"

黑脸会计得意地笑着,白脸队长轻松地笑着,两个人相跟着走了。

白脸队长在队里拉宗族势力,胡吃海喝,横行霸道,谁敢说个不字,他就露出恶狼般的凶相,歪着头,乜斜着眼,用轻蔑的口气骂道:"噫,老鼠还想逮猫哩!"可是,一见上级,马上就变得像小羊羔一般腼腆,讨人喜爱。今天早上,黑脸会计说他不该把箩头扔在外边,他就蛮横地说:"扔箩头?把你扔了又该如何?"可是,他刚才一见支书眉开眼笑,连屁股都会说觉悟话了。

白脸队长在队里诸事顺心,唯独这个黑脸会计碍手碍脚。这个死心眼抠死理的管家婆,队里一根断针他也要包包塞到墙洞里,害怕别人拿走。白脸队长早想弄掉黑脸会计,换上自己的心腹,这样才能把生产队彻底变成自己的私有财产。不过,信任要是能用斤两计算的话,他掂量了又掂量,在支书心里,他和会计又各占五十斤。要想达到目的,就得从会计身上扣下十斤二十斤,加到自己身上才行。听说大队今天要研究调整他们队里干部,他寻思了又寻思,决心今天就要从支书心里扒掉对会计的几斤信任。于是,他精心设计了今天早上的这场矛盾,故意要激恼黑脸会计去当原告。

黑脸会计生性耿直,中计还不知是计,见白脸队长检讨得很是恳切,支书也主持公道,自己顺顺当当得了理,心里甜滋滋的,脸上流露出憨厚的笑意。走出大队不远，见白脸队长不住笑眯眯地看他，就主动靠拢，和解地表心道："过……过……过去，我……我也有不……不……不对的地方，往……往……往后，咱……咱……咱们可……可……要团结！"

白脸队长嘻嘻笑道："咋样？可俯伏在地了！"然后，他拍拍黑脸会计的肩头，一本正经地又说："老弟，不服教师要挨打！我就说不来不来，你偏偏要来告状，试试怎么样，支书把你狠狠批评一顿，你心里可佩服老哥了吧！"

"啥？啥啥？"黑脸会计一愣，支书明明批评的他，怎么眨眼可说成批评我了？他扭头指着白脸队长，质问道："你……你……你咋说？"

"气啥嘛！"白脸队长看他又上气了，就微微含笑，教训道："虚心使人进步，骄傲使人落后。支书批评你是为了爱护你，不要爱面子嘛，虚心接受批评才能进步！"

"你……你……"黑脸会计气得浑身乱抖，张大嘴说不出话，一把拉住队长又拐回大队，要叫支书再说个青红皂白。

白脸队长看目的达到，心里暗自喜欢，也不挣扎，任他拉扯着走去。

支书们正在议论刚才的事，黑脸会计拉着白脸队长又进来了。支书老张奇怪地问："怎么又来了？"

"他……他……他说……你批……批……批的是我！"黑脸会计指着白脸队长，气得脖子里青筋乱蹦，用手比画着，使劲地说，"没批……批……批他！"

支书老张怀疑地问白脸队长："真的？"

白脸队长淡淡笑着，不置可否，用大人不计小人过的口吻，对几位支书表白道:"他愿怎么说都行,反正就这个针尖大的事,我不知道争斗这有个啥用!"

"那……那……那你为啥说批……批……批的是我!"白脸队长大方自如的态度像火上浇油,激得黑脸会计更加恼怒,张大了嘴,半天才说了这么一句反驳的话。然后又眼巴巴看着支书,要求道:"你说……说……说刚才到底批……批……批的谁?"

支书老张看黑脸会计憋得难受,满怀同情,责备白脸队长道:"刚才批评的你嘛,你为啥说批评的他? 你逗惹他干啥,看他说话容易?"

"不管真的假的,也不论怨我不怨我,我都接受批评。队里生产忙得像起了火,争这也当不了二斤米一斤苞谷!"白脸队长虚怀若谷,讲得通情达理,似乎一颗心全扑在生产上,非常厌恶这种非原则的纠纷。说着他又转向黑脸会计,悔恨交加地告饶道:"咱们抬头不见低头见,你还不知道我这个人贱毛病多! 千错万错都怪我,行不行?"话音颤抖,差点声泪俱下。

白脸队长这种仁至义尽的态度,支书老张也被打动了,对着黑脸会计安慰道:"总可没啥说了吧? 回去吧,可别再闹别扭了!"

黑脸会计二次胜利了,点点头高兴地走了,白脸队长对支书们苦笑一下也走了。

出大队走了一截路,白脸队长看看路上前后没人,几个快步追上去,又拍拍黑脸会计的肩膀,态度严肃,语言中肯,满怀同情地说:"老弟,吃回亏领回教,往后还是听老哥的话没有错。你看看,不叫你拐回去,你硬是不听。这可好,支书又把你狠狠批评一顿,你心里可安生了吧!"

"你……你……你……"这真是欺人太甚,黑脸会计听他又当面撒谎,颠倒黑白,差点气死了,恨不得一口吞了他,急得搓手跺脚,干急说不出话,张大嘴直叫:"你……你……你……"

白脸队长看他又急了,越发扬扬得意,耍笑道:"咋啦?咋啦?是不是吃批评吃馋了,连吃两次还不过瘾,想再吃一次才解馋?"

黑脸会计气迷心窍,喉咙里好像塞了块骨头,吐不出来,咽不下去,憋得眼里直冒金星,牙关咯嘣一咬,抓住白脸队长领口,又往大队拉去。

支书老张正在夸奖白脸队长识大体顾大局,不像别人经常反映的那样蛮横霸道,话还没讲完,看他们又拉拉扯扯转来,不由头上直冒火星,劈头劈脑批评道:"怎么又来了?你们还搞不搞生产?光专门打官司哩!大队干部还工作不工作?光专门给你们评理哩!我看你们是疯了,真是岂有此理!"

白脸队长好像是被逼上梁山的,哭丧着脸,指着黑脸会计,委屈地说:"我没理,他有理,叫他说吧!"

黑脸会计气得脸色变紫又变青,指着白脸队长,像打冷枪,半天才蹦出一个个单字:"他……他……他……又……又……又说你……批……批……批的我!"

"支书,你们把我撤了吧!"白脸队长一副再也忍让不了的样子,满腹委屈地苦苦求告道,"你们看看,为这麦芒大个事,就是我百分之百错了,也不该死死揪住我不放呀!我检讨不中,赔情道歉也不中!好像我做贼抢人了,玩人家女人了,把我从大路上拉过来扯过去,我还怎么有脸见人?我就是不要脸,不怕丢人,这个工夫我也耽误不起呀,成天这样闹法,生神方①能不减产?为了把生产搞上去,

_____

① 生神方:豫西南方言,指想尽方法。

叫群众吃顿饱饭,你们积积德把我撤了吧!"说着,他蹲了下去,双手抱住头,伤心得要哭了。

白脸队长的脸色、声音、举动,做成了一副被迫害被侮辱的受害者形象,博得了支书们的同情。

支书老张发火了,声色俱厉地批评黑脸会计道:"你也太不像话了!就为这一担笠头淋了雨,我已经批评他两次了,你还想叫我把他怎么处置?怪不得队里闹不团结,凭你这样就能团结了!"越说火越大,板着面孔命令道:"真不像话,回去吧!"

"他……他……他……你……你……你……"黑脸会计指指白脸队长,又指指支书老张,想要辩驳,可是看见一张张脸上都堆满厌烦、不屑的神色,一对对眼睛向他射来敌意的目光,他发觉没人同情他了。他气傻了脸,两只眼珠变得像两枚青枣,泛着死光,松松地放下了举起的手。他气钻了心,心里一阵发腥,绝望地一跺脚走了。

支书老张转身劝白脸队长,说:"不要和他一般见识,谁好谁坏,支部心里有数。"叫他安心工作,大胆管理,以生产为重。白脸队长一直耷拉着头,对支书的嘱托再三谢绝,最后才勉为其难地应承下来,带着一脸无可奈何的神色走了。

白脸队长走出大队,忍不住扑哧一声笑了。他怀着胜利的喜悦,飞快地追上黑脸会计,又拍拍他的肩膀,兴高采烈地笑道:"老弟,试试,支书到底批评你了吧!总可知道老哥的话灵验了!怎么样,以后总可该服了吧!"

"你……你……"黑脸会计气疯了,一把抓住白脸队长,要和他拼命了。可是,突然觉得眼前一黑,他不由松开了手,哇的一声,吐出了一口鲜血,然后竭尽全力叫道:"非……非……非和你干……干……干到底不可!"

　　白脸队长对支书的聪明才智十分了解。他断定支书心里的天平已经一头高一头低了，便得意忘形地又露出了本相，狰狞地笑着，歪着头，斜着眼，鄙薄地道："你还想干呀，做梦吧！"

　　白脸队长没有说错，就在这时，几个副支书争论不休，有的向着白脸队长，有的向着黑脸会计，有的坚持着要叫群众去评定谁是谁非。支书老张发言了，他冷笑一声，很不以为然地说："刘庄有些人也太能了，总以为咱们是傻瓜好欺骗，三天两头来说队长的坏话，想叫咱们当他们的应声虫。耳听是虚，眼见是实。今天这事应当使咱们更聪明一些，咱们要做出个正确决定，让那些认为咱们是傻瓜的人知道咱们并不比他们傻！我看就这样决定吧：把会计换了！"

　　千锤打锣，一锤定音，白脸队长和黑脸会计的这场官司就这样定案了。就这样定案了吗？也难说。因为，群众心里把定案的人也定了案！

　　　　　　　　　　原载《北京文学》1980 年第 12 期

换笑

天快明了,刘十一还睡不着,不是没人暖脚冻的,不是房后山上狼叫吓的,也不是呜天呜地的风吼闹的,是传来的哭声太好听了。哭声从天黑就响起来了,才开头是号啕大哭,后来是嘶哑的哭,再后来是少气没力的抽泣。哭一声,刘十一美一次,心里像滴进了一滴蜜。哭了整整一夜,刘十一也整整美了一夜,比听"豌豆花"的戏还美,比搂着花女睡一夜还美,美极了。

哭者,是王保长的婆娘。

喝酒也该换换盅了,你们美够了,也该哭哭了。王保长太不是玩意儿了,把老百姓的血当水喝。远的不说,就说这一次吧。十冬腊月,山上封冻了,他叫花户们上山给他砍树盖房子,说的比唱的还好听,对大家拱拱手,皮笑肉不笑地说:"父老乡亲们,我要接儿媳妇了,想盖几间房子,请大家抬抬贵手帮兄弟个忙,上山给砍点树,有劳大家之处,我知道好坏。"别说他是保长,是大家头上的一层天,就是庶民百姓也得伸伸手,自古起梁盖屋都不是一个人的事,岂有不答应之理。他见大家应承了,又说梁要望春花树,椽子要漆木,这些树虫不打,盖的房子才能千年不朽，万年不烂。这些树都长在悬崖上，大家既然应承了，也只好去了。风像刀子一样割人，乱刺像针一样扎人，大家爬高山、攀峭壁，忙了整整一天才把树抬到王保长家门前。大家又冷又饿，想着王保长会叫好好吃一顿喝一顿了。王保长一棵一棵看了一遍，喜得皮笑肉也笑，拱着手连连道谢："好，好，一棵比一棵好，叫大家受劳了，我隔河作揖，承情不过。大家都累坏了，又冷了一天，今天就不再麻烦大家干别的了，都快回去暖和暖和歇歇吧！"说着又拱拱手就钻进屋里关上门了。

大家被撂在门前风雪里，一个个傻了眼。妈的，就是条牛犁一天地也该喂把草料，也不说叫真吃喝了，连句虚情假意的话让让都没有，太把人不当人了。大家你看看我，我看看你，不约而同地叫道："走，找刘十一去！"

这里是深山老林，多见虎狼少见人，多少人活一辈子也没出过山，只见过碟大的天，只有刘十一例外。刘十一是个光身汉，没有家小，卖过几次兵，在大处闯荡过几年，见过些大世面。听他说，大地方的天大得看不见边，大地方的房子比山还高，大地方的车不用牛拉，大地方的灯不用点油，大地方的女人嘴唇抹得比猴屁股还红，他知道的稀罕事很多很多。方圆附近的人都佩服他，有啥为难之事，都找他出主意，他为人也豪爽，肯为朋友们两肋插刀，很有点绿林好汉的味道。大家咽不下今天这口气，就一同来找他。他住了两间棚屋，正在烤着大火，撕吃着野猪腿，满嘴满腮被油糊得闪闪发光。大家对他诉说了苦情，刘十一听了先是自得地哈哈大笑，说："这货生成的软处捏硬处怯，他今天咋没敢叫我也去哩？要叫我去了，大谅他不敢不叫美美吃一顿，不叫吃看我咋炮治他吧！"说得大家自惭自愧了，才叫大家坐下烤火，叫大家大块吃肉，叫大家大碗喝酒。他又细细问了来龙去脉,火从心底起,冲冲大怒道:"日他奶奶,告他个龟孙!"

人们睁大了眼睛:"上哪里告?"

刘十一恨道:"找别司令告!"

别司令就是别廷芳,宛西十三县的民团司令,推行的是乡村自治那一套,关于他的是非功过,小子水浅不敢妄加评论。单说人们听了要找别司令告状,就胆战心惊,这可不是闹着玩的,别司令杀人不眨眼,搞不好会要了小命,不由得畏缩了几分,害怕地问:"咱们是平民百姓,不知能不能把他告倒?"

"能,保险能!"刘十一不愧见过世面,对别司令的传说知道得很多,佩服得五体投地,见大家怕成这个样子,就追问道,"说,他叫砍漆树是真是假?"

"我们亲手砍的,还能假了?"

"砍了多少?"刘十一又问。

"一百四十八棵,三间房子的椽子。"

"好!"刘十一迸发了一阵狂笑,"这一下不叫王保长祭枪子,我刘十一头朝下走三圈!"

刘十一说得太牢靠了,好像这案子他就能断。大家半信半疑地问:"你咋敢断定?"

刘十一讲道:"你们不知道,城边有个放牛娃偷掰了一个玉谷穗,恰好别司令在那里闲转看见了,二话不说就枪崩了。何况这漆树是别司令的心爱之物,年年叫植树造林栽漆树,他敢叫一下子砍了一百四十八棵,不毙他才怪哩!"

大家听他说得真切,也就信以为真了。王保长平日里没少害践人,老早人们都盼他生个急病死了,可他偏偏没病没灾。这一回真能把他告倒毙了,也算出了多年的恶气。可是,一想到谁去告状就又瘫了。你看我,我看你,大家心里凉个净。别司令有旨意,谁要去告状,得先挨二十军棍,才准你的诉状。想到二十军棍,一个个不由摸摸屁股,脑袋都耷拉了下去。刘十一看看没人敢伸头,就冷冷一笑,说:"咋了?屁股都是泥糊的,那么不经打!一打就化了?球,你们不敢去,我去!"

"你?"大家又惊又喜又不好意思,怎么能叫别人去挨打为自己出气,纷纷说,"这可不能叫你去!"

"算了,算了,也不是我小看你们,你们就是不怕挨,挨了也说不出个道道,算白挨了!"刘十一好痛快,一副天不怕地不怕的气概,又不在话下地吹道,"球,别说二十军棍了,我卖兵送到了师营区,苦得弄不成。有一天我偷跑没跑开,叫抓了回去,一下子打了我一百军棍,我还不是我!疼几天还能疼一辈子?"

第二天,刘十一就下山告状去了。后边跟着两个扛担架的人,准备他挨了打把他抬回来。这里离县城一百多里,他们跑了一天才到地方,找了个小店住下,打听清了别司令的行踪。第二天一早就在城门口等着。一直等到半上午,别司令才坐着四人抬的兜子过来了,前后跟着八个护兵,好不威风。刘十一风快蹿上去,叫了一声冤枉,就拦路跪了下去。别司令下了兜子,多宽的肉个子,和尚头,大眼一瞪喝道:"娘的,有啥冤枉不会去找你们保长!"

刘十一连连叩头:"我就是告的俺们保长啊!"

别司令火了,对着左右喝道:"来,给我打,打四十,娘的告我的保长,得再加二十!"刘十一不等左右护兵们动手,自己先伸展身子爬到了地下,任人去打。说的打四十,其实没有四十,喊的是另一种数目:"一五一十,十五二十,二五三十,三五四十。"算起来只有八棍,没打的就打完了,没挨的就挨罢了。刘十一挨过也顾不得疼忙又跪倒,把王保长叫花户砍漆树的过程细细讲了一遍,末了又连连叩头,叫道:"别司令啊,他叫砍的都是你叫栽的漆树娃哎,都碗口粗了,都快割漆了,砍了把人心痛死了啊!"

别司令一听真真气坏了。别司令独霸一方,割地为王。自己发行票子,票子拿到外边不能用,全靠拿桐油生漆去外地换枪炮弹药。王保长竟然砍了漆树,真是活够了。妈的,老子找人做活还管饭哩,一个小小的保长叫人干活,茶都不叫喝一口,饭也不叫吃一嘴,比老子还恶! 别司令想着就动了杀机,冲着刘十一冷冷一笑,红着眼骂道:"老子要查出来是真的,老子就毙了他! 老子要查出来是假的,老子就毙了你!"说了就又坐着兜子前呼后拥地走了。

刘十一看别司令走远了,才站起来摸摸屁股,他妈的,棍数不多,打得可也真痛。强着回到小店,脱下裤子一看,竟然皮开肉绽。才听人说,那棍子非同一般棍子,里面是钢丝绳,外边包着牛生殖器,打下去会伤筋动骨,刘十一一时走不动,就在小店里养了几天,才坐着担架回去了。待他回到山里,不等他讲如何告状,乡亲们就争着抢着给他报告了喜信。前天司令部里来了几个人,在王保长门前看到了漆树,二话没说,就五花大绑把王保长拉走了。刘十一高兴得嘎嘎大笑,说:"四十军棍没有白挨,总算给乡亲们出了口恶气。"接着又夸起了别司令:"咋样,我就说别司令官清如水吧? 等着看吧,要不了几天就有好戏看了。"大家感激刘十一仗义申冤,又念诵别司令为民除害,高兴坏了。

一等就是一个多月,还听不到要处置王保长的消息。王保长的老婆卖了十几亩地,带着银子钱进城去活动了几天,回来就一头钻到屋里,四门不出。有人去听听墙根,没听见哭声,心里就犯病了。

钱通神路,别司令要是把王保长放了,可是放虎归山,回来了可轻饶不了众家八户,只看咋炮治大家了。人们三三五五去找刘十一,想听听他的话,心里也好有个底。刘十一的伤早养好了,听了大家的猜想,就连连摆手,板上钉钉地说:"真是山里人,见识短,她卖十几亩地能买个金山银山就能买动别司令了? 这宛西十三县的天下都是别司令的,他在乎这几个钱? 你们不知道别司令的脾气,我给你们说说你们就放心了。别司令有个侄娃子,当手枪连连长,他灭门霸产杀了人,人家告到别司令手里,别司令把手一摆,说:拉出去给我毙了。说毙就毙了。大家想想,亲骨肉犯了法都没饶,王保长算个球毛! 没一点点事,保险变不了卦!"

大家听他如此说也就放心了,天天等着处置王保长的好消息。又等了一个月,眼看着快过年了,只说年内不会处置了,谁知昨天傍黑来了信,说明天夜里别司令要审王保长了,叫他家去收尸,王保长的老婆哭开了。

王保长的老婆哭了一夜,刘十一听着美了一夜。真解恨,毙他一点也不亏。刘十一卖兵是王保长经的手,卖了一百块银圆,王保长就黑了五十块,等于黑了刘十一半条命。要不是卖兵犯法,刘十一早把他告了。老天爷有眼,背良心的人不得好死。王保长老婆一声一声哭,刘十一一声一声笑。他和大家约好了,天明就进城,去看看王保长脑袋如何开花。只恨夜太长了。

"我的人呀!"王保长的老婆又一声长嘶,哭声慢慢远了。

刘十一知道王保长老婆出发去收尸了,也慌忙下了床,带上干粮,到处吆喝,约了二三十人直奔县城去了。一路上大家说起王保长的坏处,越说越气,说到王保长就要一命归阴,越说越喜。喜过了总还有点不踏实,啥时不亲眼看着毙了总是不放心。自古都是官官相护,哪有当官的向着百姓? 况且王保长和别司令手下的一个团长是拐弯亲戚,要是万一变了卦,不仅空喜欢一场,还会被反咬一口。刘十一笑道:"你们别狗眼看人低,别司令可是软硬都不吃。团长是亲戚当个球,就是军长也稀松。你们不知道,十三军在县城胡球来扰害老百姓,别司令都把他们枪缴了撵跑了。后来,又来个八十五军,别司令一听就说了,啥八十五军,八五一十三,还是十三军,还想来日哄我哩,给我撵! 一个撵字出口,又把八十五军撵跑了。别司令怕谁嘛!"

大家听了笑得肚子疼,齐声叫好,也就不再疑神疑鬼了。天黑时,人们才赶到县里,一打听在司令部院里夜审。司令部是进不去的,店家看他们多远来了,就给他们出了个主意。司令部紧挨住南关城墙,站到城墙上往下看去,比站在院里平处看得还清。刘十一们就匆匆赶到南城墙上,只见审问早已开始了,院里灯火通明,别司令坐在大堂上,王保长五花大绑跪在地下。别司令厉声喝道:"你啰唆个球,我只问你一句话,叫花户们做活不管饭是真是假? 只准你说一个字!"

"真的。"王保长筛糠了。

别司令又说:"我再问你一句话,砍漆树是真是假,还是只准你说一个字!"

"真的。"王保长头磕得和鸡啄米一样。

"好了! 好了!"别司令对左右一摆手,下令道,"别耽误事了,拉出去毙了算了!"

"饶命啊!"王保长大声叫救命,一群护兵冲上去拉起他往外架去。

王保长还在死命地挣扎呼叫:"饶命啊!"

刘十一们在城墙上喜疯了,拍着手狂欢乱叫:"好啊,好啊,好啊,好极了!"

别司令往城墙上扫了一眼,指着狂欢的人群恶狠狠地骂道:"操你们奶奶了,老子的保长犯法了,老子枪毙老子的保长,你们喜的啥? 老子不枪毙了,给我拉回来! 去,看墙上谁在笑? 给老子都抓来,都打一百军棍,给我往死处打,看龟孙们还笑不笑!"

王保长拉回来了。一群护兵冲上城墙,抓住了几个人,刘十一也在里头,拉下来都打了一百军棍,打得好狠,一个个呼爹叫娘,可惨了。

刘十一的双腿打断了,在床上躺了一年,从此成了瘸子。他的话再也不灵了,也再不逞能了,只好挂着棍子到处讨饭了。王保长又当了保长。偶尔两个人碰到了一起,刘十一就赶忙躲开,王保长偏偏要叫住他,拱着手笑道:"刘十一,害我者是你,救我者也是你,恨你乎? 谢你乎?"说了哈哈大笑。

刘十一想哭又不愿明哭,只好把眼泪往肚里流了。心说,都怨我好笑,我要不笑就好了……

原载《奔流》1988 年第 6 期

疤瘌

●

新华旅社 202 房间,有三个床位,眼下只有王局长一个人在屋里,因为没人走动,没人说话,屋里很静,静得像山谷,像监狱。王局长热闹惯了,受不了这种安静,感到了孤独、空虚、气恼,止不住想发脾气想骂人,可是又没人听他骂,只好在肚里酿造更多的烦恼了。

前天,县里派了两个人来地区,解决一个科技上的问题。一个是农艺师小丁,一个是兽医师小于,按照惯例,技术人员出差都派个领导领队,恰好王局长调离重工局还没分配工作,闲居在家,上级就叫他领着小于和小丁来了。王局长没有一样专业知识,啥也不会;但有惊人的专业知识,善会领导,他干过林业局局长、卫生局局长、水利局局长、交通局局长、教育局局长、电业局局长等多个局长,三十年干遍了所有的局。都说,隔行如隔山。王局长笑说:"否也,不论什么局,前边的两个字再不同,后边的局长两个字可是一笔一画也不差。"此话不假,一通百通,他干一行又一行,行行都干出了状元水平。这次叫他领队,他认为是小事一桩,不在话下,多少大风大浪都经过了,这还有啥困难,想也没想就答应了,谁知小河沟里困住了他这条大船。

　　他们坐的长途客车，三个人的座号贯在一起，互相挨着。王局长先上车，小丁和小于上了车只对王局长点了点头，算是打过了招呼。两个人坐下去便说开了，基因呀，遗传工程呀，满口名词，谈得火热，比谈恋爱还热火，把王局长忘个干净，好像身边没有个王局长。车走了五十里，没看王局长一眼；车走了一百里，没和王局长说一句话。王局长有点不高兴了，便掏出纸烟敬他们一支，敬不是真心，真心是想提醒他们，别忘了身边还坐着个领导。小于和小丁正谈在兴头上，只是伸手把王局长挡了回去，连句客气话也没说，仍继续着基因的话题。王局长心里不是味了。圣人蛋，这俩货怎么能这号样？别说我是你们的领导了，就是一般高一般粗的同伴，也该有个言来语去呀。一路无话，王局长憋了一路。到了地区，在火车站附近的一条深巷里找到了旅馆，王局长心想，住下了可该说说话了，谁知两个人急不可待地打开了书，各找各的根据又争论开了。王局长烦透了，这两个人不是吃的五谷杂粮，怎么连一句人话都不会说！王局长听了一会儿，没一点点意思，实在听不下去了，就独自一个人去逛大街了。火车站广场上在玩猴，围了很多人，王局长侧棱着膀子也挤了进去，玩猴的把猴训练到家了，锣一敲就骑车，锣一敲就下车，锣一敲就坐下去，锣一敲就戴上眼镜，锣一敲就拿起书看，锣一敲就提笔写字，还支住下颏思考，学人学得和真的一样。人们看得捧腹大笑，王局长也跟着笑，把肚里的闷气笑完了。末了，猴子端着盘子向观众收钱，人们哗一下散了，只有少数几个人没跑，每人给了一个硬币，顶多给张角票。王局长也没跑，他摸摸身上没有硬币也没角票，最小的票子是当两元的，他不想给却给了。玩猴的看见了，就又敲了一下锣，猴子给他鞠了一躬，还和他握握手，王局长哈哈笑了，笑得很开心,心想这两块钱花得真值得,就心满意足地走了。

王局长的心情好极了,这次出差没有白出,一辈子算和猴子握过手,谁和猴子握过手?!他去到餐馆里要了两个小菜,要了四两酒,吃了喝了就高高兴兴回旅社去了。他要把猴子看书写字的事,要把和猴子握手的事,通通告诉小于和小丁,叫他们也新鲜新鲜。王局长一脸笑容地进到房间里,小丁和小于正在写什么,写得很专心,好像没觉得屋里进来了人,没有搭理王局长,继续写着。王局长坐到了床上看他们写字,憋了一会儿,心里的高兴劲实在憋不住了,就兴致勃勃地说:"刚才我在看玩猴,好看极了……"小丁和小于扭头看了他一眼,只是匆匆的一眼,就又回头伏在案上写了起来。王局长吃了没趣,兴头顿时没有了,火气顿时起来了,不说了。当了几十年领导,手下的兵加在一起也有成千成万了,还没有受过这种冷淡。不论在哪个局里,人们就是在说天大的事,只要自己一开口,哪怕说的鸡子尿湿柴的小事,哪怕自己放了个出溜屁,人们也会马上闭住嘴静下来,听着自己的话,看着自己的脸,还得赔着津津有味的笑脸。没想到小于和小丁会如此这般,这不是小看人是什么?王局长受不了别人不把自己当领导看的气,想发火又没有说得出口的理由,就把不满变成了命令:"别写了,坐了一天车累坏了,都睡吧!"小于看看手表,说:"才七点多钟,你先睡吧!"王局长说:"都睡!都睡!灯亮着我睡不着!"说着就铺床叠被,不等小于和小丁回话就拉灭了灯。王局长睡了,可睡不着,肚里还在气,连个高低上下都不懂,还知识分子哩。

王局长是有肚量的人,肚大能容,早上醒来肚里的气消化完了。吃了早饭,王局长好心好意地说:"今天星期日,各单位不上班,轻易不来,咱们去逛逛动物园吧!"小于和小丁互相看看,迟疑了一下,说:"你去吧,轻易不来,趁着今天办不成事,我们去图书馆查点资料!"说了两个人欢天喜地地走了。

王局长又噎了一口气,哪还有兴致去动物园,就在屋里待着。新华旅社因在小巷深处,靠近闹市而不闹,202房间又面靠院里,就分外安静。王局长坐着急,站着也急,原来静了这么急人,急来急去就躺到了床上,大睁两眼盯着对面的墙壁,墙上落了许多苍蝇,一个、两个、三个、四个……苍蝇还合群哩。王局长又生气了,又气不出多少道理,也就气不下去了。脑子里一片空白,又继续盯着墙壁,他从下往上看去,一直看到天花板,天花板上有巴掌大一块石灰脱落了,呈现出不规则的疤痢。这疤痢像个什么? 像个什么? 王局长研究着,苦苦想着,头都想痛了,也没想出来到底像个什么,反倒想起了昨夜看的玩猴,锣一敲就看书,锣一敲就写字,他笑了,从心底笑了。

小于和小丁回来了,肯定有了收获,都是兴致勃勃的。王局长忙给他们倒了两杯茶笑道:"可回来了,我等半天了,想向你们二位专家请教个事。"

"什么事?"两个人同时问。

"你们看——"王局长指着天花板,"这个疤痢像个什么? 我想了半天也没想出来,你们二位见多识广,看看谁能想出像个啥东西。"

小于和小丁抬头看去,看得很认真,是像个什么东西,到底像个什么,又一口说不出来,两个人就思考着念叨着:"像个啥? 像个啥?"

小丁小几岁,思维敏捷,突然得意地笑道:"看出来了,像条鱼,像极了!"

小于看小丁一眼,又端详了一会儿疤痢,连连摇头道:"不像,不像,你咋能把它看得像条鱼? 一点也不像!"

小丁反问:"你说哪一点不像?"

小于反问:"你说哪一点像条鱼?"

小丁指着疤瘌说:"你看看两头,东边像个鱼头不像? 西边像个鱼尾不像? 像吧!"

小于还是连连摇头。

小丁急了,追问:"你说像什么?"

小于沉思片刻,说:"你看看当中多圆,说像个龟还比较准确些!"

小丁突一下笑了:"怎么能去头去尾光看中间?"

小于很不以为然,自以为是地说:"看一个事物要从整体看,才能准确地把握住总的概念,只看部分就会歪曲了整体。这才符合马列主义的方法论!"

小丁顿时脸红了,小于说这话啥意思,不等于说自己违背马列主义了? 就振振有词地反驳道:"否定一个又一个部分,还有什么整体?"他本想还击一句"你才是违背马列主义哩",可是忍了,只是加重语气地说:"我咋越看越像条鱼!"

小于和小丁争论开了,反把提出问题的王局长忘到一边了。王局长这一次没气,稳坐一旁品着茶,眯眯地笑,看着,听着。小于和小丁由鱼龟之争,进到方法论之争,有具体有原则,又原则又具体,引经据典,争得面红耳赤。王局长看得有滋有味,比昨天夜里看玩猴还有意思。王局长一杯又一杯地喝着茶,喝多了憋不住往厕所跑。刚跑到厕所,小丁也跟来了,眼巴巴地问:"王局长,你说像条鱼吧?"

王局长含笑道:"他要说像个龟!"

小丁不平地追问："你说说他看问题的方法对不对？"

王局长还是含笑地说："他要说他的对！"

小丁不得要领，不服地说："啥事总有个真理嘛！"

王局长不答，尿完就匆匆走了，到门口才摇着头叹息一声："唉！"

房间里，小于看一眼天花板在纸上画一笔，见王局长进来，就指着描下来的疤瘌，说："王局长，你看看像个龟吧？"

王局长含笑道："他要说像条鱼！"

小于不满地说："他说得不对嘛！"

王局长含笑道："他要说他说得对！"

小于不满地说："啥事总有个是非嘛！"

王局长摇摇头叹息道："唉！"

小丁回来了。

王局长看他们又要争论，就劝解道："别争了，都休息一会儿吧！"三个人都躺下了，都不说话了。王局长悄悄看看小于，小于双眼盯着天花板上的疤瘌；王局长看看小丁，小丁双眼也盯着天花板上的疤瘌。王局长见四只眼都盯着疤瘌，心里泛起了丝丝快意，原来知识分子也是人，是人就好办。不知过了多大时候，小丁突然从床上跳下来，激动地说："越看越像条鱼，还是条正在游着的鱼，尾巴还摆哩！"

小于躺着没动，强耐着性子说："明明不像鱼嘛，为啥死咬住说像，别坚持己见了行不行？"

小丁反驳道："我坚持己见？你说像个龟，四条腿在哪里？"

小于也来了劲，折身坐起来，说："我说的是个卧着不动的龟，能看见四条腿吗？"

两个人又争了一会儿,谁也不肯让步,王局长烦了,说:"别争了,别争了,管它像个啥有啥关系!"

下午,王局长出去逛街,谁也没约,出门没走多远,小丁追了上来,边走边愤愤地说:"这个小于真是太那个了!"

王局长含笑地劝道:"别争了,他说像个龟,就算像个龟,有啥了不起嘛!"

小丁气道:"像鱼不像鱼是小事,他那种态度真叫人受不了,好像就他马列主义,拿大帽子压人,这种争论问题的态度还是充满了帮气!"

王局长吃惊地啊了一声,反说:"是吗?要真有帮气可不好!"

王局长越说得模糊,小丁越贴得近,王局长就越高兴,一个下午玩得痛快极了。

吃了晚饭,王局长还想去看玩猴,小于自告奋勇和他一块儿去。小丁看小于要去,就白了小于一眼,推故有别的事就留下了。

出了旅馆门,小于就无限感叹道:"这个小丁太自信了!"

王局长劝道:"算了,算了,他说像个鱼就像个鱼,有啥了不起嘛!"

小于气道:"像啥不像啥是小事,问题是他太狂了,听不进一点不同意见,这种治学态度真叫人受不了!"

王局长怀疑地说:"是吗?要真是这样可不太好!"小于还想再说下去,王局长把话题扯到了别处。小于的话没完,心里老是憋得慌,他越想说下去,又把话题拉过来。王局长眼里看着玩猴,耳里听着小于说话,不住地说:"好!好!"也不知是玩猴玩得好,还是小于说得好。一直到玩猴的收场,王局长才兴尽了,才和小于一块儿回去了。

这天夜里,王局长睡得香极了。

天明是星期一,三个人一块儿去联系工作。路上,小于和小丁都争着和王局长说话,这一个没说完,那一个又插上了,实怕对方说多了自己吃亏了。又全是顺着王局长提的话头说,再也不说什么基因和遗传工程了。

又过了一天,公事办完了,三个人一同坐车回县里,路上没吃饭,只是停了片刻,让大家买点小吃。看小于给王局长买了苹果,小丁马上给王局长买了橘子。堆了王局长满满一怀,王局长很高兴,说:"这次和你们两个一块儿出差愉快极了。"小于和小丁一路上基本没有互相说话。王局长看了心里有点不美,何必哩,屁大个事就放在心里,也太小气了。知识分子啊!王局长冷笑了一声。要说,这两个人都是好人,都对自己不错,就是事无大小太认真了,太认真了就没有水平了。

天快黑时,汽车到了县城,三个人下了车,出了车站要分手了。三个人分属三个单位,以后再凑到一块儿不容易了,王局长站住笑道:"我得给你们解开这个疙瘩,你俩争来争去白争了,谁也没说准那个疤癞像个啥!"

小于和小丁看他胸有成竹,以为他会说出一个意料之外又像极的东西,就怔怔地看着他,同声地问:"你说像个啥?"

"像啥?像个疤癞嘛!像吧?不但像,还是个真疤癞哩!"王局长哈哈大笑,大摇大摆地走了。

小于和小丁愣怔了。

原载《北京文学》1988 年第 5 期

钱

大爷疯了,喜疯了,是有钱喜疯了。

大爷姓王,是村里的头户,村里人都知道他有很多很多钱。人敬有钱的,全村的人都很敬重他,都叫他大爷。

大爷年轻时很穷,穷极了,又年轻又穷,肚子就成年和饿狼掏过一样空荡荡的,成天啥也不想,就想着吃。吃,吃,越想吃越饿,越饿越想吃,又实在没啥可吃。饿极了,大爷就怕饿死,就卖了壮丁。大爷当上了兵不是想打仗,是想吃顿饱饭,想试试吃饱了啥号样。谁知当兵也吃不饱,大爷还饿,大爷就开小差偷跑了。大爷跑到一个煤窑挖煤,这时候解放了,窑主怕斗争,不敢不叫挖煤的吃饱,大爷的肚子才填饱了,大爷才试着吃饱就是比饿着美,美到天上了。大爷很高兴,就想永远挖下去吃下去。大爷的肚子饱了,就不再成天想着肚子了,就有了新的想头,想着啥时候说个老婆才美,想得很,和饿着时想吃饱一样的很。谁知,不等老婆想到手,煤窑塌了,大爷的一条腿砸伤了,大爷便被打发走了。

大爷瘸着瘸着回家了,村里人都来看稀罕,看了都摇头,都可怜,说,走时囫囵囵一个人,没想到会落个残疾,这一辈子除了要饭啥也干不成了。这娃从小就长个穷相,命不好,要受一辈子苦了。人们看他的表情,就像看叫花子时一样。大爷听了看了心里很气,大爷没想过当叫花子,人们说他只有当叫花子,大爷心里就骂狗眼看人低,咱们走着看。大爷夜里睡到床上越想越不是味,想起人们说他的话,想起人们看他的眼,想着叫人看不起还不如死了算了。大爷想死没有死,睡着后做了个梦,还是个好梦,梦见有了很多很多钱,还说了个花老婆,不光和花老婆睡了,还和花老婆那个了。大爷醒了,还记得花老婆的样子,还记得和花老婆那个时的美劲。大爷心里老甜,浑身发酥。大爷便不想死了,大爷想了,光梦里美不算美,醒着美才算真美,才不枉来世上走一趟。大爷这样想了,就常在村里走来走去,见人就说说笑笑,说外边的花花世界,说自己在外边享的荣华富贵,活得精精神神,还给人们说,要找个老婆,找个合适的老婆。村里人看大爷一副无忧无愁的快活样子,很是奇怪很纳闷,活蹦乱跳的人都打光棍,一个瘸子还要找老婆,还要合适的,腰里没铜,不敢胡行,大爷要说老婆,里面一定有啥文章。人们说三道四,猜来猜去就猜出来了。大爷砸伤了,人家包赔他几百块钱哩,要不,敢有这么大的口气?乖乖,几百块!村里很穷,人们称个油盐买张膏药都全靠鸡蛋去换,能人挖点药材卖个一块八毛就算发了大财。大爷有几百块哩。到底有几百?三三五五的人就跑到大爷家里,问大爷回来到底带了多少钱。大爷笑笑,笑过了死不认账,大爷说,球的钱,连个球毛也没有。人们对大爷有很多很多钱本来还有点半信半疑,听大爷这么一说就断定大爷真有很多很多钱,因为,昨天几个人都看见大爷拿个大票子去买火柴,人家没钱找没买成。人们说,大爷,别瞒我们了,别当我们不知道,又不是外人,给我们说了我们一定不走话。大爷听了就脸红脖子粗地赌咒,说真没有钱,要有钱了就是个王八。人们看大爷脸红了,听大爷赌咒了,便认为自己说准了,就认定大爷有很多很多钱。大爷死不承认,是大爷能,财不露白。大爷一定是在装穷,怕别人问他借钱。山里人没见过几百块,几百块是多少?人们经手过的钱只有卖鸡蛋的钱,人们就按鸡蛋的价钱和大爷算账,说,十五个鸡蛋一块钱,几百块能买多少鸡蛋呀,只怕堆起来比山还高哩。村里人卖鸡蛋不吃鸡蛋,过去只有地主们才吃,还不常吃。大家就说,大爷,你就是一天三顿的鸡蛋也吃不完,比过去地主还美哩。大爷哭笑不得,大爷说,别说没钱,就真有钱也当个球,一条腿都不管用了。人们说,还嫌不美呀,浑全的人能享个啥福?别说一条腿不管用,就是两条腿都不管用了也划着了。

一传十,十传百,大爷有钱的名声就传开了,方圆附近的人都知道大爷有很多很多的钱,钱多得不吃别的光吃鸡蛋一辈子都吃不完。人们说,朝廷老子能吃个啥,也不外是鸡蛋和肉,大爷比不上朝廷,也顶上半个朝廷了。大爷这时不到三十岁,年岁不大钱又很多,说媒的就踢烂了门槛。大爷沉得住气,说一个又一个,大爷都说不中。大爷越说不中,找上门的就越多。要是没钱,谁敢挑肥拣瘦,都说大爷是王八有钱出气粗。最后,大爷看中了一个叫王兰花的闺女。大爷给媒人说,你去问问,我可是穷得连个钱皮也没有,要是叫花钱了我可不要。媒人去问了,王兰花的爹笑了,说,这娃子真稳重,越有钱越不烧摆①,是个过日子的人,别试我们了,中!王兰花的妈甜甜地说,问人家要啥钱,只要人家能相中,兰花就跳进福窝里了。王兰花听说大爷是瘸子哭了几场,爹说,我又没叫鬼迷了心窍,

---

① 烧摆:豫西南方言,指烧包、铺张。

能把你往火坑里推？妈说，找男人又不是找腿哩，一条腿咋，比两条腿的还享福哩，多少闺女想嫁人家都不要，要不是你命好还轮不上你哩。中国的婚姻也怪，越穷越要花钱，越有钱越不用花钱。大爷有钱，没花钱就结了婚。王兰花的爹妈为了讨好女婿，砸锅卖铁陪了嫁妆。村里人为了巴结大爷，砸锅卖铁送了礼。大爷平白得了老婆还赚了钱，大爷心里很甜，除了甜还有别的滋味，大爷流了眼泪。人们说，大爷都高兴得哭了。

　　洞房花烛夜里，别看大爷腿不灵活，身子可灵活得很，心也灵活得很，和王兰花那个得更是灵活。王兰花当初还怕大爷是个伤残人，怕嫁个废物，怕守活寡。不想大爷像烧红了的钢铁，王兰花就放心了，心里就很是幸福，幸福了好长时间之后，就想到了比幸福还关紧的东西，就说，都说你的钱多得很，到底有多少，给我说说。大爷立时寒了脸子，冷冰冰地说：你问这干啥，你是嫁给我哩，还是嫁给钱哩？王兰花回答不上来，大爷又说，是不是看我不算个人，是听说我有钱冲着钱来的？王兰花被顶撞得呜呜哭了，哭得很委屈，大爷也不哄她，大爷真气了，大爷翻了个身，给了她个脊梁。王兰花哭了很长时间自己不哭了，费了很大劲把大爷的身子才扳过来。大爷说，招我干啥，我又不是钱。王兰花温存着大爷，抚摸着大爷，大爷只觉着身上滑溜溜的，心里痒酥酥的，再滑再酥大爷都忍着不动弹。王兰花轻轻说，你咋想到外国了，我是嫁给你这个人的，我能不亲你亲钱？我是说，咱们得有钱当成没钱过，可别看钱多了就乱花。大爷还是一声不吭，气还没消。王兰花又说，你放心，钱的事我不管，以后也不问，只是得富日子当穷日子过，得勤快点俭省点抠死点，钱存起来一个子也别动，等老了养老，享老来福才是真福。王兰花说的像一股清凉的糖水，轻轻地流进了大爷心里，大爷又高兴了，大爷说,没想到你这么明白,你算说到我心里了,以后谁问了,你就说咱们没钱,你就说你叫哄了,吃亏上当了,只当我有钱哩,谁知道我没钱。王兰花笑了,笑得嘻嘻的,说,你可真能,咱们说穷又不是真穷,还省得亲戚邻居们来借。两个人说到一块儿了,说得投机了,说着说着又亲亲热热地大战了一场。

王兰花没问出大爷有多少钱,听大爷说话的口气,信大爷真有钱,钱还不得少了。王兰花和大爷睡了,睡了就成大爷的人了,就很听大爷的话,逢人不等人家问大爷有钱没钱,就没来由地先说大爷没有钱,说自己叫哄了上当受骗了。人们看她说得一点也不生气,说得轻松自在,还有几分得意,就不信她的话,就知道她是说的假话,认为她知道了大爷有多少钱,高兴得忍不住了,就出来露能卖乖。人们就背地里捣王兰花的脊梁骨,说,女人家的心是水,倒到桶里是圆的,倒到盆里就成了扁的。王兰花在娘家多老实,一嫁给大爷和大爷一睡就随大爷了,就和大爷一样能得头发梢都是空的了,装穷叫苦,实怕别人借仨核桃俩枣。

大爷和王兰花成了家,两个人一条心过日子,都勤快得很。大爷腿脚不灵,给集体喂牛,王兰花白天下地,黑了做家务,有了儿子也没误过工。一家人穿得破破烂烂,吃的粗茶淡饭,几年不换件新衣裳,四季不沾个油星。人要是真穷,过苦日子就唉声叹气叫苦;要是有钱装穷,过再苦的日子也不嫌苦。大爷和王兰花就是这样,黄连树下弹琴,苦中作乐,苦得甜蜜蜜的。村里家家的日子都是这样苦寒,人们认为自己是生成的苦命人,受苦受罪是应该的,不吃苦也吃不了甜。大爷和大家一样苦,就觉着大爷很是了不起,就到处啧啧嘴,说,看看人家大爷,钱存在银行里年年生娃,娃又天天生孙,都滚成钱堆了,还受这号苦,真是越有钱越知道钱金贵,要叫别人早烧不及了,不天天吃肉才怪哩!当时的生活实在差劲,老百姓一天三顿清汤寡水,低下头喝时能照见人影,人们说,端起碗,照相馆,就是这个意思。上级正愁着没有个核武器能把老百姓的苦变成甜,忽然听说了大爷的事迹,马上就把大爷捧上了天,会上讲,报上登,喇叭里叫,说大爷有福不享福,放着现成的福不享还要主动出击去找苦吃,以吃苦为福,以吃苦为乐,以吃苦为荣,以享福为苦,以享福为耻,是标标准准的共产主义精神大发扬,是真革命,是很高尚很高贵的精神。高尚过了高贵过了,又叫大爷当勤俭持家的模范,当共产主义带头人。三天两头叫大爷去报告,去忆苦,去讲用。大爷不去,大爷说,看我啥洋戏,我不够格,真不够,别给上级丢人了。上级就夸大爷,说虚心使人进步,大爷是嫌自己进步得太轻了,大爷还要进更大的步,就凭这虚心也得去讲讲。大爷哭笑不得,还是死活不去。上级板脸子了,上级说,这又不是假的,又不是叫你去说瞎话的,去实打实说说,去讲讲去说说也是干革命,革命需要你讲,你讲了就是对革命的一大贡献。看样子不去讲就是假的,就是反对革命,大爷不敢不去只好硬着头皮去了。大爷往讲台上一站,就看见了台底下那么多人那么多眼都看着自己,心虚了,脸红了,嘴也结巴了,没讲几句就哭了,哭得上气不接下气讲不下去了。上级就给台下的人们说,大家看看,大爷对旧社会的仇恨有多么大,对新社会的感情有多么深,大爷的觉悟有多么高,都要向大爷学习学习再学习。大爷听了哭得更痛了,大爷讲不成了,上级就替大爷讲,讲得比大爷讲得还深刻还动听,大家鼓掌,大爷也鼓掌,大爷的手都拍痛了。

　　大爷成了名人,上级都请大爷去吃去讲,村里人也跟着敬重大爷,比上级还敬得高。谁家娶媳妇打发闺女生娃子死了爹死了妈来了贵客,只要办了酒席,哪怕只吃个蚂蚱,也忘不了请大爷去。大爷不去,大爷说,无功不受禄,情我领了,我就不去了。请的人就像受了奇耻大辱,就说,来时就怕俺们面子小请不动,俺们穷,去了沾您老身上穷灰了。大爷不愿得罪人,不想去不好意思去到底还是被拉去了。大爷去了,主人很是高兴,像是脸上贴了金,觉着风光了许多,就对客介绍,炫耀地说,这就是大爷,大爷家里金银成山,钱多得三天三夜也数不完。大爷本来不得闲不能来,好多家请大爷,大爷都推了没去,听说大家在这里,大爷二话没说就来了。客人们就都站了起来和大爷说话,乡里人不会说久仰大名如雷贯耳,今日一见三生有幸,却说出了这个意思。都争着说一齐说,知道,知道,老早都在报上看过在广播上听过,老早都想见大爷,没想到大爷这么随和,还和我们这些泥巴腿子坐一块儿,真是高抬了我们!大爷听了很不好意思,浑身出鸡皮疙瘩,大爷说,别听人们胡说八道,我也是穷得叮当响,还瘸了一条腿,不论凭啥都不如大家。大家说,看看,看看,真是深水不响,响水不深,凭大爷谦虚这个劲就证明,大爷不同一般人。说着就请大爷坐上席,大爷不坐,人们就不肯入席,说,你说说,你说说,这位子你不坐还有谁能坐?大家不由分说连推带拉把大爷按到了上席,然后就给大爷敬酒。大爷说,不会喝不会喝真不会喝。人们不信,说,大爷,你啥场面没见过,能不会喝酒?大爷不喝,大家不依,说只叫喝一杯。大爷怕伤了大家的面子,就喝了一杯。大爷喝了一杯就不由大爷了。张三敬的都喝了,不喝李四敬的不中,李四说,大爷,你看起张三就看不起我了?喝了李四敬的不喝王五敬的也不中,喝了王五敬的还有赵六,都想敬都要敬,敬了光荣,日后说起来我给大爷敬过酒,脸上就有了光彩。大爷说,真不能再喝了。敬酒的急了,说,大爷,要不喝我这杯,我就给你跪下了,说着就真的弯腰要跪了。大爷只好拼上了,喝,都喝,今天舍命陪君子了。大家就很高兴，夸大爷不是看人端菜碟的小人，是高低人都看得起的大人物。大爷昏了头花了眼，一杯一杯喝下去。

大爷醉了，还没醉狠，心里还多少管点事，回到家里就坐下不会动了，先是不住摇头，后是不断捶头，最后是张大了嘴，说，我——我——。王兰花看他大张嘴说不出话，憋得直掉眼泪，就忙给大爷捶背，就说，有啥话你就说吧，别憋坏了。大爷看着王兰花，眼珠子都憋得鼓出来了，憋了半天才说，我不是人呀！——咋不是人又不说了。王兰花叹了口气就埋怨大爷，埋怨得甜甜的，说，喝，喝，村里家家户户都喝遍了，喝几遍了，人们也不知道咋想的，好像离了你就不成酒席了，生神方也要拉你去。大爷听王兰花说得得意，长出一口气，就呼噜一声合住眼睡着了。

王兰花心里的甜水还没倒完，儿子小山回来了。王兰花就又对小山说，你看看你爹，又叫人家拉去灌醉了。你爹不去不去，非要叫去不中！不知为啥对咱这么抬举，是看咱有钱吧，咱们有钱也没叫别人花一分，他硬是要抬举，不想叫抬举都不中。平常你爹要先给谁说句话，谁就美得鼻子眼都笑成一堆。小山听得烦烦的，说，还没编够？我鼻子眼都听够了！不用妈炫耀，小山早知道了。小山在外边也受人抬举，常常有人指着小山给生人介绍，说，他爹就是王大爷，王大爷是我们村里头户，存的钱可多了，银行都快成大爷的了，大爷还是模范还是带头人，上级见他都一口一个大爷。听的人就很仔细盯着小山，吃惊得嘿嘿，说，这娃生到福窝里了，看相法这娃就是个大命人。小山听人这样说恼死了，有钱不叫花当个屁用，谁说起来都说爹有钱，空落个有钱的虚名。吃的穿的花的哪一点比别人强？比别人还差四指哩。别人家的孩子还能买糖疙瘩吃吃，自己到一二十岁了还不知道糖疙瘩是咸的辣的。小山常常背地里嘟囔，王兰花就说,花钱算个啥能处?好好向你爹学习,有钱比穷人过得还穷才真算主贵,才算真能!五花六花把钱花完了,谁还抬举咱?小山有时真憋不过去了,去向爹要几个钱,大爷就烦了,就叹几口长气,然后装出理亏心愧的样子,说,你没看见我这腿,我去哪里弄钱?我不是不叫你花钱,咱们真是没钱,我还等着你挣钱哩!大爷说了,小山不信,也不服,在外边装穷,在家里也装穷,日哄别人,连自己儿子也日哄,对谁都不说实话。人家说,为富不仁,一点也不假,人只要有了钱,就没有了人心。小山看不起爹,也看不起抬举爹的人,又沾不上个光凭啥要抬举他?给他说句话心里美的啥?都是主贱!

冬去春来冬又来,小山长大了,结婚了,世道也变了。上级又说了穷不光荣了,富才光荣。大家本来就不想穷,上级说准富,人们就钻窟窿打洞找致富的门路。小山也急了,不敢给爹说就给妈说,钱存在银行里是死钱,给我当个本,也去做个生意。你们总是想叫别人抬举,咱们那点钱别人都穷时看着还不少,要不翻腾翻腾,等别人赚了大钱,和别人一比咱们就成了穷人,到时候谁还抬举?王兰花想想也是这个理,就给大爷说了,大爷听了不说长也不说短,闷闷不乐了几天,成天心事重重和没魂了一样,还不断自己和自己发脾气,几次喊住王兰花,要和她说什么,可听他说时他又摇摇头不说了。小山等了几天又催妈,王兰花只好又催大爷,大爷像走投无路的苍蝇,乱转,哭声哭气地说了,你们娘儿俩结成伙子逼我,要再往死处逼我我就死了算了,有本事自己闯去,要命一条,要钱没有!王兰花看大爷铁了心,就给小山说,我看就算了,你爹不是不给你,是怕弄个鸡飞蛋打。他这钱是用条腿换的,连着心哩。你没看这几天他饭量都小了许多,别再说了,别把他憋下病了。小山听了气得咬牙,狠狠说,好吧,啥爹,叫他等着看吧!看什么没往下说,就一冲走了。

　　小山领上媳妇偷跑了,要是别人家孩子跑了就跑了,稀松冰凉。小山是大爷的儿子,像是皇太子走失了,一村人都来勤王劝驾。来了都说小山不是,说小山身在福中不知福,坐在钱堆上还不知足,当了宰相还想当皇上,埋怨得大爷心里像盐蜇了刀戳了,大爷不好说什么,就摇头叹气。埋怨了小山就劝大爷,说大爷,小山还小,不懂事,出去跑几天就回来了,你老可别急坏了身子! 大爷强笑着说,没事,没事,现在天下太平,我放心,年轻人出去闯闯也好,闯好了我巴不得,闯不开了回来就安心了。大爷说得大大方方,人们就说还是大爷见多识广心路宽,会想,要叫别人早气坏了。大家拍够了也就散了。

　　王兰花看人们走了,憋着的眼泪流了下来,哭着埋怨,说,要钱干啥,生不带来,死不带去,还不是为了儿女,为几个钱把小山逼在门外,你的心也太狠了。大爷低头听着,不言不语。王兰花看大爷不说话,就认为大爷输理了,就埋怨个没头没尾,说一遍又一遍,大爷受不住了,大爷火了,大喝一声,说,就你心里不好受? 我心里就好受得很?! 大爷说了顺眼角噗噗嗒嗒落泪。王兰花没见过大爷发这么大火,吓得不敢再说了,见大爷哭了,自己就不哭了,擦擦眼泪去做饭了。

　　大爷病了,说病也不是真病,是不愿出门见人,装病。王兰花说,咱又没偷没抢,没做见不得人的事,为啥怕人? 王兰花越劝大爷的病越重,后来只要听见有人在门口说话,就当成人家要来屋里了,就躲不及了,不是被子包住头睡到床上,就是藏到厕所或灶火角里,有一次竟然钻到桌子底下双手抱住头脸。王兰花急坏了吓坏了,天天用泪洗脸。人在难中想亲人,王兰花到处打听小山的下落,也听不到个准信。后来,有人说小山两口子在城里给人家盖房子,两个人都又黑又瘦，王兰花就托人去找，去找的人回来了，说，又转到别处了，没有个固定落脚地点。王兰花急大爷又心疼小山，干着急没有办法。又隔半年，又有人说亲眼见了，小山两口子在城里开了个修理铺，发了大财混阔了，见小山骑个摩托车，见小山媳妇戴着金戒指。王兰花又求人去城里找，给小山捎了二十个鸡蛋，捎了一包干酸菜。叫给小山说，爹老了妈老了老糊涂了，没听他的话，对不起他。叫他念念爹妈的情分，千万千万回来看看，再晚了就见不着了。

没几天，小山骑着摩托车带着媳妇回来了。小山穿得很洋，媳妇穿得很洋，村里人都围住看，都看得乱咂嘴，都说，啥树底下长啥苗，有啥老就有啥小，老子有钱儿子也富得流油。小山给大家散烟，媳妇给大家散糖，大家都说，小的就是比老的开通。看热闹的人走了，小山和媳妇才进到院里，王兰花一见儿子忍不住哭了，怕惊动大爷不敢大声哭，哭着指着屋里，说着大爷的病情，叫小山快进去看看，好好劝劝。说，大夫说了，这叫羞病，劝好了就没事了。小山轻轻掀开门帘子轻轻走进去，大热天，大爷用被子蒙住头睡在床上。小山喊了几声爹，大爷不动弹不露脸也不答应。小山坐到床沿上，说自己不对不该偷跑不该惹老人家生气，说自己才出去时卖劳力很苦很难，活得凄凄惨惨，说现在才混得多少像个人样。大爷死了一样，连个动静都没有。小山又劝，说爹一辈子自己苦自己，过得太可怜了，钱是人挣的，挣了不花，挣它干啥？说，人应当吃苦，吃苦是为了不吃苦，要是为了永远吃苦去吃苦，苦就白吃了，人就白活了。大爷还不动。小山叹了口气，无可奈何了，说，回来了也没拿啥东西孝敬爹，这两千块钱留下你先花，该买啥买啥，该吃啥吃啥，不要舍不得。说着掏出两沓钱甩得哗哗响，放到了大爷枕头旁边，然后站起来要走还没走时，大爷虎生掀开被子坐了起来，指着枕头边的钱，眼里闪着火红的光,说,这钱是不是借人家的？小山摇摇头,说,不是。大爷又说,这钱真是你自己挣的？小山说,是的。大爷突然哇一声哭了,哭得很痛很痛,哭着哭着忽然打起了自己的脸,说,我不是人,我不是人呀,我对不起你妈,对不起你,对不起亲戚朋友,我骗了你们,骗了几十年,我是个穷光蛋,回来时人家只给我十块钱呀,可我……大爷噎住气说不下去了。王兰花愣了,小山愣了,王兰花和小山心里都很不是味,又酸又痛,想起大爷装有钱又没钱窝憋几十年的苦劲,两个人都流了泪。愣了一会儿,小山就劝大爷,说,算了,算了,别难过了,过去没有现在不是有了嘛！大爷哈哈大笑,抓起枕头边的一沓子钱,跳下床赤着脚跑出去了,在村街上一瘸一拐地跑着,把钱高高举在头顶上哗哗摇着,大声呼叫着:我有钱了！我真有钱了！我不是假有钱了！

王兰花和小山哭着追上去了。

大爷疯了。

原载《山西文学》1992 年第 10 期

欢天喜地

有奖储蓄开奖了。

"老木得了个头奖,一万元,乖乖!"

"大团结票子都一千张哩,乖乖!"

"他妈的,谁中奖不行,咋会叫这货中奖!"

"憨人还有个憨福哩!"

"爷呀,那么多钱他会花吗?"

小城吵开了。

老木没想过中奖,做梦也没想过中头奖。可是,他竟中了,真中了。他喜得哭了,喜得浑身塌塌乱颤,然后又急得乱拧,想干点什么又不知道要干什么。该烧不烧,心里发焦;该露不露,心里难受。他忍不住要对人说,要对人笑,可是,他太老实了,没有三朋四友,没处说,没处笑。只有车间里才有熟人,才有说的对象,才有笑的对象,于是,他就去上班了。他以为工友们见了他会冲他欢呼,可是,他进了车间竟没一个人理他,他只好往自己的车床走去。他想,人们不理他是因为都还不知道他中了头奖,就顺路拍了一下好友小二的肩膀,想把好消息告诉他。谁知小二虎生抬起了头,恶眉瞪眼地说:"烧啥?不就是中个头奖嘛!"老木怔住了,再一看,满车间的人都恶狠狠地看着他,他怕了,急忙忙地去做活了。老木是个胆小人，怕事，怕得逢人就磕头。他做着活心里不由乱打鼓，我怎么了？我没得罪谁呀！为啥一个个都变了脸变了性！他想不出来原因，想问又不敢问。到了工休时，邻车床的五哥才对他悄悄说："老木，你想起来了没有？"

"啥？"老木怔怔地问。

"啥？你错在哪里？"

"……"老木看着五哥。

"平常大家看你还不错嘛，没想到你也是个吃独食的家伙！"五哥一本正经地陈述着利害，"你还想在这里干活不想？一人吐你一口唾沫能把你淹死哩！"

"你说咋办？"老木怕了。

"咋办？请请大家！"五哥点拨他。

"请！请！"老木心亮了，松了一口气，扔给五哥一张大团结票子。

"妈的，一张就行了？大家就值这一张？亏你拿得出手！"

老木又扔出了一张，又扔出了一张，一连扔出了十张，满车间才笑了。大团结变成了烟，变成了糖。烟是好烟，糖是好糖，人们吸着，吃着，往口袋里装着，笑得嘎嘎的："说说，说说，说说咋恰好买住了这一张！"

是啊，怎么碰得这么巧？老木想想也迷糊了，也说不清了。他只记得那天他肚子里的肠子上下翻腾，不美得很。他去请假，班长不准，还派他旋一个急用零件，限他一个钟头内交货，说超过一分钟就要扣他一个月奖金。他听话听惯了，只好带病去旋，还没旋好肚子忽然痛了，痛得憋不住了，就慌忙往厕所跑，跑去就拉稀，不等拉完忽然心里犯病了：车床关了没有？要是没关会把零件旋坏。好像是关了。他想关了却怀疑没关。他怕了,不等拉完就提着裤子往车间里跑。经过院子时,有人把他拉到一张单桌旁边,是银行推销有奖储蓄的桌子,两个年轻推销员向他宣传买有奖储蓄券的好处,叫他买一张。他想着车床,急得要命,哪有心思管中奖不中奖,他不买挣着要走。两个年轻人拉住他不让他走,说不买也行,听听不要钱,硬要叫他听下去,说听了不买也能当个义务宣传员。他有理说不清,也说不及,为了快脱身只好搪塞地买了一张,急急跑回车间看看车床原来真是关着的,头上的汗才落了,才算松了一口气。没想到急着急着中了个奖。老木说完嘿嘿地憨笑道:"谁知道咋碰得这么巧!"

"你平常有肚子痛病吗?"

"没有。"

"为啥那一天会突然痛了?"

"头天王拴结婚,我去送礼,肉有点臭,总是吃着了。"

消息传开更热闹了。

王拴找来了,眯眯笑道:"老木,咋弄吧?"

"啥子咋弄?"老木迷糊地反问。

"看你怪老实,还会假装迷瞪僧哩!"王拴一脸气,点拨道,"为人总得凭点良心呀,要不是哥们儿的肉臭,你肚子会痛吗?肚子要是不痛,你会那个时候上厕所吗?要是那个时候不上厕所,你碰那么巧吗?"

"咱承情,咱请客!"老木真是有几分感激了。

"吃了喝了下去嗓子四指没有了,谁还记得你的好处!"王拴还真为老木着想哩。

"你说咋办?"老木不知如何才好。

"留个纪念吧！"王拴推推搡搡硬把老木拉到电器商店里，挑选了一台录音机。

"这？"老木听说要三百块，脸子拉下来了。

"这啥这？才三十张大团结嘛，总比你肚子没痛还多九百七十张哩！"王拴会算账。

也是哩，肚子要是不痛连一张大团结也没有。老木一脸苦笑，心痛着付了账。

王拴提着录音机走了，笑眯眯地走了，只撂给老木一句话："便宜你娃子了。"

王拴刚走，班长找来了，这一回脸可没黑，是笑脸，笑得嘻嘻的，说："听说，那天我没准你的假，当时你还很不满哩。"

老木嘿嘿干笑。当时班长不准假，自己真不满意，还在肚里骂娘哩。要是班长不黑脸，准了自己的假，自己早回家去了，咋也碰不上这一千张大团结呀！老木想想都多亏班长不准假了，就承情不过地说："咱请客！"

"哈哈哈，亏你说得出口！"班长盯着老木的眼睛笑，笑得老木发怵了。他胆怯地问："你说咋弄？"

"好弄得很，也不说见面分一半了，总得有个意思吧！"班长倒挺大方，说，"也不说彩电了，弄个黑白的吧！"

老木不敢得罪班长，牙一咬，五十张大团结又出去了。班长抱着电视机走了，回头还给老木笑笑，说："看你都不是忘恩负义的人，下一回你肚子再痛了还不准你的假！"

事情到此该了结了。不行。还有，肚子要是早一会儿痛呢？肚子要是晚一会儿痛呢？肚子要是早一会儿痛就不是这一张，晚会儿痛也不是这一张，会痛，恰好痛到了点子上。错前一张的买主找来了。

"老木,要是我不买我买的那一张,你会买住哪一张?"对方循循善诱。

"买住你买的那一张哩!"老木实话实说。

"那你能中奖吗?"

"当然不能。"

"只要你承认这个就好了。你说咋办吧?"

"咱请客!"老木想想也是这个理。

"请客,想得自在!你懂不懂,你的发财可是建立在我打瓦的基础上呀。我要不给你垫底,你买住我买的那一张,你能得个头奖吗?"

老木哭丧着脸,问:"你说哩?"

"我说,咱也不是不知足的人,咱也不会老虎大张嘴,咱的自行车旧了,换个新的,不多吧?"

好吧,一辆新自行车就一辆新自行车,大团结票子又甩出去了,不过才二十张,要真买住他买的那一张,自己还能蹦蹦死了?

错后一张的买主也找来了。

"老木,你要是肚子晚痛一会儿,你买的那一张肯定是我的了,算叫你把我的一万元夺跑了!"

不错,这话不错,自己要不买那一张,头奖肯定是他的了。可是,可是——老木又是苦笑道:"咱请客,咱请客!"

"请客?这头奖稳稳当当是我的,你抢先一步把我的夺跑了。叫你自己说说,你肚子要晚痛个三分五分钟,这一万块钱是谁的?"

"你说咋办?"老木要哭了。

"你嫂子是寒气胳膊,洗不成衣服,也不说双缸了!"

好！只当头奖八千块哩。单缸洗衣机一台，又是二十多张大团结。这一位总算还不错，不错得很，走时还握握手，还说："老木，我算真认得你了，够朋友，够味，以后有啥事了言一声！"

这一天，老木过得又甜又苦，哭笑不得。天黑时他才脱开身回家去。路上，他听见了一街两行的人在捣他的脊梁骨。

"看，就是这货中了头奖！"

"噫，就他这个龟形命还怪大哩！"

"够他一家抓药吃两年了！"

"哈，买棺材也够他一家人装了！"

"好得一把火烧个精光！"

"那才美哩，叫他龟孙也美不成！"

老木听得浑身发麻，像做了贼一样低着头匆匆逃回家里。

家里乱成了垃圾场，糖纸，烟头，花生壳，水果皮，扔得满地都是，足有二指厚一层。妻子花花一看见老木就哇地哭了，说："你可回来了！"

老木一惊，问："怎么了？"

花花一肚子委屈倒不及了。整整一天，屋里像庙会一样热闹，不断头来人。左邻右舍来贺喜，亲戚朋友来咬肥。不是谁家人不进谁家门，花花和老木是一个模子做的，都温顺老诚得扎一针也不喊痛，谁说啥都满口答应。客是要招待的，能花几多几少？吃吧，吸吧，糖买了一次又一次，花生称了一次又一次，苹果买了一次又一次，好烟买了一次又一次。大家吃吃吸吸拿拿，这都不可怕，最怕的是来人老虎大开口。姑家王老表来了，进门就扯开嗓子吆喝："表嫂子，这一回可没啥说了吧！"

花花怕王老表，王老表刺毛得很，是法院的常客，吃喝嫖赌，偷鸡摸狗,动不动就玩刀子。平日里常来赖吃赖喝,花花要是有一点点怠慢,他就瞪大了眼叫唤:"咋,是嫌我穷呀还是嫌我来多了?"花花知道这号人得罪不起,尽管气在心里,还得赔小心给笑脸,把最好吃的给他吃,把最好喝的给他喝。他吃美了喝美了,把胸前的衣服哗地扯开,拍着腰里明晃晃的匕首,说:"老表婆,咱别的能耐没有,谁敢欺侮你了,你只要言一声,咱保险叫他身上添几个窟窿!"花花心想,谁欺侮我,不就是你吗?三天两头来要吃要喝,还吹胡子瞪眼睛,这不是明欺侮人是啥?想是想可从来不敢开口。现在看他这架势就不由得发毛,只好对他干笑。王老表看她不透口就火了,说:"笑啥笑,咱又不是来看笑的。实给你说,咱多的也不要,借给咱个三千两千,咱也去做个生意,也弄个万元户当当。你放心,咱要发了,借你一个还你仨!"花花还是干笑,王老表又说了:"我知道婆娘家不当家,我这是先给你打个知,老木回来了,你给他说一下,我明天来取!"说了从桌上抓两盒好烟装进口袋里,又抓起一个苹果大口啃着走了。

王老表刚走,姨妈又来了。姨妈一家都是老好人,老好人都命苦。苦是苦,苦的硬棒正直,从不开口要三借两。逢年过节,老木总要送去十块八块钱,叫他们割点肉吃。过了年,姨妈原封不动地还给他们,还是送去时的那几张票子。老木过意不去,姨妈说:"又不是天灾人祸,又不是生了急病,这是过日子,年年如此,你们能填满这个穷坑?你们的钱也来得不容易,也是一脸血一脸汗挣来的!"姨妈越是这样,老木和花花越是心软,隔上几日两月就要编个缘由给姨妈送点什么。现在姨妈来了,花花心想这一次可得接济接济姨妈,还不等她开口,姨妈就把她拉到背处,悄声地问:"听说老木中了奖,得了一万块,真的?"

"真的。"花花点点头。

姨妈顿时愣住了，半天才担心地说："姨妈说句不该说的话，外财不富命穷人呀！外头哄成洪河了，说啥难听话的都有。富是邻中刺，扎人眼呀，你和老木可要多加小心，有些人见了钱啥事都敢干！"

花花心里不由一沉，感激地点点头，又试摸着说："姨妈，你要办啥事缺钱了言一声，这一回钱来得可容易呀！"

"姨妈生成的穷命，你就是给个金山银山也变不成富命！"姨妈谢绝了，摇头叹气地走了。花花送到门口，姨妈又再三嘱咐："你们中奖，姨妈不是不喜欢，我是怕呀，财能招祸呀，你们千万要步步小心呀！"

姨妈走了，花花怕了。真是哩，要为这一万块惹了啥祸，还不如不中这个奖哩。会招啥祸哩？还不等花花想一想，儿子旦旦放学回来了，不像人形地回来了，踏进门就扑到花花怀里放声哭了。花花问他怎么了，怎么一头青包？怎么一身泥巴？旦旦抽泣着诉说着，同学们说他成地主了，说他成资本家了，追着打他，用泥巴糊他。他看着妈妈，眼泪巴巴地看着妈妈，求告道："妈，咱们不当地主，咱们不当资本家。行吧！"花花气坏了，吓坏了，也哭了，哭着哄着，旦旦睡着了，她才不哭了。

好不容易熬到天黑，花花的心也苦够了，身子也累乏了，一见老木就又要哭了。花花把家里的事前前后后说了一遍，老木也瘫了，坐下去闷闷不语了，得个头奖，从天上掉下来一万块钱，本来是个喜事，可是，还不等自己好好笑笑就惹了这么一大堆麻烦。钱花了一大堆，也没落下个人情，都还说没有花美，好像自己欠了世人每个人一万块！老木想笑笑不出来，想哭哭不出来，想骂骂不出来。只有唉声叹气了。王老表的话，姨妈的话，旦旦的话，还有一街两行人的话,老木浑身哆嗦了!谁知道还会出什么事?这天夜里,老木和花花再也不能像从前那样倒头就睡着了,失眠了,听见老鼠啃东西就当成谁在拨门了,身上就塌塌颤。两个人彻夜不关灯,面对面坐着,老木一时说:"不怕!"花花一时说:"不怕!"两个人说了整整一夜"不怕"。他们有生以来第一次尝到了有钱人的滋味,原来这滋味比没钱还不好受!

第二天,老木去厂里请了假,说他姐姐生了病,他要去探病。姐姐在邻县县城百货公司当营业员,离他住的这个小城五十华里,班长对他乱眨眼,说:"是转移钱的吧!"说是说还是准了他的假。

老木带了厚礼去看姐姐了。买了两件毛呢大衣,一件给姐姐,一件给姐夫,还给小外甥买了不少玩具。姐夫在远处当兵,只有姐姐在家,看了他送的礼物很高兴,把大衣穿到身上试了又试,还在穿衣镜前照来照去,然后又脱下来金金贵贵叠好放到柜子里。高兴完了忽然又数落起来:"你看看你是不是疯了,买这么多东西得花几百块吧!来了就有了,亲姐弟一奶吊大,花这钱干啥?你一个月几十块工钱,要多少年才能攒这么多钱?都快四十的人了,还不知道过日子的艰难!"

老木听着姐姐的埋怨心里老美,嘿嘿地看着姐姐憨笑,姐姐埋怨完了,他也笑过瘾了,才说自己中了头奖,得了一万元奖金,在家里别人光敲竹杠,他是来避难的。姐姐听了喜得怔了半天,喜过了又骂别人狼心狗肺,不该捉弟弟的大头。老木嘻嘻地说:"我也想了,权当没碰住这个奖,多少人没中奖不是也照样活了?"

姐姐不以为然地反说:"你倒怪大方,得住了就要说得住的话。"

姐姐去买了肉菜,要好好招待招待弟弟,边做饭边劝道:"轻易不来,来了就放心住几天,保险这里没人敲你竹杠!"

饭做好了,红烧肉刚端到桌上,姐姐就伤心地哭了,说:"看见肉就想起了吃食堂,我浑身肿得像烂南瓜,差一点死了……"

老木也吃不下去了。那一年,爹死了,妈嫁了,只撇下他姐弟俩相依为命。他还小,只三四岁吧,全靠姐姐扶养。从食堂里打回一点菜饭,稀得比清水浑不了多少,只有碗底才澄下很少几块玉谷粒大小的面疙瘩,姐姐没舍得吃过一块,都拣出来叫弟弟吃了。这是姐姐把自己的命叫弟弟吃了,要是姐姐不舍自己的命也就没有了老木的小命。老木从来没有忘过这份恩情。

姐姐哭得很痛心,末了才说:"活过来多难呀,你可有了点钱就忘了苦处,就把钱往河里扔了,给人家买这买那谁承你的情? 就是买个炮放放,姐也能听个响!"

这顿饭哭得肉也不香了。

老木越想心里越不美,不美得很。给姐姐的太少,真是太少了,连一个外人都不如,真对不起姐姐。下午,姐姐上班去了,老木去五交化公司抱回了一台十四吋彩电,想打发姐姐个喜欢。谁知姐姐下班回来,一眼看见彩电就脸红了,瞪着老木气道:"你……你这是干啥? 你把姐姐看成了啥人? 我说你一句你就封我的嘴! 我不要,你马上给人家退回去!"

老木憨笑着求饶:"姐,咱们还能是外人,你咋还外气哩!"

姐姐"哼"了一声,就钻到里间不出来了。

老木呆呆地站了一会儿,跟着也走到里间,只见姐姐躺在床上,两个眼窝里搁着两汪泪水,就坐到床边问:"姐,你哭了?"

"没有。"姐姐擦擦眼,反问,"你说实话,你这次来是干啥啊?"

老木说:"我真是来躲人的,在家里叫人们缠得没有办法。"

姐姐叹了口气,说:"我当你是来还账的,来还情的。你花了这么多钱,我心里不美得很。咱们没爹没妈,世上就咱们两个亲人,我怕你给了我这么多东西,姐弟的情分也就清了!"

"姐!"老木心里一阵热一阵酸,眼里也湿了,说:"你说到哪里了,别说你的情我还不完,就是我小时你对我没情,咱们姐弟到死还是姐弟呀!"

姐姐才破涕为笑,拉住了老木的手,说:"有你这句话,姐就放心了。"

姐姐不气了,高高兴兴地起来看电视了。彩电真好,五颜六色鲜净极了。老木坐在姐姐身边看,可是没看电视,看的是姐姐的脸,姐姐笑他也笑,一直笑到电视机里说了"再见"才不笑了。

才过了一天,半上午,姐姐突然回来了,进门就慌慌地说:"老木,你赶快回去吧!"

"咋了?"老木吓了一跳。

"不……不咋!"姐姐吞吞吐吐地说,"花花一个人在家,我不放心!"

老木看姐姐心神不定,不由想起了姨妈的话,怕了,怕得也慌了神,急急地追问:"到底咋了,出啥事了?你说呀!"

姐姐怕吓坏了弟弟,还是支支吾吾地说:"听说,花花病了,这可能是外人胡哄的,你回去看看吧!"

老木听了心急如火,马上就去了汽车站。姐姐送他上了车,强忍住眼泪嘱咐道:"回去了马上给我打个电话!"

车开了。老木呆呆坐着,想着家里出了什么事。会出什么事呢?花花病了?花花身体比铁还结实,怎么会突然得了病?老木正在猜想着,忽听旅客们议论开了。

"听说,邻县有个人中了头奖,得了一万块,三天没过去,婆娘娃子吃啥好东西中了毒,死了!"

"不是哩,是叫车轧了。"坐在后边的一位老太婆纠正道。

"人家说得活现现的是中了毒!"

"哎呀,这事我可知道得清!"老太婆不服对方的话,唠唠叨叨地讲起来,"昨天我闺女来看我,她说她亲眼见的。那个婆娘中了奖烧不及了,领着娃子去买甘蔗,只顾喜哩撞上了拖拉机,婆娘轧断了两条腿,娃子轧断了两条胳膊。唉,一辈子可咋过呀,都是这一万块给害的!"说着又摇头又流泪,一副慈悲的样子。

"哼,谁叫他发财哩! 他还当财是好发的哩,命中没有的就是没有的,这里发了还会叫他从那里吐出来!"

"这一下可叫他娃子喜!"

"一点都不亏,没想想平白无故得了一万块能白得了!"

老木吓迷糊了,本想问问那个老太婆,打听打听详情,可是看看满车的人都对得奖气红了眼,都为这个不幸扬扬得意,也就不敢站出来说得奖人是自己了,只好强忍住了心痛。他后悔死了,为啥那天要去给王拴送礼? 要不去送礼就吃不了臭肉,吃不了臭肉就不会肚子痛,肚子不痛就不会正做活时上厕所,不上厕所就不会买奖券,不买就不会中奖,不中奖就不会去看姐姐,自己要在家里,花花就不会领儿去买甘蔗,不去买甘蔗就不会碰上拖拉机。还有班长,当初他要准了自己的假,自己回家了就不会买那张奖券……天保佑,好歹这些都是外人胡哄的。老木胡思乱想着,汽车很快就到站了。他急急下了车往家里走去,可是,腿像软面条,越想走快越走不快。好不容易回到家里,只见门上挂着锁,看样子花花和儿子真是住院了。老木酥了,哭了,忙去邻家打听住在哪个医院里。他敲了张家的门,张大婶开门看见老木吓得连连倒退,连连"啊啊",大睁眼大张嘴说不出话,半天才指着他变脸失色地问:"你真是老木?"

老木愣怔了:"大婶,怎么你不认识我了?"

张大婶揉揉眼,怀疑地说:"你怎么还是好好的? 不是说你中毒了不中了吗?"

老木迷糊地反问:"啥子中毒了?"

大婶这时才反醒过来,恍然道:"哎呀,咱们这里都哄成了洪河,说你姐见财起意,酒里下了毒——花花哭坏了,抱着娃子去你姐家了,你没碰见?"

"啊!"老木急得跺脚,"这从哪里说起呀! 不是说花花和娃子叫拖拉机轧住了吗?"

"没有呀!"张大婶连连摇头,说,"今天她去车站时还好好的呀,还叫我夜里给她看门哩!"

老木听说没事才放下了心,可是想到花花去姐姐家又不放心了。花花一定很气,进了姐姐家的门会不论三七二十一地和姐拼命,还能不伤了姐弟情分? 老木二话不说,反身往车站跑去,要去姐姐家接花花。他又坐到了车上,车又开了,车上的人又议论开了。

"听说,中奖的那个人叫他姐给害死了!"

"好啊,这才叫满堂红哩!"

"哈哈哈……中奖! 财能是白发的,这一下看他还美不美!"人们欢天喜地高兴坏了。

汽车在哼哼着往前开去!

原载《鸭绿江》1988 年第 11 期

没事

何老六蹲在当间里,面前放着一盆水,还有一把血迹斑斑的小椅,他专心地洗着小椅上的污血。小椅是杨柳木捏的,木质很松,血渗进去了,渗得很深,洗了一遍又一遍还能看出暗红色的血斑。何老六有些气恼了,用抹布狠劲擦着,愤愤地道:"日他奶奶,我就不信我连个这都洗不净!"

小椅是何老六头上的血染红的。昨天夜里,何老六看电影时负了伤,是小王支书打的。不,不对,人得凭良心说话,不是故意打的,是砸的。不,也不对,不是故意砸的,是碰着了。不,还不对,不是小王支书的椅子碰着了自己的头,是自己的头碰着了小王支书的椅子。伤得可厉害了,头上开了口子,流了很多血,现在可是一点也不流了。

何老六头上包的纱布被血沁红了,红过了成了紫的。当时只是蒙了一下,现在更不痛了,就是多少还有点蒙,蒙得也不重,只是有一点点晕,像多喝了一碗黄酒。老婆上山去给他挖治伤的草药了。何老六大天白日躺在床上,一辈子还没享过这个清福,再睡也睡不着,就挣扎着起来洗这把带血的小椅。洗着洗着,就骂起了王三炮,要不是这个猴娃来挑唆,自己咋会去找个头破血流?

昨天下午,村里通知,为了庆祝公路通车,在打麦场上放电影,叫大家都去看。何老六本意是不去的,四指高的黑影影在布上晃晃,看了能当吃当喝当钱花?再说,十冬腊月,西北风吼吼乱叫,不把活人冻成冰棍才怪哩。屋里睡觉多暖和?找着去受这个洋罪,何老六才不干这号傻事哩。

何老六到底去看了电影,都是王三炮使的劲。王三炮不是个正经人,才三十大一点,比修行了几千年的狐狸精还能,年轻轻就学会了跑生意。山里买买,平地卖卖,发了财浪得不像个人了。尖头鞋,窄裤子,紧身衣,女人头,打扮得和棍削的一样,看一眼就叫人恶心。王三炮没进过何老六家的门,昨天下午突然来了。何老六在墙角烤火,比碗还粗的木料堆了几根,烧得狼大冒烟①。王三炮进来了,何老六懒得抬身,懒得说话,只是翻了他一眼。王三炮不等让,就自己坐到了火池边伸手烤火。何老六明知他来有事,就是不开口不问话。王三炮先说了,说了东又道西,到底还是露了馅,想买何老六的天麻木耳和中草药。何老六心里笑了,就知道夜猫进宅,没事不来,一点也没猜差。何老六正缺钱花,想卖,就是不想卖给他。这货这两年美得太仇恨人了,宁可山货沤烂了,自己糟蹋一百二百块钱,也不想叫他从自己身上再发一分钱财。何老六说:"我啥山货也没有。"王三炮说:"给你个好价钱。"何老六说:"给个金山,没有还是没有。"何老六句句冲倒墙,王三炮不气还笑,死赖着不走胡说八道扯闲话。王三炮问:"夜里看电影吧?"何老六说:"不看。"王三炮说:"这一回可得看看。"何老六说:"咋,不看还能杀头?"王三炮说:"这

---

① 狼大冒烟:豫西南方言,指烟雾很重。

一回是大电影。"这里是深山区里的一个深山村,没有大路,也没有小路,又满山遍野都是路。人们要出门,踏着乱石尖朝着要去的方向蹦去就行了。山里人可怜,旧社会抬地主,新社会翻身了,不抬地主了,抬猪,抬到平地去卖。没有路,大电影的机器大抬不进来,过去玩过几回都是 8.75 毫米的小电影①,又小又看不清。何老六听说是大电影,想想又说:"球,再大也是个黑影。"王三炮说:"这一回是带彩的,红的、绿的,可鲜净极了。"何老六动心了,可是想到冷又不动心了,说:"再鲜净也不放热气。"王三炮说:"冷?你看一眼就浑身起火了。你知道演的啥?酸的,酸极了,看一眼保险你流涎水。"何老六啥都不爱就爱听酸的看酸的,顿时来了劲,说:"多酸,能是真人在布上真干那号事?"王三炮说:"要是真人干那号事有啥稀罕,谁没干过?演的是《机器人的婚礼》,是机器人干那号事。"

何老六说:"啥叫机器人?"王三炮说:"就是用机器做的人。"何老六瞪眼了,说:"机器做的人还不是机器,我不信机器还会干那号事?"王三炮说:"不会干那号事还结婚弄啥?"何老六说:"爬一边去,你娃子别来日哄老子,说到天边老子也不信。"王三炮说:"不信?你说说,电影是谁做的?上级做好发下来的,上级还能哄人?"说到上级,何老六不言语了。王三炮说:"机器人干的花样可多了,你去看看学学,回来也和六婶变几个新花样。"王三炮又说了许多许多酸话,说得何老六心里乐了,把山货卖给了王三炮。

何老六吃了晚饭,就搬上椅子出了门,走几步忽然想起了一件心事,就又转回去了。他有一个拐了十来个弯的亲戚的儿子,在很远很大的地方工作。夏天回来探家,找他弄点野生天麻,给了他一

---

① 8.75 毫米的小电影:8.75 毫米指胶片规格。这是一种中国独有的窄胶片电影,放映设备轻便,运输方便,拷贝和放映机价格均低廉。

支纸烟,说是外国造的,洋烟,一支都值几毛钱。他舍不得吸,自己吸了瞎了,金金贵贵放在箱子里,想等小王支书来了叫他吸。何老六赞成小王支书,小王支书当共产党的官一点不辱没共产党。这里自古没路,大山把世界隔断了,山里东西出不去,平地东西进不来。穷,日子穷,眼也穷,一多半人连自行车都没见过。去年小王支书上了台就修路,谁知修到阎王崖碰上了拦路货,叫谁上去打炮眼谁都不敢上。这是个凶差,一脚蹬错就没了小命。没病别嫌瘦,平安就是福。球,没有路就没有路,几千年没有路都活过来了,发不了财就发不了财,穷是穷总还能活着,要是没了命,连穷都不得穷了。于是,这个腰痛,那个腿痛,这个头晕,那个眼花,都溜沟了。小王支书气得红了眼,逢人就骂:"我日你们奶奶了,都是扶不起的井绳,一个个都是怕死鬼托生的,还是穷得轻,再穷狠一点才美!"骂足骂够了,把绳往腰上一绑又骂:"你们一点也不给老子脸,老子在乡里表了态能白表了!"小王支书上去了,多大的支书亲自去打炮眼,一连三天炸开了一条路。第四天,小王支书打最后一个炮眼时,得意得很,忘了自己是在半天云上,一边打钎,一边骂地下看热闹的人是狗熊,是孬种,骂到生气处不小心跌了下去。多亏当支书的命大,被半崖上树毛子绊住了,没粉身碎骨,只跌断了一条腿,到如今是一瘸一拐的。何老六最讲良心了,贵贱想对小王支书表示表示,心情心情,可惜自己穷家烂屋,没有啥好吃的稀罕物,不敢请小王支书来家坐坐。如今有了一支好烟,还是洋烟,一接到手里就想起了小王支书。谁知一等半年,小王支书一直没从他家门口过过,这支烟也就保存到现在。何老六想,今天夜里演机器人干那号事,小王支书也爱干那号事,一定会去看,就回家揣上那支烟去了。

天才迎黑,大场里就坐了不少人,还有人不断来,大家都想抢个好地方坐。山里人耐冻，虽说十冬腊月滴水成冰，又刮着呜天呜地的大风，大家还是闹哄哄的，又说又笑，高高兴兴，猜着机器人咋干那号事。何老六来了，站在场边四下看去，看小王支书坐在哪里。看了个够也没看见小王支书，只看见了小王支书的爹老王支书，在不前不后的中间坐着。老王支书干了几十年支书，老了，前年下了台，让位给儿子小王了。不是子继父职，是大山挡住了世界，没有路，没有学校，村里人都不识字，都没出过山，只有小王在平地舅家住过几年，见过大世面，读过几年高小，算得上村里高级知识分子，只好叫他任劳任怨了。何老六看不见小王支书，顿时像掉了什么，没了情绪，闷闷了一会儿只好去和老王支书坐一块儿了。何老六打听道："咋没见小王支书来？"老王支书不满地说："谁知道哩，说不定又去谁家喝酒了！"何老六巴着盼着问："他一时会来看吧？"老王支书愤愤地说："日他个妈，谁知道酒场啥时候散哩！"何老六还不死心，又说："真稀罕的电影，他要不来看真可惜了！"老王支书气道："见了酒命都不要了，还说这电影。"何老六听听没想了，不由一声长叹，老王支书看他一脸惆怅，就问："找他有啥事？"何老六嘻嘻道："没事，没事。"何老六看看老王支书，想想叫老王支书吸了也行，反正没便宜外人，爹吸了和娃吸了一样，也算尽了自己的心意，就说："想请你尝样东西。"老王支书问："啥？"何老六笑而不答，从怀里掏出了一个小纸包，拆了一层又一层，拆了一层又一层，老王支书看得好奇怪，就说："啥东西这么金贵？"看到最后才露出了一根纸烟，就不屑地笑了，说："我当啥哩，这有啥稀罕？"何老六正色地说："看是烟可和烟不同，这是外国烟，洋烟，一支就顶咱们几盒哩。"老王支书不信，说："你在哪里弄的？"何老六把这支烟的来历从头到尾说了一遍，才把这支烟恭恭敬敬递给老王支书。老王支书接住看了又看，就是和中国烟不同,好长好长,满意地点着头,燃着才吸了一口就呸呸吐不及了,把纸烟甩了好远,怪道:"你算把人坑得不轻,霉成啥了拿来叫吸!"何老六吃惊地说:"霉了?我包十来层纸哩,咋会霉了?"老王支书大眼瞪着他,火道:"你拾起来尝尝!"何老六想去拾没有去拾,老王支书说霉了就算是霉了,不能和他抬杠,就万分可惜地说:"要早知道会霉,老早都找你吸了。"老王支书看他一眼不再理他了。

天黑定了,场里人坐满了,风更大了,天也更冷了。大人们皮粗耐冻不要紧,娃们皮嫩冻得哇哇直哭,一片乱吵吵,喊着叫快开演。放电影的用喇叭叫唤:"小王支书来了没有?"没人应声,说明小王支书没来。放电影的是花钱从平地请来的文化专业户,不敢不听小王支书的,不听没人给钱,就解释道:"大家别急,今天庆祝村里通车才演这场电影,小王支书交代过,叫等他来了再开演,请大家耐心等一会儿!"不解释还不要紧,一解释等于火上浇油吵得更凶了。"他要半夜不来,就叫俺们冻到半夜!""他要一夜不来,电影就不演了,叫大家白冻一夜!"场子里炸了,乱了,三五成群的青年人骂娘了,搬起椅子要走了,还鼓动大家一齐走,都不看。老王支书又急又气,站起来又坐下,坐下又站起来,四下看着一连声地骂道:"不像话!不像话!日他个妈,真不像话!"何老六看老王支书气坏了,自己也气坏了,老王支书说不像话,自己也跟着说不像话。人得凭良心,要不是小王支书领着修路,现在会有这条路?往后卖个猪还得抬,下山卖个山货还得扛。再说,要是没有这条路,今儿黑庆祝啥?不庆祝会演这场电影?人们真真太不像话了,路才修好可就忘了修路人,才过河可就拆桥了。前些年学大寨,冰天雪地挑灯夜战,战到底不多见一个粮食籽,也没见谁敢说个冷字。何老六越想越为小王支书不平,就拉拉老王支书的衣襟说:"别气,别气,大人不和小人怪,年轻人不懂得规矩。坐席还得等等主客哩，主客不到就是不能上菜嘛。谁愿走就叫他走，少几个人还能演不成？真不像话！"何老六这一劝把老王支书的火劝得更大了，他恶狠狠地瞪了何老六一眼，虎生蹿了起来，冲着演电影的人吼道："开演！开演！你给我开演！"人们一片欢呼。演电影的是第一次来，不知他是何人，只是听口气挺粗，就左右为难地说："开演？一时小王支书来了不依了谁负责？"老王支书气壮地说："我负责！"演电影的嘲笑道："你负责？谁负你的责？"老王支书气得发抖，不知如何回话，只是指着演电影的嗷嗷叫："你……你……"电影机旁边的人纷纷说："人家是小王支书的爹老王支书，负责负到他身上算负到头了。他叫开演就开演，保险没一点点事！"

电影终于开演了。

何老六看看老王支书，老王支书一脸不高兴。何老六心里明白，老王支书也想等小王支书来了再开演，他硬叫开演，都是人们逼的。人们的良心都叫狗吃了，主客没来陪客就先吃起来喝起来了，天下哪有这个理？小王支书上阎王崖打炮眼时，你们都跑哪里了？都钻裤裆里了？现在看个电影等一会儿都不愿意。何老六越想越气，还要气下去时被电影吸住了，真是红的绿的，啥颜色都有。人真能，上级真有本事，会弄得这么像。机器人出来了，王三炮没哄自己，机器人和真人一样，也会说，也会笑，也会亲嘴，也会搂搂抱抱。和真人干这号事没有两样。眼看着快干那号事了，何老六忍不住碰碰老王支书，无限惋惜地说："快玩到好处了，咋小王支书还不来？"

老王支书似乎没听见，专心看着电影。

何老六没有得到回话，又只见机器人双双往床上走去，不由急得屁股乱拧，四下看看，拉拉老王支书着急地说："小王支书再不来，好看的过去了可咋弄？"

老王支书还是没理他，只扭头瞪他一眼。

何老六急坏了，站了起来四下看去，嘴里嘟哝道："再不来就晚了！"

后边的人吼道："坐下！坐下！"

老王支书也火了，气道："他来不来关你啥事？腊月王八闲操心！"

何老六坐下去了，可是心里还在站着，还在盼着小王支书快来。他气，气大家只顾自己看美了，也不想想小王支书看了没有。他气，气老王支书，你傲啥，你干了几十年支书，咋不把路修通哩？要不是小王支书，你们能看这电影？一个个都忘了自己是谁，好像这电影是为你们演的一样！不知道这是托了小王支书的福！

男机器人和女机器人勾搭上了，马上就要干不正道的事了，突然响起一声大喝："啊，咋搞的？咋可开演了？"大家看去，小王支书披着军大衣来了，身后跟着五六条黑影。小王支书大概是醉了，没有十分醉也醉个七八分，走路都横七竖八了。身后的黑影围着他，不满地埋怨着："说过等你来了再开演，这算啥话！""就怕看个半截，你还说没事哩！"小王支书气壮地说："中国人说话是算数的，我说过叫你们从头看就叫你们从头看！"说着侧侧歪歪地冲到电影机前，呵斥道："停了！停了！从头再演！"演电影的为难地说："都快演完了！"小王支书火道："完了也不中！你们还要钱不要？我是咋给你们交代的？这能是放牛草场，谁想咋就咋？给我从头再演！"演电影的不满地说："我们就说等等，老王支书非要叫开演不中！"小王支书叫道："谁说的也不中！哼，十八口乱当家，成了没王子蜂了！给我从头再演！"说时一只大手伸向了机子。演电影的怕了，惹他恼了不给钱不说，再弄坏了机子就坏了大事，只好先关了机子。机子一关，屏幕白了，电灯亮了，全场的人嗷嗷地叫唤起来了。人们要求接着演，演完后哪怕再从头演一场哩。人们吵得越凶，小王支书越火，披的大衣也甩扔了，大喝一声道："我看看谁敢再吵！谁怕冷了谁走，老子又没强迫谁看！吵啥吵？"何老六也来了理，帮腔道："我就说等等吧，等等吧，偏偏不等。不说叫支书先看了，等等和支书一块儿看还不中！从头演就从头演，多冷，小王支书都不怕冷，就咱们主贵！"何老六的声音不高，人们听不清，也没人顾上听，他是说给身边老王支书听的。老王支书偏不领情，瞪他一眼又一眼，质逼道："你说这话啥意思？"小王支书在电影机前下命令了："演！快给我从头演！"小王支书刚下了命令，老王支书蹦了起来，喝道："不准从头演，给我接着演！妈个×，你像话不像！"小王支书一看是爹，先是一怔，继而冷丁丁地说："你少管！你管住三尺门里就行了，这是在村里，还想管三尺门外？"老王支书气得吹胡子瞪眼，呵斥道："在家里咋，在村里咋，在村里老子就不能管你了？老子今天非管不可！"小王支书气蒙了头，又有几分酒气壮胆，就嘿嘿冷笑着顶撞道："在家里你是老子，我听你的。在村里你得听我的，你不愿看，你就回去！"说了还不泄气，又把积了一年多的牢骚撂了出来："哼，总还当自己是支书哩，也不想想自己如今也是个平头百姓，不论啥事还光想当家！"老王支书听了这话伤透了心，火冒三丈，吼道："今儿黑这个家老子当定了，给我接着演！"小王支书不与老王支书交战了，冷笑一声对演电影的说："别听他的，他说的连个屁钱也不当，我就不信没一点王法了！演！从头给我演！我看谁能给天戳个洞！"老王支书大吼一声："你还算人里头的数不算？演你妈个×！"随着吼声，老王支书坐的小椅飞向了小王支书，小王支书眼疾手快，接过椅子又飞了过来。何老六心里正在埋怨老王支书,从头演就从头演,你发的啥火? 还没想完就头一蒙什么也不知道了。

何老六洗着小椅上的污血,洗洗停停,想着这个伤,都怨王三炮这个龟孙,他要不来添油加醋说电影咋咋好看,自己要不去看电影,暖暖和和睡在被窝里,就是在场的人都打烂了头,也伤不住自己一根毫毛。

何老六想着这个理,王三炮又来了。何老六看见他就来了气,不知道这个戳祸妖精又来戳啥祸哩。何老六坐在椅子上闭上了眼睛,不想理他。王三炮不管他理不理,掂起带血的椅子看了看,惊讶地说:"你咋把血洗了?"何老六翻他一眼,说:"咋?"王三炮说:"小王支书来看你了?"何老六冷冷地说:"人家来看我干啥?"王三炮听说小王支书没来,喜了,追问:"真没来看你呀?"何老六反问:"咋?"王三炮得意了,说:"咋? 告他! 把人头上打个洞,不给治也不来看看就算了? 这事我包了,叫他又赔钱又丢人。"何老六听了像被蝎子蛰住了,瞪大了眼气冲冲地说:"谁说是他打的? 是碰着了,是我碰着了人家的椅子,你别没事找事诬赖好人!"王三炮胆大包天竟被这几句话吓愣了,指着何老六连连说:"你……你……"说不清你什么就扭头走了。

何老六看着王三炮灰溜溜地走了,才得胜地笑了。哼,你能得不轻,你撅起尾巴就知道你屙啥屎! 你当我是傻屄,过去你跑买卖不老实,老王支书割过你的尾巴,你当我不知道? 去年小王支书买你个录音机,你嫌给的钱少,你当我不知道? 现在想拿我当枪使,没门,我还没憋到这一步哩! 何老六越想越气,就挣扎着拼命地洗小椅。非把它洗净不行,我叫它连一点血迹也没有,叫你们当证据! 这时,六嫂从山上挖药回来了,进门看见何老六在洗小椅,惊叫了一声："你干啥?"然后上去夺过小椅。昨天夜里,她好不容易把这把小椅抢回来,准备做物证的,现在看男人把血迹洗了,气得浑身发抖,吵道:"你为啥把血洗了? 就这样白白挨一椅子算了? 今天再等一天,他不来说个一二三,明天咱就拿着椅子告他!"何老六明白了,咬牙恨道:"怪不得王三炮来叫告他,原来是你串通他的!"六嫂气道:"是我找王三炮的,咋? 他当支书就该打人? 打了也不来赔情,也不给治伤,就白白便宜他了?"何老六一把夺过椅子,骂道:"你给我爬一边去,日你妈,头发长见识短,连人连鬼都分不清,王三炮是啥货?人得凭良心,人家小王支书对咱的恩典你都忘了!"

六嫂想起来了。公路通到村里的那一天,从乡里来了一辆解放牌汽车。村里人一多半连自行车都没见过,听说来了汽车都跑来看稀罕,老老少少把汽车围得风丝不透。跟车来的乡长说,叫汽车拉大家转一圈,开开洋荤。一言出口,人们疯了一样抢着上车,挤得乱叫唤。何老六想着自己在村里过得不如人,没敢去挤,就退到一边看热闹。小王支书看人们不要命地往车上挤,就骂着不叫挤,还抓住人腿往车下拉,拉下车的跌得哭爹叫娘。小王支书忽然看见何老六不争不抢地远远站着,就大声叫道:"何老六,你来坐!"何老六眼见上去的都叫拉了下来,不敢相信小王支书这话是真的,嘿嘿笑着没动。小王支书气冲冲地过来拉何老六,骂骂咧咧地说:"日他个妈,谁越挤偏不叫谁坐!"小王支书把何老六拉到车厢旁边,把他往上搁去,人多得没搁上去。小王支书又把何老六拉到前边,叫他坐到了驾驶室里。何老六坐上去了,还坐在前边,还是小王支书亲手搁上去的。汽车开了一里路又拐回来了,何老六的眼泪也流了一里打个来回。这么大的光彩,才几天怎么能忘了,人得讲良心呀!

何老六夺过椅子,狠劲洗,狠劲搓,用碎砖头搓来搓去,污血没有了,连原来的污垢也没有了。何老六把小椅反过来反过去看个够,漂白漂白,干干净净,才放心地笑了。然后晕着晕着把小椅送到了小王支书家里。小王支书正在吃饭,见何老六拿着椅子来了,脸忽地红了,以为他要不依哩,忙站起来尴尬地叫道:"六叔,你——"何老六堆着一脸笑,把小椅放到小王支书面前,指着小椅说:"你看,洗净了,啥也没有了!"小王支书忽然感到了不安,问:"不要紧吧?"何老六一阵头晕,似乎站不住了,忙靠着墙站住,嘿嘿地笑道:"没事,没事,没一点点事!"想了想又亏心地说:"就是不知道机器人到底结成婚了没有。"

原载《上海文学》1988 年第 9 期

遗风

汉王城不是城,是深山里头一个很小的村子,只有五户人家,分别姓刘关张赵黄。据说是三国时刘备君臣的后代,不幸流落到此。此话是真是假不得而知,不过看样子假不了,因为这五户人家还保持着桃园结义的情分,有福同享,有祸同当,人心一直很古。五家人亲如一家人,亲如一个人,好得不能再好了。

这天傍黑,关老二从村西头锄麦回来。他家住在村东头,要回家得穿过整个村子,要经过刘张赵黄四家门前才能到自己家里。这两天他心不净,心虚,怕见人,谁都不想见,就在村外磨蹭到天黑定了,以为家家户户都关门闭户了,才往家里走去。

关老二刚走到第一家门口,突然黄五从门洞里冒出来,吃惊地叫道:"哎呀,二哥,咋这么晚才收工呀?"

怕处有鬼,怕见人怕见人偏偏有人。关老二慌乱地支吾:"还剩一点地,锄完算了。"

黄五好像犯了弥天大罪,马上狠狠地埋怨自己道:"都怨我不知道,没去帮帮你,叫你一人锄到黑天黑地,真是……"真是什么?看他捶胸顿足的样子,好像真是罪该万死。

"叫你费心了!"关老二心里热了。

"咱们是谁和谁嘛,还说外气话?"黄五情真意切地又嘱咐道:"往后有啥活儿了言一声,再说我比你小几岁!"

"好! 好!"关老二应着往前走去,身后的黄五还在无限后悔地说:"我要去帮帮手,也不会叫二哥锄到这时候!"

关老二听了心里很不是味,黄五对自己这么好,可是自己……关老二刚感动个头,就到了第二家门口,蹲在门阶上的赵四猛一下蹿了起来,嘻嘻笑着说:"好二哥呀,谁家做活能不要命了,能做到这个时候!"

关老二怔了一下,忙应付道:"还剩下个地角,想锄完算了。"

赵四无地自容了,哭声哭气地检讨道:"看看我在家闲着,叫你做到这个时候,都怨我没去帮帮手!"

"叫你费心了!"关老二感动了。

"费啥心,连这个忙都帮不上还算个啥兄弟?"赵四又追问道:"别的还有啥活要做没有?"

"没,没有。"关老二说着走了。

赵四在身后埋怨个没完没了,说:"真是嘴主贵,为啥不叫我一声? 你要累着了冻着了,我咋给二嫂交代?"

赵四说得实在,关老二听得眼里湿了,没敢回头看一眼赵四,就匆匆往前走去,他怕会哭出声来。不等他哭出声,张三就大步迎面走来,大声大气地叫道:"是二哥吧,我正要去接你哩! 是活儿要紧呀还是命要紧,俺?"

关老二满嘴打嘟噜,说:"还剩下巴掌大一块,划不着明天再去了。"

张三责怪道："你咋不言一声哩？我要去三下两下早锄完了。咋，我是你使不着的人，还把我当外人看？"

关老二感激不尽地哈哈道："看你说的，活儿不大嘛，活儿大了我能不喊你？"

张三还不依，牢骚道："活儿再小，你在冷地里做，我在屋里暖和，还算个啥同患难？还算个啥弟兄？下一回再……"

"下一回一定喊你！"关老二心跳了，头麻了，也烦了。就去锄个地晚收工一会儿，也划得着都等在门口关心个没完？他走到第四家门口，心想刘老大总不会也等在门口吧，谁知刘老大偏偏在门前石阶上坐着，一看见他就站了起来，责备道："二弟，可收工了，咋不做到天明哩？哼！"

关老二听了尾音上的哼字，知道刘老大生气了，忙嘿嘿赔笑道："一丁点地锄完了就放心了，不想明天再去二回！"

刘老大叹了口长气，说："都怨我老糊涂了，娃们在屋里闲着，要叫他们帮帮手也不会叫你收工这么晚！"

"没啥，又不是重活，叫你费心了！"关老二强笑着，一次次关心真叫他受不住了。

刘老大又说："管它重活轻活，你一个人去做到这时候，大家心里能安生？唉！"

关老二嘿嘿着匆匆走了，听刘老大还在身后唉声叹气，不由浑身瘫软了，腿成软面条了，强挣扎着跟跟跄跄跑回家里了。

"啊，你怎么了？"老婆看他气色不对，吓了一跳。

"什么怎么了？"关老二胡乱应付了一句，就径直钻到里间躺到床上了。

老婆跟到里间，不放心地问："出啥事了？"

"啥事也没有！"关老二心烦意乱地说。

"是不是病了？"老婆伸手要去摸他的额头，担心地说，"看你脸咋成黄表纸了？"

"忙你的去，我累得慌，睡一会儿歇歇就好了。"关老二拉过被子蒙住了头。

老婆不敢多说了，走了出去。

关老二合住眼，不由想着刚才的经过，虽说碰见的每个人都在黑影里，互相看不见脸色，可是又全看清了，对方看清了他，他也看清了对方，一张张诚恳厚道的脸冲着他埋怨叹息，没有一点外心，没有一点虚情假意。关老二的脸发烧了，心跳了，虽说藏在被窝里，还是羞得用双手捂住了脸。人心换人心，人家一个个对自己这么好，自己算个什么东西，竟然想独吞这笔外财，自己算个人吗？

前天，大家一同去卖红薯干。关老二只二十五斤，划票员给多画了个"0"，成了"250"斤。关老二看了票心里惊喜得乱敲鼓，他磨蹭到大家都结了账走了才去取钱，多拿了五十块钱。他一拿到钱手就发抖，害怕，脸红，心虚，想退给人家，可是只想了眨眼工夫就又不想退了，国家是个大麦秸垛，谁都去拽，自己从来没去沾过，就这都便宜国家了。自己没偷没抢，是老天爷看自己穷，才叫划票员三昏四迷把钱硬塞给了自己，自己再不要就不算人了。这样想想就没退。在回来的路上，关老二又犯了心病，这事给大家说不说？好像大家都没看见，不说也没关系。可是不说又觉着良心不安，祖上有个规矩，见面分一半，别说是人家算错了白给的，就是拾的，亲戚送的，也得二一添作五分分。去年，弟兄五个一块儿进城赶会，刘老大拾了一块钱，还买了五个烧饼，一个人吃一个。可那是一块钱呀，一块钱分了不心痛，这是五十块钱呀！要是说了，又得分了，自己再去哪里弄这五十块钱？

　　关老二又想到秋天的那件事。那天,弟兄五个一块儿上山挖中草药,到山顶汉王庙歇了一会儿,给祖宗磕了个头就各挖各的去了。临走时,大家约定,下午还在这里聚齐一同回家。关老二翻了几道山,挂破了衣服挂破了皮,只想着多挖一点给婆娘娃子换换季,做件棉衣服也好过冬。谁知命不好,只挖了一把丹参,还不够一双草鞋钱,气得真想跳崖死了算了。还是祖上念他可怜,把他领到了猴上天后阴里,在刀削石崖上找到了几窝天麻,他冒着粉身碎骨的风险,一下子挖了十几斤。天麻是贵重中药,这么多要值上百块钱哩。老天爷有眼,人只要不做亏心事,就会得到好报应。他欢天喜地地回到了汉王庙,只见大家早已到齐,祖宗面前生了一大堆火,都在烤火吸烟。大家说等他半天了,说着从火堆里扒出烧红薯叫他吃,说他一定饿坏了,催他快吃。他也真饿坏了,狼吞虎咽地吃了起来。烧红薯真香,他吃了一个又一个,快吃饱时才想起了大家,问:“你们都吃过了?”张三说:“你还在山上跑着,我们在这里坐着咋能先吃?”关老二才发觉自己吃多了,吃了别人的那一份,顿时一脸不好意思,放下了已经拿起的红薯让大家吃,他去拿柴添火。这时他才看见大家的药筐都是空的,再一看神案前边有一堆草药。他不明白,就奇怪地看看大家,大家嘻嘻地笑,刘老大说:“大家说了,老祖先们南征北战,打来天下都有福同享,今天挖点药也应该当着老祖先的面拢成一堆,然后平分分,谁也不多,谁也不少。也叫老祖先看看,咱们的心还和他们的心一个样,也叫他们高兴高兴!”关老二听了一颗心顿时掉到了冰井里,可是又有口难言。自己挖了天麻,大家并不知道,不是先知道了才想这个方法来捉他大头。看样子大家是真心真意遵照祖先遗训,自己怎好说个不字? 他看看自己的祖先关公,关公也对他红着脸,好像是为他不愿平分害羞,他也就红着脸要把自己挖的药倒进大堆。大家看他倒出的是天麻,一个个傻了脸,都有点不好意思了,齐声叫道:"这……"刘老大忙伸手拦住了他,难为地说:"二弟,这一回你就不要拢大堆了!"关老二是个血性人,大家越不好意思,越不叫他倒,他越是不好意思不倒,虽说心里像喝了碗醋,还是硬着手脖把天麻倒进了大堆,又硬着手脖搅个不分你我,然后哈哈笑道:"这有啥,咱们谁和谁,别说一点草药了,就是命也该兑上!"说得大家一齐夸他不愧是关公的后代。关老二看着大家的笑脸,自己直想哭,虽说大家不是有意捉他大头,可一个个都早早回来了,都没自己受的苦大,苦大苦小一个样平分,心里老不是味。关老二想起这件往事,如今心里还不平,难道这次人家多给的外财也得再分分?

关老二迷瞪了一夜,第二天一早就起来了,他想去找刘老大探探口气,看他知道不知道自己得了外财。从前,汉王城不止这五户人家,也曾人丁兴旺过。后来,一些能人受不了祖宗遗训,便一家一家迁走了。现在村子很小了,挨着坡边坐北向南一字排开,家家都是草房,草房还破败得不像样子。好在没有楼房瓦屋相比,谁也不比谁强,五个指头一般齐,大家也就过得称心如意了。天已大明了,村子还没醒,有钱难买天明觉,你睡他睡我也睡,不睡白不睡,大家比着睡。关老二看家家还关门闭户,心里就有气,这算啥日子呀?谁都不想走到人前,一个比一个懒,可是,走到人前行吗?不说别的了,连顿好饭都吃不成,做顿好饭也得分成五份,一家送一份,轮到自己嘴里没有了。有这规矩谁还有心思往美处过?关老二想着,到了刘老大门口,突然头顶响起呱呱的老鸹叫声。大清早碰上老鸹叫凶多吉少,他不由浑身打个冷战,忙弯腰在地上摸了一把,什么也没摸住,还是举起空手往树上打去,老鸹吓坏了,恶声恶气地呱呱叫着飞跑了。关老二呆呆看着老鸹站过的桐树,树叶早落光了,横七竖八的枝条像张牙舞爪的夜叉。一阵西风,夜叉们冲着他扑来,他怕了,慌慌地跑回家了。

关老二又躺到床上,又拉被子包住了头。被窝里漆黑,他好像看见了关公涨红着脸在发脾气,骂他不该坏了祖先规矩。他浑身发抖了。老婆做好饭来喊他吃饭,他不动也不吭,老婆以为他病了,就坐在床头陪他,啰唆个没完没了。

"二哥在家吧?"黄五进来了,穿个破袄,腰里勒根葛条。关二嫂忙招呼他坐下,说:"你二哥病了!"

"啊!"黄五吓了一跳,说:"赶快找个大夫看看呀。要不,我去汉王庙给他求点药!"

"不用了,伤了点风,焐焐,出出汗,就好了。"关二嫂推辞道。

"一定是昨天做活收工晚了,受凉了。都怨我没去帮他做一会儿。"黄五说着从怀里掏出个小纸包,放到了床头桌上,说:"昨天下午我妹子回来看我,拿了一把糖疙瘩,大家分分尝尝。"

关二嫂承情地说:"能拿多少嘛,你们吃了算了,还过这个细!"

"看你说的,"黄五一脸憨实的笑,"我要是独吞了,再甜的糖下去嗓子眼儿也成苦的了!"

"真是……"关二嫂感动得没词了。

"抓紧给二哥治治,别耽误了。"黄五嘱咐几句走了。

关二嫂送了两步,回来又坐到了床头,说:"黄五送糖来了,你吃一个吧?"

关老二不吭声。

"二哥哩?"张三大叫着进来了。

"他病了,正在发汗哩!"关二嫂忙站起来。

"正好!"张三提了个小罐,放到了桌上,高兴地说,"昨天在河里拾了个龟,熬了几碗汤,一家盛一碗,叫二哥趁热喝了补补亏!"

关二嫂又是十分感动,说:"看你,真是吃个蚂蚱也不忘给你二哥一条大腿!"

"二哥啥时候忘过俺们,俺们要是有啥好事背着二哥还算个人?"张三来也匆匆去也匆匆,临出门还嘱咐,"叫二哥快喝,别凉了!"

关二嫂推推男人,催道:"你没听见,快起来趁热喝了!"

关老二拉了拉被子,把头包得更严了。

"二哥,我给你送个稀罕东西!"赵四欢天喜地地跑进来了。

"你二哥受凉了,又冷又烧!"关二嫂为男人不吭不响难为情,一脸苦笑。

"肯定是昨儿黑做活受风了,没事,出出汗就好了。"赵四说着掏出一盒烟,兴高采烈地说:"昨天,我老表去北山收木耳,顺路来坐了一会儿,走时还剩下半盒烟没拿,我数数还有八支,老五不吸烟,咱们弟兄四个每人正好两支。这烟可不一样,我老表说是外国烟,一支都能称二斤盐哩!"说着把烟盒放到了桌上,得意地说:"叫二哥也开开洋荤!"

赵四走了,关二嫂拿起烟盒看着,外边一层玻璃纸,里边一层锡纸,光这两层纸值多少钱呀,一定金贵得很,才舍得用这么好的纸包。男人是个烟虫,一辈子也没吸过这么好的烟,就推推男人,问:"现在吸不吸?"

"爬一边去!"被窝里一声吼。关二嫂吃了惊,还没愣怔过来,刘老大进来了,说:"听说二弟病了?"

"不要紧,受了点风!"关二嫂忙定神应付。

"就知道死做活,就不知道爱惜身子。"刘老大用长者的口气埋怨了两句,从口袋里掏出了一个黄灿灿的橘子放到了桌上,然后坐下去指着橘子说:"昨天我女婿来看我,拿了几个橘子,这东西咱们这里不出,江南才有,拿得不多,一家分一个尝尝鲜物。这得剥了皮吃,可不能连皮吃,皮可不要扔,是个药物,听说能治咳嗽哩!"

关二嫂听说这么主贵,感激不尽地说:"你老巴巴的,留下你吃嘛!"

刘老大嘿嘿笑笑,说:"别说还拿了几个够分了,就是只拿一个,也得分分一家尝一瓣。这是老祖先留下的规矩,要是在咱们手里坏了,黑了良心,将来死了咋有脸进老坟?"

"可是! 可是!"关二嫂连连认可。

"叫他好好歇着,有啥活要我做了,言一声我叫娃们去做!"刘老大笑眯眯走了。

关二嫂送刘老大回来,推推男人,说:"快起来尝尝鲜物!"

关老二虎生一下掀翻被子坐起来,红着脸红着眼吼道:"吃! 吃! 好吃难消化! 昨天,都是昨天来人送的? 他们一定是知道了!"关老二浑身瘫软了,哆哆嗦嗦从怀里掏出了一卷十元的票子,递给老婆,少气没力地说:"给,拿去,每家给他们十块!"

"咋啦,这是啥钱也要分分?"关二嫂迷迷糊糊地看着手中的钱。

"叫你去你就去!"关老二低声地命令。

关二嫂不情愿地迟疑着走了。

"日他奶奶,连外财也要分分!"关老二满肚子不满,这里好得叫他受不住了,他咬着牙说,"搬! 非搬走不可!"

原载《洛神》1989 年第 3 期

《小说月报》1989 年第 3 期选载

换病

一天下午，我正在写东西，突然接到儿子小林从乡下打来的电话，声音慌乱急促，说他妈得了紧病，正在往街上送，叫我在医院门口等着。不待我问清病情，小林就把电话挂断了。

这真是飞来的横祸。早上，我上班走时，妻给我说："昨天二嫂来了，说她外孙娃今天过生日，看样子想叫咱们也去。"她不明说去，也不说不去，只是眼巴巴地看着我，等我示下。我知道她想去，又不愿自作主张。她自卑自贱得很，认为自己是个家属，一分钱也挣不来，能跟着男人到城里享福就高抬了自己，于是事无大小都要看我的眼色行事。听她说又要去走亲戚，我便有点不高兴。这几年风气太坏了，打发闺女，接媳妇，死了人，过周年，生孙子，纪生，看夏，等数不清的名目，变着法待客，闹得人三天两头不得安生。妻看我呆着脸，就低声下气地提醒我："去年，咱们外孙女过生，人家也来过了礼。"我推托说："你去了，上午俺们吃饭咋办？"她说："我给你们做好饭放到锅里，又不远，十一点叫小林送我去。"小林大学刚毕业，在县直一个部门工作。看着她眼巴巴的可怜相，我烦烦地说："去你去！"妻得了圣旨才笑了,高兴得很,还表扬了我一句:"我想着你是写文章的人,通礼,会叫我去的。"

才几个小时,好好的人怎么会突然得了紧病?我急忙跑到医院,联系好了大夫,就在大门口等着。等人是令人最心焦的事,何况等的是不知死活的妻子。我像热锅上的蚂蚁,在医院大门外乱转,又恨儿子不快领妻来,又怕见面时已经晚了。说实在话,我们不是爱情夫妻,是恩情夫妻,平常没有多少爱,有时理智上强迫自己去爱,可是总爱不起来。现在她病了,又是紧病,她的种种好处突然变成了爱,憋满了整个脑子。我不由又想到了"文化革命",想到了死过一次的我。一次,我被打得奄奄一息,事后听说三天三夜没睁眼,水米没沾牙,只剩下一口悠悠气,等于死了没埋。就在这时,丁支书的老婆于九香来逼我妻子改嫁,说:"他已经不算人了,不死也是个反革命,再守着他也没好日子过。我看你怪可怜的,你还年轻,给你找个点早些走了算了。这不算丢人,和反革命离婚还光荣哩,上级还表扬哩。"妻不,放声痛哭,说:"我活是他家的人,死是他家的鬼,我死也不改嫁!"当时她才三十大一点,她把自己和三个女儿的头发辫子剪了,拿到街上卖了,给我治了伤,我又活了。因为她死保"反革命",于九香就斗她,打她,游她,发动全队妇女往她脸上吐口水,说要用唾沫淹死她。虽然没淹死,可是她从此得下了一个奇怪的病,只要见了于九香的面或是听见于九香说话,就心口痛,发出一阵阵"哏哏"的怪声。因为没钱治,哏得越来越响,一哏就是上百声。"四人帮"被粉碎后,因为我写了点小说,大家都叫我作家,沾了"作家"这两个字的光,我被安排到县文联工作,端上了铁饭碗,才算正式参加了革命,一家人也转了市民,搬到城里住了。只说不见于九香的面了,也听不见于九香的声音了,她的病就会好了,谁知只要一有人提起"于九香"三个字,她也会发病。这病挺讨厌人,哏起来声音特别洪亮,惊动得整个家属楼都跑来看热闹,问她怎么了,说又不好说,羞得她恨不能钻到床底下,折腾得一家人也十分尴尬。于九香成了我家的禁忌,一家人就互相约定,不准再提"于九香"这几个字。乡下来了亲戚朋友,女儿们就悄悄请求客人,说话时不要提起于九香。可是还不行,她还犯病,问她怎么了,她惭愧地说:"都怨我主贱,不知道咋弄的,心里一没事就会想起于九香。"我不止十次八次地说她:"咱们现在搬到城里了,别说不会再搞'文化革命'了,就是再搞她也管不住咱们了,你还怕个啥?"她一脸苦相地说:"我也知道不怕她了,可是不由得光想起她,一想起她,我就紧赶紧地念诵不怕,不怕,念诵着,念诵着,病就又犯了,都怨我主贱!"看着她要哭的样子,我不忍心再说她什么了,就给她治病。县里治不好,就跑郑州,跑武汉,跑北京,托各种关系走各种后门,求了不少名医,都摇头,都笑,都说:"呃逆,属于神经官能症,植物性神经紊乱。"开的药又基本上都一样,谷维素。花了不知多少钱,吃了不知多少药,病还是照旧地犯。束手无策了,一家人为她的这个病烦恼坏了。

去年,于九香生病死了。孩子们听说后有点幸灾乐祸,认为这一下可去了她的病根,跑回家欢天喜地地告诉了她,谁知她一听立时又犯了病,哏得眼珠都要憋出来了,还声声求告孩子们道:"不兴高兴,死不记仇,人家再不好总是死了。不管她活着时对咱啥号样,咱们可得讲良心,可不许为这事高兴!"事后,她做贼似的买了许多冥钞,买了华贵的冥屋,偷偷去于九香坟上烧了。孩子们听说了很生气,不知道她咋想的。她娘家妈死时,她也没舍得花这么多钱去吊丧。孩子们想买点什么排场排场表表心意,她还坚决阻止,说:"你爹挣个钱不容易,花那冤枉钱干啥?别说人死如灯灭,死了就啥也没有了,就是真有灵,你外婆也不会怪咱们!"没想到为个于九香,竟花了几十块钱,孩子们气她,要她说个明白。我也气,可念她可怜,还怕加重她的病,就压住孩子们不许声张,叫大家装着不知道这件事。她真认为自己做得严密,没人知道,很是得意地喜了几天。只说她从此了却了心病,生活也一天比一天好起来,她的病一定会渐渐好了。谁知她犯病犯得更勤了,还犯得非常奇怪,越逢喜事越犯:买个电视她的病犯了;女儿好不容易安排个工作,她的病犯了;就连改善一次生活吃顿好饭,她也会犯病,闹得全家人往往才开口笑就笑不成了。一家人纳闷,问她怎么了!她只摇头不开口。问急了,她就眼泪丝丝,又是满脸痛苦地埋怨自己:"都怨我主贱,都怨我主贱,日子越好我就越怕再那个了,就不由得想起于九香!"说着就双手捂住脸哭了。

我在医院大门外一次一次踮脚往路上看去,不见人影,想去接又不知他们走的大路小路,怕走两岔了,只好心惊胆战地硬等了。她平常身体还好,除了该死的神经官能症,还没犯过别的病。这一回能是什么病?紧病,什么紧病?这个小林,也不说清,吓得老子的魂乱飞。终于等到了,远远看见小林扶着她走过来了。她还能走,说明还不要紧,我害怕的事情没有发生,揪紧的心猛地松了,忙庆幸地跑着迎上去。她见了我嘻嘻地笑,笑得怪模怪样,我问她:"怎么了?"她还是嘻嘻地笑。我吓青了脸,还要再问,小林火道:"别问了,快去看病吧!"我们赶忙进了医院,大夫给她量量血压,问:"平常血压高吧?"我说:"不高!"大夫瞪了我一眼,说:"一百八,还不高哩!"又给她检查了一番,在检查中她一直嘻嘻地笑个不止,笑着笑着,又哭个不止,大夫摇摇头说:"快去输液!"女儿们听说也都跑来了,一个个哭泣流泪,守在她病床旁边。我去问大夫是什么病,大夫说,高血压引起的中风,得抓紧治,不然就会偏瘫。我迷糊了,她是低血压怎么突然间会变成了高血压?我又把儿子小林叫到病房外边,问她是怎么得的病。小林说,从家里走时还好好的,他骑自行车带着她,一路上有说有笑。经过丁支书家坟园边时,她突然惊叫一声,小林问她怎么了,她慌乱地说:"那不是……"还没说完是什么,就哇哇啦啦说不真切了。亲戚也没走成就赶紧拐回来了。我心里一沉,品味着她的半截话"那不是",那不是什么?我追问小林:"你没四下看看有什么?"小林说:"什么也没有,我怀疑是她眼花看见了什么。"到底看见了什么?我胡乱猜想着。有儿子闺女守护着她,我就回机关借钱去了。好不容易找到了会计,单位没钱,又等他去银行取。我转回医院时,天已经黑了,病房里只剩下小林和大女儿了,小林说:"我妈输完液轻了,能哇哇啦啦说话了,就是还有点听不清。她说她不是病,说花这冤枉钱没益,坚决要回去,我二姐和三姐扶她回去了。"我听了气不打一处来,责备说:"她说她不是病是什么?你们就叫她回去了?她这是中风,搞不好会偏瘫的!"我说完就气冲冲地往家走去。小林和大女儿追上了我,大女儿叫了我一声:"爹!"我看看她,她眼里充满了企求的神色,我问:"干啥?"她看看弟弟小林,吞吞吐吐地说:"我想给你说个事,你不要生气!"我烦死了,问:"什么事?"她试摸着说:"我妈说,她不是病,是撞见于九香了!"我啊了一声,大概脸色很难看,大女儿不敢往下说了。我从小就不信神信鬼,经过这几十年风风雨雨就更不信神信鬼了。土改,一下子几百万地主富农忽然间命都不好了?反右派,一下子几百万人都当了冤死鬼的替身?吃食堂,成千上万的人一下子都当了饿死鬼的替身?还有"文化革命",一下子不知多少人都当了横死鬼的替身?三中全会以后,十亿人忽然间一下子都太平了,各种鬼都跑了?自古以来死了多少人，要真有鬼地球早叫鬼憋破了。撞见了于九香！妻子平常也不信神信鬼，怎么一下子变了？真是中风疯了？我不言不语，大女儿试探着说："我妈说，立个柱给于九香烧点纸就会好了。"立柱！舀一碗水，在水中竖上三根筷子，往筷子上浇水，依靠水的吸附力使筷子立在碗当中，神婆点着鬼的名字念念有词："×××，你走开，送钱给你别再来！"然后在十字路口烧一些冥钱。我小时见过玩这鬼把戏，完全是迷信。我是个作家，是个共产党员，要在家里搞这种把戏想想脸就红，就觉着丢人，何况又明知是自欺欺人的事，会误了病。我瞪了大女儿一眼，断然拒绝道："你们是想叫她死得快不是？立柱能治了高血压，能治脑血栓？"儿子小林冷冷地说："我也赞成立柱！"

"你？"我吃惊了，一个大学生也这样。

小林嘲笑道："你以为我们都是落后愚昧的迷信之徒？器官上的病用药去治，精神上的病用精神的办法治；我看这一点也不违背什么主义。"

我瞪了他一眼，也无心和他争论，就匆匆走去，回到家里时，只见妻在卧室里躺着，两个女儿在一边守着，还有一个陌生的老太婆在床前撒小灰。我的突然出现，使她们慌乱了，一个个害怕地互相看着。我明白她们要干什么了，脑子一轰，头要炸了，恶狠狠地看了她们一眼，二话没说就扭头退出来钻到书房里了。我坐下去抱住了头，气，气得很！我感到羞耻，明天怎么见人？门轻轻推开了，我抬头看去，妻子侧侧歪歪地走了进来，还顺手把身后的门锁上了，一脸惶惶负罪的神色，走到了我面前。我鄙薄地看她一眼，懒得理她，只是重重地"哼"了一声，就又低下了头。突然，她咚的一声跪到了我面前，我吓得跳了起来，气急败坏地叫道："你——"

她哭了，呜呜地抽泣道："你就开开恩答应这一回吧！我一辈子没求过你,就这一次,行吧?我知道你不信,我也没信过,我也不知道为啥这一回不信不行了!”字音虽然不真,可我都听懂了。求我干什么?答应你自己害自己?你病了,我又不是不给你治,花多少钱都没怨言,怎么能这样!要不是她在病中,我真想骂她、揍她。

她哭得更动情了,苦苦求告道:“要真是没有阴间,给她烧点纸花几个钱也穷不了咱们,哪怕以后我穿坏一点补出来。要是万一真有阴间,现在咱们维持维持她,人都是敬怕的,对她好了她能不讲一点良心?将来咱们去了,她只要多少念起一点情分,就不会再那个咱们了!”

她的泪水浇灭了我心中的火,我无可奈何地连连摆手:“去去去,你们愿怎么办就怎么办!”

妻站起来苦笑笑颤颤地走去。我又锁上了书房的门,眼不见心不烦,管你们哩。我刚拿起一本书要看,只听妻说:“用大票打钱,用当五十块的打。”接着听见“哐哐”的打钱声。现在难买冥钞了,给鬼烧的纸,都是用当今流通的钞票放在要烧的火纸上面,用棒槌捶一下,算是把火纸印成钱了,然后才能拿去烧。据说,不用钞票往上打一下,烧了鬼拿去还是白纸,不当钱用。听着“哐哐”的打钱声,就像一下一下打在我的心上。妻平常很老实,不会拍马溜须,没想到对活人不会拍,对死人倒很会拍。“妈的,还要当五十的打,害怕少了,真会收买拉拢拍马屁!”我在肚里狠狠骂了一句,除了骂还有什么办法?一会儿,听着一群人往外走去,大概是去十字路口烧纸钱了。

当我又走进卧室时,一切都已经过去了。孩子们围着妻在说笑,妻的脸色也好看多了,都诡秘地看着我。事情已经过去了,我也就认了,忍了,也强装笑笑,说:“可好了吧!”大家都得意地笑了。

第二天又领妻去医院,大夫重新检查了一遍,庆幸地说:“恢复得很好,血压也正常了,再吃几天药就没事了。"我们买了点药就回家了。

夜里,妻偎在我的身边,深表歉意地说:"我惹你生气了吧!"

我不吭。

妻又说:"你还在生气?"

我心烦地"哼"了一声。

妻徐徐地说:"我算个啥人?没一点本事,死了就是下油锅上刀山也不亏心。你身单力薄,又是读书有用的人,我是怕你再跌落到人家手心里,叫人家再糟践了啊!"

我心里一热,萌发了感激之情,叹口气说:"算了,我不气了!"

一场虚惊总算过去了。

我放心了,又专心写我的稿子了。又过了一年,我发觉妻的神经官能症没再犯过,这病走遍天下没治好,竟然会被个邪方治好了。我很高兴,有一天我对儿子小林笑道:"治你妈这病的药方,真是踏破铁鞋无觅处,得来全不费工夫!"

小林扒住门框往外看看,回头对我神秘地说:"你知道吧?"

我奇怪地问:"什么?"

小林郑重地说:"我说了,你可不准捅破!"

小林饶有兴趣地说:"逢年过节或是初一十五,我妈都悄悄去给于九香上坟磕头烧纸,比于九香的亲儿女还孝顺。她认为于九香死了,咱们活着她整不了咱啦;死了的于九香叫她买通了,咱们死了她也不会整咱了。没事了,不论咱活咱死都不用怕了!"小林说得哈哈大笑。

我也止不住大笑,可刚笑个开头就笑不下去了,只觉得心口一阵绞痛。从此,妻子的病没有再犯过,我却得了个心绞痛,久治不愈。至今,每逢到妻子笑就想到妻子不哏了,我的心口就马上痛开了。

原载《奔流》1988 年第 6 期

挽联

吃完了早饭，老王照例刷锅刷碗扫地擦桌子，收拾干净了就坐下吸烟。饭后一支烟，胜过小神仙。抹搭着眼皮，二郎腿抖着，吸得十分自在。吸完了看看表，早着哩，离九点还差二十三分哩。去那么早干啥，大头兵还能不叫干了？再说，去早了也是闲着，在哪里闲着都一样，何必要早早去呢。

老王又磨蹭一会儿，到八点五十二分才去上班，路上走六分钟，到机关才八点五十八分，谁也不能说我九点才上班。八点多到了就算很不错了。他出了家门往机关走去，走的还是老路，不走大街走小巷。大街上熟人多，见了就有气。一同参加工作的人，比自己本事大的，比自己本事小的，都弄个一官半职当当，只有自己还是文化局的小干事，想想就一肚子冤枉。这事怨谁？自己没有好爹，没有好舅，没有好姑，没有好姐夫，有个好老婆也行，偏偏老婆是个丑八怪，命里注定一辈子混不成人了。

小巷里僻静得很，来来往往的没几个人。老王耷拉着头走着，想着心事，忽然一阵铃响，他抬头一看，对面来了个骑自行车的。骑车的是张县长。他赶忙闪到路边,身子贴着墙走。谁知张县长下了车,竟然伸出了手和他握,还满脸堆笑地说:"上班啊。"老王不知所措地哈哈着,张县长走时又回头说:"有空了去我那里坐!"

张县长走了,老王也走了。老王走了几步,忽然想想不对,越想越觉着奇怪。碰见张县长的次数太多了,有时一天都能碰见几次,他没有一次下过车,没有一次给说过话,更没有一次给握过手。这一次是怎么了,为啥下了车,为啥给说话,为啥给握手,为啥满面春风一脸笑? 这不会是无缘无故的,里面肯定有啥原因,里面肯定有啥学问。老王要找这个原因,要钻这个学问,就苦苦地思索着,就走得慢了。他走走停停回头再看看,看是看不见张县长了,只有长长的空巷了,还是忍不住回头看去,好像空巷不空了,好像空巷是一本厚厚的书,书里面有他要钻的学问。老王要弄懂这本难懂的书,就狠命去想,想是脑力劳动,想狠了脑子就痛了。一分劳动一分收获,脑子总算没有白痛,终于读懂了这本厚书。局长死了。副局长上大学进修去了。老丁五十多岁了,过杠了。小李是个女的,虽说是部长的小姨子,可成天抱娃娃。小杜还差不多,年轻也有文凭,就是弟弟才法办。还有别人,别人更不沾边。是不是叫我……老王肚里突然安上了加压机,血流加速了。心咚咚跳,头嗡嗡叫。这事可能吗? 有啥不可能? 自己四十一岁,岁数正合格;高中毕业,也算个知识分子,就说没文凭不算知识分子,总也算个有知识的人;还有,还有什么? 他竭力搜索着自己的辉煌业绩。有了,想起来了。局长死时,局里的挽联是我写的,都说一笔好字。当时张县长也在场。张县长也说写得龙飞凤舞,张县长临走时还多看了自己一眼,说不定就是为这个挽联,张县长才要重用自己。唉,人的事真难说得很,要不是局长死了,要不是自己写了挽联,埋没了的才华会永远埋没下去,没想到局长之死给自己带来了大喜。人啊，说不定从哪里会露了出来。可能就是这，不是这还能是啥？要不，张县长为啥会突然这么看重自己？老王不由得又回想起刚才和张县长见面时的细枝末节。自己本来没打算和他说话，本来打算挨着墙边走过去算了，是张县长先下的车，是张县长先开的口，是张县长先伸的手，话是甜甜的话，手是软软的手，脸上还堆满了笑，也不黑了，也不板了，对，笑得两只眼睛成了一条细细的线。不一样，不一样，和平常完完全全大不一样。这大不一样都来自挽联。要不是挽联张县长咋能发现我？要不是挽联，张县长心里咋能有我？自己过去没少给人写挽联，可惜死的人都是些小人物，参加追悼会的都是些更小的人物，别说他们不懂得自己的字写得好，就是懂得能当屁用！局长的追悼会县长参加了，县长懂得书法就看中了自己，就能往上升升。要是县长死了，自己也写个挽联，更大的领导发现了，自己就……

"挽联万岁！"

老王心里装着张县长的笑脸，自己的脸也就堆满了笑。机关里的人都在办公室里看报纸、喝茶，报纸是公家订的，订了就是叫大家看的；开水和茶叶是公家买的，买来就是叫大家喝的。看报纸和喝茶就是办公。老王走进办公室，亲亲热热地笑道："我又晚了，大家都来得早啊！"

大家听了大吃一惊，老王今天怎么了，怎么会说自己晚了？平常谁要说他一个晚字，他就十分恼火十分委屈地顶撞："别当我没有七点钟来过，我就再早……哼！"大家心里明白，老王来这早，可都白早了。老王才参加工作时，心勤手勤腿勤，别说上班早，下班也常常晚，有时能干个通宵，一个人能干两个人的工作，没少得奖状，没少受表扬。可是，轮到提拔的时候，就没有了他的份儿，比他干得懒的人一个个都上去了,就他还在原地踏步。于是,他就不再早了,不再勤了。

大家看看他的脸,满面春风,满面笑容,都颇感奇怪,就互相发出探询的信号,又都不得要领。小李子忍不住笑道:"老王,今天有啥喜事吧?"

"怎么了?"老王心里一愣。

"阴转晴,咋换了个脸,笑的?"小李子说话一向利嘴利舌。

老王笑道:"社会主义嘛,有啥值得愁眉苦脸的?"

"觉悟觉到天上了,一定有啥喜事?"小李子穷追不舍。

老王当然不会说出笑的原因,只是笑笑算了。他坐到了自己办公的桌上,拿起报纸随便翻了翻。平日里他看得很细,连一则广告都不漏,闲着也是闲着,就是不看报纸也得熬到十二点。今天不行了,心里有股力量在冲动着,试着要干点什么,不干点什么就安静不下来,又不知道干点什么才好。他喝了一杯茶,心里像有条虫在拱着,坐不住了就去厕所。他去去回来,就笑道:"我说,咱们把院里打扫打扫吧,都成放牛草场了,都成垃圾堆了。听说五四三快来检查卫生了!"说着拿起了扫帚。

没人响应,人们翻了他一眼,又都低头看报纸了。老王有点尴尬,也有点气,怎么能这样,没人管就一点也不自觉了。他待了一会儿,就冲着老丁说:"老丁,你说呢? 不好好搞搞,领导来看了,会说局长死了,咱们机关也死了!"

老丁是个老同志,顾点大局,就放下报纸,走到墙角拿起了锨,说:"搞搞就搞搞。"

老王高兴了,笑嘻嘻地鼓动大家:"走走走,咱们争他个第一,也叫人们看看,局长死了和活着一个样,比活着还强!"

老王和老丁先出去了,屋里的人们低声嘀咕了一阵,发了几句牢骚,也不好意思再赖着不动了,就一个个走了出去。院子很大,很脏,很乱,杂草丛生,垃圾乱倒,活像个破落了的古庙。老王看大家出来了,就充起了指挥员,分派道:"小杜,你铲草。小李子,你扫地。老焦,你洒水……"

小李子不满地问:"你呢?"

"我?"老王指指垃圾堆,笑道,"这重活脏活我包了,今天上午叫你们看看咱这个劳动力值几个工分!"

老王还真不错,找来两个筐子,装上垃圾,装得满满的,像两座小山,担起来扭得闪闪的,很像在表演挑担舞。他来来回回往外担着,跑得飞快,三月天还凉,他只穿个背心还大汗淋漓。平常机关里有个义务劳动,他就哼哼肝子不好,弯腰弓脊一副病态。今天怎么了,人也高了大了,精神也抖擞了,好像吃了大力丸,打了青春激素,吃了欢喜蛋。一双双大眼小眼乜斜着他,不一样,不一样,和平常完完全全大不一样。为啥不一样?肯定有了啥事。大家忍不住窃窃私语议论起来。

"他是不是出啥问题了,想立功赎罪哩?"

"不会,要是出了啥事,他不会这么高兴!"

"也不一定,有人是越有事越装着高兴,好掩盖自己!"

"不像装的,你没看他鼻子眼都在笑,笑是从心里发出的,不是脸上做的笑!"

"他能有啥好事? 好事? 啥好事能轮上他?"

"哎呀!"小李子一声惊叫,"是不是……"

"怎么了?"人们一齐看去,小李子不知为什么有点傻了,脸色都变苍白了。

小李子稳住了情绪,笑了,说:"会不会叫他当局长哩?"

"他?"人们纵情地笑了。

"要叫他当,老早都叫他当了!"

"瞎子伸指头,他指啥哩!"

"嘿,这可说不一定,他要是钻住了啥门子,咋不能当? 有的人还不如他,比他差劲大了,不是照样当了!"

"他能钻住了啥门子?"

老王钻住了啥门子? 大家苦思冥想地猜来猜去。先从他的亲戚想起,没听说他的啥亲戚最近升了大官,没有个大官亲戚,他就当不了小官。又从他的为人说开,一个标标准准的死龟,成年也不请个客,谁喝过他一口白开水? 是不是给哪个大官送了礼? 不像,看他那个穷酸相,一双布鞋烂了几个洞,就凭他这双脚也进不了当官的门。是领导看中了他哪一点? 更不可能,老油条,要不是怕死气都懒得出,上街拉个卖柴的当局长,也不会选中他。大家经过充分探讨分析,苦找不到一条叫他当局长的理由,都十分纳闷。小李子突然又惊叫一声:"我想起来了!"

"什么?"人们都围住她,想听她讲讲她发现的新大陆。

小李子神秘地反问大家:"新来的县委书记姓啥?"

"复姓欧阳呀,怎么了?"

小李子鄙薄地笑道:"老王的老婆姓啥?"

"也姓欧阳呀!"

小李子卖能道:"这就对了。姓欧阳的人很少,咱们县里除了老王的老婆,还没听说过别人姓欧阳。欧阳书记来了,好不容易碰上一个姓欧阳的能不认认? 一个欧阳掰不开,五百年前是一家。"

"小李子的思想真是扎上了翅膀,欧阳书记咋知道有个小工人也姓欧阳?"

"老王不会找上门去沾沾?别把老王看成个二百五了!"小李子撇着嘴说得振振有词。

老王不知别人在议论他,欢天喜地跑来跑去。他平日里缺少锻炼,担着担着累了,肩膀头也火烧般地痛了。他不断看看人们,想着谁来换换他,可是没人,都装着没看见他。他气了,暗暗骂娘。眼都瞎了,都太不自觉了,当个干部这号样能行?哼,等我当了局长,非好好整顿整顿不行,不怕谁滑,牛大还有捉牛法,我就不信治不住这几个人毛毛!老王一想到自己要上台,就又看见了张县长的笑脸,笑成了一条缝的眼,还有比女人的手还柔软的手,立时浑身又来了劲,就把累和痛忘干净了。

这一上午还真不错,院里收拾得干干净净,亮亮堂堂。老王看看笑了,说:"这多好,旧貌换新颜。每次检查卫生咱们都落后,这一回咱们也拿个先进,叫人们往后对咱们也刮目相看!"说得大家乱哼,看样子好像他真要当局长了。

下了班,老王的兴头还不减,不走小巷走大街,还特意到集贸市场割了一斤肉,然后才回到家里。老婆是个工人,下班回来正在做饭,见男人提了块肉回来,就奇怪地问:"今天有客?"老王笑笑摇头道:"没客就不能自己吃了?"老婆生气了,责怪道:"没客高兴的啥,一斤肉两三块钱,下去嗓子四指就啥也没有了!"老王挤眉弄眼地笑道:"上午单位打扫院子,我把垃圾包了,担了一上午把人累坏了,割点肉补补亏!"老婆看他一脸喜气,生气道:"你包了,你露的啥能,封你当官了?"老王又卖弄他的理论:"当官?我是舅好爹好姐夫好,还是你长得好?"老婆也不客气,贬驳道:"哼,光想着拉住别人的裤腰带往上爬,真有本事叫别人拉着你的裤腰带往上爬,也才真算个男子汉!"老王就是要逗引老婆说出这句话,老婆真说了,他就得意扬扬地接住了话茬,卖乖道:"你也别狗眼看人低,要不了几天你就认得我姓啥名谁了!"老婆听出了话味,忙抬头端详着他,见他一脸得意,就转怒为喜问道:"咋了,真还能叫你当个啥?"老王嘲笑道:"老婆都说咱没一点点本事,会叫咱当官?"他越说不能当,老婆越认为他能当。老婆越想知道内情,他越是忍住不说,使屋里充满了捉摸不定的喜气,这一顿饭吃得好顺气,等于又吃了一顿新婚饭。

老王吃了午饭,总要睡一会儿,不迷糊一阵,下午就没了魂,就像生了大病,连说话都没劲了。他睡觉的速度快得惊人,只要头挨住枕头就响起了呼噜。今天不中了,一闭上眼就看见了张县长的笑脸,就看见了张县长对他招手,心脏就咚咚乱跳,不由得就想起了今后的重任,就兴奋得难以入睡。他强迫自己不想,可是越想不想偏偏越想,心里毛得躺不住了,就破了先例早早去上班。

机关里还没人。老王第一次发现办公室里乱得很,报纸到处乱扔,桌上盖了一层灰尘,地下被烟头盖满了。他不由得气上心头。报纸来了争着看,看完了就顺手一扔,夹一夹会死人?这还像个办公的地方不像?不行!以后得订个制度,得分分工,每项工作得由专人负责。他皱着眉头,把报纸按日子的顺序整理好夹好挂到墙上,又把地下扫扫,又把每张办公桌擦擦,然后退到门口端详一番,只见屋里整整齐齐、清清爽爽,才心满意足地坐下去,翻看着上上下下送来的文件,都是些扯淡的东西,没什么新鲜货色。他不由得又想起了工作,下午干啥?按例下午是打扑克的。天天上班时间打扑克喝茶扯闲话,能算个机关?花人民的钱,不办一点正事,像话?当一天和尚还得撞一天钟哩,何况都是国家干部!就在他想着如何整顿机关时,人们陆陆续续来了。办公室的新气象刺得大家目瞪口呆,再看看老王,老王端端正正坐着,用亲切的微笑迎接着大家。大家明白了八八九九,不知该怎么说才好。小李子嘎天嘎地笑道:"嘿,老王这局长看样子是当定了!"

老王的脸红了,笑道:"除非你当县长了,才能选中我当局长。"

小李子撇嘴道:"别再瞒大家了,要不叫你当局长,你老王会当大家的公仆?看把这办公室收拾的,真是新官上任三把火!"

"我这是不蒸馒头争口气。"老王早想好了托词,"早上我来上班时,碰见个熟人,说咱们局长死了,没人管了,成了一群没王子的蜂。我说,咱们该干啥还干啥。他说,别自吹了,我还不知道,你们那一班子人没一个正经货。我听了老气,太小看人了,咱们单位里哪一个人不正经干?我就不信,所以才……"

大家听了半信半疑,不过贬的是这个单位,又不是针对某一个人,事不关己,谁也不去认真追究说这话的是谁,只不过胡乱骂了那个人几句罢了。机关里本来事不多,是良心活,找事就有事干,不找事就没事干。大家骂了一阵,又扯了一阵闲话,老王看见有人又拿起扑克牌,就抢先提议道:"我说,咱们学个材料行不行?万一有人来了,看着也好看,省得人们说咱们闲话。"

办公室里的活跃空气立时烟消云散了,变得死一般寂静。大家心里都在骂老王露能,可谁也不公开反对。老王看看没人赞同,就用眼光扫射着每一个人,看得一个个扭过了头。当看到小李子时,小李子回以神秘的一笑,笑得有滋有味,还朗朗附和道:"学,老早都该好好学学了。"

有了知音,老王就开始读报纸,念得摇头晃脑,十分来劲,还不断加进自己的见解。刚念了一小段,小杜就上厕所了,接着小李子也出去了。小李子在厕所门口等着,小杜出来后,小李子就迎上去气呼呼地说:"我咋越看越不对劲,太反常了,老王好像真要当局长了!"

小杜不满地说:"当他的,只要他有门子,哪怕他当地球球长哩!"

小李子哎哟一声,不平地说:"你倒怪大方,他当,他凭啥?凭学历,凭年龄,凭能力,你哪一条不比他强?要是不叫你当叫他当,我都不服。你说说,他会干啥?"

"会干啥?"小杜愤愤了,风凉道,"咱咋能和人家比?别看他面上无所作为,心里可做活了,听说去年出了趟差,回来就多报了二十几块钱!"

"这算个屁!"小李子恨得咬牙,说,"他算个啥人嘛,听说他和他小姨子还不清白哩!"

小杜睁大了眼,问:"真的?"

小李子嘿嘿一笑,说:"他老婆像个丑八怪,要不是和小姨子好,我不信他不和老婆离婚!"

"啊!"小杜想想说:"你姐夫是部长,你没给你姐夫说说?"

小李子连连摇头,说:"你不知道,我姐夫不听小话,不准家里人对他说长道短。"她看看他的表情,商量道:"咱们写个材料,好好写写老王的表现,今儿黑我就递上去,生米做成熟饭就晚了。"

"行。"小杜和小李子回办公室了。

老王还在读报,读得津津有味。一会儿,小李子对小杜使了个眼色,小杜站了起来,对老王也是对大家说道:"我请个假去看看病!"也不待谁的批准,说完就径直走了。小李子对着小杜的背影,叫道:"等等,我也去看看病。"对着大家甜甜一笑,就风快地追了出去。

老王扫了大家一眼,只见有人在窃笑,有人在看小说,有人在纸上画什么,只有老丁一人在听。老王恼火了,可名不正言不顺不敢恼出来,只是强调了一句:"听听,这几句说得多深刻呀,好极了,真是一针见血,不把不正之风反下去,可就要亡党亡国了!"强调完了又接着朗朗地读下去。谁知大家不怕亡党亡国,还是照旧各干各的小动作,还是只有老丁一个人听,不过也抹搭住眼皮了。老王有点泄气了,想不读了又怕伤了面子,只好硬着性子读下去,读得没一点点劲了。

这一下午总算过去了,有人听没人听总算学习了,总算制止住了一场扑克战。下班的路上,老丁和老王并肩走着,都想说什么又都默默不语,一直到快分路时,老丁才诚恳地问:"你说实话,你是不是得着啥信了?"

老王假装糊涂地反问:"啥信?"

老丁看着他的眼睛,说:"叫谁当局长,你是不是摸住底了?"

老王哈哈笑道:"当官的门朝哪开,咱都不知道,咱能得着啥底?"

老丁点点头又摇摇头,似信似疑,想说什么又合住了嘴,只是意味无穷地"唉"了一声,就默默地分手了。

老王回到家里,老婆还没忘记能不能当官的事,见他进门就喜笑颜开地追问。老王想说又不敢说,女人家嘴松,说了传出去会坏事的。县里不少这样的例子,本来已经定下叫谁当官了,嘴不主贵说了出去,惹得对立面先告状,结果到手的纱帽又叫嘴吹了。老王决定接受教训,忍住死不说,到时候叫她猛一高兴多好。老王虽然不说,老婆还是笑脸,还是做好饭,还叫他喝了几杯酒,打发他心里高兴。只是到了床上,经不住老婆三番两次的分外温存,老王才透了点风,不过也没说死:"看样子领导有这个意,还没行文,啥时候拿到了通知才算真的。"说了又再三再四嘱咐:"可千万千万不能对外人说,一说就会黄了!"老婆喜得赌咒发誓:"我是个人嘛,能是个畜生? 连个这都不懂?"两个人高兴了一阵,又把往后的新生活设计了一番,好不快活,末了老婆突然提出了一个要求:"这一下可要把我妹妹调到文化局!"她的妹妹在工厂当工人,又苦又累还要上夜班,老早都想调换个单位,只因没有面子,活动了几年还八字没一撇。老王听了顿时不笑了不喜了,气呼呼地批驳道:"才上台就行私? 我还咋管别人,还咋开展工作?"老婆扑哧一笑,说:"噫,还没当上哩,可翻脸不认人了。人家谁当了权,不是先把自己的亲戚朋友安排得美美的,就你!"老王"哼"了一声,郑重地说:"别人是别人咱是咱,既然叫咱干了,咱就得干出个名堂。要不是乱开后门,机关里咋能是这号样,咋能没人正经干事? 我都想了,这一回非整出个新气象不行!"老婆反讥道:"别忘了自己姓啥名谁。看看你们单位里那些人,只怕你没整住人家,叫人家先把你整了! 叫你当个官你就安安生生当个官算了,你少给我惹是生非!"老王不服,一点也不服,嘲弄道:"哼,从小卖蒸馍,啥事没经过? 咋混? 咋滑? 这是我吃剩下的饭,是我玩剩下的把戏,谁还想使出来对付我,只怕还得再学几年哩。不怕谁不听话,不怕谁不正经干,到时候咱们看看谁玩过谁。"老婆听烦了,说:"我不管你咋玩,你只说说把我妹子调来不调来?"

"调! 调! 我还没上台哩,你可来拆我的台了! 你妹子,你妹子,你妹子是会拉会唱呀,还是会写会画? 不像话!"老王火了,翻了个身把脊梁给了老婆。

"谁变蝎子谁蜇人,一点也不假! 人家变蝎子是蜇外人,你变蝎子专蜇自己人! 我妹子不会拉不会唱不会写不会画,你们局里小李子会啥? 我看她除了脸白,别的还不胜我妹子哩! 实给你说,这一回不把我妹子调去,咱们走着看!"老婆也火了,也翻了个身把脊梁给了老王。

两个人脊梁对脊梁怄着气。老婆想着妹子可怜,想着咋能哄住男人把妹子调到文化局。老王想着如何治理这个烂摊子,由第一步想到第十步。两个人也不知想到什么时候才双双迷糊过去了。

老王做了一夜梦,梦中也生出了许多良策,再加上没睡着时想的十大措施,如何治好文化局已经胸有成竹了。他匆匆吃了早饭,也不刷碗了,也不扫地了,饭后一支烟也不坐在家里抽了,就匆匆地去上班。他的心情很好,觉得天分外晴朗了,路分外宽展了。他本来打算从大街上走,不怕再见熟人了,怕什么,自己再也不比别人低一头矮一截了,也就要是堂堂正正的人物了。可是习惯成自然,走着走着又走上了老路。走到了小巷深处,走到了昨天碰见张县长的地方,不由得停了下来,希望再碰见张县长一回,和他谈谈自己的打算,得向他表个态,绝不辜负他的好意。可是太不巧了,不知是张县长今天不从这里走,还是早过去了,还是没到从这里过的时候,看看巷子两头没有张县长的影子。不过,他还是看见了张县长的笑脸,还是听见了张县长说的话,还是试着张县长的手比棉花还软和,可惜这些只是在心里感觉到的。虽然是心里的感觉,可还是和真的一样。张县长这人不错,好!不愧当县长,真是求贤若渴,爱才如命,自己写了个挽联就对自己这么好!也亏得老局长死了,要不死自己咋能写这个挽联?没想到一个挽联就把自己推了出来,推上了领导岗位!老王止不住想笑就笑着走了。今天上午怎么办?没有正式任命通知之前,自己不便出面分工,还是引导大家先来个自报公议,叫死了的机关先活起来。老王的心情越来越好,顺便买了一盒平日不舍得买的好烟才往机关里走去。

老王走进了办公室，一看人都到齐了，再看看表才八点。今天是怎么了，怎么都不迟到了？一定是昨天自己的表现起了作用，带动了大家。老王不由得喜从心头升起，便对大家笑道："今天都不错嘛！"说时就给大家散烟，大家吸着好烟，笑语满堂地问他："不错啊，别人结婚你待客，风格可真高啊！"

老王迷瞪地问："谁结婚了？"

老丁拿起面前一纸公文默默地递给了老王，老王接过一看，是组织部的任命通知，不由得脸红心跳，他以为是任命自己的，激动得双手发抖，急忙看正文，原来是任命小李子为副局长，主持局里工作。老王立时跌坐到了椅子上，只觉头蒙眼花，失口道："是她？是她？"

"咋？你当成是谁了？"小杜一脸愤懑，哼道，"人家已经去接受圣命了！"

老王仔细一看，果然没见小李子，就强撑着坐了一会儿，艰难地站了起来，少气没力地说："肝子又疼了，我去医院一下！"说着走了出去。老王没有往北去医院，而是往南回家了。可能是昨天太累了，可能是昨天夜里没睡好觉，浑身像散了架，双腿像坠了铅，心里涌出一种说不出来的滋味，只觉着有点凉有点腥。他怕倒在半路上，就挣扎着踉踉跄跄跑回家里，一进门就哇的一声吐了，吐的鲜血，吐过就一头栽到了床上，不由得恨恨地骂道："我日你奶奶了，啥好事也没有，你主的啥贱，你为啥见了我要下车？为啥要和我握手？为啥要和我笑？……"

老王病了！

凶手

顺顺七岁了,再有几天就要入学了。对大人来说,这是小事一桩。乡里的小学,只要够年龄就叫上,不用央人说情,不用送礼开后门,简单得很,拿两块钱去报个名就行了。可是,顺顺认为这是件大事,很大很大的事。要当学生了,要背上书包了,要站队了,要下操了。真新鲜,真美,想想就笑了。他该高兴的都高兴完了,只有一件事还搁在心里放不下,就是要去走走舅家。让外婆看看,自己长大了,不是玩泥巴的小娃了。他从小常住外婆家,外婆和舅都亲他。不像在家里,奶奶把他拴在裤腰上,不许他乱跑乱动;一点不对,妈骂,爹打。外婆和舅舅可比爹妈好,可比爹妈亲,没骂过他一句,没弹过他一指头,他想咋玩就咋玩,想吃啥就叫他吃啥,亲极了。他一心想去告诉外婆,我要上学了,不告诉一声就要急疯了。

可是,顺顺家住在浅山里,外婆家住在深山里,离得太远了,要翻山,要过河,路也不端,曲曲弯弯的,他一个人摸不着外婆家。他叫妈妈和他一块儿去,妈妈不耐烦地训他:"上个学有啥稀罕,我不得闲,我去不成!"也是真的,正锄秋哩,妈一天三晌下地,妈真走不开。

顺顺就去求奶奶,奶奶可不下地,看她怎么说。奶奶亲顺顺,把他当成心,当成肝,当成命,眨眼不见就叫,就找;害怕叫野狼背跑了,掉河里淹死了,上山时跌沟里了。奶奶逢人就夸他,拉着他的耳朵叫人们看,说:"看,耳朵多大呀,多厚呀,有福,将来一定能当大官。刘备能当皇帝,就是因为耳朵长得大!"刘备是谁? 顺顺不知道。可是,自己的耳朵和刘备的一样大,准是个宝,准了不起。顺顺和奶奶睡,天天夜里奶奶搂着他,抚摸着他的耳朵:"好好听话,长大了就好好上学,上好学了,当上大官就美了。"

顺顺问:"当大官咋美?"

奶奶说:"可美极了,不做活,还能吃好的,穿光的,还能使厉害,谁见你都怕得乱抖。"

顺顺又问:"和支书一样?"

奶奶说:"比支书还美,还厉害几百倍。"

顺顺喜了。他没见过大官,只见过支书,支书就够美了,常常见支书喝酒吃肉,比支书还美,不知美到啥号样,总是美极了。他问:"我真能当大官?"

"可是能! 你和别的娃不一样,耳朵大,生成的官相。"奶奶又哄他,"往后,别和村里娃们吵架打架,叫别人看你就是和村里娃们不一样,耳朵大就是好。"

顺顺记在心里,照着奶奶的话去做。别的小孩骂他了打他了,他不还口不还手,总是噙着眼泪说:"我耳朵大,我不还你,等我当了大官再说!"

顺顺去求奶奶,领他去外婆家。奶奶想去,想去露露自己的好孙子;奶奶又不想去,亲家母住在深山古肚里,不要说通汽车了,连个自行车也不通,来回几十里,会把人累死的。她说:"我跑不动!"

"我背你。"顺顺弯下了腰。

奶奶笑了,又指指身上说:"看看我这一身打扮,树木见了都会笑,我不去。"

奶奶是个死要面子的人,平日在村里串个门子,都要换换衣服,梳梳头,洗洗脸,说:"我可不去脏人家的椅子,叫人家笑话咱!"

顺顺缠住奶奶不放,才开头就撕抓她,然后是哭,再后是拿起镰刀要割自己的大耳朵。奶奶只好答应了。

顺顺笑了,催她:"走吧!"

"急的,要去也得收拾收拾明天去。"

顺顺就耐着性子等天黑,天黑了,离明天就近了。

奶奶忙着洗衣服,洗了自己的又洗顺顺的,还赶着给顺顺做了双新鞋。她要把顺顺打扮得干干净净,漂漂亮亮,去让亲家母看看,她这个奶奶会当,当得好。她忙了一夜,顺顺也忙了一夜,不过是在梦中忙的罢了。他梦见自己当了大官,一群娃娃拥着他,还有奶奶和外婆,在天上飞,在海上漂,一人拿着一条猪腿,吃得嘴角流油。奶奶笑,外婆笑,他也笑,奶奶说:"看看,当大官多美!"

顺顺又笑了起来,忽然屁股上挨了一巴掌,醒了一看天大明了,一骨碌爬起来就催奶奶快走。他要把这个好梦快点告诉外婆,说已经领她上天了,下海了,吃肉了。可是,奶奶又说不去了。顺顺急哭了,奶奶才眯眼笑道:"要去,得答应我三样事。"

"啥?"顺顺又喜了,说,"一千样都行!"

奶奶说:"第一样,去了不准乱说乱动,站有站样,坐有坐样,规规矩矩。"

"行。"顺顺心想这有啥难。

奶奶说:"第二样,去了不准要吃要喝,给啥吃啥,不准嫌这个不好吃那个不好吃。"

"行。"顺顺心急如火,"还有啥?"

奶奶又说:"第三样,去了看眼色行事,叫你咋你就咋。"

"行!行!"顺顺急坏了。

奶奶心满意足了,才和顺顺出门走去。出了村子没多远就是山路了,羊肠小道,绕来绕去。路两边都是树,都是崖,这里一片野花,那里几只蝴蝶。好看极了。顺顺不由露出了本性,专走崖边,专跳石尖,不是去掐花,就是去追蝴蝶。奶奶怕了,急了,气了,一屁股坐下去,嗔怪道:"算了,算了,我不去了!"

顺顺吓了一跳,忙问:"又咋了?"

奶奶怪道:"谁叫你不走正道,乱跑,我是不和你一路了!"

顺顺看奶奶板着脸,就认错了,说:"我不乱跑了,行不行?"扳着奶奶肩膀乱摇。

奶奶起来又走,拉住他的小手,说:"走路要一步一步走,一步蹬错了就要跌跤,不是摔断胳膊腿,就是把牙碰掉了。"

顺顺只好跟着奶奶慢慢走,一步一步走,端端正正地走,走路中间。走一截儿忍不住了,又跑快几步,又落后几步,奶奶就重重地"哼"了一声,吓得顺顺马上"改邪归正",又规规矩矩地跟着走去。

奶奶看他听话了,就高兴了,唠唠叨叨地说:"你也七岁了,就要当学生了,学生可不是放牛娃,啥事都要听话。到了你外婆家,要装起学生的架子,叫他们看看,这娃真好,真听话,真有礼数,不愧耳朵长得大,将来一定能当大官,从小就像刘备。"

"我外婆老早就知道我能当大官,也说我耳朵大。"顺顺高兴坏了。

"她说?她知道个屁,一辈子没出过山,没见过碟大的天,连戏都没看过,她知道刘备是谁? 她还是听我说的。"奶奶有点气了,想想又说:"大官从小就不一样,从小就有大官的样子,这一回去了,做个样子叫你外婆看看。"

顺顺迷糊了,问:"大官从小是啥样?"

"是……"奶奶说不上来了,想了一会儿,到底说上来了,"我说的那三条,就是大官的样子。"

"真哩?"顺顺看着奶奶。

"可真! 今天就要看看你娃子能不能做到;将来能不能当大官就看你今天了!"

"可能,你看吧!"顺顺满心喜欢,今天一定要像个大官。

奶奶不放心,要考考他,叫他背背她说的三条。顺顺记性好,全背出来了,一个字也没漏。奶奶喜坏了,打心眼里喜,夸道:"顺顺真中,耳朵大就是不一样,将来真当了大官,奶奶也能跟着你享福了!"

一路山,一路水,奶孙两个在树林中穿来穿去,多见树木少见人,说说笑笑,倒也轻松快活。再加一个想着当大官,一个想着享大福,忘了累,忘了渴,二十多里路没走可快要到了。

经过一条山溪时,奶奶说:"来,洗洗,洗洗,快到了,再把脸洗得白白的,去了,你外婆会说,噫,看顺顺多白呀,真像个当官的!"

顺顺洗了又洗,没有肥皂,就用细油沙搓手,搓脸,搓得生疼,然后看着奶奶问:"白不白?"

"可白!"奶奶眯着眼看了又看。

"像大官不像?"顺顺关心地问。

"像,可像!"奶奶连连夸道。

奶奶也洗洗脸,还用水把头发湿湿,抿得溜溜光,然后才往外婆家走去。

外婆家还是很低很低的草房,院里还是好些好些鸡屎,屋里还是烟熏得黑漆发明。外爷下地了,舅和舅妈进城卖柴了,家里只有外婆一个人。外婆还是老样子,烂眼,认了半天才认出是亲家母和小外孙,喜得流泪,喜得乱叫:"怪不得昨天夜里梦见日头出来了,今天一早树上的喜鹊就一直叫,他外爷说,今天要来贵客,我还不信,没想到真灵验!"

外婆把他们拉到屋里,亲热了一会儿,就要去烧茶,奶奶说:"不渴,别费事了!"

外婆硬要去烧,说:"我不信不渴,跑了几十里能不渴!"说着就去鸡窝里拿鸡蛋,拿了一个又一个,手里拿不下了,就用前襟包着。

奶奶起来拦住,说:"都是自己人,别费事了,真是不饥不渴!"

外婆急了,嗔怪道:"你不渴,我小外孙还渴哩。"她侧过头问:"顺顺,渴不渴?"

"渴……"顺顺渴死了,可想说,可是奶奶使了个眼色,他马上想起了大官的样子,就忙改口道,"奶奶不渴,我也不渴!"

"你这个老东西,你不喝也不叫我小外孙喝!"外婆推开奶奶,拿着鸡蛋就走,还回头夸顺顺道,"还没进学屋门哩,心窍可开了,真会说话,将来非当大官不行!"

外婆去灶里了,奶奶悄悄夸奖道:"好,这还不差啥,真像个大官的样!"

顺顺争强地说:"这算啥,我等会儿才像哩。"

外婆转回来了,翻箱倒柜地找糖,看顺顺挺胸凸肚地端端正正地坐着,就往房后指指,说:"顺顺,院里有竹竿,去屋后打杏吃!"

杏!顺顺马上一口涎水,可想去打几个吃吃。可是,看看奶奶,奶奶瞪他一眼,还摸摸耳朵,顺顺忙咽下涎水,说:"我不吃,俺们也有。""噫,越说越乖!"外婆夸了顺顺,又对奶奶笑道:"哎呀,你可真会理料,真要把顺顺理料成大官了!"笑笑,拿着一包糖又往灶里去了。

奶奶被外婆戴了一顶高帽子,喜欢得一脸笑,趁空激顺顺道:"娃子真中,越看越是个大官的坯子,再有啥了还像这号样!"

"可行!"顺顺心里美极了,甜极了,外婆给他戴了一顶高帽子,奶奶又给他戴了一顶高帽子,合到一块儿两顶哩,就坐得更端正了。

外婆端来了鸡蛋茶,两碗,一碗给奶奶,一碗给顺顺,顺顺又渴又饿,巴不得一口喝下去,可是,看奶奶不动,他也就忍住不动。外婆催了几次,奶奶还是推让不喝。外婆急了,把放下的碗又端起来,双手捧给奶奶,还说:"咋啦,嫌俺们脏?"

"看你说到哪里了!"奶奶只好接住喝了,可是只喝一口又放下了。

"咋,不甜?"外婆看着奶奶问,转过身要走,说,"不甜了,再放一勺!"

"甜!甜!可甜!"奶奶拉住外婆,赶快端起碗喝起来。

顺顺早等不及了,看奶奶喝了,也忙端起碗喝起来,可是,学着奶奶的样子,也只喝一口就放下来了。

外婆说:"不甜吧?小娃家爱吃糖,我去拿来再多放一点,娃子轻易不来!"

"不是不甜,咋……"顺顺急着申辩,还没说完,奶奶就狠狠瞪他一眼,他忙合上小嘴。奶奶替他回道:"可甜,咋不甜?小娃家吃糖多了牙肯坏。喝!你外婆叫你喝你就喝!"说完还怕他不听话,又瞪他一眼,追问:"甜吧?"

"甜,可甜!"顺顺攒劲说,喝一口看一眼奶奶的脸色,见她一直瞪着自己,就心一狠低下头呼呼噜噜喝了。

外婆见顺顺喝得不抬头,心里老美,比自己喝了还美,说道:"外婆把鸡蛋都给娃子攒住,叫娃子吃个饱饱,有劲了好好读书,将来当了大官,也接外婆去坐坐汽车,见见大世面,享享洪福!"说时美得嘻嘻笑个没完没了。

奶奶说:"我咋试着有点不美!"

外婆说:"可不美,跑这么远,一定是累着了,热着了,快去躺躺歇一会儿。"

外婆领着奶奶进里间去了。屋里黑咕隆咚,一股酸臭味,一股尿臊味。奶奶只顾不美,也不管脏不脏,就一头躺下去睡了。

奶奶真能睡,睡得香极了。也不知睡了多长时间,醒来时睁眼一看,世界变了,不是黑屋了,不是破床脏被了,白墙白床白被子,还有电灯,屋里雪亮雪亮。身边一群穿白衣戴白帽的人看她醒了,欢天喜地叫道:"好了,好了,醒了!"

"喝水不喝?"有人捧起茶杯问她。

这是哪里?怎么跑到了这里?奶奶迷糊了,愣怔了。可是,很快就明白了。在哪里?在梦中吗?是顺顺做了大官,接她去享福的,这些人都是顺顺的手下人,是伺候她的。她笑了,甜甜地笑了,又慢慢地合上了眼,她要把这美梦继续做下去,继续享大福,她叫道:"顺顺,这里真好,这里是啥地方呀?"

白衣白帽的人们互相看着,纷纷喊道:"老大娘,这里是医院啊,你醒醒,醒醒!"

奶奶惊醒了,愣愣地看看这儿又看看那儿,看电灯是真亮,看人们有影子。她听说过,梦中的人是没有影子的,她才发觉不是做梦,不由吓了一跳,虎生折起身,问:"我咋会在这里?"

戴白帽的说:"你亲家母不懂得,把农药当成糖放进了茶里,你中毒了!"

"啊!"奶奶怔住了。

白衣白帽埋怨开了。

"这么大岁数了,糖是啥味你都不知道?"

"咋搞的,不信你就尝不出来?"

奶奶看看一双双眼,都是埋怨,都是责怪,都是看不起,不由低下了头,竭力回忆着,喃喃地说:"我可尝出来味道不对了!"

"那你为啥还喝?"

"那你为啥不说哩!"又是一片责问。

"我是个客,咋好意思说? 她亲热得不得了,叫谁也说不出口呀! 我不想喝,她还要再多放两勺哩!"奶奶断断续续地说着,好后悔,气亲家母,气自己。她忽然想起了顺顺,担心地问:"我孙娃子也喝了,他不要紧吧?"

"他……"人们摇摇头,不言语。

"他怎么了? 他怎么了?"奶奶叫了起来。

一个上岁数的白衣人摇摇头,缓缓地说:"你不要伤心,他……没抢救过来!"

"啊!"奶奶吓死了。

大夫们把她又抢救过来时,她愣了,精神失常了。

从此,世上多了一个疯子老太婆。她披头散发,满脸污垢,衣不遮体,在大街上,在乡下,到处乱跑,逢人就上去一把拉住,嘻嘻地笑着说道:"我的孙娃耳朵大,要当大官了,我要跟他去享大福了!"

人们听的次数多了,也就麻木了,也就觉得可笑了。一看见她,不等她上来拉住,不等她开口,就抢先对她嬉戏道:"你的孙娃耳朵大,要当大官了,你要跟他去享大福了!"

"你也知道我孙娃耳朵大,要当大官了? 你也知道我要跟他去享大福了?"她高兴得很,得意得很,手舞足蹈地嘻嘻大笑着跑开,又去迎接另外的人,又去听对方重复同样的话。

她感到莫大的满足,快活极了。

原载《洛神》1987 年第 7 期

美人儿

芳芳又要进城了！

芳芳是村里的美人儿，美得叫人气恼，叫人眼红。谁家姑娘懒了，当娘的就说："形吧，你要长得和芳芳一样，哪怕我掰着嘴喂你哩！"谁家的媳妇不孝了，婆婆就说："形吧，你要长得和芳芳一样，哪怕我孝顺你哩！"谁家的儿子不听话了，当妈的就说："形吧，芳芳要看你一眼，哪怕你上房坡揭瓦哩！"芳芳听见这些话，和喝了糖水一样，心里甜得很，要不是咬住牙，当面就会笑出来。

在村里多好，在村里才算个人，才有自己。为啥要进城去看人家的白眼？都怨妈！姑父住在城里，表哥要结婚，妈一定要芳芳去送礼。她真不想去。她去过姑父家，城里人的傲劲叫人受不了。那天吃饭时，姑父问她："现在乡里生活可好了吧？"她欢天喜地地说："现在我们一天都能吃一顿白馍了，可美极了！"大表哥和二表哥突然大笑起来，笑得嘴里的饭喷了一桌，喷了每个人一脸，笑得流出了眼泪，直叫唤肚子痛，说："吃个白馍都算美极了！啥年代了，吃个白馍都算美极了！哈哈哈……"芳芳的心痛了，脸红了，嗓子眼的饭噎住了，差点憋死。从此，她再也没去过姑父家。为啥放着抬举不受要去找不抬举,她可受不了这个气。可是,妈一定要叫她去,妈赌气地说:"去!为啥不去!偏要去!城里人傲啥?脸上都长朵花?我见得多了,也有眼斜嘴歪的,也有看一眼都叫人恶心的,不是妈吹的,没一个比你长得好看的。这一回,妈给你美美打扮打扮,去了也眼气眼气他们,也叫他们脸红脸红!"芳芳听了心也动了。她见过大表哥的对象,一点也不标致,自己一点也不弱她。去就去!芳芳拿定了主意,去和城里人比个高低。

别看家穷,妈的心可不穷,手也巧极了。妈说,城里人都穿的咱不穿,咱要穿稀罕物,眼气死他们,叫他们流涎水。妈费尽心机,翻箱倒柜,找出老奶奶留下的青底白点印花布,给芳芳做了一件精巧的布衫,下轮镶着花边,钉着旧时的铜扣,古色古香,不仅雅致得惊羡人,看一眼都能闻到一股幽香。芳芳穿上试了试,轮边宽宽的,腰围窄窄的,把她的美味儿都突出出来了。她在村里走了一圈,姑娘们吓得齐呼乱喊,拉住她前后左右看个不够,都乱咂嘴,说是仙姑下凡了。芳芳还有点不信,回家又对着镜子照了又照,自己也笑得不止。

芳芳相信自己不弱人了,就放心地去姑父家送礼了。姑父家好热闹,客多得像一窝蜂。女客们都经过精心打扮,都穿得十分时髦,十分鲜艳,每人都像一朵大红花。红花和红花挤到了一块儿,成了一堆红,不仅没有了美味,还有点腻人、伤眼,使人看了不由想到了血,不由身上起鸡皮疙瘩。芳芳来了,好像一朵青枝绿叶的水仙花,亭亭玉立在一堆红中,格外地出眼。再加上她苗条的身段,好看的脸蛋,迷人的酒窝,相比之下,那一片红被她衬托得更加不堪入目,她也被一片红衬托得更加素雅、清爽、动人,只要看她一眼,就分外明亮,就有一股凉甜的味道沁人心里。顿时,她把所有的眼珠都夺了过来,粘到了自己的身上。姑妈把她拉到怀里看了又看,喜得合不住嘴,对着一双双贪馋的眼睛笑道:"你妈可真是一双巧手,看看把你打扮成了迷人的狐狸精。如今要还有皇帝,不选你进宫才怪哩!"芳芳心里比喝了蜜水还甜三分,脸上飞来了两片红晕,显得越发迷人了。

芳芳是个勤快姑娘,被姑妈夸得更加勤快了。她走来走去,给这个桌上提茶,给那个桌上倒水,把甜蜜的笑送给每一个人。没出息的男青年们像着了魔,一个个走了魂,都想方设法要挨她一下,碰她一下,挤她一下。她也不恼,只是轻盈地闪开,还回头道歉似的笑笑。女客们像喝了醋,一个个眼红了,都十分恼怒,恨死了自己的爱人,恨他们的眼也不瞎了。她们三三两两咕咕叽叽,商量着什么。然后,一个姑娘突然跑上去,拉住芳芳的衣裳,不怀好意地问道:"叫我看看,这衣裳是哪一国的料子做的?"芳芳看着面前的女子,一脸蝇子屎,扑塌鼻,小眼睛,嘴大得吓人,长得实在不敢恭维。可是,老天爷,穿的衣服是啥做的呀,血红血红的布衫,布里面掺有金丝,在阳光照射下,闪闪发光。芳芳被这闪闪发光的衣服刺得头晕目眩,正要反问她的衣服是哪国的料子时,这女子却嘴一撇不屑地走了。很快,客人中的气氛变了,一个个指着芳芳的背影抽鼻撇嘴,眼睛里盛满了鄙弃的神色。芳芳不论从哪里走开,背后都有讥笑声。

"我还当是从哪一国新进口的洋货哩,原来是箱子底的几百年前的烂货!"

"怪不得一股酸臭酸臭的霉味,恶心死人了!"

"亏她脸厚,也不嫌丢人现眼!"

"凭这还想来勾引城里的男人哩!"

芳芳的心被击碎了,手里的保险壶落地了……

芳芳跑了,一路走一路哭,好伤心啊。本来,她自己也认为身上的衣服好得很,穿上真像个仙女,只有天上才有。现在,"几百年前的烂货""酸臭酸臭的霉味""也不嫌丢人现眼"……震得她好心疼,她才发觉乡下的美带着土味,城里的洋美才是真的美。那闪闪发光的衣服,屁股箍得棍一般的裤子,还有……一阵阵羞辱涌上心头,她感到了低人一头。她回到家里,妈见她两眼红红的,问她出了什么事,她哭得更伤心更委屈了,一气之下脱了身上的布衫,撕成条条,甩在妈妈面前。妈吓坏了,问清之后也哭了,哭得比芳芳还伤情。当妈的没钱,叫女儿丢了脸,比自己丢脸还要伤情。母女俩抱头痛哭,决心以后再不进城,再不走富亲戚。本来爱笑的芳芳,从此失去了笑,成天心事重重,再也没有露过笑脸。村里姐妹们好生奇怪,问她为什么,她想说,想说个痛快,可是,忍住了,死不说。她想,啥时候穿的衣服比不过城里,这屈辱沤烂到肚里也不能说,不能再叫乡里人也嘲笑自己。

日子流水般地流走了,羞辱的往事却再也流不走。芳芳每天只要一有闲空就呆坐着,面前就出现一片血红,就看见一片金光,就听见一声声刺心的话。这时候她浑身的血就往头上冲,泪水也往眼里涌。为了不再哭,常常咬破了嘴唇。她气、她恨,自己比别人矮,比别人丑?为啥会受到别人奚落讥笑?虽然她不再笑了,还一天到晚愁眉紧锁,可是,恰恰因为不肯再笑反而显得更美了,美得更深沉了。成了一个标准的愁美人,看了更动人。村里的赞美声比以前更多了,她听了再也不像以前那样高兴了,一点也不动心,一点也不满足了。她认为乡里人没见过世面,乡里人说好不值钱,不是真好。她暗暗下了决心,非要叫城里人说好不行,非要叫城里人认输不行。

城里人也是人,城里人能穿的自己为啥不能穿?自己要能穿上那样的衣服,准会比城里人更美,更好看。可是,家里太穷了,去哪里弄钱?靠坡吧,分点自留坡不假,可是坡上的大树前些年砍光了,新栽的小树长成材自己也老了。地吧,地又不多。爹还是个瘸子,不会搞副业,不会经商做生意。家里全靠妈和她做活,这些年沾住政策好的光,日子强多了,比起过去是强到天上了。可是,也不过只能吃饱肚子,花钱还难得很。总不能为了打扮自己,就把粮食卖了,让一家饿着。芳芳想到这些心就酸了,酸了一阵又发了狠心:比不过城里人就不活了!

芳芳变了,弱女子变成了男子汉。

供销社进了化肥,汽车停在门口,男人们争着去卸车,把化肥扛进仓库里,一包五分钱。一包一百斤,男人们都压得弯腰弓脊。芳芳也抢着去扛,纤细的身材,腰只有一把粗,扛起包压得乱了脚步,腰身歪歪扭扭地乱摇,像一棵小草顶着一个磨盘,随时都会被压断塌下去,人们吓得叫起来。

"芳芳,你疯了!"

"芳芳,你不要命了!"

芳芳憋着气才把包扛起来,听人们乱喊,她也真怕了,会倒下去吗?会吐血吗?她心里一想就不由侧歪了一下,差点一头栽倒。她稳了一下身子,又迈出了下一步,眼里乱冒金星,一滴一滴泪水流进嘴里,咸的,听说咸的壮筋骨,就咽到了肚里。扛了一包再也扛不动了,别的还没什么,就是双腿抖个不止。她靠着墙喘着气。"算了!"她刚这样想,就又看见了那一脸蝇子屎的女子,听见了讥笑的话声,浑身不由一热,就咬咬牙又去扛了。

芳芳揣着六角钱回到家里时,脸上没有了血色,只有汗水淋漓。

妈妈心痛坏了,搂住她哭了。妈妈后悔死了,千不该万不该叫女儿去走富亲戚,伤透了女儿的心。妈抽泣着说:"都怨妈不好!"

"妈,别说了!"芳芳不愿提起往事。

妈妈劝道:"算了,城里人不抬举咱,咱往后不和他们来往就行了,咱比不过人家,咱能躲过人家,只要乡下人抬举咱就行了。别为了强争这口气,连命都不要了。妈以后再也不叫你去了——"妈又哭了。

"不去?我非去不可,我就不信!"芳芳又来了气,来了劲,挣脱了妈妈回房睡了。

芳芳躺到床上,浑身疼得像散了架,再也不会动弹了。她默默地流着泪,泪水糊住了双眼,蒙蒙眬眬地又看见了那个穿金丝布衫的女子,不由一阵好恼:你傲啥傲?你多美?不就是穿了件洋气衣服吗?敢脱光了比比,只怕羞死你了。这衣服又不是天生的,谁有钱都可以买来穿上,烧啥?哼,我要穿上这衣服,准比你好看一百倍。我就不信,我穿不起这样的衣服!愤怒烧干了眼泪。她掏出那用命换来的六角钱,仔细地看着,翻来覆去地看着。挣一个钱多难呀,难极了,每一步都可能倒下去,可能会压死!可是,到底还是挣来了。既然头一回能挺过来,没有倒下去,没有被压死,还活着,下一次就一定也能挺过去。一次六角,十次六元,一百次六十元……

芳芳终于穿上了带金线的衣服,妈妈给她打扮梳头,女友们往她头上插了一朵血红的小花。她在镜子里看见了自己,鲜红的衣服上金丝闪光,好气派,好光彩。大家围住她笑,手拍得啪啪响,又前呼后拥地送她到村口。妈喜得流泪,说:"去吧,去吧,叫她们看看,俊鸟是出在城里,还是出在山里!"女友们笑得嘎天嘎地,说道:"去给咱们山里闺女争争气,多气死她们几个,反正气死人不偿命!"她和大家招手,轻盈地走去,像仙女一样轻飘飘的。一路上,行人见她停步,车辆见她停驶,一个个都看呆了,走一路听一路夸奖。她的心美气,想笑又不好意思笑,只好笑在心里。她气气派派地来到了姑父家,二表哥正在举行婚礼,人来人往,还像上次一样热闹。她走进大门,大大方方地站在院里,马上就有人尖声惊叫:"哎呀,仙女,仙女下凡了,神仙来了!"霎时一个个瞪大了眼,傻呆呆地站着不会动了。好一会儿,人们才醒悟过来,都向着她跑来,把她围个水泄不通,绕着她圆圈转,啧啧着嘴,"真是仙女,地上哪有这么美的人儿!"姑妈劈开众人跑来了,吓得倒退几步,怪声怪气地笑道:"我的好侄女呀,怪不得这几年不见你,原来你是上天修仙了!在天上吃了啥仙物,变成了一朵花,看看,看看,你把地上的凡人比得都要羞死了!"女客们一个个涨红了脸,低着头,远远站着不敢近前。芳芳四下看去,寻找着什么。看见了,找到了,那个一脸雀斑扑塌鼻的女子,双手捂着脸站在墙角,隔着指缝在偷偷看她哩。她笑着一步一步向她走去。扑塌鼻女子胆怯了,无地自容了,步步后退,然后转过身飞快地跑了。芳芳叫道:"你往哪里跑?"也跑着去追她,跑得太快了,绊住了椅子,跌倒了……芳芳醒了,睁眼看看,六角钱还在手里攥着,身上也还疼着。可是,失去了很久的笑终于找回来了,又回到了好看的脸上。

芳芳爱这个梦,从此常常想着这个梦,要把这个梦变成真的。她几次去物交会上悄悄打听金丝线衣服的价格,当听说要五十六元时,先是吓了一跳,接着就笑了,只要不是无价宝,只要有价钱,总有一天能买到手。为了这个总有一天,她变得越来越不安生了。从前,她很少和男人们接触,见了男人就躲,怕男人们的眼睛,更怕男人们动手动脚。现在,成天和男人们厮混在一起,跟着男人们扛包,跟着男人们上山挖药,和男人们笑骂打闹,性子变得野了,变得抠了。常常为了一分二分钱,她也要争,也要夺,从不肯放过机会。积一分多一分。她天天算计着。可是,挣钱太难了,太慢了,急得她心焦火燎,恨不能一天一次就挣够想要的钱。一天又一天,好不容易攒够了五十六元,梦就要变成现实了,她满心欢喜地要去买衣服了。谁知,弟弟开学要学费,没学费不叫报名。芳芳狠狠心拿出了钱,递给妈妈。妈的两只眼顿时红了,泪水盛满了两个眼窝,只是摇头,不接钱,也不说话,怕一开口会哭出来,急急地转身走了。妈一家一户地借,跑了满村子也没借来一分钱。妈哭丧着脸回来,把弟弟叫到灶里,关上门低声下气地求告道:"小旦,不是妈不叫你上学,只为咱家没有劳动力,全靠你姐和我做活。你也看见了,我都不说了,你姐都快变成男人了。你也十二三岁了,也该懂事了,权当帮帮你姐,叫她还当个姑娘!"妈哭了,弟弟也哭了。芳芳在门外听得心酸了,猛地推开了门,一把拉住了弟弟,说:"走,去上学!"

妈怔住了:"你——"

弟弟哭得一把鼻涕一把泪,说:"我不花你的钱,你都变成哥了,我不上了,我要叫你还当姐!"

妈像做了亏心事,难过地说:"他不上就不上,算了!"

弟弟站住死不动,挣脱着姐姐的手,声声说:"我做活,我能做,我不上学……"

芳芳又气又急,啪的一声打了弟弟一个耳光,喝道:"走!"弟弟吓坏了,不敢再反抗了,乖乖地跟着她走去。这时,她的一肚子委屈再也憋不住了,眼泪哗哗地说:"姐被人家看不起,我不能叫你也让人家不当人看!"

弟弟又上学了,攒的钱花去了不少,金丝线衣服买不成了。可是,她还不甘心,那个梦在勾引着她,不容她甩手不干。都说,种天麻发大财,她就跟着别人学种天麻,把仅有的一点钱买成天麻种,小心翼翼地种下去,天天都要看几次,盼着长出一堆票子。金丝线衣服算个啥?将来发了大财,一定买件比丝线更高级的衣服,再去姑家露露,雪去当年的耻辱。谁知一春一夏一直干旱,大旱之后又久涝不晴,到了收获季节,只扒出来一点点天麻,算了算仅够本钱。二年了,啥门都使尽了,啥苦都受完了。心爱的衣服还不能到手,梦还是个梦,她失望了,灰心了,看起来这个刚强争不上去了。算了,算了,算了!死了这条心算了,还有什么办法!

这天迎黑时,芳芳把挖出来的一点天麻拿去给邻居王二哥,请他明天给捎去卖了。她已经心灰意懒了,再也懒得跑腿了。王二哥家里的灯亮着,门却关着,她猛地推开门走了进去。对她的突然到来,王二哥神色紧张,手忙脚乱地捂藏着什么东西。她先是一愣,再仔细一看,老天爷,原来是在用山萝卜炮制假天麻。她大吃一惊,失声地叫道:"你……这……"

王二哥是个山光棍,看芳芳已经发觉了,倒反而镇静了,自得其乐地笑着看着她,振振有词地说:"咋了?这有啥,这就叫个山里丢了城里捞。你该想着这是骗人家的钱了,对吧?骗谁的钱了?吃苦人出力人谁买这?老百姓谁吃这?城里的有钱人钱多得没处花了才吃这。反正他们的钱来得容易,身不动膀不摇就来了,匀给咱们几个花花也应该,也不算背良心!"他说得理直气壮,一点也不脸红。

芳芳听得睁大了眼,不安地说:"这是药,耽误了人家治病……"

王二哥笑得更放肆了:"治病?你这是看戏的流泪——白替别人担忧!治啥病?这是补药,吃了对身子也好不了多少,不吃对身子也坏不了多少。再说,人家是拿这炖老母鸡吃哩,这是个引子,只要能逗引他们多吃几个老母鸡就补了他们!"

芳芳可没干过这种事,愣愣地站着,总觉着这太不像话了,迟疑地说:"这不是坑人家?"

王二哥自得其乐地说:"有钱人对咱们有多好? 不弄白不弄,老老实实,不弄他们俩钱花花,他们还把咱们当成山老愚捉弄哩!"

这天夜里,芳芳有生以来第一次失眠了,她翻来覆去地睡不着。那个一脸雀斑扑塌鼻女子老在她面前晃悠,那一声声讥笑话老在耳朵里轰鸣,一股报复的情绪,积了许久的欲望,还有王二哥的话,反反复复地冲击着她,搅得她心神不安。她爬起又睡下去,睡下去又爬起来,害怕和快活交替着咬她的心。她迷了,迷得失去了选择道路的能力,只好走到哪里算哪里了。

不久,芳芳到了乡里收购站,脸红着,心跳着,卖了天麻,就像贼一样逃走了。到了小河边,坐了好大一会儿,脸才不烧了,心才不跳了,然后才去买那盼望已久的衣服。到了百货商店,没想到还有一喜早就等待了:那种带金线的衣服早降价了,五十六元变成了二十八元。她买了一件,欢欢乐乐地走出了商店,走在回家的路上,一路走一路看着新买的衣裳,恨不得立时穿上,立时就去姑家,止不住流下了欢乐的泪水。

芳芳回到了村里,女友们在村头小河里洗菜洗衣服,她举着鲜红的新衣服跑过去,让大家看看好不好。大家传递着,在身上比试着,夸不绝口,戏问她是不是要上婆家哩。因为,山村里的女孩子只有结婚才舍得买件好衣服。芳芳的脸涨得通红,许许多多伤心话在肚里憋了几年,只说要沤烂在肚里了,现在涌了上来,愤愤地说:"我要上姑家,叫城里人看看。"——胜利已经攥在手里了,就要穿到身上了,她流着愤怒和快活相交融的眼泪,第一次向女友们诉说了在姑父家受到的羞辱。女友们一听都气炸了,不平地说:"去,快去!和她们比比!"

"太欺侮咱们山里人了! 她们傲啥? 不就是有俩钱嘛!"

"你为啥不早说? 早说了,大家就是砸锅卖铁,也能给你凑点钱去出出气!"

芳芳憋了几年的气吐出来了,感到了轻快,感到了满足,脸上又有了笑容,女性美又回到了身上。她等着显示自己的机会。没有多久,机会终于来了,姑家捎来信,说二表哥要结婚了。她要去,妈也叫她去,女儿能争回脸,当妈的咋不高兴。去之前,她请来了女友们,完全照着梦中的情景来打扮自己。她穿上带金丝的鲜红衣服,让妈妈给梳头,女友们往她头上插了一朵血红的小花。然后,她对着镜子照了又照,和梦中的自己一模一样。只有一点不同,那一次是梦,这一次是真的。大家也像梦中那样送她到村口,她像梦中那样轻快地走去,去再现梦中出现过的激动人心的情景了。

一路上,芳芳不断想着那个梦,众人的傻呆,姑妈的惊叫,扑塌鼻姑娘的逃跑,……在被羞辱过的地方受到尊重,受到抬举,还有什么比这更幸福,更快活! 只要努力,只要拼命,梦也会变为现实。喜悦冲击着她,她的心咚咚跳个不止。到了,到了,越走越近了,美好的时刻就要到了。这时,她忽然想到了这两年受的苦。百斤重的大包压在苗条的身上,值得! 在跌下去就变成鬼的峭壁上挖药,值得! 还有,那天麻也值得! 对这两年受的苦和罪,她一点也不后悔,这都值得! 只要能争回这口气,再苦也甜。她笑了,笑得哭了。她站住了,稳稳自己的心,展展自己的衣服,才走进姑家大门,去迎接人们的欢呼。

院里依然是人来人往,客多得像一窝蜂。她入眼一看,顿时惊呆了,只见女客们一个个穿着用青底白点印花布做的衣服,轮边也镶着花边儿,也钉着旧时的铜扣儿,和大表哥结婚时自己穿的一模一样,好像满院子青山绿水,一个个都是青枝绿叶。再低头看看自己,一身血红血红的洋里洋气打扮。她一阵迷糊,像堕入五里雾中,这是真的吗?是不是在做梦?她们不是笑话我吗?为啥都穿起我穿过的衣服?这太出乎意料了,这到底是怎么回事呀?她迟疑了,进不是退不是,正在这时姑妈看见了,跑过来拉住了她,上上下下打量了一番,嘎天嘎地笑道:"我的傻侄女,没想到山里才时兴这个!看看,看看,也成个红萝卜了!好,好,红得好!"芳芳羞红了脸,想走也走不开了,只好硬着头皮留下来,帮着提茶倒水。她想寻找像上次那样看她的眼睛,竟然没有找到一双,看到的全是鄙薄的神色。当她从人们身边经过时,是一个个摇摆着的脑袋,走过去身后便有人议论起来。

"山里人真可怜,还穿这!"

"连个啥好看都不懂,还想赶时髦哩!"

那个一脸雀斑外加扑塌鼻女子又跑上来,拉住她的衣服看着,讥笑道:"这是减价货吧?山里人真精,专会等便宜!"

一群小孩跟着她叫唤:"红萝卜,红萝卜,大减价,真便宜!"

芳芳被击昏了,噙着眼泪跑了。她一溜小跑地跑到城外,坐在河边柳林深处,呜呜地哭了起来。为了洗去羞辱,两年来千辛万苦地拼搏,追求的东西在梦中出现过,在大天白日里也实现了,没想到得到的却是更大的羞辱。天啊,这怨谁?是怨别人走慢了,自己走快了?还是别人走快了,自己走慢了?好像都是又都不是。她气,她恨。气谁?恨谁?气什么?恨什么?她都不清楚。脑子里成了一盆糨糊,只觉着失去了什么。到底失去了什么?好像是一切,包括自己本身都失去了。一阵阵悲哀袭上了心头,不由哭得更痛了。

　　芳芳,别哭了,回去吧,天不早了。妈妈和女友们正在等着你哩。她们站在村头的小山包上,踮着脚,往大路上看着,望眼欲穿,等待着你给山里人争了气争了光的喜讯哩!

原载《躬耕》1986 年第 6 期

女儿血

人说，天上仙女下了凡，下在大山里。雪白的肌体，穿白鞋白袜白裤白衣，只有头发赛乌云。寻仙去，寻来寻去寻到时又没有了。

她叫梨花，人似梨花，脸似梨花，心似梨花，白、素、纯、净，好美，好甜，谁见谁爱，人看她一眼，人的心就素了纯了净了，也成了梨花。可惜，好花不常在。一阵风，一阵雨，风是小风，雨是小雨，小风轻轻地吹落了梨花，小雨轻轻地打散了她。花没有了，她没有了，白、素、纯、净也没有了，人的心也空了。

好悲！

好惨！

好心酸！

怨谁？天知地知。

村长说老不老，说少不少，懂得很多很多，懂得很少很少。因为是村长，有个"长"字，说话就很有点"长"味。

梨花死了？

她自己想死。

你不同情吗？

同情？她死得又不是重于泰山。

她死得很轻吗？

比鸿毛还轻。

为啥？

为婚姻死的。活着人不想着人民，不想着国家，不想着搞好生产，不想着好好过日子，为个婚姻就去死了，没价值。

她的婚姻不幸吗？

啥是幸啥是不幸？都是看自己咋看的，咋想的。会看了，会想了，就幸；不会看，不会想，就不幸。

她为啥认为不幸？

嫌男人大，大多少？也不过十来岁。村里有的女人的男人比自己大一十二岁，不也都没死？就她调皮。

就这一条？

还嫌男人没文化。女人找男人又不是上级选干部，识字不识字都一样挖地砍柴，不识字的比识字的还挖得快砍得多哩。

你认为她幸福吗？

我看她幸福极了。男人对她好得没说，冷了怕她冻着，热了怕她晒着，闲忙都不叫做活，把她当神敬着。大气没哈过她一口，更不用说弹她一指头了。男人气力大又肯干，天天一担柴一百五六十斤，能挣三四块钱，尽她花。她硬是不识好歹，给她买件花衣服，她撕成一条一条扔了；给她割肉吃，她把肉倒到槽里喂猪自己不吃。坏极了。身在福中不知福，人要不满足有啥办法！

她为啥会这样？

上几天初中，读书读愚了，看电影也学坏了。啥爱呀爱的，不就是搂着小白脸亲亲嘴吗？亲亲嘴当日子过？当吃当喝？小白脸的嘴亲着有多美？自己男人的嘴亲着就不美了？没文化的嘴亲着就扎人了？一肚子坏思想！

按你说都怨她了,男人没一点错了?

也有。男人没出息,怕老婆,不敢管教她,把她惯坏了。要是扎根就好好管教,把她调教好了,她服下了,也不会寻死觅活。

她不是自由结婚的吧?

她自己主动跑到男人家里,领结婚证时又亲口说自愿,谁强迫她了!

你们没对她进行过教育?

可教育过,还培养她入党哩,是个党员发展对象,幸亏没叫她入。

为啥?

为了个婚姻就去死了,这号人心里有一点共产主义?叫她入了还不给党抹黑?!

村里怎样处理这件事?

开了会,用她这个反面教员教育青年们,不要受资产阶级思想影响,不要胡思乱想,在家里好好团结,好好生产,好好过日子,为"四化"多出力。

噢!她的丈夫叫什么?

王柱子,三横一竖的王,盖房子的柱子。

王柱子比柱子粗,一身肉,一身力,手大脚大,是个干家。他没哭,也不伤心,就是气。人很老实,实得有点木,有点怔,开口就是实话,太实了叫人受不了。

你和梨花结婚多长时间了?

说是半年多了,球,实际上连一天都没有。

怎么半年多了没有一天?

人家不跟咱。还没有看她一眼哩,她背过脸不叫看;还没摸她一下哩,她甩打开不叫摸。她要不死,你们问问她,谁好好看过她一眼,还是好好挨她一下了?

你就愿意了?

叫谁谁愿意?

你打她了?

还打哩!趴到地下给她磕头,向她叫妈叫奶奶都不中,我还敢打她?

啥事她看不中?

这——

啥事吗?

没法说。

咋没法说?

不好听。

不好听也得说,要不就是你虐待了她,她才死,这可是犯法哩!

说就说。说了丢人丢她的人,还能丢我的人?俺们成亲半年多了,夜里她没脱过衣服,挨都不叫挨一下。谁家当婆娘的兴这?我说个婆娘图啥哩?我急了,要那个她,她不干。我给她跪下磕头,她还不干。我没法了,就按住她,脱她的裤子。她说我是强奸她。我连这都不懂还算个人?男人那个自己婆娘是名正言顺的事,这算强奸?我非要那个不行。我说,俺妹子也是黄花闺女,都叫你哥那个了,你为啥不叫俺那个?我把她强按到床上,她就踢跳着撕抓我咬我。你们看看,你们看看,把我手上咬了几个窟窿,把我脸上抓得长道短道流血,我一痛,手一松,也没那个成,她就跑了。就为这个不大一点的事,谁知道她会死了,划得着?

刚才你说你妹子给了她哥,是换亲?

是哩,俺们两家打了一头,我妹子给她哥,她给我,谁也没吃亏。

梨花死后,她娘家没来不依?

他们凭啥不依? 梨花死了,我白白搭了个妹子,吃多大亏,我都没有不依,他们还不依? 要不是我妹子来劝我,我还要找他们赔人哩,我能白白搭个妹子算了?

你妹子还挺明白哩。

我妹子可比梨花强,和人家正经过。

你妹子来怎么劝你?

咋劝? 说咱命不好,只好当一辈子童男了。不修今世修来世,好好积德,下一辈子找个俩找个仨补补亏欠。

你信吗?

不信这信啥? 眼看着一朵好花摘到了手里,还没闻一下就落了死了,这不是命是啥?

你妹子和梨花的哥年龄相当吧?

相当啥? 我才比梨花大十岁,她哥比我妹子大十二哩!

你妹子就愿意了?

她有啥不愿意? 她又不憨不傻,是给我换婆娘又不是给别人换婆娘,她能不愿意? 谁像梨花不通人性!

你妹子叫什么?

王桂花。

王桂花在家,婆子和丈夫去给梨花添坟了。

桂花像她哥,也粗粗壮壮,很黑。她也没哭,也有点气,气狠了变成了恨。开口说话能冲倒人,气壮得很,还颇有几分得意。

梨花死了!

死她死,死了是她自己不想活了,不是别人不让她活。狗不吃屎——和谁上劲!

你一点都不伤心?

我伤心个啥?这一下可叫她哥后悔。哼,动不动就说我是个粗瓷器,他妹子是个细瓷器,拿个细瓷器换个粗瓷器吃大亏了。细瓷器多好,中看不中使,碰一下就烂了。这一下他可看看,到底是粗瓷好还是细瓷好。

梨花对你怎么样?

没样!

没样是啥样?

傲样!自己不也是个女的,外相也不比谁多长一块哩。我歪好是她嫂子哩,见了哼都不想哼一声,实怕我屙她身上了。嫌我不顺眼,你要不是给我哥,我还不来哩。

梨花真是很傲吗?

还能是假的!哼,人家说她像朵花,她可真把自己当成一朵花了。是朵花,又该咋?再难看的花只要结籽就是朵好花,再好看的花只要不结籽也是朵迒花,啥益!

她对你哥不满意?

人家认为是鲜花插到了牛屎上。去了半年多婆子家,没有一回回来不哭的,好像亏她材料了。亏她还读过书哩,也不想想,当个女人找个啥,不都是个男人,不都是那么一回事。

都是哪一回事?

不都是给人家做活,给人家过日子,给人家那个。当娘娘可怪美,你不是没那个命,朝廷爷不是不要你?

你气她?死不记仇嘛。

　　死不记仇？便宜她了。她把俺们王家坑得可不轻，坑到死地了。我哥以后咋弄，还指望啥再说个婆娘，坑得俺们王家绝了后！她算女人里头的数，当个女人不给自己的男人正经过，和自己男人睡在一个床上，心里想着别的男人，只有死不要脸的女人才会这号样。你们不知道，她算毒极了，绝情绝义极了，心最狠了！

　　哪一点？

　　都说，人要死时心最狠最毒了，一点也不假。你想死，你是不要命了，你连命都不要了，还要身子干啥？你就是歪好给俺哥过一夜，给俺哥那个一下，也耽误不了你死，也挡不住你死，俺哥总算不枉今生今世当男人一场。死了，还想落个黄花闺女的名，想得可排场，管你叫那个过没那个过，总算是俺哥的婆娘死了，谁也不会说你是黄花闺女死了。就是到阴间你也跳到黄河洗不清，也是个使过的货。

　　你打算咋弄？

　　啥子咋弄？

　　和你丈夫白头到老？

　　不到老还能再找一个？谁像她那号贱货！人的命，天注定，嫁鸡是鸡命，嫁狗是狗命，谁想和命作对谁就没有好下场。别说俺男人不二球，就是个二球，就是个憨子、疯子、瘫子，就是个二尾子，也是命里定的。生是人家的人，死是人家的鬼，俺也不会起那号坏心，俺可背不起那号良心。他就是个木头人俺也要和他过一辈子，俺可不干那号丢人丧德的事。

　　你哥以后日子也怪难过呀！

　　谁叫他命不好，碰上个中看不中使的诳花。俺多要个娃子，长大了给他一个，比他自己收拾还省事哩。

　　你婆子很伤心吧？

她多伤心？不是我死了，她赔了本了。她白白赚个媳妇，我又没说不给她娃干了。哼，伤心也轮不着她伤心，俺们才伤心哩。

你丈夫也不气？

他气谁？自打他妹子死后，他输了理，他还敢气？他装龟了！

他怕啥？

怕啥？怕我不给他干了。天天拿我当奶奶敬，再不敢说粗瓷细瓷了，可孝顺了。

梨花的妈痛闺女，怕媳妇，哭不敢哭，笑不能笑。开口没出声先左右看，媳妇在了大声埋怨闺女，媳妇不在了小声埋怨女婿，左右难做人。

梨花已经不在了，不要太伤心了，别痛坏了自己的身子。

我才不伤心哩，我是气梨花这个龟女子没有材料。人家王相公待她哪一点不好，打着灯笼也找不来这么恩待的人，谁知道她不知道好歹，把人家王相公弄个闪腰岔气。叫人家往后咋过呀！多好的亲戚，梨花给害的，我以后咋有脸见人家王相公呀！……不是我偏着闺女，王家也太不是人了，二球货有啥治！那号事能是凭力气的，玩硬的能行？你不能把她的心暖热了再说，成了亲一辈子都是你的人，晚几天可晚了，可等不及了？你要多少有点能耐，把她哄住了，把她的心笼住了，还用你强迫？你不找她，她还要找你哩！她不愿意，你强迫她，她一个女人家脸皮又薄，还不出事？睡是活活叫他逼死了，把我闺女活活送到了死地，他可美了，可不急了！

当初你们就不该换亲。

谁有头发想装秃子？山里找个媳妇难呀，山里女娃争着往平地跑，平地女娃又不上山。俺娃三十多了还打光棍，俺们钱没钱，脸没脸,歪好要有四指宽的路也走不到这一步。凭俺梨花这号样,就是双眼实瞎也摸不到那个二球头上。……换亲咋不好?给两头都解了大疙瘩,是怨梨花不好。你们看看,俺们媳妇桂花就好得很,听话,懂事,来了顺顺当当过日子,可贴气了,可一心了,可孝顺了,从来没打过别。梨花性不全,她要有桂花的一半心劲就好了,也不会坑了王相公。……光说俺们梨花想不开,这也真是太不公平了。王家只说他妹子和俺娃正经过,他没看看他妹子长得,给俺们娃一点也不亏材料。可俺们梨花给他可真不般配呀,他那呆头呆脑的样子,谁不说癞蛤蟆吃了天鹅肉。

你们当初换亲时没见过王柱子?

见过,当初就觉着不般配。

为啥还答应?

不答应咋弄?怕过了这个村没有了这个店。娃不敢再耽误了,越耽误越难找。想着吃亏也吃不了多少,占便宜也占不了多少,反正都是个女的。心一狠眼一黑就应下了。谁知道梨花……

梨花当初没见过?

也见过。

她也愿意?

不愿意,也算愿意。

你们强迫她了?

没有,可没有。

她不愿意,你们又没强迫,怎么换成了?

闺女是个明白人,她也为她哥着急呀!她爹早死了,是她哥担柴卖草把她养活大的,她哥又担柴卖草供养她上学。有一年,十冬腊月下大雪,她哥去给她送靴送袜子,她接过靴和袜子再看看她哥赤巴着脚穿着草鞋,她扑到她哥怀里哭了,晕倒在她哥怀里。她忘不了她哥的恩情呀!

就为这个她就答应了?

她没说中,也没说不中,只是哭,不是明哭,是悄悄哭,夜里哭。我知道她的心苦得很,我心里也难受得很,想劝她从了吧,又说不出口,想说吹了吧,也说不出口。到了结婚前三天,梨花再也憋不住了,放声哭了,哭足哭够了求告我说:"妈,你把我锁屋里吧,我快管不住自己了呀!"我的心一下子叫刀子捅了,我怎么能做到这一步,我不,我说:"妈不是人,妈对不起你,妈不锁你,妈咋能锁你!"梨花扑通一声跪到我面前,苦苦求我,说:"你把我锁住吧,你只当救救闺女,你把我锁到屋里,我心里也好受些,要不,我只有死到你面前了!"

你就把她锁上了?

我有啥法子呀。

她哥哩,就赞成了?

她哥赶集回来,听我说了,就蹲到地下愣怔了。娃子心里也不好受,自打说定这门亲事,他就有了心病,成天不吭声,一时叹气,一时冷笑。他蹲了半天,突然扇自己的耳光,把脸都打肿了。娃子疯了,跑过去打开了锁住的门,梨花在睡着,他一把拉起她,恨得咬牙,吆喝道:"你就不会跑? 你没长腿? 你跑呀,你跑了都死了这条心,也省得我受这个洋罪。"梨花挣着又咚一下睡下去了。她哥揪住她一只胳膊,连推带拉把她推到门外,红着眼吼道:"你给我跑,你再不跑我打断你的腿! 你要念起我是你的哥,你就远走高飞再也不要进这个门!"娃子说着把门闩上了,把梨花隔在门外,他又蹲下去抱住头哭起来了。

梨花跑了？

她要是跑了，都没指望了也好了。

她没跑？

跑了。她跑到了王家，独一个跑到王家，给王柱子说："你不就是要我吗？我来了，叫你妹子也去吧。"

噢！

谁想到她会……

你们就没想到她会死？

想过，也怕极了。后来又想想，她自己能跑去，心里再不美总是也认了这门亲事，是坑是崖跳过去也就算了。自古这种事多了。有些女娃找的主还不如她找的，起根也是哭，也是寻死觅活，后来过过就好了。总想着，女人嘛，没有个一定之规，哪怕找个秃子憨子哩，只要过了门就成了一家人，男人再不好也不嫌弃了，啥外心都没有了。谁知道她……

怎么，梨花有外心？

要说有也没有。……俺们媳妇可真是个明大理的人，懂得妇道，为妻不嫌夫丑。谁像梨花不懂得话。

（媳妇桂花卖嘴了："咱算啥？咱咋和人家梨花比？咱也没进过学屋门，不知道笔是咋拿的，不会画那七扭八拐的字，也没有那七扭八拐的心，也不会干那七扭八拐的事。"）

就是哩，俺们媳妇说这不假。梨花要扎根不上学，扁担放倒不认得是个一，肚里没有五古六杂，心眼要不稠，跟啥人还不是一辈子，去了就去了，安安分分过日子，咋会出这号凶事？都怨龟学校把她调教得心邪了，学几个龟字也没用到正处，算是把她的小命学掉了。

按你说，都怨她上学了？

要说也怨学屋，要说也不全怨学屋。

还怨谁？

村里有一群疯女人，成天和梨花在一块儿咕咕叽叽，没使一点正劲，可没少教唆她，要不是她们，梨花也不至于走到这条路上。

都是谁？

可多了。

总有个为头的吧？

为头的？她的干妹子——秋妹。一个女老鸹，成天呱呱呱，嘴比刀子还利。梨花和她好得两个人一个头。出事的前一天还在她家，听说两个人头对头呱嗒了半天。

秋妹好看，身段苗条，打扮也出奇，黑鞋黑袜黑裤黑袄黑头发，从脚跟黑到头顶，衬得脸蛋更白。屋里有个书柜，深山里人家有个书柜，说话声音好听。

你长得真美，真是深山出俊鸟。

我美吗？你要是见过梨花，我就成了丑八怪。我要长得像她一样，在世上只活一天就心满意足了。

为啥只活一天就满足了？

因为能给世上添过一天美，胜似给世上添过一百年丑。

这样说，梨花死了你就不伤心了？

谁说的？你看看我们村里姑娘穿的就知道了。

穿的？穿的怎么了？

别人死了亲人戴黑袖圈，为了梨花，我们村里姐妹商定了，穿一年黑的，给她戴重孝，纪念她。

大家都很伤心？

也伤心也不伤心。

为啥?

伤心是好花生错了地方,没有懂花的人看,没有爱花的人采,白生了,白长了,白开了,白落了。不伤心的是好花还知道自己爱惜自己,没有被癞蛤蟆糟践,没沾过污泥粪水。鲜鲜净净地生,鲜鲜净净地开,鲜鲜净净地落。落了,是一朵好花落了。死得值得,是我我也死。

你上过学?

初中毕业,和梨花是同学。

你爱读书?

爱,除了这还有啥可爱的。

为啥爱读书?

不为啥,就是想听听人说话,说人话。

梨花也爱读书?

爱。

青年人多读点书好。

也不好。

为啥不好?

书上只能给人美好的理想,不能给人做人的权利。有了理想又没权利去实现,理想只能带来失望,比没有理想还要痛苦一万倍。梨花就是理想把她杀了。

噢,梨花的理想是什么?

当个人!

当个什么样的人?

当个真是人的人,不是空有人形的物件。

她认为自己是个物件吗？

你的牛，我的牛，拉到牛绳上打一头，只要双方认为不吃亏就换换拉回去了。梨花不是这样吗？

不论怎么说，她都不应当去死呀！

好死不如赖活着，当个死鬼不如当个活畜生，是不是？

这？她可以争取婚姻自由嘛。

怎么争取？凭嘴？

退一万步说，她可以跑嘛，她哥也叫她跑嘛。

跑？人可以跑，心也能跑了？她哥没有自由婚姻的可能，她就是跑到天边，就是找个如意的爱人，她的心就不痛苦了？她就幸福了？

按你说，只有死这一条路了？

当然不，要是能晚生十年就能活下去了。

你说该怎么办？

我不知道该怎么办，可我知道一个理。

什么理？

如果男人都不能得幸福，幸福离女人肯定更远。男人没有自由婚姻的可能，女人更不会有。

我们不谈理论问题。

怎么，怕了？

不，我只想了解梨花的死。听说，她死之前你们谈过很长时间，真的？

真的。

她都谈了些什么？

谈幻想，谈幻想的破灭。

她有幻想吗？

有。要是没有,就是给她找一个八十岁的瞎老头,她也会认了忍了,也不会死了。

她幻想些什么?

想不穷,想富,不再缺吃少喝,不再缺油少盐,大家都丰衣足食过得像个人。

过得像个什么样的人?是电影上那种谈情说爱的人吗?

怎么,你也和我们村长一样,不安心当物件就是想和小白脸亲嘴的坏女人?

不,不,绝没这个意思,只是想知道梨花的具体想法。

梨花想修个水库,能浇地能发电,旱地变成水地,也能过上大米干饭浇鱼汤的生活,白天和爱人双双下地做活,夜里和爱人双双在电灯下读书,干一阵累了乏了,和爱人双双去水库划划船,看看山景,看看水景,听听鸟儿唱歌,玩玩乐乐,回来再好好干活。这条件很高吗?

不高,只要去争取就能实现。她应当去创造这种生活。不应当去死。

她争取过。你去水库问问李主任就明白梨花是个什么样的人,什么样的女人!

水库不太大,幽静的山谷中聚着一湖绿水。青山上鸟儿唱歌,湖面上鸳鸯戏水,景色如画。水库李主任干瘦,提起梨花眼就红了,说起梨花就掉泪了。

梨花在这里修过水库?

修过,从头到尾没离开过。

她表现怎么样?

没说的。你看看这水就明白了,你看看这水啥颜色?

绿的呀。

不是哩。你们外地人看不清,才看着是绿的,我们本地人了解底细,咋看这水都是红的。

红的? 怎么是红的?

这里面有梨花的血水呀,鲜红鲜红的血水呀,是女儿血呀!

怎么,梨花修水库时负过伤?

没有。

那怎么有她的血?

说来话长了。这是个小水库,国家叫俺们自己修,叫众家八户对钱修。大家对了一点钱,刚修没多久就花完了。干部叫大家再对,都说没钱,也真是都没钱呀。我们这里不像平地,人穷呀,平常连个油盐钱都没有,饭做好了没有盐,就站在鸡窝旁边等着老母鸡快下蛋,好拿去换盐呀。眼看水库就要停工了,好日子又没指望了。就在这时候,梨花带了个好头,一下子拿出一百块钱。

她家有钱?

她家要是有钱户,那一百块钱就不值钱了,也把穷人们带不起来了。她是悄悄跑到医院卖血卖来的钱呀,一个黄花闺女能把自己的血捐出来,大家还有啥舍不得的! 卖猪的,卖东西的,再穷的人砸锅卖铁也拿出了一点。上级听说了,又给投点资,这水库才修起来。

现在浇地了,发电了?

快了,正在配套哩。没想到好日子就要来了,她却扬长走了!

听说她死前就来过这里?

是啊,那天她来了三次,一来就坐在水边石头上,看着鸳鸯玩水。天黑前,她还坐在这里,我说:"闺女,明天再来看吧,天快黑了,快回去吧。"她还对我笑笑说:"大爷,我这就走。"没想到她这个走字不是走回家!要早知道她是这样走,我说啥都不叫她走呀!都怨我老没材料少个心眼,我好糊涂呀,我咋想都对不住她呀!我死了也比她死了强,她还年轻呀!

她死在哪个地方?

就在这里。第二天看脚印,才知道她就是从这里走下去,一直走到水里。她死了,哪里不能死啊,咋用自己的血水淹死自己啊!好惨啊!好苦啊!

别伤心了,她死了,大家会永远怀念她的。

怀念?人家叫怀念也好了,人家不叫怀念呀。

谁不叫怀念?

你来,你跟我来看看就知道了。你看看这个石碑,这是水库修好后立的功臣碑,上边刻的名字都是为修水库立过大功的人,你看看这上边第一个名字是谁?

第一个名砸了,抠了,看不见了,是谁?

是梨花呀!

为啥把她的名字砸了?谁砸的?

村长呀,村长领着人来把她的名字砸了,抠了。说她没一点点共产主义思想,不安分守己过日子,是个坏女人,留下她的名字会玷污这功劳碑,会玷污别人的名字,要清除流毒,坚决把她的名字砸了,抠了。

噢!群众都同意村长这样做?

群众的心就杂了。今天是清明,是祭鬼的日子,你去她坟上看看就明白了。

坟在哪里?

她死得不正道,人家不叫她入老坟,只好埋在狐子沟了。

荒山,荒谷,荒草中一丘新坟。新坟周围聚集着一群女儿,一个、两个、三个、四个、五个……一个个都是黑鞋黑袜黑裤黑衫,一人手中一束刚刚采下的梨花,水灵灵的梨花,白、素、纯、净的梨花,顺次献给了新坟。没有哭,没有笑,然后一字排开,冲着青天,放开喉咙呼唤着——

梨花!

梨花!!

梨花!!!

青天不应,群山有声:梨——花——

原载《奔流》1987 年第 7 期

美妻

那天中午,我正在睡觉,鞭炮声把我震醒了。我爬起来就往刘君家里跑,去看新媳妇,想着新媳妇一定比才开的月月红花还好看。到了刘君家大门口,见一堆婆娘正在说着什么,一个个满脸气色,一个个抽鼻撇嘴,还呸呸地往屋里吐口水,像谁屙到了她们身上。我就好奇地仰脸看着她们,听她们讲着。

顺子的秃子婆娘说:"看看那披头散发的样子,真像个吊死鬼!"

三成的麻子婆娘说:"看看那一脸浪相,两只吊棒眼,准不是个好货!"

石头的油篓婆娘说:"看看那腰像根麻秆,和人死了烧的纸扎人一样!"

"哼,是人能长成这号样?"

"标准是个狐狸精!"

"说不定是咱们村里谁做了坏事,妖魔来乱咱们村子哩!"

"往后别想有安生日子了!"

她们摇头晃脑地叹着气走了。

大门里头几个男人也在惶惶地偷偷说着。

"刘君咋找了个这号女人?"

"也不想想自己是个啥人?"

"我看他准是疯了!"

　　我看了人们的脸色,听了人们的口气,就埋怨刘哥咋找了个妖魔婆娘。妖魔是什么样子,我没见过。可是,一定很难看,青面獠牙,血盆大口,还伸着血淋淋的长舌头,见人就吃。我不敢去看了,又忍不住想看一眼。听说,妖魔吃人都是在夜里,现在是大白天,不怕。于是,我壮着胆子蹑手蹑脚去了。我一眼看见她,忽然被迷得走了魂。哪有什么妖魔,明明是一个人间没有的仙女。我长这么大,还没见过这样美的女人,脸蛋那样好看,腰身那样迷人,声音那样动听,我不由得爱上了她。害怕早没影没踪了,我跑上去叫:"刘嫂!"

　　她弯下腰,摸着我的脸,轻轻地笑,柔柔地说:"不要叫我刘嫂。"她指指刘君,又说:"他叫我春妹,你叫我春姐,好吗?"

　　"好,春姐!"我叫了一声。

　　"嗯!"她答应得很甜,笑了。

　　我在她身边一直玩到天黑,要不是妈拉我走,要打我,我能玩到天明也不想离开她。

　　那时农业学大寨,日子过得不像日子,常常饥一顿饱一顿。我饿了,就往刘哥家跑,看看春姐就忘了饿。爹妈打我了,我也往刘哥家跑,看看春姐身上就不痛了。没活干了,我还往刘哥家跑,看看春姐比过年吃肉还美。可是,他们并不觉得美,几次去都看见他俩相对而坐,互相看着,互相责问。

　　"你是不是说话不小心,惹住谁了?"刘哥担心地问。

　　"没有呀!"春姐想想又说,"我连大气也没哈过谁一口。你想想,是不是你得罪谁了?"

　　"没有! 我还是像从前一样呀!"刘哥纳闷了,自言自语地反问,"那为啥人们见了我就像见了仇人一样?"

　　"谁知道哩。"春姐也说,"人们见我也是黑脸来白眼去,还指鸡骂狗地说些难听话。"

"往后小心点,别碰住谁撞住谁了。"刘哥无可奈何地嘱咐。

"你放心!"春姐点点头。

我小,不懂这些,也不管这些,去了就坐下去。刘哥做木匠活,春姐帮他拉墨线。我双手支住下颌,直直地盯住春姐,能呆呆地看上一晌,越看心里越美越甜,总是看不够。这时候啥也不想,啥也不怕,就怕爹妈会突然喊我回去,一回去就看不到了。我真羡慕刘哥,常常会突然说:"刘哥,你真美!"

刘哥直起腰,奇怪地问:"我咋美?"

我说:"你成天和春姐在一起,啥时想看都是现成的!"

刘哥看看春姐,不由一阵大笑。春姐也笑了,手指轻轻点着我的额头,说:"你长大了,找个比我还好看的,叫你成天看得肚里撑得慌!"

"那才美哩。"我心里想,巴着这一天。

我常常忘了回家吃饭,忘了放牛,忘了割草。离开了春姐就像掉了魂,小小娃家没一点精神,啥也懒得干。为了这,爹妈不断骂我:"出门喜,进门忧,笑脸常挂刘君屋。"

可是,美景不长。不久,刘哥就被打成了反革命。一天,开刘哥的斗争会,光头司令在会上说:"刘君三岁那一年,去给大土匪刘大麻子拜年。刘大麻子说,给老子磕三个响头,老子封你个团长干干。刘君乖乖地磕了,想混个团长。大家想想,要是晚解放十几年,刘君就是大团长了,有多少人头会在他的刀下落地,……"

"爹,刘哥真当过团长?"我坐在爹身边,悄悄地问。

"听他屁股眼里冒气!解放时刘君才九岁,当个球!"爹又"哼"一声,愤愤地说。

"那为啥要斗他?"我又问。

"哼,谁叫他——"他怎么了?爹不说,还瞪起眼吓唬我,"小娃家,少管闲事,小心把你也打成反革命,你比刘君给刘大麻子磕头时还大一岁哩。"

我不敢再吭了,可是周围的婆娘们却笑了。一个个头上像安了轴承,前后左右打转转,寻找着春姐,然后一眼一眼地挖勾她。好像她们经过艰苦奋斗终于胜利了,十分得意地窃窃私语,发泄着自己的欢乐之情。

"她刚过门我就看出她要妨主,看看咋样?"

"标准是个丧门星!"

"可叫她排场、漂亮!"

春姐碍住她们啥事了,为啥都这么高兴?

我正想着,忽听光头司令恶声恶气地命令道:

"勒令反革命分子刘君,今天下午立即去九阳水库劳改,不得违抗,特此勒令!"

九阳水库?可远可远了。我爹也在九阳水库做过活,说是离家隔着几座大山,隔着几条大河,一天一夜也跑不到。刘哥要远走高飞了,春姐准会哭的。散了会,我就跑到了他们家里。

春姐坐在床上,低着头收拾行李。刘哥站在床前。我偷偷扒住门框往里看着。刘哥低声下气地说:"都是我不好,连累了你!"

"这能怨你?哪个庙里没有屈死鬼,总有云散日头出的时候!你放心去吧,我等着你!"春姐说得轻巧,可我看见她的眼泪一滴一滴落在被褥上。她哭了,我不由得也哭了。

刘哥回头看见了我,就把我拉到床前,蹲到我面前,问:"小青,亲你春姐不亲?"

"亲!"我说了,还嫌不够劲,又加重一句,"可亲!"

刘哥强笑着求我道:"我走了,你常来和你春姐做做伴,行不行?"

"行!行!可行!"我巴不得一天到晚陪着春姐,也好看个够。

刘哥终于走了。

刘哥家住着三间房,还有个院子。院里种着几株泡桐树,又高又大,枝叶繁茂,遮得院里不见阳光,凉快倒是凉快,就是阴森森的,叫人想起深山老林,想起狼叫,怪怕人的。

我赶紧去看春姐。出了门只见井台上围了一堆人,出了啥喜事?那些婆娘一个个喜气洋洋,围住支书和光头司令在取笑。

"毛主席教导我们说,友谊和支援比什么都重要。刘君走了,你们可得去友谊友谊,支援支援!"人们笑得嘎天嘎地。

"胡说什么?"支书看看光头司令,板起脸训斥道。

"坏啥啦?去吧,去吧,她生成的那号货,不叨一嘴白不叨!"婆娘们笑得更放肆了。

支书和光头司令瞪瞪眼,走了。

婆娘们又各自去淘米和洗衣服了,余兴未尽地继续笑着说着。

"好歹都去才美!"

"那才有好戏看哩!"

"她干不干?"

"看她那个长相,生成的贱货,还会不干?"

我不懂她们说些啥,听得没味,就往春姐家走去。春姐坐在窗前,看着窗外的天发呆,一脸泪水,我说:"春姐,你哭了!"

她忙擦擦脸,强笑道:"没有!没有!"说着把我拉到身边摸着。

于是,我就和她玩,逗惹她,抓她胳肢窝,想叫她笑笑。可是,她不笑,最多苦笑笑,笑得我心里比喝药还难受。她求我道:"别招姐,姐心里不美!"

我看她一脸苦相,怪可怜人,就不和她玩了。她坐着,我也坐着。她看着天,我看着她。就这样不言不语地坐下去,能坐很长很长的时间,谁也不说一句话。我坐急了,就想让她笑一下叫我看看,她一笑就像开了朵牡丹花,好看极了。我忍不住了,就眼巴巴地求她道:"春姐,你笑一下行不行?"

"姐笑不出呀!"她苦着脸说。

"为啥?"

"笑叫你刘哥都带走了!"她要哭了,又忍住不哭,一把拉住我急切地问,"想你刘哥吗?"

"可想!"我坚决地说。

"想他干啥?"她眼里闪着光。

"刘哥回来,你就笑了。"我说。

她突然搂住了我,搂得很紧很紧,呜呜地哭了。

她哭得太伤心了,我急了,就说:"别哭,别哭,你要再哭,我可也要哭了。我替我刘哥成天陪着你行不行?"

她擦擦眼泪,摇摇头,惨淡地一笑:"傻兄弟,你真傻呀!"

我决心成天陪着春姐,谁知不久就不行了。不是队长来找她,就是支书来找她,还有光头司令呀,啥委员呀,一个接一个地来。他们进来时先是对着春姐嘻嘻地笑,笑得涎水流多长。可是一看见我就马上变了脸,恶眉瞪眼地命令我:"出去,出去,快出去!"

"为啥叫我出去?又不是你的家!"我反抗。

"我们谈工作哩!"他或他全不讲理,"叫你出去,你就给我出去!"

春姐求告道："叫他在这里玩吧,一个小娃家!"

"你别管!"他或他对她笑笑,然后就拧住我的耳朵,一直把我推到大门外边。

我气极了,回家对爹妈诉说,爹妈听了乱摇头,声声叹气道:"哼,都是黄鼠狼给鸡拜年,没一个好东西!"说了,又训斥我道:"你以后不准再进刘君家的门!"

我问:"咋?"

"咋?"爹的脸沉着,说,"你要看见了,人家非捏死你不可!"

"我看见啥,"我胆怯了,"人家要捏死我?"

爹的嘴张开了又合住了,最后不论理地命令道:"不叫你去,就是不叫你去,你问啥?再问我揍你!"

我才不服哩,不叫我看见春姐,我心里会生蛆的,会痒痒死哩。我背过大人,在我家院墙底下垒上石头,我站到上边,扒住墙,下颏搁到院墙上,瞪住眼偷偷地看着。一见来人从春姐家走了,我就赶紧跑过去。

春姐坐在当间里,脸红个净,浑身乱抖。

"他骂你了?"我提心吊胆地问。

她摇摇头。

"他打你了?"我害怕了。

她又摇摇头。

"没骂没打?我才不信哩。"我说,"那你气的啥?"

她突然流起了泪,拉住我的一双手,急急地问:"你亲姐吗?"

"亲。"

"真亲吗?"

"真亲!"

"那你就帮帮姐的大忙,行不行?"她眼巴巴地盯着我。

"行,可行!"我庄重地说,急问,"干啥? 我现在就去!"

她摇摇头,又把我往她怀里拉拉,说:"往后,你见队长来了,就跑去找光头司令,就说我叫他快来!"

"行,可行!"这算啥大忙,跑个腿算啥。

她又说:"要是看见光头司令来了,你就跑去找支书,就说我叫他快来。"

"行,可行!"我应下了,想想又问,"要是支书来了哩?"

"你就快去找队长,也说我叫他快来。"她说得很带劲,咬着牙,还有点冷笑。末了,又不放心地追问:"真能办到吗? 不是哄姐的?"

"能! 真能! 我跑得可快了,我成天都想跑。我要哄你,就是个这!"我伸手比了个小圆圈,是龟娃的意思。

她放心地叹出了一口气,低下头脸蛋挨住我的脸蛋,高兴地说:"好小兄弟,你真要办到了,就是你刘哥和我的救命恩人啊!"说着在我脸上乱亲,亲得可狠可狠了,吸得我的脸蛋生痛生痛。不知道她哪儿来这么大劲,一直到我回家,亲的印还在,我妈问我和谁打架了,为啥脸上一块一块红的。她亲足亲够了,又再三嘱咐我,她给我交代的这些事,千万千万不要对别人讲。我答应了,还给她赌咒。为了她亲我,谁就是用镢头往我嘴里挖,也休想挖走一个字。

我长了这么大,还没人正正经经托我办过事。春姐的话,我时时刻刻搁在心上。从此,不论黑夜白天,我只要看见有人进她家,我就飞跑着去找另外一个人也去她家。他们去她家说的什么,人家不叫我听,我不知道。人们每次走后,我就赶快跑过去打听消息,问她受气了没有。春姐什么也不讲,只是得意地冷笑,只是哼。这时,我常常发现桌上放着大包小包东西,包得严严的。是什么? 我看不见。我只能闻到一股股香甜的味道,还能摸到柔软的东西,像是布料。我想解开看看,春姐忙伸手紧紧按住,变脸失色地说:“别解,不敢解,咱不解!”

“咋?”我睁大了眼,她为啥这样害怕解开?我好奇地追问,“里头包的啥?看你吓的!”

“不知道。”她摇摇头,想想又说,“是毒药!”

“毒药!”我猛一惊。

“是毒药,很毒很毒的毒药。看一眼,眼会瞎,闻一口,人会死。”她恨恨地说,“他们想毒死我,还想毒死你刘哥!”

“啊!”我信了,也怕了,忙问:“那咋办?”

“埋了,把它埋了!”她重重地说。

她领着我走到院里,在泡桐树下挖了个深坑,把一包一包东西扔到里边,又去厕所里舀来大粪倒在上边,然后才埋。每往坑里撂一锨土,她就一声冷笑。埋严了,她又用双脚在上面狠狠地跺着,咬着牙跺,把吃奶的劲都使上了,好像跺着一条毒蛇,实怕跺不死它会反醒过来。我也上去帮着春姐跺,跺一脚骂一声:“我叫你毒!我叫你毒!”一直把那挖虚的坑跺瓷实了,我们才回去。

从此,春姐变了,变得邋遢了。脸上黑一块,灰一块,也不洗。头发乱了,成了鸡窝里的乱麦秸,也不梳。衣裳脏了,烂了,也不洗换。特别是那好看的雪白的脖颈,像臭青泥糊过似的。青枝绿叶的嫩葱把,变成了一根燎黑了的烧火棍。我看了心里老不美,就劝她:“春姐,你看你,成了个啥?”

“咋了,不好看了?”她怀疑地问。

“可是哩!”我噘起了嘴。

“真不好看了?”她面带喜色了。

“真的,可难看了!”我认真地说。

"这就好了!"她长吁了一口气,一脸得意。

"不好看了还好了!"我不服气地说。

"不好就是好,好就是不好!"她满意地笑笑,看我睁大着奇异的眼睛,就又亲我一下,说,"你长大就知道了。"

春姐的日子越过越苦,做一顿饭能吃一天。啥饭呀,不算饭,黑面煮野菜,又黑又稀,像一锅脏水污水。我真怕她病了,病了才可怜哩。为啥不吃点好的? 我说:"春姐,你家的麦子咋光有黑面?"

她被逗笑了,说:"姐一吃白面就心口痛!"

日子一天一天过去,也不知过了多久,反正单衣服早换成了夹衣。有一天,春姐忽然又有了笑容,脸也洗了,头也梳了,衣服也换了,烧火棍又变成了青枝绿叶,只是消瘦了一些,瘦使春姐更好看了。我好高兴,就说:"春姐,你又成真春姐了!"

"是吗?"她笑得十分好看,忙从锅里拿出一个白馍,比雪花还白,要叫我吃。我不吃,我说:"你不是吃白馍心口痛吗?"

"今天病好了,想吃。"她眨着眼,喜眯眯地问我,"你知道今天是几月几日了?"

乡里娃子不记日子,我摇摇头,奇怪地看着她,几月几日咋了?

她神秘地一笑:"今天是十月初三!"

"十月初三咋啦,是你的生日?"我问。

"过生日算个啥?"她不满地嗔怪道,"你还说想你刘哥哩!"

"刘哥咋了?"我迷瞪了。

"你刘哥是七月初三走的,三个月一换班,今天他就回来了!"她的脸成了一朵花。

"真的?"

"可不!"她说得轻松,自在。

刘哥要回来了,太好了,可美了,他一定会把春姐的笑也带回来,我又能天天看见比花还好看的笑了。我拍起了手。

半下午,刘哥真回来了。

刘哥踏进了门槛,一眼看见春姐站在当间里,不由得脚被钉住了,两个人互相看了又看,还是春姐先说:"你真回来了?"说时哇一声哭了。

"别哭!哭啥?"刘哥上去推推春姐,安慰道,"人治人治不死,我不还是囫囵囵的?就是叫你受苦了!"

"还去吗?"春姐担心地问。

"不去了,三个月一轮,咱歪好也是个人,总不能不顾活人眼,总也得按点规矩。"刘哥说得很自信。

春姐这才放了心,忙给他端洗脸水,又端来了白馍,说:"快吃吧,也该饿了!"

刘哥看看白馍怔住了,半天才说:"我走时只剩三升麦了,这几个月你……"

"吃吧,吃吧,吃吃补补亏啥都有了!"春姐把馍强塞到刘哥手里,说,"只要你回来了,啥都有了,比啥都强!"

刘哥接住馍,吃了一大口,春姐过意不去地说:"也没个菜!"

"可有菜!"刘哥诡秘地笑笑,吃一口馍,看春姐一眼,再吃一口,再看春姐一眼,眨着眼说,"看一眼就是一块肉,比肉还香!"

"你还是这样!"春姐嗔怪地笑了。

他们互相看着,你一眼来,我一眼去,用眼睛说着话。眼睛可比嘴巧多了,能说些嘴里说不出来的话,能说些嘴里说不清的话,一句顶一万句。他们正说到兴头上,光头司令来了,进门就大喊大叫道:"姓刘的,你给谁请示报告了,你为啥也回来了?"

"我到期了！"刘哥站了起来。

"按期是指的革命群众，你算个啥东西，也想按期哩！"光头司令出口伤人，像条狗。

"我也是人！"刘哥争辩道。

"你也是人？谁说的？"光头司令冷冷地一阵狞笑，然后又穷凶极恶地命令道，"现在马上给我再滚回水库去，马上！马上！马上！"他那副样子真怕人，像条恶狗。

春姐浑身颤抖，红红的脸成了一张白纸，泪水涟涟地求情道："你就行行好，抬抬贵手，饶了他吧！"

"不行！"光头司令吼道，"对反革命分子绝不能心慈手软！马上给我滚回去，再晚一会儿，马上抓你去斗争！"他像条疯狗了。

"你就可怜可怜俺们吧！"春姐屈膝了，跪下了。

"你还知道可怜二字？我可怜他，谁可怜我？你还认得我呀！"光头司令声声冷笑，看着春姐，眼里闪烁着饿狼一样的馋光。

"起来！"刘哥一把拉起春姐，气急败坏地说，"水库也不是杀人屠场！我去，还有啥恶招都使出来吧！"

刘哥到底又去了，可怜他回来连椅子还没暖热，还不如不回来哩，没有给春姐带回来团圆的欢乐，却带来了更痛苦的离别。

春姐伤心透了，彻底垮了，哭了三天三夜没起床，水米不打牙。我去看了几次，每次她都在喃喃地自说自道，看见我就不说了。我想一天到晚陪着她，可是，队长，支书和光头司令们来得更勤了，来了我就得去找另外的人也来。想起这些人都是恶人，都有权，我就有了办法，我给春姐说："你咋不求求他们哩，我看他们对你怪好，他们只要开开口，刘哥就回来了！"

"他们……"春姐痛苦地摇摇头，半天才恨道，"就是他们叫你刘哥走的!"

我不明白,又问:"他们为啥不让刘哥在家?"

"为我……"她红了脸。

"你怎么了?"

"我……"她话到口边打住了,对我看了半天,突然问我,"你亲姐不亲?"

"亲呀!"

"姐亲你不亲?"她又问。

"亲呀!"我莫名其妙了。

"听姐的话不听?"

"听!"

"好,听姐的话!"她又把我拉到怀里,低着头,愣愣地看着我,说,"你长大了,找个很丑很丑的老婆,行吧?"

我才不哩! 我说:"我也要找个最美最美的老婆!"

"你……"她不满地轻轻推我一下,然后又把我搂住,苦苦求告我,"听姐的话,姐是为了你好。千万不要美的,最美的就会最不美!"

"那刘哥为啥要找你?"我反驳她。

"要不,他咋受罪哩!"她说着突然又哭了,"都是我害了他呀!"

"你怎么害了他?"我越发糊涂了。

"都怨姐长错了,不该长成这个样子呀!"她忽地一头栽到床上,脸埋到被子里,大放悲声地埋怨着,"妈呀,你为啥要把我生成这个样子呀? 你要把我生成哑巴那样多好呀! 为啥不把我生成哑巴那号样呀! ……"

哑巴也是我家的邻居,长得像个要烂捧的大冬瓜,又黄又肿,满脸鼻涕涎水,头发像喜鹊窝,成天提着裤子,见人就嘻嘻地憨笑。谁见了都赶快远远躲开,要不,她身上的臊气臭气会呛得你吐不及。春姐为啥眼气她?莫非她疯了?

春姐是疯了。下地做活常常发愣,人们给她说话,她不是听不见不回话,就是人家问东她说西,要不,就突然冷笑狂笑不止。村里人一点也不同情她,不是说她装聋作哑,就是说她装疯卖傻,背地里难听话比河里的水还多,一天到晚流不完。

"压根就说她长得不像个人,是个惹祸妖精,看看,把村里乱成啥了,家家鸡飞狗跳墙!"

"刘君上辈子没烧好香,碰上个这号女人,算活活葬送到她手里了!"

"现在才想起来装人,晚了!"

"也怨刘君自己,也不想想自己是个啥人,一个黄泥巴腿也敢走桃花运!"

男人们背地里说说算了,女人们可能讲了,那些丑八怪女人更是扬扬得意,嘴都笑歪了,见了春姐就故意往她心窝戳刀子。

"嘿,你咋自己担水呀,咋不叫刘君担哩?"

"噫,也不怕压断了麻秆细腰!"

"哎呀,越活越漂亮,我要是个男人非要犯强奸罪不可!"

"刘君可真有福,找个西宫娘娘!"

春姐不敢回话,讪讪地匆匆走开。那些女人还不解恨,对着她的脊梁"呸呸"地乱吐口水,想用唾沫淹死她。

我气不忿,就替春姐骂这些人,这些人就笑着骂我:"屁大个年纪,也想去叼一嘴了,长大了准不是个好东西!"骂了,大家笑得更凶了。

"谁要吃过她一个馍花就不是人! 就不得好死,就是个龟!"我一肚子冤枉,气得乱蹦,赌咒发誓。

人们哈哈大笑起来。

我委屈,冤枉,就去找春姐,哭道:"她们说我也想叼你一嘴,你说说,我吃过你啥东西没有?"

"啥呀——"春姐憋住了气,脸上由红变白变青,身上像筛糠一样抖个不止,差一点气死过去,老半天才哇一声哭了,捶打着自己的脑袋,叫道,"我作了啥孽呀,落下这样报应?连一个小娃都不放过,也用来往我头上泼恶水……"

我后悔,不该给她说了,我求她:"春姐,我不怪你,都是她们诬赖我的!"

春姐冷笑一声,突然换了个人,脸上没有了怒容,眼里没有泪水,话里没有了叹气,红着眼问我:"想叫你刘哥回来不想?"

"可想!"我看着她,她的两只眼像烧红了的火炭。

"他明天就要回来了!"她说得十分肯定,"我已经捎信去,他明天就回来了!"

"回来还去吗?"我怕再叫光头司令撺走。

"不去了,再也没人叫他去了!"她冷笑着。

我高兴极了,就欢欢乐乐地回家去了。

这天夜里,我做了个好梦。梦见刘哥回来了,一只手拉着春姐,一只手拉着我,去城里看牡丹花。满园的花儿开得正旺,千朵万朵,啥颜色都有,啥样都有,一朵比一朵好看,朵朵都像春姐的脸。我想叫春姐和花朵比比,看看谁最美。可是,一回头不见了春姐,到处也找不到她,我急了,就大声呼喊:"春姐!春姐!"

朵朵牡丹花齐声回答:"我就是!我就是!"

啊!春姐变成了牡丹花,我伤心地哭了。

牡丹花儿齐声说："别哭,别哭! 姐变成了牡丹花,公园里有规矩,谁都不敢摘了,让大家看,多好!"

"不好! 不好! 我不! 牡丹花只开一阵就要落,就不得看了。春姐脸上的花一年四季都不会落,永远都开着!"我哭着求牡丹花再变成春姐。

我哭醒了,天也亮了。只见爹妈和好多人在说着什么,事情一定很大,很新鲜,因为每个人脸上都是惊讶的神色。我赶忙起来打听,使劲去听。我明白了,知道了,也吓坏了。

昨天夜里,春姐抹了一脸锅烟子,然后往锅里倒上了油,烧滚了,就把脸贴近油,又往锅里倒了点水,油炸了,油星都炸到了她脸上,把那黑锅烟都炸进脸上肉里了。

春姐变成了丑八怪。

我赶紧跑去看,踏进院子就看见了春姐。不,不是春姐,是一个一脸疤癞的丑女人。可是,我还是跑着扑了上去,哭道:"春姐——"

春姐抚摸着我的头顶,说："别哭! 别哭! 这多好,这就没事了,你刘哥就要回来了! 你不是想你刘哥吗? 他可要回来了!"

我伤心地哭着,哭得很痛,再也看不见我心里的花了。

刘君哥回来了,跑得满头大汗,气喘吁吁,一脚踏进院子,就大呼小叫:"春妹! 春妹!"

春姐从屋里出来,哭道:"刘君你回来了! 可回来了!"

"你——"刘哥倒退了一步,怔怔地问,"你是谁?"

"我——"春姐回道,"我是春妹呀,我是你的春妹呀!"

"你——不是! 不是! 你不是春妹!"刘哥步步后退,院墙堵住了他的退路,他突然回头狂跑,一路跑一路大声嘶叫,"春妹! 春妹! 你在哪里呀?"

刘君哥疯了,白天跑着,夜里跑着,在河边,在山上,在野地,在村里,到处呼唤:"春妹!春妹!你在哪里呀,快回来吧!"

叫声撕裂着天空,撕裂着大地,人们黑夜白天不得安生,于是,又撂出了那句老话:"都怨这个妖精,闹得鸡狗都不得安生!"

第三天早上,村子里平静了。听不见刘君的叫声,也不见春姐的影子了。人们都说,刘哥和春姐跑了,远走高飞了。有人还说亲眼看见,刘哥和春姐手挽着手走的。又隔了几天,人们担水时闻见了怪味,才发觉他们双双投了井。他们上没老,下没小,大家就用两条破席把他们合葬了。

这天,送葬的人很多很多,像过年过节看大戏一样热闹。不少婆娘还穿上了新衣服,像要结婚一样高兴。还有人买了个头鞭,放得满天响。本来,墓坑挖得很浅,可是,人们不依,说:"可得挖深一点,埋个深深的,别叫她的魂灵跑出来再害践人!"于是,几个婆娘夺过镢头,自告奋勇地跳下去又挖,挖一镢头恨恨骂一声,发泄着心中的怨气怒气。

顺子老婆说:"咋看她咋不顺眼,一见她就来气,这一下可好了!"

石头的老婆说:"好好个村子,叫她给乱成了一窝蜂,这一下可太平了!"

三成的老婆说:"谢天谢地,这个妖精除了,可睡个安生觉了!"

她们化愤怒为力气,把墓坑挖得很深很深,深得像口井,才把刘哥和春姐的尸首扔进去。然后是埋,光撂土还不行,还往坑里扔石头。她们那个恨劲,比春姐往泡桐树下埋东西还恨。

村里像除了一大祸害,从此相安无事了。

原载《上海文学》1987年第4期

笑城

利民公司进了一批飞鸽牌自行车。

这是人人皆知的名牌货、稀缺货、紧俏商品。特批物资，谁要骑上一辆新飞鸽，马上人们就会对他刮目相看：此人一定来头不凡，不是贵人，也准是贵人的什么什么人，绝不会是平头百姓。要不，就是财大气粗的万元户，掏高价买来的。这种判断没错，前些年，一张飞鸽牌自行车票证就能卖二三百块，总之，谁要是能骑上一辆新飞鸽，就会身价百倍。于是，有些人为了把自己的身价往上涨涨，就削尖脑袋，费尽心机，不择手段地去搞一辆飞鸽牌自行车。掌管飞鸽牌自行车的人更是自觉手里奇货可居，对车子待价而沽，以此换取各种各样的政治的和经济的好处。为了飞鸽牌自行车，不知演出了多少悲剧、喜剧、闹剧、丑剧……可怜赫赫有名的飞鸽牌自行车，每一辆都沾上了污点，使它失去了光明正大从前门飞走的权利，不得不在暗无天日的后门出入了。

这一次，利民公司进了一百辆飞鸽牌自行车，眼看又要生出许许多多离奇古怪的故事了。谁知却接到了上级最最严厉的指示：谁敢再搞不正之风，谁敢再开一次后门，就拿谁开刀示众，绝不留情。于是,利民公司一反多年来的常态,竟把这一批飞鸽牌自行车摆到门市部公开出售,谁买都可以,只要付钱就行。消息传开,人们当成了天下奇闻,想买车的人和想看稀罕的人,蜂拥而来,门市部快要被挤破了。大家用爱慕的眼光审视着自行车,无不咂嘴叫好。

"真不要证?"一个青年大声问。

"真不要!"营业员小李眯眯笑着。

"多少钱一辆?"这青年又问。

"一百七十八元。"小李子报了货价,又补了两个字,"平价。"

这青年用怀疑的眼光审视了小李子一阵,小李子被看得浑身像扎了刺,不满地牢骚道:"咋啦?"

"咋啦?哈哈哈!"这青年爆发了一阵狂笑,然后拉上同伴回头就走,自豪地说,"哼,也不睁眼看看哥们是何等人物,还想把咱们当山老愚提哩!不要证、平价,天下哪有这种好事?不是假货才怪哩!"

围观的人听了这话都愣怔了,继而恍然大悟了:

"假的?……"

"不要证,还是平价?……"

"日头打西边出来了!"

"要是真货,还不够他们开后门哩!"

"是啊,你看看这标牌多粗糙!"

"看这电镀……"

"看看这车圈……"

人们越看越断定是假货无疑了。

"想着都不会是真的嘛!"

"哼,这还用想呀?"

"是吗？真要有这种好事说啥也不会轮到咱这平头百姓呀！"

"还想捉咱们大头呀，不是前两年了！"

"老梦做不成了！"

人们用鄙弃和不屑一顾的眼光乜视着自行车，乜视着营业员小李子，用各种各样的腔调说着刻薄话，然后愤愤散去。小李子是个姑娘，看着人们脸色，听着人们的讥讽，又气又急，大声嚷道："同志们，这真是真货……公开卖是为了纠正不正之风！……"

人们哄地笑了，笑得太放肆了，也走得更快了。出了商店门，骂得更凶了：

"说得真好听，就没想想你们过去干的啥号样？"

"哼，抬出纠正不正之风来卖假货，真亏她说得出来！"

"现在人们谁不会说光堂话？"

"哼，纠正不正之风！"

"好像就她能，别人都是三岁小孩，说句好话就哄住了！"

"……"

只说眨眼工夫这批飞鸽牌就会被一抢而空，谁知一辆也没卖出，还有鼻子有眼地说利民公司卖假飞鸽车，闲话沸沸扬扬，越传越神，闹得满城风雨。小城的人们茶余饭后就以此为话题，感叹世风之日下，人心之不古，连国营商店也欺欺哄哄了。家人和亲朋之间互相告诫，往后得多几个心眼，别被人哄了，上当受骗吃大亏。

飞鸽牌自行车在商店里摆了三天，不仅没卖出一辆，人们连看一眼也不屑看了。公司丁经理气坏了，骂道："真是狗咬吕洞宾——不识好人心！"于是，便对营业员们发了话："你们平时要给亲戚朋友买车子，总是照顾不到，现在叫他们都来买吧！"

小李子得了将令，首先想到了小时同窗好友小王。小王找了个对象,要一辆名牌车,小王曾找到小李子,苦苦求告;小李子手里没权,爱莫能助,眼睁睁看着小王的对象吹了。小李子至今想起这件事还心里不安。现在天赐良机,她一口气跑去给小王讲了,叫他快点来买。可小王听了,一点也不动心,只冷冷地问:"卖一辆给你发多少奖金?"

小李子受到了侮辱,气得眼泪丝丝地反问:"你这是啥话?"

"实话!"小王像受到了愚弄,揭底道,"你们公司卖假车谁不知道? 亏你做得出来,哄人哄到老同学头上来了。缺钱花了言一声,来这一套也太不哥们儿了!"

"你不要算了……"小李子一怒而去,越想越不是味,走一路哭了一路,好心没有好报,实在委屈。她一赌气回到家里,对爹说:"爹,咱们买辆飞鸽牌自行车吧!"

爹是文化系统的一个小干部,正在看着小说,听了取下眼镜审视着女儿,问:"去哪里买?"

"俺们公司里!"

爹"哼"了一声,又戴上眼镜,继续看小说,半天才不满地说:"咋了,又唱《龙江颂》哩,'堤外损失'叫'堤内补'啊? 公司里假车卖不出去了,叫营业员买?"

又是这话! 小李子气急败坏地说:"爹,你别信谣言,这车子可是真的!"

爹冷冷笑道:"谁给你说的?"

小李子理直气壮地说:"上级讲的,还能错了?"

"上级?"爹又看起小说,把女儿晾到一边,不再理她了。

小李子看爹不信,又愤愤地强调道:"丁经理亲自组织的货,真是真的啊!"

"真是真的?"爹爹合上了书,看着女儿淡淡地教训道,"娃子,你还嫩得很哩,还不知道啥叫社会哩。如今有多少真话? 要真是真的,不是假的,为啥要强调'是真的'? 正像一个人,绝对不会强调自己是人不是狗一样,懂吧? '上级'? 你认为上级就不骗下级了? 哼,鬼话! 咱们吃的这号亏还少吗? 还轻吗? 五七年反右派直到……算了,算了,不说了。我只问你,你们卖了多少辆了?"

"一辆也没卖。"小李子气愤地说,"人们都不了解内情,跟着起哄,硬是怀疑……"

"就你了解内情?"爹开心地笑了,反问道,"丁经理的亲戚朋友就不了解内情? 娃子,内部消息灵通的人多着哩,天下比咱能的人也多着哩,为啥没一个人买? 你也二十一了,往后也该动动脑子,也该学学咋辨别是非真假,别叫人家给自己哄卖吃了!"

小李子经过爹爹一番开导,细细一品味,也觉得有几分道理,顿时气也消了,劲也散了,也犯了疑心。回到公司后,就把那自行车前前后后、上上下下看个仔细,研究个没完没了,又见别的营业员对她诡秘地笑着,她就纳闷地问:"你们说说,这车子到底是真的还是假的?"

营业员们全笑了,笑得很开心。笑过之后,一个中年营业员说:"如今这世道变了,人也能极了,有些假货表面做得比真的还真,是真是假看车子看不出来呀。"

"啊?"小李子奇怪地问:"那看啥才能分出真假?"

"看人!"人们异口同声地说。

"看人?"小李子更迷惑了,"不看车子看人,那……"

"你才来,干的天数长了,你就明白了。"

"要是真的,人啥号样?"小李子好奇地追问着,"再说天下这么多人,你看谁才能分出真假?"

营业员们被问得来了劲,看看没有外人,便凑到一堆七言八语说开了。

"看谁?看丁经理,看他的脸,只要有了名牌货,你看吧,丁经理的脸早早晚晚都像块红布,和关公没两样!"

"咋啦?"

"喝酒喝的呀!"

"还有,只要有了名牌货,成天都有人提着大包小包来找丁经理。"

"还有,平时咱们的上级的上级,谁也不来,只要有了名牌货,穿梭似的来了,还比谁跑得都欢!"

"这一回,丁经理的脸没红,也不见提大包小包的人,上级的上级也没影没踪,是真是假你自己还想不明白?"

哈哈哈,嘎嘎嘎,人们大笑起来。

"原来是这样!"小李子彻底折服了,暗暗庆幸这次她没有上当受骗。

赫赫有名的飞鸽牌自行车,没想到会遭此厄运:被人嘲笑,被人辱骂,被人冷落,成了人们嗤之以鼻的冒牌货。就是偶尔有人来买自行车,也宁可买台杂牌货,再不要飞鸽牌了。飞鸽牌要是有知,一定会为怀才不遇而委屈,一定会气得伤心落泪,一定会为世上没有伯乐而去上吊自杀。飞鸽牌无知,丁经理却是个活人,他气坏了,憋了一肚子老虎娃没处撒。过去搞不正之风,反倒很香,人们也信;现在刮了正风,反而臭了,人们不信他的了。在街上一碰见老熟人就会听到戏笑声:"嘻嘻,老丁,咋搞的,堂堂国营大公司也卖起了假货?真是一切向'钱'看了!"

"谁说的?"丁经理的面子吃不住了,正言正色地说,"我这是百分之百的真货!"

"哈哈哈!"对方拍拍他的肩头,夸奖道:"不错啊,越学越提高了,连对老朋友也会玩这个了!"

丁经理忍受不住了,火燎燎地说:"我有真凭实据——进货单为证。"

"进货单?"听者又是一阵大笑,"这年头想弄个假证明还不容易? 哈哈哈……"

丁经理伤心透了,暗暗埋怨上级,明明是后门开得好,偏偏要大开前门,结果落了个老公公背儿媳妇过河——出力不讨好。他一豁之下拼上了:既然都不吃敬酒,也就别怪我搞不正之风了,干脆敞开后门算了。于是,他暗暗算着旧账,谁家送过礼,吃过谁家的请,当时这些人家不是面子没别人大,就是礼物没有别人重,再加上狼多肉少,欠了不少账没有还上。现在趁着别人还没迷瞪过来,赶快叫这些人来买。丁经理一怒之下来到了老张家。老张是个杀牛的,这几年没少吃他的牛杂碎。老张一见丁经理驾到,自然是一番热情招待。等丁经理说明了来意之后,老张更是感激不尽,说了不少承情的话,送给丁经理一大包牛骨髓油,连连叮嘱他拿回去好好补养身体。丁经理一走,老张的老伴可就高兴得不得了,喜道:"烧了这几年香,总算没有白烧!"说着打开柜子,取出了存款折,催老头子快点去买,说:"刚才丁经理说了,过了这个村可就没这个店了,你还不快去!"

老张在剔牛骨头上的肉,训斥老伴道:"真是头发长见识短!"

"咋?"老伴迷瞪了。

"咋?"老张白了老伴一眼,"瞎搭活了几十岁,你都没有长心?

送上门的东西能有好货？从前，手里只要一有了好货色，他都傲得头仰多高，咱前后撵着管他叫爹，他都懒得答应一声。现在咱家又没人要升官，他为啥突然跑来……他要孝敬的爹孝敬的祖宗多了，能轮上来孝敬咱这当儿的？真要是好飞鸽，豆大的雨点也淋不到咱的头上！"

老伴看着手里的存款折，半信半疑地说："人家多大个经理，能给咱说瞎话？"

"这号人早就没有人心了，啥事办不出来？连他亲爹他都哄哩，何况说咱？"老张连连摆手，"把钱放起来吧……"

丁经理诚心诚意地一连跑了多家，到处赌咒发誓，把胸口拍得发紫。可是，因为他没吃请、没索礼，大家就不信是"真"货，没一家去买。

闪闪发光的飞鸽牌自行车，蒙受了天大的冤枉，也蒙上了一层灰尘，使它们失去了往日的光泽，失去了人们的爱慕，一天又一天晾摆在门市部里，找不到婆家。每天路过利民公司门前的人们，都要说几句风凉话：

"哈，这些假货还没卖掉啊！"

"卖？咱们的小城不是从前的小城了，小城的人们也不是从前的人们了，革新了，不好哄了！"

人们天天看见这些自行车，天天骂娘。再说名牌货都敢弄假，别的商品还能真？于是，不约而同地都不来买东西了。本来利润还不错的利民公司，从此一蹶不振，门庭冷落，偶尔有一两个顾客上门，也只买一角两角的小商品，生意日渐萧条，到后来连工资也发不下去了。

这些红极一时的名牌货飞鸽自行车，不仅自己遭了冤案，被打入冷宫,还株连了别的商品,株连了营业员。营业员们恨死了,把它们看成了公司的恶性肿瘤,认为再不摘除,就要置公司于死地了。丁经理又气又急又无可奈何,只好天天咒骂小城的人们瞎了眼,吃饭不知饥饱,睡觉不知颠倒,买东西不识真假。正在无计可想的时候,恰逢一年一度的三月十八物交大会开始了。这是个传统的古庙会,方圆百里的人们都来赶会,小城里顿时人山人海,水泄不通。丁经理绝处逢生,认为飞鸽牌自行车平反昭雪的日子来了,城里人刁滑,眼瞎不吃真的,乡里人老诚,准吃真的。于是,大街小巷贴满了广告,说利民公司为了满足广大农民的需要,特意组织购进了一批飞鸽牌自行车,货真价实,质量第一,存货不多,欲购从速。多少年来,名牌车全是凭证凭关系供应,因为农民太多了,多得像汪洋大海,就从来没给农民分过一张凭证。赶会的农民们看到这个大好消息,真是喜从天降,就成群结队赶去抢购。冷落了许久的利民公司顿时又门庭若市了。第一个抢到手的是一个老汉,他满面堆笑,想到自己家里从此也有了名牌货,好不得意。他欢欢喜喜推着崭新的自行车走了,再有一步就要跨出门市部,这时一个青年满头大汗地跑来,冲着老汉连连跺脚地埋怨道:"爹,我就猜着你要来买亏吃,果然不错,还不赶快去退了!"

老汉愣怔住了,忙问:"咋了?"

"还咋哩!"这青年环顾左右大声大气地牢骚道,"你真老糊涂了,你都没有想想,城里的人成千上万,哪一个不比咱们乡里人能?这车子要是真货,人家早八百年抢购光了,咱连影子也不会看见的!这又不是缴公余粮,能轮到咱农民头上!"这青年从老汉手里一把夺过车子,掉转车头推回柜台旁边,嚷道:"退货! 退货!"

营业员不满地问:"咋了? 哪一点坏了?"

这青年怒气冲冲地回道:"咋了,你们心里和明镜一样! 哼,别老把乡里人当成木头人来哄。不中啦,乡里人如今也长脑袋了!"

这青年说的做的像一盆凉水,倒在门市部里拥挤的人们头上,人人心里凉个净,一张张兴高采烈的面孔,顿时变成了一张张怒脸,不分青红皂白,就帮着这青年和营业员们争吵起来了。

"捏乡里人捏惯了!"

"真货? 是真货为啥城里人都不买?"

"乡里人挣个钱多难,你们也不怕背良心!"

营业员自己心里有鬼,又见人多势众,不敢多辩,只好退了款。

人们胜利了,扬扬得意地散去了。

"真悬,差一点又叫他们骗了!"

"哼,他们的好梦也做到头了!"

于是,挤挤拥拥的门市部又冷冷清清了。

又过了一个月,一百辆货真价实的飞鸽牌自行车还是一辆也没飞走。丁经理咬牙切齿地骂道:"哼,都喝迷魂汤迷住了,还认为自己吃了醒药哩!"几天后,他把这一批自行车全部卖给了外地。

小城的人们听说这批飞鸽车都飞到了外地,都很高兴,都很骄傲,都很自豪,互相祝贺道:"不错啊! 好啊! 咱们的小城全睡醒了,到底也没哄住咱们一个人!"

小城笑了!

原载《鸭绿江》1986 年第 10 期

借笑

腊月间的一个下午,四叔正在园子里栽菜苗,突然刮来了一阵西北风,冷气像刀子一样刺人。四叔打了个冷战,打了几个喷嚏,接着身上便又冷又烧。他坚持着又做了一会儿,后来实在挺不住,不等天黑便回家睡了。

夜里,四婶喊他起来吃饭。他觉得乏得很,懒得张嘴,只睁开眼看了看,摇了摇头又闭上了眼。

四婶又问:"喝茶不喝?"

四叔又摇摇头。

四婶急了,追问:"又咋了?"

四叔还是不睁眼,不言语,连头也不摇了。

老变小,这话不假。四叔越活越像小孩了。一家大小谁要是声高了低了,谁要是脸红了黑了,也不管人家是为了啥,他都认为是冲着他的。他就躺在床上怄气,能几天不言不语,不吃不喝,直逼得犯事的人跪到床前认罪,他才肯动动筷头。四婶当是他又使性了,就提心吊胆地问:"谁又惹你生气了?"

四叔烦了,翻了个身,把脊背对着老伴。

四婶又急又气:"是咋了,你不会张

张嘴?"

这时,新来的小儿媳妇英英端着饭来了,看见这个架势就放下碗,走过去摸摸公公的头,手刚触到额门便一声惊叫:"哎呀,烧成火炭了!"又急忙回头对婆婆大惊小怪地叫道:"妈,我爹病了——"

四婶吓了一跳,忙拉拉英英的衣襟,示意她别再说下去。英英还没弄明白婆婆的意思,四叔忽地翻个脸朝外,睁大了眼,气道:"你说啥呀,谁病了?"

四叔一辈子最怕不吉利的话。像比,今天他要出门,谁要不在意地嘱咐一句:"小心点,别……"他就认为这是凶兆,一定会出事,不但不再出门了,还要腿脚不动地坐一天。他要是身体不舒服,头疼就是头疼,咳嗽就是咳嗽,谁要说他是病了,他就认为是咒他哩。英英的爱人洪运,本来很得四叔的宠爱,就因为犯了四叔的忌,惹得四叔一恼多年,怀恨至今。有一年腊月三十,一家人熬年,睡得很晚。大年初一五更头上,四叔想讨个吉利,就高高兴兴地叫道:"洪运起来了吧!"

洪运睡得正香,听喊声就随口回道:"没起。"

四叔又问:"快起来了吧!"

洪运牢骚道:"起来干啥?我不起!"

四叔顿时心里凉个净,气个半死。唉!运气不会来了,叫儿子把运气说死了。从此,他把一家人的贫困都归结到洪运这个回答上了。

英英才结婚,不知有如此严格的家忌。公公问她"谁病了",没有问"谁说我病了",心里还存点侥幸,想叫她改个口,把灾星引到别人身上。她要是知道有此家忌,说个"我二大爷病了",就万事大吉了。可是,她不解其中奥妙,听公公问她,她就实话实说道:"你病了呀！你还没觉着呀！"

四叔听她一口咬死了，气得浑身发抖，变脸失色地喝道："你再说说谁病了！我是伤风了，我是病了？"

英英看公公火了，不知自己说错了什么，还要再解释几句，婆婆赶快把她打发走了。刚出门就听见公公气呼呼地恨道："才来几天就咒我，和洪运一样，都是灾星！"

英英忍住泪回到屋里就哭了，哭得很伤心。洪运给她讲了家忌，讲了自己在家里失宠的经过，英英破涕为笑，好玩地道："真有意思，病了还不叫说病！"

洪运笑道："看看，看看，只管说。不准说病，又说了，是伤风！"

"伤风不是病？"英英反讥道。

"你别嘴硬！"洪运想到了后果，就收起笑容，后悔地说，"都怪我忘了交代你，没想到闯了这么大个祸！"

英英不放在心上，坦然地道："反正我说的是实话！"

"就是实话才闯祸哩，你要是说句瞎话就好了！"洪运忧心地说，"明天你就明白了。"

夜里，四叔越想越不对劲。英英为啥死不改嘴，硬咬住他病了？她才来，又没错待她，她这样说肯定不是故意咒他的，一定是无意的，越是无意说的越灵验。他越想越觉着凶多吉少，一定是灾星照头了。害怕了一夜，第二天一早病就加重了，烧不退，出气回气也困难。四婶怕，好话求告道："找个大夫看看吧！"

四叔六十多岁了，从不信医，因为医生也死。他信奉"该死脸朝天，不该死活一千"的古训，生死由命。不该死砍一百刀也死不了，该死了喝口凉水也会噎死。听老伴说要找大夫，就气道："找啥大夫，我这又不是病！"

四婶也不敢说他这是病，就绕着弯子说："不论是啥，看看也不坏事嘛！"

四叔摇摇头，闭上了眼睛，想起了英英的话，半天才绝望地叹道："是福不是祸，是祸躲不过。女人嘴里有毒，她已经说出了口，我怕这一回是不中了啊！"

四婶"哇"一声哭了。

早上收工时，全家人知道后，都吓坏了，好像四叔马上就要死了。为了表示孝心，一锅饭放凉，没一个人动勺子动碗。大家呆呆地坐在灶房里，一个个板着脸子叹气，一双双白眼不时乜斜英英，好像她成了杀人的凶手。英英被看得像浑身扎了刺，心里发毛，公公要真有个好歹，自己跳到黄河也洗不清。她又怕又气又委屈，不由得哭了。

正在这时，嫂子钱花从娘家回来，见一个个哭丧着脸，问清出了什么事，扑哧一声笑了，说："噫，我还当出了什么大事哩，看看你们愁的！这还不好办？"

听她说得轻巧，都看着她，问她有什么办法，她卖能道："都别管了，我包了！"

钱花又拉住英英，亲昵地命令道："把眼泪擦干！"

英英顺从地擦干了满脸泪水，不解地看着钱花。

钱花又命令道："笑笑，笑笑啊！"

英英难为地咕哝道："我笑不出来！"

"笨货，连个笑也不会，咋当媳妇哩！"

英英听得傻了眼，原来如此。

钱花又对她的耳朵悄悄嘱咐了一阵，英英吓得怔住了，站住了，害怕地说："那不是哄爹哩！"

"他想叫哄,你不哄,他还气哩。我看,当个人都想叫哄!"钱花嘻嘻着拉住英英走出去,悄声笑道,"老东西们都吃哄,到咱们老了,说不定也想叫哄哩!"

钱花和英英走进公公屋里,见他闭着眼,钱花就嗲声嗲气地叫道:"爹,这两天你还好吧!"

四叔还没睁眼就笑了。他一辈子说话难听,一开口就能冲倒墙,可偏偏喜欢这个能说会道的媳妇。因为钱花嘴甜,说话不是抢着说,是想着说,专说公公爱听的话,又都是大吉大利的话。四叔睁开笑眼,埋怨道:"你咋没多住几天? 咋刚去就回来了?"

"哎呀,你还不知道我主贱。想回娘家都想疯了,可是不知道咋搞的,身子还没到娘家哩,心可老早又拐回咱们家里了。在娘家我觉着住了有几年了,一问我妈,我妈说才住一天!"钱花说得很认真,很严肃,脸上一点也不带笑,好像真在恨自己主贱哩。

四叔听得甜甜地笑了,却又责怪道:"这可不好,也得想想你娘嘛。下次去了,可得陪着你娘热和几天,别老是急着回来!"

英英在一旁听得又恶心又想笑,暗暗叹道:"这是干啥呀!"

"你还没吃饭吧? 听我妈说你伤风了?"钱花转了话题,笑道,"叫我摸摸,看烧不烧。"

钱花不待公公回话,就走上去伸手摸摸公公的额门,先用手心试试,又用手背试试,然后做出恍然大悟的神气,笑道:"哎呀,原来是我妈吓唬我哩,一点也不烧嘛。"

四叔心里一喜,忙问:"真的?"

"是不是我自己手热试不着? 不会吧?"钱花满脸狐疑的神色,看看英英,说,"你也摸摸,别是我手热试不出来。"

英英像是要去做贼一般,还没抬步脸先红了,在钱花的眼色催逼下,只得为难地走过去,手刚挨住公公的额门,一颗心就怦怦地跳个不住,迟疑不定地看看钱花。钱花看她心虚了,就用眼神鼓励她别怕,见她还不开口,就壮胆地说:"是不热吧?"

英英没说过谎话,现在被逼到了崖棱上,只好胆怯地点点头,吞吞吐吐地说:"不热,不热。"

四叔胜利了,盯着英英,不满地质逼道:"你不是说烧得和火炭一样?"

英英害怕了,语塞了,说:"我是……"

"你昨天下午在哪里做活?"钱花害怕她说漏了底,忙打断她的话。

英英不解地回道:"我在锄麦。"

"是嘛,"钱花笑了,放心地笑了,"在野地里做一下午活,手都冻成冰棍了,歪好挨住点温的就会像挨住了火炭。"

四叔也放心地笑了,从心上笑了,身上顿觉轻松,解脱了痛苦,喜道:"我想着我也没事嘛!"

"啥事?你结实得像块铁人。人家朝廷爷要活万岁,王子要活千岁,你少说也要活一百岁哩!"钱花笑得咯咯响,说了些解心焦的话,看公公精神多了,才推故去给他做饭,走了。

出了门,英英的怕劲就犯了,担心地说:"嫂子,我试着比昨天夜里还烧哩,光糊弄他,不医治,怕……"

"傻货,他信这,这就比啥药都灵!"钱花一点都不急。

英英忧虑地说:"我怕把他耽误了。"

"耽误了,他也是高兴的。怨咱?"钱花叹了口气,"别那么多好心,好心没好报啊!"

钱花没说错,四叔开口吃饭了,一家人都高兴,都夸钱花会办事,有本事。英英还是不放心,回到自己屋里对洪运说了一遍。洪运苦笑道:"有啥办法,爹就信嫂子的话,嫂子的话也真比药灵。"

英英奇怪地问:"他为啥这么信她?"

洪运叹道:"哥在外面工作,有人来给嫂子提亲,哥嫌她嘴巧手懒不同意,可是爹硬是强迫哥哥成了这个亲。"

英英更觉得奇怪,追问:"为啥?"

洪运苦笑道:"因为嫂子有个好姓,姓钱,哥和嫂子一结婚,不就是钱进咱家的门?谁料到嫂子也真有个好运气,这几年生活好了,爹就信这是因为进了嫂子这个钱才美的。"

英英听了哭笑不得,闷闷不语,半天才说:"这一回我看了,只要这样糊弄下去,我怕爹的命会送到嫂子的嘴上!"

洪运也无可奈何,他深知爹的脾气,现在要是戳破这个骗局,爹不但不会相信,还会说是他和英英一同咒他,生起气来,说不定真会要了命。两个人只好空叹息一番罢了。

四叔相信钱花的话,也就相信自己真是平安没病,精神变得好多了。只是饭食上一顿顿减少,身体也很快瘦了下来。一家人这才看清,病是不轻,不治怕不中了。要治,又得先让他自己承认有病才行,可惜,谁也不敢对他说出一个病字,更不要说劝他自己承认有病了,只好拖着。四婶的心都急碎了,在村里逢人就诉苦。说得多了,便有人来探望探望,尽尽乡亲之情。来的人又都事先得到嘱咐,千万不能说他病了。探望的人明明看他病得不轻,可是谁都不肯自讨没趣,说出他不爱听的话,都尽说些好听话,说他气色好,说他声如洪钟,说他身体棒,说他不像六十多的人,说得他心花怒放,也认为自己像二三十岁的小伙子了。虽说他也觉着精力一天比一天不济,可他总认为众人眼里有杆秤,大家都说自己身子扎实,当然也真是扎实了。身子不美,冷冷烧烧是真的,这又算个啥,谁没有个伤风咳嗽?挺几天自己就会好了。这时,他又想起英英说他病了的话,就更加气恼,便愤愤地说:"有人说我病了,这不是咒我是啥?咒吧,一咒三年旺!"

英英没想到公公的心这么小,这么窄,这么不分好坏,晚辈说了一句实话,就好像起心要谋害他,就怀恨在心,就记仇,这算个啥老人家?英英到这时才明白:说话难,是啥说啥不中,得对方想听啥说啥。嫂子的话真不假,好心没好报。她还不知道,在这个家庭里,不光说话难,处处事事都难。因为在这个家庭里没有一定之规,一切道理都在四叔手里,都以四叔的心思为准,他的心思又非常古怪,一般人猜不透、摸不住,常常不知不觉就会闯下大祸。这不,英英怕着怕着,一波未平一波又起了。

这天下午,邻家丁五嫂来串门,英英给她换工,她给英英剪衣服,英英给她抱娃娃。这时,婆婆在灶里做饭,叫英英去问问四叔,想吃甜的还是想吃咸的。英英抱着娃娃去了。四叔半躺半坐靠在山墙上,回答了咸甜之后,问她抱的谁家娃子,她报了姓名。四叔心里一动,不知是为了检验自己的身体到底如何,还是发了老年人惜幼之情,就说:"叫我抱抱。"英英毫无戒心,便把娃娃递了过去。当四叔伸手去接快要接住时,这娃娃不知是怯生,还是被他那塌陷下去变成了两个黑洞的眼吓坏了,吱哇一声哭了,哭得很凶,疯狂般地挣脱着。四叔顿时脸上失去了血色,气急败坏地喝道:"快,快抱走!快,叫你妈来!"

英英以为是娃娃的哭闹使公公烦了,万没想到这一回不比上一回,惹的祸更大了。

四婶赶来时,四叔的脸已经变成了一张苍白的纸,她吓得魂都跑了,忍着眼泪趴到他的头边,惊慌地叫道:"他爹,你咋了?"

四叔睁开眼,头在枕头上艰难地动动,悲哀地喃喃道:"我……不中了!"

"刚才还好好的嘛!"四婶对这个突变迷惑不解。

四叔绝望地断断续续诉说道:"丧门星来报丧了……英英她……娃子哭……"

四叔讲的是一个又古老又愚蠢的传说:未满三岁的娃娃见了老年病人,如果哭了,就说明这个病人已经成了个鬼魂;如果笑了,就说明这个病人还是个活人。根据也愚蠢得可笑,说未满三岁的娃娃没有煞气,不避邪,是阴是阳看得见。四婶终于听明白了,哭道:"你咋还信这啊!"

"要不灵,能传几千年?"

四婶怕给他加气,不敢再辩。

四婶跑到灶房里,把一家人叫来,先哭后说,说得一把鼻涕一把泪。又是英英!大家埋怨英英不懂事,说病人不敢见生人,不该抱个娃娃去见公公。英英本来想哭,可是越听越气,反而气干了眼泪,冷笑一声,火道:"他有病没病,病轻病重,自己还不清楚?为啥不相信自己,为啥要凭别人的几句话,凭一件不相干的事来定自己的死活?在你们家里做人难死了,我是丧门星,我走!"越说越气,虎生站起来就走。

嫂子钱花也虎生站起,一把拉住英英,半真半假训斥道:"走?本事可真不小哩!"她的一双笑眼乜斜着洪运,嘴对着英英的耳朵不知说了些什么,只见英英的怒容换成嘲笑,钱花顺势狠狠按住英英的肩头,笑道:"好戏还在后头哩,你给我坐下看吧!"

英英顺从地坐下了。

一家人又开始争论怎么办。

洪运心烦地说："已经到了这个地步，不管他愿意不愿意，把他送到医院算了。"说完看着钱花，想得到她的支持。

钱花皱着眉头，想了想，"哼"了一声，冷冷地说："说得倒美，他的心已经死了，不先把他的心救活，送医院也是白送！"

"咋救？"大眼小眼一齐瞪着她。

钱花笑笑道："这能难住人了？……"

钱花的话还没说完，传来了四叔声嘶力竭的尖叫，大家只当是断气前的呼号，便慌忙地跑去了，站到床前，呼叫道："爹……"

四叔睁开眼，把每个人都看了看，看了一遍又一遍，痛苦地说："我是不中了……"

大家七嘴八舌地安慰他，不让他讲下去。

"爹，你好好的嘛！"

"别胡思乱想呀！"

四叔看看英英，眼神里满是怨恨，叹道："凶兆来几次了……"

"爹——"人们含着泪阻止他。

四叔长叹一声，上气不接下气地讲道："趁着我还有口气，把话说说……你们都没本事，钱花来后，日子才好过些……往后，你们都得听花的……"

大家都哭了，不由得看着钱花。钱花也哭得泪人一般，叫道："爹，你想到哪里去了，我说你没事就没事嘛！"

四叔眼里闪出一丝笑意，看着钱花叫道："你过来！"

钱花走过去，四叔从褥子底下摸出一串钥匙，手颤抖着放到钱花手心里，又看着炕角锁着的柜子，嘱咐道："都在那里边……你妈没心劲，你要多照顾她……"

一家人放声大哭。

钱花把手中钥匙看了又看,又放到公公手里,一个念头从心中升起,突然朗朗地开怀大笑道:"爹,你这一回可想错了啊!"

正哭的人们被这笑声镇住。

四叔也愣了,惊疑地问:"啥错了?"

"英英抱的那个小娃是个憨娃呀,不论见谁都哭得跟猪被杀时一样。"钱花笑得自然,笑得放纵,好像公公真被捉弄了,"你聪明一世,咋这一回糊涂了,看错了!"

"真的? 你别哄我了!"四叔摇摇头,虽然怀疑,可心里却冒出了一丝希望。

"我啥时候哄过你!"钱花一本正经地问。

"真的!"四叔的精神又忽然见好,看看手里的钥匙,攥住了。

大家虚惊一场。

钱花又一次解救了四叔,成了一家人的功臣;钥匙收到钱花手里,成了一家人的掌柜,大家都另眼看待钱花了。到了灶房里,大家问她下一步怎么办,叫她快出个主意。钱花胸有成竹地说:"都放心,我这就去给他抓药,保险药到病除!"

众人怀疑地说:"他一辈子都不吃药……"

"别的药他不吃,我这药他保险吃!"钱花说得挺有把握。

大家不好再说什么。钱花打扮了一下,又带了些礼物走了。

洪运看她走了,不知她又要玩什么花招,便把英英叫到屋里,问她:"刚才你一气要走,嫂子给你说的啥悄悄话?"

英英鄙薄地苦笑道:"她骂我傻,说在你们家里当媳妇比任何一家的媳妇都好当。"

洪运奇怪地问:"为啥?"

英英嘲笑道:"你们家爱假的。她说,要爱真的,得凭本事、凭劳动,媳妇难当;爱假的还不容易?啥也不凭,只要打发他心里痛快就行了。"

洪运低下了头,默默不语,停了一会儿又问:"她去抓啥药?是不是求神拜佛呀?"

"谁知道哩!"英英一肚子牢骚,半天才又说,"总是你爹爱吃的药吧!你们家里的事,别说是人了,连神鬼也猜不透!"

这天后半夜里,四叔真是病危了,不住嘴地说胡话。全家人守在他身边,没眨一眨眼,只有钱花不在家,不知在哪里睡得正香正甜哩。四婶急得不断跑进跑出,扒着门框往大路上张望,眼巴巴地看着念诵着:"都指望你哩,去哪里抓药了,还不见影,再晚了,药抓回来叫谁吃哩?"

英英又提出自己的主张,马上送医院抢救,别人都不同意,说到这时候了,还是等钱花回来再说。英英还要再说什么,洪运悄悄捅她一拳。大家都等着钱花快些回来,想着她一定会带回来灵丹妙药。

快吃早饭时,钱花回来了,满面喜色,怀里还抱着一个娃娃。大家埋怨她不该去的时间太长了,差点误了大事。钱花夸功道:"光说哩,这药能是好找的?不知跑了多少村,求了多少人,把头都给人家磕烂了,才好不容易地找来!难死我了!"

"别说了,快拿去叫爹吃吧!"洪运心急火燎地催道,"药呢?"

大家一齐看着钱花,看她找的什么好药。

钱花拍拍怀里的娃娃,喜道:"这不是药嘛!"

"这……"大家愣住了,这是药?仔细看去,这娃娃憨头憨脑一脸憨笑。

钱花抱着娃娃一阵风似的跑了,到了公公屋里快活地叫道:"爹,你好些了吧!"

四叔已经奄奄一息了,强着睁开无光的眼,半天才看清是钱花,蚊子嗡嗡般地叫道:"花!"

"爹,我娘家侄娃来看你了!"钱花说着,拍拍怀中的娃娃,又示意婆婆和英英扶起公公,让他靠住山墙半躺半坐,然后把娃娃放到公公怀里,娃娃一个劲地嘻嘻嘻憨笑着。钱花叫道:"爹,你看,你看,他笑得多欢呀!"

四叔看着娃娃的笑脸,像打了一支强心针,眼睛里又浮起一层淡淡的亮光,脸上又泛起一片薄薄的笑意,兴奋地笑道:"他……笑……了,他……笑……了!我真……没事……"最后那个"了"字还没出口,突然头猛地往下一勾,脑袋软溜溜地耷拉下去了。

一家人齐哭乱喊,只有借来的娃娃还在嘻嘻嘻地笑着,笑着,笑个不止。

后事呢?该结束的结束了,该开始的开始了!

原载《北京文学》1985 年第 9 期

怪梦

●

"我不得癌症！我不得癌症！"是什么卡住了喉咙，何草的四肢乱踢乱舞，挣扎着在无声地呼叫。

何草醒了，一头一身冷汗。睁眼一看，妈呀！他和她又焊接到一起了，何草忙拉被子蒙住了头。

邻床，病友老王的床头坐着一个妇女，皮肤不白，一脸雀斑，单眼皮，鼻子有点塌，嘴也嫌大，从五官的单项看，没一样能及格。可是，她的老娘却利用这些次品把她组装成一个超级美人，四十七八了，还美得叫人看了动心。老王的一双手插在她的胸脯里，她的一双手伸在老王的胸脯上，虽然四只手都被衣服遮盖着，却能看到他的双手攀登上了两座小山，她的双手在广阔的平原上奔驰……

不知过了多长时间。

"何草，把你的头伸出来吧！"老王喊道。

何草揭开了头上的被子，那个好看的女人没影了，只有老王站在床前。

老王一点也不羞怯，一脸心满意足的神态，看着何草笑。何草倒被笑得不好意思了，替他担忧地说："你不怕别人说闲话，也不怕上级知道了不依？"

"闲话！不依！"老王哈哈大笑，放肆地狂笑，"谁再有力量，再有权力，还能拉我不叫我死？"

何草沉默了。是啊，一个快死的人除了死再也没有什么可怕的了。

老王在踱步，脸色变得铁一样沉重，一圈又一圈，突然又停在何草床前，盯着他，问："你一定也笑话我，骂我不要脸，说我违法乱纪！"

"不，不，我没有。"胆小怕事又最怕得罪人的何草连连辩白，喃喃地说，"我是替你担心！"

"真的？"老王盯住何草的眼。

何草心虚地微微点点头。关于这个女人，何草已经听老王讲过几次了。三十多年前，老王和这个女人订下了白头偕老的誓盟，可是临结婚时上级不批，说这女人成分不好，从此天南地北各一方。老王后来结了婚，按老王的说法，好比一头牛，被主人拉着鼻角去和良种交配，管牛愿意不愿意都得交配。他和妻子没一点感情，这个女人也没再嫁，就这样熬过了三十多年。

"妈的！"老王激动了，愤愤地说，"几十年了，肚里一直住着千军万马，层层布防，对自己的一颗心实行着严密的军管，使自己不敢随便想一下，随便走一步。这一回住进了医院，诊断我是癌症，我就打定了主意。妈的，军管到结束的时候了，把千军万马全部从肚里撤了，统统撤了，一兵一卒也不留，自由自在地活几天，把几十年想做的做了，想说的说了，也不枉为人一场！"他长吁了一口，又说，"于是，我就打个电报叫她来了。"他的脸上出现了春意，笑得很开心，然后又劝道，"何草，你不要再成天想着那个球科长的位子了。啥时候了，就是设个龙廷让咱去坐，咱也坐不成了。别成天心事重重，愁眉苦脸,有啥话想说快说,有啥事想办快办,也痛痛快快过几天。"

那个女人又来了,把门推了个缝,对老王招招手。老王对何草神秘地笑笑,压低声音嘱咐道:"我们出去玩玩,发药时叫放这里。"得意地一笑走了。

何草刚入院时,就听说老王只有一个月的寿限了。现在三个月过去了,竟然还没有一点死的意思。这个女人来了以后,反而活得更是津津有味了,常常早出晚归,把自己是个将死的病人也忘了。何草看着老王走了,屋里只剩自己一个人时,突然感到空虚,感到悲凉。不由得羡慕起老王来了,羡慕他藐视一切的勇气,羡慕他的命长、耐活。自己要也能像老王这样,把心事统统都倒出来,说不定能把肝癌也倒出来哩!

可是……

何草躺在白色的床上,盖着白色的被子,盯着白色的天花板,脑子里却黑咕隆咚。三十五岁,正是红火的年纪,还有令人眼红的地位,令人眼馋的妻子,癌症会在自己肚里投了胎!老王说自己不舍得那个科长,他怎么知道,都是那个球科长把自己害成了这样!害怕,绝望,悲哀,愤怒,仇恨,懊悔,留恋,各种各样的痛苦都团结起来,压他,挤他,他要发疯了。

人,人,谁不承认自己是个人?还把自己说成是好人,是英雄。可是,想尽千方百计,自己也骗不了自己,自己确确实实不是个人啊!

是什么时候自己从人变成不是人了?

想起来了,是那一天的下午。上班时间,几个同志在一块儿说江青的坏话,一个个红着眼,像在说杀了自己父母的仇人。何草也在场,他不敢插嘴说一个字,只是听着就吓坏了,心里又气又急:"你们不怕杀头,我还怕杀头哩!"他又不敢不让别人骂,怕得罪了人家。人们越骂越凶,他就插了进去,故意大惊小怪地叫道:"你们知道不知道?"

"啥事?"人们惊异地问。

"北关有个女人,生了个娃子,长着两个头、三只眼……"他添油加醋地说了一通。可是,人们对他的话一点也不感兴趣,听了几句就不再搭理他,又骂起了江青。他只好又故弄玄虚地叫道:"你们知道不知道?"

人们正在激愤头上,没人接他的话茬,他却厚着脸皮硬说:"多大的事你们都还被蒙在鼓里!昨天夜里,刘三成去爬儿媳妇的灰,正爬到美处,儿子回去了。他吓得藏到床底下,谁知半夜里孙子尿床了,尿了他一嘴……"他胡扯八道地乱编一通,搅得人们骂不成了。

谁知,这天下午的事走漏了风声,被列为反革命事件,公安局来找何草写证言。何草顿时吓成了一摊泥。心想,证言一出,几个人就会锒铛入狱,好好的几户人家就会家破人亡。从小爹就对自己说:"为人在世,要多栽花,少栽刺。害人之心不可有,防人之心不可无。"写了证言,不仅要得罪当事人,还会得罪这几个人的父母兄弟婆娘娃子,不仅要和自己结仇,久后一日还会和自己的婆娘娃子过不去。江青也不是自己的亲妈,这几个人也没把自己的娃子抱扔井里,能行个好就行个好,何苦去坑害别人?想到这里,他就写了个证言,说那天下午谈的是一个娃两个头和老公公爬灰,别的什么也没讲。何草当时还小,是机关里出名的老实娃。公安局的人可能对江青也不满,有了何草这一纸证言,就断定"何草一贯老实,证言可靠",对这件公案便没深究,不了了之。

谁知，"四人帮"被粉碎后，这件往事又被翻了出来。何草忽然间成了英雄，叫他去各地做报告。他还没答应哩，秀才们可早给他写好了讲稿，说他用马列主义的观点看清了"四人帮"的反动本质，站在历史的高山上，断定"四人帮"必然要灭亡；说他对"四人帮"万分义愤，不顾个人安危，宁可牺牲自己一家人的幸福，冒着杀头坐监的风险，挺身而出，保护了一批干部。何草第一次看这讲稿，羞得脸红心跳，忙去找领导上官主任，求告道："叫别人讲吧，我不会讲这号话。"

上官主任笑笑，鼓励道："为啥不讲？各地的反'四人帮'英雄都在讲，咱们这里为啥不讲？咱们这里有很多英雄，选来选去才选中了你，这对你是个鼓励，对大家也是个教育嘛！"

何草为难地看着讲稿，喃喃地说："我当时真没这个觉悟，只是想着……"

"哈哈哈！"上官主任用笑声打断了何草的话，又是表扬又是批评地说："虚心使人进步，谦虚是一种美德，可是别忘了，谦虚过头了就是虚伪，虚伪就不好了。"

老天爷，不愿说假话倒成了虚伪。虚伪，对年轻老实的何草来说，是一顶特大特重的帽子。他在追求进步，想入党，要是被戴上这顶帽子就完了。他不敢再多说了，只好硬着头皮去讲。开头，一登讲台脸就成了一块红布，低着头念讲稿，也不敢看下边一眼，实怕大家看穿自己，毛得浑身扎了刺一样难受，巴着快点念完好下台，因而常常念得疙疙瘩瘩、丢三落四。陪他的人是个老同志，教导他道："你上台放开一点，大大方方，要想着自己是来做报告的，是教育人的，不是来坦白检查错误的。"

何草心虚地说："我怕。"

"怕啥?"这位老同志阅历很深,鼓励道,"别说你讲的都是真的,即使都是假的,谁也不是你肚里的蛔虫,知道你的底细,只要你一讲就成真的了。"

何草对这教导半信半疑,可是,人们到处笑脸迎笑脸送,会场里隆重严肃,看不出对自己有半点怀疑,胆子也就慢慢大了。一次,在一个学校里做报告,不少学生激动得哭了。散会以后,一群女学生追到桥头把自己团团围住,叫给她们签名留念,他突然感到了一种没有过的自豪自得。临别时,一个美得叫人心醉的女学生悄悄塞给他一封信,回到住所偷偷一看,竟然是愿向英雄献身的求爱信,顿时浑身都酥了。后来一连几天,他不断推故躲开众人,一次一次偷看这封迷人的信。得来全不费工夫的幸福迷糊了他的良心,他开始相信自己讲的是真的了,也真认为自己是英雄了。从此,再登台报告时不仅脸不红了,心不跳了,讲得理直气壮,还光想听掌声。从前只知道天天吃香的穿光的真美,现在才知道听掌声比吃香的穿光的还要美上百倍。隔几分钟听不见掌声,心里马上就觉着欠缺了什么,身上也不舒服了,连说话都没了劲。为了赚取更多的掌声,就丰富了许多感人至深的实例,一次竟说:"当时,我爹妈病危。我在这一间房里写证言,爹妈在隔壁房里呻吟。我想,'四人帮'万一发现我骗他们,肯定要逮捕我,爹妈受不了恐吓和打击,就会离开尘世。在我面前写证言的白纸上,突然跳出一大堆齐哭乱喊向我求救的面孔,有我的爹妈,有我的同志,都是我的亲人,我该舍谁保谁? 我心里比针扎刀割还痛,最后我还是对着爹妈的面孔说:'为了革命,儿就不能尽孝了!'那证言,是用心里流出的血和眼里流出的泪写成的啊!"听的人流泪、鼓掌。陪同的那位老同志也非常高兴,夸奖他道:"小何,不错啊,越讲水平越高,是个人才,将来大有发展前途!"

　　欢迎,献花,报告,掌声,宴会,敬酒,何草一天到晚过着这种生活,忙成了大人物,没空去想自己的所作所为。良心叫掌声吓跑了,叫酒淹死了,叫幸福埋住了,反正早就没影了。再也没有不安的感觉了,他像服了大量美药,浑身上下、里里外外美完了,美透了。就这样坐了几个月小车,光荣了几个月,山珍海味吃了几个月,几个月中把谎言撒遍了每个角落,胜利地完成了任务。为了给他庆功,又专门设了庆功宴,领导给他敬酒,感激地说:"你做得好,讲得也好,群众最爱听这种真情实感的现身报告,大家受到了一次生动的马列主义教育。你为党为人民立了大功!"然后就碰杯。然后又个别谈话,叫他写了入党申请书,然后就批准他入党。

　　何草入了党,又和那个美得叫人心醉的女学生订了婚,好不得意,便荣归故里去探望双亲。他满面春风,走进了久别的草舍。爹爹在当间坐着吸旱烟,妈妈在爹爹身边站着。他进得门就笑嘻嘻地说:"爹,妈,这几个月我忙得很,到处做报告,没回来看你们。"

　　"知道。"爹爹淡淡地说。

　　"才报告够一圈,我就请个假回来了。"何草解释。

　　"嗯。"爹爹磕着烟锅,还是淡淡地说。

　　"爹,最近批准我入党了。"何草坐在门口小椅子上,眉飞色舞地报喜。他参加工作临走时,爹爹曾再三嘱咐他:"去了好好干,争取当个党员,将来能为老百姓办点好事!"

　　"啊!"爹爹一惊,盯住他看,"你胖了!"

　　"生活好嘛,天天三顿坐席。"何草高兴地说。

　　"你过来,我看看。"爹爹说。

　　何草走过去,递给爹爹一支烟。爹爹没接,突然虎生站起来,狠狠一记耳光打在何草脸上,骂道:"才几天你可不是人了! 你妈俺俩啥时候病危了？你咒俺们！还说要舍了爹妈保革命，连爹妈都不要的人会要革命?！你拿着爹妈去换排场，换光荣，换党员，我看你是疯了！"

何草抱住头蹲了下去。偷来的光荣外衣穿着也光荣，可是，一旦被剥掉就羞耻得无地自容了，他恨不能找个地缝钻进去。

妈妈流着泪埋怨道："你这娃小时多老实，咋一端公家碗就变成了疯子？你编的瞎话，村里人都知道了，人们给你爹俺俩起个绰号叫'病危了'。俺俩只要一出门，后头就跟着一群小孩拍着手乱叫：'病危了！病危了！'吓得俺们不敢出门见人，羞得你爹都不想活了。你咋想的，再没啥编了，拿住爹妈编瞎话，你还有点良心没有！"

爹爹喘着粗气，连声音都发抖了，说："从小就给你说，不论穷富都得干板正直，宁可做一个清清白白的人下人，也不当一个肮肮脏脏的人上人！你疯了做出这号事，叫俺们咋做人，还不如拿刀把俺们杀了！"

何草从光荣的高山尖上一下子跌到了耻辱的海洋里，突然感到没脸见人了。回来时，还从村中大摇大摆地经过，实怕别人看不见自己的荣归，现在却想插翅飞走，实怕别人看见自己的丑恶。没想到为了光荣会卖了通向家乡的路。他没吃饭就偷偷从小路走了，像贼一样溜走了。一路上他懊悔死了，没有光荣的人并不耻辱，偷窃光荣的人肯定耻辱，自己这是图啥呀？图光荣却得到了耻辱。路过一条小河，他用河水冲洗去满脸泪痕，却在清清的水中看见了自己清秀忠厚的面孔，耳里忽然又响起了爹爹的吼叫："你啥时候不是人了！"这吼声使他的心在颤抖。他决心重新当个人，回去就找领导坦白，入不成党不入算了，没有入党的人不一定是坏人。可是，他一到机关，人家就通知他下午去参加入党宣誓仪式，还叫他代表新党员讲话。他愣怔了一下,不知为什么在路上下的决心化成了一股清风,顿时没影没踪了。

在宣誓仪式上,面对绣着镰刀锤头的党旗,先是产生一种神圣不可侵犯的感觉,压迫得他喘不过气来,接着又产生了一种犯了弥天大罪的感觉,好像听见了一个浑厚深沉的声音:"何草,难道你就这样进来了!"他举起的手发抖了,浑身发抖了,几句誓词还没念完,就突然一阵头晕目眩……

何草醒来时,已经躺在医院的病床上了。良心不知在哪里浪荡够了之后又回来了,大概是爹妈把它捡回来又扔给了自己。不过,这良心已经变得不像原来那样甜蜜安静了,变得很苦,很痛,很暴躁,不住地大吵大叫:"你是个贼,偷盗国宝的盗贼! 交出去,交出去,把你偷来的赃物交出去! 做一个干干净净的人,做一个无愧于党的人,做一个对得起爹妈和百姓的人!"

上官主任来看望了,还带着礼物,红的花,白的糖,还有一大堆可亲可敬的笑脸。

何草哭了,哭得很痛心,说出了他下定决心要说的话:"今天我要对党说说心里话……"说着又哭了。

上官主任看他泣不成声,就安慰他道:"你晕倒了没发成言,这恰好是你最生动的发言,证明你对党的感情深厚无比。我们完全理解,一个远离家乡的孩子,一旦回到妈妈的怀抱里,就是这样激动的。你这一片真情已经写成了稿子,广播站已经广播了叫大家向你学习。"

老天爷,没想到自己晕倒也成了大家学习的榜样!

上官主任的情绪特别好,回头看看随从的人,又对何草说:"你给咱们系统增了大光,上级一再表扬,说咱们选了一个好苗子,树立了一个好典型。哈哈哈!"笑得十分开心。

上官主任的话像一座大山,压到何草的心上,真心话被压住了,再也泛不上来了。

何草成了当地的名人。他每次从街上经过,都有人在身后指指点点,说:"这个人就是何草,是个英雄,入党时还晕倒了!"他听一次身上就出一次鸡皮疙瘩,总认为别人看穿了自己,是在讥笑他。吓得走路靠着街边走,说话总是低着头说,因为怕见人,更怕看别人的眼睛。越怕,怕就越袭击他。一天,上班的路上下了雨,他浑身淋透了,衣服全贴在身上。进机关就碰见一位上级领导,这位领导是他的同乡,看着他狼狈的样子,就哈哈笑道:"呵,英雄成了落水狗!"何草心里顿时一沉,整整一下午不安生,越品这话味道越不对。说自己是落水狗,是不是要痛打自己了? 还有"英雄成了",这是什么意思? 莫非他听家乡的人说了真相? 人就这样怪,自己想说透,想得发疯,又怕别人戳穿,怕得要命。晚上回家后,何草对妻子学说了这位领导的话,叫妻子帮他分析分析吉凶。妻子不了解他的隐情,就不在意地回道:"人家说句玩话,有啥?"

何草忧心忡忡地说:"玩话? 为啥要和'英雄'这俩字连到一起? 还有,说咱是落水狗,是不是要痛打?"

妻子忽然盯住他看个不够,怀疑地问:"你是不是心里有啥鬼了?"

"没有,没有。"何草又吓一跳。心想,是不是妻子也知道了自己的事?

妻子仍然盯住他,追问:"心里没病不怕喝三碗凉水,你真要没病,为啥人家说句玩话你就怕成这样?"

何草吓得再也不敢吭了。

没有多久，上级忽然派人调查何草的材料。完了，完了，一切都完了，党员完了，英雄完了。机关里一双双可怕的笑眼在看他，大街上一个个指头在戳他。何草想想浑身都麻完了。他后悔死了，为啥当初要说瞎话？都怨上官主任，自己本来早就要坦白的，可是次次都被他封住了嘴。何草瘫了，回到家里不吃不喝，愁眉苦脸，躺到床上装死，几天没上班，推故有病请了假。妻子看他神色不对，就追问他出了啥事，他死也不说。敢说吗？她和自己结婚，是看中自己是个英雄，说是凭着英雄这个旗号，上级才给她安排个合同工。她要知道自己这个英雄是假的，后果会怎样？何草连想也不敢想了。他越不说，妻子越怀疑，就越逼他说个明白。正在难以下台时，机关的同志纷纷来看他了，都还提着礼物，这个要请他去家里坐坐，那个要约他去喝酒。连平常最看不起他的老石也来了，还抱着一个彩电，进门就欢天喜地地大叫："何草，你不是老早都想买电视机吗？我给你弄了一台。"放到桌上又悄悄说："费了好大劲才开开后门，比市场上便宜几百块哩。千万不要对别人说，谁再要就是打死我也没一点办法了。"

何草被一张张巴结的面孔弄糊涂了，妻子可高兴坏了，人都走后，她捅着他的眉心笑道："看你愁眉苦脸的样子，我还当成你出啥事了，在家里装死哩。看样子啥屁事也没有，是真病了。说吧，想吃啥好的我给你做！"

何草想想也笑了，自己真要出了事，人们不会对自己这么好，都怪做贼心虚，虚惊了一场。眼前又突然闪出一道亮光，调查自己可能是要提拔自己了。心里一高兴，大白天就和妻子亲热起来。下午上班的路上，心情特别好，有的人干一辈子也没熬成个"长"，自己年轻轻的就拾了一个，怎不高兴！正想到美处，忽然看见表哥迎面走来,就欢天喜地地叫道:"表哥!"

表哥把他拉到墙根,看看左右没人,就心事重重地说:"我正要去家属院找你哩。"

"出啥事啦?"何草看着表哥神色不安的样子,刚才的欢喜劲顿时没影了,提心吊胆地问。

"你妈叫我来给你捎个信,叫你最近千万不要回家……"表哥看着他的眼睛,吞吞吐吐地说。

"为啥?"何草心里发毛了。

"你爹的病又重了!"表哥又埋怨又同情地说,"你知道,前些时他不敢出门,这一阵在屋里也不敢见人了,亲戚也不见,大小去个人,他不是钻到桌子底下,就是钻到床底下,钻不及了,就抓件衣裳啥的顶到头上。成天嘟哝着:'丢人! 丢人!'找了几个大夫,都说他是羞疯了。你妈说,你千万别回,怕他再加气……"

表哥还说些什么,自己是怎么讲的,表哥是怎么走的,何草都不知道。当他发现自己时,是坐在上官主任的对面。自己怎么来的,什么时候来的,来干什么的,何草也都不知道。几个月了,一年两年了,忧、羞、怕、喜、悔、恨,种种情绪反复地交替,他的神经已经承受不住了。他呆呆地坐着,呆呆地盯着上官主任,像一个没有知觉的木头人。

上官主任兴致勃勃地说:"根据你的一贯表现,组织上决定提拔你当科长,考核材料已经报上级审批了,任命可能最近就下来,希望你以后发扬自己的优点,把科里工作抓好。"

"科长! 科长! 哈哈哈,叫我当科长了!"闪电般的大悲紧接着闪电般的大喜,何草的神经已经不能自已了,不由口吐狂言,又哭泣不止。

上官主任吓了一跳,忽然想起了范进中举,便劝慰道:"不要激动,不要激动。本来早就应该提拔你的,因为咱们的官僚主义作风,拖拉到如今,让你久等了。"好说歹说才止住了何草的哭泣。

何草回家的路上,爹爹、科长,科长、爹爹,一直在他面前晃悠,还有爹爹的吼声:"不是人,不是人!"他迷迷糊糊回到家里,妻子已把饭菜摆好,他像个机器人一样坐下就吃。无意中回头一看,从大立柜的穿衣镜中看到了自己,忙放下碗站起来对着穿衣镜狂笑道:"看!我是个人呀!噫,真怪,我咋是个人呀!"妻子吓坏了,忙扶他睡到床上,哭哭啼啼问他怎么了。停了一会儿,何草才六神归位,问妻子:"我怎么了?"妻子讲了经过,又问他是怎么了。何草真想搂住妻子大哭一场,说个明白。可是,英雄、党员、科长、妻子,都在嘴里噙着,只要一张嘴都会跑了,只好咬紧牙不张嘴。从此,何草再也不能看见镜子,一见镜子就紧张,就害怕,就精神失常。妻子只好藏起桌上放的梳妆镜,把穿衣镜用布帘子蒙住,使他看不见自己是什么东西。

何草打这以后就病倒了,肚里摸着有块疙瘩,越来越大,越来越重,很快肚子就胀得像怀了孕的女人。去找中医看,大夫说是臌症;去找西医看,医生怀疑是肝癌。上级发觉了,说是积劳成疾,马上送他进了医院,并对医院做了指示,说他是英雄模范人物,要不惜一切代价抢救……

何草盯着天花板,回想着自己的发迹史。想来想去想明白了,人生真像一场梦。这一切可能是自己在做梦,也可能是梦中的自己,或许这个世界上根本就没有自己,自己只存在于别人的梦中罢了。他死死盯着的天花板变得更白了,白得刺眼,渐渐变成了一堆穿白衣戴白帽的孝子,自己也在里边,一片齐哭乱喊!"我的爹呀!"

"何草！何草！"

"草,你怎么了?"

何草的两只眼发着呆光,偏过头一看,妈妈和妻子坐在身边,老王站在床前,那个漂亮的女人坐在老王的床上。何草发觉自己又走了神,忙合上眼静静心,才又睁开眼苦笑着。

妈妈满面流泪地说:"娃子,你这病都是窝憋的呀！把心里的话都倒出来吧,倒出来病就轻了！"

妻子劝道:"你看看老王,想多开……"她看了那女人一眼不说了。

"何草,"老王笑道,"我还是那句老话,别为那个球科长叫憋死了！放开一点,别把自己老是捆着。你看我,老是老还想和命运开开玩笑哩,我们两个还想去旅游哩！"

那个女的脸上一片飞红,忙站起来打岔道:"又说！也叫人家一家说说嘛。"

"对,对,我们出去玩。"老王和那个女人笑笑走了,还顺手锁上了门。

妻子拉着何草的手,可怜巴巴地说:"你看看人家老王,肚里不存一点私货,该死也不死了。人家明打明和相好混在一起都没事,你还有啥比这更见不得人的? 就是有啥错误也说出来,至多不叫咱干……"

"对!"妈妈也劝慰道,"天下种地人多了,你回去,爹还收你,妈还收你。咱宁可不要那个科长,也不能背良心背下病。"

妻子看着他,动情地说:"你放心,真要叫你回家我也跟你回家。你做不了就坐在地头,我只要能看见你,做死做活也情愿。"她伤心地抽泣着。

何草的心颤抖了，想说又咬紧了嘴唇。

妻子低下了头，喃喃道："是不是和老王一样，外边也有相好？你说出来，我去给你叫。只要你心里痛快，能叫病轻，我情愿成全你们。"她扑到婆婆身上放声哭了。

"别说了！"何草也扑到妈妈怀里，哭道，"我说，我说，我对不起爹妈，对不起党，对不起成千上万听我报告的人！我不能再不清不白地活着，不清不白地去死。我说！我说！"

"这多好，你爹要知道你改了，他的病就会好了。"妈妈喜得闪着泪花。

何草在妻子的陪同下去向上级坦白了。这位上级像听故事，一直奇怪地看着他，听到底没有表态，只劝他好好养病。最后，让何草先走一步，留下他的妻子，说要交代件事。

"勇于承认错误，很好，很好。"这位上级思考着，慢条斯理地自言自语着。

何草的妻子茫然地看着这位上级。

"是不是组织上不依他了？"这位上级纳闷地问。

"没有，还要提拔他哩。"她说。

这位上级想了又想，又问："是不是有人揭发这件事了？"

"没有。"她肯定地说。

这位上级又想了想，问："是不是有人讽刺挖苦他了？"

"也没有，同志们对他都很好。"她说。

"那他……"这位上级话到口边不说了，沉思了一阵，若有所悟地点了点头，然后才嘱咐道，"没什么，没什么，回去好好照顾他。"

何草在大门口等着，旧病刚刚吐出来，心里刚空落了一会儿，马上又添了新病。妻子一出来，他就急急地问："上级咋说？"

"叫你好好休息、治疗。"妻子说。

何草担心地问:"没有不依咱?"

"咱又没犯法,他不依个啥?"妻子倒想得很开,大方地说,"说假话的多了,况且咱说这假话也不怨咱,是别人编好了戏逼着你唱的。再说,上级会那么不通情理,说瞎话时都对咱这么好,现在说了实话会对咱坏了?"

妻子的话应验了。第二天,医院就通知何草,说上级十分关心他的病,决定派人陪他去上海大医院检查治疗,已经买好了车票,第二天就动身。次日,上级来送行,嘱咐陪同的老李:"去了以后做个全面检查,不要心疼钱,一定要治好。"妻子难舍难分地说:"我把家里安排好了,就去上海陪你。"病友老王乐哈哈地说:"何草,送你一句话:活当死了死能活。"何草感动得满脸泪水,在一声声嘱咐中走了。

何草他们到了上海,住进了一家小旅馆。来这里看病的人很多,等了二十天才轮着何草。诊断结果竟然不是肝癌,只是肝肿大和轻度硬化,没有生命危险。何草喜出望外,先给单位和妻子发了报平安的电报,接着就要回家。可是,陪同来的老李神秘地笑道:"来时领导再三嘱咐,叫你全面检查一下,不光肝癌能死人,别的病也会要命。难得来一回,再检查检查别的吧。"于是他们又住了下来。

过了一个多月,何草的身体好了许多,高兴地回家来了。不是癌症,死里逃生,何草满心喜欢,想把这个喜信告诉给碰见的每一个熟人。可是,从车站出来后,何草忽然发觉气氛不对。半生不熟的人们一看见他都远远地躲开了。迎面碰上几个熟人,也都惊疑地看着他,三言两语之后就慌慌地走开了。何草纳闷了,出了啥事? 不祥的感觉袭上了心头。从大街上经过时,身后不断有人指指点点。

"看,神经病从上海回来了。"

"哈,胖了!"

"疯子嘛,啥心思也没有了,能不胖。"

"疯子! 疯子!"一群小孩追着他叫唤。

"快回来,小心疯子把你吃了!"大人在大声地吓唬。

何草弄不明白这是为什么,真想回头大喝一声:"谁是疯子? 你们才是疯子!"可是忍住了,急急地跑回家里。

妻子看见他,哇一声哭了,先庆幸他不是肝癌,接着就问他精神病治好了没有。何草一怔,在上海时,老李强迫他去精神病院检查。他说他没精神病,死也没去检查,为这事和老李闹翻了脸。刚才从街上经过,人们也都说他是神经病,是疯子,现在妻子又是这样说,他像受到了极大的侮辱,就生气地反问:"我怎么了? 为啥都说我是精神病?"

妻子原先怕他死,就百依百顺着他,现在知道他死不了啦,也就不怕了,想起这一个多月的风风雨雨,就没好气地质问道:"你还说你不是精神病哩,不是精神病发的啥神经?"

"我哪一点是精神病?"何草气蒙了。

"你不就是报告时添了几句瞎话吗?"妻子理直气壮地反问,"上级不依你了没有?"

"没有。"何草回道。

"有人检举你了?"妻子又问。

"没有。"

"有人讽刺挖苦你了?"妻子越问越恼。

"还没有。怎么了?"何草也烦了。

"还怎么哩! 我问你,影响你入党了,提拔了? 你为啥非要说出来不可? 不说就要憋死了? 你不是疯了是啥? 是啥?"妻子气得流眼泪。

何草被妻子的气势压倒了，不由低下了头。是啊，为啥？他沉默了一会儿，也觉着有点奇怪，有点理亏，就低声下气地说："我是想着上级对咱这么好，总觉着欺骗人对不起党，也没脸见爹妈，见乡亲。不说出来心里早晚是块病，良心过不去。"

"哼，良心！说瞎话的人多了，人家都没良心，就你有良心！"妻子批驳道。

"这……"何草无言答对了。

"你没精神病？"妻子想起这一个月受的委屈，又伤心又生气，诉说道，"你前头刚去上海，后头就满城风雨，说你得了神经病，叫肝癌吓疯了。都说，神经正常的人能把手里的英雄、党员、科长当成粪草扔了，不是疯子能干这号疯事？又根据这个理，说你坦白的都是疯话，不足为凭。当初选你当典型没有选错，你报告的事迹也都是真的。你如今疯了，才胡说八道些假话……老石当科长了，又来把电视机抱走了……放着光荣不光荣，你不是疯了是啥？"

"我……"何草一肚子冤枉，憋了半天说不出话，就气愤地去找上级了。

何草进了机关，在大门口碰见一群人。大家像看玩猴一样围上来，问："何草，病好了？"

"没事，不是癌。"何草高兴地报喜。

"我们说的是那个病……"人们吞吞吐吐。

"哪个病？"何草知道人们指的什么，顿时脸红脖子粗了。

"没病就好。"人们哈哈着散了。

何草来到办公室，人们正在议论什么，一见他进来马上个个闭住气不说话了，都低下头办自己的事。何草的办公桌已被一个新人占住了。没人理他,只有人一眼一眼偷看他,他进退不是,不知该怎么办才好。石科长犹豫着站起来走过去,怯怯地说:"你的工作调动了,已经不在咱们科里了。"

何草又一怔,忍住气问:"是不是认为我疯了?"

"你疯了?"石科长嘿嘿笑笑,"不知道呀!"

"把我调到哪里了?"何草无奈地问。

"你找上官主任问问吧。"石科长又坐到自己的位置上,不再理他了。

何草恼怒地走了,只听身后一阵大笑:"哈哈哈,他还当他没疯哩!不把自己抹黑死不甘心,还不是疯子?"

何草憋着气到了上官主任办公室里,坐下去就委屈地哭了。上官主任还是那样的风度,先给他倒了杯茶,然后才劝他不要激动,又问了问在上海治病的情况,再三嘱咐他好好休息继续治疗,不要操心工作上的事,上级自有安排。何草忍不住为自己申辩道:"我真没精神病呀,真没有呀!"

"好啊,没有就太好了!"上官主任慈祥地笑着,缓缓地说,"不要急,再好好休息治疗一段吧。你还年轻,有些事自己认识不了,连我这么大岁数了,有些事自己也认识不了。哈哈哈,所以,凡事都别太相信自己了,当局者迷,旁观者清嘛。就像喝酒的人,越是醉了的人越说自己没醉。你见过几个喝醉的人说自己醉了?都醉成一堆泥了,还大喊大叫着自己没醉。哈哈哈,谁醉谁没醉,只有旁观者清。"

何草愣住了,半天才说:"你是不是也认为我是神经病?"

"我没这个意思。我是讲,凡事都不要太相信自己嘛,要相信群众,群众才是英雄嘛。"上官主任送客了,站起来说,"回去吧,好好休息,继续治疗。"

　　何草走出了机关大门，开头时生气，接着便迷茫了。为啥都说我有精神病？一个人这样说，两个人这样说，为啥都这样说？一般人不了解情况这样说，为啥领导也这样说？外人这样说，为啥连妻子也这样说？莫非自己真是精神病？他正怀疑着自己，身后又跟上了一群小孩，拍着手有节奏地叫道："神经病！病神经！"

　　何草心乱了，慌慌地走了。他想找个僻静处，冷静地想想自己到底是不是神经病。他来到了木河岸边，往柳林深处走去。只说这里僻静，谁知老王和那个漂亮的女人在这里谈情。老王忙迎上来和他寒暄，何草的气不打一处来，开口就埋怨道："不枉咱们认得一场，你算把我送到了死地，明明我要把话沤烂到肚里，你成天劝我快说！快说！"

　　"我咋知道你不是癌症不死。"老王哈哈大笑，"你怕了不是？我还有个办法能叫你不怕。你把活着当成死了，也会啥都不怕。"

　　"还叫我当哩！你……"何草被老王的笑声激恼了，转身就走。不知不觉来到峭壁顶上，看着深崖下边的滔滔大水，浑身一阵发怵。心想，要是真疯了，还不如跳到河里淹死算了。可是，自己到底是疯了没有，还有点拿不准。"疯了？没疯？没疯？疯了？"何草喃喃念着，也不知念了几百遍，越念越闹不清自己疯了没有，反而更加迷糊了。念着念着面前出现了许多人，纷纷乱嚷起来。

　　"疯子回来了！"半生不熟的人指点着说。

　　"你不是疯子是啥？"妻子泪流满面地说。

　　"你那个病……"一群人阴阳怪气地说。

　　"哈哈哈，还当成自己没疯哩！"石科长讥笑着说。

　　"要相信群众嘛。"上官主任慈祥地说。

　　何草绝望了，大声地悲叫道："既然大家都说我疯了，总是我疯了!"

"疯——了——"苍茫的群山闷雷般呼应。

"连大山都说我疯了,我还有啥说!"何草断定自己是真疯无疑了,就心一横纵身往崖下跳去。山太高了,河太低了,上下相距太远了。白云在他脚下飘浮,鸟儿在他头顶唱歌,他徐徐地往下坠落着。不知过了多长时间,他终于看见了河面。爹爹和妈妈站在雪花似的浪堆上,对他微笑,对他招手,兴高采烈地叫道:"好了! 好了! 草儿的疯病好了,除根了!"

何草热泪盈眶地向爹妈扑去……

原载《奔流》1986 年第 7 期

母子情

三月里的一个早上，不冷不热。莴苣叶儿翠绿翠绿，油菜花金黄金黄，空气清甜喷香。人在菜园里，只觉着身上美，眼里美，吸口气也美。

吴大娘心里更美。她剥着莴苣，脸上堆满笑容，想着儿子才娃，想着昨夜的梦，像露水珠淌在干渴的心尖上。才娃去搞长途运输了。去的地方很远很远，到底去什么地方，到底有多远，她问过才娃，才娃手忙脚乱地甩了一句："说了你也不知道。"儿子大了，把妈看不到眼里了。

如今的年轻人心肠都是铁打的，硬得很，也野得很，一点也不像从前的年轻人。吴大娘记得，自己年轻时可不是这样，心眼又小又软。婆家离娘家才十七八里，每次离妈时都难舍难分，妈送一程又一程，送到分水岭要分手了，她哭妈也哭，都哭得泪人一样。现在可没那回事。那天早上才娃要走了，想着他没出过远门，嘱咐了他几句，心里一酸不由流下了眼泪，他却把眼一瞪，训道："我又不是去死的，哭啥！"说这话一点也不懂得当妈的心。十指还连心哩，何况你是妈身上掉下来的一块肉。你只知道你远走高飞，出门去又说又笑，没想想妈在家里一颗心可是吊多高啊！

她压根就舍不得儿子出远门。她年轻守寡，守着才娃苦熬。才娃没有离开过她，小学中学都是在本村上的，一天到晚在她眼皮底下。针不离线，线不离针，一会儿不见就掉了魂。平日里他下地做活，不等放工她就扒住门往他回来的路上看。现在突然走了，一走几千里，她咋能不掉泪？可是，自己舍不得儿子，儿子却舍得自己，有啥办法？才娃原来多本分啊，都怨支书，叫他去县里开了几次会，回来就变了心，变得心比天高，就是搭云梯也摸不住了。

她第一次知道儿子要出远门，是从半路上拾来的信。那天早饭后，她去河里淘菜，见一群妇女在泡织草袋的稻草。这里出产一种大米，叫作"九月寒"，特别好吃，旧社会用来进贡，新社会用来贡献。它的草好织草袋，一条能卖四五角钱，一个妇女一天能织十条二十条，也有不少进项。男耕女织，日子倒也过得。后来把这当成资本主义尾巴割掉了，人们的日子便一落千丈了。这些年又敢织了，只是没人收了，她见人们泡草就奇怪地问："草袋不是没人要吗，又泡草干啥？"妇女们才告诉她，才娃找到了销路，他要搞长途运输，有多少收多少。她听了好不是味，这么大的事也不和她商量，就要冒冒失失干了。妇女们不知她的心思，笑得像一群喜鹊，说村里出个才娃，好像出个财神爷，在家家户户院里栽上了摇钱树。人们越说她越气，匆匆洗完菜就回家去了。

才娃出工去了。她在屋里圆圈转，坐站不是，心里乱成了一团麻。老天爷，这不是省吃俭用买把刀来杀自己？王二年出门卖了几趟龙须草，叫打成了投机倒把，今天戴帽子，明天割尾巴，光钱罚了一大堆，倾家荡产也没还清，上级还说他尾巴没割净，他急了，用切菜刀抹了脖子。她想想就吓得头皮麻，可是再一想又放心了。自己的娃子自己知道,才娃不是不长心的人,听话,老实,从不干贪险的事。好不容易等到他放工,她眼巴巴看着他,问:"你要去贩草袋?"

"你问这干啥?"他不冷不热回了一句,就匆匆忙忙走进屋里坐下去,拿起报纸翻来覆去看着,把她忘了。

她跟着他,他坐下了,她站在他身边,追问道:"是假的吧?"

他看着报纸,头也不抬地回道:"真的!"

"你——"她气了,"你疯了!"

他看她一眼,叹了口气,放下报纸,不满地说:"就怕你这样,才没告诉你。这是好事。村里没有别的挣钱门路,草袋要能打开销路,咱们村里也都能富起来了。"

她不同意,说:"你是干部? 咱又不织草袋,你管这闲事干啥?"

"咱也能从中得点利,也能富些。"他又低下头去看报纸,随意反问一句,"你不想富起来?"

以后富不富她没想过,也没法看见。以前啥样她可是亲眼见过,亲自受过,也不会忘记。她盯住他,说:"王二年的事才几天……"

"你咋光念老古经!"他厌烦地打断她。

她质问他:"你长有前后眼? 你敢断定以后没有了? 见过的不相信,专相信没见过的,咱不干!"

"妈!"他听她讲这话的次数太多了,再也不想听了,又不想和她磨嘴,就制止地叫了一声。他抬头看着她,见她脸上的肌肉在颤抖,不得不说几句了:"死的不止一个王二年,有的比他还惨。不光你看见,你记在心里,党也看见了,党也记在心里了。还变不变,说了你也不信。这几年土地承包,你总见了吧!"

二十多年了,她听得多了。每次新政策下来,干部们都把心口拍得发紫,话比铁还硬,又是三十年不变,又是永远不变。可是,她看到的都是变,眨眨眼都变。这几年的日子越来越好,越好她就越怕再变。她吃着今天的饭,念着过去的经。一九六一年借地,上级怕群众不相信,说是空口无凭,要立字为证。又发宅基地证,又发自留地证,一张一块钱,她卖了三十个鸡蛋,买了两张。她看着上边盖的红彤彤的公章,激动过,流过泪,认为这是上级发的保票,以后可能安安生生过日子了。家里穷,没有个保险地方藏,她金金贵贵地把它贴到墙上。谁知才吃了两年饱饭,政策就变了,只是那两张废纸没有再变成三十个鸡蛋。老的哄怕了,小的长大了,你又来信? 她担心地说:"啥事都不能看死了。万一要再变了,不说像王二年那样惨了,光批判斗争都够丢人了!"

"万一! 万一! 为啥不相信九千九百九十九,偏偏要迷住万一?"他想批驳她几句。吃饭万一噎住了,走路万一跌倒了,房子万一失火了……天下的万一太多了。人不能不想到万一,可也不应叫万一吓住了。要是成天怕万一,啥也不敢干,活个人还有啥用? 当个人敢冒点险才能干成点事。可是,他不想和她争论,要快六十岁的人去冒险也太不近人情了。他站起来,指指屋里,嘲笑道:"别说不会再有万一,就是真再有个万一又该如何? 挨批挨斗丢人,死守住这个穷相就光荣?!"说着拿起报纸扬长走了。

她看着他走了,无可奈何地叹息一声,又回头看着屋里。屋里除了四堵烟熏火燎的黑墙,只有缸缸罐罐,只有一张三条腿的旧桌子,别的再没有什么了。可是,缸不是空的,罐不是空的,里边都满满地装着粮食。一个庄稼人图的什么,不就是图个缸满罐流? 只要一年四季肚里有填的,就是天大的福气。她快六十了,新旧社会都经过,酸甜苦辣都尝过。小时候巴着过年,过年得吃馍。记得妈蒸了各种各样的馍,有白面馍,黑面馍,玉谷面馍,豆腐渣馍,糠窝窝馍。白面馍只准大年初一吃一顿,余下的藏起来,等客来了吃。都说朝廷老子日子好,咋样好没有见过,乡里地主老财们的日子可亲眼见过,除了几户恶霸,小地主们到了春天也是粗细掺着吃。到了新社会,一阵好一阵坏,他爹就是瓜菜代年月里死的。现在一天三顿细米白面,不光嘴里有填的,眼里也有看的,几个大缸里就装着前年的陈麦。吃的喝的比地主们还好了,还不知足,再吃还能吃金喝银? 如今的年轻人没打苦处过过,动不动就嫌这不好那不好,真是人心不足蛇吞象。放着好日子不安安生生过,还想去贪外财,能是容易的? 万一有个好歹,落个虫没虫笼没笼就晚了。她越想越觉着安分守己好,不能放他出去,哪一条路上没坑没崖?

中午,她在心在意地做了捞面条,让他美美吃一顿,再给他讲讲苦与甜,她相信他识得好坏,会回心转意的。他回来了,她给他捞了满满一碗。他坐在小板凳上吃着,她看着他,满意地问:"好吃吧?"

"好吃。"他说。

你只要说个好吃就行。她要开始讲那些苦经了。

"好吃是好吃,可是还有比这更好吃的。"她刚张嘴要讲,突然他又撂出了一句。

她想好的话被噎进去了,只好顺着他的话往下说,不服地问:"啥比这还好吃?"

他看看她,淡淡笑道:"说高级的你没见过,也没听说过,光说肉就比这好吃。"

"肉?"她愣了一下,奇怪地问,"咋,咱们年下没吃肉?"

"我是说的平常。"他回得很自然随便。

她茫然了,不解地问:"不逢年不过节不待客,平常吃肉干啥?"

"平常吃肉也香。"他笑了,笑中含有讥讽。他看她满面狐疑,又说:"城里天天杀猪,他们是天天过年?他们能一天过一回年,咱为啥就不能三五天过一回年?"

他疯了?庄稼人咋会能有这号想法?她快六十了,啥梦都做过,可是梦里也没想到和城里人比。她生气地说:"为啥要和街上人比,为啥不比比咱们过去的日子?"

"为啥只比自己的过去,不比别人的现在?他们是人,咱们也是人,咱们为啥不能和他们一样?"他质问她。妈妈不断的比,使他吃了亏,想起来就后悔恼火。才提倡发展多种经营时,他要出去搞点副业,她一听就反对,说:"现在不斗争了,比过去美多了,别无事生非了!"后来他要参加建筑队去城里包工,她又反对,说:"土地包到户了,不愁吃不愁喝,比过去一步登天了,别吃着五谷想六谷。"早晚她都有比的,比来比去都是往低处比,往苦处比。照这个比法,革命干啥?封建社会不是比奴隶社会好得多吗,干吗还要打倒地主?他觉着一个人应当不断地往高处比,有了奔头,才有干劲,日子才能一天比一天好。人要是老往低处比,就可以成天躺在床上睡大觉了。要是不听她的比,早点动手,日子就会比现在好多了。可是,他不想埋怨她,他体谅她,苦惯了的人是最容易满足了。一个人吃糠咽菜吃惯了,突然有一天吃上了红薯玉谷,也会认为是进了天堂。再说,许多人都是这个比法,何况她不识字又没见过世面。他放下碗往外走去,回头冲她笑笑:"往后也叫你多过几个年。"

他出工走了,留给她的是许许多多惆怅。平白无故也要吃肉,这算啥话?不论吃啥,下去嗓子四指都一样。今天想吃肉,明天还会想登天哩。一个人要是不知足,还能当个安分守己的老百姓?她后悔不该答应叫他去城里开会了。他要是四门不出,成年在地里死做活,啥也没见过,啥也没听过,咋会能胡思乱想。人是不敢往外跑的,一个本来心满意足的人出去跑跑,就会把心跑野了,跑大了。这一回又要去贩草袋,去的地方比县城更远,比县城更大,回来不知又该咋比哩。不行,他的比法太可怕了,不和自己的过去比,要和外人的现在比,外人多得很,比过张三,还要比李四,比过李四,还要比王五,得寸进尺,啥时候是尽头?这种比法是惹祸根苗。村里几百人,谁也不比谁强多少,别人能过为啥咱不能过?不行,得趁早打消他这怕人的邪念。年轻人不比老年人,不知天高地厚,不能再让他胡思乱想了。

转眼到了清明,家家户户都去上坟。这两年农民有碗饭吃了,手里又多少有点活钱,上坟也就隆重了。城里人祭坟讲究花圈大小好坏,乡里人不兴这个,认为花圈是图排场,是叫活人看的,对死人没一点实惠,要把钱花到正点子上才算尽了真心。有的人买纸马纸车纸人,叫死鬼能骑能坐还有人伺候。她知道自己男人不是骑马坐车的人物,更使不了当差的,就买了一个纸扎的灵屋。才娃心里反对,认为那是迷信,是自己哄自己的把戏。可是他知道和她说不清,再说别人也这样,就忍住没有反对,任她买了。她领他到了坟上,烧了灵屋,然后她就痛哭了一场。她对着坟头诉说着丈夫活着时的千般穷万般苦,又为现在的好生活丈夫不能受用惋惜了一番。他相信她动的是真情,说的也都是实话。他也品得出话味,她是对着死人讲的,却是想叫他听的。他也着实为爹爹可怜,没享过福不说,连想一下福都没敢想就死了,枉活了一场。她的伤心倾诉,一点也没打消他的念头,倒使他更拿定了主意。我才不像爹爹那样活哩,只要肯干敢干,就不信好日子轮不到我头上。就是真轮不到我头上,我总算还想过幸福,为幸福奋斗过,何况为幸福奋斗的本身就是最大的幸福。她对坟头说一句,他在心里就说十句。可是,他没有和她争论一句,这是在坟上,是怀念死人的地方,不能再伤她的心。他默默地陪着她。她诉完了,哭够了,以为句句都入了他的心,娘儿俩才回家。路上她看他默默不语,便断定他后悔了,她不住悄悄地乜斜他一眼,等着他说句回心转意的话。谁知一直到家里,他还不开口,到屋里坐下去就又拿起书本看着。她想他长大了,爱面子,口羞,不说也罢,只要心里明白了就行。她脸上露出了笑意,因为到底还是儿子服输了。

他是不敢看书的,读起来就会迷到里头。他看了好大一阵,听见妈在院里又说又笑,认为她的心情已经好了,到挑明的火候了,便走了出去,看看没人,奇怪地问:"妈,你在和谁说话?"

"猪。"她满面春风,指指圈里的猪,笑道,"你看看,它吃饱了多安生,卧到那里动也不动。"

他过去看看,猪在窝里卧着。他听出了她没说出口的话,冲她笑笑,倒把自己的话说出了口:"我要和它一样,吃饱了也不动弹,是算人呀还算是猪?"

她被问住了,说不出话来。

他故意看轻出门的事,随随便便地说:"妈,汽车已经定好了,我明天要去了。"

"你——"她没料到自己的心白操了,委屈,伤心,眼圈红了,憋了半天才气道,"不叫你去就是不叫去,为啥非要迷到这上头不可!"

他对她死死拦住自己也有气,可她是妈,总是处处忍着让着,现在听她把话说绝了,便憋不住脱口而出道:"下午去上坟,你为啥烧个灵屋?还不是因为我爹没住过瓦房,想给他补补亏,让他的魂灵住住瓦房。有没有魂灵咱不说,那是你的心意。为啥就不想叫活人住好一点？活人就不如个没影没踪的魂灵？"

她的心被刺疼了。不假，住的草房又破又旧，也真看不进眼，她不是不想，做梦都在想着瓦房。可是给死人买个灵屋容易，给活人盖几间瓦房真难。他说她没想，是天大的冤枉，就委屈地说："为了盖瓦房，我哪一天不在省？"

他一气之下说出了伤情的话，说了就发觉说重了，后悔也晚了，又听她说出一个"省"字，心里一阵难过。她很少和他一同吃饭，总是推故提前吃或是错后吃，为的是背着他可以吃稀一点，吃差一点，省下二两八钱。他不是不知道，几次都想当面揭穿又怕伤了她的心，只得装作不知道。他每次吃饭都难以下咽，一口一口都觉着是打脊梁沟下去的。他要出门挣钱，这也是个原因。他想着日子宽余了，她就不会苛待自己了。今天把话挑明也好，她快六十了，不能再让她不怜惜身子了，就激动地说："你咋从牙齿上刮，我都知道。与其我在家里闲着靠你刮那一星半点，何胜我出去跑一趟，能顶上你刮几年。从今往后，咱们得一同吃饭，要吃啥都吃啥。再不一同吃饭，你就是做得再香，我尝着也比药苦。"

她听他如此说，止不住流下了眼泪，担心地说："你别想得太顺当了。牙齿上刮一点是不多，可是保险；做生意是一嘴蜂糖一嘴屎，万一赔了咋办？"

他烦听万一，她偏偏又是万一。都要怕万一，天下就断了生意人。赔，他不是没有想过，天下事哪有尽如人意的？他说："赔了一次，还有下次，总不能回回都赔，赚的总是多数。"

怕批怕赔这都是能说出口的，她还有个最怕的万一，不仅怕说出口不吉利，连想想也觉着不吉利，只好深深埋在心里。这个万一，以后还要再说。寡妇的儿子都是绑在裤腰带上的，妈在哪里，儿在哪里,离开一步就怕万一出了事。她看他执意要去,就把明话变成暗话,语重心长地说:"你再想想,没病别嫌瘦,平安就是福!哪怕是吃糠咽菜哩,只要平平安安比啥都强!"

"平安不是福。"他回了一句,发觉话太硬了,就又求告道,"死死守住穷,风险倒是没有了,福也没有了。你就叫我去一回试试吧!"

她看他坚决要去,磨破嘴唇也动不了他的心,只好横横心由他了。

他走了,把她的魂儿也带走了。她在家里啥也不想啥也想,啥也不做啥也做。忽而这,忽而那,心手不一,脑子成了一盆糨糊,乱了思路。她觉得忘了一件大事,什么事?又想不起来。急了,就去看猪。猪大嘴大嘴吞食,吃得很响,吃得很香,她不由得又恼又恨,对猪发脾气道:"你倒怪美,你只知道憨吃,也不管才娃这时候吃到嘴里没有!"猪不通人性,头也不抬,照吃不误。她火上浇油,用拌料棍打它一下,狠狠骂道:"要不是才娃给你弄饲料,你吃个屁!"她打了猪又去骂鸡,只觉着心烦意乱,样样不顺心。到了下午,她才忽然想起那件忘了的大事。才娃走时,只顾难舍难分,忘记拜托司机了,求求他,叫他把车开慢一点,开稳一点。东边日头一大堆,一天开不到开两天,两天开不到开三天,宁可松松过,也别闯了祸。听说路上常常翻车,他要是为了赶路,万一也把车开到……她急忙止住这个怕人的思路,再想下去就不吉利了。她埋怨自己为啥光往坏处想,不往好处想,这不是咒儿子吗?她逼着自己往好处想,想着儿子发了财,拿着大把票子往口袋里装。可是不行,刚往好处想个头,又想到了怕人处。越是不愿往坏处想,偏偏光想坏处,斩也斩不断。她恨自己,骂自己,为啥光想些险事凶事?直到有人来了,才打断了她的思路。

来的人不少,有给她担水的,有给她劈柴的。才娃为大家走了,大家都来关心她。她强装笑脸,忙于应酬,暂时忘了烦恼。大队的妇女主任纳着鞋底,也一步一针走来了。她忙迎上去,笑道:"王主任,你可是稀客,无事不登三宝殿,有啥事吧?"

王主任郑重地说:"不光有事,还是大事哩。"

她突然变得敏感了,听说事大就猛地一惊,该不是来报啥信的吧? 一颗心掉到了凉水盆里,变颜失色地问道:"啥大事? 咋了?"

王主任故意逗她取乐,板着脸说:"我说了会吓你一跳。"她又打住不说,直盯着她。

她看她神色严肃,又吞吞吐吐,想着一定是才娃出了事,打来电话了,心急得火燎一般,求告道:"是福不是祸,是祸躲不过。到底咋了,你快告诉我行不行?"

王主任怕玩笑开长了,会把她吓坏,就走过去,对着她耳朵悄悄地说:"才娃走了,我来陪你说说话,给你解解心焦,大事吧?"说罢,笑个不住。

她知道是闹着玩的,心里猛一松,拍了她一巴掌,笑道:"好主任,你当官当得长了,真会做戏,活活把我吓死了。"

王主任得意地笑着坐下去,就开始说东家长道西家短,尽说些鲜事奇事,逗得她笑个不住。王主任到底是王主任,嘴上都抹有蜂糖。她说,村里人都承她的情,说她养了个有本事的好儿子,大家都能披点福。说自打才娃给草袋找来了销路,原来冰井似的村子现在突然红火起来了。说人们原来都觉着没有啥巴头,现在人人都有了想头,谁谁家想盖房了,谁谁家想说亲了。她听得心里甜蜜蜜的,嘴里却不住声地骂,骂才娃如何如何心野,不顾家,不孝顺,自己人手单,连一条草袋也没织,偏偏一心迷到卖草袋上,气得咬牙切齿。王主任说心野是心胸大,说不顾家是眼里有大家,说自己没草袋偏迷到卖草袋上是一心为人民,将来一定要成大器,把才娃夸成了天上少有地下稀的一朵花。她听了又后悔又庆幸,后悔自己不该拦才娃的马头,庆幸才娃没听她的话,要不,村里人咋能把他抬举得这么高。王主任逗得她笑足了笑够了,打发她心里美了,突然把话锋一转,说:"老姐,一辈子妹子没求过你吧,你说求过没有?"

她好生奇怪地问:"又咋了?"

王主任重复道:"你只说说,我求过你没有? 对你张过嘴没有?"

王主任神一出鬼一出的,弄得她迷迷糊糊,只好说:"好大主任,只有我求你,哪有你求我之理。别说你没事,就是有事也求不到我头上呀!"

王主任这才笑道:"好老姐,只要你说我没求过你就好,这是妹子第一回向你张嘴,你得赏妹子个脸才行。"

她越听越糊涂,干部叫群众赏脸,这不成平地小虫抓鹞子,山里猪娃背豹子了? 她迷瞪地问:"到底啥事吗?"

王主任还是不吐真情硬是逼她:"你得先说说,到底肯不肯赏我个脸。"

她寻思求到自己门上的事也不会大了,就嘻嘻笑道:"赏! 赏! 你个大主任金口难开,嘴张开了还能叫你合不住?"

"不怕你不赏。我来时就给俺娃们说了,你要不赏脸,我就一头碰死到你怀里,叫娃们抬着棺材来接我。"王主任笑得嘴比盆还大,喜道,"我想着我能活着来,就能活着回去。"

她听她说得这样严重,又这般喜欢,想着不会是借油借盐的小事,不由紧张几分,就追问道:"到底啥事,又是死哩活哩,别再按住葫芦不解瓢了。再不说,不等你碰死,我可要先急死了!"

王主任这才往她身边凑凑,感恩不尽地说:"沾你的光,我这脸一下子变得比打麦场还大了。支书从没央过我，这一回央到我头上了，叫我来说媒哩，要把他家兰子许给你家才娃哩。"

"老天爷，这不是做梦吧！"她差点叫出声。再看看王主任，有鼻子有眼，是个活人，不像梦里的人那样模模糊糊。兰子是朵花，十人见了九人夸，说媒的踏破门槛，都想把好花栽到自己家里，没想到自己没去摘花，花会往自己家里跑。心里喜得怦怦乱跳，不知如何开口才好。

王主任催道："中不中，你倒是说呀！"

她强忍住喜欢，谦笑道："俺们这穷家破舍，支书别看走了眼，把好花栽到牛粪上，以后后悔。"

王主任嗔怪道："看你把支书看的！支书的眼错不了。谁不说才娃是棵摇钱树，将来别说盖瓦房了，就是金銮殿也能盖得起来。"

她又推让道："只怕门不当户不对，高攀不上，才娃是个平头百姓，啥功名也没有。"

王主任大声嘲笑道："我说你呀你，真是少开会，落到形势后头几千里了。过去人敬权，现在人敬钱，才娃快成财神爷了，谁不敬他？想要个功名还不容易，亲事定了，叫支书给他个党员当当。"

她还要说点什么，王主任不容她开口，真真假假地批评道："别再拿捏了，这可是送上门的大富大贵。只要你透透口说个中字，立时三刻就成了支书的亲家母，大队的家你不说当十分了，也能当个五六分，比我这个烂主任还吃香哩。往后求你的人不会少了，连我都得巴结你哩。"

王主任的话比大曲酒还有劲，把她灌得晕头转向，她顺顺当当答应了这门亲事。王主任走后，她又像儿子走后那样发迷，啥也不想啥也想，啥也不做啥也做。前天是忧成那样，现在是喜成这样。不是喜着能沾上支书的光，她不是这号人。她也不是喜着自己往后高了一节,她讨厌有的人和干部一成亲马上就口气粗了,她认为那是狗仗人势,不得好死。她喜的是支书央人来求亲,证明才娃万事平安。支书见多识广,见过些大干部,啥事不懂?支书看中了才娃,也就是看中了才娃干的事,支书看中的事就错不了,挨不了斗。支书南京跑北京,啥路没走过,啥店没住过?支书把闺女许给才娃,说明才娃在外边不会出事,要是会出事,支书能找着把闺女往火坑里送?支书好比一盆火,把她心中的冰疙瘩烤化了。她放心了,笑了。

天刚明,她就来菜园了。她剥着莴苣,想才娃出门的前后经过,想一阵笑一阵。也不知过了多少时候,王主任去大队开会,垂头丧气地走来,猛抬头见她稳坐在路边,叫道:"哎呀,真是人敬有钱的,狗咬扛篮的。昨天夜里才宣布叫我退,今天可不认得我了!"

退是啥?她这几年没开过会,便当成一种要命的病,或是要杀头的罪名,担心地问:"要紧不要紧?"乡里忌讳"死"字,"要紧不要紧"就是死了死不了。

王主任愤愤地说:"看你说的,不叫干就够受了,还敢杀头?干了几十年,说句老了就罢免了,哼,谁没打年轻处过过,我看现在的年轻人就不老了?连支书也叫退了。"

她听了,淡淡地问:"这算个啥灾?"

王主任看她一点也不表同情,就不满地说:"你说得可轻松。昨天夜里一宣布,今天一早就成了平头百姓,一点点权也没有了!"说的是支书,可怜的是自己,哪有心思去管别人死活,一边走一边说,"没事,回去吧。我还得开会哩,去晚了又该说我牢骚不满了。"

她回到家里。平日里脑子死得很,现在突然活得很了,心里一阵阵电闪雷鸣。才娃也出过门,为啥偏偏这一回舍不得?为啥没往好处想,偏偏会想到翻车?送他走时为啥那么揪心?平常他出门没有哭过,为啥这一回哭?这不是要出凶事的预兆是啥?越想越断定才娃遭了大灾大难。她流着泪,扶着墙,走到才娃住过的屋里。拿拿才娃用过的牙具,摸摸才娃看过的书,掇掇才娃穿过的衣服,想起了才娃各种各样的姿态,是那么好看,那么入心。忽然又看见桌上玻璃板下才娃的相片,忙取出来看了又看,然后贴到心口上,想到再也不能见才娃的真人了,哇一声扑到才娃的床上放声痛哭道:"我为啥没拦住他呀!"

就在这时,才娃平安到家。母子相见之情难以表达。儿子失而复得,她喜出望外,格外亲热。当讲到这几天的酸甜苦辣时,她又流了不少眼泪。才娃赚了钱欢天喜地地回来,没想到迎接他的竟是痛哭流涕,又听她讲了这些天的荒唐事,真是哭笑不得。他想说她几句,见她几天工夫就瘦了不少,话到嘴边又咽了下去。爱儿心切,也不该是这个爱法。前怕狼后怕虎,就不怕子孙后代永远穷下去。他想说的话很多都没说,因为还要收草袋,就起身了。

儿子回来了,把她的魂也带回来了。她觉着浑身轻快,把屋里收拾了一遍,就去割韭菜,给儿子包饺子吃。走到村头见才娃和人又说又笑,便喊上他一同去菜园,一路走一路说着话。她担心害怕他再离开自己,问他:"可不去了吧?"

他反问她:"你说呢?"

"我说可不去了,差一点吓死我了!"她乞求地看着他。

他淡淡一笑,面上不长不短没回话,心里却没少说:"谁吓你了,还不是自己吓自己。"他想了一下说:"妈,我还有事。"说完就走了。她也没趣地去割菜了。

一直到天黑,才娃都闷闷不乐,一句话也没说,他在生气。她知道是为了自己,就处处顺着他,也没讨来他的笑脸。晚上她实在忍不住了,想找他说说。他在看书,她进来了,他没抬头,没看她。她站到他身旁,低三下四地问:"还生我的气呀?"

"我可怜你!"他猛地放下书,冲动地说,"一辈子啥也不敢想,啥也不敢干,当个顺民还怕当不好。又怕人又怕鬼,还想影响我的命运,可怜到这个地步!自己的日子好坏不靠自己,也不信自己,咋能不穷?你穷惯了,为啥非要我也惯?我只要想干点正事你就怕得要命,亲我爱我就该相信我!"

她自知理亏,不敢多说,闷了半天才又怯生生地问:"那亲事……"

他又看书,干脆地说:"我不同意!"

她愣怔地问:"人家哪一点不配你?"

"就是因为太配了!"他放下书伸个懒腰,自言自语道,"过好过坏我靠自己,我不抱粗腿,我也不叫人家说我靠抱粗腿才发财。"

她说:"啥粗腿?不粗了,支书不干了!"

"妈,你老了,以后少操点心行不行,我又不是三岁小娃。"他说着从提包里掏出一沓钞票,递给她,嘱咐道,"给,你先收拾起来,我明天一早还要出门。"

她接过钱还想说点什么,见他收拾床铺,知道是在撵自己,只好走了。她回到自己屋里,又有了许许多多忧愁:钱放到哪里才保险?亲事怎样退才不伤情?从儿子屋里传来的一阵又一阵鼾声,不断打扰她的思路。她气了,他都不操心,我何苦白操心?心操烂了也落不了好,还落不尽的埋怨,算啦,睡!她真睡了,也真睡着了。可是,她在梦里又想开了……

原载《奔流》1984 年第 5 期

人和路

　　像十五年前在这里惹下滔天大祸时一样，也是九月九，也是漆黑的夜晚，也是下着雨，老地主于光宗又来到了支书李老四家门口。不同的是上次他空着手，这次提了一篮礼物。

　　李老四当年是于光宗的佃户。他们住在一个村子里，每天抬头不见低头见，可是，三十年了，他们没说过一句话，谁也没进过谁的门。这次于光宗来看望李老四，是十五年前就定下的心愿，直到现在他才敢来还这个愿。

　　十五年前，正是无奇不有的火红年代。李老四家住在村头十字路口，门前铸着一块钢筋水泥的语录牌，上边贴着领袖像，像下跪着泥塑的刘少奇。这天，于光宗进城去给儿子买药，很晚才回来。一路凄风苦雨，淋得浑身发抖，牙关打战。他掏出自制的竹根烟斗，弯下腰挡住风雨，划根火柴燃着烟，借以祛寒。就在他扔下没着完的半根火柴时，看见雨水冲刷着刘少奇的泥塑，不由产生了一股同情心，愤愤不平地嘟哝了一句："批！批！要不是一九六一年刘少奇叫借地，还能活到今天不能！"他要是说着走着也就算了，谁知什么力量吸住了他，他竟站住了。他四下看看,见李老四房檐下放着一项旧雨帽,再看看没人,就鬼使神差般地走过去,拿过雨帽,转身戴到泥塑的头上。正在这时,远处路上响起了脚步声,他吓了一跳,就慌乱地赶快跑了。

于光宗回家晚了,儿子病情恶化,牙关紧闭,买来的药滴喂不进。他束手无策,一家人哭得惊天动地,几家胆大的邻居闻声赶来,看他可怜,就凑了点钱,让他连夜把儿子送进了医院。

第二天,他在医院里,为抢救儿子正愁得不可开交时,家里来人探病,闲谈时告诉他说,村里出现了反革命事件。原来,一夜风雨,把领袖像刮落在泥泞的地上,刘少奇的泥塑却被人戴上雨帽,完好无损。造反派说这是爱谁恨谁的重大反革命事件,正在追查。于光宗听了立时魂灵出窍,吓成了一摊泥,他给泥塑戴帽虽没人看见,可是这天一早他发觉烟斗丢失了。当时他没在意,一夜东奔西跑,谁知丢哪里了,也没想到给泥像戴个雨帽是反革命活动。老天爷,村里只有自己一个人用这号烟斗,要是丢在医院的路上还罢了,万一丢在现场,自己的老命不说了,可怜的儿子也会被吓死的。他暗暗求天告地,叫老天爷保佑,烟斗千万不要丢在泥塑现场。可是,人心也怪,越想不要丢在现场,越想越好像是丢在现场。病房外边有人走动,有人说话,他都以为是来人抓他了。他尝过被抓去的味道,要不是儿子在病床上,还不如去寻个短见。他恨自己昨天夜里咋会鬼迷心窍,无端地惹出这场大祸。整整一天,他茶饭不进,魂灵儿早进了法院,人家说东他对西,叫他递药他倒水。老伴看他神魂颠倒,只当他被儿子的病吓昏了,劝他几句。他看看昏迷不醒的儿子噗噗嗒嗒掉着老泪,凄惨地说:"只怕躺着的要给站着的送终了!"接着他向老伴一五一十地交代了来往账目:谁家借他们的钱,他们借谁家的粮。因为在医院里,不敢大哭,老两口就面对面默默流泪,熬过了比一辈子还长的这一天。

第三天,家里又来人探病。于光宗心惊胆战地打听这个案件的下落。来人告诉他,雨帽是李老四家的,他又找不到戴雨帽的人,是他也是他,不是他也是他,就把他抓起来了。于光宗马上松了一口气,魂灵儿立时从法院飞回来。谢天谢地,这说明烟斗没有丢在现场,自己和儿子的两条命总算得救了。可是做贼心虚,庆幸之后仍不踏实,担心地问:"李老四就白白承认了?"

"他不承认就行了?"来人讲了屈打成招的经过,又佩服地讲,"李老四可真是条汉子,临押他走时还不泄威,大喊大叫说,我就不信给泥巴像戴个烂雨帽就算反革命!就是我戴的还能把我头砍了?!"

于光宗听了这番经过,心里像压上了一座山,顿时又低下了头。一连几天,他心里都觉着沉重不安。人都要讲个天理良心啊!虽说土改时李老四斗过自己,可他讲的都是实话,没一条是捏造诬赖自己的。后来这十几年,他当了支书,对自己也没干过出政策的事。现在,自己作的案为啥叫李老四去守法?虽说他不知道雨帽是谁戴的,苦打成招认下了这个账,不是白白受了冤枉?于光宗越想越觉背良心,就想去投案自首。他想让人们看看,这件事神不知鬼不觉,谁也没有怀疑到他头上,并且已经有了替身,他于光宗虽说是个地主,可也是个正人君子,好汉做事好汉当,不会昧着良心去冤枉别人。于光宗要去当英雄了,想着想着觉得自己突然变得高大了。可是儿子的一声呻吟,那个念头又忽然没有踪影了。疯了,这不是找着去送死吗?他害怕了。转眼之间又有了新的想法。李老四是个走资派,虽说叫撤了职,可还是个贫农呀,再说也比自己招牌好,肩膀硬,放到他身上总比放到自己身上轻多了,至多批斗他几场,还能把他个贫农升成地主？对不起他的地方，只要自己不死，以后想个办法报答报答他也就行了。于光宗自己宽容自己，也就心安理得地昧下了这件事。

于光宗平安无事地过了一天又一天，终于躲过了这场灾难。那天，他陪着病好出院的儿子回家，走到村头十字路口时，看见李老四拄着棍子一瘸一拐地从家里出来，他心头猛一惊：啊，他叫打伤了？于光宗心虚地低下了头，急匆匆走了过去。走了几步，又忍不住回头看了一眼，恰好和李老四投来的眼光相遇。他看清了，李老四宽大紫红的脸膛瘦削了，苍白了，只有胡楂子长了，眼珠子大了，那深陷下去的眼睛射过来一丝淡淡的苦笑。于光宗回到家里就听到了详细经过：在斗争会上，李老四竟敢据理反驳，说那不是反革命罪行，也至死不肯下跪请罪，结果被打断了踝骨，成了终身残疾。于光宗突然觉得自己的脚腿也刺心的疼，他看看儿子，又看看自己，是李老四的一条腿换了他们两条人命啊！他在心里呼喊道："是我害了人家啊！"

于光宗觉着做了亏心事，日日夜夜不安生。每次看见李老四从对面走过来，他都飞快地躲进村巷里或大树背后，看着李老四一瘸一拐地走远。那棍子触地的咚咚声，在他心里引起共振，就像捣在他心上一样，戳得心疼。夜里一闭上眼，就好像李老四拄着棍子在他胸口上走动。是去认罪，还是瞒住？两种想法在他心里不停地搏斗，折磨得他睡不着受不住，他要发疯了。有几次他看见李老四迎面走过来，都想跑过去跪到李老四脚下，任他骂任他打，哪怕把自己的腿打断也行，也好搬掉日日夜夜压在心上的石头。可是，于光宗到底还是个老谋深算的老地主，他知道这样做会吃苦不讨好。李老四已经受了罪，不但扒不下来，还会给他再添上新罪，不是他干的，他为啥替地主分子承担罪责，不是包庇也是互相勾结。再说，肯定自己也会再受李老四受过的罪。思前想后，他要跪到李老四脚下赎罪的决心又吹了。

人家的腿断了还不知道是为谁断的。知恩不报非君子，于光宗总觉着欠了李老四一笔账，啥时不还啥时心里都是块病。怎么还呢？坦白认罪不行，就想置份厚礼去表示表示心情。可是想想还不敢。李老四可不是见财眼开的人。于光宗记得可清了，土改时，他偷偷送给李老四两个银元宝，天知地知人不知，只有他俩知道，李老四都揭发了。现在送点礼他会收吗？要是不收，事就大了。就是万一收下，事也不会小了。别人知道了，两下都不得了。左不是右不对，想赎罪不敢赎，想报恩报不了，于光宗只好把这笔债深深埋在心里了。

还愿的时候终于来了。前年，于光宗被摘了地主帽子，成了社员。按他想，自己和别人一般高一般粗了，现在去看看李老四不犯法了，在自己不算拉拢收买，在李老四也不算丧失阶级立场了。九月九那天夜里，他就提着一篮厚礼去看望李老四了。谁知刚刚出门，就被从外边回来的儿子拦住了，儿子怀疑地盯他一眼，问："干啥?"

"去看看你李四叔。"于光宗怯生生地说。

儿子也是快三十岁的人了，长得排排场场，高鼻子大眼睛，一表人才，心眼也机灵得很，见啥会啥，特别是算法好，心算比算盘打得还快还准。可是，都因为自己成分不好，害得他见人低一头，连个女人也说不来。为了这个，儿子一直都恨这个家庭，在家里算得上革命派，充当着监视地主老子的角色。为了争取进步，家里有个针尖大的事他都要给上级汇报。于光宗是怕他又爱他。这时，他审视着老子,没好气地批驳道:"黑天黑地去送啥礼?才摘了帽子可不老实了,别高兴过度了!"

于光宗喃喃地解释道:"你不知道,人家对咱有大恩,给咱也摘了帽子……"

"给你摘帽子是党的政策!"儿子呵斥道,"你别给人家脸上抹黑了。人家刚刚复职,一个才摘帽的地主分子可去送礼了,叫人家还咋干工作哩?"儿子说着一把夺过他手里的篮子走回去,进了门又回头气冲冲地瞪他一眼,用老子训儿子的口气,警告老子道:"摸摸你头皮凉了没有,小心把帽子再给你戴上!"

于光宗在儿子面前也是罪人,儿子说东他不敢往西。儿子把礼物夺走了,他呆呆地站着。他真的抬起手摸摸头皮,头上真的还暖乎乎哩。他品品儿子的话,觉着也真有道理。是啊,为啥早不去报恩晚不去报恩,偏偏李老四刚刚当上副支书就去了?明白人知道从前是不敢去,不懂理的一定会说是去拍马溜须的。再说,新官上任三把火,万一李老四要是为了表白他为官清正,再拿自己开刀可不得了,万一把才摘的帽子再戴上——于光宗想想头皮都发麻了。算啦,再等一年看看,政策真稳住不变了,再去看望他也不晚,反正自己心里记着这回事,也不算忘恩负义背良心。于光宗找到了托词,也就心安理得地回去了。

转眼到了第二年九月九,于光宗背着儿子真的去看望李老四了。前几天他就精神紧张,又想去又怕去,李老四终归是个党员干部,谁知道心里咋想?恩是要报,可也不能给他留下把柄。好像要去打仗,他想了各种可能发生的情况。如何开头,如何结尾,李老四会讲些什么,自己怎么回答,句句都背得滚瓜烂熟,自认为万无一失了,他才提着篮子去了。

于光宗经过这一年的观察,看到大队干部对他们这些摘帽地主一点也不外待。春上一个孤独的地主老汉死了,李老四还亲自去料理埋葬。他相信不会再给他们戴上帽子了。现在,他往李老四家走去,一点也不害怕,认为自己是去行君子之道的,是去干光光彩彩的事。为了证明自己心中没鬼,一路上还故意地咳嗽着。他大大方方到了李老四的门口,恰巧李老四妻子出来担水,他赶忙迎了上去,刚要开口,这个爱说话的女人却抢先开了口,笑道:"哈,老于也敢走亲戚了,不怕人家说你拉拢收买了! 去谁家啊?"

"我……去我闺女家看看!"于光宗从嘴角溜出了这句话,话刚出口脸就红了,连自己也奇怪为啥会跑出这句谎话。可是已经说了,后悔也晚了,只好顺着大路走去。到了没人处,他才又捶头又跺脚,把自己狠狠骂了一顿。出门时那么胆大,为啥一见人家又吓成狗熊了? 到底为啥,他也说不清楚,这一回又算吹了。

三番两次去不成,日子越拖越久,于光宗对这事的感情也就慢慢淡了。有时还想到这也不能算太背良心,马上就会冒出一些理由来为自己辩解。他想,如今不提这个事,才是对李老四的最大报答。虽说他当初丢了人,吃了苦,可是,人没白丢,腿没白断。要不是当初错中错,现在他能落下这份光荣? 他能官复原职? 要说他还应当感谢自己哩。再说,十几年没人知道雨帽是自己戴的,他也不知道,现在去解开这个谜,大家会说,那时当罪恶斗争时你吃哑药了,现在是功劳了你来抢哩。还有,李老四要是一口咬住是他戴的雨帽,自己怎么下台? 算了,多一事不如少一事,沤烂到肚里算了。于光宗就这样自解自劝,宽恕了自己。以后再碰见李老四时,不等心虚就先给自己打气壮胆道:"他又不知道是咱戴的雨帽,心虚的啥?"这样想着也真灵验,见李老四再也不躲躲藏藏了。

　　于光宗只说把这件事从心上抹掉了,谁知一个偶然的机会又唤醒了他的良心。前几天的一个下午,人们在地里收割稻谷。如今是大包干,男女老少齐上阵,田间小路上拉稻谷的架子车挤成疙瘩。天又快下雨了,人们争先恐后地抢路。李老四在捆绑谷子,听见吵声就一瘸一拐地赶来排解纠纷,疏通道路。他帮着一个妇女和对面来的人错开车。路太窄了,对方的车尾一摆,把那个妇女的架子车和李老四都撞到路边沟里了。人们纷纷赶来帮忙,于光宗也来了。只见李老四坐在沟底,揉着脚巴,虽没叫疼,可是疼得脸上汗珠和泪珠一齐往下滚落。于光宗觉得那滴滴汗珠和泪珠都滴在自己的心尖上,烫得他血都热了。这时,李老四的女人急急忙忙跑来了,看见男人疼成这个样子,忙蹲下去抱住李老四的腿按摩着,红着一双心疼的眼睛,又恨又怨地数落道:"也不想想自己中用不中用,还来充好汉帮人家忙哩!要不是当初硬充好汉认下那壶酒钱,咋能两条腿变成一条腿?弄得咱们家的活没人做,柴没人割……"她呜咽地哭了。李老四忍着疼,苦笑着解劝道:"哎呀,又提那陈芝麻烂谷子干啥?咱总算还落了腿,多少人把命都报销了!"于光宗听着听着眼睛湿了,赶忙回头走了。

　　于光宗像中了邪,这天夜里就病倒了。开头是心烦意乱,恨自己骂自己。后来疑神疑鬼,神经错乱,见了老伴或是儿子,他都惊恐地跪下去叩头,胡言乱语道:"老四,我不是人,我不是人……"他打着自己的脸,痛哭流涕。家里人吓坏了,请来大夫打了几针镇静剂。他一睡两天,醒来后神志才清楚。可是,人也瘦多了。他觉着气脉不济了,怕没几天阳寿了,不把这个心愿还了,还会憋疯的。他叫来老伴和儿子,把在心底埋了十几年的秘密扒了出来。儿子一听火了,瞪着眼埋怨道:"你咋能干出这号事?哼,人家说地主思想坏,一点也不假,这不是嫁祸于人是啥?当时要承认了,以后也叫人们看看,地主里头也有好人。这可好,为了怕挨打,就放着光荣不光荣!"老伴顾虑重重地说:"他又不知道是咱干的,何苦去自找麻烦?说透了,他要认为是咱故意坑害他的,要报复咱咋办?他女人要是不依咱,叫咱伺候他到死咋办?心里真是过意不去,就推个故说他跌伤了,送份厚礼去看看,把这个亏欠补起来就行了。"争论了半天,一家人都同意去看望李老四,只是要他见机行事,不要再惹出祸了。

于光宗到底来了。现在他就站在李老四家门口,抬起脚就能一步跨进去了。可是,他又有点胆怯了,又犹豫了。三十年没有这样来往过,见了面怎么张嘴?他不由得退了一步,在风雨中徘徊起来。突然面前的门打开了,李老四出来泼水,见于光宗站在门前,先是一愣,接着热情地叫道:"啊,是你呀,看看淋得,咋不来屋里呢?"于光宗正愁不好意思进去,听李老四邀请就趁势走了进去。

于光宗和李老四住得很近,近得喊一声都能听见。可是,这条路又这么长,整整走了十五年才走到地方。这是于光宗一辈子第一次来到这个共产党员的家里。这个党员是他的顶头上司,又是他曾经压迫剥削过的人;这个人把他当过仇人,斗过他,分过他的田地,后来又替他担了罪名,被打断了一条腿。于光宗进到屋里,顿时浑身紧张,紧张得像打了铁箍,不知站立哪里才好,当间空空落落,他却感到挤得没地方容身。李老四顺手指指后墙根方桌旁边的椅子,热情地让他坐下。于光宗顺从地走过去,要坐还没坐下,忽然认出这是当年没收他家的太师椅,他曾坐在这上边骂过李老四,顿时脸红得像鸡冠子,好像上边有刀子会扎住他似的不敢坐下去。李老四可没想到这些,笑着催道:"坐呀,坐呀,咋不坐呀!"

于光宗不敢不坐了,又不敢正坐,屁股只挨个椅子棱,似坐非坐,身子板得像小学生上课时那样端正，双腿并齐，双手规规矩矩放在膝上。大冷的天，他却浑身冒汗。在家时背熟的开场白，早飞到了九霄云外，不言不语，一脸呆相。李老四看他又摆出接受治安主任训话时的样子，心里好笑，正要说几句轻松的话，妻子从灶间里来了，看见于光宗就大惊小怪地喊道："啊，老于来了，你可是个稀客呀！"

于光宗唰地站起来，立正，点头哈腰道："不……不是稀客！"

老四的妻子扭头看见界墙下放的篮子，又是一声惊叫："嘿，还拿着礼哩！"说时弯下腰，揭开篮子上边盖的毛巾看看，嘲笑道："噫，怪厚实哩！看，你一当支书，油水就像发大水一样冲来了！"然后直起身，冲着于光宗嘎天嘎地地笑道："我说老于头，俺们老四可是啥帽子都叫戴过，就差收礼受贿这一顶帽子了，你是想给他补齐的吧！"

于光宗脸上冒汗了，又一个立正，吞吞吐吐辩解道："听说李支书摔跤了，我来看看，这不算礼！"

老四的妻子收起笑脸，正言正色地讲："自古官不打送礼的，俺们老四可是专打送礼的。丑话先说前头，走时你要不拿走，可别怪俺们给你难看！"

李老四笑笑，打断她的话："快去做饭吧，老于也在这里吃。"

于光宗赶紧站起来推让。李老四又让他坐下，自己也在他对面坐下，吸着烟，看着他问："有啥困难了？"

"没……没有！"于光宗又机械地欠欠身子，想着如何开场。他想起了儿子的嘱咐，共产党最爱人们坦白认罪，深刻检查，把自己骂得越凶，他们就越高兴。于是，于光宗就挑选最狠毒的字句骂自己："李支书，我……旧社会不是人，比疯狗还恶，压迫人剥削人，喝人血不眨眼……"

李老四熟悉地主们这些套话，听着好不是味，三十多年了，还是无休止地重复着这样的话！哪一天他们才能像个普通人那样说话呀？他打断他的话，郑重地讲："那是旧社会的制度造成的嘛！算啦，不要再提旧账了，你在新社会改造得不错嘛！"

于光宗听表扬他，这还是三十年来的第一次，心里甜滋滋的，嘴里却谦虚道："差劲大哩，我还得狠狠改造哩！"

李老四夸奖道："那一年抗旱时，你就表现得很好嘛！"

那年一秋没雨，收了秋地旱得冒烟，麦子种不下去。大队请求上游兄弟队支援了点水。一天傍晚，浇水员回家吃饭了，抗旱渠打了个小缺口。于光宗从山里割柴回来，经过那里时看见了，喊人喊不应，口子越冲越大，再耽误一会儿就要冲垮渠埂。于光宗急了，跳了下去，用自己的一担柴草和身子堵住了缺口。人们赶来时，他已经冻得嘴脸都青了。可是，事后没有人表扬他一声。为了这事，他一直感到委屈，不止一次地暗暗叹息："成分不好算啥也不好了，捐上命也落不了个好字！"事情已经过去二十多年了，万万没想到李老四还记在心里。于光宗心里马上涌起一股暖流，眼睛也湿润了，感动地说："哎呀，那算个啥呀，我早忘得没影了，还值得你记在心里！"

李老四从于光宗眼里看见他动了情，就说："一个人只要做了好事，群众就不会埋没他。我听人们说，才散食堂那几年，外地逃荒的来要饭，只要到你门口，你宁可自己少吃一碗，也要管人家个肚子饱。"

于光宗听了心里又一阵热，共产党可真是耳朵灵记性好，连咋打发要饭的都一脉尽知。这时，才进来时的戒心解除了，也敢正坐了，脸上露出了得意之色，自诩地说："李支书，不瞒你说，现在我一看见可怜人，就想起自己过去对穷人犯下的罪恶，我就是把心扒出来叫人家吃了，也赎不完我从前的罪孽。我最拥护共产党的改造政策了。我经常给婆娘娃子们说，啥事要得公道，打个颠倒。咱要是贫下中农，一脸血一脸汗打下点粮食，去养活那些身不动膀不摇还打咱骂咱的地主，咱心里啥滋味，咱恨不恨？所以俺们一家最服改造了……"

李老四眯着眼，很感兴趣地听他讲下去。妻子喊端饭了，李老四才往灶间走去。于光宗看他一瘸一拐，心里咯噔一下又沉了。自己来干啥的，可该说时怎么又不说了？君子记恩不记仇，看看人家李老四才真是君子，压迫剥削他的事一字也不提，光记着咱的好处。咱也不能当忘恩负义的小人，说，非说不行！于光宗又下定决心了。

饭端上来了，李老四夫妻陪着于光宗吃饭。于光宗看他们心情很好，就想趁势讲个痛快，可是几次话到嘴边又咽了下去。一直到快吃完时，于光宗看时间不多了，才攒攒劲说："李支书——"

李老四抬起头，笑眯眯问他："咋？"

于光宗未开口先羞红了脸，绕着圈子说："那一年给刘少奇戴雨帽的事，叫你受了大罪……"

"别提那回事，提起来我饭都吃不下去！龟孙们想当官，差点把人炮治死了！"老四女人，横眉立眼，咬牙切齿。停停又半是气愤半是自诩地说："要不是群众念起老四良心好，又是老贫农老党员老干部，保着护着，才不得了哩。哼，也不是我吹的，那事要换换人，搁到你身上，只怕早都没命哩！"

"可是哩！"于光宗倒吸了一口冷气，一口饭噙在嘴里半天没咽下去。他看看老四的妻子脸上还有怒色，便庆幸多亏没说透，不行，得赶快把话圆住，就模棱两可地说："出事那天，我上街去给孩子买药……"

"我知道，那几天你是一手托着两条命！"李老四看看妻子还在生气,就打断了于光宗的话,朗朗笑道,"算了,算了,别气了,吃饭吧,谁也别提旧账了。"他又对着于光宗表示歉意地微微笑道:"旧账要算也算不完。就说你抗旱保渠那件事吧,本来应该表扬你哩,可是到了会上,我话到嘴边又咽下去了,为这事我心里也总觉着欠你个账。哈,看看,不说不说又说了。好啦,从今往后再也不提旧账了,统统向前看。吃饭!"

李老四不叫提旧事,自己却又检讨了旧事。一个支书竟然说对不起一个地主,于光宗心头一酸,一股热流涌上了眼眶。三个人再没说话,匆匆吃完了饭。老四的妻子回灶里洗碗去了。于光宗要留下礼物回家,李老四不肯收,两个人推来让去,李老四没有办法,只好取出一包点心,再也不肯多留了。于光宗虽然心意未尽,却也没有办法,只好提上篮子恋恋不舍地走了。

于光宗回到家里,详详细细讲了前后经过,说到李老四的检讨时,于光宗又激动得红了眼,连声音都发颤了。一家人听了十分感动,齐声夸奖李老四是个好共产党员。只有于光宗心里更不是滋味,声声叹道:"看看人家共产党支书,说起自己的不是多痛快!咱算白当个人了,攒了十几年的劲,到时候又不敢把心口窝子的话吐出来,弄到底人家还是不知道为咱断了一条腿!"

"他不叫说,又不是你不说嘛!"老伴劝着,打开了柜门,把篮子里的礼物往柜子里放着。突然,她一声尖叫:"老天爷呀!"

"咋了?咋了?"于光宗父子同声惊问。

"看!"老伴的手从篮子里举了起来。

啊!竹根烟斗!三个人睁大了眼,谁都说不出话来!

原载《上海文学》1982 年第 6 期

还愿

半夜了，儿女们都睡了。任有法老两口还在筛选着谷子，明天一早就要进城去送交公余粮了。

电灯底下，妻子一脸喜气，筛子在她怀里飞快地旋转。她面前一个空麻包又快装满了，身后一个盛粮食的笸箩也快筛完了。任有法负责往笸箩里掂粮食和张麻包口，他忙过了一阵，就坐在妻子对面吸烟。这个精瘦的老头，今又过成人了，心里好不自在，抖擞着二郎腿，得意地环顾着四周。上边棚杆挂着一嘟噜一嘟噜玉谷穗，直起腿就会碰着头。地上挤得没有下脚的地方。角角落落堆放着他熟悉的东西：打竹箍的破缸呀，漆粘的烂罐呀，草袋呀，从供销社捡回的装农药、化肥的旧纸包呀。这些废物不知废了多少年，没想到如今都派上了用场，装满了稻谷、黄豆、玉谷、绿豆、芝麻。多少年来，他一直觉着屋子又空又大，现在突然感到屋子小了、窄了！这些粮食，都是他亲手收割打扬的，又是他一担一担从场里挑回家里的。可是，他一看到满屋粮食，总不相信是真的。从前，出那么大力气，流那么多汗，只能分到少得可怜的一点点粮食。今年没费多少力气呀，松散多了，怎么屋里却一下子堆了这么多粮食？他不由迷糊了,这可能吗？要是真的,自己怎么突然有了这样大的本事？特别是又叫自己亲手去交公余粮,这不是做梦吧？想到交粮,他往墙上瞟了一眼,那上边贴着一张烟熏火燎得又黑又黄的奖状。看着奖状,他又回到了自己一生中最光荣的那一天!

快三十年了。当时,农村里还没有如今的胶轮拉车,更没有汽车、拖拉机,送交公余粮全靠人担。唯独他任有法驾着一辆新打的牛车,车身油漆得黄亮亮的,车上满载着公余粮,插着纸做的小红旗,上边写着"保家卫国,踊交公粮"。拉车的是一犋肥得流油的大青犍子,牛脖子上挂着一串核桃大的铜铃,一步一阵叮叮响,年少气盛的任有法,打扮得齐齐整整,穿着四个口袋的蓝棉布制服,头戴一顶时髦的八角帽,红光满面,两只眼像游动不停的电珠,闪闪发光。他坐在车前的粮包上,挺胸凸肚,手执红缨鞭,扯着一个又一个的响鞭,震得人们纷纷给他闪路,一双双羡慕的眼光看着他,互相介绍着:"看,这个人就是任有法,可会做庄稼了。政府只叫他交五百斤粮食,他硬要交一千!"

"咳,不亏人家叫任有法,可真有办法呀!"

在一片啧啧声中,也有人眼红地讥笑道:"才吃几天饱饭,可烧不熟了,露能得不轻!"

任有法生成一副笑话脸,这些难听话从身后飘到他耳朵里,他不气也不怪,只是回过头去报以纵情大笑,扯个响鞭,朗朗大声回道:"喂,该露不露,心里难受;该烧不烧,心里发焦!"

那时节土改不久,交爱国粮刚刚开始,是一件万分光荣的事。为了表彰任有法的爱国行动,县里召开了大会,给他披红挂花,请他登台讲话。任有法不识字,更加上当时的美好语言不像现在这样高度发达,他不会说觉悟话,上台就指手画脚地实打实讲:"有人说我烧包露能,我为啥不烧不露? 解放前,我好不容易接个老婆,一夜没过,保长就把我绳捆索绑抓壮丁抓走了。要不是解放,我能再见我老婆吗?"

哄的一声,全场笑开了。

任有法却不笑,突然从口袋里掏出一个白馍,举在头顶晃晃,大声说:"大家看这是啥? 白馍! 我从小就吃糠咽菜,可是如今能吃白馍了!"他张大嘴咬了一口。

会场里又一阵快活的大笑。

任有法挺高兴地说:"就凭见老婆、吃白馍这两条,别说交一千,明年我还要攒攒劲交两千哩!"

这天上午,县政府请他吃了饭。下午回到村里,人们围着他问长问短。大家最关心的是赏他吃了啥稀罕东西。他绘声绘色地讲了七个碟子八个碗的内容,感叹道:"没想到还有比白馍好吃的东西!"大家又追问他喝醉了没有,他不好意思地说:"嘿,不愧是新社会,八路军喝酒都有新喝法! 咱们是顺转实挨轮着喝,再不就是猜枚划拳,谁输了谁喝,谁知道人家可不兴这一套!"

"咋喝?"人们奇怪地追问。

"碰杯呀!"任有法两只手攥成两个拳头比画着,"你一杯我一杯,端着站了起来,咣当一下——"他两个拳头狠狠地碰着。

人们担心地惊叫:"啊,那不碰洒了?"

"说的是屁!"任有法腼腆后悔地笑了,"县长和我碰杯哩,我想着人家是县长,可得使个劲,谁知道哐的一声——唉,别提了,说说都丢咱们乡里人!"

"咋啦?"人们睁大了眼,着急地问,"碰洒了吧?"

任有法的脸红了："把杯碰烂了！谁知道他们使那玻璃杯恁不结实！"

人们又是惋惜又是埋怨。

"嘿，只怕那杯子值不少钱哩！"

"哎呀，你咋连这都不懂，越是宝物越不结实，哪能像砸石头！"

"吃回亏领回教。下一年再去碰杯时，可不使那么大劲了！"任有法向大家保证。

从此，任有法成了村里有名人物，谁家来了亲戚朋友，就把他当作本村一个大光荣，千方百计要领着去偷偷看他一眼，悄悄介绍道："看，就是这个人，和县长碰烂过杯哩。"

当时，任有法立下宏誓大愿，一定要种好庄稼。明年卖两千斤，后年卖三千斤，大后年卖四千斤……年年表一次爱国心，年年和县长碰次杯。可惜，二十多年来，只在梦中兑现过几次……

任有法神游往事，心里甜一阵酸一阵，不由得走到墙下，用袖头把那张黑黄黑黄的奖状擦了又擦，他好像又看到当年县长给他发奖状时的笑脸。

妻子筛净了一箩，要往口袋里装时，见他对着奖状发呆，她没有立时叫他。看着他那苍白的头发，累弯了腰的背影，不由心软了。这些天来，他一直对她算账，说这一季见的粮食比过去几年分的还多，吃一年也吃不完，一天到晚念叨着现在这政策真好。他们分了一千斤公余粮任务，他说，咱们不交粗粮交细粮。她二话没说就答应了。可是，他还不满足，听他的口气，还想再多交一些。她能体会到他的心，他做了多年的梦，她也想成全他的心愿。可她饿怕了，总怕政策再变，得有时常想无时，她就假装听不出他的话音。现在见他对着奖状发呆，她明白他又在追忆当年的光荣，就爱怜地笑道：

"你又想碰烂杯哩!"

任有法是在怀念着那一天,渴望着再过过那一天,听她这么一说,虎生转过身来,脸上含着一丝羞笑,迷茫地看着她。她虽然老了,但从那椭圆形脸上还可以看出她当年的清秀美丽。他和她过了几十年,农村人虽不懂得"爱"这个字眼,可是,他亲她,她也亲他,互相体贴。直到如今,结婚时那个亲劲还依然如故,儿女们没有在场时,老两口还像小两口那样嘻嘻哈哈取笑打要。这时,他突然扑过去,拉住她的双手,嘻嘻道:"咋样? 这一回可叫咱再去光荣光荣吧!"

他的口气和表情虽然像是在说玩话,可她却感到他的双手在发抖,从他的眼睛里又看到了年轻时的他,知道他这话是从心里迸发出来的。她忽然记起了二十多年前那一次交粮,他也像这样求过她。她的心顿时年轻了许多,胸膛里又像当年那样热了。她热烈地看着他,竟忘却了压在心上的沉重负担,笑嘻嘻嗔怪道:"你呀,真会磨人,再添五百斤,可行了吧!"

任有法高兴得像个孩子,对她伸出大拇指,连连夸道:"好,好,不是谁家人,不进谁家门,不愧咱们是一对!"

"把五百斤粮食哄跑了还不好?"她撇嘴一笑,一巴掌打开他伸在面前的手,又继续筛着。一会儿,她有点后悔了,便板着脸讲:"丑话先说头里,再想多卖一个粮食籽也不中了!"

"你放心,咱还能不知道个足尽!"任有法嘴里这样说,心里在想,不怕你不答应我想的那个数。他搋粮食张口袋,又忙活了一阵,然后又坐下去,吸着烟,眯缝着一双小眼盯着她,打着主意,想到得意处,笑脸上布满了狡黠的笑意。

妻子又筛净了一箩,站起来往麻包里装时,他大睁两眼却没看见。她冲他喝道："又想啥哩？快呀！"

"来——了！"像旧社会饭馆里跑堂的招呼客人那样，任有法尖叫一声，飞快地跳起来去张开麻袋。

"别喜疯了！"妻子强忍着笑，指指里间的儿女们，然后把筛子里的谷子倒进麻包里。当她坐下去回头往筛子里揽谷子时，发觉箩筐里又倒满了。她指着墙根十来个鼓包包的麻袋，真的生气了，对着他发怒道："那足够一千五百斤了，为啥又掐了满满一筐箩！"

"为啥？"任有法眨着小眼，傻笑道，"嘿嘿，我想叫你骂我哩！"

妻子被他逗消了气，逗笑了脸，数落了他一句："不亏人家乔支书说你死不要脸！"

"他说那话放他爷的屁！"任有法骂了一句，欲要辩驳时，心里忽然一动。好啊，正想睡觉哩，你给塞了个枕头。于是，他眯着小眼盯着她，顺水推舟地问："你知道他为啥骂我不要脸？"

"还不是为了要救济粮！"妻子低着头筛着。她咋能忘记呢？那年春天，这个当年的售粮模范之家竟然揭不开锅了，成天乐哈哈的任有法也没有法了。快晌午时，他蹲在当间里，看着妻子儿女们一个个愁眉苦脸，心里又着急又难过。突然，他站了起来，抬起手把脸从上往下一抹，又狠狠地往地下一扔，自嘲地苦笑一声道："算了，把脸先扔了！"然后夹着个口袋，用顶烂草帽扣住眼窝，去找乔支书要救济粮了。想起这件事她就来气，愤愤地说："哼，你当我可忘了他的好处？"

"当时怕你生气，没敢给你细说，窝了多少年死血，今天都给你倒倒吧！"任有法有声有色地讲开了。

那天，乔支书请客，正在猜枚："一心为人民""两条腿走路""三面红旗""四海为家"……听听，人家多革命呀！连喝酒都是猜的觉悟枚。乔支书见任有法进来,心里顿时一沉。他知道任有法不好缠。虽然他老早就混下水了,可总还想夸夸当年勇,特别是那张可怕的嘴巴,不忌生冷,在嘻嘻哈哈的笑话中常常夹着连刺带挂的刀子。眼下他夹着口袋来,一定是来要救济粮的。上级拨点救济粮不假,亲戚朋友早讨要完了。乔支书心里发虚,忙喜笑颜开上去一把拉住他,硬往桌子下角的椅子上按。谁知任有法穷别穷别,硬不入席,挣脱了乔支书的手,靠着门板蹲了下去。乔支书看他不识抬举,暗暗骂了一句"狗肉不上桌"! 心里打定了主意,得先把他的嘴封住才行,于是,就亲亲热热地哈哈道:"真是找人不如等人,你来得正好,我正要找你这个老模范帮我个忙哩!"

任有法奇怪地笑道:"我要能帮上你的忙,坷垃粪草都能坐朝了!"

乔支书听这话刺耳,还是忍住气,一本正经地讲:"别开玩笑,我可真是满心请你帮忙哩!"

任有法看他讲得恳切,再想想自己是来求他的,弯腰树下还是低低头好,也就恳切地说:"啥事? 只要我能办。"

乔支书满面为难地说:"想请你做做你们队里王金富的思想工作。他成天死皮赖脸来要救济粮! 哼,一家人几张嘴伸多长,光往国家仓库里拱,几十几的人了嘛,自己有困难都没想想国家困难不困难! 再困难也不能不要脸呀! 你回去好好劝劝他!"

任有法听他骂人是猪,还听他封死了门。啥王金富,明明是指鸡骂狗骂他任有法的嘛! 他顿时升起了满腔怒火,心想反正救济粮也不中了,不如吵闹一通出出气算了。正要发作,却忽然又强憋住了气,装作听不懂他的话,摇摇头叹息道:"乔支书,你要叫我出把力气,给你拉石头盖房子,打扫厕所出猪圈,这号忙我都能帮。要叫劝王金富,只怕这个忙神仙下凡也帮不了!"

乔支书刚把一大块肥肉塞进嘴里,憋得眼珠都鼓包出来了,嘟噜着问:"为啥?"

任有法头也不抬,认真地说:"你还不知道,王金富老早就没有脸了!"

乔支书没想到这话是个圈套,不解地问:"他的脸哩?"

任有法还是不抬头,喃喃道:"他的脸叫偷脸贼偷跑了!"

客人们听他说得奇怪,以为面前的人不是疯子,也是个二百五,一个个忍不住哈哈大笑起来,七言八语地问着:

"哈,脸还能叫人偷走?"

"怪,只听说有偷钱偷东西的贼,没听说过还有偷脸的贼!"

"把脸偷去干啥呀?"

"把脸偷到哪里去了?"

任有法看人们乐极了,笑出了眼泪,就虎生一下站起来,指着墙上边嘻嘻地说:"看,看,那不是王金富和大家的脸!"

众人一齐看去,墙上贴着各种各样的奖状,没有啥脸呀!

乔支书变了颜色,恼怒道:"那咋是王金富的脸?"

"可是的!"任有法不气不恼不怕,一脸呆相,傻哈哈地半开玩笑半当真地说,"粮食就是人的脸嘛! 上级叫修大寨田,你就把水田也翻个底朝天;上级叫扩大水稻田,你把没水的旱地也栽上了秧。粮食减产了,奖状可是丰收了。多少打点粮食,又往上报增了产,把口粮也拿去换成了奖状。人没吃的咋还能有脸有面?"他活像没事人一样,喃喃着松松地走了。

一桌客人面面相觑,哑口无言。

任有法讲了当年他耍笑乔支书的经过,讲得很带劲,很得意,好像他是曾打过大胜仗的将军一样。谁知妻子却不以为然,撇着嘴反驳道:"别光夸过五关斩六将,咋不说说你困麦城哩!"

"咋,困麦城咱也是关老二!"任有法又夸起了当年勇。

任有法没有胡吹。乔支书当众出丑,怀恨在心,到了运动节骨眼上,说他倚老卖老,死不要脸,反对党的领导,罚他在全大队游街三天。任有法明知是报复,却干气硬鼓,没力抗拒。他一辈子做梦都在想着当模范,从来没有想过当犯人。他愁眉苦脸地想着咋着才能躲过这一关。妻子叫他去给乔支书低个头赔个罪,任有法死也不干,说有眼泪不往他面前流。妻子急得哭了,说丢不起这个人,不如双双死了算了。妻子正哭得伤心,任有法突然高兴得跳了起来,笑嘻嘻道:"有门道了,你放心,保险去游不了吃一顿饭工夫,他就放我回来了!"妻子问他有啥门道,他哈哈笑道:"明天你就知道了!"

第二天一早,乔支书派人押着任有法游街。任有法一只手提着锣,一只手拿着锣槌,到了人稠的地方,他一脸虔诚悔过的表情,敲一下锣检讨一句。哐!哐!"我叫任有法。"哐!哐!"我罪该万死,我攻击支书。"哐!哐!"我说支书把大家的脸都偷去换奖状了。"哐!哐!"我说这是死不要脸。"哐!哐!……

任有法说出了人们的心里话。大家越听越高兴,有人对他竖起了大拇指,同情的,不平的,嘲笑的,人声嘈杂得像滚了锅。押他的人看味道不对,赶忙往另一个村子走去。路上,押他的人警告他,说他刚才是继续放毒。他满口认错,保证坚决消毒。到了下个村子,他照样敲着锣,痛改前非地喊着:哐!哐!"我叫任有法。"哐!哐!"我攻击支书,罪该万死。"哐!哐!"叫我游街哩,我又放了新毒。"哐!哐!"我放了啥毒呢?我说支书把大家的脸都偷去换奖状了。"哐!哐!"现在我来消毒……"

群众听了又是嬉笑不止。押他的人训道:"你咋又放毒?"他苦着脸说:"大家都不知道是啥毒,咋消哩?"押他的人哭笑不得,不敢再叫他游了,狠狠骂道:"滚回去!"

现在有些人好了疮疤忘了疼,斤斤计较别人的一字一句,是不是不尊敬自己了,不礼貌了。其实,他们当年听见"滚回去"这三个粗野的字,心里那个美劲要多美有多美,比新婚还幸福,比大病初愈还轻松,比冰天雪地烤火还温暖,比烈日烤人吃冰棍还爽快。那时,"滚回去"这三个字,真是普天下最美好的字句。任有法听了这三个字,欢天喜地回到家里。时至今天,任有法提起这件事,还面有得意之色,对妻子笑道:"哼,叫大家听听谁不要脸!"

"别说了!"妻子忽然停住了筛子,流下了泪水。

任有法一看愣了,说的得意事呀,她为啥会突然哭了? 忙问:"咋了? 咋了?"

"不咋!"妻子咬住嘴唇摇摇头。原来,她突然想起了那天夜里的事。老两口又气又饿,早早睡了,半夜时分,任有法突然哭个不住。她蹬醒了他,问他咋了。他说又做了个好梦。梦见他拉着两千斤余粮去卖了。老县长拉住他的双手,夸奖道:"老任呀,我知道你不会忘了国家!"接着又问寒问暖。他诉说了支书骂他还叫他游街的苦处,老县长听了大发脾气,说:"我看你才最要脸,不要脸的是乔支书!"老县长对旁边一个干部挥着手说:"天下哪有这号共产党的支书,马上把他撤了!"他一听就高兴得哭了。妻子听完了他的梦,忍不住抽泣道:"今天游了街,又没吃饭,你还在想着卖余粮①呀!"——这事情虽然已经过去多年了,现在她想起来还不由得又落

---

① 卖余粮:交公粮是以国家规定的价格,将粮食作价冲抵农业税。余粮亦是以国家规定的价格卖给粮管所,所得钱款可由农民自由支配。

下泪,心肠一热,脱口而出道:"别说了,咱们再多卖三百斤吧!"

"好好好!"任有法不知道她咋想的,竟然又主动添了三百斤,便连连夸奖道,"咱知道你的心,你比我还想多卖哩!"

妻子淡淡一笑,继续筛着,沉默了一阵,叹息道:"国家又不是白拿,粮食放到屋里吃不完又不会下蛋,老鼠还糟蹋,谁不想多卖? 可是咱也不能吃饱了就忘了饿时饥。那些年丢人受罪,还不都是为了没吃的? 别看今年捞一季,谁知道明年政策还变不变?"

任有法虽然还不满足这个数,听她说得动情,也就不再勉强,但却板上钉钉地说:"咱不能老是小看上级,当个人还吃回亏领回教哩,上级就没个改性? 上级要还认为以前那样对,为啥要改成现在这号样? 我看十拿九稳不会再变了!"

"谁知道哩?"妻子疑心重重地反问,"你没听人家说,乔支书已经给上级讲了,这政策长不了!"

这话不假。前些天,上头有个记者,来这里调查落实生产责任制后的变化情况,乔支书在座谈会上当着众人讲了几点鸡毛蒜皮的好处,接着讲了一大堆难题和坏处。其中有一条特别厉害,说粮食攥到了群众手里,是肉包子打狗——有去无回。到时候保险有些群众会抗粮不缴,国家没有了粮食,还会不变? 这话像一阵冷风,刮得全大队人人心寒。

"他是吓唬上级的!"任有法气愤地驳斥道,"谁不知道,如今他捞不到多少油水了! 哼,他可想叫人们抗粮不缴,逼着上级再走老路!"说到这里,他心里忽然一亮,眼睛里又闪烁着当年那炽热的光芒,祈求地看着妻子,争强好胜地说:"咱们再多卖一点,叫乔支书看看,他说的全是放屁! 也叫上级吃个定心丸,好放一千条心叫咱们照这样干下去,行不行?"

"……"妻子张开了嘴又闭住,半天才叹道:"只要能叫上级不变,再卖多少都行!"

任有法急切地追问:"你说,再卖多少?"

妻子攒攒劲,看着他说:"再卖二百斤,凑够两千斤整数,可行了吧!"

"可行!"任有法二十多年前就许下的这个愿,今天终于能还愿了。他快活极了,把膝盖一拍站了起来,朗朗叫道:"好! 叫人们看看,咱们老百姓比谁都爱国!"停了停,又得意扬扬说道:"今天说啥也得去见见县长,请他给上级讲讲咱老百姓的心意! ……"

老两口情投意合,说说笑笑,早忘了劳累,不知不觉把两千斤稻谷筛净了,装好了。任有法拍打着身上的灰尘,看了十几个鼓囊囊的麻包一眼,开开门走到院里,把车轱辘安好,又转身回到屋里,笑道:"今天咱们得抢个头名!"说着就喊儿子们起来,搬粮包装车。谁知老伴忽然上去拦住,冷冷地说:"别慌!"

任有法只顾高兴,这时猛一愣,抬头一看,老伴的脸上不知啥时候落了一层寒霜,他心里一沉,问:"咋,变卦了?"

"不变!"老伴冷丁丁地说,"一个子儿也不少!"

任有法瞪着她,不解地追问:"那为啥不叫装?"

"好事不在忙中取,急啥。"老伴固执地说。

任有法急不可待地说:"不早了,鸡都叫了啊!"

"鸡叫? 日头出来也不晚。"老伴一脸讥笑的神色,"看看再说!"

任有法糊涂了:"看啥?"

老伴又是一声冷笑:"看看乔支书,他卖了咱们再卖也不晚!"

"你——"任有法又气又急,埋怨道,"这卖余粮是各尽各的心意,他要一头栽到河里淹死,咱也跟着淹死?"

"你不要说这话!"老伴批驳道,"哼,他可好哄鸭子过河,他要是还想自己不费吹灰之力,光想用咱的血汗把他抹成红脸关公,咱也不恁憨瓜了!"

老两口争论不休,又动口又动手,一个要装车,一个堵住门不让出。吵声传到门前路上,恰巧王金富拉车经过这里,听了急忙放下车子,跑进来看见他老两口的架势,不解地催问道:"哎呀,咋还不装车哩,都晚八百年了!"

任有法奇怪地问:"咋啦?"

王金富着急地说:"乔支书老早都领着一群人走了!"

任有法听了又气又急,刚要开口数落老伴,老伴却冷笑一声,撇着嘴抢先道:"你别哄二百五!哼,看胡子他乔支书也不是杨延景,凭他早些天给上级说的那些话,他能卖不及了?"

"哎呀,人能十七老十七,十八老十八?"王金富比画着说,"那一次,记者把他反映上去,公社把他都批评哭了。听说他把心口窝都拍紫了,表态要当个好带头人哩!"

任有法得了理,瞪了老伴一眼,对儿子们命令道:"还不快装!"

老伴输了理,忙让开道,看儿子们七手八脚地装车,她站在一旁又帮不上忙,怪没趣的。车子装好就要拉走,任有法又狠狠地翻了老伴一眼,埋怨道:"哼,都叫你给耽搁了,叫他跑到咱前头了!"

老伴听了很不是味,突然跑上去拦住车子,重重地说:"甭急!"

任有法可真火了,乜斜着她,重重地问:"又想咋哩?"

老伴指指屋里的筐箩,赌气地说:"再装一包!哼,不怕他去得早,咱只要卖得多,我就不信不站到他前头!"

任有法笑了。

他们真的又装了一包添上。儿子拉上车,任有法在后边推着,迎

着朝霞大步流星地往县城赶去。老伴看着他的背影,嘲弄地笑道:
"别再碰烂杯了!"

原载《躬耕》1982 年第 1 期

绕了一圈之后

●

县委有重要报告。礼堂里乱哄哄,大家各找各的熟人,坐到一起天南地北扯闲话。如今不比以前,人们都多少有点麻木,谁也不关心重要不重要了。

开会了。主持会议的副书记起来宣布:"现在开会,请丁书记做报告。"

丁书记站起来了。他叫丁大江,五十多岁,个头不高,精瘦,头发有点苍白,脸上布满渠路沟,穿着一身劳动服,貌不惊人,没有一点英雄气概,只有一双小眼闪着精明锐利的光。他先咳嗽一声,想镇住会场里开小会的声音,可是不起作用。他惨淡地苦笑一下,突然提高了声音,叫道:"同志们,请先把小会停两分钟,听我给大家报告个重要新闻!"

听说有新闻,还是重要的,大家静了。

丁大江开始讲道:"昨天,我从地委开会回来,一打开我住室的门,入眼就看见地上扔着一封信。我弯腰拾起来,抖落上边的灰尘看去,信是何家坪大队寄来的。大家知道,我和何家坪有点特殊关系,我的女儿小梅当年曾在那里插队落户。这信是谁寄的?要干什么?我心里动了一下,不等坐下,就撕开那粘得结结实实的信皮,抽出信纸匆匆看下去。"

"说这些干啥呀?"人们奇怪了,都想听听他葫芦里卖的啥药,睁大眼睛盯着台上。

"我刚刚看了两行,"丁大江突然动了感情,话像洪水憋破了闸门,他吼叫着,"我的血压就升高了,脑袋要炸了,双手也抖了。信很短,也没有署名,写得却很尖刻。每一个字都像一个耳光,打在我的脸上。同志们,大家猜猜这封信的内容吧!"

"乖乖,莫非谁又写了恶毒攻击的匿名信?"人们交头接耳地议论着。

丁大江激动得坐下又站起来,大概血压又升高了,脸红得像关老爷一般。他气冲冲讲道:"我想大家也猜不出来。在'四人帮'粉碎几年之后,我们县里竟然出现这样的事,简直是耻辱!"他从口袋里掏出一封信,在头顶挥舞着,吼叫道:"看! 就是这封信!"

丁大江抽出了信纸,大家看不见纸上的字,却看见他的双手剧烈地发着抖。他叫道:"同志们,现在我把这封信给大家读读。"

丁大江的声音也发颤了,他咬牙切齿一字一句地读道:"丁书记:咱们县里有几个共产党县委会? 上个月,仲东山的儿子仲大成因为贪污几千元,共产党县委会盖着血红的公章把他开除了。这个月,共产党县委会又把他安排到纺纱厂了。请问,哪个县委会是真共产党? 哪个县委会是假共产党? 你们讲要制止不正之风,是空话。有人在发展不正之风,是实干。这样下去还怎么'四化'? 化到哪里? 你要是个真共产党,请在有线广播上向全县人民回答。你敢吗? 一群众。"

会场里一阵骚动,人们惊讶气愤,乱嚷嚷地议论着。

丁大江喝了一口水,冷笑一声,又接着讲下去:"同志们,仲东山是个什么人? 是根角刺。'四人帮'横行时,他乱踢乱咬,混成了何家坪大队的支部书记。他整人不眨眼,喝血像喝凉水一样。他不仅喝本大队老百姓的血,因为有百十个知识青年下放在何家坪,他借安排之机,敲诈勒索,也喝城里工人和干部的血。屋里像金銮殿一样阔气。前不久才把他免了职。他的儿子仲大成在商业局当收购员,学他老子的榜样,虚报多领,贪污了几千元。经过反复查证落实,县委集体研究决定:开除回家。"

"天啊!"人们忍不住乱咋呼,"这样的人现在为啥还这么吃香?"

丁大江怒气冲冲,声色俱厉地质问道:"仲东山不但不臭,还有这么大神通,竟然能把县委的决定吹了。真是欺人太甚,欺党太甚!"他顿了顿,喘了口气,情绪缓和下来,平心静气地推理道:"可是,再一想我又怀疑了。大家知道,安排一个人的工作,可是非同小可啊。要经过大队、公社和县上三道关口,要办多少手续,要盖多少公章,要通过多少人啊!现在不少干部都叫斗怕了,都心有余悸,都在保乌纱帽。可是,在这件违法乱纪的事情面前,有一股什么强大的力量,使他们忽然之间都胆大了,余悸都跑了,都不怕丢乌纱帽了? 大家说说,这样的事情可能发生吗? 可能办成吗?"

大庭广众之下,谁也不愿出风头站起来回答他。丁大江顿了一下,看着台下,等等没人回话,就武断地讲:"不管大家认为可能不可能,反正我认为不可能。因为据我了解,还没有一股力量强大到可以推翻县委的决定! 谁敢保证这不是一封诬告信?"

乖乖,绕了这么大圈子,又祭起了老法宝,一听见刺耳的话,不调查不研究,就千方百计往坏处分析,要把提意见的人压下去! 会场里又起了一阵骚动,人们不满地纷纷议论起来。

丁大江淡淡地笑笑,接着又讲下去:"可是,我相信也好,不相信也好,并不能影响客观事物的存在。是真是假,总得让事实说话。

我决定调查一下。不过,我不想通过有关部委局去调查,因为如果这件事是真的,正是这些单位自己经手办的,他们会用各种借口给你搪塞过去,会用各种办法把它遮盖起来。再说,纺纱厂就在县委眼皮底下,不过二三里路,自己为什么不能亲自去了解一下? 于是,我骑上自行车去了。路上,当我冷静下来时,我有点犹豫了。万一这件事是真的,一定牵连很多人,严肃处理嘛,又会伤害一批人。过去就因为办事不留情面,'文革'中没少挨斗挨打。闭只眼过去嘛,等于给歪风邪气安上了翅膀。怎么办才好? 我想来想去,但愿这封信是假的就好了!"

丁大江喝了一口水,感情上恢复了常态,话像小河流水一样,不紧不慢地讲下去:"大家知道,'文革'中我曾经在纺纱厂劳改过几年,那里的人我都很熟。我到了大门口,老传达见了我忙上来接住车子,亲亲热热地说:'哎呀,老丁,你可是稀客。是来找厂长的,还是来找书记的? 你跑空腿了,他们都去开会了。'我说:'找你就行。'他笑笑,摇摇头说:'哄人,我能办啥事呀!'我说:'打听个人。'他说:'谁?'我问:'仲大成,有吗?'我问了就期待地看着他,我多么希望他能说个没有呀。可是,老传达脸上的笑容顿时消失了,把我打量了又打量,像是不认识我了,停了半天,才冷冰冰地说:'找这个爷干啥?'我顿时心头一沉,怕处有鬼,怕着怕着是真的了。我也冷冷地说:'来看看他。'老传达不满地死盯住我,追问:'你们是亲戚?'我摇摇头。他大概在想,一个县委书记亲自来看一个职工,一定非亲即故,又怀疑地问:'你和他爹是朋友?'我有点烦了,干吗一直盘问我呀? 我干脆给他讲明了来意。"

丁大江又冲动了,忽然又站了起来,充满感情地讲:"同志们,老传达听我一说,突然伸出双手紧紧握住我的双手,上上下下剧烈地抖动着,他差点哭了,激动地说:'老丁啊,你如今又是县委书记了,可我还要像你当年在这里劳动时一样待你,说几句不知高低深浅的话。你们县委会办事咋连活人眼都不遮?昨天把他开除了,今天又把他安排了,不是自己打自己的脸嘛!往后谁还看重你们,谁还相信你们?我不是仇恨仲大成,也不是说有了错误就不能再用了。至少也等个一年半载,等他表现好了,再用也不晚嘛。你不知道,这小子还是那个熊样,不务正业。你在这里劳动时说过,有朝一日你要再上台,一定要把"四人帮"那一套一扫而光,可你们如今照样还干那一套。好些工人都骂你们了,说这样下去咋搞"四化"?老丁,我听了那些难听话,真替你们担心啊,为你们感到脸红啊!'同志们,这是一个普通工人面对面讲的话,他把心掏出来双手捧给了咱们!可咱们做了些什么呀,我还有脸给他讲些什么大道理?"

丁大江用手绢擦擦眼睛,他大概伤心透了,顿了顿,又生气地讲下去:"仲大成如今是纺纱厂的采购员了。老传达陪着我到了供销科。恰好,仲大成和另一个人坐在办公室里正下着棋。我们事前约定,不叫老传达介绍。仲大成穿得可阔了,上下全是毛呢,头发梳得像狗舔过一样发亮,品着茶,下着棋。我和老传达走进去,他抬起头乜斜我们一眼,大概看我相貌不扬,穿着一身劳动服,看胡子我也不是杨延景,不是个英雄人物,就不屑理会我们,吭都没吭一声,又低下头下棋。我忍住气在一旁看了一会儿,这小子走了一步厉害棋,吃了对方一个车,就得意扬扬品着茶。茶喝完了,竟然像使唤丫鬟仆女一样,连看一眼都不屑看,就把茶杯递向老传达,命令道:'再倒一杯!'我看见老传达脸上的肌肉都发抖了,我忙伸手接住茶杯,倒了一杯递过去,趁他回头接杯的机会,我盯住他的眼睛,不冷不热地问:'你们上班时间没有工作吗?'他不满地看着我,奇怪地反问:

'咋？'我又问：'你是叫仲大成吧？'他生气了，又是冷丁丁的一个字：'咋？'我淡淡一笑，追问：'你不是回家了吗，怎么又来这里了？'他一听火了，怒形于色，振振有词地批判我道：'你说这啥意思？毛主席教导我们说，一个人犯了错误有什么了不起，只要改了就好。咋？你不许人改正错误！唔，狗逮老鼠——多管闲事！'听，他在审判我了。好像贪污的是我，不是他。好像我反对毛主席了，要拿我问斩了。我还没有什么，老传达可憋不住了，大喝一声道：'你嘴里放干净一点，别有眼不识泰山，这是咱们县委丁书记！'这小子一听我的官职吓傻眼了，脸上血色全落了。可是，不愧是玩人的人，眨眼工夫他就又变过来了，马上嬉皮笑脸地亲亲热热叫道：'啊，原来是丁叔啊！'听，这口气好像我们是至亲好友，我笑笑没有回话。接着，这小子又迁怒于老传达，瞪着眼斥责道：'你开的啥玩笑，进来也不介绍一下！'老传达要回奉，我示意止住了他。事情既然证实了，没有再逗留的必要了，我和老传达走了。刚刚走到门外，这小子就追了出来叫住我，眼里闪烁着能气，不冷不热地说：'丁叔，你们小梅哩？我爸说，她下乡时对我们可好了，叫她有空了去玩，别忘了我们。我们可忘不了她，她对我们可好了！'这小子可真毒辣，竟然使出了撒手锏，威胁我哩。我一听肺都气炸了！"

丁大江的这一大段话，使大家爆发了一阵又一阵笑声。可是，最后这几句话使大家纳闷了。仲大成说了这么一句普普通通的应酬话，怎么就是威胁呢？

丁大江从口袋里掏出一瓶药，倒出几粒，用开水服下去。看得见他的手抖得把开水都溅了出来。他低下头镇静了一下，感情忽然变得深沉了。他重重地讲道："同志们，大家听着那是一句极平常的话，只有我才知道那是一句极不平常的话。那是一句黑话，如果翻译成明话,就是说:'丁大江,你放明白点,你别忘了,你也做过见不得人的事!对不起,咱们是彼此彼此!'他命令我住手哩!"

这突如其来的变化,使全场的人目瞪口呆。难道他有什么短处拿在仲大成手里?丁大江看看主席台上的常委们,又看看台下千百个下级,惨淡地苦笑一下,心情沉重地讲下去。

"同志们,下级向上级交代自己的错误是正常的,难道做上级的就不应该向下级坦白自己的过错吗?今天,我就要向同志们讲一件我做的错事,这是一件污辱了共产党员称号的事,是一件丢脸的事!"

会场里静得丢根针都能听见,人们专注地看着丁大江,连眼也不眨一下。

"大家知道,我女儿小梅是第一批下乡的知识青年,下在何家坪大队。"丁大江满面痛苦的神色,字字辛酸地讲道,"因为我是走资派,她也成了'可以教育好的子女'。在那里她受到百般歧视打击,大队每开大会,都逼着她上台,叫她现身说法,揭露我的罪行。她受不了这个刺激,回来哭得泪人一样,说是活着不如死了。我虽然也想不通,也生气,可是,那时我已被扫地出门,无家可归,没地方收留她。再加上我把形势估计得太乐观了,总认为噩梦很快就会做完,我坚持叫她再回何家坪,去经风雨见世面,我劝她说:'要坚强,这是一场考验,要相信党,快了,天快晴了!'她倒也听话,噙着眼泪又下去了。不久,她又受到打击,又哭着回来,说是死也不回去了。我还是那句老话,劝她说:'要坚强,要相信党,爸不会看错,快了,天快晴了!'于是,她又饮泪吞恨下去了。十次八次以后,天还照样阴着,我的那些话再也不灵了。不过她倒好了一些,对于那些政治迫害,她也习以为常了。每次她回来看我,总是要嘲笑我一番,说:'爸,看,天晴了!'我还是坚持自己的信念,说:'三九天是最冷了,可是离春天也近了!'几年以后,下乡知青安排了一批又一批,比她晚下去几年的都安排了。于是,她又经常回来哭我闹我,逼我也给她活动活动。我怎么活动,走资派一个,熟人见我远远躲开,我也实怕连累了别人!况且,我也不愿意搞那一套。什么叫活动?不外是低三下四拉拉扯扯,行贿送礼罢了!我劝她,批评她,说活动活动不是共产党员干的事。她冷笑着挖苦我,说:'别自己把自己当神敬了!你是共产党员呀?谁承认!是党,是群众?'这话刺伤了我的心,我火了,大声吼叫道:'党承认,人民承认,我自己承认!'我把她赶走了。不久,天更阴了,我的问题也越来越升级了,我女儿小梅的处境也越来越险恶了。对'天快晴了'这个信念,连我也有点动摇了。我想,按历史发展规律看,天是一定会晴的。可是,我能等到那一天吗?我女儿能等到那一天吗?一天,一个好心的同志瞅个空子,把我拉到背处,悄悄劝我,叫我给何家坪大队支书仲东山进点贡,把小梅从大队弄出来。我摇摇头不干,我摸摸脊梁骨,试着弯不下那个腰,我说:'别说我现在一贫如洗,就是有东西,怎么能拿得出手,一个共产党员干这号事……'我说说就觉得脸上发烧起火。不要说真的去行贿了,就连想想也感到心跳脸红。那位同志见我还放不下架子,就说,大势已经如此,一只手也扭不过乾坤。并且痛心地告诉我,小梅在大队里受到坏人欺侮,她曾经寻过死,被别人救下了。这消息差点使我羞辱气愤死了。连自己的女儿都不能保护,算个什么父亲?我的心碎了。一连多天,我像没魂了一样疯疯傻傻。这时我才发觉,大道理救不了我,也救不了女儿。可是,那时我一无所有,工资早扣了,拿什么去救我女儿呢?当时,我唯一的一件值钱东西是一块罗马牌手表。那些天,我一有空就看着那块手表发呆。我心里痛苦极了。每天念语录，说干革命是为了解放全人类，可是我干了三十多年革命，连自己的女儿也解救不了。我心一横，找到那位好心的朋友，我闭着眼睛把大罗马递给他，我说：'拿去给仲东山吧！我这可不是向共产党行贿，我这是向刽子手买命，叫他刀下留人！'隔了不久，我的女儿小梅就被招工招走了。后来，家里人问我手表弄哪里了，我一直瞒着，说丢失了。这当然是谎话，手表并没丢失，丢失了的是一个共产党员的尊严！"

会场里静极了，有人在抽泣，酸甜苦辣一齐涌上了大家的心头，十年大难，谁没有一本伤心账呢？

丁大江像卸下了沉重的包袱，话像奔腾的江水一泻千里。

"同志们，这就是仲大成那句话里的含义，意思非常明白：丁大江，你别忘了，你家小梅是怎样安排的！同志们，我该怎么办？难道因为我曾经行过贿，就让这腐败的空气永远腐蚀党吗？永远让它毒害人民吗？不行！今天，我交代了这件不光彩的事，党怎么批评我，人民怎么骂我，我都乐意接受。只有一条我坚决不接受，就是不能因为我干过错事，就让这种歪风邪气在一个县里发展下去。在从纺纱厂回来的路上，我就下了决心，一定要把重新录用仲大成的事追查清楚。不管涉及哪一级，不管涉及哪个人，都得搞个水落石出，把问题公布于全县人民，让大家来讨论如何处理。是时候了，不能再讲空话了！"

会场里响起了热烈的掌声，人们的眼睛中闪着信任的光芒，大家好像看到了光明，看到了希望，掌声一直不断。

丁大江在主席台上摆摆手，制止住掌声，又沉重地说："大家别高兴得太早了，解决问题可不像我下决心那么简单。我赶回县委会时，恰好中午下班。我顺便向几个同志打听了一下，问他们仲大成是怎么安排的。我估计这几个同志都了解内情,因为要安排工作得他们点头批准。可是,没有一个肯回答我,不是吞吞吐吐,一问三不知,就是面有难色,推托有事匆匆走开。连碰了几个软钉子,我才发觉问题不简单。不过,我也猜它个八八九九,这件事情一定牵连到一个或几个负责同志。要是没有靠山,这种明显的违法事情,下边同志也不敢大胆去干。要不涉及县委主要领导人,这些同志也不会不敢向我反映。在回家吃饭的路上,我分析着县委的每一位领导同志,到底是谁呢?"

丁大江说到这里,喝了一口水,看看主席台上的县委其他领导同志,苦笑一下。整个会场又是一阵骚动,大家不约而同地注视着主席台,交头接耳互相猜测着是哪位副书记干的好事。那气愤的眼光,咬牙切齿的口气,都流露着不屑和不满。

丁大江又开始讲了,大家马上又静下来,想从他嘴里听出答案。

"我闷闷不乐地回到家里,想通过我老伴了解一下有关这件事的反映。我的老伴李梅英也是共产党员,原先在老家工作,新近才调到咱们县里,在安装公司当副主任。因为我去地委开了半个月会,听说我回来了,她特意买了肉菜,准备做点好吃的。她见我回来了,忙卸了手表放到桌上,去淘菜切肉。我不由一怔,她的手表给我戴了,哪里又来块手表? 我随口问:'啥时候买了块手表?'她随口说:'才买的!'我咕哝了一句:'也不商量一下!'说着顺手拿起那块手表看着:又是块大罗马。再一看,怎么是旧的? 我心里一动,反转过去看那底盘,一眼看见上边有我熟悉的碰伤。突然之间好像天崩地裂了,我只觉着浑身像起了火,失去了自我控制的意志。我冲了过去,抢起胳膊,狠狠打了我老伴一个耳光,骂道:'妈的,你买得好!'她吓呆了,一步一步退着,我一步一步逼着,把她逼到了墙角,她浑身哆嗦着跪了下去,嘴角流着血,她坦白了,什么都坦白了。她说,自从那天我去地委开会之后,就有人缠住她了! 同志们,不是一个人,而是一些人紧紧缠住了她!"

丁大江的感情沸腾了,他又站了起来,掏出了那块手表,高高举在头顶挥舞着,话像怒涛一般吼叫着:

"同志们,看,这就是那块绕了一圈的手表! 这就是仲东山有权时,我送给他的贿赂;这就是我有权时,仲东山又送给我的贿赂。仲大成的一切手续,都是我老婆亲自去各部门办的! 县委书记的老婆,竟然去推翻县委的决定,可耻! 那些跟着县委书记老婆转的人,可怜! 在我们党内竟然会发生这种事情,可悲! 可怕的还不止这些。大家想想,是一种什么观念,支持着仲东山敢于行贿,支持着县委书记的老婆敢于受贿,支持着一些干部敢于无视县委决定,却对县委书记老婆百依百顺? 同志们,到时候了,为了四个现代化,我们再也不能忍耐了,再也不能麻木了! 大家都要行动起来,坚决清除这种观念!"

丁大江的话像一阵狂风,冲开了人们心灵上的门窗,在人们心里掀起了巨浪。会场沸腾了。接着他宣布了县委的决定:

"同志们,县委决定:第一,仲大成安排的工作无效,开除回家。第二,给予李梅英同志留党察看一年,撤销一切职务的处分。第三,将这块手表没收归公,永远挂到县委会议室墙上,引以为戒。第四,今天夜里,把我这个讲话向全县人民播放! 散会!"

全体同志唰地一下站了起来,谁也不肯离去,长时间地热烈鼓掌。很多人流下了热泪。不知是谁开了个头,礼堂里突然响起了震撼人心的歌声:"光荣的党,伟大的党……"

原载《广州文艺》1982 年第 6 期

失眠

夜深了。

屋里漆黑漆黑,睁着眼和闭着眼都是一团漆黑,什么也看不见分不清。可是,陈老松却仿佛看得清清楚楚。他大睁着双眼,眨也不眨一下,看着一件件摆设,自得其乐地欣赏着。

粉刷得雪白溜光的墙壁上,贴着《年年有鱼》年画。"看,真是画活了,那条肥大的鲤鱼要跳下来了!"窗前漆得明亮的桌子上,放着暖壶茶碗。"哼,再渴时也不喝冷水了,娃们再也不会闹肚子疼了!"靠山墙放着一个新做的大立柜,和大队常主任的那一个一模一样,柜门上还安着穿衣镜哩。"就不信你老鼠有多厉害。往后啥好东西都装到柜子里,我叫你再咬!"床上铺着毡子,挂着帐子。"唉,可以睡个安生觉了,蚊子再也不能吸老子的血了!"床下边放着两双高靿雨靴。"多美呀,雨雪天再做活,脚上也不会冻出冻疮了!"床那头放着一缸盐,还冒着尖哩。"唉,做饭时再也不用待在鸡窝旁边,等着鸡下蛋换盐了!"

这一切都不在话下,最喜人的,还是墙角那个麦囤子,又粗又高,高得快挨住房脊了。看着麦囤子,不由想起有一次上街卖猪。小孙子欢天喜地跟在后边。半路上，他看看又大又肥的猪，又看看穿得破破烂烂的小孙子，就说了一句胆大话："娃子，说吧，今天上街想买啥，保你满意！"他说完又突然后悔了，小孙子要买件花衣服可怎么办？这钱可都有用项啊。他看着小孙子，希望他不要提出叫人为难的要求。小孙子高兴了，眼巴巴看着他，攒着劲说："我啥都不想要，就想买个又大又暄的白馍吃！"庄稼人的孩子，提出了这样的要求！他心里一酸，不由掉下了眼泪。现在，他看着高高的麦囤子，甜甜地笑了。"吃吧，以后天天给你娃子蒸白馍吃！"

忽然，一阵喳喳声响，可恶的老鼠在偷吃囤子里的麦了。陈老松恼怒地一巴掌拍在床上，老鼠吓跑了。可他眼前的东西也看不见了。

陈老松强制自己合上眼睛，该睡了，时辰不早了，明天还要做活哩。可是不成，一会儿两眼又不听话地睁开了。

"唉，今天夜里是怎么了？真是小虫骨头，受用不了一点富贵！"陈老松自我嘲弄地叹了口气，烦躁地折身坐起，一头顶到南墙上。他从床头摸出烟袋，装上。在火柴闪光的一瞬间，他的面孔也闪现了一下。好邋遢的脸啊，灰蒙蒙的，沾满了下午扬场时蒙上的灰尘，胡茬子也老长了。火光熄了，烟锅却还一明一暗。他吸了一锅又一锅，直到烟布袋快吸空的时候，还是没有一点点睡意。这时，脑袋里突然闪出了一个念头：是不是失眠了？！

一想到"失眠"这两个字，他马上摇摇头，感到太可笑了。失眠怎么能找到社员头上？大队常主任才失眠哩。一年四季，常主任逢人就诉苦，说失眠呀，痛苦呀，对树不说也要踢三脚。大家听他讲得可怜巴巴，都挺同情哩。一次，一个不知好歹的社员劝他说："不要紧，看你红白大胖……"常主任马上变脸失色，生气地驳斥道："你懂个屁！这是失眠的反应。这是虚膘。不信？你摸摸！"说着他挽起袖子裤腿，向众人伸去胳膊腿。天啊，谁好意思当真去摸呢？就是好意思也不敢呀！这时候，马上就有不少人挺身而出，用十分内行的口气为常主任证明，说："一点也不假，失眠就是会脸发红膘发虚嘛。人家县上关局长就是生的这号病，脸比常主任还红，膘比常主任还大哩！"谁知这些话是真是假，反正，从此大家就把红白大胖当成失眠的症状了。有时候，人们碰见了他陈老松，还一本正经出谋献策道："看看，你瘦得和麻秆扎的一样，你咋不也失眠失眠，也变胖一点！"这时候，陈老松照例要捏捏自己干瘦的手，嘿嘿一笑，说："我可想失，就是贵贱失不成，一抹搭住眼皮就睡着了！"

到了年终评分时，常主任又唉声叹气诉苦道："白天，我到处忙；夜里，大家都去做好梦了，我还在脑力劳动，考虑大队的事。唉，成夜成夜失眠，苦死了。这事我不说，大家也知道。"结果，他每天照记十分外，每天夜里还给他加五分操心工。到了这时候，大家才懂得了失眠的优越性。

陈老松根据常主任的失眠，断定世上根本没有这种病。谁和睡觉有仇？当个社员，白天累成了一摊泥，不等天黑，上眼皮和下眼皮就直打架，咋能失眠呀？再说一切听从上级安排，当个社员有啥心可操？地里种啥，啥时种，种多稠，啥时收，上级都定死了，你想变变能行吗？想多了还犯政策哩。啥时上工收工，啥活该怎么做，谁该去做啥，啥时歇歇，队长说了算。干部常说，社员是块砖，哪里需要哪里搬。把你搬去盖楼也行，把你搬去修厕所也中。谁见过砖头会想会说？砖头要会想要会说，那不成了妖精，不叫消灭才怪哩。不信，你多说一句试试，马上就派你重活。你只要不怕秤锤压你斤两，你就去想想吧。就是开个啥会，叫谁说，不叫谁说，说些什么，喊啥口号,在后台全都演习好了,出场时你敢变一个字吗? 就连哪一天进城赶集,也早统一规定好了。大小干部把你的大小事都想绝了,你还有个啥想头呀? 最主要的是,社员失眠没益呀! 陈老松不憨不傻,早看破了红尘,多少年来都是挨住枕头就睡着了,从来不操闲心。所以,一想到自己会失眠,就觉着又新鲜又可笑。

夜漆黑漆黑,屋里显得格外宁静。忽然间,陈老松听见床那头妻子的鼾声。怪,她啥时候有了这个贱毛病,还是新发现哩。他想喊醒她,说说心里话,或许说着说着就睡着了。可是,想想不行,他和她说不到一块儿。她在外边一脸笑,给别人吃的都是顺气丸,对他不行,一张嘴就会把一团烂套子吐到他嗓子眼里,噎得他出不来气。他叹息一声,只好自解自劝道:"算啦,好事不在忙中取,明天再想也不晚!"

陈老松决心睡觉了。他磕了磕烟锅,把烟袋又塞到枕头底下,然后躺下去,闭上眼睛睡了。谁知,闭着眼比睁着眼看得更清更远。他看见了二里外南洼的三亩七分地。说来也怪,年年在南洼做活,那块地是方是圆,他一直记不清。自打今天下午把这块地承包给他以后,他又去看了一下,这块地的形状,四周哪里有块石头,哪里有棵树毛,现在叫他画出来都不走样。现在,他看见地里的棉花青枝绿叶,长得苗壮高大,能藏住人不露头。红的白的紫的黄的花儿,开了密密麻麻一层。一朵朵花儿笑得张开嘴唇,迎风曼舞,扭腰点头,勾引来了成群的蜜蜂蝴蝶。它们飞上飞下,和花儿亲着嘴。顷刻工夫,棉桃绽开,吐放朵朵白絮,枝头上挂满雪球,遍地银白。他领着一家老小,一筐筐摘着,摘着,一张张笑脸像棉絮一样柔和。他在棉花库领了大把大把票子。他喜气盈盈地骑上自行车,要回家报喜。他用劲一蹬,妻子"哎哟"一声,没好气地呵斥道:"你干啥?"

陈老松睁眼一看,还是漆黑一团。刚才的丰收美景还隐约可见,就高兴地道:"我失眠了——"

"除非把你斗死了!你失眠?"妻子顶送一句,又翻了个身。

一句话噎死了陈老松。早年间,有一天夜晚斗陈老松。他遵命来队报到。常主任和积极分子们正在屋里研究如何斗争,见他一声不响进来,常主任怒斥道:"先滚出去,在场边等着!"陈老松点头哈腰退了出去,走到场边靠住麦秸垛坐下去。没想到卖了一担柴,也成了资本主义。"哼!这些人真是闲急了学狗叫……"他想着打了个哈欠,流下了眼泪。白天修大寨田,累得骨头都化了,一坐下去就抵不住困劲了。觉着有点冷,他就狠劲往麦秸垛里拱拱。怪美哩,比在屋里盖那床薄被子还暖和哩。

常主任和积极分子们研究好之后,出来斗争他时,喊不应也找不着他。大家只当他又回家了,找到家里也没见,妻子当他寻了短见,反拉住积极分子们要人,哭得天昏地暗。一时间惊动了全村老少,纷纷出动找他。灯笼、火把、手电到处闪亮,吆喝声此起彼落,河里井里,林里林外,闹腾了一夜,也没找着。第二天一早,妻子把积极分子们堵在队部门口,正在哭闹不下时,陈老松从麦秸垛里钻出来了,头上身上沾满了麦糠,还嘿嘿干笑着。大家看了顿时一松。妻子不再吵了。常主任和积极分子们却以为被捉弄了,火冒三丈,纷纷上去呵斥:"喊你为啥不答应?"

陈老松尴尬地说:"我睡着了!"

"放屁!斗争你还能睡得着?不信你不怕!"

陈老松淡漠地说:"怕啥?我想着这和做活一样,就是个低头弯腰嘛,能比修大寨田还累人?"

"不信你就不熬煎,咋能睡得着?"

陈老松不解地白了人们一眼，挺有理地回道："熬煎啥？熬煎不是白熬煎？"

"你要脸不要，你就不怕丢人？"

"丢啥人？"陈老松奇怪地嘟哝道，"天天都有人挨斗，我比人家金贵？"

常主任和积极分子们哭笑不得，只有骂他一阵不要脸罢了。

事后，有人硬是不信他真是睡着了，总以为他是装的。他赌咒发誓道："谁要装孬就是个王八！为啥睡不着？当个社员就这一点福，睡一会儿是一会儿！"

妻子认为这是个短处，说明他没脸没面，没材料没心劲，丢人现眼，早晚提起来就发火。现在一开口就揭短，噎得他半天说不出话。他只好忍住不再吭声，继续强迫自己闭上眼睛。可是不成，闭着眼比睁着眼心里还急还乱，憋得慌。是有话要讲出来，还是有力气要使出来，他也说不清。他只好又睁开了眼，看着漆黑的夜空。他仿佛听人说过，失眠时数数，数到一百就睡着。于是，他就一二三四五地数着。数到五十时，不听话的思想又开了小差。"五十就五十，哼，明年我打他个五百斤，气死你娃子！"他得意地微笑了。

什么五十、五百？"你娃子"指的谁？原来，下午包产时，东岗上有块荒草胡坡，常主任说这块地不要产量，离谁家地近搭给谁算了。离谁的地近？一边是常主任的地，一边是陈老松的地。陈老松突然胆大起来，攒攒劲嘻嘻笑道："离我地近，给我吧！"

常主任一愣，马上变了腔，嘿嘿笑道："哈，平常都说你是个迷糊，看起来不迷嘛！真是见财眼开呀。不要产量？你别迷了，哪有这号好事？好坏是块地，没有五十斤产量就白给了？五十斤！你要不要？"

陈老松立时表态道:"五十就五十,我要!"

常主任又是一怔,气得咽口唾沫,冷冷地追问道:"这可是颗粒不收的地,你不怕赔产?"

陈老松一副为难的样子,嘻嘻傻笑道:"不算产量了我要,算产量了我就不要,人们又该说我自私了。你常教育大家,要见便宜就让,见吃亏就上。我听你的话,我上!"

人们哄地笑了,常主任哑巴吃黄连,只好把这块荒草地包给他了。

现在陈老松瞪着眼,越想越气。哼,啥荒草坡?才入社时,那本是一块好地。后来,四边的茅草年年往里边侵占,生产队家大业大,谁也不放在心上。一来二去,茅草把那块地整个吞吃了,变成了放牛草场。哼,这都是他常主任失眠失得好!

陈老松想着这块地,浑身来了劲。哼,我就不信草能斗过人?泼上几桶汗,把草斩净;再泼上一个猪圈粪,把它喂喂,就不信它变不成当年的好地。你常主任还想白要呀,没门。你能得头发梢都是空的,把我当成二百五,捉了我多少年大头呀!你算瞎了眼。实给你说吧,我迷糊都是你治的,我陈老松是不醉假装醉,你还当我是真醉哩!

陈老松想着想着来了劲,真想马上起来去斩坡上的草。可是,再看看还是一团漆黑。多少年来,他没有一天不恨夜短,现在却突然恨起夜长了。他只好忍着性子等天明。这时,妻子又发出了鼾声,一声高一声低,声声刺耳烦人。失眠的人听见别人打鼾,特别嫉妒和仇恨。他烦死了!真想狠狠蹬她几脚!

唉!失眠真是怪不美哩,怪不得常主任成年叫苦。想起常主任失眠,耳朵里又响起人们取笑他的话:"看看,你瘦得和麻秆扎的一样,你咋不也失眠失眠,也变胖一点!"这声音使他心里猛地一亮,忽然明白了失眠的原因:人有了想头,才会操心操得睡不着! 把日子划算得美美的,生活好了,就会红白大胖! 当然,各人有各人的划算方法,他想常主任的划算和他现在划算的就不一样。他心里好一阵喜欢,不由连喊了几声妻子,一声比一声高。不知她是真的睡着了,还是在故意气他,她的鼾声越来越响。"哼,不怕你不醒!"陈老松得意地一笑,啪一声拉开了电灯。半夜时分,电力格外足,屋里顿时亮得刺眼。陈老松这一手真灵,妻子虎生坐了起来,怒睁双眼,吆喝道:"你疯了? 半夜三更开灯干啥? 电表转一圈好些钱哩!"

陈老松见妻子发火,就嘻嘻道:"我真是失眠了!"

"你还会失眠?"妻子鄙薄地嘲弄道,"我当你要一直睡到死哩!"

"我睡? 前些年我要一直醒着,说不定你早就守寡了!"陈老松很不以为然地反驳,乜斜了妻子一眼,用自作高明的口吻说,"你看看,前些年几个能人不装憨子? 不装的都叫炮治得不死也脱层皮!要不是我会玩,也早就……"

"就你能!"妻子不服地撇撇嘴,鼻子里哼了几声。她的脸上布满了纹路,一双眼睛不大,却闪露着精气,看得出来是个很有心计的女人。她沉默了一下,盯着他说:"你那一点能处拿去哄二百五还行! 哼,我要不在外边给你帮腔,吵你骂你憨吃憨睡,看人家相信你!"

"你——"陈老松心头一亮。多少年来,妻子逢人就卖他赖,说他是一盆糨糊。特别是见了大小干部,她骂他骂得更凶,更动情。她骂他连猪都不如,诉说她不幸找了他这个糊涂爷,恨他吃饭不知饥饱,睡觉不懂颠倒,说话不分轻重,把他说成一个流着鼻涕涎水的傻子。直到博得干部们一阵纵情的欢笑,她才摇头叹气地住口。不知有多少次,她骂得他无地自容。他气她恨她不了解自己。原来,她比自己还有心计,骂他憨吃憨睡是为了帮着他避灾消祸。他看着妻子,好像刚刚认识她,感慨地说:"唉,我还当你真是嫌弃我哩!"

妻子叹息一声,庆幸地说:"总算平平安安过来了!"

陈老松听了这话,心里确实感激。他看着她,试探地问:"你说说,咱们以后咋办?"

"先种好地!"妻子不假思索地脱口而出,"村北包的地种粮食,南洼的地种棉花,东岗的荒地得先把草斩斩……"

妻子讲得头头是道,种啥品种,施什么肥,如何治虫,从种到收考虑得滴水不漏,竟然和陈老松想的一模一样。他感到奇怪,怀疑自己刚才是不是睡着了,说梦话让她听见了?他盯着她问:"你啥时候想得这么周到?"

妻子得意地一笑,答道:"你当就你会失眠!"

"啊!"陈老松又是一怔,原来妻子打鼾是故意闹自己的,自叹不如地说:"我还当你是真睡着了!"

"睡?"妻子忽然严肃起来,心事重重地看着他,祷告道,"往后不比从前,那时候是老水牛跳到井里——有力也使不上,往后要再不操心……"

"你别当我真不会操心,往后咱天天失眠……"陈老松看妻子不放心,就又逞强地吹起来。

"谁叫你天天失眠了,不要命了!"妻子嗔怪着,扭身从床头箱子里摸出半包细烟,递给他,说,"我哥来时买的!"

陈老松接过烟燃着,狠狠吸了一口,就长久盯着那口破箱子,不由一阵难过,然后伸手对着房子指了一圈,愤懑地说:"看看,害得咱们一天做到晚,一年做到头,可落得个啥呀!"

雪亮的灯光,屋里显得分外空荡和贫困。四堵墙没有搪过,坑坑洼洼,满是麻子,烟熏火燎得又黑又脏。半墙上挂着几卷破烂的棉衣套子。门角放着一口打了竹箍的破缸,床头一口旧箱子,箱盖早没有了,盖着一条草袋。再就是身子底下这张旧柴床了,铺着一条粗糙的苇子席,一条土布被子,还打了不少补丁。除此之外还有什么? 还有他们两个人!

妻子默默看着,长长叹息了一声。

"我想了,明年先做个桌子,床上也换上新。"陈老松信心十足地说。

妻子纠正道:"先给孩子们屋里置办置办!"

"都做!"陈老松说得果断干脆,好像大把票子就装在口袋里,"后年买个缝纫机,再做个大立柜,和常主任家的那一个一模一样。也安个穿衣镜,你也天天照照……"

"人家是干部,咱们瞎子伸指头——指啥!"

"咋,他是财神爷? 他常主任不就是凭两片嘴嘛! 只要政策不变,我就不信咱们的两只手没有他的两片嘴值钱!"陈老松说着来了劲,胸有成竹地讲,"我都想好了。你领着闺女媳妇,在家里喂上三头猪,养个百十只鸡,再喂上几头貂,一年再不行也弄他个千儿八百块。我领着孩子们下地,我就不信粮食囤子顶不住房脊!"

妻子越听越高兴,不由得往他这头移移。陈老松越说越有劲,不由得往她这头移移。两个人头对头,说得情投意合,争论着,补充着。从割猪草说到施肥,从防治鸡瘟说到防治棉花病虫害,从喂貂说到购置小型农机具。他们好像看到了丰收,又好像已经过上了幸福生活。两个人眉飞色舞,脸上堆满了笑容。二十多年来,他们从没有谈过这么多话。偶尔谈上一次,也是又要搞啥运动了,谁谁挨斗了,谁谁要炮治他们了。越谈越气,越谈越怕,越谈越愁,越谈越觉着没有活头。眼下这样开心畅谈,又是弹的一根弦,句句都好听,声声都悦耳。陈老松竟然忘了失眠的苦处,兴致勃勃地许愿道:"明年种完麦,一定领你去南阳城看看名角孙大炮的戏。听说,她唱到美处,能叫人骨头发麻;唱到伤心处,能叫人浑身都酸。还有哩,听说那戏院的椅子才怪哩,屁股坐下是个坑,屁股一抬又展展平了。咱们也去开开洋荤,我不信就干部们屁股金贵……"

妻子眉眼间的纹沟展展平了,好像年轻了许多。当听到美处时,妻子突然拉灭了电灯,屋里马上又是漆黑漆黑,什么也看不见分不清了,只有陈老松的烟头还一明一暗地闪着。当闪光的一瞬间,才看到他们睡到一头了,说话的声音也小多了。

夜又变短了,鸡叫了。陈老松虎生坐起来,妻子奇怪地问:"干啥?"

陈老松慌慌张张披衣下床,说:"上东岗,斩草!"

妻子伸手一把拉住他,命令道:"今天得去晚一点!"

陈老松不解地:"咋?"

妻子疑虑重重地说:"小心没大差。就不怕人家说咱对包产最积极了?"

"怕个屁! 我早想好了,明年咱多卖五百斤余粮,叫人们看看,咱是真落后,还是叫那些假觉悟摆治得咱想真觉悟也觉悟不成!"陈老松愤愤地说着,挣脱妻子,开开门走了出去。

院里灰蒙蒙的。陈老松看看厢房还关门闭户,就冲着上间大声喊道:"栓柱,快起来,上东岗斩草去!"又回头冲着下间喊闺女:"二妞,快起来,帮你妈修猪圈!"

厢房里不应声,灯也不明。

陈老松火了,吆喝道:"多睡一会儿当吃当喝当钱花!"

厢房里还是不应声,不开灯。

"妈的,都睡死了!"陈老松恼怒地上去推门,手刚伸出去又松松放下来了,门已经挂上了一把锁。他的火气顿时消了,满意地自语道:"好啊,昨天夜里总是都失眠了! 只要知道失眠就行!"

陈老松出了大门,疾步往东走去。

原载《广州文艺》1981 年第 12 期

驴的喜剧

人们根据几千年的观察,发现天下的驴子都有三种脾气,就总结在对它们的三种称呼上:犟驴、叫驴、顺毛驴。左家村王德成的驴就不犟不叫,只有顺毛驴的脾气。

它很听话,凡事百依百顺。不论在家里槽上吃食,还是在路上拉车歇脚,从来没有拴过它。它能站上或卧上半天,也不离开原地一步。有时脖子一伸就能够着路边的庄稼,它也没吃过一嘴,从不招惹是非。

它对他好,是因为他对它更好。他是它的救命恩人。这一带本来是不准私人饲养大牲畜的,五年前它还在生产队里。那时它瘦得皮包骨头,浑身长满癞痢疮,毛儿花花搭搭的,活像盐碱地上的荒草一般,真是活一天少一天,生命奄奄一息了。生产队长说:"这秃货送食品站不收,杀了皮也不值钱,肉还不够柴火钱。谁拿十块钱谁牵去!"足足九天,全生产队没有一个理茬的。生产队长又说:"这证明一钱不值,该活埋的东西!谁敢一竿子夯死它?我担着!"话虽如此说,有哪个敢玩真的?王德成气不过,拿出十块钱一张的新票子往队长面前一亮:"这驴是我的啦!"买回家不到二年工夫,它可胖得像个大冬瓜了,灰里透青的毛像抹了油一般,太阳底下闪闪发亮。

它和他是同甘共苦的朋友。它和他合拉一挂架子车,农闲时往城内运送石头砖瓦,在来来回回的路上互相体贴,情深谊厚。去时是重车,德成把吃奶的劲都使上,弯腰弓背,头低得能挨住地,尽量叫它拉的绳索松成弯弓。他心疼它不会喊苦叫累,实怕伤了它的身子骨。德成怜它一尺,它就敬德成一丈。回程时是空车,德成累成了一堆泥,就躺在车上,帽子盖住脸睡得直打呼噜。它拉上他,静悄悄走着。来了汽车,它就远远躲到路边。它不跑也不叫,轻轻地过河,缓缓地上坡,慢悠悠地走着碎步,实怕惊醒了主人的美梦。

它为他没有白出力,一天能挣下八块钱,三块交队,五块自花。天长日久,德成抖了,穿上了新衣,盖上了新房,还娶了个漂亮老婆。德成发了家,对它更是好上加好。除了喂它好草好料,口袋里早晚都装着炒豌豆,每到歇歇时,他再累再乏也要先走到它面前,掏出一把又香又脆的豆子,伸到它嘴唇下边。它吃得咯嘣咯嘣响,他觉着比南阳曲子还好听。豆子吃完了,它就舔他的手心,舔得他手心发痒,浑身发麻,于是汗也落了,疲劳也飞了。

他美了,它肥了。村里人夸开了。

"看,他工分没少挣。钱没少落,多活套!"

"看它肥得要流油了,把队里的老犍子都比瘦了!"

人们随口讲讲,谁想到这些话成了惹祸的根苗。

队里有个张十三,外号叫国舅爷,他早就眼红王德成了,听了众人议论,就去向生产队长告状,说:"姐夫,王德成过得比大家都美,这小子没操正心,总想证明资本主义比社会主义好!"

还有个外号叫油嘴猫的李大忠,早就想把王德成那块肥肉夺过来填到自己嘴里，也拉着国舅爷的衣裳襟去添油加火，说："队长，那驴比队里老犍子还肥，这不是抓把屎往集体脸上抹哩！"

生产队长大怒，道："好啊，这小子竟敢竖起资本主义复辟的黑旗，不行，得给我拔了！"

德成和那驴不知道大祸就要从天而降。一天早上，他和它正要出车，突然冲进来一群人，个个恶眉瞪眼，说话比打炸雷还响："不准私人饲养牲畜！这是发展资本主义！"国舅爷拿着一卷大字报，油嘴猫端着一盆糨糊，把那大字报贴到墙上，贴到架子车上。然后，国舅爷和油嘴猫就过去拉驴。德成拼上了，铁青着脸冲上去拦住不让拉，争夺缰绳。国舅爷和油嘴猫红了眼上了性，抢起棍棒就打，把德成打翻在地。国舅爷一只脚踏在德成背上，指着驴念念有词地郑重宣布一道"勒令"：从此时此刻起，将驴没收归公，这头驴永远姓社不姓资了！

"对！它叫你蒙蔽了好几年，为资本主义卖命也卖够了！从今天起，它要为革命拉车了！"油嘴猫补充了几句，拿出带来的一朵大红花，绑到了驴的额头上。

它从来没戴过大红花，从来没享受过这份光荣，血红的颜色刺得它眼花缭乱，它怕了，它惊了，挣脱缰绳，冲出大门，又蹦又跳，尥着蹶子撒欢跑了。

国舅爷嘎嘎大笑，对着从地上爬起来的德成，扬扬自得道："看看你把它压迫剥削得多苦，它一听说解放了，姓社了，喜得都跑不及了！"

油嘴猫看国舅爷笑，也就跟着笑；见德成流泪，便挖苦道："咳，你还哭哩，你看看它多高兴！你枉披一张人皮，连它的觉悟都没有！"

他们给德成戴上高帽子,拉他去开斗争会。会场里人山人海,他站在台上挨斗,驴也拉来了。如果它是个人,他们一定会请它也上台发言,来个反戈一击,控诉主人是如何压迫剥削它的;还会叫它表个态,今后如何献忠心。可惜它还没修成人身,不会说革命话,只好被拴在台角当个物证了。

国舅爷检举他,厉声地说:"王德成,你要老实交代你复辟资本主义的罪行!"

德成想不通,不软不硬地顶道:"我拉去的石头打根基,拉去的砖瓦盖房子,工厂仓库盖了一大片,大家都说那是社会主义的高楼大厦!"

国舅爷不知如何批驳了。

油嘴猫忙接上去揭发道:"毛驴一拉,八块到家,三块交队,五块自花。这不是剥削集体是啥?"

德成更不服,声音不高不低地算账道:"队里一个劳动日两毛钱,我交三块钱才记一个劳动日,队里白白落了我两块八毛钱,这也算我剥削了?"

油嘴猫也张大了嘴无言答对了。

说理说不过,就起高腔喊口号,喊了"打倒"喊"斗臭",声浪如同阵阵惊雷。斗了大半天,德成还没服,驴却饿坏了。从早上到日过午,草料没进一口,它没饿惯,又不懂得革命规矩,就伸长脖子,仰着长脸,露出了叫驴的本性,"哦——吭,哦——吭"地对天长嚎。人们是奉命来开会的,听那道理还不如驴叫得好听,便一齐往那驴看去。它的那副态性把人们逗乐了,响起了一阵嘎天嘎地的大笑声,把斗争会的严肃气氛冲个精光。

国舅爷急了,呵斥众人道:"不许笑!不许笑!"

人们不听,照样大笑。

油嘴猫气得跺脚,指着台角的驴命令道:"不准叫!不准叫!"

驴不听话,照样大叫。

会场里乱了套。国舅爷大喝一声:"妈的,你翻天了!"说时冲到驴面前,伸出双手,要把驴嘴掐住。谁知它的犟劲来了,越是掐它,它挣扎着叫得更欢。

国舅爷这一手逗得大家更乐十倍,有人笑得直流眼泪,有人笑得前仰后合,有人笑得弯下腰直叫肚子疼,笑声震天动地。

油嘴猫眼里冒火了,跳下台子,一把抓下驴头上的红花,拾起一根棍棒就打,边打边骂道:"妈的,你想干扰斗争大方向,想转移视线,来保你主子!我叫你耍花招玩诡计!"

国舅爷被点醒了,也拾起一根棍棒打去,嘴里念念有词:"真是,一点也不假,凡是反动的东西,你不打它就不倒!"

德成站在台上,看它挨打,心疼得刀绞一般,实在不忍,就大叫一声:"它没罪,都是我强迫它干的,我服罪,我投降,从今往后,我再也不走资本主义的独木桥了!"说着眼泪哗哗滚流。

德成投降了,它才脱了险。斗争会也胜利结束了。

"资本主义的路堵死了,可该我们迈社会主义的步了!"国舅爷和油嘴猫又找到生产队长,要求把驴交给他俩,决心为革命拉车不松套。队长答应了。从此,它和德成一刀两断,正式参加了"革命"。

第一天,国舅爷和油嘴猫往城里运砖瓦。两个人一辆车,怎么个拉法?国舅爷说:"咱们先小人后君子,把丑话说到前边,别为了出力不公,伤了兄弟和气!"

油嘴猫说:"好办,每人拉一个公里牌,轮着休息!"

他俩公平了,却公平不到驴身上。他俩不光换着休息,扶把时也真正做到了名副其实,光扶把不出力。从上路第一步开始,它就把套绳拉得绷绷紧,直得像根铁棍。几里路下来,它就浑身流汗,像才从水里出来一样。说话间该上坡了。从前上坡时,德成不嫌麻烦,把一车东西分成两次往上盘送,再加他弯腰弓背肯出力,它不觉得太重。这一次不啦,既不分成两次盘送,他俩又不出力,全靠它独力爬坡。它前腿弓,后腿蹬,走一步就在地上刻下深深的蹄印。走到半坡上,它实在支撑不住,失蹄趴了下去。他俩不知道从前德成是如何上坡的,反认为驴是故意不正经干,玩他们难看,气得挥动鞭子上上下下抽打着,边打边骂:"妈的,从前你拉资本主义车咋那么大劲?老子就不信你不拉革命车!"

车到坡顶时,它浑身上下血汗交流。这且不说,苦头还在后头。到城里交了货,领了款,油嘴猫说:"走,去香香吧!"

国舅爷说:"香香?你请客?"

油嘴猫诡秘地一笑:"你给你姐夫说说,少给队里缴一点就够咱们香香了!"

于是,他俩下馆子去香香了。只有它被拴在电线杆边晒太阳,又渴又饿,挣也挣不脱,只好忍着。天快黑时,他两个醉醺醺转来了,也不管它饿不饿、渴不渴,就坐到车上让它拉着回村了。等到夜里,他俩才忽然想起它也长有嘴,抱了一搂子草扔到槽里,不说拌料了,连清水也懒得添上一瓢。虽说它又渴又饿,可是吃了两嘴就咽不下去了。

第二天早上,他俩来出车了,见槽里的草原封没动,国舅爷生气地道:"妈的,还嫌不好吃哩,我看你是跟着资本主义享福享惯了!"

油嘴猫不屑一顾地说:"得好好改造改造它的修正主义思想!"

从此,国舅爷和油嘴猫叼上了高级纸烟,身子也一天胖一天,它却一天比一天瘦。只说它被改造得差不多了,谁知在一次关键时刻,它没经住考验,使"革命"受到了严重的挫折。

这天又送砖瓦去工地,交完货天已经黑了。国舅爷和油嘴猫看看工地上的人都走了,就装了一车钢筋水泥,匆匆驾上它,扶起车把朝小路上跑去。它没拉过回头脚,也没走过这条小道,就挣扎着不走。跟车的国舅爷料到它有这一手,忙从怀里掏出早预备下的玉谷棒子,一边倒退着走,一边把棒子伸到它面前摇晃着。它看着那金黄金黄的棒子,闻着那棒子散发出的清香,肚里就越觉饿得很。国舅爷看透了它的心思,一边退着勾引它走,一边晃动棒子小声嘻嘻道:"快!快!来尝尝这社会主义的甜头!"可是,它进一步,他退一步;它步步进,他步步退。虽然只隔一尺远,它却永远吃不到嘴里。它饿极了,它气恼了,它竖起了耳朵,伸长了脖子,尥起了蹶子,疯了般扑向那金黄清香的玉谷棒子。国舅爷本是倒退着走,看它来势凶猛,吓得慌乱失神,再加小路坎坷不平,踉踉跄跄紧退几步,失脚跌进路边流水沟里。它还不止步,要跟着扑上去。扶把的油嘴猫魂魄都吓飞了,实怕冲上去踏死了国舅爷,便拼命拉住套绳不放手。它狂怒了,挣扎着,两只前蹄腾空立了起来,"哦——吭,哦——吭"地大叫起来。

国舅爷从沟里爬起来,浑身落汤鸡似的,顾不上擦一把,胆战心惊地冲着油嘴猫喝道:"别让它叫!别让它叫!"

油嘴猫手足失措,着急地催道:"快!快!快把玉谷棒子塞到它嘴里呀!"

可惜,国舅爷跌下去时,那棒子不知甩到哪里去了。

国舅爷和油嘴猫互相埋怨着,一个在前边硬拉,一个在后边硬打,它一概不服,露出了犟和叫的本性,硬是不走,硬是大叫。正当他们和它展开尖锐激烈的斗争时,工地上看守人被驴叫声引来了。他俩赔礼道歉,再加国舅爷有个好姐夫,才没有去派出所"做客"。

国舅爷和油嘴猫气坏了,夜里把它吊到槽桩上,两个人对它轮流批斗。

"我叫你再叫!"

"我叫你再犟!"

"我叫你告老子的状!"

"我叫你给革命派脸上抹黑!"

他们的手打乏了,口骂渴了,然后才扬长而去。这天夜里它又疼又饿,直到第二天中午还没人打个照面。它饿极了,就咬断缰绳,顺着熟路跑回德成院里。德成正在吃饭,看它来了,先是一愣,忙跑到大门口伸出头看看,见四下没人,才转回身向它走去。它伸出嘴唇,够他手中的馍。他发觉它是饿了,忙把馍掰碎,放到手掌里喂它。它大口大口吃着,他才仔细打量着它,它瘦多了,他摸着它身上的条条鞭痕,不由一阵心酸眼热。直到他手心痒了,才发觉它吃完了。他正想去再给它拿一个馍时,国舅爷和油嘴猫气喘吁吁跑来了。国舅爷大喝一声:"好啊,我猜着你就是跑这里来了。哼,还想恢复失去的天堂啊!"

油嘴猫也说:"哼,连驴都想变天,做梦吧!"

没有多久,它又瘦得像用麻秆扎的驴架子了,脊骨能当刀子用了。它再也不能拉车挣钱了,队里又一次把它当成了个包袱。偶尔在某一天早上,它还要受到人们隆重的优待,这就是队长领着一群劳动力来请它起床。两个人提着它的耳朵,两个人揪住它的尾巴,队长在一边挥着手大声指挥道:"来,用劲! 一,二,三,起!"于是,人们拧成一股劲,把它从地上抬了起来,然后对它评头品足一番,响起一阵阵纵情的大笑。

就在它正和死亡搏斗时,冬去春来了。这天,它在拴牛场旁边晒暖,老朋友德成跑来了。他站到它面前,看它瘦成了这个样子,忍不住满面流泪。他从口袋里掏出一把炒豌豆伸手喂它吃着。它好久没吃过这个了,咯咯嘣嘣,吃得分外香脆,吃了一把又一把。然后,他解下它,说:"走吧,回去吧!"它叫打怕了,不敢乱叫乱动了。看着它不动弹,他长叹一声,给它解释道:"别怕了,老天爷总算睁眼了,'四人帮'完蛋了,上级给咱俩平反了,帽子都卸了。你的罪受到头了,我的罪也受到头了,咱俩又到一起了,好日子又要开始了!"不知是那几把炒豌豆给它添了力,还是这几句好话鼓了它的劲,它忽然抬起头,"哦——吭,哦——吭"地对着苍天又长叫几声,好像在回答德成的话哩。

又过了几个月,一天早上,国舅爷和油嘴猫在大路上碰见了他们。两人在路边吸着烟,德成和毛驴拉着满满一车砖瓦,从他们身边经过。三个人互相看了一眼,都没说话。国舅爷看那毛驴又吃得胖胖的,跑得欢欢的,不由暗中咬牙道:"他妈的,真是秉性难改,才回到旧主子身边几天,可又竖起耳朵翘起尾巴了!"

油嘴猫又眼馋了,道:"早晚总还有咱们香香的那一天!"

他两个正在憋气,突然锣鼓齐鸣,琴声悠扬,戏声震耳。两个不由一怔,四下看去,原来是德成新买的收音机,挂在车把上,像是要气气他们似的,突然打开,正在唱着《杨家将》:"骂一声狗奸贼……"

原载《人民文学》1980年第9期

父子情

伏牛山中有个小小的村子，叫青石湾。村里有位老人，都叫他铁良爷。到一九七六年八月十五整整七十岁了。

铁良爷的胡子越长越白，一颗心可越老越红。在队里喂牛积肥，年年评模范他都是头一名。老人家一闲下来，就给青年人谈古论今，说得嘴角冒白沫。什么清朝的西太后垂帘听政呀，洋鬼子大闹北京城呀，男人留辫子、女人缠小脚呀，张勋复辟呀，袁世凯气死在金銮殿上呀，蒋介石和宋美龄靠洋爸爸打内战呀。一直说到土地改革斗地主，枪毙王保长，等等。说得有声有色，就像亲眼见过一样。青年娃娃们在学校里没听过历史课，就觉着又新鲜又稀奇，听得饭不吃觉不睡，大家就送他个外号，叫作"历史书"。

铁良爷有个儿子，小名叫铁旦。参加工作后，那个介绍他入党的老八路给他改了个名，叫铁柱。二三十年了，铁良爷还是改不过来，照样叫他铁旦。铁旦如今在山南桃花坪公社当书记，离家一百多里远，一年难得回来一天两天，就又匆匆赶回公社，连过春节也不回来给老人拜个年。有人为铁良爷打抱不平，说铁旦不孝顺。铁良爷却哈哈大笑："自古以来就是这样,大丈夫尽忠不能尽孝!"

青年人听了这话,觉着古气,就吓唬他道:"你这话是'四旧',是放毒!"

"放毒?胡说!"铁良爷不怕,吹胡子瞪眼睛地批驳道,"毒死谁家鸡了猪了?毒死谁家的婆娘娃子了?你们才穿几天连裆裤子,懂个啥?像我这么大岁数的人,他那个公社里少说也有千儿八百。他不在家孝敬我一个人,去孝敬那千儿八百人,才是大忠大孝哩!"

青年人被他骂得哈哈大笑,觉着人老理也结实,就伸出大拇指,连连夸赞道:"高!高!"

这几天刮来了一股风,说儿子在的那个公社乱了套,有个书记领着一群造反派,对上冲地委闹县委,对下换支书撤队长,闹得乌烟瘴气。铁良爷得了这个信,实怕那个书记就是儿子铁旦。但他又觉得儿子不是那号人。可眼下那股风刮得挺有劲,儿子会不会变呢?可真难说呀!也真怪,越怕是儿子,就越想着是儿子。越想越像。成天就和掉了魂似的,心里七上八下地不安生。心病难害,饭不思茶不想,还闹出了许多洋相。吸烟哩,把烟嘴伸到烟口袋里挖。做饭哩,把面条下到水缸里。他成夜不眨一眼,坐在床上吸烟。打开自己这本"历史书",一页一页地翻着。从前清翻到民国,又从民国翻到现在,翻来翻去在心里结下了一串疙瘩。共产党、社会主义哪点不好?总司令亲自扛起扁担去担南瓜吃;贺龙拿着菜刀和拿洋枪洋炮的敌人拼命;当总理的还去拉小车运土修水库;还有爬雪山过草地,吃树皮草根,给老百姓卸了身上的枷。前朝古代哪有这号好人好事?从前一提皇帝老子,就得趴下磕头;一提光头总统,就得双脚并齐。现在多好啊,有吃有喝,上上下下一般高一般粗,为啥还要反他们?敢情是朝里出了奸臣,下边出了贼子?铁旦会不会鬼迷心窍,也跟着打起顺风旗? 现在的人难说呀,万一他要变了心——对,得去看看他。要是他也长了反骨,得叫他尝尝老子的厉害,亲儿子也不行! 想着想着,好像铁旦真反了,站在他面前了。他气呼呼地跳下床,抡起斧头砍了根打人的棍子,在手里掂量着比画着,还狠狠地骂道:"我叫你娃子反!"

铁良爷对儿子的这种担心生气,是爱极生恨。他就这么一个命根,时时刻刻拴在心上。如今儿子已经四五十岁了,他还像对待七八岁的小孩一样对待他。铁旦小时候放牛,有一次在山上拾了一个核桃吃,被地主王仁义看见了,就照他手上砍了一刀。铁旦手上长道短道流着血回来,疼得哭爹叫娘。左邻右舍的乡亲们都赶来探望,这个捧着一升核桃,那个提着一升核桃,送给小铁旦吃。好不容易止住了血,治好了伤。可是,小铁旦的手上还留着一条深深的伤疤,这伤疤也留在铁良爷的心上。

解放后,铁良爷专门在自己家门口栽了一棵核桃树。每年结下核桃,自己一个也舍不得吃,金金贵贵地攒到箱子里。等到儿子探亲回来,父子俩坐到屋里,铁良爷就拿出核桃,一个一个砸开叫儿子吃。

开头,铁旦还要自己砸,说:"爹,我自己会砸!"

铁良爷瞪他一眼,不满地说:"我还不知道你会砸!"

铁旦就不再言语了。

就这样,铁良爷砸着,儿子吃着,默默无言地坐上一个上午,或者一个下午,或者一个夜晚。父子两个也没有多余的话好讲,可是双方都不感到寂寞。铁良爷看着儿子那带着伤疤的手,把核桃仁填进嘴里,吃得那样香,自己心里也油然浮起一股甜香甜香的滋味,脸上便堆满了笑容。他觉着,这是一年一次最大的享受,最大的幸福了！

铁旦一年一次吃着老爹爹砸开的核桃仁，酸甜苦辣的滋味就在心里翻江倒海。他每往嘴里填一次核桃仁，就看见一次手上的伤疤。再看看老爹爹，他砸得那样专心，脸上笑得那样幸福，心里就烧起了一团火。老爹爹砸着核桃，不说一句话，可他却好像听见老爹爹说了许多许多的话，比那说出声的话更有分量，更能打动人心。他明白，这是父子之情，也是阶级之情。当他每次从家里回到公社，浑身就添了千斤力气！

现在，铁良爷要去看望儿子了，他虽然想可能要打儿子一顿，可到底还是扭不过父子之情，不由得打开了箱子，看着那金黄中透出灰褐色的核桃，拿不定主意是不是给儿子带去。

山里人厚道热情，谁家来了客，邻居就纷纷提酒送菜，现在听说铁良爷要去看望儿子铁旦，就纷纷赶来送行。

这个提着一篮核桃，说："我和铁旦一起放过牛！"

那个端着一升核桃，说："我和铁旦一同给地主干过活！"

男的女的、老的少的都来了。

第三个送的是核桃，第四个送的又是核桃，第五个送的还是核桃。

铁良爷不肯收，说："我给他拿的有核桃。"

二大奶嗔怒地打断他的话，批驳道："老东西，铁旦是你一个人的？他是咱青石湾贫下中农的！你可想独霸哩！"

"他是咱青石湾贫下中农的。"二大奶这句话使铁良爷眼里蒙上了一层泪水。

全队二十九户，除两户地主富农外，都来了。铁良爷看着一篮篮、一升升、一包包的核桃，声音都颤抖了，说："谁知道他现在还是不是咱们的!"

这么多核桃怎么拿呀,要压死铁良爷了。大家争论不休,还是老队长说了个公平话。手背手掌都是肉,两只手离心一般远,全队二百五十六个贫下中农,每人给他拿一个核桃,剩下的各自都拿回去。这才给铁良爷解了围。

二百五十六个核桃,全队不分男女老少,每人都有一个呀!铁良爷装了满满一提包,用那根准备教训儿子的棍棒背上走了。要说没有多重,可他觉着肩上像压了千斤重担!

铁良爷自打合作化给队里喂牛,就说:"牛在哪里,我在哪里。"二十多年没离过饲养室一步。这一次事关重大,才请假下山。他走一路,看见了一件又一件新鲜事,越看肚里火气越大。

他路过一个粮食加工厂,看看那倒进去的小麦和稻谷,流出来就成了细米白面,就嘟噜着说:"那些人就不知道从前推磨舂米的难处!"

他走过一座水泥大桥,想起了从前十冬腊月滴水成冰,过河还得蹚水,就嘟噜道:"那些人就没尝过冰刀子割在腿肚上的滋味!"

他经过一座水库,高山平湖,清水顺着渠道欢流,他休息片刻,捧起水喝了一口,又嘟噜着:"那些人就不知道民国八年大旱,挖了多少万人坑!"

第二天上午,进入了桃花坪公社地界。他好像回到了久别的家乡,这里那里仔细看着,看看儿子做错了什么事情。他检查着挑剔着,准备着去教训儿子。

他到路边一个拴牛场转转,摸摸每一头牛的膘情,还算可以。有一头青牛的毛有些干燥,他抚摸着,心里在说:"再不灌下火药,就要病倒了。"这时候,一个饲养员出来担土。铁良爷喊住他,问道:"你们公社书记来看过几回牛?"

饲养员奇怪地看看他,反问:"怎么啦?"

铁良爷也奇怪地反问:"怎么? 牛是庄稼本,当个书记不知道亲牛,还怎么做庄稼?"

"从前常来!"饲养员叹口气,摇摇头,"这一阵子——唉,别提了!"

"这个裱匠①,连牛都忘了!"铁良爷骂了一句,生气地走去。

饲养员看着他发愣。

铁良爷顺着大路走了一段,跳进一块玉米地里,顺着垄道走着,不时弯下腰薅一棵杂草。走到地头已薅了一把,他生气地骂了句:"啥书记? 快成草书记了! 看老子能轻饶了你!"

铁良爷揣着一肚子老虎娃,来到了公社。这是一所没收地主的深宅大院。门口传达室里坐着一个年轻通信员,眼里红茫茫的。看见来人,忙擦干眼泪,把铁良爷让进屋里坐下,问他:"老大爷,你找谁?"

铁良爷脱口而出:"铁旦!"

"铁旦?"通信员想了一下,摇摇头,"这里没有这个人。"

铁良爷带气地又说:"大名叫个铁柱!"

通信员明白了,带着尊重的口气说:"那是铁书记呀!"

铁良爷追问:"在家吗?"

通信员迟疑了一下,低沉地说:"在!"

铁良爷命令道:"你去给我传一下,就说有个老百姓要见他,叫他出来!"

---

① 裱匠:豫西伏牛山区老辈人骂下辈人的口头语。

　　通信员看他一把胡子,说话又挺硬棒,就跑了进去。

　　铁良爷看着通信员的背影,嘟噜道:"哼,大忙天不下去,钻在家里享清福,算啥书记!"

　　通信员带着气出来了,愤愤不平地说:"人家说了,现在不能会客!"

　　铁良爷火了,叫道:"你再进去,就说我是他爹!"

　　"啊,铁大爷!"通信员惊喜忘形地又跑了进去。

　　铁良爷气得胡子抖动,断定儿子变了,抽出了那根棍子,骂着:"哪有共产党的官,连老百姓都不见?"

　　通信员又跑出来了,牢骚、委屈地说:"人家说,亲爷也不中!"

　　"放他妈的屁!"铁良爷性起,掂起棍子就要打进去,骂道,"芝麻大个官,可连老子也不认了!"

　　通信员忙拦住他,恳求道:"铁大爷,你别生气!"

　　铁良爷顶撞道:"我还笑哩!"

　　"铁大爷,是这啊,不是……"通信员吞吞吐吐,话到嘴边又硬咽下去,扯了个谎,"里边在研究挺挺关紧的大事啊!"

　　"好! 那我等着!"铁良爷坐了下来。

　　两个人说着话。

　　通信员夸道:"我们的铁书记是最好最好的书记!"

　　铁良爷白他一眼:"他是你顶头上司,你能不说他好?"

　　通信员分辩道:"大爷,我可不是那号拍马溜须的人,是真好呀!"

　　铁良爷"哼"了一声,闷着头抽烟。

　　这时候,有人恶声恶气地喊通信员,通信员不满地应一声,临走时求告道:"大爷,一会儿你见了我们铁书记,可千万别发火呀!"

又一声厉声的催叫，通信员无奈地走了。

铁良爷独自坐着生闷气，后悔不该给乡亲们捎核桃来，盘算着如何教训儿子。

到了晌午头上，里面走出一群人，不干不净地骂着秽话，绝望地嘶叫着走去。

铁良爷隔着窗洞扫了一眼，那伙人的长相和浪劲狂劲，看样子根本不是正经笋。他皮都麻了，不由出了一身鸡皮疙瘩。这以前他只是莫名其妙地为儿子担心生气，现在才真是一颗心掉到了凉水盆里。跟着好人学好人，跟着巫婆学跳神，和这伙人滚在一堆，能研究什么好事？儿子变成了什么东西！想到这里，只觉着心口绞疼，浑身出了一阵冷汗！

这时，一个四五十岁的汉子，粗眉大眼，跟着通信员跑到传达室门口，欢天喜地地叫道："爹！"

铁良爷看见儿子虎生站起，抢起了棍子，破口就骂："老了来了也不见，地里草荒着也不管，你钻在屋里和那些坏货们搞的啥鬼？"

儿子也不躲避，想要分辩："爹，我……"

通信员忙上去护住自己的书记，再也忍不住了，哭道："大爷，不是我们铁书记不见你，是那些坏货们不叫见呀！那些坏货们在斗争我们的铁书记呀！"

"斗他？"铁良爷怀疑地问。

"他们要进城造反，铁书记不叫生产队给他们记工分，还叫生产队批判他们。他们说这是管、卡、压，是矛头向下，就把铁书记从田里揪回来斗争！"通信员诉说着，指指铁书记的手，"他们还用钢鞭把铁书记手上打了一道血印！"

铁良爷这才认真地看看儿子，手上真的有一道鼓起来的血印，心里又疼又甜,疼的是儿子挨了打,甜的是儿子叫这些人打了,那不是伤,那是彩啊!心里的一块石头落地了,手里的棍子也落地了。可是还有一点不放心,他审视地看着儿子问:"你认错了?"

儿子淡淡一笑:"没认!"

"没认就好!"铁良爷浑身来了劲,双眉一扬,朗朗地说,"不枉那个老八路给你改名叫个铁柱!"

儿子岔开话题,问:"吃饭了没有?"

铁良爷:"没有!"

儿子又问:"想吃点什么?"

铁良爷眉开眼笑:"想喝酒!"

通信员听了,抿嘴一笑跑了。

儿子又问:"来有啥关紧事?"

"没事就不能来看看你了?村里老少爷儿们牵挂着你哩!"铁良爷把提包放到桌上,介绍着来时亲邻们相送的情景。

儿子听得心里热乎乎的,说:"怎么能收大家的东西?"

"你懂个啥?"铁良爷训斥儿子道,"这是贫下中农心里有你!"

接着,铁良爷又翻开了"历史书",一页一页地给儿子讲着,从前清说到现在,末了才归到正题上,说:"甩开手和那些坏货们干,纱帽摘了不要紧,只要贫下中农不开除你就行!"

铁良爷说得啰啰唆唆,可还是觉着关紧的话没说出来,还不够味,还差点什么。差点什么呢?对,想起来了。是这,是——

铁良爷从提包里捧出一堆核桃,找了个钉鞋用的小铁锤,又像在家里时那样砸着核桃。砸开一个,递给儿子。儿子看着这堆核桃,就像看电影一样,看见了老少爷儿们一张又一张熟悉的面孔,在期望着自己。铁良爷看他一眼,催道:"吃呀!"

"吃！吃！"儿子醒悟过来，忙伸手接住。

铁良爷砸开一个又一个，看着儿子用那只带着伤疤、如今又增添了一道新伤的手，把核桃仁填进嘴里，吃得很香，自己心里就又浮起香甜香甜的味道，脸上堆满了笑容。他知道儿子还是自己的，还是贫下中农的，虽然手上又打了一道新伤，可打仗哪有不挂彩的？到底没被那些坏货们拉走夺去，心里感到格外幸福！

儿子吃着老爹爹砸开的核桃仁，每往嘴里填一次，就看见一次手上的新旧伤痕，心里就出现一次地主举起的刀，出现一次那帮家伙打来的钢鞭。两个人又是不言不语地砸着吃着。老爹爹一言没发，儿子却好像听见爹爹说了很多很多话，又好像听见了乡亲们在呼唤着他，他心里觉着有一股力气在膨胀着。

通信员来叫吃饭了。

吃完饭，铁良爷要马上回去，他说，队里的牛在伸着脖子等他哩。又说，乡亲们牵肠挂肚地等着他回去报告消息哩。儿了好说歹说留不住，只好送他一程。

路上，铁良爷又一次翻开"历史书"，叨叨着说："西太后请了洋枪队，蒋光头请来了洋爸爸，看着怪吓唬人，可是干的是坏事，到底都没有好下场！"

这些话，儿子也不知听过几百回了，眼下却觉着字字千斤，说："爹，我忘不了！"

送到灌河边，铁良爷拦住了儿子，大步走去。

铁良爷走着，好像忘了点什么，就搜肠刮肚地想着。哎呀，真老糊涂了，怎么能把这件大事忘了？他回过头，隔着河，叫着："铁旦！"

儿子还在原地站着，应道："爹！"

铁良爷在河那边大声嘱咐着："玉谷地里的草要赶紧薅薅呀！"

儿子在河这边说:"我明天就布置下去!"

铁良爷在河那边又交代道:"公社房后那个拴牛场里,有头青牛肚里有火,得快点灌灌药!"

儿子在河这边说:"我马上就去!"

铁良爷心净了,这才又回过头来走了。

桃花坪公社党委书记铁柱,看着爹爹高大的背影,这背影忽然变成了浩浩荡荡的贫下中农队伍,他们呼喊着,拥着推着自己往前走去。他觉着胸腔里像一座即将爆发的火山,有一般巨大的力量,硬往外冲!……

原载《河南文艺》1978 年第 2 期

三百一十三个"×"

山里人老实,高老头更老实。他只会老老实实做活,只会老老实实做人;不会见风使舵,不会逢迎拍马,不会假装糊涂,不会落井下石,不会哄自己,也不会哄别人,连顺风旗也不会打。他不学这些,更不会用了,结果他不会的东西太多了,赶不上形势,追不上潮流。那些活学活用的先进分子看不起他,鄙薄地说他是老落后,称他是"二百五"。

这天,高老头吃了早饭,扛着一把开山大镢出工了。走到村头,看见队屋山墙下边围了一堆人,乱哄哄地在吵吵什么。他也想看看热闹,就不紧不慢地走了过去。走近处一看,原来是墙上贴着几张大字报,人们在念着议论着。他大字不识一个,看是看不懂的,就不声不响蹲在后边,吸着旱烟,抹搭着眼皮听着。

大字报很长,新词又多,可是那内容却一下子咬住了他的心。大字报是批判老支书的,说他不该穿山引水,不该把人都聚到工地上。谁不去还批判谁,还不给记工分,说这样做太凶残了。说是刘少奇的尸首借老支书还了魂,说这是管、卡、压,是用生产压革命,是为了给自己抹胭脂,是为了收买人心,是捞政治稻草。下边还有一大堆是什么是什么。高老头听着听着心里就开了小差,耳朵也不管用了,眼也不管用了,一个劲想着水——水!早年间,得跑十几里翻几架山担水吃。一次,高老头的爹,就是老高老头重病在床,烧得唇焦舌干,等着儿子担水回来,喘着气呼叫道:"水!水!水!"声音越来越低,越来越弱。儿子也就是现在的高老头担水回来,舀了一碗,欢欢乐乐端到床前,老高老头已经闭上了眼睛。他呼爹叫娘地狂哭着,老高老头睁开了眼睛,喃喃地说:"我不中了,别糟蹋了,留下你们喝吧!"说着永远闭上了眼睛!——高老头傻了,直瞪着两只眼,什么也看不见了,只有泪珠噗噗嗒嗒往下滚着。

"老高爷,你怎么独一个蹲在这里哭哩?"一个青年路过这里好奇地问。

"啊!我——"高老头被叫得还了魂,定睛一看,真的,人们不知道啥时候都走完了。他站了起来,指着大字报,问,"你看看,这是谁写的?"

小青年指着署名,念道:"北山大队全体贫下中农,一九七六年八月二十日。"

"谁呀?"高老头只当自己耳朵失灵了,就偏着头,把耳朵对着小青年又问。

小青年捣着署名上的一个一个字,又重重地重复了一遍:"北山大队全体贫下中农!"高老头一怔,嘟哝了一句,生气地扛着镢头走了。

高老头是老实疙瘩,他越想越气。全体贫下中农?怎么背着我?我犯啥法了,把我从贫下中农中开除了!他没去上工,他要去找贫农代表陈老头理论理论。

陈老头在饲养室喂牛,一见高老头进来,就亲亲热热地给他拉了一把椅子让他坐。高老头不坐,蹲到椅子旁边。

陈老头又拿过烟袋让他吸,高老头摔打着推过去了,掏出自己的烟袋吸着,一眼一眼挖勾着陈老头。

陈老头看劲法不对,就笑笑问:"老高哥,我欠你黑豆钱啦?咋怪得蝇子都落不到身上?"

"你别和尚戴个道士帽——假装迷瞪僧啦!"高老头憋不住了,闷声闷气地责问道,"你喝酒喝醉啦,害伤寒烧迷了,你眼角里还有穷弟兄没有?这么大的事,你也不给打个招呼,就代表了?"

陈老头更迷糊了,奇怪地笑道:"我代表你啥啦?"

"还瞒我哩!我不识得字,可我鼻子底下长有嘴哩!"高老头胡子一撅一撅,揭底道,"那大字报不是你干的活儿?谁敢代表贫下中农啊?"

"哈哈哈!你把驴腿接到马胯上了。"陈老头讽刺地笑笑,说,"那是王大嘴干的活儿!"

"王大嘴?"高老头迷瞪了,半天才摇摇头,问,"没有你的旨意?"

"还我的旨意哩!"陈老头连连摇头,牢骚地说,"咱没当官,称不起派,他还想打我个走资派哩!"

"我不信!"高老头瞪着陈老头,郑重地说,"他是个二混子,不打你一口仙气,他就敢代表全体贫下中农了?"

陈老头叹口气:"噫!现在谁还论这个呀!"

高老头不服地说:"啊!那就大睁两眼看着叫他代表咱了?"

"老高哥,你死做活少出门,你不懂,这是新时兴啊!"陈老头耐心地给他解释道,"到处的大字报大标语都是一个模子印的呀,都是广大革命群众,全体职工,全体干群,全体贫下中农,其实那王八蛋才同意哩!"

高老头不服地反问:"按你说就该让人家冒充咱们了?"

陈老头叹道:"有啥办法,又不准撕不准毁——慢慢发动群众吧,急啥!"

"啊! 人家拿住咱的拳头打咱的眼窝,还不叫急哩! 你咋恁沉气?"高老头瞪瞪陈老头,一撅站起来,气冲冲地走了。

高老头回到家里,一头奔拉下去吸闷烟。高大娘做好了饭,端到他面前,说:"吃吧!"

高老头一看是大米干饭,像叫蝎子蜇住了,赶忙推开,硬声硬气地说:"我不吃!"

高大娘惊讶地盯住他,关心地问:"咋啦?"

高老头沉重地说:"吃这米饭昧良心!"

高大娘着急地追问:"到底咋啦?"

高老头看着老伴,眼巴巴地问:"你说说,要不是老支书领着穿山引水,能栽秧吗?"

高大娘糊涂了:"噫,这还用你说!"

高老头叹息道:"可是,咱们还要打倒老支书哩!"

"啥呀! 你疯啦?"高大娘生气了,唠叨道,"你为啥打倒他? 老支书多好的人呀! 为了穿山引水,一棵独苗牺牲在工地上,人家擦擦眼泪又干。你有水喝了,有大米干饭吃了,再没啥打倒了,去打倒他?"

"人家叫咱们打倒的呀!"高老头生气地讲了大字报原委。

高大娘虚惊一场,松了一口气,扑哧一声笑了,说:"我还当啥大事哩,就这个呀? 这有咱的啥事? 又不是咱出的点子,咱又没同意过,又不是咱写的字,又不是……"

"咳！你也这样说，你咋真①迷！"高老头打断老伴的话，好像他懂的很多，给她分解道，"咱没出过点子，咱也没同意过，可人家写的全体贫下中农啊！咱又不是地主富农，全体贫下中农里头也有咱一份啊！咱没说不同意，那不等于咱同意啦？"

"这？是啊！"不是一家人，不进一家门，高大娘也是个老实人，听听老汉说的在理，也就着急起来，附和道："是啊，人家说是咱写的，咱也没说不是啊！你说咱该咋办？"

"我说，咱不叫他代表，叫他给咱那一份扣下来！"高老头想的怪美，说，"管他代表谁，反正咱不叫他代表，咱不背那个良心！"

高大娘赞成："对，去找找他，叫他给咱那一份扣下来！"

高老头烟锅狠劲一磕，一撅起来，冲冲地走了。

高大娘想想不对，追了出来，叮嘱道："你去了，可要笑着将好话说。王大嘴那人你可知道……"

王大嘴是个山混子，早先天南地北地乱窜，鬼才知道他在外边干些啥事，反正早晚回来嘴唇上都油乎乎的。有一次，他从城里回来，大叫大嚷道："现在我才明白我是个小鬼，叫阎王逼得过不成，才乱跑，现在到处都在打倒阎王，解放小鬼哩，我也要造反了！"造就造吧，反正那一阵子正时兴造反。可是这个队那个团都不要他，嫌他不是正经笋。他火了，成立了一个一人造反兵团，自封个司令，还刻了兵团公章，戴上了兵团袖标。人们笑话他是光杆司令。他脸不红气不喘，自得其乐地说："别看我这兵团就我一个人，优越性可比别的大得多。第一，思想好统一；第二，行动好统一；第三，都服从命令听指挥；第四，好民主也好集中……"人们都笑他是一张纸画了个鼻

---

① 真：豫西南方言，读 zhèn，为"这么"的连读转音。

子——不要脸！可是，没过多久，少数派红了，他的人马最少，只有一个人，当然就更正确更红了。他卖能道："咋样？我当初就看出来了，人多了还有个啥正确性，真理掌握在少数人手里呀！"结果，他被结合进领导班子里，当了大队副主任，一当了官，气更粗了，除了吃喝玩乐，就是批人斗人打人，像一只抵人的红头牛，蹿到了瓷器店里，人抵倒了，货抵烂了，把一个好端端的大队闹得人心四散，五谷不收。红火了几年，到了一九七五年一整顿，就把他整顿掉了。现在是一九七六年了，他又大吵大叫："孔老二的孝子贤孙们也表演得够精彩了，现在要改朝换代了，可该咱上台唱唱主角了！"

王大嘴和几个人在家里密谋什么，正谈到兴头上，高老头闯了进来，王大嘴一惊，跳了起来，故作亲热地笑道："你可是稀客！没事不来！坐！坐！"

高老头不坐，直挺挺立住，瞪着他。

王大嘴奇怪地问："有事吗？"

高老头记住老伴的嘱咐，干笑着道："我是想问问那大字报……"

王大嘴乜斜一眼："怎么？"

高老头摸住烟口袋，强压怒气说："那上边写的全体贫下中农！"

王大嘴打断他的话："全队三百一十五个贫下中农都同意嘛！"

高老头冷冷地说："管你三百几，三千几，别人同意不同意我不知道，我可没同意呀！你知道我爹临死想喝一口水……"

"有苦到会上诉吧！"王大嘴不高兴了，不耐烦地问，"简短说，你想要怎么？"

高老头理直气壮地说："我啥也不想，我只想叫你把我那一份扣下来！"

那些人忍不住哄笑起来。

"好吧!"王大嘴厌烦地挥挥手,"你先回去吧!"

高老头走到门口,又不放心地回头嘱咐道:"那可一定给我扣下来啊!"

王大嘴又敷衍道:"行! 行! 走吧!"

高老头走了。

那些人笑得前俯后仰。

"哈哈,好像挂个贫下中农牌子,真得和贫下中农商量商量一样!"

"他有神经病吧!"

"是个二百五!"

"他还真把自己当个人看哩!"

"哈,天下大了,啥号人都有!"

高老头像得胜回朝,欢欢喜喜回到了家里。

高大娘担心地问:"说好了?"

高老头理所当然地回答:"哪还有个说不好哩! 他凭啥不把咱那一份扣下来,咱又没央他请他叫他给咱算一份呀!"

高大娘也高兴了,说:"可吃饭吧?"

"吃!"高老头一连吃了两大碗白米干饭。

第二天上工时,高老头特意走到大字报下边看看。怪,还是原封没动! 啊,这小子打我马虎眼哩! 不行! 他已经拿着咱当拳头打老支书打了一天了,不能叫他再借咱的拳头了。这要叫老支书看见,心里能好受吗? 他会想:"啊,贫下中农也要打倒我了,连那个高老头也反了,也在里头算一份,也向我伸出拳头了啊!"这多伤他的心啊! 不行,还得去找王大嘴。

高老头又去找王大嘴,走到半路,只见王大嘴骑着自行车迎面过来了。高老头生气地叫道："哎，咋我那一份还没扣下来！"

"你急啥！"王大嘴不下车想蹿过去，说，"我不得闲！"

高老头拉住车后货架，怪道："我这拳头你已经用够一天了啊！"

王大嘴只好下了车，变脸道："你懂不懂？他修水利是为了收买拉拢人心哩，你那心已经叫他买跑了！"

"我想叫他收买拉拢吗？"高老头火辣辣地反驳道，"你可好，就会炮治人，连收买拉拢也不收买拉拢！"

"你——"王大嘴发脾气了，想揍人了，刚抬手要推高老头，看见一群人上工过来，自己身边没跟弟兄们，光棍不吃眼前亏，就强咽一口气，摔打道，"好好好，一时闲了，给你那一份扣下来！"

高老头还是捉住车子不放，追问："你要再哄人？"

"再哄人就不是人！"王大嘴骑上车子蹿了。

第三天一大早，高老头去担水，又特意绕到队屋山墙前看看，大字报还是原封没动，还是一笔没改。高老头气迷心了，到渠边去打水，明明清澈见底的水里，映着他的影子，他却看成是老支书的影子，牢骚地嘟哝道："要不是老支书，水咋会流到门口？"他看着水里倒影发呆。一会儿，石缝里钻出几个螃蟹，爬到了水影里老支书的脸上，水搅浑了，看不见了，他转身拾了一块石头，扬起手正要对着渠水里的螃蟹打去时，高大娘跑来了，埋怨道："担水去，你又弄啥哩！"

高老头头也没回，也没听清是谁的腔，狠狠地说："我砸死他个龟孙！"

高大娘一怔："砸死谁?!"

高老头脱口而出："王大嘴！"

"王大嘴在哪里?"高大娘回头看看没人，忙上去推推他，惊愕地说,"你疯啦?"

高老头这才醒过来,气呼呼地撂下石头,担上水桶走了,边走边说:"非和王大嘴拼了不行!"

高大娘跟在后边苦求地劝道:"你别戳祸行不行?他们打人和喝凉水一样,你去找着当捶布石啊!你不要命了!"

高老头回头瞪她一眼,重重地道:"就咱这命主贵!"

高大娘见越说他气越大,就不言语了。

到家里放下水桶,高大娘当他气过去了,谁知高老头咚咚跑到里间,翻箱倒柜,找出了一个小包,剥开一层一层又一层塑料纸,露出一张纸烟盒纸片,他展开它,上边写了十来个名字。高老头在老伴面前抖动着这纸片,声音也颤抖地说:"你看看,人家这命不是命,就咱这命老金贵!"

这纸片上是当年爆破飞魂崖时的爆破手名单。那时穿山引水,要经过飞魂崖。这崖万仞石墙,深不见底。常话说:好汉去过飞魂崖,老婆孩子穿白鞋。一听说要选人下去爆破渠道,有的溜了,有的推故病了,只有十来个青年报名。爆破组长高老头拿着名单去找老支书,老支书接过纸片一看,拔出钢笔,在每个名字上都打了"×"字。高老头不识字,指着那唯一没打"×"的名字问:"这是谁?"老支书说:"柱娃!"柱娃是老支书的独生子,高老头迟疑地问:"咋选住他啦?"老支书笑笑说:"因为他爹是支书!他是咱们的娃子呀!"——后来柱娃不幸牺牲了。高老头捂着名单上一个个"×"字,痛心地责怪老伴道:"你再看看老支书打这×字!猫狗还知恩情啊!如今人家拉着咱的拳头硬往老支书身上砸,咱就乖乖顺着,也不缩回拳头,咱成了啥东西?咱还算人吗?你就不心疼!"

"谁不心疼啊!"高大娘也伤心落泪地说,"你单枪匹马就能扭过人家呀！再说，咱也学他们舞拳弄棒，就不嫌丢人啦！"

高老头不言语了，又把那纸片一层一层包住。

高大娘看稳住了他，就悄悄出门去找陈老头了。

陈老头正和一群老伙计商议着大字报的事，高大娘拧着小脚跑来，咋呼道："你这个代表还管不管啊！你老高哥要闹人命了！"

陈老头听了也吓一跳，他知道高老头的脾气，打他一百杠子也把眼泪咽到肚子里，平常不言不语，你要把他逼急了，他真会拼命的！他赶紧和高大娘一同来劝高老头了。

陈老头和高大娘紧赶紧回到屋里，高老头不见了。高大娘吓坏了，陈老头劝她说："你别怕，我这就去和老弟兄们商量个对策！"

陈老头说着走了。

这时候，高老头气冲冲地冲进了王大嘴家里。王大嘴正在和他那一帮弟兄喝酒划拳，高老头不等他开口，就指着他骂道："哎，你到底是人不是人！"

"咳！这老家伙开口就骂人！"王大嘴的同伙们叫道。

高老头火道："他说过不扣下来不是人！"

"高老头，我问问你！"王大嘴火了，喷粪一般喝道，"你为啥死缠住我不放？我写你了？斗你了？你算个老几？"他一击桌子，虎生站了起来，呵斥道："是谁叫你来的？是不是走资派指示你的？好啊，你死心塌地充当走资派的走狗，前里后里撺着造反派咬，还咬住死不放！你摸摸你脖子上长有几个头？给我滚！"

"你——"高老头从来没有受过这么大污辱，他从来也不会发脾气。他气呀，气呀。他不气的时候都拙嘴笨舌，现在气钻心了，更说不出话了。他指住王大嘴，憋了好半天，才吐出了一句话："你说你不是人，可真不是个人啊！"

高老头气冲冲走了。

酒场里又是一阵狂笑。

"哈,神经病!"

"是个二百五!"

"他还真把自己当个人看哩!"

"哈,天下大了,这号怪人也有!"

这时候,高老头站在队屋山墙下边,他不懂得如何对待面前这张可恶的大字报,也想不出好办法。他气得浑身乱抖,涨红了脸,血往上冲,憋得难受。突然,他咬破指头,用殷红的鲜血在大字报上打了一个大大的"×"!

这消息很快传遍了整个村子,全队三百一十三个贫下中农心里的热血沸腾了。

"不能叫强盗用咱们的拳头去打咱们自己人的眼窝!"陈老头领着人们,吼叫着奔到队屋山墙下边。

没有多大工夫,那张大字报上,就打上了三百一十三个"×"!

原载《奔流》1979 年第 3 期

希罕报恩

老天爷太不公平,好事硬往一个人身上凑。刘长胜本来都美伤了,李队长又派给他一头"牛",替他出力流汗。

刘长胜在水库运输队当瓦工。早饭后去仓库运水泥时,李队长领来了一个憨头憨脑的傻小子,对刘长胜说:"他叫王希罕,才来的,你两个合抬一根杠子。"

刘长胜斜了希罕一眼,酱紫色的磨盘脸,像从粪坑里挖出来的石头。两个眼珠是死的,瞪着不动,一脸呆相。穿件白布衫,脏成了黄鼠狼皮,一股汗臭味刺鼻子,不吃就想往外吐。刘长胜厌恶地说:"叫他和别人抬!"

希罕则像乡下人初进动物园,奇怪地看着刘长胜。一张小白脸,两个眼珠子像两条小鱼似的乱窜。这么大人了,穿着大红尼龙汗衣,下身是突出屁股蛋子的裤子,看看都皮麻。希罕听刘长胜不乐意和自己合抬一根杠子,就闷声闷气地说:"我也不!"

李队长问他:"为啥?"

希罕羞涩地说:"我要和男的一块儿!"

众人哄一下笑了。

李队长看看刘长胜那个打扮,冷笑

道:"他是男扮女装!"

希罕的头摆个不停,自作聪明地说:"你哄人。我可不是憨子,我可识得了,那头发……"他指指刘长胜齐脖子的披发。

众人又是一阵哄笑。

刘长胜早恶心他了,这时又被耍笑,就红着脸挥着拳冲上去,喝道:"妈的! 少在老子面前装疯卖傻!"

"嘻嘻,真是个男的,算咱不识得公母!"希罕面对打过来的拳头,傻傻地笑着。

大家看希罕性不全,便劝刘长胜不要和憨子一般见识。刘长胜做出大人不计小人过的样子,冷笑道:"妈的,要不是看你娃子是个二百五,有你娃子好吃的果子!"

两个人别别扭扭到了仓库门口,刘长胜看里边灰雾弥漫,怕弄脏衣服,就坐到门口树荫下边,对希罕命令道:"去! 搬一包出来!"

"可行。"希罕顺从地进去搬一包出来,放到捞圈上,转身又要进去再搬,刘长胜喝住他:"回来!"

希罕回头愣怔地问:"又咋啦?"

刘长胜不屑地骂道:"眼叫鸡屎糊住了? 没看看都是只抬一包!"

希罕不满地嘟哝道:"这才八十斤,两人咋抬?"

"你和美有仇? 空着手就不会走路了?"刘长胜耻笑了一句。这小子从小娇生惯养,上了几年学,除了会背几条语录,就会骂人打架。他有个堂伯在广州干事,他去逛了几个月,回来就成了业余洋人,开口就说洋人如何如何吃喝玩乐,闭口就是花有几日红,得乐且乐。他在村里做活,每次都要耍奸弄猾,队长气炸了肺,才打发他到工地上。他要不是怕死,气都懒得出一口,怎肯比别人多抬一包!

希罕左右看看，果真都是两人只抬一包，不知所措地喃喃道："来时俺妈说，叫俺攥个劲干。俺妈说，早些修好了，又能吃大米，又能使电灯，可美极了。"

刘长胜瞪着他，问："你妈是个啥官？"

希罕脱口而出："社员呀！咋？"

"爬一边去！你妈，你妈，我当你妈当个啥官哩！"刘长胜轻蔑地嘲笑道，"傻货，明就你一家明，黑就你一家黑？"

希罕不敢再多说话，只好作罢。刘长胜看着他这副呆相，灵机一动，会心地笑笑，说："你抬前头！"

"可行。"希罕随口应下了。

希罕抬前头，刘长胜抬后头。两个人蹲了下去，将要抬起还没抬起时，刘长胜悄悄把绳子从良心印上往前边拢拢。希罕没长脑后眼看不见，又不知轻重，就抬起来扬扬得意走去。旁边的人看水泥包贴在希罕脊梁上，就说长道短地议论开了。

"刘长胜，你可真是人精！"有人伸出了大拇指。

刘长胜得意地挤眉弄眼，指指前头希罕，示意对方不要点破，笑道："只说是个死鳖，谁知道是头牛。"

有人不平，叫道："刘长胜，良心叫狗吃了吧！"

刘长胜变脸耍横道："咋？他是你儿啊还是你爹？狗逮老鼠！"

对方马上哑了。刘长胜的威风谁不知道，动不动就玩刀弄棒。

可怜的希罕，八十斤的重量他抬了七十斤，还当自己占了便宜；也听不懂刘长胜骂自己的恶言脏语，还当是夸奖自己哩。他傻呵呵地笑着，左手扶住肩上杠头，右手甩得非常脆和，轻快地往前走着，越走步子越大，越走步子越快。刘长胜经不住希罕在前边死拉活扯，只好身不由己地跟着跑，一会儿可汗流气喘了，就连连叫苦道：

"你急着去死哩,不会慢一点!"

"谁叫抬这么轻哩,压不住脚步嘛!"希罕还是一溜小跑。

"歇歇!歇歇!"刘长胜喘得要血破心了,不等前头希罕站住,就咚一声撂下了杠子。

希罕回头看刘长胜发火,就放下杠子,站在旁边告饶地憨笑道:"看你怪得,蝇子都落不到身上。"

刘长胜翻他一眼,选块又净又光的石头坐下,从头上摘下太阳帽扇着,指指旁边一块石头命令道:"坐这里!"

"坐就坐,谁还不敢坐!"希罕坐下去。

刘长胜审视着他,质问:"你跑那么快干啥?"

"就这俺还是忍着哩,在家里做活跑得才快哩!俺妈说,偷懒了没人待见,一辈子说不来婆娘!"希罕得意地讲,"俺妈说……"

"算啦,算啦!你妈懂个屁!"刘长胜打断希罕的话,摆出一副教师爷的架子,说,"还是听老子给你进行进行水库上的传统教育。别看老子比你娃子年轻,老子在这里干活也不是一年半载了,也算是水库上的老革命了。你听老子给你讲讲这块石头的故事。"他一句一个老子,全不把希罕当个人看,指着附近太阳底下一块又方又大的石头。

"这石头咋啦?"希罕迷瞪地问。

"咋啦?说了吓你娃子一跳。"刘长胜幸灾乐祸地笑道,"这上头死过一个人。"

希罕瞪大了眼:"为啥?"

"为啥?那货和你一样,也是个二百五!"刘长胜添油加醋地转述着他听来的故事。

早了,还是一切为了斗争,斗争就是一切的火红年代。有一个生产队长来这里修水库,当了运输队长。大工活慢慢磨,做得多了划不着。这是古之常理。这货主贱,出惯了力,吃惯了苦,做得少了肩膀头就痒得慌,和逍遥自在有仇。他上任三天可想变法了,说大家一晌抬一包水泥是磨洋工。这货有眼不识泰山,不看看年月,也不问问行市,就催大家多抬快跑。想玩的玩不成了,想钻空割柴挖药的也"收宝"了。大家气红了眼。实说吧,这是全县的大工活,民工来自四面八方,谁也不认得谁。来做大工活的人,是善者不来,来者不善,多半是能踢能咬的人,队干部缠不过想清静,才打发这些爷儿们来工地的。这天上午,日头毒热毒热,沙窝里能烤熟鸡蛋。大家抬水泥抬到这里口干舌燥,就坐在这树荫下歇歇。忽然之间,大家都变成了积极分子,一个个掏出语录本读起来。这货开初还没醒开劲,还挺高兴哩,也掏出语录本跟着学。只说学一会儿汗落落就走,谁知人们一遍一遍学个不断头。学到半上午时,他急成了热锅上的蚂蚁——乱转圈。他催大家起来走,大家不听不理,还是一个劲地学。一直学到天快晌午了,他憋不住气了,跳到那块大石头上,打炸雷一样地吼道:"算了,算了!语录背得再熟也不当夜里黑咚咚!一人一晌运半包水泥,碌子发芽驴出角也电气化不了。我看咱们还得再照刘大哥的章程包一回,一人一晌运两包……"

这货还没有说完,突然有人一声大叫:"好啊,你竟敢反对学习毛泽东思想!"

"啥刘大哥,是要复辟资本主义哩!"

"打倒刘少奇的孝子贤孙!"

"打倒现行反革命分子!"

…………

不等这货明白过来,一伙人就扑了上去,又推又搡又打,然后罚他站到那块大石头上晒太阳。那石头晒得像烧红了的烙铁,人们把他的鞋脱了,叫他站到上边,又把他的草帽抓扔了。这货上晒下煎,不大一会儿,就像烤肉一样浑身流油了,直到晒晕倒了才饶了他。听说这货回去没几天就一命呜呼了,他家人也变成了反革命家属。打那以后,工地上又恢复了原来的样子,再也没人敢坏这个规矩了。

希罕听完这个故事,怀疑地瞪着刘长胜,怔怔地问:"你咋知道?"

刘长胜眉飞色舞地说:"那时我爹在这里当民工,斗他还是我爹出的计策,我可知道。"

"你爹咋真毒!"希罕愤愤不平,话像石头砸在地上。

"我爹咋毒?谁叫他露能破坏老规矩。叫大家美不成,大家能叫他美成了?哼,就他一个毛毛羽,可想变个新章法哩!"刘长胜冷笑着评点了一番,突然发了人性,叹道,"唉,也都怨这货没文化,他要知道王安石就老实了。——哎,你知道王安石不知道?"

"可知道。"希罕爽利地说。

刘长胜一愣,憨子能知道王安石?惊异地问:"王安石是谁?"

希罕说:"俺们公社书记呀!"

"放你爷的狗臭屁!"刘长胜笑断了气,顿时优越感长了十倍,卖弄聪明才智道,"王安石是个相爷,离现在好几千年了。人们按老规矩过得美美的,轮到他想变变章法哩,法没变成叫五牛分尸了。五牛分尸懂吧?就是把他劈成五份,分给五头牛吃了!"他把驴腿安到马胯上,云天雾地地瞎吹一通。

希罕听得睁大着眼,乱摇头,说:"牛还吃人?"

"你当光人能吃牛?"刘长胜吓唬希罕道,"你娃子才来,碰上老子这个好人,我给你讲讲工地上的规矩。咱们是运输队,运水泥,两人一晌抬一包。你要是敢露能坏了工地规矩,小心那个队长来找你当替死鬼!"

希罕还不灵醒,迟疑地说:"那不闲得着急得慌?"

"着急个啥?一时到了坡顶,就成了咱们的广阔天地。愿打扑克也行,愿搞小自由也行,去割点柴,挖点药,愿睡觉也行。啥都不想干,学驴叫也少不了你的工。"刘长胜说得扬扬自得,又警告道,"别人咋着你咋着,反正不能乱来!"

"可行。"希罕乱点头。

刘长胜见镇住了希罕,也歇美了,就伸个懒腰站起来。他抬头看看快上坡了,心里又生了能处。上坡时,前边的人高,后边的人低,绳子控制不住肯往后头滑溜,抬后边杠头的吃亏。他眨眨笑眼,说:"这一回我抬前头,领路!"

希罕说:"可行。"

刘长胜把绳子往后边拢拢,说:"往后一点,省得你压不住脚步。"

"可行。"希罕不但同意,还主动把绳子又往自己胸前拢拢。

两个人抬起来时,那水泥包贴住了希罕的胸脯。他也不嫌抗胸,也不嫌沉,消消停停走着。刘长胜肩上像放了根灯草,心里美得像喝了糖水,迈着游山玩水的步子,好不自在。谁知走了一截儿,希罕又露出了本性,步子又大了快了,一个劲硬往前冲。希罕五大三粗,力壮如牛,一步一冲,推得刘长胜乱了脚步,直往前栽,有几次差点栽个嘴啃泥。刘长胜火了,回头气急败坏地喝道:"你想找死是不是!"

希罕不会埋怨对方,只好嘻嘻着讨饶道:"谁要是故意的就不得好死,俺真不会慢慢走嘛!"

"主贱货！只听说有人出不了力，还没见过谁享不了福！"刘长胜生气地又撂下了杠子。

希罕犟嘴道："飘轻飘轻咋能走慢？"

刘长胜气得哭笑不得，搪塞道："嫌轻了，你独一个把它扛上！"

"可行！"希罕一点也没怒意，当真弯下腰去，双手搬起水泥包，轻轻一撂可撂到了肩上，伸伸脖子，对刘长胜挤眉弄眼地笑笑，自在地说，"这还差不离，可美极了！"说完大步走去，又回头对刘长胜挤挤笑眼。

"妈的，天上少见地下稀！"刘长胜看着希罕的背影骂了一句。

希罕不走山路，顺着河路直上。从仓库到工地有两条路。山路远些，有五里多路，还得翻一架山。河路近些，只三里路，还不翻山。只是河路崖陡弯急，一个人走还将就，两个人抬杠就转不过弯。再说两个人步子要不一致，不管是前头的人拉一下，或是后头的人推一下，就会跌到阎王崖下寡妇潭里。所以，人们宁可舍近求远走山路。刘长胜见希罕要走河路，就呼喊道："你不要命了？"

"俺不怕，俺妈说俺命大！"希罕回头笑笑。

刘长胜看他不听，也就不再理他，独自一人甩着手上到了坡顶，不出汗，不喘气，好不轻松自在。

坡顶浓浓的树荫下，人们早已各就其位了。坐的，躺的，打扑克的，讲故事的，骂笑打耍的，割柴的，挖药的，真是工地乐无穷。刘长胜一边和牌友们打牌，一边卖乖，说自己如何如何使能，激得希罕憨性大发，独自扛上水泥包走了，他才当上了甩手客官。牌友们听了无不羡慕，说他是有福之人不用忙，天赐他一头牛。大家打着扑克，吆三喝四，尽情寻乐，一直打够两轮升级，才算过了牌瘾。玩足了，玩美了，看看太阳也端了，才抬起水泥赶回工地。刘长胜为了显示自己福比天大,空甩着手,故意唱起轻飘飘的郎呀妹呀,勾引人们都来看他。

有人眼红、羡慕,也有人打抱不平,说刘长胜能出了格。内中有个烈性人古存义,气呼呼地说:"欺侮个二百五不算啥本事! 瞎搭他披张人皮,没一点点人味!"

古存义只顾泄愤,突然后领子被人抓住。他回头一看,原来是刘长胜。他喝道:"你想干啥?"

刘长胜冷笑一声:"你骂谁没人味?"

"就是骂你哩!"古存义摆出一副好汉做事好汉当的架势,挣脱了刘长胜,反问,"咋?"

"老子揍你!"刘长胜红了眼。

"你给老子做袜子鞋还差不多!"古存义一声冷笑,撕破脸皮批驳道,"哼,看看你这个打扮,男不男女不女,二混头,假婆娘吊子。做活时,长着你奶奶的三寸金莲,一步拧四指。享受时巴不得连你下八辈子的福都享了!"

"你——"刘长胜不曾受过这般欺侮,眼里冒着火冲上去就是一拳,"看老子不敢揍你!"

古存义接过他的拳头,只轻轻一推,就把刘长胜推了个仰面朝天。刘长胜挣扎着爬起来,又要冲上去。古存义叉着腰站着,岿然不动,大咧咧地说:"来吧,让你个后腰!"

"你——"刘长胜被对方的气势压倒了,喊着要拼命却又不敢上,趁着旁边的人劝架便败下阵来,却又不甘示弱,声声吆喝道,"好啊,你又骂人又打人,咱们非找李队长说理不可!"

"谁要不敢去就是个龟孙!"古存义冷笑道。

运输队的李队长五十多岁,是个没话的人。不知他成天生谁的气,自到工地就没放过笑脸。这时,他正在工棚里垛水泥包。屋里尘雾茫茫。刘长胜和古存义互相指责对方,说个没完没了,他只顾低头干活,不言不语。直到垛完了水泥包,他拍打着身上的灰尘径自走了,连看他们一眼也懒得看,只是咕哝了一句:"哼,都是闲得太美了!"

"昏官!"刘长胜一跺脚走了。

古存义有理没得到支持,也生气地走了。

这场官司不分胜负,只说清白不了糊涂了啦,谁知吃午饭时李队长发话了。饭场里人声哄哄,李队长用筷子敲敲响,叫道:"开个饭场会!"

大家看他板着个黑面馍脸,只当又要宣传什么新精神,便都不以为意地又嗡嗡起来。

"都给我听着!"李队长恼火了,大喝一声。

人静了。

李队长正言正色地讲:"希罕今天上午跑了两趟,背回了两包水泥。有人说希罕是个憨子傻瓜二百五。好吧,憨子傻瓜二百五都能为'四化'建设出力,能人当然更该出力了。从下午起,不说全学希罕了,至少也半学吧。以后每人每晌运一包水泥,扛也行,抬也行,反正每人得运一包。就这。"

老天爷,这场官司竟会这样结案。一下子把任务涨了一倍,人们愣怔了一下,接着一双双眼睛都瞪着希罕。希罕被人们看羞了,只当大家眼气他受了表扬,就挤眉弄眼地对大家嘻嘻傻笑道:"独一个扛着可美吧,想咋走就咋走,一点也不巴作人。这是人家刘长胜给俺出的门道,可美吧。真哩,谁说瞎话不是人!"

有些人被说笑了,他们早就觉着这样磨洋工太不像话。可是,刘长胜的牌友们吃不消了,觉着这是逼他们上刀山哩。他们又气又恨希罕,可是看看希罕那副傻相,再听他说的那憨话,又无可奈何。等李队长走后,大家窝了一肚子的火才发作了,不是冲着希罕,是冲着刘长胜。一群人围住他埋怨个没完没了。

"你可能嘛,还夸自己本事大哩!"

"你排场、漂亮,这一下可美了吧!"

"你娃子美一趟,叫俺们得晌晌累!"

"哼,还说把人变成了牛,你可使嘛!"

刘长胜万万没想到老掉牙的规矩,会叫一个憨子给破了。只说他是一头替自己出力流汗的牛,谁知他是一块砸向大家脚上的砖头。希罕被表扬,他就气炸了,这时又被大家数落了一顿,更是火上浇油。他瞅个空子,把希罕拉到工棚外边僻静处,过堂审问道:"你疯了,为啥又去扛一包?"

希罕看他挺凶,就吭吭哧哧道:"扛回来才半上午,饱劲还没下去哩!"

"你不会歇一会儿?"

"闲住着急呀!"

"你不会睡一会儿?"

"俺不会白天瞌睡嘛!"

希罕答话句句噎人。刘长胜心想,这个傻货不会想起来再去扛一包,肯定是李队长派的。于是,就强咽下气,问:"是李队长叫你再去扛一包的吧?"

希罕摇摇头:"不是他。"

"是谁?"

"俺妈呀!"

"放屁！你妈啥时候来工地了。"刘长胜按捺不住了。

希罕怯生生地说："真的嘛！俺不大一点时，俺妈就给俺说了，当个人就是做活的。俺妈说，当个人闲着不胜个猪，猪闲着能长膘，膘大了肉香，谁都想吃……"

"滚一边去！"刘长胜越听越躁，狠狠朝他胸前一拳。

希罕没有防备，被打得踉踉跄跄后退了几步，愣愣怔怔地吵道："咋？这是俺妈说的，你咋打俺！"

刘长胜拿他苦没办法，气冲冲走去，回头咬牙切齿道："有劲你下午拿四包，使死你个龟孙！"

"咋？"希罕也火了，歪着头，瞪着眼，赌气道，"你别当俺不敢！俺不敢就不是人！"

下午的太阳比上午还毒。人们不想跑两趟，只好抬两包了。两包比一包重。往日古存义们上到坡顶气不喘心不跳，屁股不沾地就去挖药砍柴，今天他们也不得不坐下定定心了。可他们满心喜欢。他们是正经庄稼人，早就看不惯原来的做派了。这哪里是来修水库的，是叫来养膘的嘛。他们又想变变章法，快点把水库修好，也能享几天吃大米、照电灯的社会主义福；可又都是几十几的人，谁也不愿出风头犯众恶，去当出头的椽子。今天希罕做了他们想做的事，他们当然高兴。那些玩惯了的猴娃可不中，他们上到坡顶时，不再争抢着大战扑克了，一个个躺在草地上喘息，唉声叹气，怀念着失去的好光景。老章程多自在啊，多美啊！没想到一个二百五会轻而易举地就摘走了他们的福！他们骂爹骂娘，嘀咕着如何报仇出气。

夕阳西下，人们回到工地时，一个个都是大汗淋漓。这时，希罕正在工地附近河里洗澡。这货，挖起一捧捧臭青泥，把身上脸上糊得严严的，只露出两只眼睛，一眨一眨的。他把臭青泥当作去污粉，浑身上下狠劲地搓着。大家看见了他这副样子,满腔的恨一下子消了,笑骂不休。他见人们冲着他笑,他也冲着人们傻呵呵地直乐,露出了一口整齐的白牙,刮着脸皮,露能卖乖道:"呀!呀!才回来呀!咱老早都回来了!"

人们又是气又是笑,弯腰抓起一把把沙子,往他头上身上撒去。他挤挤笑眼,一头扎到水里了,水面上升起了一串串气泡。

毒热的太阳落山了,阴凉的月亮升起来了。灌河两岸的青山绿林抹上了银色,朦朦胧胧,变得神秘莫测了。偶尔飞过几只夜鸟,啼声掠过,河谷显得更加幽静神秘。三五成群的民工在河里游泳戏水,洗净了汗渍和疲劳。顺河风轻轻地吹来了丝丝凉意,还有点甜味。"山沟里空气好实在新鲜……"谁唱起了豫剧《朝阳沟》,声音脆甜,像是从天空飘来,又像是从水中升起。

好美的天地,好美的山水,好美的明月清风,世界美极了。

李队长拿着一顶草帽来了。他站在岸上,喊大家开会。人们安静的心境被扰乱了。"一点也不假,国民党税多,共产党会多!"人们嘀咕着上岸了。会就在沙滩上开,大家各找一块石头坐下,不满地看着李队长。出了啥喜事,李队长可开了笑脸,黑红薯面馍脸变成了白面馍脸。他笑哈哈地讲:"别牢骚,枣核解板——没两句(锯),耽误不了大家休息。"

人们看他比平日随和,也会心地笑了。

李队长高兴地说:"希罕今天下午运了四包水泥,是担的。还是上午那个老政策,不全学,只半学。以后每人每晌运两包,不算紧吧?"

像一座大山突然倒下来,把人们全压了下去,会场里顿时死寂了。

希罕看看没人回李队长的话，也不懂得人们的好坏脸，就嘻嘻着回道："不紧，不紧！俺才跑两趟，还洗两回澡哩，可美吧！"

李队长又说："多毒的日头，晒一会儿就脱层皮。希罕连个草帽也没戴，奖他一顶草帽。给！希罕。"

希罕小跑上去，双手接过草帽，立时就戴到头上，头摇得拨浪鼓一样，试试不紧不松，然后冲着大家甜滋滋地笑道："噫，不大不小可美极了。谁真能，啥时比着俺的头做哩！"

会场冷得像冰井。任务一下子涨了四倍，谁笑得动？不吵破天才怪。李队长早有思想准备。这样磨洋工咋搞"四化"？城里人锻炼身体还要出汗喘气哩。李队长来后几次动员提高工效，都不起作用。"大工活，慢慢磨"的观念，已经在人们心里扎了根，谁也不愿改变这个现状。做大工活还出力流汗，何胜在家里劳动哩，跑多远来工地不就是图个舒坦自在！有些人死死抱住这个宗旨不变。他才来时也曾带过一段头，响响扛两包。人们不光不学，还在一旁放冷气，说："党员干部比不着，他们有娘亲。拼命干一天，上级就心疼了，赶忙推故开个啥子会，叫他们去养养歇几天。俺们呢？响响板子不离屁股。"这歪理也灵验，果真一个又一个会，他的头算白带了。不仅如此，每逢他在场，就有人津津乐道地讲那个死去的队长。他明白讲这话的意思。他不怕也不服，每次听完总是重重地反驳道："现在可有法有天！"可是，当人们讲到指挥部有的头头整天下象棋，打麻将，夜夜饮酒作乐时，他也泄气了。今天，希罕的事迹又打动了他，他决意要改变这个现状了。现在，他等着人们吵闹，谁要反对，就请他回家。可是，他白等了，谁也不说二话。他看看没人发言，就温和地讲："为了早点发电浇地，想着大家也赞成。明天就按新定额办。我例外，我和希罕做一般多。散会。"

散会了，人们又三三五五分头去乘凉了。希罕玩了一会儿，回到工棚里时，多半床位还在空着，只有古存义等几个人在床上又说又笑。见他进来，大家马上对他伸出了大拇指头。他冲着人们笑笑，就坐到自己床上，一脸得意地把手中草帽翻来覆去看个不够，然后放到床头就躺下睡了。忽然，古存义含笑叫道："希罕！"

"咋？"希罕像听到命令，虎生坐起来。

古存义笑道："你怕不怕？"

"怕啥？"希罕迷糊地反问。

"怕有人不依你呀！"

"俺不怕！俺没做贼！"

"要是有人说你给大家带灾了咋办？"

"俺没给谁带灾！"希罕愣愣地说。

"人家要说你不该多干了！"

"咋？不是成天说叫多干吗？"

大家会心地笑了，纷纷给他出主意，教他如何对付别人的不满和仇恨。这时，刘长胜等一群猴娃进来了。他们各自坐到自己床上，逗趣打闹。刘长胜突然抓过希罕的草帽，挑衅地耍笑道："叫爷儿们看看奖给你的这顶高帽子，是金的还是银的？"他不屑地瞟一眼，又扣到希罕头上，鄙薄地说："哼，原来是六角钱一顶的贱货！"

"才值六十分呀！"有人挑逗。

刘长胜叹道："唉，啥东西都涨价了，没想到卖国奸臣会大减价啦，便宜极了，六角钱就能买一个！"

刘长胜妙语惊人，一句话就把人们逗乐了。大家冲着希罕不怀好意地冷笑。希罕也跟着大家憨笑，笑了一半想想不对，就反驳道："还便宜哩。谁家的卖国奸臣都怎贵？从前六角钱能买好些哩。"

刘长胜本来是辱骂希罕不该出卖了大家,可是对牛弹琴,希罕不懂得是骂自己的,他只好开门见山了,问:"你知道啥叫卖国奸臣?"

"别当俺是二百五,连这个都不懂!"希罕看刘长胜瞧不起他,就气壮地说,"卖国奸臣有啥稀奇,俺吃都吃过好些哩!"

人们不由喷笑了:"哈,吃过卖国奸臣?"

希罕见大家不相信他,耻笑他,急得脸红脖子粗,赌咒发誓道:"谁说瞎话就不是人!年年过十月初一,俺妈都做个面人,说是卖国奸臣秦桧,下油锅炸得嘣嘣焦。俺妈亲俺叫俺吃,可香了。俺妈说,秦桧光想享福就卖国,光拉岳飞后腿,把人家害死。俺妈说,当个人可不兴使奸,谁奸了,老百姓就下油锅炸他,你当俺不知道?"

人们愣了一下,互相看看。这货,到底是真傻还是装假?刘长胜被刺疼了,一拳击在床上,虎生坐起,像审问奸细一样喝道:"你妈,你妈!你少给我假装迷瞪僧。说,你到底是想干啥哩?"

"俺啥也没想,"希罕低下了头,闷声闷气地喃喃道,"就想做活。俺妈说……"

"说!李队长背地里给你许的啥愿?"刘长胜厉声喝住了他。

一群人虎生一下坐起来,乱声吆喝:

"是答应叫你入党啊,还是答应给你多记工?"

"对,一定许有愿,要不你会卖命?"

"妈的,又憨又奸,把大家坑死了!"

"说!坦白从宽,抗拒从严!"

希罕被困在当中,四下看看,只见一双双怒眼瞪着他,一只只手指着他,看样子马上就要动武了。他又看看刘长胜,一双小眼瞪成了金鱼眼,又红又往外鼓,小白脸上流露着幸灾乐祸的冷笑。希罕怯阵了,低下头喃喃地求饶道:"俺错了,俺不是人,俺昧了刘长胜的功。"他拿起草帽,双手递给刘长胜,恳切地说:"给! 俺不要了。给你,可行了吧!"

刘长胜一巴掌打掉希罕手里的草帽,气急败坏地反驳道:"放屁! 为啥我要?"

"咋? 吃罢上午饭,不是你把俺叫到外头,说叫俺下午拿四包?"希罕指着刘长胜,又对众人可怜巴巴地说,"李队长许的啥愿,俺不知道。你们问他吧!"

人们恍然大悟,一齐把目光对准了刘长胜。

"啊!"

"原来是这!"

"哼,上午还当成是想偷懒使奸哩!"

"哼,想着希罕也不会!"

"真是个人精!"

刘长胜脸也青了,嘴也笨了,对着希罕咬牙切齿道:"你! 你——"

"是你就是你嘛,这又不是啥坏事!"古存义报复地嘲笑,噗一口吹灭了灯,重重地道,"谁也不许说话了,睡觉! 明天可不比今天了!"

············

第二天早上,李队长听了古存义的报告,马上到了工棚里,脸比锅铁还黑,扫了大家一眼,恶狠狠命令道:"出去! 都给我出去!"

希罕躺在床上没动,别的人都乖乖地出去了,个个神色紧张地站在工棚外边,冷眼看着刘长胜,听着工棚里的动静。

"希罕!"

"唉!"

"咋样?"

"没样!"

"叫我看看。"李队长关切的声音,"疼得狠吧?"

"不狠。"希罕"哎哟"着回答。

"说说!"李队长愤怒的声音,"是谁打的?"

不听希罕回话。

"可恶极了! 谁想改变这个现状就炮治谁,没法没天了! 这一回非送他上法院不可! 说说,是谁?"李队长激动得话音都发颤了。

人们不约而同地把耳朵贴到工棚墙上,以不同的眼光看着刘长胜。刘长胜吓得脸上颜色全落了。

希罕只是"哎哟"了一声。

"别怕! 不叫你出头,我出头。这一回不判他的刑,我就一头碰死到法院门上!"李队长的口气决绝,"是谁?"

人们停住了呼吸,用力听去。刘长胜蹲了下去,吓成了一堆泥。

"哎哟!"希罕叫着疼,嘿嘿着,"你说的那个定额吹了吧!"

"为啥吹了? 除非现在用乱石头把我砸成肉泥,今天上午少一点也不行。"李队长大声大气地讲,又追问,"说说,半夜里到底是谁把你打成这号样?"

"谁? 是……"希罕开始揭发了,人们的心揪得老高,用劲听着,"是……是石头呀!"

"谁叫石头?"

"门口那个石头呀!"希罕的苦笑腔,"半夜,我出去尿哩,它把我绊倒了,摔到石头堆上,跌个嘴啃石头! 哎哟——"

"我不信!"

"真的。人家谁打俺,还嫌俺骨头硬,怕碰疼拳头哩!"

人们惊讶地互相看看，松了一口气，一只只耳朵离开了工棚。李队长的脚步响了，人们一个个不屑地看了刘长胜一眼就溜走了。

这天上午，人人都完成了新定额。不知是心头上负担重了，压得说不出话来，还是肩头上的水泥重了，把话又压下去了，在去仓库和回工地的路上，谁也没有说话，谁也没有笑。

吃了午饭，趁人们睡午觉的空子，希罕悄悄从工棚里溜出来，捧着奖给他的那顶草帽，看看前后左右没人，就一跛一瘸地顺着河路往仓库走去。他一边走着，一边看着手中的草帽发呆。这是奖的啊！从前干死干活也没人给个好脸看看啊！他心里又是喜又是气又想笑。爹死了不久，他就生了一场大病。趁着这场病，聪明过人的希罕就顺势变成现在这样——憨憨傻傻。这就是他妈的功劳，她日日夜夜坐在病床旁边，流着眼泪嘱告他："妈就剩下你一个连心人了。你要再出事，妈就没活头了。可不能再像你爹那样逞强好胜了。如今咱们是反属了，谁骂咱，咱不还口；谁打咱，咱不还手。不论碰见啥事，懂的要装成不懂，会的要装成不会，处处要比别人憨才行。不要怕别人说憨，天下最能的人就是憨子。只有憨子才活得太平啊！"希罕自小聪明过人，又十分孝顺，妈的话他会听会做！

希罕踉踉跄跄走着，到了昨天上午头一次歇歇的地方。他又四下看看没人，就扑向曾经晒死过原来那个队长的大石头，跪了下去，从口袋里掏出火柴划着，把手中那顶草帽燃着，一股白烟徐徐升起。希罕再也忍不住了，放声痛哭道："爹呀爹，叫你等久了。上级给你平反了，我妈俺俩的日子也美了。我来工地，就是为了替你报答上级的恩情。我不给你报仇，只给你了却心愿，你不会怪我吧！现在你想的定额达到了，一人一晌可运两包了。我还要想办法用车子拉，要叫一人一晌运十包八包，保险叫电灯早点明。你是叫晒死的，你就戴上这顶奖给的草帽,站在这里高高兴兴地成天看吧!……"

不远处一块巨石后边,伸出了一个人头,刘长胜发呆的脸上瞪着一双发呆的眼睛,听着看着希罕的一言一行,张大了嘴,却说不出话来。

希罕还在对爹爹诉说着什么,可惜听不清了。唉!这个聪明的憨子,你没看看时代不同了,何苦再憨哩!

原载《河南日报》1979 年

雪夜奇事

下了半天雪，入夜之后大地更白了。雪还在下，风还在刮。冷得很，会活动的生灵藏得干干净净，连狗也钻进草堆里缩成一团，冻得不肯抬起头叫唤一声。这时候，只有代老大一个人在风雪中赶路。他猫着腰，夹着工具，揣着一肚子喜怒哀乐往修渠工地走去。

这个老实巴交的庄稼人，没有平白无故喝过谁一口水，谁也没有平白无故吃过他一口饭；没有人奉承过他，他也没有奉承过人。五十多年了，他就是这样端端正正做人。他看不起点头哈腰、拍马溜须的人，认为干那号事没有人性，全是狗性，八辈子不入老坟。可是，这几年他变了，也积极学着拍马溜须了。

代老大变得有理有据。他一家三口人，住着一间小屋，还夹在别人房子缝里，本来就十分窄狭，再加儿子大了，没有三间新瓦房就找不起对象。代老大为这事采取了非常措施，三餐变成两顿，稠的变成稀的，从牙齿上刮下了一块块砖；衣服破了又补，补了又破，从身上刮下了一块块瓦。几年过去，万事齐全，只差地基了。他看有些人房子很宽，还给批了新宅子场，何况他是确确实实需要呢。前边已经过了汽车,他这个架子车当然也能顺顺当当过去。他这样想着就去找支书李东华,申述自己的理由。李东华听了眉开眼笑,话比糖还甜,答应一定给研究解决。代老大信以为真,就一直等着。谁知等了两年,又有些人弄来了新宅基地,只有他还要再研究下去。他窝了一肚子火,不免发了几句牢骚。这事被同村的王小青知道了,就找上门献计献策。这王小青是个退伍兵,二十多岁,人生得精瘦,心里也精灵得很。退伍回来后,还死抱着部队那一套不放,专爱打抱不平,专爱和歪风邪气作对。李东华调动大队水利专业队给自己盖房子,他就去公社汇报。李东华受贿私卖林木,他就去县里告状。人家说他反李东华就是"反党",他挤挤眼笑笑说自己是"为党"。人家说他是狗逮老鼠——多管闲事,他挤挤眼笑笑说:"猫叫'四人帮'斗怕了,不敢逮老鼠了,狗逮也行!"告来告去,他没少挨李东华的整。他挨了整也不气也不恼,还是挤鼻子弄眼笑道:"看,他怕了吧。不怕?他怎么不表扬我,鼓励我继续告哩!"这一天,他去找着代老大,嘻嘻笑道:"老代叔,你是情愿当龟啊,还是情愿当人?"

代老大正在生闷气,坐在当间里低着头吸烟,抬起头翻他一眼,不明不白地问:"当龟咋当?"

王小青还是嘻嘻笑着,说:"当龟就咽下这口气,别发牢骚,最好再去给李东华磕个头,叫句爹,就说宅基地不要了,房子不盖了,儿媳妇也不找了!"

代老大审视着他,又问:"当人咋当?"

"告他!"王小青这才严肃认真地说,"告他这个龟孙!找真共产党告他这个假共产党!"

"他是假共产党?"代老大从来没有这样想过,不由一愣。

"咋,你还当他是真的?"王小青愤愤不平地说,"你比比,土改的共产党,五几年的共产党,还有现在好些好党员,他哪像真的!"

代老大不用想,就想起了老支书老郑哥,土改时分给一院瓦房,他宁死不要,只要了三间草房。他代老大打心眼里佩服,学他的样子,把自己分的三间瓦房,硬让给人口多的穷哥们儿,自己要了这一间房子。——代老大越想越气,恨道:"告就告!"

一个告字出口,王小青马上给他写了一张状子。第二天,代老大把状子叠了又叠,又找张旧牛皮纸包好,装进贴心的口袋里,要去县里告状了。亲戚朋友纷纷拦住他,劝道:"隔年的历头看不得了,如今不比土改时了。王小青是把你往杀锅上送的。胳膊怎么能扭过大腿?有几个告状的人不落到他手心里?真想解决问题,只有多烧香磕头才是上策!"代老大掰着指头算算,果真不假。他只好把状纸揣在怀里,忍气吞声去找批来宅基地的人取经。人家冷笑一声,气咻咻回他道:"你光看见车拉过来了,就没看见牛瘦成皮包骨头了。逮个麻野鹊还得费个柿皮哩,你花费了什么?"

代老大取来了真经,也要学人家的榜样了。他为人老实,不会捞外快,全靠死做活,几滴汗珠才换来一个钱,一个钱都想掰成几瓣花。可是为了盖房子给儿子成亲,只好忍痛甩手花钱了。这天,他回到家里,低着头吸了半天闷烟,然后看着老伴,咬咬牙说:"球!只当历头印错了,今年过两回年,泼上一个年叫李东华来吃了!"他真像办年货一样,杀了一只老公鸡,割了二斤肉,又灌了一斤高粱酒。这天下午,没叫老伴下地做活,专门在家细敲细打做了几个菜,准备夜里请李东华来吃这个"年"。谁知等到天黑,代老大一个人垂头丧气回来了。原来下午在地里做活,代老大试摸着说起请客之事,李东华的老婆撇撇嘴,轻蔑地笑道:"有些人真不值钱,逮个蚂蚱也要叫俺们老李去吃条大腿,好像俺们老李没吃过好东西一样。昨天俺们老李进城办事,在咱们这里插队的知青小程拉他去家里,人家那才真叫请客哩,山珍海味摆了满满一桌,老李围住桌子走着,每样抄了一嘴,还没吃够一圈可饱了。哼,队里有些人张狂着作精,叫俺们老李去喝酒,真是狗眼看人低!"众人听得张大了嘴不敢出声,代老大更是吓了一跳,不由伸手摸了摸怀里揣的状子,想着王小青说李东华是假共产党的话,暗自恨道:"妈的,真是个假的,这和传说中的慈禧太后吃饭有啥两样?"他想前想后没有张嘴请李东华,怎敢再犯"狗眼看人低"的嫌疑呢!

代老大垂头丧气回到家里,老伴指着案上四盘菜,眼巴巴看着他,失望地叹道:"我就说,酒席好置客难请,人家不给这个面子吧!"她不说则可,一说更激起他满腔怒火。他二话没讲,双手抖着,端起盘子径直往猪圈走去。老伴看他红了眼,忙追上去叫道:"你要干啥?"话没落地,代老大可把肉菜哗啦啦倒进猪食槽里。那头长白猪倒不嫌"狗眼看人低",大嘴吞吃着。老伴看了无限心疼,埋怨道:"你疯了!"代老大冷丁丁笑道:"这个年只当请猪了,叫猪吃了也比叫他吃了强!"说着回到当间坐下,掏出那张状子,双手捧在胸前,两眼直盯着发呆。老伴一看吓坏了,将好话劝道:"好爷呀,你还想作祸哩!咱一个泥巴腿去和一个当官的打官司,还不是拿着刀往自己脖子上砍!"老伴差点哭着给他跪下,代老大才长叹一口气,又把状子叠好包好揣进口袋里。

代老大把积了一个秋天的鸡蛋卖了,换了六尺灯芯绒。这布真好,又光滑又柔软,他抚摸着舍不得离手。代老大把布藏在怀里,瞅了个空子,满怀希望送礼去了。李东华不在家,他的小女儿正在发火,把一条新的确良裙子扯得一条一条,伴着哧哧的响声,咬牙切齿地撒泼道:"啥破布烂货都拿来送礼!就凭这都想叫他娃子去当工人,真是欺侮人不识得数!"代老大又是一愣,憋得脸都发紫了,不由摸了摸怀里的灯芯绒,又摸了摸那张状纸,一冲而去。

送礼也送不起,正当代老大又想告状时,一个好心邻居点醒了他,说:"唉!有钱出钱,有力出力嘛!"代老大眼前一亮,绝处逢生。对,咱没有好酒菜好礼物,可咱有的是好力气。为儿为女只好出此下策了。从此,他瞪着一双仇恨的眼睛,时时刻刻盯着李东华家里,看看有啥重活苦活脏活,好去立功报效,博得李东华的欢心,换取一片宅基地。

老天不负苦心人,他终于等到了。今天队里修渠,按人头包工到户,要求今天完成,明天验收,好者奖,坏者罚。虽说风大雪狂,因为是包工,大家的积极性很高,不到天黑都完成了,唯独李东华家分的那一段原封没动,代老大看在眼里,心想滴水成冰,李家人也吃不了这份苦,这可是个立功报效的好机会。他匆匆回家吃了饭,又匆匆赶回工地。冷风顺着袖筒往里钻,雪水顺着脖子往下流。纷纷扬扬的大雪飘得眼花缭乱,他忽然看到了一个雪人,胡子眉毛都粘着雪花,从怀里掏出一包一包药递给他,他拉住那双冻得红肿的大手,感动得哗哗流泪,嘶哑地呼叫道:"老郑哥,你咋还不上台呀!"然后,他听到从四面八方传来的回音,他才清醒了。擦擦泪水模糊的双眼,眼前什么人也没有,原来是多年前的一个景象在眼前又闪了一下。那一年也是这么大的雪,也是这么深的夜,他病得奄奄一息,支书老郑跑了几十里雪路,给他买来了药,不顾抖去身上的雪,给他送到床前,给他捧来了热茶,又亲口尝尝,多好的共产党员啊,可是被打成了刘少奇的孝子贤孙,换成了李东华这个鬼,逼得人大冷天来拍马溜沟!代老大越想心里越冷越窝火,恨得咬牙,不由又伸手摸摸怀里揣的状纸,真想拐回去告状,不干这又丢人丧德又受冻受罪的拍马溜沟事了。可是再一想不行，"四人帮"粉碎一年多了，李东华要垮早该垮了，说明人家根子粗得很啊！状要告不准，路就走绝了，再想回过头拍马也拍不成了。他强咽下一口气，算啦，弯腰树下就得低头。拼上一夜不睡，哪怕冻成一根冰棍，也要把这段渠修好。等到宅基地弄来，房子盖好，儿子成了亲，再也不干这低三下四拍马溜沟的事了。

代老大硬着头皮，顶风迎雪来到工地上，忽听得有挖渠声，心里不由一怔：谁家的渠道还没修好，也来加夜班？好像自己拍马溜沟的事被人发觉了，顿时脸上一阵火辣辣地发烧，生怕被人看见，赶忙蹲下去抱住头。再仔细一听，声音来自李东华分的那段渠上。他的心凉完了，比刺骨的风雪还要凉：万万没想到李东华也来吃这份苦了，真是"四人帮"打倒了，他也变化了，这么冷的天也亲自上阵了。代老大为失去这个立功报效的好机会而懊恼失望。他呆呆蹲了阵儿，心想既然来了，上去帮个忙也好，让李东华看看自己的诚心，或许他发了善心，给批块宅基地。代老大站起来走过去，强压下心中气愤，拿捏出亲亲热热的腔调道："李支书，我就是来替你修的。这么冷的天，你怎么亲自来了！"

"啊，老代哥，你也来了！"渠下亲热地叫。

"啥呀？又是你！"代老大听声音不是李东华，而是张十三，好像对方看见了他也在干丑事，又好像对方抢走了他的儿媳妇，又羞又恼，顿时火冒三丈，站在岸上探头往下看着，尖酸刻薄地讥讽道，"你的眼可真尖，大小空子都要钻，舌头也不嫌困，成天搭在支书屁沟上！"

"老代哥，你……"张十三话里夹着哭音，抬头惊恐地看着代老大。张十三是有名的贫困户，不论从政治上数，还是从经济上数，他都是倒数第一名。他的妻子瘫了，儿子又常年生病，一家人缺吃少穿，全靠国家和集体救济为生。这样的人在农村是没地位的，娃子大人都敢训斥他。你就是打到他脸上，他也不敢瞪你一眼。这时，他看代老大怒气冲冲，不知道自己怎么惹恼了对方，怯生生地问："老代哥，我哪一点得罪了你，惹你生这么大气？"

"哼！"代老大轻蔑地发了一声鼻音。虽然他也是来巴结李东华的，可他认为自己这是被逼上梁山的，不像他张十三真心实意孝顺李东华。一年四季张十三给李东华家担水扫地，就差没有倒尿罐了，没有一点点人的骨气。他平素就看不起张十三，现在又掺了他的行，就气冲冲贬驳道："你那舌头是铁打的铜铸的，就不知道个困！"

"你……老代哥……我真不知道你要来做这个活！"张十三低声下气解释，话音里充满了告饶的味道。他知道，就连卖力气巴结人的事，自己也无权和别人争着干。代老大的话说到他的痛处，只有甘心忍受。他了解代老大的为人，今天冒着风雪也来巴结李东华，一定还是为了宅基地的事。他懂得这件事的分量，当个老人不能给儿子娶亲成家，不仅没人传宗接代，也是自己一生中的最大耻辱。张十三是个苦人，最能体会别人的苦楚。代老大抢着干这个活，也是无路可走的路。于是，他夹起工具默默地往渠岸上爬着，喃喃道："我真不知道你要来干这个活！我不耽误你的大事。你干吧，我回去！"

张十三半句外话也没说，就示弱了，退让了，代老大不知道该怎么讲才好，心里感到一阵不自在。张十三爬到渠岸上，看了代老大一眼，欲走又回头站住，体贴地道："下多大雪，咋也不披个蓑衣？"说时解下自己身上披的蓑衣，塞到代老大怀里，回头往村里走去。

代老大愣住了，低头看看怀里的蓑衣，心头一热；抬头看看张十三，见他只穿着一件夹衣，不由浑身打个寒噤，脱口而出叫道："站住！"

张十三服从地站住了，回头惊愕地问："又咋啦？"

代老大快步跨到张十三面前，审视着他那被狂风撩动的单薄衣服，问道："你怎么没穿棉衣？"

张十三羞惭地低下头，无言对答。

代老大又追问道："政府发的救济棉衣，是派我去担回来的，怎么没给你？弄哪里了？"

"还在大队放着，支书工作忙，还没顾上说给谁！"张十三不敢说半句怪话。

"忙个球！忙着到处喝血哩！"代老大愤愤不平地顶了一句，他一下子明白了张十三常年巴结李东华的苦衷。不假，救济的粮、钱、物都是国家的集体的，可是他李东华的舌头不动弹，那些东西生神方也到不了张十三手里。这时候又一阵狂风卷着雪粒打来，张十三浑身不自主地一阵哆嗦。代老大看了忽然感到惭愧，后悔刚才不该那样挖苦张十三了。他忙把蓑衣又塞给张十三，同情地说："你还去做吧！他总还是个人，不会没一点良心。明天他知道你穿着这身衣服，在雪地里替他干活，肯定会把国家救济的棉衣发给你！"说完他转身就走。

"不，老代哥！"张十三一把拉住代老大，诚恳地推让道，"还是你吧！我冷也至多冷一季。你盖不成房子，耽误了娃们的婚姻，可是两代人的大事啊！"

代老大被张十三的话打动了，心头一热，双眼也湿了。他平常总觉着张十三低人一头，现在忽然觉着张十三比自己高出一头，越加后悔刚才不该伤了张十三的心。两个人推来让去,坚持着要把这个立功机会让给对方。最后,代老大怀着立功补过的心情和解道:"算了,咱俩都做吧,早点做好早点回去,算谁做的明天再说吧!"嘴里这样讲,肚里却打定了主意,明天把这个功记到张十三头上,先把棉衣弄来穿到他身上不冷了再说。

"行!"张十三犹豫了一下满口应承,不过他心里也另有一番打算,明天把这个功记到代老大头上,真要能帮他弄到一块宅基地,解开了他父子两代人的难题,自己也算做了件好事,不枉空活一场。

两个人越说心里贴得越近,亲亲热热下到渠底,做着活儿诉说着心事。正说到知心处,突然传来一阵厉声吆喝:"走!快!给我快点走!踏死蚂蚁了!我看看是谁牢骚不满!"

代老大和张十三同时一惊,半夜三更,雪大风狂,是谁这么厉害?吆喝人干什么?接着又听得杂乱的跑步声越来越近,两个人抬头看时,治安队长申公林已经站在渠岸上了,他的身后跟着几个"四类分子",人人胳膊窝里夹着工具。申公林发现渠下已经有人在做,不由一怔,伸头往下看看,原来是这两个人,心里又放下了许多,怀疑地问:"是不是李支书央你们来做的?"

代老大看那架势,心里明白了八九分。最近开始一年一度的征兵,申公林为了叫儿子当兵,像苍蝇叮着臭肉,成天跟着李东华打转转,又是请客,又是送礼,连刚刚十岁的小女儿,他也央人说媒,要许给李东华的小儿子。申公林就是这种性格:见了羊像条狼,见了狼像条羊。现在驱赶着"四类分子"来,一定也是抢做这个活儿,讨得李东华欢心,给儿子开个后门。代老大看他那个架势就来了气,狠狠顶撞道:"是李支书央的该怎么办,不是李支书央的又该怎么办?"

张十三可不敢顶撞,生怕代老大的话惹恼了申公林,如实回道:

"是我们自己来的!"

申公林听说不是李东华央的,顿时神气起来,挥着手吆喝道:"走走走! 好稀罕你们来献这个殷勤! 为了让支书集中精力操好全大队的心,这活儿派几个分子做了!"说完又对"四类分子"们声色俱厉地命令道:"下! 下! 快下去! 我看谁不想下!"

"四类分子"们互相看看,无可奈何地往下走去。

代老大气得憋粗了脖子,指着申公林说不出话来。张十三不然,他看惯了眉高眼低,听惯了恶言恶语,对这种态度习以为常了,好言好语求告道:"我们已经做多大一阵了,能不能让我们做了?"

"走你的! 少给我啰唆!"申公林一副压人的气势,轻蔑地催逼着。

"你——"张十三还要说什么,代老大却憋不住了,一把拉住张十三,气急败坏地吼道:"走! 有好话还不如去对狗说哩! 日他祖宗,不知道拍马屁没势力也不行! 人家舌头硬,舌头大,舔得美,叫人家舔! 走! 我不信就这一条路好走! 我算看透了,他李东华压根就是假共产党!"他再也压不住积压已久的怒气,从怀里又掏出那张状纸,双手颤着抖开,高高举起,大声大气吼叫道:"走! 咱们找公社去! 找县委去! 找真共产党告他这个假共产党!"他一只手拉着张十三跟跟跄跄走了。

"好啊! 你揣着状子来拍马屁! 两面派!"申公林像抓住了天大的把柄,弯腰拾起一块石头,举在头顶,做出要打去的姿势,可终于没敢打去,只是装腔作势地威胁道,"你别跑! 你给我站住! 你敢骂人! 你敢恶毒攻击李支书! 想反党啊! 小着你的心,咱们以后再算账。有你们好吃的果子!"

渠下那几个"四类分子"听傻了,面面相觑,不约而同停住了手。

申公林看代老大和张十三走远了,才不骂了,松松撂下手里的石头,回身看见渠下的"四类分子"站着没动,气又上来了,指手画脚训斥道:"哼,实话给你们说。周围队里的分子,帽都摘了,咱们大队可是最后一批,再不争取立功摘帽,过了这个村可就没这个店了。我实话给你们说吧,别光看上级政策,谁摘帽不摘帽,全凭支书的嘴一张一合哩!快给我干,每人三尺,渠底要做得平如镜,渠帮要做得光如墙。明天队里验收,一定要叫李支书评个头名。只要李支书得了奖,也算你们又立一次功,又赎一次罪!将来给你们帽子都摘了!要不,你们自己心里想吧!"

"四类分子"们不敢言语,手忙脚乱地做着,只听得一片叮叮咣咣的响声。申公林下到渠底,抽着烟,抄着手,跺着脚,这里那里指点着,骂了这个骂那个。工程进展很快,虽然雪花仍旧在飘,可是人们的脸上都渗出了汗珠。大约又过了一点钟光景,人们干得正起劲的时候,突然渠岸上又有人大声嬉笑道:"乖乖,你们学习得可真是一等一级,真是友谊和支援比什么都重要啊!"

大家抬头看去,王小青夹着铁锨站在渠岸上,挤眉弄眼嘻嘻笑个不停。申公林一看是他,就知道了他的来意:这小子告来告去也没拔掉李东华一根汗毛,到底还得低头服软拍马溜沟。今天也想来抢做这个活呀,没门。申公林想到这里,冷笑一声道:"半夜三更,你跑来干啥?"

"你来干啥,我也来干啥!"王小青嘻嘻笑着往渠底下走。

申公林看他要下来,生怕他抢走这个活儿,就先发制人捏他一下,摆出一副官架子,质问道:"你这两天又干啥去了?"

王小青笑得更响,硬邦邦回道:"明人不做暗事,这两天进县了,告状——告李东华!"

申公林板着脸子追问：“你走时给谁请假了？谁批准的？”

“天、地、良心，党纪国法！”王小青哈哈着下到了渠底。

申公林耻笑道：“告赢了？”

“你想吧！”王小青说着抡起锨撩土。

申公林飞快拦住他，到手的功劳怎能让人夺走，他一把夺过王小青手中的锨，狠狠撂到一边，咋呼道：“你给我蹲一边歇着去！”

“谢天谢地，隔河作揖！”王小青不恼不怪，嘻嘻笑着当真坐下去，掏出纸烟欲吸，忽然又站起来，递给每个“四类分子”一支烟，嘻嘻笑道，“来来来，累半天了，我慰劳，每人一支！”然后又递给申公林一支，笑道，“咋样？你也来一支吧！不吸，那好，可就别怪我不敬你了！”说着缩回手，坐下去当真吸起了烟。

申公林被他气得瞪着眼，喋喋不休地训斥他道：“你少给我来嬉皮笑脸这一套！不服教师爷有你娃子挨的打。你别以为自己四面净八面光，不是‘四类分子’，我看你也快归我管教了。——‘四人帮’都打倒了，你还到处告支书，你还想反党呀？”

王小青乜斜申公林一眼，不服地说：“你说错了一个字，不是反是爱！”

申公林批驳道：“啊，到处告还是爱党？”

王小青轻蔑地反问：“你先说说他是啥党？”

申公林也反问：“你说他是啥党？”

王小青正言正色道：“啥党？他明白，你明白，我也明白，反正他不是共产党！”

“……”

“……”

两个人你一言我一语，顶来顶去，互不服气。吵声中人们忘了寒冷,渠很快修好了。申公林检查了质量,不屑地看了王小青一眼,然后对"四类分子"们命令道:"走! 回去!"

王小青听说要走,虎生站起,拦住去路,又掏出纸烟给人们散着,还是嘻嘻笑道:"吵归吵,闹归闹,这个情我还得要承。大家冒着风雪替我做了半夜活,真是谢天谢地!"

"啥呀?"申公林吃惊地追问,"这是你的活儿?"

"一点不错!"王小青还是笑个不住,"实给你说了吧,这个马屁叫咱们队长抢走了。今天夜里我从县里反映情况回来,队长说支书忙,这段活儿分给我了! 你看,这一回你没拍到马身上,拍到我这个人身上了! 我咋谢你哩!"他说着挤眉弄眼给申公林敬了个礼。

"队长这个货!"申公林气得白瞪眼,噎得差点断了气。

"你也别气,别后悔!"王小青纵情大笑道,"我也实给你说吧,李东华这棵大树焦顶了,明天县里的真共产党就要来调查他的事了,老支书快上台了! 哈哈哈!"

一个木匠,给我讲了一个"活鬼"的故事。他讲得那样逼真,我仿佛看到了那个鬼的影子。

下边就是他讲的原话——

活鬼的故事

那年冬天,我在县委打零工。一个下午,天阴沉着,狂烈的西风卷起漫天尘沙。收了工,我刚走到县委机关猪舍附近,突然听见有人叫我:"老关同志!"

我顺声看去,只见从猪舍里走出了一个老人。他瘦得皮包骨头,苍白的脸上那两只深沉的大眼,显得特别突出。头发蓬松着,胡子又长又脏。他穿得十分单薄,衣服在风中飘抖着。他走过来,又叫道:"老关同志,我……"

我盯了他好大一阵,这才认出他就是前任县委书记老梁,现在被打成了"走资派",在县委的这个小猪圈里喂猪。我只听说他劳改以后,工资也停发了,家里生活非常贫困,却没想到他竟被折磨成了这个样子!同情之心使我急忙迎上去,关切地叫着:"啊,梁书记!"

"快别这样叫!"梁书记惨淡一笑,担心地四下看看没人,这才又为难地说,"我想请你帮个忙,会不会连累你呀?"我也看看附近没人,就放开胆子苦笑道:"我是个庶民百姓,谁还能夺了我做木匠活的权利!啥事?你说吧。"

梁书记从怀里拿出一个空酒瓶,一边递给我,一边说:"孩子病了,急等着用香油配药,你回去叫老金给我弄斤香油来!"老金是我的邻居,我知道他和梁书记的关系很好,就爽快地接过瓶子,说:"行!"

"他老早就说给我弄点香油,我没有要。"梁书记解释着,又掏出两块钱递给我,我没有伸手去接,犹豫地说:"算啦,他能收你的钱?""白要人家东西,那怎么能行?"梁书记坚持着把钱塞给我。

我攥住钱,提上空酒瓶走了。路上,我心里很不是滋味,特别是手里攥的那两块钱,像一把乱刺塞在心窝里一样扎得慌。我想着这钱来得一定不容易啊!他女人没有工作,没有收入,一家子人原先靠他一人养活,现在……唉!有几次,我见他女人在菜市上拾烂菜叶子。还有一次,见他女儿在土产收购门市部卖头发辫子!这两块钱又是从哪里弄来的呢?一个人到了如此地步,向朋友求斤香油,还说不能白要,这个正直的人啊,你也太死心眼了。你的处境这么艰难,老金会收你的钱吗?老金是个有良心的人,我是了解的。他早年下学回家,在城北的生产队里当宣传员,识字多,理论高。梁书记在他那个大队蹲点,提拔他到县里一个部门当干部了。老金对梁书记的培养自然很感激,两人的私人感情一直是深厚的。那一年,老金还请我这个细木匠给他做过一个镜框,他交代我说:"不怕费工,一定要精雕细刻。"我使出浑身解数,费了五个工才把镜框做成,又费上两个工漆好镀上金。这是我一生中最得意的佳作,我敢说,完全可以达到出口国外的工艺品水平。老金也十分欣赏,夸不绝口,然后他把他和梁书记的一张合影相片装进镜框里,挂在他家正间墙上。完工的那天夜里，他请我喝酒。乘着酒兴，他指着合影相片激动地对我讲："是老梁把我引上了革命的道路。生我者父母，教我者老梁，我到死也忘不了他对我的耐心教育！"关系如此密，友情这么深，他还会要梁书记给他什么香油钱！

我没到家，顺路先去老金家里，给梁书记办事。老金家里有客，雪亮的电灯下，宴会正在进行。我踏进门，老金忙喜笑颜开地迎过来，他大概喝多了，红光满面，连和尚头顶也红了，兴致勃勃地叫道："请人不如等人，老关师傅，来，给大家猜一圈！"说着伸手拉我。我扫了席上一眼，见都是闹字号的小头目。我对这些红人向来不感兴趣，就推托道："喝不成！还不知道我女人在病床上咋哼哼哩！"老金似乎是同情地叹息一声，又得体地笑道："恭敬不如从命，只好改天再补上了！来找我有事吗？"我压低声音，悄悄说明了来意。老金的脸色突然变得紧张起来，他回头扫了席上一眼，见众人都凝视着他，他沉默了一阵，忽然撕开喉咙放声嘲笑道："哈哈哈，这个老梁，亏他当那些年县委书记，难道不知道油料是统购物资，还想搞黑市买卖！"这话像一块飞砖，狠狠砸在我的头上，我蒙住了，好半天没说出话来。一股怒气油然而生，我不由想起了那个当年精制的镜框，拿眼看去。啊，镜框依旧挂在原处，可是里边的相片却换了，换成老金和闹字号头头、现今坐第一把交椅的那个新贵的合照。彩色的放大了的合影相里，那位新贵得意扬扬，老金也是扬扬得意。我什么都明白了，一句话也没说转身就走了，拐过房角就听见老金在高腔大调地猜枚："咱俩好——一定高升！"

回到家里，女人果真在床上呻吟。我伺候她服了药又给她做吃做喝。她大概发觉我神色不好，就喃喃道："都怪我这病，拖累了你！你忙了一天，回来连口气也不得喘……"我止住了她："你别瞎猜了!"我怕她胡思乱想加重了病情,就把梁书记托我买油的事说了一遍,并把梁书记瘦成一根柴火棍的形象也告诉了她。她睁大眼睛听我讲完,脸上滚动着大颗大颗的泪珠,长叹一声,同情地说:"革命几十年,落到这个地步,连斤油也寻不来,真可怜人!"

我愤愤地倾泻着对老金的愤懑:"狗咬扛篮的,人敬有钱的,没想到会有老金这号人!"

女人又是一声叹息,为老金开脱道:"唉,弯腰树下不低头能行吗?"

"我看是他的腰弯了!"我不同意女人的看法,贬驳道,"什么弯腰树下要低头,不会绕开走?走不通了不走,也不能低头啊!"

女人知道我的犟脾气,不再和我抬杠了。她为难地看着我,问:"明天,你咋给梁书记回话啊?"

"该咋回就咋回!"我说,"咱要有了给他一斤,可咱又弄不来。明天把空瓶退给他,叫他也看看姓金的是人还是鬼。"

女人又是一声叹息,慢慢地闭上了眼睛。

这天夜里,我们夫妻两个都不高兴,心里像塞了块砖头,议论着人情的炎凉,一直没睡好觉。第二天吃了早饭,我提上空瓶就要去上班了,女人忽然叫道:"你慢走!"我问她:"干啥?"

女人没有言语,从床上艰难地下来,走到墙角,弯腰从箱子底下取出一瓶金黄的香油,递给我,深情地看着我,说:"给梁书记拿去!"

我奇怪地埋怨道:"啥时候藏的?这几天都吵着没油,你为啥不吭?"

"我妈给我拿的,怕你看见了又叫我独个享用,想留下过年时大家吃。"女人解释着,又嘱咐道,"拿去!就说是老金给他的。"

"啥呀?"我被她这话激恼了,责备道,"你是看他老金装人还装得不够像,再帮他装装!"

"唉!"女人怜惜地说,"老梁瘦成了那样,伤心的事够多了,咱可不能再拿板斧去砍他的心啊!"

我没回话,伸手去接油瓶,她却把伸向我的手又缩回去,不肯递给我,看着我的眼睛,祈求道:"啥话也不要给梁书记讲,行吧?"

"行!"我被她的可怜相逼出了这个字,她才把油瓶递给我。

我到了县委会,瞅了一个没人注意的空子,把香油给梁书记送去。他一家五口人,住在猪圈旁边的一间棚子里。房檐太低,我弯着腰进去,举目一看,心掉进了冰窟里。棚里什么也没有,潮湿的地下摊着两张苇席,这就算是床了。一个地铺上睡着一个小孩,大概就是那个生了病的,不住地哼着。墙角用石头支着一口破锅。这就是一切的一切了。梁书记正在煮着烂菜,见我进来,忙站起身先伸头往外看看没人,才回头对着我满怀希望地问:"老金给弄了吧?"

我没回话,只是把油瓶递给他。他接过,喜出望外地连连说:"这就好了! 这就好了!"他回头看着席上的孩子,宽慰地又讲:"他病好久了,人家给说个单方,就差一斤香油,这就好了!"末了,他深感过意不去地说:"唉,叫你和老金同志受麻烦了!"

我没有言语,又把两块钱递给他。他愣了一下,不肯接住,埋怨我道:"你没有给他?"

我一生中第一次撒谎,回道:"你都够可怜了,他怎么能忍心收下这钱?"

"这可不行! 这可不行!"梁书记突然严肃地重复着,然后恳切地央求道,"你受受累,再拿去给他。怎么能平白收人家的东西? 再说,这样影响多不好,我都不说了,人家该会怎样说老金呀!"

这般时候,他还在讲什么影响,还怕连累了老金! 他的话,每个字都像一根针刺着我的心。我心中烧起了一团火,眼睛也模糊了,我打断他的话,急忙收起钱,从牙缝里挤出一个字:"行!"然后匆匆地回头走了。我怕再多站一秒钟,就会忍不住向他吐了真情。那样,会辜负了我女人的一片好心,更会刺伤他那颗已经破碎了的心!

从此,我心里一直搁着一块病。眼皮底下的一些人一些事常常使我陷入沉思。为什么正直的人,往往要受磨难?为什么墙头草,随风倒,反而有好日子过?为什么好人越来越受罪,坏人越来越得势?虽说太阳还是照样出照样落,可是人们总觉着生活在茫茫长夜里,盼着晴朗的天。不久,人们憎恶诅咒的黑暗终于过去了,"四人帮"到底被粉碎了,谢天谢地,梁书记也搬进了人住的宿舍,那是一明一暗的套间。听说,将来还要当书记哩。我这个木匠,受机关事务长的指派,去修理套间的窗子,原来的窗子揪人时砸坏了。我取下旧的,刚要装新的时,听到外间有人和梁书记讲话,仔细一听,竟是老金的声音!我不由来了气,暗自骂道:"好小子,看大树又发芽了,又想来歇凉哩!"我停住手中的活儿,尽量不弄出声响,坐在窗台上,吸着烟想听他说些什么。

"谢谢你!拿回去吧,和前段比,现在生活在天堂上了!"梁书记在推让着什么。

老金不卑不亢地说:"你都不说了,孩子们也该好好补补亏了。这小磨油又不是白送你的,是给你代买的,一块钱一斤。"

鬼得不轻!我想,哪有这么便宜的香油,真是拍马成精了。

"贵贱不说,现在真不需要。"梁书记坚持着,忽然又追忆往事道,"那次孩子有病,我托老关师傅去找你,我真怕给你带灾哩!"

好!我看你怎么回答!我屏住呼吸听。

"带灾?"老金哈哈大笑道,"这两年灾可多了!"真坏!这小子默认了香油是他送的！我气炸了，跳下窗台，正要往外走去，又听老金告辞道："你忙吧！今天夜里，我想叫你到家里坐坐！"

"好吧！"梁书记回他。

等我走到当间，老金已经走了，只见桌子底下放着一个五升装的塑料壶，装着黄澄澄的香油。真是火上浇油，我直盯着那壶，眼都红了。梁书记见我凝视着油壶，笑道："看，又要麻烦你了，你收工时受累给老金捎去！"

"他……"我回头瞪着外边，虽然已经看不见老金了，可我还是直直瞪着。

梁书记吃惊地看着我，问："怎么啦？"

"他……"我要说穿那斤香油的事了，一转念张开的嘴又合上了。这时候说穿这件事，是为了揭下老金的鬼脸壳，还是为了给自己报功请赏？我咽下口水，不屑地说："我看他是一条敬衣衫、咬扒篮的狗！"

"怎么，你们闹了意见？"梁书记审视着思索了一阵，不以为然地解劝道，"人总是会有缺点的。——我看他也不像你说得那样坏吧！就说那次托你找他弄香油的事吧，当时我也算得上是一个扒篮的吧！"他自嘲地笑了笑，又耐心温存地说，"在那个恐怖的时候，不怕带灾，帮助一个困难的同志，也就不简单啊！"

"哼！"我对老金嗤之以鼻。梁书记竟然误会我们闹过矛盾，又把那斤香油的事说得这么值得尊重，我更不能自我表白了，只好哑巴吃黄连了。可是气不出憋得慌，我决定从另一方面揭穿老金的投机钻营，就说："他不是请你去坐坐吗？放了工，我提上油陪你去。你去看看那个镀金的镜框吧！"

"镜框？"梁书记回忆着，继而哈哈笑了，说，"里边装有我们俩的合影吧！我很早见过，也批评过他，叫他取了。怎么，还在里边装着吗？"

"还装着？"我火辣辣地讥讽道，"不过，不是你和他，是他和乱司令！""乱司令"是人们对那个曾坐过县革委第一把交椅的闹字号头头的尊称。

"和乱司令？"梁书记怀疑地摇摇头，这个正直的人不肯轻易相信别人不正直。

下午收工时，在我的坚持要求下，梁书记到底和我一块儿去给老金送油了。

老金早在门口恭候，寒暄之后，我跟着梁书记走进屋里。电灯雪亮。我提着油壶，径直走向挂着镜框的墙壁，梁书记和老金也跟着走去。我抬头一看，不由吓傻了：镜框里竟然装着老金和梁书记的合影。我失神了。我迷迷糊糊地只听梁书记批评道："我不早就叫你取了吗！十年了，我的意见还没听进去！"老金正言正色地回道："我早想取了，可是那些乱字号的不是要斗走资派吗？我偏要和他们对着干！有什么了不起，也不过骂我批我十年，说我是你的孝子贤孙！"

好一个孝子贤孙！我猛回头狠狠瞪着老金。啊！看着看着老金变成一个披着画皮的厉鬼，伸长着血红的舌头，向我狞笑哩！我头一麻，打个冷战，重重的油壶从我手中失落在地，发出了咚的响声。我尖叫一声，回头发疯似的狂奔出老金家，我跑呀跑呀，只听梁书记在后边呼叫："你怎么了？怎么了？"

我没回答。我能说些什么呢？事实证明，我说的是假话，我是挑拨离间，我是诬赖好人！我跟跟跄跄跑回家，踏进门栏，就狠劲关上门，用脊背紧紧靠在门上，喘着粗气。我女人惊慌不安地看着我，害怕地问:"你怎么了? 出了什么事? 碰见什么了?"

"我活见鬼了!"我喘息着说,想想不对,又纠正道,"不! 我看见了一个活鬼!"

…………

木匠讲完了故事,又气又恨,脸都发青了。我心里像压了块砖头,不知该怎么安慰他,只好默默走了。他喊住我,不满地说:"你这人真怪,一个字不说就走了。你说说,老金这号人还会红起来吗?"

我闷了一阵,答非所问地说:"你怕他请你再做第二个镜框吗?"

木匠摇摇头走了,显然是对我的答复很不满意。我自己何尝满意这个答复? 可是,我也拿不准答案啊! 想来想去,只好请教广大读者:"同志,你说说,老金这号人还会红起来吗?"

原载《河南日报》1979 年 3 月 25 日

解疙瘩

●

锅里的水哗哗地滚,王大妈刚抓起面条往里下,忽听得一阵"嘎嘎嘎"的鸭子叫声,她心尖肉一颤,把没下完的面条往锅台上一扔,"黄鼠狼拉鸭子了!"她狂叫一声,胳膊甩着,一直往门外冲去。

大妈跑到门口,一群灰的白的鸭子,翅膀炸着,连跑带飞地扑进门来。她惊慌不定地查着:"一、二、三、四……啊,少一只!""大妈,这是你的鸭子吧?"大妈抬头一看,见饲养员小张在面前站着,右手掂根棍子,左手掂个死鸭子。大妈眼都气红了:"你为啥把我的鸭子打死,你仗你啥势力?可恶得不轻!"原来小张看见鸭子在地里吃了麦,掂起棍子去撵,一不小心打死一只,心想给大妈说句好话,赔她一只,谁知大妈出言不善,便也火了:"是你的你为啥放到地里吃麦?""啊!我放到河里了,它要往地里跑,这怨我?""哼!你还强辩,都要像你一样,社里还做庄稼不做?打死一只我赔你!你坑社里算不中!"这话伤了大妈的自尊心。她伤心了,眼圈红了,更火了:"我的鸭子吃了社里庄稼,社里咋说我咋依。你当饲养员只管好牛,你管三尺门里,你还想管三尺门外?你给我走!走!"大妈把小张赶出门外,哗啦把大门闩上了。

小张站在门外嚷道:"我多管闲事,这是闲事?"大妈在院里气得乱颤:"我喂几只鸭子,下个蛋换点油盐,你看着眼红啦,来找我的错,我把它都杀了,出出你的恨!"小张在门外回奉道:"我恨你?我还不是为了社里好。我好心换个驴肝肺!"大妈说:"我怕你,我给你出气!"说着掂起棍子,把鸭子撵得嘎嘎地扑棱着满院转。"打死你!打死你!看你还往地里吃庄稼不去!"她扬起棍子,不偏不歪正好对准鸭子的头,当棍子落下去离鸭子头还有半尺高的时候,她心里一软,棍便歪了:"你跑!打死你,打死你,叫你给我丢人丧德!"追着,假打着,转了一阵,听听外面没有动静,开门一看,小张走了。她喘着气,浑身瘫痪无力地坐在凳子上,还没暖热凳子,便跑回厨房端出了一碗麸皮,给鸭子拌食。她"鸭鸭鸭"地亲切唤着鸭子。鸭子嘎的一声,一齐扑来,一张张扁嘴在食盆里咕嘟着。她慢慢地坐了下来,把手伸向鸭子,仔细地看着每个鸭子的身上有没有伤。她见一个鸭子背上有一根将要脱落的毛在翘着,心疼地说:"看,毛都快扑棱掉了,谁叫你去吃麦!"她慢慢地伸出手,想去抚平这只鸭子的羽毛,受惊的鸭子嘎一声散开了!

大妈心疼地看了鸭子一眼,走进了厨房,一股焦煳味,用勺子搅了搅锅,看不见一根面条,原来已经滚成面汤了。

从此,王大妈和小张结下了仇气。两个人见了面,小张觉着怪没味,脸涨得和红布一样,大妈也放不下这口气,脸和木头刻的一样,话也不说了。

他们两个结住仇气不要紧,难为坏了生产组长李成中。李成中是个有名的"你好我好大家都好"的和事佬。他想两家都在我领导的生产组内,不团结咋搞好生产?李成中这样想着就去找王大妈,说:"大妈,小张叫我来给你赔不是。他说他年纪轻,说话没分寸,叫你不要生气!"大妈一听这话,双手把膝盖一抱,板着脸说:"组长,我老是老,可不是老糊涂呀!我凭着心窝里这四两肉对待社。入社时,人家拉着大牛大马入社,我看看自己那一条小驴,心里就难受,觉着对不起社里。我把自己几年来纺花织布和卖鸡蛋的钱凑了二十多块,换了个像样的牛入社。鸭子吃了社里庄稼,是不对,可是我也不是故意的呀!他不该说都要像我一样,社都垮了,我、我是个坏人?我对社有两条心?"大妈一气说到这里叹了一口气,把头扭到一边,装着擤鼻涕擦了擦眼泪。"是啊!他说这就是伤人的心,我去批评他!"李成中安慰了大妈后,就去找着小张:"小张,大妈叫我跟你说,那回事你做得对,她老了,一时想不开,不该跟你吵,叫你不要生气!"小张啪地把膝盖一拍,走到牛槽跟,说:"我把鸭子从地里撵出来,是为了我自己?我好心好意跑到她家说说,叫她以后别再叫鸭吃麦,她把我撵出门!哼,小事!她不是龙王爷,得罪她怕她不往地里下雨?"

李成中无可奈何地走出牛屋,把双手向外一摊,摇了摇头,说:"唉,这个疙瘩啥时候才能解开!"

一天夜里,李成中刚睡,忽听嘭嘭嘭一阵急促的打门声:"开门!快开门!"李成中骨碌一下爬了起来,赤着一只脚,三两步抢上前吱的一声开了门。"走!走!快走!不得了!"李成中这才看清是小张的脸,就急问:"咋啦?咋啦?"小张说:"不得了!"不容分说,拉起李成中,飞也似的直奔牛屋去了!

李成中一进牛屋,见墙上挂的煤油灯忽明忽暗,感到阴森森的,低头一看,一匹叫"飞马"的蒙古马僵直地躺在地上,不觉惊叫一声,便蹲了下来。他用手摸摸它的耳朵,耳朵发凉,又撬开它的嘴,它连动也不动；往日的威风不知跑哪儿去了，小张急得团团转，蹲下不是，站着也不是，心里好比吃了一百个钢针，额门上的汗珠擦了又冒出来，一会儿就问了好几声："是啥病？要不要紧？咋办？"

"马盲病！"李成中仔细把马看了一阵说。"马盲！咋治？"小张立即追问。"可以用白公鸭血灌，除这咱乡下没法子治。"李成中说完又咂了一下嘴道，"这村子里二十多户人家，只有王大妈家喂有公鸭，可是王大妈把鸭子当成命根一样，眼下要杀她鸭子，会行？"小张急道："我去！"李成中道："你……"小张打断他道："牲口死了社里要损失几百元，她和我有仇，和社里又没有仇。"话没落地，人可跑得没影了。

小张跑到王大妈门前，就咕咚、咕咚地推起大门。"门推坏啦！谁？疯啦！"王大妈大声地叫着，开门一看，见是小张，没好气地说，"深更半夜，你推我的门弄啥？""大妈，咱们的蒙古马不得了啦！""啊？不得了啦！是那匹灰的？""是的，就是春上拉麸皮车送你去看闺女的那一匹呀！"

"啊！蒙古马，蒙古马！"大妈被这突如其来的事吓呆了，嘴里重复着说，"我去看看！"大妈扣子也顾不得扣了，衣服一裹，夺门就跑。

小张一把拉住她，说："大妈，马得医治呀！""治，治，可得治，你快去找兽医，不管花多少钱都行！"小张咽了一口气，说："得用白公鸭血灌，你……"大妈心里一怔：白公鸭！和小张那次争吵的阴影忽地在脑子里飘动起来。"大妈，要不用白公鸭血灌，马就要死！"小张颤声说。大妈心底深处一股强烈的感情冲破了那不愉快的阴影，立即说："你快回去，我把鸭子逮住就去！"小张不放心地说："你可得去呀！不，我逮吧！"大妈狠狠瞪了小张一眼："你知道哪个是公鸭？就你一个爱社！"小张一听，连说"是、是"回头就跑。

大妈把鸭子抱在怀里，两只脚争着往前跑。她抚摸着光滑的鸭子羽毛，从头顶一直摸到尾巴。鸭子嘎嘎地叫着，扑棱着翅膀，想从她怀里飞跑。大妈把鸭子抱得更紧，嘴里不住气地说："你知道吗？我也舍不得你呀，可是社里蒙古马要紧呀！天呀，保佑马平安无事吧！"

当鸭子在李成中手里最后嘎地叫了一声的时候，王大妈把头偏到了一旁，不自觉地流下了几滴泪！

马被灌下鸭子血后，几个人围住它蹲了下来，一眼也不眨。"看，马耳朵动了几下！""看，尾巴动了！""腿也动了！"他们争着说。其实不用说大家也都看得清。又停了一会儿，马身子抬了几抬，小张忽地站起来，一步抢上去把王大妈拉到一旁，这时蒙古马呼哧一下站了起来。

"看，多危险！差一点踏住了你！"小张对大妈说。

"嘘——"几个人不约而同地都长出了一口气。

咴咴咴！马挣着缰绳，一个劲地叫，前蹄子乱扒，后蹄子乱踢。人们看着活蹦乱跳的马，不由得一阵哈哈大笑。小张和大妈喜得不停抬起胳膊擦眼泪。

原载《河南日报》1957 年 2 月 23 日

这是习惯

有一个打柴人，每到山上打完柴，必要坐下来歇息一会儿抽袋烟，然后再下山回家。这天，当他打完柴，坐下来休息时，不由叫道："啊！糟了，烟袋忘记拿了。"

他空着双手，箭也似的跑回了家，二话没说，掂起烟袋又往山上跑去。

他老婆惊奇地问："柴呢？"

"柴在山上！"他急喘喘地回答。

他老婆又问："怎么没担回来？"

他说："我忘记拿烟袋吸烟了！"

他老婆感到莫名其妙："你担回来再吸，不是少跑一趟腿吗？"

他说："这怎么能行！应当是先在山上吸烟，然后才能担柴回家。"说完话匆匆就走。

他老婆叹息地说："可怜的傻子！"

他刚走几步，听老婆说他，就拐回头怪道："傻子！你才是傻子呢！连习惯都不懂。"

原载《河南日报》1957 年 3 月 19 日

找纽扣的人

某家弟兄三个,住一大院房子。这天,一不小心房子失了火。老大和老二看见起了火,一个担水,一个上房用水泼。独有老三在着火的房子里,一寸一分地爬行着,两只大眼瞪着地上,额门上豆大汗珠扑嗒、扑嗒往下掉。救火的人越来越多,连过路的人都赶来了。火,很快被救灭了。

救火的人烧焦了皮肉,烧烂了衣服,但个个都欢喜地说:"总算人多手快,救了这院漂亮房子!"

这时,老三也走了过来,对大家感激地说:"谢谢你们,多亏把火救灭,要是房子化为灰烬,我失落在房子里的一颗纽扣将永远找不着了!"

人们奇怪地问:"傻子!是纽扣值钱,还是房子值钱?"

老三说:"非也!房子虽大,是我弟兄三人共有;纽扣虽小,却系全部归我所有。"说完,老三又快跑回房子里,趴在地上,眼睛贴住地皮,去找全部归他所有的纽扣了。

人们听了、看了之后,不由同时"啊"了一声。

原载《河南日报》1960 年 12 月 26 日

无知的小猫

一只老鼠，被小猫追得掉到了井里。狡猾的老鼠快被淹死了，它忍着心中的愤恨，装着一副笑容，对站在井台上"喵喵"叫着的小猫说："猫先生，这次你把我撵到福窝里啦！这里有牛肉，有猪肉，还有你最喜欢吃的鱼。"老鼠鼓着装满了水的肚皮说："你看，我吃得多饱呀！"又指着小猫的影子说："下来吧，你看这位猫先生，吃得肥头鼓肚，要是这里面没有好吃的，它能容我活着吗？"

小猫犹豫不定。老鼠已经快死了，它喘着气继续说："猫先生，我素知你本领大得很，能上天，能入地，不过下井，怕你是不敢的。错了！对不起，我不该这样小看你。猫先生，我相信你一定能够下来的！"

小猫看看井底，井底果然有只猫；看看老鼠，那老鼠越来越胖。不下去吗？岂不叫老鼠看不起自己！于是就扑通一声，跳了下去。

当小猫知道受了骗时，已经晚了。

原载《河南日报》1957年2月12日

黄牛和花喜鹊做朋友

●

在田野上,你常常会看到,黄牛在青青的草地上吃草,而一只花喜鹊站在牛背上,和黄牛亲密地谈话。

黄牛和花喜鹊是怎样结成朋友的呢?

有一年夏天,中午,六月的太阳晒得黄牛身上比炭火燎得还难受,于是黄牛去到河里,把身子躺进又清又凉的河水中。这是多么舒适呀! 黄牛合上了眼睛,打算美美地睡上一觉。

这时,从河流上游的山谷中,飞来了一只花喜鹊。它一眼看见了躺在河里的黄牛,就停了下来,焦急地叫唤道:"黄牛哥,黄牛哥,不得了! 上面涨了大水,水马上就下来,你赶快上岸吧!"

黄牛睡得正甜,听见花喜鹊吱吱喳喳吵着涨水,睁开眼瞧了瞧,生气地咕噜道:"别捣乱! 天气这么好,哪里会下雨;不下雨,哪里会涨水。去你的吧,我还要睡哩!"

喜鹊好心地解释道:"我是从遥远的山里飞来,亲眼看见那里下了猛雨,发了大水……"

黄牛不等喜鹊说完,就闭上了眼睛,不屑地说:"我不信。你懂什么! 快走,别耽误我睡觉……"

谁知不大一会儿,洪水排山倒海地冲了下来,黄牛还没来得及睁开眼,已经被冲得接连翻了几个筋斗,好不容易碰到一个浅滩,才挣扎着爬上了岸,可是浑身都受了伤。

黄牛在家里休养了几天,等把伤养好了,他找到花喜鹊道歉说:"怪我不听你的劝告,所以吃了亏。以后咱们做朋友吧!"

黄牛和花喜鹊的友谊就是这样开始的。

原载《河南文艺》1956 年第 1 期

谁的功劳大

寓言三则

在村头的一棵大树上,挂着一口大铁钟。村子里的人走过它身旁,都不由得夸奖道:"钟声当当,做活歇歇不会耽误好时光。"

于是铁钟就得意扬扬起来,张着大嘴说:"当当,当当,是我铁钟发的响。"

铁锤一听铁钟在夸自己,就火了起来,它跷着大拇指说:"当当,当当,是我铁锤敲的声。"

挂钟的铁丝也不甘示弱,气得浑身发抖地说:"当当,当当,是我铁丝挂钟才能响。"

于是,它们三个就喋喋不休地争吵起来。铁丝越吵越气,噗嗒一声就把钟摔在地下。

第二天,钟声再也不像以前那样当当响了。人们从大树边走过,看见钟扣在地下,锤躺在一旁,铁丝挂在树上,于是人们摇头叹息说:"现在它们全成废物啦!"

那天夜里,它们三个痛哭了一夜,它们想着自己错了。你要不信,早起你去摸摸它们看,它们哭得浑身湿漉漉的呢!

第三天,钟又像往常那样当当地响了起来。

我比你高

高山上长了一棵小树,树枝上落了一只喜鹊。小树大摇大摆地对喜鹊说:"人们最不公平啦! 都说山高,可是明明我比山高呀! 你看呢?"

小喜鹊拍打着翅膀回答:"是呀,你比山高。"

小树一听,喜得摇着叶子哗哗啦啦地笑开了。可是还没待它笑完,小喜鹊又接着说:"可是我——就比你高了。"

小树一听,立刻就收起了笑脸:"你是什么东西! 竟敢跟我比起高低来!"

于是它两个争吵起来了。你一进山里,就可以听到满山呼呼啦啦和叽叽喳喳的吵闹声,它两个谁也不服气谁。

高山再也沉默不住了,就温和地对它们说:"要不是我用水分和土壤养育你——小树呀,这世界上哪里会有你呢! 小喜鹊,你要是落在平地,那么,就是有一万个像你一样的喜鹊垒起来,还是比小树低。"

小树和喜鹊立刻羞怯地闭上嘴。

小燕儿的春天

桃花红了,梨花白了,燕子从南方飞来了。它们开始在人家的屋檐下筑窝。

小燕儿也找到了一家屋檐。主人很欢迎它来,就在梁上钉上钉子,盘上密密层层的红绿绳,这样就可以使窝筑得坚固些。小燕儿每天穿梭似的忙碌着。

过了十来天,窝快筑成了,它却发现别的燕子有住瓦房的,它不高兴起来:"我美丽的羽毛可以和任何燕子相比,可是我却住草房……"于是,它找了一家瓦房的人家,从头嘁泥筑窝。

又过了一些时候,它发现屋檐下有一个炉灶。它就鼓起小嘴埋怨说:"啊呀,我金色的窝快熏黑了,珠宝一样的眼睛快熏瞎了,这个地方我是不能住下去的。"

小燕儿又飞到另一家。干净、明亮,它非常高兴自己善于安排生活。

日子过得真快,转眼又是一个月过去了。咱们的小燕儿又诉苦起来:"我多么需要安静呀,可是这里深更半夜还是咔嚓、咔嚓的。"原来这家是个裁缝店。

小燕儿拍打着翅膀又去找另外的好地方去了……

美丽的春天逝去了,明朗的夏天也过去了。当满地黄花和枯叶堆积的肃杀的秋天来临的时候,该是燕子回南方的季节了。

当别的燕子领着自己的一群小宝宝来约小燕儿同回南方时,小燕儿正忙着搬家。

别的燕子问:"你的窝呢,怎不见你的小宝宝?"

小燕儿把自己的冤屈诉说了一顿之后,别的燕子为它叹息道:"可怜的小燕儿,你把自己美好的春天都糟蹋掉了!"

直到如今,你看,每当秋天燕子成群地飞回南方去的时候,总有一只燕子落在燕群后面。这就是那只把春天浪费过去的小燕儿。

原载《河南文艺》1955 年第 12 期

故事二则

早知道这个能吃饱……

在烧饼店里,一个饿汉在吃着烧饼。他狼吞虎咽地吃着,吃着,吃一个不饱,吃一个不饱……在吃第六个时饱了。他像发现了什么秘密一样,猛地把桌子一拍,恍然大悟地说道:"早知道这个烧饼能吃饱,那我光吃这一个,不是可以省下那五个的钱吗?"言下大有后悔之意。

在现实生活中,有许多人和这个饿汉一样。他不想一步一步打好基础,只想找捷径,一步登天,殊不知大楼是从根脚石一砖一砖垒起来的,不顾从头学起、从头做起的人,那他一生也不会"登峰造极"。

照前顾后

天黑得伸手看不见五指,雨像瓢泼一样从天上倒下来,山水哗哗滚流,狼的吼叫使人心惊胆战。三个夜行者深一脚浅一脚地往前走着。

甄小胆:老王你怕不怕?

老王:怕呀! 咋能不怕!

甄小胆:怕？怕了你走前头。老李你怕不怕？

老李:怕！天呀,苦胆都吓掉啦!

甄小胆:唔,不要怕,你走后头。

老王、老李:你怕不怕？

甄小胆:我不怕,我走当中好照前顾后!

有些人就是这样。他满口说的好听话,看来好像在关心别人,实际上是隐藏着卑鄙的个人目的,一切为自己打算,却还要别人对他满口承情不过。

原载《河南文艺》1955 年第 6 期